DARKSIDE

RAILROAD MAP
OF THE CITY OF
SAN FRANCISCO

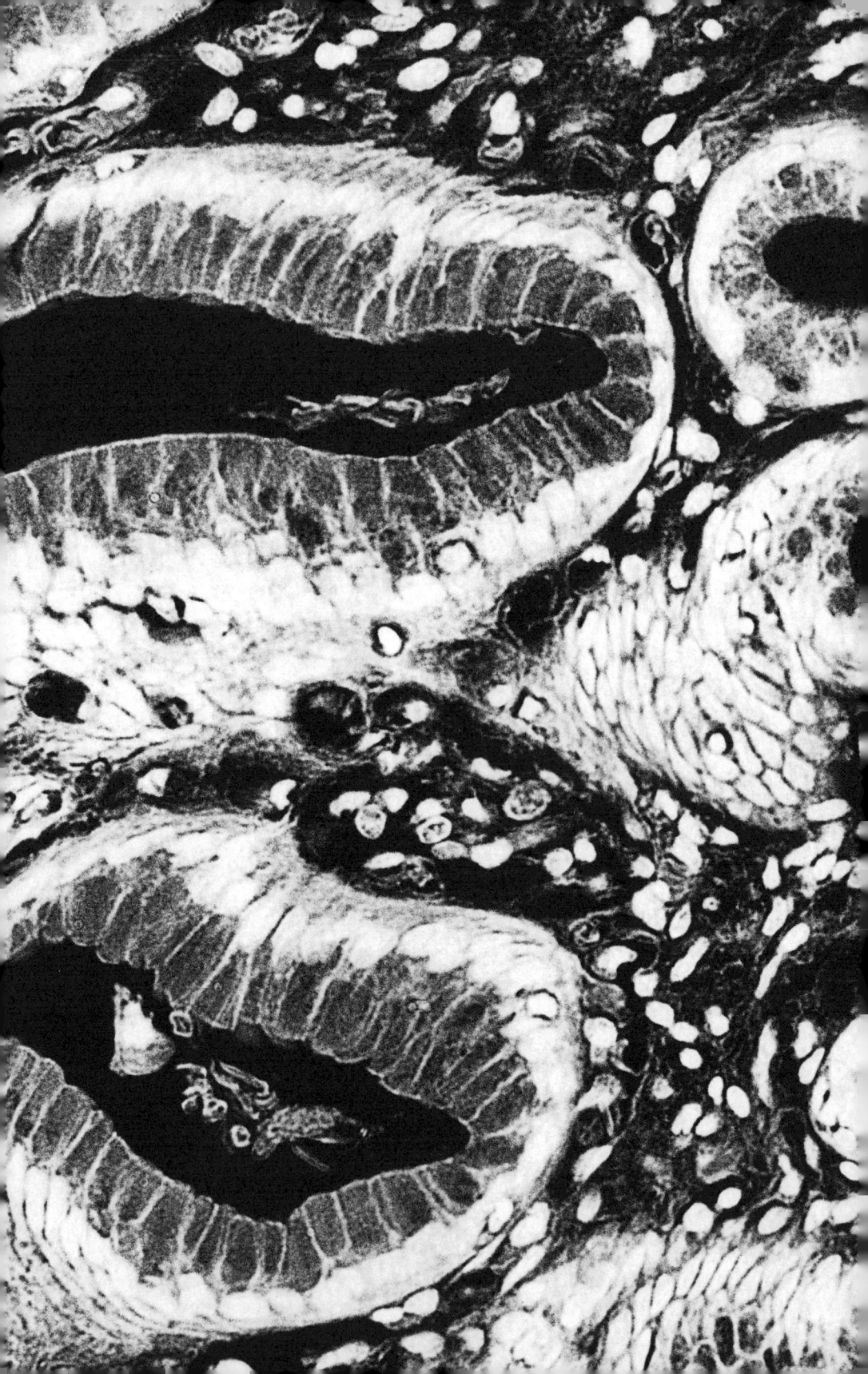

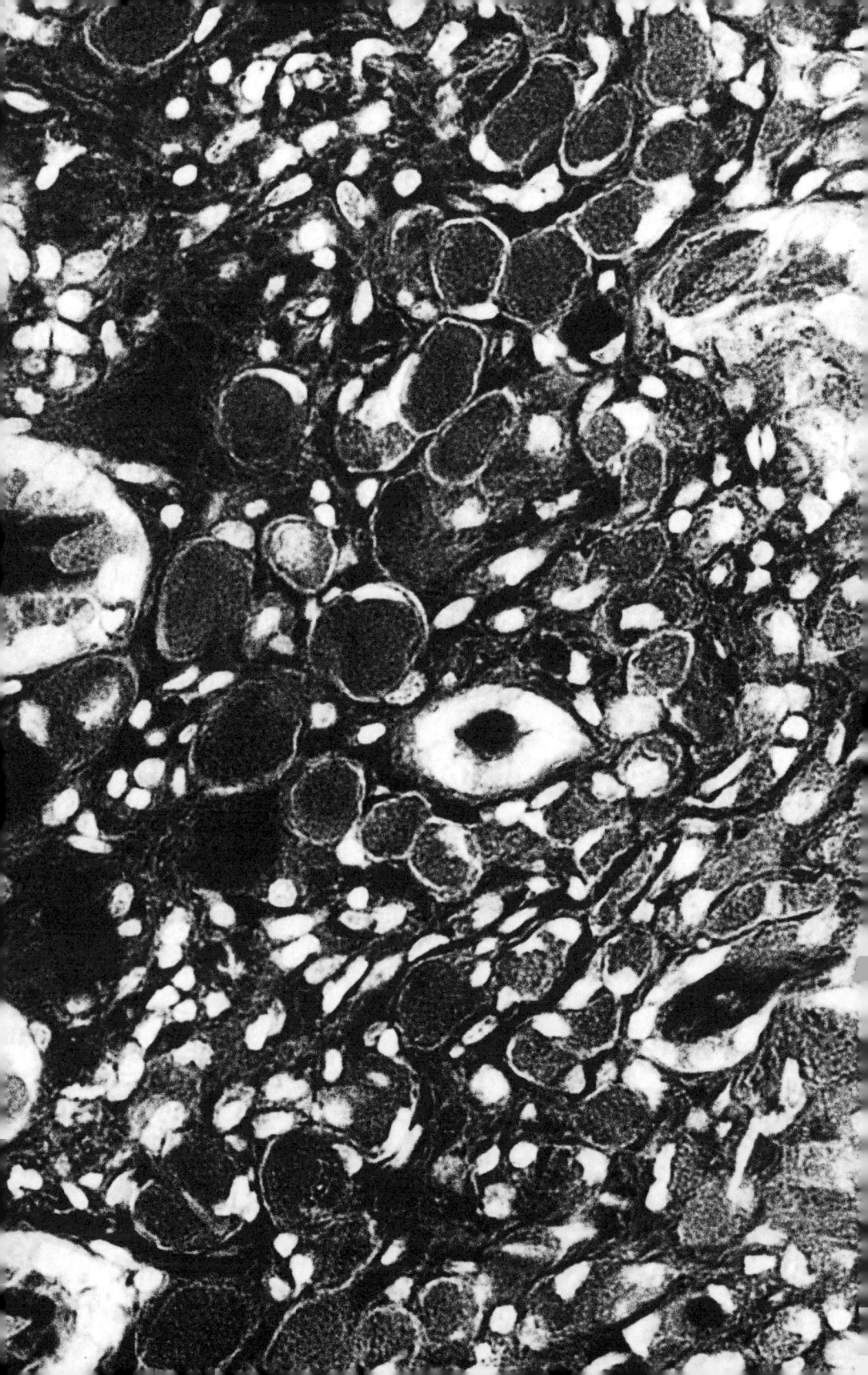

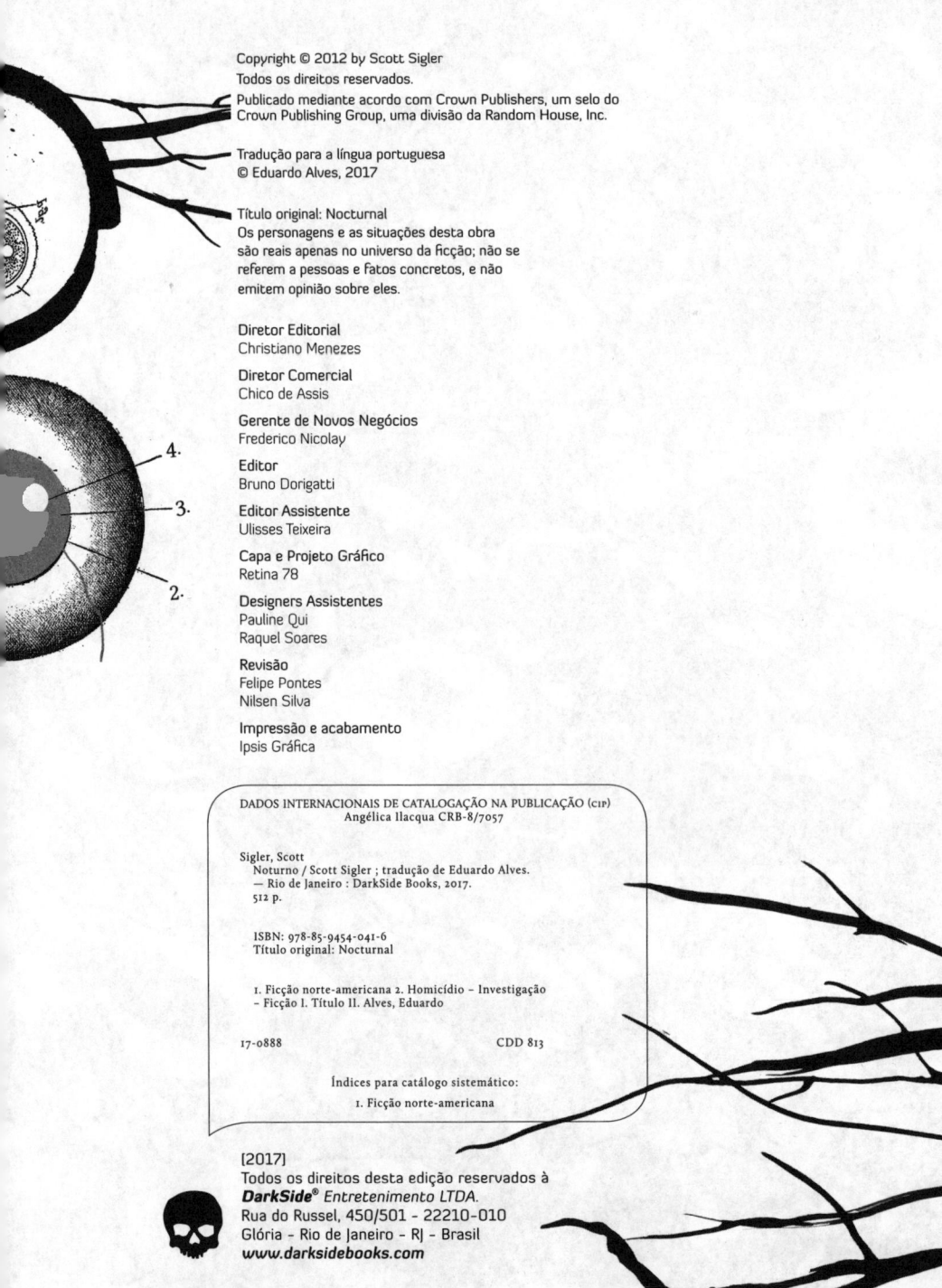

Copyright © 2012 by Scott Sigler
Todos os direitos reservados.
Publicado mediante acordo com Crown Publishers, um selo do Crown Publishing Group, uma divisão da Random House, Inc.

Tradução para a língua portuguesa
© Eduardo Alves, 2017

Título original: Nocturnal
Os personagens e as situações desta obra são reais apenas no universo da ficção; não se referem a pessoas e fatos concretos, e não emitem opinião sobre eles.

Diretor Editorial
Christiano Menezes

Diretor Comercial
Chico de Assis

Gerente de Novos Negócios
Frederico Nicolay

Editor
Bruno Dorigatti

Editor Assistente
Ulisses Teixeira

Capa e Projeto Gráfico
Retina 78

Designers Assistentes
Pauline Qui
Raquel Soares

Revisão
Felipe Pontes
Nilsen Silva

Impressão e acabamento
Ipsis Gráfica

DADOS INTERNACIONAIS DE CATALOGAÇÃO NA PUBLICAÇÃO (CIP)
Angélica Ilacqua CRB-8/7057

Sigler, Scott
  Noturno / Scott Sigler ; tradução de Eduardo Alves.
— Rio de Janeiro : DarkSide Books, 2017.
512 p.

ISBN: 978-85-9454-041-6
Título original: Nocturnal

1. Ficção norte-americana 2. Homicídio – Investigação – Ficção I. Título II. Alves, Eduardo

17-0888   CDD 813

Índices para catálogo sistemático:
1. Ficção norte-americana

[2017]
Todos os direitos desta edição reservados à
DarkSide® Entretenimento LTDA.
Rua do Russel, 450/501 - 22210-010
Glória - Rio de Janeiro - RJ - Brasil
www.darksidebooks.com

TRADUÇÃO — EDUARDO ALVES

SCOTT SIGLER

DARKSIDE

NO TUR NO

Para Byrd Leavell, que faz as coisas acontecerem.

*Para Julian Pavia, que, com seu trabalho fantástico,
me ajudou a transformar este romance no que ele é hoje.*

E para A. Kovacs, que me mantém são.

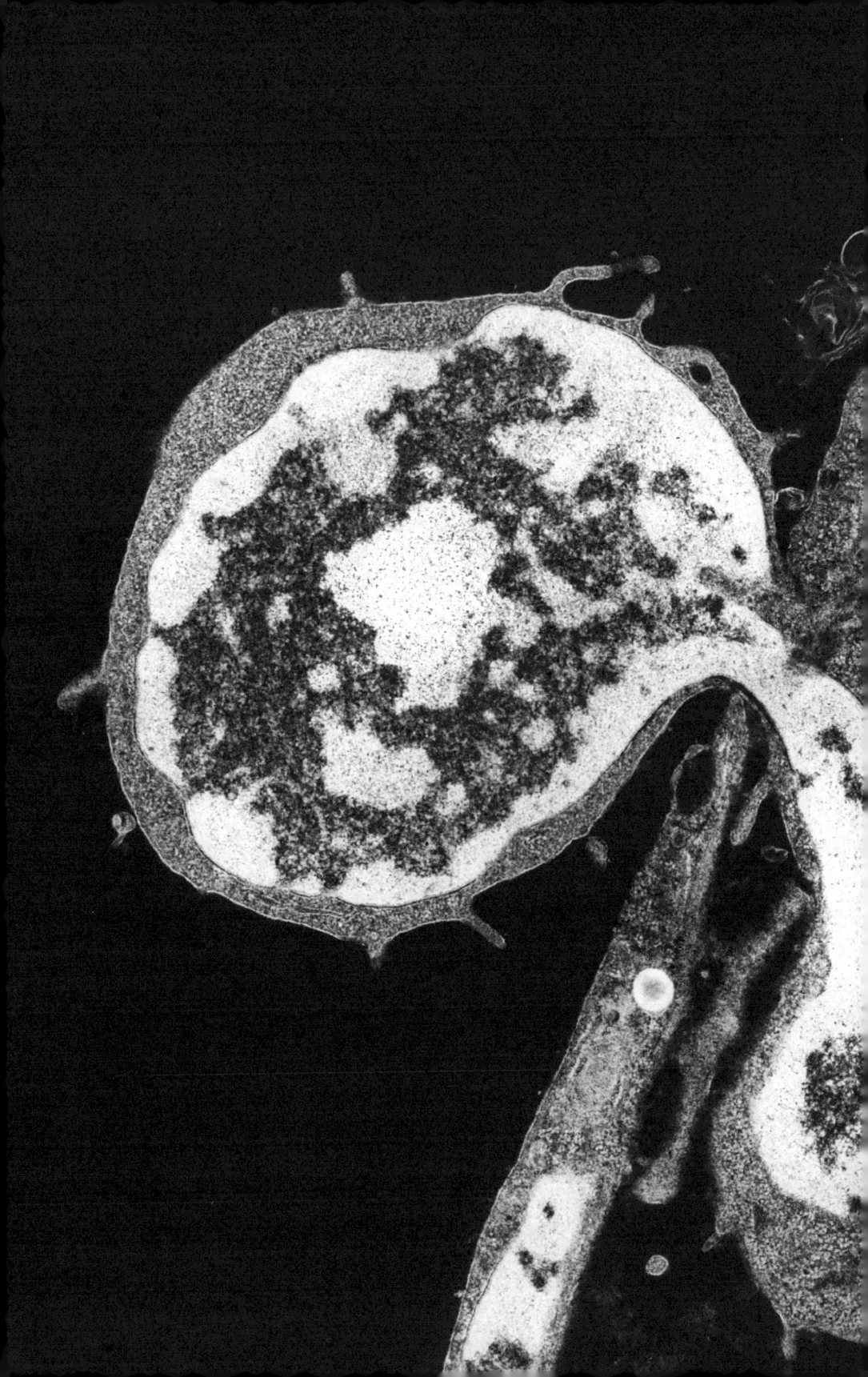

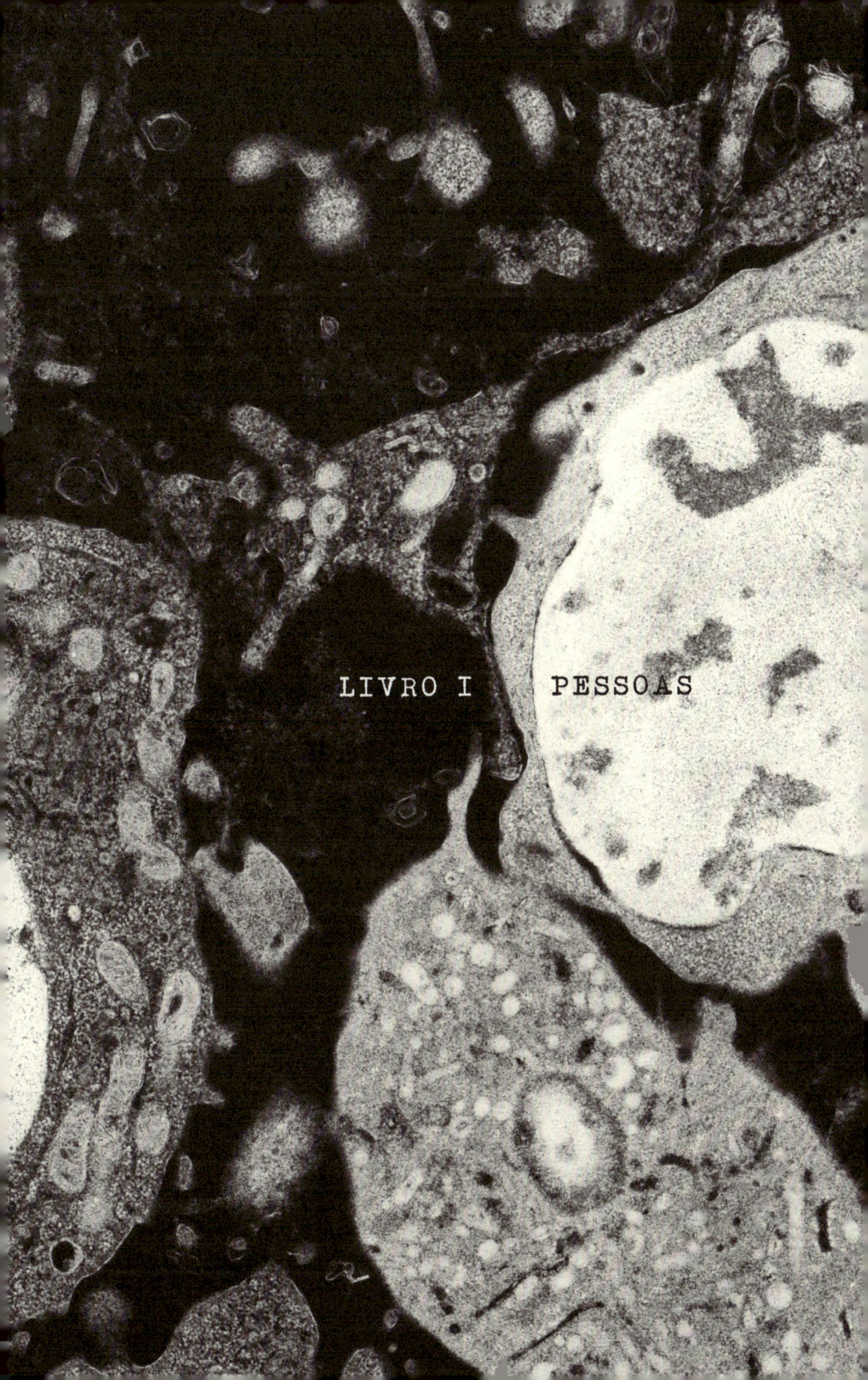

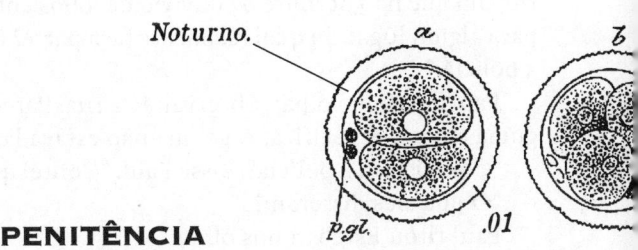
Noturno.

PENITÊNCIA

"Você não é bem-vindo aqui, Paul."

Na maioria dos lugares do mundo, uma afirmação como essa soaria normal. Hostil, talvez, mas ainda assim comum, ainda assim aceitável.

Na maioria dos lugares, porém não em uma igreja católica.

"Mas tem alguém me seguindo", disse Paul. "E está frio lá fora." Os olhos de Paul se voltaram para a esquerda e depois para a direita, rápidos demais para assimilar qualquer coisa. Ele parecia assustado.

Isso não era problema do padre Esteban Rodriguez. Aquele homem, se é que poderia ser chamado disso, nunca mais teria permissão para entrar na Catedral de Saint Mary of Assumption. Nunca mais.

"Você foi avisado", falou Esteban. "Não faz mais parte desta congregação."

Os olhos de Paul se estreitaram, límpidos. Por um instante, Esteban viu o brilho da perspicácia que tornara Paul tão popular, tão cativante.

"E quanto ao perdão?", perguntou ele. "É disso que tratamos, do perdão dos pecados. Ou você é melhor do que o Nosso Salvador?"

Esteban sentiu raiva — uma emoção rara — e lutou depressa para controlá-la.

"Sou apenas um homem", respondeu ele. "Talvez um homem fraco, até. Pode ser que o Senhor consiga perdoar os seus pecados, mas eu não. Você não tem permissão para se abrigar aqui."

Paul olhou para baixo e estremeceu. Esteban também estremeceu. O gélido vento noturno de San Francisco — uma coisa úmida, pegajosa — soprou através da porta da igreja que o padre bloqueava com o corpo.

Paul usava um casaco azul folgado que um dia provavelmente fora confortável e brilhante. Talvez tenha ficado bom no dono original, quem quer que tenha sido, há sabe-se lá quantos anos. As calças dele estavam sujas — não estavam cobertas de sujeira, mas manchadas aqui e ali com vestígios de comida, gordura e outras coisas deixadas por dedos. Anos atrás, aquele homem ajudara a cuidar dos sem-teto; agora, se parecia com um.

"Não tenho para onde ir", disse Paul para o chão.
"Isso não é problema da igreja. Não é problema *meu*."
"Sou um ser humano, padre."
Esteban balançou a cabeça. Aquela criatura nojenta e demoníaca à sua frente pensava que era *humana*?
"Você não pertence a este lugar. Não é bem-vindo aqui. Isto é um santuário, um que não permite o convívio de lobos entre as ovelhas. Por que não vai para algum lugar do qual *realmente* faça parte? Se não sair daqui, vou chamar a polícia."
Paul desviou o olhar, observando a rua. Parecia estar à procura de algo, alguma coisa... específica. Algo que não estava lá.
"Contei para a polícia", disse Paul. "Contei que tem alguém me seguindo."
"O que eles disseram?"
Paul fitou Esteban nos olhos.
"Basicamente a mesma coisa que você, padre."
"O que o homem semear, isso também colherá", disse Esteban. "O inferno tem um lugar especial para pessoas como você. Vá embora, *agora*."
Os olhos de Paul se encheram de tristeza. Desespero, aflição — talvez a compreensão final de que aquela parte da sua vida *acabara*. Paul olhou para além de Esteban, através da porta que dava para o interior da igreja. A expressão de tristeza mudou para uma de anseio. Paul passara muitos anos dentro daquele prédio.
Aqueles dias se foram para sempre.
Ele se virou e desceu os amplos degraus do templo. Esteban o observou chegar na calçada da Gough Street, depois atravessar e continuar descendo pela O'Farrell.
O padre fechou a porta.

◉ ◉

Paul Maloney levantou os ombros bem alto, tentando enfiar as orelhas dentro do casaco. Ele precisava de um chapéu. Era tão frio na rua à noite. O vento impelia o nevoeiro, uma névoa tão espessa que era possível ver fiapos dela ao nível dos olhos. Desceu a O'Farrell Street, lar de clubes de striptease, traficantes e prostitutas, uma extensão asfaltada de pecados e degradação. Parte dele sabia que aquele era o seu lugar. Outra parte, uma parte mais *antiga*, queria gritar e berrar, dizer a todos aqueles pecadores para onde iriam caso não aceitassem Jesus Cristo como seu Senhor e Salvador.
Que petulância do padre Esteban. *O inferno tem um lugar especial?* Talvez para Esteban, talvez para homens como ele, que afirmavam pregar a Palavra quando sequer a entendiam. Deus amava Paul Maloney. Deus amava a todos. Algum dia Paul ficaria ao Seu lado — seria Esteban quem sentiria o fogo.
Esteban e os outros que tinham chutado Paul para longe da única vida que ele conhecera.

Paul virou à esquerda na Jones Street. Para onde iria? Tinha uma *necessidade* constante e insistente de contato humano que continuava a surpreendê-lo. Não o tipo de contato que mudara sua vida, apenas o ato normal de uma palavra gentil, uma conversa. Uma *conexão*. Ele passara tantos anos na igreja, tantos anos diante de uma corrente constante de pessoas. Mesmo durante os longos períodos de estudo, de contemplação, o isolamento foi uma autoimposição, e as pessoas estavam a alguns quartos de distância. Sempre havia alguém com quem conversar, se ele assim optasse.

Porém, ao longo dos últimos anos, ninguém quisera conversar com Paul Maloney. Ele tinha que ser cuidadoso em todos os lugares que ia — alguns dos pecadores por ali distribuíam seus julgamentos com os punhos e os pés.

Duas horas da manhã. Ainda havia gente na rua, principalmente naquela parte da cidade, mas não muitas. Não havia crianças naquela hora. Uma pena.

Atrás dele, um barulho, o som de metal raspando de leve em tijolo.

Paul se virou. Não havia ninguém.

Seu coração martelava no peito. Ele se virou pensando que veria o homem de barba preta desgrenhada e boné verde da John Deere. Quantas vezes Paul vira aquele homem ao longo da última semana? Quatro? Talvez cinco?

Por favor, Pai Celestial, por favor, não deixe que aquele homem seja um pai.

O barulho outra vez.

Paul se virou tão depressa que cambaleou. O que fizera aquele ruído de raspagem? Um cano? Talvez uma mendiga empurrando um carrinho de supermercado com uma rodinha quebrada? Paul procurou pelo homem barbudo, mas ele não estava lá.

Paul levou as mãos frias ao rosto. Esfregou com força, tentando afastar o medo. Como as coisas tinham chegado àquele ponto? Ele não fizera nada de errado, não de verdade. Apenas *amara* demais e agora aquela era a sua vida: um pé na frente do outro, caminhando pela solidão, até morrer.

"Devo ser forte", disse ele. "Não temerei mal algum, porque tu..."

Um sopro de ar atrás dele, o som de algo pesado caindo, o bater de solas de sapato contra o concreto molhado.

Paul começou a se virar, mas antes que pudesse ver o que era, mãos fortes se fecharam nos seus ombros.

BOM DIA, FLOR DO DIA

Conforme o sol nascia, as sombras se arrastavam ao longo das ruas de San Francisco, encolhendo-se para dentro dos prédios que as tinham criado.

Bryan estava sentado na beirada do telhado do prédio onde morava, admirando o amanhecer. Roupão, cueca samba-canção, uma xícara de café, pés balançando seis andares acima da calçada lá embaixo — aquele era um pedacinho de boa vida. Ele adorava sua rotina diária no telhado, mas geralmente o trabalho *terminava* ao raiar do dia.

Ao amanhecer, Bryan Clauser costumava ir dormir.

Ele raramente tinha que trabalhar durante o turno diurno, um privilégio obtido graças aos seus anos no cargo e ao fato de que poucas pessoas queriam investigar assassinatos das oito da noite às quatro da manhã. No entanto, seu adorado turno da noite teria que esperar — o caso Ablamowicz ficara estagnado, e a delegada Amy Zou precisava mostrar algum trabalho ou a imprensa a comeria viva.

Quando um rico empresário local é encontrado flutuando em três barris diferentes na baía de San Francisco, a mídia quer respostas. Zou iria distribuir migalhas de informações com maestria, alimentando regularmente os urubus dos jornais com o que eles queriam ouvir até esses urubus irem perdendo o interesse aos poucos e seguirem para a próxima história.

O manual para coletivas de imprensa de Zou era tão previsível que os tiras que ela comandava tinham rotulado os passos — *Passo I: Reúna informações, mas não faça suposições*, depois o *Passo II: Coloque nosso pessoal mais experiente no caso*. Ela já avançara até o *Passo III: Criação de uma força-tarefa multidisciplinar* e seguira impetuosa para a etapa que agradava a mídia, o *Passo IV: Nomear recursos adicionais*. Neste caso, *nomear recursos adicionais* significava recrutar o pessoal do turno da noite. Zou dava ordens para Jesse Sharrow, o capitão do Departamento de Homicídios, e Sharrow dava ordens a Bryan.

Então teria que ser o turno do dia.

Bryan coçou a barba curta e vermelho-escura, e suas mãos ficaram molhadas; às vezes, ele se esquecia de secá-la. Ela estava ficando um pouco comprida — nada muito ruim ainda, mas ele teria que apará-la em um ou dois dias ou seu visual passaria de *legal e casual* para *novo sem-teto*.

Apertou um pouco mais o roupão preto e felpudo. Estava frio ali em cima. Tomou um gole do café e olhou para o norte, para a sua "vista" da baía de San Francisco. Não era uma vista muito boa, na verdade: um espaço do tamanho de um selo no outro extremo da Laguna que mostrava uma faixa de água azul, depois a massa escura da Angel Island e, para além dela, o cintilar distante e estrelado da adormecida Tiburon. Ele sequer conseguia enxergar a icônica ponte Golden Gate dali — muitos prédios mais altos no caminho. Vistas eram para os ricos.

Policiais não ficam ricos. Não os honestos, pelo menos.

As pessoas falavam que ele era um "investigador de homicídios", mas não era assim que Bryan se sentia em relação ao seu emprego. Ele não *investigava*, ele *caçava*. Caçava assassinos. Era a sua vida, a sua razão de ser. O que quer que estivesse faltando no seu mundo, aquelas coisas desvaneciam quando a caçada começava. Por mais brega que soasse, aquela cidade era o seu lar e ele era um dos seus protetores.

Ele nascera ali, mas o seu pai se mudara diversas vezes durante a infância e a adolescência de Bryan. Indianápolis durante o ensino infantil, Atlanta durante o ensino fundamental, Detroit durante o primeiro e segundo anos do ensino médio. Bryan nunca se sentira realmente em casa em lugar algum, não até se mudarem de volta à cidade para o terceiro ano do ensino médio. George Washington High. Bons tempos.

Do bolso do roupão, o celular emitiu o alerta de chegada de uma mensagem bidirecional. Ele não precisava verificar quem era porque apenas seu parceiro usava aquele tipo de mensagem. Bryan levou o telefone ao ouvido e pressionou o botão bidirecional, o toque *bip-bop* quando ele chamava, o *bop-bip* do outro lado sinalizando a chamada de Pookie.

"Estou pronto", disse Bryan.

"Não, não está", respondeu Pookie. "Você provavelmente está no telhado bebendo café."

"Não estou, não", disse Bryan, e então tomou um gole de café.

"Você nem deve estar vestido ainda."

"Estou, sim", disse Bryan.

"Você é um G-M-Q-C-M."

Pookie e seus acrônimos inventados. *Bip-bop*.

"O que diabo é um G-M-Q-C-M?"

Bop-bip.

"Um grande mentiroso que conta mentiras. Ou você se veste, ou ganha a buzina de novo."

Bryan acabou o café e colocou a caneca na beirada à sua esquerda. Três outras já se encontravam ali. Ele fez uma anotação mental de pegá-las na noite seguinte. Não costumava se incomodar com as canecas órfãs até ter cinco ou seis ali, como um pequeno calendário de cerâmica marcando a última vez em que ele se dera ao trabalho de limpar a própria bagunça.

Correu até a escada da saída de emergência e começou a descer até o seu apartamento. Se não estivesse na rua quando o Buick de Pookie chegasse, o homem iria se debruçar sobre a buzina até Bryan sair. Os vizinhos dele simplesmente amavam Pookie Chang.

Bryan sentiu frio nos pés descalços ao pisar nos úmidos degraus de metal. Dois lances abaixo, ele chegou ao patamar estreito do lado de fora da sua janela da cozinha e pulou para dentro.

A cozinha era tão pequena que era impossível colocar duas pessoas ali e abrir a geladeira ao mesmo tempo. Não que ele já tivesse tido duas pessoas ali. Morava no apartamento de um quarto há seis meses e ainda não desempacotara a maior parte das caixas.

Bryan se vestiu depressa. Meias pretas, calças pretas e uma camiseta preta. O coldre de ombro Bianchi Tuxedo veio depois, seguido pela bainha de náilon para faca no antebraço. Pegou as armas de cima da mesa de centro. A faca de combate tático Tomahawk para a bainha no antebraço. Canivete SOG Twitch XL, preso no avesso da calça à esquerda da virilha, fora de vista, mas de fácil alcance. Pistola Sauer P226 para o coldre. O Departamento de Polícia de San Francisco providenciava a versão calibre .40 para toda a força.

Essa não teria sido sua primeira escolha como arma principal, mas era o que lhe davam, então era isso que você carregava. O coldre de ombro era equipado com duas cartucheiras extras e um pequeno compartimento para algemas. Bryan também os equipou diligentemente.

Enquanto muitos policiais levavam uma arma reserva em um coldre de tornozelo, Bryan queria o efeito total de uma *onion field gun*[1] — uma arma que pudesse passar despercebida por criminosos caso ele fosse tomado como refém. A dele era uma minúscula Seecamp LWS32, uma pistola calibre .32 tão pequena que encaixava numa imitação de carteira e cabia no bolso esquerdo traseiro das calças. Na verdade, ele já *fora* refém certa vez, ficara à mercê de um meliante que passara vários dias sem tomar seus remédios. Bryan nunca mais queria passar por uma experiência como aquela.

Ele se enfiou num moletom preto com capuz e fechou o zíper, escondendo o coldre. Enquanto deslizava por entre as caixas de mudança ainda fechadas e saía pela porta do apartamento, ele ouviu o som fraco e contínuo da buzina de um carro.

Cuzão.

Bryan pulava os degraus de dois em dois enquanto descia correndo quatro lances de escadas até a entrada antiquada do prédio, os tênis batendo contra o chão de mármore lascado. Bem na frente estava o Buick marrom-cocô de Pookie — estacionado em fila dupla, bloqueando por completo uma das faixas.

Carros passavam buzinando, mas se Pookie conseguia ouvi-los acima da buzina do próprio automóvel, não lhes dava atenção. Depois de seis anos trabalhando como parceiros, Bryan conhecia a atitude de Pookie bem até demais. Pookie era um tira — o que alguém poderia fazer, dar-lhe uma multa?

Bryan disparou porta afora, saiu para a calçada e deu a volta no Buick. Como sempre, uma pilha de pastas de papel pardo entulhava o banco do passageiro.

Pookie Chang não acreditava em tecnologia.

Bryan arrebatou a massa oscilante de papéis, colocou-a no colo enquanto se sentava e fechou a porta.

"Ei, Pooks." Bryan estendeu o braço e deu pancadinhas na barriga do seu parceiro. "O Buda aproveitou as rosquinhas esta manhã?"

"Nem todo mundo tem o metabolismo de um beija-flor", respondeu Pookie enquanto adentrava o tráfego da Vallejo Street. "A maria-fumaça não funciona sem carvão no motor. E *Buda*? Eu poderia fazer com que a Corregedoria

---

[1] Referência ao incidente que aconteceu em 1973 em Los Angeles,
onde dois policiais foram desarmados e levados a uma plantação de cebolas
(*onion field*, em inglês) por dois criminosos em um carro roubado.
Um policial foi morto no local, enquanto o outro conseguiu fugir.
Este episódio forçou a polícia a repensar as táticas em campo,
levando em consideração a necessidade de policiais carregarem armas escondidas
como medida de segurança caso tivessem suas armas principais tomadas por criminosos. [NT]

o acusasse de intimidação racial por isso. O que você acharia se eu começasse a chamar você de maldito comedor de batatas irlandês?"

"Clauser é um nome alemão, gênio."

Pookie riu.

"Tá, todos aqueles membros da raça ariana têm cabelo vermelho e olhos verdes, assim como você."

Bryan deu de ombros.

"Vermelho-escuro. Os irlandeses têm cabelo vermelho-claro. Sou um alemão completo, há três gerações. Além disso, ah, meu caro e sensível amigo, eu estava falando da sua grande barriga de Buda, não dos seus olhos puxados."

"*Olhos puxados?* Ah, tá, isso é muito mais politicamente correto. E eu não sou gordo. Tenho ossos grandes."

"Eu me lembro de quando você comprou esse casaco", disse Bryan. "Quatro anos atrás. Você conseguia fechar todos os botões. Ainda consegue fazer isso?"

Pookie virou para o sul na Van Ness, em seguida cortou duas faixas de trânsito por nenhuma razão aparente. Bryan automaticamente pressionou os pés contra o chão e agarrou a maçaneta. Ele ouviu buzinas e alguns guinchos quando motoristas pisaram depressa no freio.

"Nós de Chicago gostamos de comer", disse Pookie. "Você tem seu tofu e brotos de feijão, garoto da Califórnia, mas eu vou continuar com as minhas linguiças Bratwurst e os meus folhados de amêndoa. Além disso, a mulherada adora minha barriga. É por isso que, no nosso seriado policial, você é o rebelde mal-humorado, incompreendido e durão, e eu sou o galã que fica com as gatinhas. Na grande escala de gostosura, estou listado, tipo, novecentos níveis acima de você."

"São muitos níveis."

Pookie assentiu.

"Com toda a certeza."

"Como anda o roteiro?"

O hobby mais recente de Pookie era escrever algo chamado de *roteiro preliminar* para um seriado policial. Ele nunca atuara na vida, nunca estivera envolvido no show business, mas isso não o desmotivava nem um pouco. Ele atacava tudo na vida do mesmo jeito que atacava um bufê.

Pookie deu de ombros.

"Mais ou menos. Achei que um drama policial se escreveria sozinho. Acontece que não é assim. Mas não se preocupe, vou dominá-lo da mesma forma que dominei sua mãe."

"Já pensou num nome?"

"Sim, escuta só. *Escudo da Meia-Noite*. Como isso se assenta na sua boca?"

"Como sushi estragado", respondeu Bryan. "*Escudo da Meia-Noite*? Sério?"

"É porque os personagens são tiras como nós, e trabalham no turno da noite, e..."

"Eu entendi o jogo de palavras, Pooks. Não é que não tenha entendido, é só que é uma porcaria."

"Que porra você entende de entretenimento?"

O parceiro de Bryan deu uma guinada de repente para entrar na frente de um Prius. Provavelmente fez aquilo de propósito — ele não era um fã de energia verde, tecnologia verde ou qualquer outra coisa verde que não viesse com o rosto de um presidente morto estampada nela.

"Pooks, alguém já disse que você dirige feito um merda?"

"Talvez tenha ouvido isso uma ou duas vezes, Bri-Bri. Apesar de me ater à minha teoria de que fezes não podem solicitar nem passar num teste de direção." Ele acelerou para passar um sinal amarelo mudando para o vermelho. "Não se preocupe, Deus me ama."

"Seu Papai do Céu imaginário vai manter você a salvo?"

"É claro", respondeu ele. "Sou um dos escolhidos. Se sofrermos um acidente, porém, não posso dizer o que ele vai fazer no seu caso. Vocês, ateus, ocupam um lugar um pouco mais baixo no gráfico de milagres."

Pookie diminuiu de modo inesperado e entrou na faixa que virava à esquerda na O'Farrell. Eles deveriam começar o dia no número 850 da Bryant, a sede da polícia. Para isso, eles teriam que seguir pela Van Ness por mais quatro quarteirões.

"Aonde estamos indo?"

"Alguém encontrou um corpo nesta manhã", disse Pookie. "Jones Street, 537. É meio que importante. Você se lembra do nome Paul Maloney?"

"Hum... soa familiar, mas não consigo me lembrar de onde exatamente."

"E *padre* Paul Maloney?"

"Tá brincando. O molestador de crianças?"

Pookie assentiu.

"Molestador de crianças é uma palavra muito suave para o cara. *Era* uma palavra muito suave, quero dizer. Ele foi assassinado na noite passada. Chame o cara do que ele era: um estuprador."

San Francisco não escapara da onda de acusações que se quebrara contra a Igreja Católica. Maloney começou a chamar atenção por ajudar a acobertar as primeiras acusações contra outros padres que eram claramente culpados. Conforme mais e mais adultos relatavam o que acontecera a eles quando crianças, as razões para os esforços de Maloney ficaram claras — o padre não estava apenas protegendo os pedófilos, ele mesmo era um. Investigações se seguiram, apresentando tantas provas irrefutáveis que Maloney foi enfim excomungado.

Alguém ter assassinado aquele homem não foi uma surpresa para Bryan. Não era justificativa, longe disso, mas não chegava a surpreender.

"Espere um pouco", disse Bryan. "Hora da morte?"

"Dizem que foi por volta das três ou quatro da manhã."

"Então por que não fomos chamados?"

"É isso que eu gostaria de saber", respondeu Pookie. "Fomos designados temporariamente para o turno do dia e tal, mas o assassinato de Maloney é tão grande quanto o de Ablamowicz. A imprensa vai fazer uma suruba com essa história."

"Talvez *suruba* não seja a melhor metáfora, considerando a situação."

"Desculpe, senhor sensível", disse Pookie. "Vou me abster de fazer insinuações sexuais."

"Quem ficou com o caso, afinal?"

"Verde."

Bryan aquiesceu. Não era de se estranhar Pookie querer ir até a cena.

"Rich Poliéster, legal. Seu cara favorito."

"Amo aquele cara."

"Então estamos indo até a cena de um crime, para o qual *não* fomos designados, para encher o saco de Verde."

"Você é muito dedutivo", comentou Pookie. "Eles deviam transformar você num policial ou algo assim."

Uma cena de assassinato, em plena luz do dia. Isso poderia resultar em uma situação desconfortável que Bryan queria desesperadamente evitar.

"Sabe quem é o legista?"

"Não", respondeu Pookie. "Mas você não pode evitar a garota para sempre, Bryan. Ela é uma médica-legista, você é um investigador de homicídios. Essas coisas andam juntas como chocolate e manteiga de amendoim. É puro acaso ela não ter aparecido numa das nossas cenas nos últimos seis meses. Talvez tenhamos sorte e o rostinho lindo da Robin-Robin Bo-Bobbin esteja pairando sobre o cadáver."

Bryan sacudiu a cabeça antes mesmo de perceber o que estava fazendo.

"Não chamaria isso de *sorte*."

"Você devia ligar para ela."

"E você devia cuidar da sua vida." Ele não queria pensar em Robin Hudson. Era hora de mudar de assunto. "Verde ainda trabalha com Bobby Pigeon?"

"Verde e o Homem-Pássaro. Infelizmente, *esse* seria um ótimo nome para um seriado policial. Mas Verde é feio de doer e eles não fazem seriados de horário nobre sobre tiras maconheiros."

Pookie virou à esquerda na Jones. Aquela parte da cidade era uma mistura de prédios que iam de dois até cinco ou seis andares, a maioria construída nos anos 1930 ou 1940 e com janelas salientes que eram a marca registrada da cidade. A apenas meio quarteirão de distância, três viaturas bloqueavam a área. Pookie esticou o braço para fora da janela para colocar a sirene portátil no teto do Buick, então se aproximou um pouco mais e estacionou em fila dupla.

"Esse caso deveria ser nosso", disse ele enquanto saía. "Principalmente se for coisa de alguém metido a justiceiro."

"Eu sei, eu sei", falou Bryan. "O estado de direito e tudo o mais."

O número 537 da Jones Street era um prédio de dois andares que ficava entre um estacionamento e um complexo de apartamentos de cinco andares. Metade do local era ocupada por um chaveiro, a outra metade era uma empresa de serviços postais.

Bryan não percebeu muito movimento dentro dos prédios. Mais acima, porém, ele viu alguma movimentação.

Pookie apontou para cima.

"No maldito *telhado*?"

Bryan assentiu.

"Cada vez mais esquisito."

Uma lufada de algo estranho fez cócegas no nariz de Bryan. Uma hora estava lá, e na outra, não.

Eles passaram por baixo da fita da polícia. Os homens uniformizados sorriram para Pookie e assentiram para Bryan. Pookie acenou em resposta, chamando-os pelos nomes. Bryan conhecia os rostos, mas, na maioria das vezes, os nomes lhe escapavam.

Entraram no prédio, foram até as escadas e subiram. Pookie e Bryan chegaram a um telhado plano pintado com diversas camadas grudentas de cinza-claro. A brisa da manhã os atingia por trás, fazendo suas roupas esvoaçarem um pouco. Rich Verde e Bobby "Homem-Pássaro" Pigeon estavam próximos ao cadáver.

Felizmente, o legista não era uma mulher asiática baixa e atraente com o cabelo preto e longo preso em um coque apertado. Era um homem grisalho que se movia com a rigidez da idade. Estava de cócoras, examinando algum detalhe do morto.

Telhados claros não são um bom pano de fundo para sangue. Linhas e riscos compridos e amarronzados manchavam a pintura cinzenta grosseira, criando um quadro de Jackson Pollock de morte e sujeira.

O cadáver se encontrava retorcido numa posição pouco natural. As pernas do morto pareciam quebradas — tanto as partes inferiores quanto os fêmures.

"Uau!", exclamou Bryan. "Alguém queria pegar esse cara de jeito."

Pookie colocou seus óculos de aviador, depois arrepiou o cabelo preto para trás. Ele começara a fazer aquilo desde que dera início ao roteiro preliminar para o seu seriado — Hollywood ainda não tinha ligado, mas Pookie Chang estaria pronto quando o chamassem.

"Queria pegar um estuprador de crianças de jeito? Poxa, Bri-Bri, não consigo imaginar uma conexão como essa. O que há debaixo da lona, eu me pergunto?" Pookie apontou para a direita do corpo. Uma lona azul da polícia esvoaçava na suave brisa da manhã, os cantos presos ao chão por fita adesiva. A lona assentava lisa no telhado, sem espaço para protuberâncias do tamanho de um corpo — e nem mesmo para protuberâncias do tamanho de partes decepadas.

Alguns riscos de sangue seco amarronzado escapavam por debaixo do material azul. O vento pegou a ponta da lona, só um pouco, levantando-a. Como o lampejo de uma dançarina do leque, Bryan teve um vislumbre rápido do que havia embaixo. Era algum tipo de desenho?

"Ei!", exclamou Pookie. "O legista... aquele não é o Velho Metz?"

Bryan assentiu tão logo Pookie falou o nome.

"É, é o Águia Prateada com certeza. Não o vejo fora do IML há uns... cinco anos mais ou menos."

"Isso me deixa puto", disse Pookie. "Quero dizer, ainda mais do que antes. Você sabia que ele foi consultor daquele *remake* de *Perseguidor Implacável*? Esse cara conhece figurões de Hollywood. E Verde arruma trabalho com ele? Verde é um puta de um puxa-saco."

Metz usava o paletó azul do uniforme — com uma faixa dourada ao redor dos punhos, duas fileiras de botões de bronze polidos descendo pela frente. A maioria das pessoas do Instituto Médico Legal usava blusões quando saía para coletas, mas não Metz. Ele ainda ostentava o mesmo vestuário formal que era requerido no seu departamento em anos passados.

Metz fora o principal homem no Instituto Médico Legal durante trinta anos. Ele era uma lenda na força policial. Quando entrava num tribunal, advogados de ambos os lados tremiam. Sob o seu exame, ele costumava fazer os advogados parecerem idiotas. Ele escrevera livros didáticos. Fora consultado por alguns dos maiores escritores de romances investigativos do mundo. O que Metz não fazia mais, porém, era trabalho de campo. O cara estava beirando os 70 anos. Até mesmo os melhores têm limites.

"Estou *puto*", disse Pookie. "Você já viu Metz num tribunal? É legal pra caramba. E só ele tem um apelido melhor do que o seu."

Algumas pessoas no departamento chamavam Bryan de *Exterminador*.

"Tenho metade do tamanho de Schwarzenegger e não pareço nada com ele."

"Não tem nada a ver com a aparência, idiota, é porque você mata pessoas", falou Pookie. "Isso e porque você tem todas as reações emocionais de uma Duracell. Não seja tão sensível. As pessoas dizem isso só porque respeitam você."

Era típico de Pookie pensar dessa forma. Ele sempre enxergava o lado bom das coisas. Pookie não parecia ouvir o tom condescendente com o qual os outros diziam o apelido. Alguns caras no departamento achavam que Bryan era um dedo-mole, um policial que usava a arma como procedimento padrão, e não como último recurso.

"Prefiro que você não use esse apelido, ok?"

O parceiro de Bryan deu de ombros.

"Bem, trabalhe tanto tempo quanto Metz e consiga aquele fabuloso corte de cabelo que talvez comecem a chamar você de Águia Prateada. Quero dizer, olhe só aquele cabelo. O camarada se parece com um comercial de xampu ambulante."

Metz afastou o olhar do cadáver. Encarou Bryan e Pookie por um segundo, acenou com a cabeça uma vez — queixo para baixo, pausa, queixo para cima — e, em seguida, voltou ao trabalho.

"Ele é tão legal", comentou Pookie. "Quero ser tão legal quanto ele quando tiver essa idade, mas acho que vou estar ocupado fazendo cocô nas calças e babando em mim mesmo."

"Todo mundo precisa ter objetivos, Pooks."

"Verdade. Ah, isso me faz lembrar. Mais tarde vou contar a você sobre minha dica para um investimento. *Fraldas geriátricas Depends*. O aumento da população idosa faz as ações valerem ouro. Ouro marrom, Bryan."

"Agora não", disse Bryan. "O que diabos é aquilo embaixo da lona?"

Rich Verde desviou o olhar do cadáver e travou olhares com Bryan e Pookie. Ele balançou a cabeça. Não era necessário ter habilidades avançadas em leitura labial para ler aqueles lábios: *filhos da puta*.

Pookie acenou, alto e contente.

"Oi, Rich! Dia lindo, hein?"

Rich se aproximou. O Homem-Pássaro o seguiu, balançando a cabeça devagar e revirando os olhos.

Não seria possível encontrar uma dupla mais estranha. Rich Verde beirava os 60 anos. Ele já trabalhava duro quando Bryan e Pookie ainda estavam nas fraldas. Verde ainda usava os mesmos ternos de poliéster baratos que estiveram na moda quando ele se estabeleceu na carreira, trinta anos atrás. Seu bigode fininho simplesmente gritava *babaca*. O Homem-Pássaro fora promovido do Departamento de Narcóticos há poucas semanas. Com a barba castanha desgrenhada, touca marrom e jeans e jaqueta Carhartt marrom, ele se parecia mais com alguém que seria preso do que com alguém que faria a prisão.

Verde se aproximou de Pookie até os seus narizes quase se tocarem.

"Chang", disse Verde. "Que caralho vocês dois estão fazendo aqui?"

Pookie sorriu, enfiou a mão no bolso, pegou uma caixinha de plástico e a chacoalhou com força.

"Tic Tac?"

Os olhos de Verde se estreitaram.

Pookie se inclinou para a esquerda e acenou para cima com a cabeça na direção de Bobby.

"Fala aí, Homem-Pássaro."

"E aí?", respondeu o Homem-Pássaro. Ele sorriu. O sol da manhã reluziu no seu incisivo esquerdo frontal de ouro.

"Bobby, não fale com esse babaca", disse Verde. "Clauser, Chang, tirem as porras dos seus rabos daqui."

Pookie riu.

"Você beija sua mãe com essa boca?"

"Não, mas beijei a sua", respondeu Verde. "De língua. Até onde sei, posso ser seu pai."

"Se for, agradeço a Deus por halitose crônica não ser congênita." Pookie se inclinou para a direita e olhou sobre o ombro direito de Verde. "Estou vendo que o Águia Prateada saiu do ninho. Isso é bom, Rich. Significa que tudo vai estar direitinho quando Bryan e eu assumirmos."

Verde apontou para a porta do telhado.

"Deem o fora."

O vento mudou de direção, trazendo com ele aquele cheiro — urina.

Urina... e algo mais...

"Meu Deus!", exclamou Pookie. "Falando em fraldas Depends, alguém esqueceu as suas hoje?"

O Homem-Pássaro assentiu.

"O meliante *mijou* nele, cara. Bem doentio, hein?"

Verde se virou.

"Cale essa porra de boca, Bobby."

Bobby levantou as mãos com as palmas voltadas para Verde. Andou de volta até Metz e o corpo de Paul Maloney.

"Ei", chamou Bryan. "Vocês estão sentindo esse cheiro? Não de mijo... o outro cheiro?"

Pookie e Verde fungaram, pensaram a respeito, então balançaram as cabeças. Como eles não podiam sentir aquele cheiro?

Pookie ofereceu Tic Tac para Verde de novo, mas ele apenas o encarou.

Pookie deu de ombros e guardou as balas.

"Olhe, Poliéster, faça um favor e seja minucioso no relatório, ok? Você sabe que, quando a delegada ver o nome da vítima, ela vai dar o caso para nós. Odiaríamos ter que ligar para você e pedir para preencher os espaços em branco."

Verde sorriu, balançando a cabeça.

"Não desta vez, Chang. A própria Zou colocou a gente no caso. Eu não arrumaria encrenca se fosse você."

O sorriso sempre presente e condescendente de Pookie esmoreceu um pouco. Ele encarava Verde, analisando se o homem estava dizendo a verdade.

O telhado estremeceu de repente; Bryan cambaleou para a esquerda, tentando manter o equilíbrio. Pookie o segurou, firmando-o.

"Bri-Bri, você está bem?"

Bryan piscou, esfregando os olhos.

"Sim, só fiquei um pouco tonto por um segundo."

Verde escarneceu.

"Ouça meu conselho, Exterminador, deixe a garrafa para quando não estiver em serviço."

Verde se virou e andou de volta em direção ao corpo.

Bryan observou o homem se afastar.

"Odeio esse apelido."

"Só é engraçado quando eu uso", disse Pookie. "Bri-Bri, quero que fique registrado que estou oficialmente infeliz com essa decisão sobre o quadro de funcionários."

"É a decisão de Zou", respondeu Bryan. "Você sabe que isso quer dizer que temos que aceitar."

Pookie, é claro, não sabia de nada disso — ele não descansaria até ficar com o caso, sem se importar com o quanto isso seria exaustivo para Bryan.

"Vamos", disse Bryan. "Temos que ir até a sede."

Pookie ajustou os óculos de sol e arrepiou os cabelos outra vez.

"Por mim tudo bem, Bri-Bri. Não consegui descobrir qual deles fedia a mijo, de qualquer forma."

Bryan desceu primeiro, aquele cheiro ainda fazendo cócegas no seu nariz. Ele teve o cuidado de manter uma das mãos no corrimão.

NOTICIÁRIO DA MANHÃ

O toque de um despertador acordou Rex Deprovdechuk. Ele estivera sonhando algo que o fez se sentir maravilhoso por dentro. Tentou capturar o sonho, trancafiá-lo na memória, mas ele escapuliu. O sentimento agradável sumiu, substituído por dores no corpo e no peito.

Rex sentia-se muito doente. Queria apenas dormir. Querer dormir durante o dia não era nenhuma novidade — fazia parte da sua rotina cochilar durante o segundo tempo da aula de trigonometria —, mas aquilo era diferente. Ele estava sentindo dores há dias. Sua mãe não o deixava ficar em casa. Forçou-se para fora da cama. Assoou o nariz em um Kleenex coberto de crostas que usara na noite anterior, depois arrastou os pés para fora do seu quartinho até o corredor.

O corredor percorria toda a extensão do andar, uma parede branca à esquerda, cinco portas à direita. A parede ostentava antigas fotos emolduradas de uma época da qual Rex não tinha muitas lembranças — fotos do seu pai, de Rex quando era bem pequeno, até mesmo fotos da sua mãe sorrindo. Ele se sentia grato por aquelas fotos, pois nunca vira a mãe sorrindo pessoalmente.

Rex foi até a sala da privada. O cômodo era só um pouco maior do que a privada em si. Não era bem um *banheiro*, pois tinha apenas o vaso e uma pia. A sala ao lado tinha uma banheira — e nenhuma privada —, então Rex a chamava de sala do banho.

Tratou das suas necessidades matinais e já estava voltando para o quarto quando ouviu.

Do final do corredor, uma voz na TV o fez parar. Não a voz em si, mas o nome que a voz pronunciara — um nome do sonho esquecido de Rex e do seu passado inolvidável. Passou a mão pelo nariz que escorria. Virou-se e desceu o corredor, atravessando a sala do banho e indo até a sala de estar, que ficava logo depois da porta de entrada.

Entrou em silêncio. Sua mãe, Roberta, estava sentada na poltrona de frente à televisão. O brilho da tela reluzia através de seu cabelo crespo, desenhando a silhueta do crânio.

Rex ficou ali parado, esperando ouvir o nome outra vez, porque acabara de sonhar com aquele nome, com aquele homem. E fizera um desenho dele justamente na noite passada, antes de se deitar — tinha que ter ouvido errado.

Mas não tinha.

"... Maloney foi um padre de longa data na Catedral de Saint Mary of Assumption, em San Francisco, até ser pego em um escândalo de abuso sexual e ser afastado do posto. Ele passou um ano na prisão e estava em liberdade condicional. A delegada da polícia da cidade, Amy Zou, disse na coletiva de imprensa desta manhã que a polícia está trabalhando para reunir informações sobre o assassinato de Maloney, mas que ainda é muito cedo para fazer suposições sobre os motivos do crime."

"O padre Maloney está morto?"

Rex proferiu as palavras sem pensar. Se tivesse pensado, teria se afastado em silêncio.

A mulher se virou, apoiando-se no braço da poltrona para olhá-lo. A luz da televisão brilhou no seu rosto marcado por cicatrizes de acne. Um cigarro balançava entre os dedos magros.

"O que você está fazendo na sala de TV?"

"Ah, eu só... ouvi o nome do padre Maloney."

Ela semicerrou os olhos. Ela costumava fazer isso quando pensava. Aquiesceu de maneira quase imperceptível.

"Me lembro das mentiras que você disse sobre ele", falou ela. "Mentiras sujas, *imundas*."

Rex ficou ali parado, imóvel, perguntando-se se ela iria pegar o cinto.

"Termine de se aprontar para a escola", disse ela. "Está me ouvindo?"

"Sim, Roberta." Ela não gostava de ser chamada de *mãe* ou *mamãe*. Quando pequeno, ele usara aqueles termos, mas em alguma época depois da morte do pai, ela lhe mandara parar.

Rex saiu depressa da sala de TV antes que ela mudasse de ideia. Assim que ficou fora de vista, correu pelo corredor estreito até o quarto. O quarto tinha uma cama, uma televisão pequena com um videogame, uma cômoda e uma escrivaninha com um banquinho — a soma total da sua existência. Enfiou-se nas roupas e agarrou a mochila, lembrando-se de pegar as anotações da aula de inglês do chão. Não tinha tempo para tomar banho; precisava sair de casa antes que Roberta pensasse num motivo para se zangar com ele. Esperava não estar com cheiro de mijo — algum mendigo estava usando o beco do lado de fora da janela de Rex como banheiro. Não que isso realmente importasse; às vezes, Roberta nem mesmo o deixava tomar banho.

Antes de sair, Rex pegou o desenho de cima da escrivaninha, aquele que fizera na noite passada. O desenho mostrava um Rex muito maior, um Rex com braços musculosos e peito forte, usando as próprias mãos para quebrar a perna esquerda do padre Paul Maloney. Agora o padre Maloney estava morto. O desenho fez Rex se sentir esquisito. Esquisito e *malvado*.

Ele colocou o desenho na gaveta da escrivaninha. Fechou-a, depois a olhou para se certificar de que nenhuma parte do desenho ficara para fora.

Era hora da longa caminhada até o colégio. Rex rezava para conseguir evitar os valentões da BoyCo.

O padre Paul Maloney estava morto e isso era demais. Talvez, para variar, Rex conseguiria chegar e voltar da escola sem tomar uma surra, e o dia ficaria cada vez melhor.

TUDO EM FAMÍLIA

A sede da Polícia de San Francisco ocupa dois quarteirões inteiros da cidade. O inexpressivo prédio comprido e cinzento de sete andares localizado no número 850 da Bryant Street abrigava a maior parte das divisões do Departamento de Polícia de San Francisco — a Força-Tarefa contra Gangues, Homicídios, Narcóticos, Fraude, Operações e, é claro, Administração. A SWAT e a Divisão de Pessoas Desaparecidas têm escritórios em outros pontos da cidade, mas, em grande parte, a maioria das coisas relacionadas à polícia que não envolve uma jurisdição local acontece na sede.

Bryan depositou as armas e as chaves na esteira, depois passou pelo detector de metal. Ele reconheceu o velho uniformizado do outro lado. Reconheceu o rosto, em todo caso — o detetive era terrível com nomes.

"Clauser", disse o homem grisalho com um aceno de cabeça.

Bryan devolveu o aceno, depois recolheu o equipamento. Pookie atravessou em seguida.

"Chang", cumprimentou o policial.

"Lawrence", respondeu Pookie. "Como anda esse quadril artificial?"

"Falaram que os pinos na cabeça do fêmur estão se soltando", disse o homem. "Parece que tem alguém raspando uma faca no meu quadril toda vez que dou um passo."

"Que horror", disse Pookie, balançando a cabeça com simpatia. "Vai processar?"

"Não", respondeu Lawrence. "Só quero que arrumem."

Ele apertou o ombro do homem.

"Bom homem. Se mudar de ideia, é só gritar. Conheço alguns advogados excelentes. Ah, e feliz aniversário de casamento. Diga a Margaret que mando os meus parabéns pelos... são 23 anos?"

O rosto duro de Lawrence se abriu num sorriso que durou apenas alguns segundos, até ele se virar para encarar a próxima pessoa a passar.

Bryan e Pookie seguiram até os elevadores.

"Temos que inscrever você no *Jeopardy*", disse Bryan. "Como consegue se lembrar de toda essa merda?"

Pookie apertou o botão de subida e, então, deu de ombros.

"Nem todos nós somos antissociais como você, meu camarada todo de preto."

◉ ◉

Teddy Ablamowicz foi um dos garotos de ouro das finanças da cidade. Um grande contribuinte da San Francisco Opera, do balé, de caridades LGBT e de praticamente tudo que envolvesse um parque, Ablamowicz foi um filantropo conhecido, um magnata muito influente.

Também foi um lavador de dinheiro. Seu assassinato — e o desaparecimento simultâneo da esposa — reverberou por toda a comunidade do crime organizado.

Bryan e Pookie entraram na sala de conferência para a reunião matinal sobre como andavam as investigações. Seus companheiros da força-tarefa já estavam lá. Como lavagem de dinheiro é um crime financeiro, a força-tarefa incluía Christopher Kearney, da Unidade de Crimes Econômicos. Ele era legal, exceto pelo fato de usar coletes de lã como se fosse um formando de alguma grande universidade e insistir em ser chamado de *Christopher*. Então, é claro, todos o chamavam de Chris.

Um caso daquela magnitude também exigia a participação da Promotoria, por isso a presença da promotora assistente Jennifer Wills. Ninguém dera queixa ainda — a força-tarefa sequer tinha um suspeito —, de forma que Wills estava ali apenas para ficar de olho no caso. Ela se mantinha quieta na maior parte do tempo, interrompendo apenas quando um plano de ação pudesse inocentar algum meliante lá na frente.

Uma vez que o caso era uma investigação de assassinato, o Departamento de Homicídios tomava a frente. Os detetives Stephen Koening e Steve "Coça-Saco" Boyd — também conhecidos como *Irmãos Steve* — eram os responsáveis pelo trabalho de campo. Koening era um cara bem legal, um sujeito íntegro, pelo que todos diziam. Coça-Saco Boyd, por outro lado, parecia estar sempre alheio ao fato de ser um bocado repulsivo; o homem suarento, de bigode de ator pornô, que gostava de se tocar, tinha pouco respeito por espaço pessoal.

O delegado assistente Sean Robertson comandava o show. Ele era o segundo em comando de todo o DPSF. Bryan gostava dele. Robertson fazia as pessoas andarem na linha, mas era justo e não deixava o poder subir à sua cabeça. Todos sabiam que ele estava sendo treinado para ser o futuro delegado. Zou estava no fim dos seus 50 anos. Mais seis anos, talvez, e todo o departamento pertenceria a Robertson.

Bryan vira todos aqueles rostos antes. Hoje, porém, ele notou um rosto novo — um cara vestindo um terno de três peças que conversava com Robertson. Bryan cutucou Pookie.

"Pooks, olhe o cara de terno. Agente federal?"

O outro olhou e assentiu.

"É, mas de jeito nenhum ele é um pistoleiro. Tem cara de quem peida relatórios de impostos. Me dê licença um segundo, Bri-Bri, o papai aqui tem que arranjar um encontro."

Pookie abriu o seu melhor sorriso e se aproximou de Wills, a única mulher na sala. Ela aproveitava a calmaria antes da reunião para examinar um bloco de papel cheio de anotações.

"Jen-Jen", disse Pookie. "Elegante, como sempre. Essa roupa é nova?"

Ela nem se deu ao trabalho de olhar para cima.

"Não sou o seu tipo, Chang. Mas tem bons olhos, a roupa é nova."

"Claro que é. Eu não conseguiria esquecer algo tão elegante. Os sapatos são um excelente complemento. E o que quer dizer com você não é o meu tipo?"

Jennifer olhou para cima. Afastou o cabelo loiro do rosto, depois levantou a mão esquerda e agitou os dedos.

"Sem aliança. Os boatos nas ruas dizem que você só gosta de mulheres casadas."

Pookie se inclinou para trás, colocou uma mão sobre o peito.

"Promotora assistente Wills, fico magoado e ofendido por você insinuar que eu contribuo para a infidelidade."

Ela voltou a se debruçar sobre o bloco de anotações. Pookie retornou para o lado de Bryan.

"Mandou bem", disse Bryan.

"Tensão sexual", respondeu Pookie. "Indispensável em qualquer seriado policial." Bateu a ponta do indicador diversas vezes nas têmporas. "Vai tudo para o arquivo, para que algum dia se desenrole nos meus roteiros brilhantes."

Steve Boyd se aproximou de Bryan e Pookie. Tinha uma caneca de café na mão esquerda; a direita coçava o saco. Onde a sujeirinha em cima do lábio superior de Rich Poliéster parecia pertencer ao rosto de um vilão do cinema da década de 1950, o bigode de morsa de Boyd era tão grosso que era quase impossível ver a boca se mexer quando ele falava.

"Clauser, Chang", cumprimentou Boyd. Inclinou a cabeça na direção do homem de terno. "Estão dizendo que o nerd nos trouxe uma pista do matador."

Pookie suspirou.

"Do *matador*? Coça-Saco, você anda assistindo às maratonas de filmes de gângsteres no canal AMC de novo?"

"Não perco uma", respondeu ele. "Espero que ele tenha alguma coisa. Estivemos interrogando todos os clientes de Ablamowicz e não descobrimos porra nenhuma."

Robertson bateu palmas três vezes para chamar a atenção de todos.

"Vamos começar", disse. O cabelo castanho e espesso de Robertson tinha começado recentemente a ficar grisalho nas têmporas, uma cor que combinava com os óculos. Ele sempre parecia meio amarrotado: nem desleixado, nem arrumado. A gravata azul e a camisa ainda mais azul não escondiam a barriga crescente. É isso que um trabalho de escritório faz com você. "Vamos ser rápidos e voltar para as ruas", falou ele. "Quero apresentar o agente Tony Tryon, do FBI."

O homem de terno sorriu.

"Bom dia. Estou aqui porque passei os últimos cinco anos vigiando Frank Lanza."

Coça-Saco Boyd começou a rir.

"*Lanza?* Como em Os Lanza Mafiosos de Muito Tempo Atrás?"

O agente do FBI assentiu.

Chris Kearney cruzou os braços sobre o peito coberto pelo colete de lã e encarou o agente do FBI. Bryan se perguntou se Kearney duvidava do homem ou se apenas sentia inveja do terno de alfaiataria.

"Não existe máfia aqui desde que Jimmy, o Chapéu morreu", disse Kearney. "Os chineses e os russos os expulsaram."

Jennifer batucou a caneta na mesa, *tap-tap-tap*.

"Espere um pouco, você disse *o Chapéu*? O apelido mafioso dele era *o Chapéu*? Não é muito assustador, né?"

Tryon sorriu para ela. Ela devolveu o sorriso. Bryan notou Pookie franzir o rosto para o agente do FBI.

"James Lanza era muito bom em assustar as pessoas", disse Tryon. "Ele chefiou La Cosa Nostra em San Francisco durante quase quarenta anos. O pai dele, Francesco, começou tudo na época da Lei Seca."

Tryon pegou uma pasta de cima da mesa e andou até o quadro de avisos no fundo da sala. Retirou fotos em preto e branco e começou a prendê-las no quadro. Retratos de quatro homens foram presos em fileira, e um único rosto no topo foi acrescentado acima das outras fotos. O rosto na foto mostrava um homem por volta dos 40 anos, cabelo preto e curto repartido à esquerda. Mesmo na fotografia, Bryan achou que o homem aparentava ser presunçoso e condescendente.

Tryon bateu na foto de cima.

"Francesco Joseph Lanza, conhecido como *Frank*. Filho de Jimmy, o Chapéu, neto do primeiro Francesco. Durante anos, soubemos que Frank esteve pedindo permissão para retomar San Francisco. Parece que conseguiu. Achamos que está aqui há uns seis meses, talvez mais."

"Besteira", disse Coça-Saco Boyd. "Teríamos ouvido falar se ele estivesse na cidade."

Tryon balançou a cabeça.

"Como o pai, Frank não chama atenção para si mesmo. É provável que não esteja na cidade por causa da sopa de amêijoas, se é que vocês me entendem."

O agente do FBI sorriu para os outros policiais, como se esperasse que rissem da piada. Ninguém riu. O sorriso foi sumindo, e ele deu de ombros.

"De qualquer modo, Frank Lanza está aqui há aproximadamente seis meses. Trouxe alguns caras com ele." Tryon bateu nos rostos embaixo de Lanza enquanto anunciava os nomes. "O camarada grandalhão de cabeça raspada é Tony 'Quatro Bolas' Gillum, o guarda-costas e braço direito de Frank. O cara seguinte com o nariz quebrado muitas vezes é Paulie 'Machadinha' Caprise. Este aqui é o Pequeno Tommy Cosimo. Por último, mas não menos importante, e a verdadeira razão de eu estar aqui", ele bateu na última foto, "é este cavalheiro de olhos sonolentos, Pete 'o Judeu Fodido' Goldblum."

Pookie levantou a mão.

"O apelido desse cara é *o Judeu Fodido*?"

"Pelo menos é melhor do que *o Chapéu*", disse Jennifer.

"Goldblum é encrenca", disse Tryon. "Nunca foi condenado, mas tem diversos assassinatos ligados a ele. Se Lanza esteve por trás do assassinato de Ablamowicz, podem apostar que Goldblum foi o responsável."

"Mas por que Ablamowicz?", perguntou Pookie. "Apagar um *contador*? Contadores não servem pra porra nenhuma. Sem querer ofender, Chris."

"É Christopher", disse Kearney.

Pookie bateu na testa com a palma da mão.

"Ah, droga. Desculpe mesmo por isso."

Kearney olhou para Pookie, depois usou o dedo médio para esfregar o olho esquerdo. Pookie riu.

"Esse *contador* controlava o fluxo de caixa de diversos grupos do crime organizado", disse Kearney. "Ablamowicz trabalhava para a Máfia Odessa, para a Tríade Wah Ching e para Johnny Yee do Suey Singsa Tong. Mais recentemente, Ablamowicz esteve movimentando muito dinheiro para Fernando Rodriguez, líder dos Norteños."

Todas aquelas gangues eram barra-pesada, mas o papel de Bryan no Departamento de Homicídios o levou a ficar cara a cara com os Norteños mais do que com qualquer outro grupo. Durante décadas, a gangue gastara grande parte dos seus recursos lutando contra os principais rivais, os Sureños. Sob a liderança de Fernando, porém, os Norteños estavam expandindo as operações. Fernando era conhecido pela inteligência, além da ousadia — ele encomendaria o assassinato de qualquer um, em qualquer lugar, a qualquer hora.

"Ablamowicz controlava dinheiro", disse Kearney. "Se você quisesse ferrar com o fluxo de caixa em San Francisco, ele era um bom ponto de partida."

Tryon bateu na foto de Frank Lanza de novo.

"Talvez Lanza tenha oferecido um acordo a Ablamowicz. Talvez ele não tenha aceitado a oferta."

Robertson se levantou e alisou a gravata.

"Obrigado, agente Tryon. Isso nos dá mais coisas com que trabalhar. Tryon tem cópias dessas fotos para todos vocês e fez a gentileza de compartilhar endereços e lugares de encontros do pessoal de Lanza. Irmãos Steve, conversem com Paulie Caprise e o Pequeno Tommy Cosimo. Clauser e Chang, rastreiem Goldblum e vejam se ele tem alguma coisa a dizer."

Todos começaram a sair em fila, mas Pookie ficou para trás. Bryan esperou para ver o que o parceiro queria.

"Ei, delegado assistente", chamou Pookie. "Tem um minuto?"

Robertson assentiu, então apertou a mão de Tryon. O agente do FBI saiu, deixando Robertson com Pookie e Bryan.

"O que foi, Pooks? Tem alguma ideia sobre Lanza?"

"Não", respondeu ele. "Temos ideias sobre Paul Maloney."

Robertson assentiu enquanto empurrava os óculos para cima do nariz.

"Ah, devia ter esperado por isso."

A garganta de Bryan estava áspera e seca. Ele precisava de água — com sorte, o choramingo de Pookie não iria demorar.

"Queremos ficar com o caso", disse Pookie. "Vamos, cara. Aconteceu no meio da noite. É *nosso*."

Robertson balançou a cabeça.

"Não vai dar, cavalheiros. O caso é de Verde."

"Não me entenda mal", disse Pookie. "Gosto de Rich Verde. Também gosto do meu avô. Meu avô baba bastante e tende a cagar nas calças. Não que eu esteja fazendo alguma associação com a idade de Rich, veja bem."

Robertson riu.

"O fato de a delegada Zou querer vocês no caso Ablamowicz é um elogio às suas habilidades. Fiquem felizes com isso. Agora vão conversar com Goldblum. Descubram alguma coisa."

Robertson saiu.

Pookie balançou a cabeça.

"Odeio essa merda de D-E-P-P-L."

"D-E-P-P-L?"

"*Deixe essa porra pra lá*", explicou Pookie. "Os caras que *deviam* estar no caso são deixados de fora de propósito? Um legista que não sai do IML em meia década é designado para trabalhar no corpo? Coisas estranhas estão acontecendo na Circle-K, Bri-Bri."

Pookie tinha razão, mas algumas *coisas estranhas* não significavam conspiração. Às vezes, os mandachuvas tomavam decisões que iam contra as suas opiniões.

"Esquece isso", disse Bryan. "Vamos, quanto antes encontrarmos Goldblum, talvez mais cedo voltemos ao turno da noite."

ROBIN-ROBIN BO-BOBBIN

Robin Hudson levou sua motocicleta Honda de ré até a faixa estreita de estacionamento na Harriet Street, do lado de fora do Instituto Médico Legal de San Francisco. Diversas motos já estavam ali, sendo que algumas pertenciam aos seus colegas de trabalho. Os rapazes tinham motos de 1.200 cilindradas; a maioria das mulheres tinha *scooters* — a máquina de Robin ficava no meio-termo, com 745 cilindradas.

A van do necrotério já estava estacionada de ré na doca de descarga. Talvez a noite tivesse sido agitada. Ela passou pela placa que dizia APENAS AMBULÂNCIAS e subiu a rampa na direção da doca de descarga. Ela gostava de entrar no trabalho todos os dias do mesmo jeito que os seus objetos de estudo — pelas portas por onde os cadáveres eram trazidos.

Robin ficou surpresa ao ver o chefe sair da van e pular para o chão com agilidade.

"Dr. Metz! Como o senhor está nesta manhã?"

Metz parou para olhá-la. Ele deu seu tradicional aceno de cabeça lento.

"Bom dia, Robin."

"Você saiu para uma coleta?"

Quando ela começou a trabalhar ali, sete anos antes, Metz saía para coletas três ou quatro vezes por semana, sempre que havia um assassinato muito feio ou algo estranho a respeito do cadáver, alguma coisa interessante. Conforme os anos foram passando, ela o vira sair cada vez menos. Naqueles dias, ele raramente deixava o IML. Ainda chefiava o departamento, no entanto, e esperava que seu pessoal demonstrasse a mesma dedicação e perfeição que ele demonstrara por quase quatro décadas.

"Sim", respondeu ele. "Eu mesmo vou tirar os raios X, agora, então vou ficar na sala de exames particular durante as próximas horas. Não quero ser interrompido. Você se importaria em tomar conta do departamento?"

"Claro que não, sem problemas." Robin tentou manter a voz neutra, mas não conseguiu evitar sentir-se um pouco animada com o pedido, outro sinal de que ele a estava preparando para substituí-lo. Ela tinha muito trabalho pela frente e um longo caminho a percorrer para que Metz a considerasse qualificada, mas todos sabiam que o emprego de médica-legista chefe já era dela. "Será um prazer", acrescentou.

"Obrigado. E vou querer usar o aparelho RapScan. Você fez treinamento para usá-lo, certo?"

Ela assentiu. O aparelho de testes rápidos de DNA era um divisor de águas em potencial na força da polícia. Amostras de DNA eram geralmente levadas ao necrotério, para depois serem transportadas para os laboratórios a fim de serem processadas. Dependendo do teste, poderia demorar semanas para se obter os resultados — às vezes, chegava a demorar até dois meses. Os novos aparelhos portáteis, porém, podiam ser levados até o cadáver e fornecer sequências de DNA confiáveis em questão de horas. A Rapid Analysis, fabricante do RapScan 2000, dera um modelo para San Francisco graças à reputação nacional do dr. Metz em ciência forense.

Metz pedira a Robin para dominar o aparelho. Por tudo que o RapScan 2000 podia fazer, o tamanho ainda a surpreendia — não era muito maior do que uma maleta de couro comum. A rotulação e a inclusão de dados eram feitos em uma tela embutida e sensível ao toque. Esta mesma tela mostrava os resultados. Os cartuchos de amostras eram do tamanho de uma caixa de fósforos e o aparelho podia processar até quatro amostras ao mesmo tempo.

"É fácil", disse ela. "Você poderia tê-lo levado para o trabalho de campo, sabe. Ele é pequeno o suficiente para caber na traseira da van. A questão é essa, Doc, se você tivesse começado o processo enquanto estava no local, é provável que ele estivesse cuspindo os resultados neste exato momento."

O legista pensou a respeito, então deu seu aceno lento.

"Isso teria sido útil. Ligue para a Rapid Analysis e diga a eles que quero uma segunda unidade de testes. Mas faça isso *depois* de me mostrar como usá-lo."

"Pode deixar, dr. Metz."

Por que ele estava com tanta pressa? Robin espiou o corpo no carrinho atrás de Metz. O saco para cadáveres branco escondia qualquer detalhe do corpo, embora o volume dentro dele parecesse um pouco disforme. Ela detectou um odor de urina. Não era incomum que o corpo evacuasse e liberasse líquidos no momento da morte, mas tinha que estar bem saturado para que ela pudesse sentir o cheiro através do material grosso. Ela apontou com a cabeça na direção do cadáver.

"Alguma coisa interessante aí?"

Metz a olhou durante alguns instantes, como se estivesse pensando em dizer algo, mas então decidisse não fazê-lo. Ele falou uma fração de segundo antes de o olhar tornar-se desconfortável.

"Talvez", respondeu ele. "Vamos ver. Um caso como este... é delicado. Pode ser que eu lhe conte sobre ele. Em breve, possivelmente."

"Quando contar, chefe, serei toda ouvidos."

"Ah, vi o seu namorado enquanto estive fora. Como ele está?"

O sorriso de Robin desvaneceu.

"Bryan e eu terminamos."

Os olhos de Metz entristeceram.

"Recentemente?"

"Uns seis meses atrás."

Ele a olhou, depois desviou o olhar. Daquela vez *foi* desconfortável.

"Sim. Você já tinha me contado. Agora eu me lembro disso."

Sem saber o que mais fazer, Robin apenas aquiesceu. Metz empurrou o cadáver para dentro do necrotério, um passo lento de cada vez. Mesmo naquela idade, ele gostava de lidar com tudo sozinho.

Era difícil vê-lo esquecer as coisas. Devia ser a morte para ele — um homem cuja vida e identidade dependiam inteiramente da sua inteligência — ver os primeiros sinais da memória lhe escapulindo.

Robin atravessou a área de recebimento onde os corpos eram despidos, pesados e fotografados. Entrou nos escritórios, que consistiam em uma dúzia de cubículos cinzentos que faziam o velho carpete amarelo parecer mais brilhante por contraste. Impressões e recortes de jornais pregados aos cubículos exibiam notícias de diversos assassinatos ou suicídios de pessoas importantes. Qualquer foto que mostrasse alguém do Instituto Médico Legal em ação era imediatamente exibida nas paredes como troféu.

Ela colocou seu capacete e sua jaqueta no cubículo, depois prendeu outra vez o longo rabo de cavalo enquanto olhava o quadro-negro. Era assim que o Instituto Médico Legal de San Francisco mantinha o registro das tarefas e dos corpos que chegavam — não em computadores, mas em um quadro--negro de um metro de largura por dois de altura. O quadro era dividido em quadrados com laterais de um metro que deslizavam para cima ou para baixo, um sob o outro. O topo do quadro listava o trabalho da noite anterior; dez nomes rabiscados com giz, todos informando a hora de chegada, o legista designado para examinar o corpo e CN para *causas naturais*.

O quadrado na parte de baixo era o trabalho do dia, já com quatro linhas. Dois desses estavam marcados com CN, enquanto os outros tinham pontos de interrogação — um ponto de interrogação significava um provável homicídio.

Ela viu a linha de baixo com o nome de Metz sob a coluna "designado". O nome do defunto era *Paul Maloney*.

Robin soltou um assobio longo e baixo. Padre Paul Maloney. Aquilo era importante. Seria por isso que Metz tinha saído para a coleta? Fazia sentido. Ainda assim, Robin teve a impressão de que ele quisera lhe contar algo mais, algo que o seu chefe por fim decidira que ela não estava pronta para ouvir. O que isso poderia ser, Robin não sabia.

O que quer que fosse, teria que esperar, porque de acordo com o quadro, Singleton, John, CN e Quarry, Michelle, ? esperavam por ela.

A IRMÃ DE POOKIE

Pookie estacionou o Buick na Union Street, ao lado do Washington Square Park. Enquanto saía, suas mãos deram as quatro apalpadas automáticas — uma no bolso esquerdo das calças para verificar as chaves do carro, outra no bolso direito das calças para verificar o celular, a terceira no lado esquerdo do peito para a arma e a última no bolso traseiro direito para a carteira. Tudo estava no seu devido lugar.

Bryan estava encostado no capô do Buick, a mão esquerda pressionada contra a pintura marrom descascada.

"Bri-Bri, tudo bem?"

Bryan deu de ombros.

"Acho que estou ficando doente."

Isso seria algo inédito.

"Cara, você nunca fica doente."

Bryan olhou para cima. Por baixo do cabelo vermelho-escuro desgrenhado, seu rosto estava um pouco pálido.

"Você não está sentindo nada, Pooks?"

"Além de culpa por estar dominando a maior parte do suprimento universal de grandiosidade disponível, não. Estou bem. Você acha que pegou alguma coisa na cena do Maloney?"

"Talvez", respondeu Bryan.

Mesmo que Bryan tenha contraído alguma doença, eles estiveram no local há apenas algumas horas. A gripe não se manifesta com tanta rapidez. Talvez ele estivesse apenas cansado. Na maioria dos dias, ele se escondia no seu apartamento escuro como alguma criatura notívaga. Três turnos diurnos seguidos tinham provavelmente bagunçado os padrões de sono de Bryan.

Desceram a Union na direção da esquina com a Mason Street. Ali ficava o restaurante Trattoria Contadina. De acordo com as informações de Tryon, um tal de Pete "o Judeu Fodido" Goldblum fora visto ali inúmeras vezes.

"Bri-Bri, sabe o que está me incomodando?"

"Que Rich Poliéster ficou com o nosso caso?"

"Você é vidente", disse Pookie. "Devia ser um daqueles adivinhos."

"Deixa isso pra lá."

Era pouco provável que Pookie fosse deixar o assunto pra lá. Por que a delegada iria querer seus dois melhores detetives fora do caso Maloney? Não fazia sentido algum. Talvez fosse alguma coisa relacionada com o que quer que estivesse embaixo daquela lona azul.

Paul Maloney merecia muitas coisas ruins, mas não ser assassinado. Seu fim não poderia ser considerado *justiça*, independentemente dos crimes que tenha cometido. Maloney fora julgado e condenado por um júri popular — as punições do tribunal não tinham incluído a sentença de morte.

Bryan tossiu, depois deu um cuspe nojento de catarro amarelo na calçada.

"Que lindo", comentou Pookie. "Pode ser que você *esteja* doente."

"Talvez", disse Bryan. "Você devia ser um detetive ou algo assim."

Eles passaram pela San Francisco Evangelical Church. Após chegar de Chicago dez anos antes, Pookie dera uma chance àquela igreja. Não era do seu gosto. Ele experimentara vários lugares antes de encontrar o seu lar na Glide Memorial. Pookie preferia os seus sermões servidos com música soul e um toque de R&B como acompanhamento.

Ele percebeu que estava andando sozinho. Olhou para trás. Bryan estava parado, o rosto nas mãos, virando a cabeça de um lado para o outro devagar, como se estivesse tentando afastar um pensamento.

"Bri-Bri, tem certeza de que está bem?"

Seu parceiro olhou para cima e piscou. Limpou a garganta, cuspiu outra bolota de catarro, depois assentiu.

"Sim, estou bem. Vamos."

A Trattoria Contadina ficava a apenas um quarteirão da Washington Square. Os *concierges* conheciam o restaurante e aconselhavam turistas a irem jantar lá, mas em sua maioria o lugar pertencia aos habitantes locais. Letras simples e brancas em um toldo verde encardido e coberto de bosta de passarinho soletravam o nome do restaurante ao longo da esquina da Union com a Mason. Uma sineta em cima da porta tocou quando Bryan e Pookie entraram.

O aroma de carne, molho e queijo atingiu Pookie em cheio. Ele se esquecera do lugar e fez uma anotação mental para voltar lá em breve para jantar — o antepasto de berinjela era tão bom que você daria um tabefe na própria irmã para conseguir um. E Pookie gostava da irmã.

Aproximadamente metade das mesas cobertas com toalhas de linho estava ocupada, casais e grupos conversando e rindo, acompanhados pelo tinido dos talheres. Pookie estava prestes a pegar as fotos que Tryon tinha fornecido quando Bryan o cutucou de leve, para em seguida apontar com a cabeça na direção dos fundos. O detetive demorou um segundo para reconhecer os olhos meio fechados de Pete Goldblum, que estava sentado com dois outros homens.

Pookie foi até a mesa. Bryan o seguiu, apenas um pouco atrás. Era assim que eles faziam o trabalho. Apesar de Bryan ser mais baixo, ele meio que era o que pegava "pesado" da dupla. Pookie cuidava das conversas até a hora do bate-papo ter passado, então Bryan assumia o controle. O Exterminador tinha uma aura de frieza que as pessoas não conseguiam ignorar.

Pookie parou na frente da mesa.

"Peter Goldblum?"

Todos os três lhe lançaram aquele olhar, aquele que dizia: *Sabemos que você é um tira e não gostamos de tiras, caralho.* Todos usavam ternos. Aquilo era estranho; a era dos mafiosos bem-vestidos tinha passado há um bom tempo. Naqueles dias, vestir roupas chamativas era coisa de membros de gangues — a maioria dos caras realmente poderosos se vestia da maneira mais imperceptível possível.

Goldblum acabou de mastigar um bocado de comida e engoliu.

"Quem quer saber?"

"Eu sou o detetive Chang." Pookie mostrou o distintivo. Inclinou a cabeça na direção de Bryan. "Este é o detetive Clauser. Somos do Departamento de Homicídios, estamos investigando o assassinato de Teddy Ablamowicz."

Bryan andou até o outro lado da mesa. Os três homens o observaram, a atenção atraída naturalmente pelo policial que aparentava ser o mais perigoso.

O homem sentado de frente para Goldblum falou:

"*Clauser?* Como em *Bryan* Clauser?"

Pookie reconheceu os outros dois homens no mesmo instante em que Bryan respondia — o rosto arrogante de Frank Lanza, os ombros largos e a cabeça raspada de Tony Gillum.

Bryan assentiu.

"Isso mesmo, sr. Lanza. Fico surpreso por saber o meu nome."

Lanza deu de ombros.

"Alguém me falou sobre você. Pelo que ouvi, você está no ramo errado. Devia ser um daqueles..." Ele olhou para o teto com os olhos meio cerrados, fingindo tentar se lembrar de alguma coisa. "Tony, qual é o nome daqueles caras que aparecem nos filmes de gângsteres? Os caras que matam pessoas?"

"Assassinos de aluguel", respondeu Tony. Ele falou com uma voz tão profunda que poderia mesmo ter as quatro bolas do seu apelido. "Ele devia ser um assassino de aluguel, sr. Lanza."

"Certo", disse Lanza. "Um assassino de aluguel, isso mesmo." Olhou para Bryan. "Ouvi dizer que você matou o quê, quatro pessoas?"

Bryan assentiu.

"Até agora."

Aquele comentário fez os homens hesitarem. Caramba, Pookie tinha que anotar aquilo para usar depois — esse tipo de coisa faria um roteiro brilhar.

"Sr. Goldblum", disse Pookie, "gostaríamos de lhe fazer algumas perguntas sobre Teddy Ablamowicz."

"Eu não o conhecia", disse Goldblum. "É o cara no jornal?"

Lanza riu.

"Ele está em *três* jornais, se entende o que quero dizer. Partes dele, em todo o caso. Pelo menos foi o que ouvi." Lanza pegou uma fatia de pão e limpou o molho do prato. Balançou a cabeça num gesto de desconsideração, como se

Pookie e Bryan fossem um aborrecimento trivial que tivesse que ser tolerado temporariamente.

Aqueles caras estavam falando sério? Os ternos, todos eles juntos, em público daquele jeito, e em um restaurante italiano? Talvez tivessem ficado quietos por seis meses, mas a discrição parecia ter chegado ao fim — eles queriam que as pessoas os vissem, que soubessem que a LCN estava de volta à cidade.

"Aqui não é Jersey", disse Pookie. "Não sei como vocês cuidam das coisas lá no leste, mas talvez não entendam para quem Ablamowicz trabalhava ou o que vai acontecer agora."

Bryan encarou Lanza, depois pegou um pedaço de pão e deu uma mordida.

"Ele está querendo dizer que você deve ficar na sua, sr. Lanza. Não aparecer em público assim, onde qualquer um pode aparecer do nada para dar uma surra em você."

Lanza deu de ombros.

"Só estamos fazendo uma refeição. Não fizemos nada de errado. Acha que fizemos algo de errado?"

Bryan sorriu. O sorriso era ainda mais assustador do que a encarada.

"O que eu acho não interessa", respondeu ele. "O que importa é o que Fernando Rodriguez acha."

"Quem caralho é Fernando Rodriguez?"

Pookie demorou um segundo para se dar conta de que Lanza não estava brincando. Deus devia amar Frank Lanza porque tinha que ser um milagre um idiota como aquele ainda estar vivo.

"Ele é o chefe dos Norteños", disse Pookie. "Localmente, pelo menos. Você devia saber dessas coisas. Fernando é um homem que faz as coisas acontecerem, sr. Lanza. Se ele achar que esteve envolvido no assassinato de Ablamowicz, as chances de vocês receberem visitas são muito grandes. E em breve."

Goldblum pegou o guardanapo do colo e o jogou em cima do jantar ainda pela metade.

"Foda-se", disse ele em voz baixa. "Sou um cidadão e pago os meus impostos. Você acha que estou preocupado com um grupo de chicanos de merda?"

Ah, cara, esses sujeitos não fizeram suas lições de casa. Subestimar os Norteños poderia fazer com que você ganhasse uma viagem direta para o necrotério. Pookie sentiu-se compelido a levar Pete para interrogatório — mais pela própria segurança dele do que pelo crime.

"Sr. Goldblum", disse Pookie, "acho que devia vir com a gente."

Goldblum ergueu as sobrancelhas, mas os olhos continuaram meio fechados.

"Está me prendendo, japa?"

Pookie balançou a cabeça.

"Sou de Chicago, não do Japão. E não, não estamos prendendo você. Mas por que complicar as coisas? Você sabe que teremos essa conversa lá na delegacia cedo ou tarde, então vamos ser bonzinhos e acabar logo com isso."

Lanza riu.

"É, tá bom. Como se vocês fossem muito diferentes dos tiras da costa Leste. Vocês *nunca* acabam logo com as coisas."

Pookie ouviu o tilintar do sino da porta. Os olhos de Bryan dispararam naquela direção e então se estreitaram.

Uh-oh.

Pookie se virou depressa. Dois homens latinos se aproximavam com rapidez. Jaquetas grossas. Toucas — uma vermelha com o *N* do Nebraska Cornhuskers em branco, a outra vermelha com o logotipo do San Francisco 49ers. Tatuagens que iam até as orelhas eram visíveis acima das golas das camisetas.

Cada homem tinha a mão dentro da jaqueta.

Cada homem encarava Frank Lanza.

Jesus, Maria e José — um assassinato? *Aqui?*

"Pooks", disse Bryan em voz baixa, "venha aqui atrás, *agora*."

Pookie deu a volta na mesa antes de enfiar a mão no paletó para pegar sua Sig Sauer, mas os homens foram mais rápidos. Suas mãos saíram de dentro das jaquetas — um portando uma semiautomática, o outro levantando uma espingarda de cano serrado.

Antes mesmo de os homens estarem com as armas a postos, Bryan sacou a própria Sig com a mão esquerda, esticou o braço e agarrou Lanza com a direita. Com o mesmo movimento, chutou a mesa para que o topo ficasse de frente para os atiradores, fazendo pratos de comida saírem voando. Bryan empurrou Lanza para trás da mesa virada.

A espingarda de cano serrado rugiu, rasgando linho e estilhaçando a madeira.

A pistola de Bryan latiu duas vezes, *bam-bam*. O cara da espingarda se contorceu, em seguida Bryan disparou pela terceira vez em menos de um segundo. A cabeça do homem foi empurrada para trás e ele caiu.

Gritos preencheram o ambiente. Pookie encontrou a arma com uma mão que não parava de tremer. O outro agressor corria de costas na direção da porta da frente, disparando sem controle na direção da mesa. Pookie mirou — *pessoas no chão, se protegendo atrás das mesas, cheio demais, trânsito do lado de fora, pessoas na calçada* —, mas não disparou.

Um disparo à direita dele. Tony Gillum, disparando enquanto o agressor corria para fora do restaurante.

Bryan se aproximou de Tony por trás, agarrou a mão direita dele, levantou-a e apontou a arma para o teto enquanto atingia a parte de trás da perna direita de Tony com o pé esquerdo. Tony grunhiu e caiu de joelhos. Bryan girou depressa, jogando o outro homem de cara no linóleo coberto de comida.

Bryan permaneceu de pé, ainda segurando a arma de Tony. Ejetou o pente e puxou o ferrolho para trás, depois deu quatro passos para a frente e chutou a espingarda de cano serrado para longe do atirador abatido.

"Pooks, algeme Tony e ligue para a central."

O medo finalmente se instalou. Tudo acontecera em quatro segundos, cinco no máximo. Pookie apontou a arma um pouco para a esquerda das costas de Tony.

"Não se mexa! Mãos atrás da cabeça!"

"Relaxa", disse Tony enquanto obedecia. "Eu tenho porte."

Pookie apoiou o joelho nas costas de Tony, fazendo o homem aguentar o seu peso.

"Fique parado. Bryan, você vai atrás do outro atirador?"

"De jeito nenhum", respondeu Bryan. "Vamos esperar pelos reforços. A primeira pessoa a espiar porta afora pode acabar tendo a cabeça arrancada com um tiro." Em seguida, gritou para os clientes do restaurante: "Polícia de San Francisco! Fiquem todos onde estão! Tem alguém ferido?".

Os clientes trocaram olhares, esperaram alguém falar. Ninguém o fez. Um coro de cabeças balançando foi a resposta que Bryan teve à sua pergunta.

"Ok", disse ele. "Ninguém se mexe até os reforços chegarem. Fiquem abaixados e se mantenham calmos. *Não* tentem sair do prédio, o atirador ainda pode estar lá fora."

Dez segundos de pânico tinham prendido os clientes no lugar. Não relaxaram — não chegaram nem perto disso —, mas obedeceram à ordem de ficarem parados.

Enquanto Pookie algemava Tony Gillum, Bryan ajoelhou-se ao lado do assassino em potencial e abriu a jaqueta do homem. Olhando de relance, Pookie viu dois pontos vermelhos se espalhando pela camiseta branca do agressor, círculos de sangue se fundindo no formato de um "oito". O sangue também escorria de um ponto abaixo da narina esquerda do homem.

Dois no peito, um na cabeça.

Pookie pediu reforços. Também requisitou uma ambulância, porém, a não ser que alguém tivesse se espetado com uma farpa da mesa destruída, os paramédicos não teriam muito trabalho — o meliante de Bryan já estava morto.

"Puta merda", resmungou Lanza. "Puta merda."

Bryan suspirou, fechou a jaqueta do atirador. Olhou para Lanza.

"Estavam atrás de você, Lanza", informou. "Como disse, é melhor você ficar na sua, ou então jogue a toalha e volte para Jersey."

Um Lanza de olhos esbugalhados assentiu.

"É. Ficar na minha."

Bryan andou até Lanza e ajudou o homem a se levantar.

"Você me deve uma", falou Bryan.

Pookie observava. Bryan tinha acabado de matar um homem, mas ainda assim agia como se aquilo fosse tão perturbador quanto abrir a geladeira e descobrir que alguém bebera o resto do leite. A natureza casual e o olhar frio pareciam assustar Lanza tanto quanto o próprio tiroteio.

"Você me deve uma", disse Bryan outra vez. "Sabe disso, não sabe?"

Lanza esfregou a cara, então assentiu.

"É. Eu... puta merda, cara."

"Um nome", disse Bryan. "Queremos um nome para esse lance com o Ablamowicz."

Lanza voltou a olhar para o atirador morto caído aos pés de Bryan, então aquiesceu.

Pete Goldblum se jogara no chão assim que o tiroteio começou. Ficou de pé e limpou molho de macarrão do paletó.

"Sr. Lanza, você não deve merda nenhuma a esse tira."

"Cale a boca, Pete", mandou Lanza. "Eu teria batido as botas. Você e o Quatro Bolas não fizeram porcaria nenhuma."

"Ei!", exclamou um Tony Gillum de cara para o chão. "Eu dei um tiro."

"Claro, Tony", respondeu Lanza. "Você é praticamente um Boina Verde."

Pookie se ouviu soltando a respiração em um longo suspiro antes mesmo de saber o que estava fazendo — a situação estava contida. Não era a primeira vez que via Bryan Clauser em ação daquele jeito, mas esperava que fosse a última.

A MENTIRA DE BRYAN

O sol se escondera em algum lugar atrás dos prédios residenciais. Bryan estava a poucos minutos da cama e do descanso. Ele costumava ter problemas para dormir à noite, mas não hoje — apagaria assim que encostasse a cabeça no travesseiro.

"Decifre um enigma para mim, Bri-Bri."

A testa de Bryan estava apoiada na mão direita; o cotovelo descansava na maçaneta interna do Buick de Pookie. Qualquer que fosse a coisa que tivesse contraído, estava piorando depressa: fadiga e dores no corpo, o começo das fungadas, a garganta parecendo estar cheia de lâminas, os primeiros indícios de uma dor de cabeça monstruosa.

Bryan se reclinou no banco e bocejou. Pookie estivera falando sem parar desde que eles saíram do restaurante. Aquilo estava em algum lugar no manual — mantenha o atirador falando após o incidente, não lhe dê tempo de ficar introspectivo.

Pookie tinha boas intenções, é claro, mas Bryan só queria silêncio. Ele não podia dizer ao amigo e parceiro o porquê. Algumas coisas não podiam ser compartilhadas. Estavam quase chegando ao apartamento de Bryan, então ele ficaria livre da tagarelice constante de Pookie.

"Bri-Bri? Está me escutando?"

"Sim, claro. Qual é a pergunta?"

"Como é que um adulto não tem um carro?"

Bryan teve que limpar a garganta antes de poder falar.

"Não preciso de um. Moro bem no centro da cidade."

"Você não precisa de um carro porque eu carrego você para todo lugar."

"Também é um fator."

Pookie estacionou em fila dupla na frente do prédio de Bryan. Buzinas atrás deles começaram a soar na mesma hora.

"Bri-Bri, você vai ficar legal? Posso dormir aqui esta noite se quiser."

Bryan assumiu sua melhor expressão solene fingida.

"Obrigado, mas não. Não foi o meu primeiro rodeio. Só preciso ficar sozinho e pensar nas coisas."

Pookie assentiu.

"Tá legal, campeão. Mas me ligue se começar a surtar, ok?"

"Valeu, cara." Bryan teve que convencer o seu corpo exausto a sair do carro. Cambaleou para dentro do prédio. Que dia. Dar tiros, lidar com a cena do crime, fazer a sua declaração, o exame preliminar do tiroteio — coisas demais. Haveria longos dias pela frente. Com todas aquelas testemunhas, com um atirador abrindo fogo num restaurante cheio, Bryan não teria que aguentar nenhuma merda por causa daquilo. Isso não queria dizer, no entanto, que estava livre de passar pelos processos. Um conselho completo para o exame do tiroteio já fora agendado. Aquilo era sempre divertido.

E na cena do crime, antes mesmo de poder ir embora, houvera a conversa obrigatória com o psicólogo da polícia. Bryan estava bem? Como se sentia a respeito do tiroteio? Ele achava que podia ficar sozinho naquela noite?

Bryan respondeu o que sempre respondia — que matar um homem era algo terrível.

E, como sempre, aquilo era uma mentira.

Ele gostava de matar pessoas? Não. Ele se sentia mal com isso? Nem um pouco. Sabia que *devia* sentir alguma coisa, mas, como nas últimas quatro vezes, não sentia nada.

O cara havia disparado uma espingarda. Se Bryan não o tivesse abatido, poderia ter sido Lanza no saco de cadáver. Ou Pookie. Ou ele mesmo.

Lanza, o idiota. Talvez na costa Leste as pessoas respeitassem a máfia o bastante para manter *distância*, mas não aqui. Jimmy, o Chapéu, fora um malandro esperto. Seu filho? Nem tanto. Frank e os seus companheiros se vestiam como se quisessem que a era de ouro do crime voltasse da noite para o dia. Bem, agora sabiam que a história era outra.

A adrenalina mantivera Bryan agitado desde o tiroteio até a conversa com o psicólogo. No entanto, o tempo todo o seu corpo estivera se desintegrando de maneira furtiva. Uma vez que a agitação tinha passado, ele se sentiu completamente esgotado.

Bryan apertou o botão para chamar o velho elevador chacoalhante. Em vez de um clique e o zunido de maquinaria, ele não ouviu nada. Merda — o elevador estava quebrado outra vez.

Forçou o corpo a subir as escadas, cada passo era como levantar o pé gigante de outra pessoa. Chegou ao quarto andar e parou. Era possível ignorar a dor muscular. Na sua maior parte, pelo menos. As dores, o latejar, a febre... mas agora ele sentia uma dor que exigia a sua atenção.

Uma dor no peito.

Bryan cerrou os dentes, depois esfregou a mão com força sobre o esterno. Estava tendo um infarto? Não... parecia ser *acima* do coração. Mas o que ele sabia sobre infartos? Talvez fosse ali que começassem.

E então, de repente, a dor passou. Respirou longa e profundamente. Talvez devesse ligar para um médico, mas estava tão cansado.

Não devia ser nada. Apenas a gripe, ferrando com o seu sistema. Pode ser que tenha ficado mais estressado com o tiroteio do que se dera conta. Se o peito estivesse assim no dia seguinte, ligaria para um médico com certeza.

Bryan entrou no apartamento e começou a tirar as armas. Conseguiu despir a maior parte das roupas antes de despencar na cama e adormecer em cima das cobertas.

APARECER, DESAPARECER

A umidade bolorenta de roupa apodrecida.

O fedor de lixo rançoso.

O pulsar quente da caçada.

Duas emoções conflitantes lutando por domínio — o gosto eletrizante e avassalador do ódio justaposto com a sensação insistente e formigante do mal se esgueirando.

Mesmo enquanto ele caçava, algo o caçava.

Bryan permaneceu imóvel, usando apenas os olhos para rastrear a sua presa.

Um útero.

Eles o feriam. Assim como o outro o ferira.

Esperamos tanto tempo.

Mesmo através das imagens embaçadas e disparatadas, ele reconheceu a rua: Van Ness. Vultos mutáveis de pessoas com rostos indistinguíveis e borrados; cores ondulantes e se movendo que eram carros; faróis e postes que faziam a névoa brilhar.

Bryan observava o alvo, um alvo constituído de impressões abstratas de carmesim nebuloso e dourado fosco, de ombros largos e cabelo loiro desleixado, de olhos franzidos cheios de maldade.

Não um homem... um *garoto*. Grande, mas ainda jovem. Ele tinha um certo andar, um certo... *cheiro*.

Bryan queria aquele garoto morto.

Queria *todos* eles mortos.

Um útero.

Caçando, mas também... *caçado*. O detetive perscrutou a linha do horizonte, procurando movimentos. Enquanto o fazia, teve a certeza profunda e fria de que era provável que não visse a morte se aproximando. Precisava deixar a marca, a marca que mantinha o monstro à distância.

Bryan sentiu uma batida no ombro. Suspirou de frustração, sabendo que podia pegar a presa se ao menos não houvesse tantas pessoas por perto. Porém, ele tinha outro trabalho a fazer — aquele alvo teria que esperar.

Virando-se agora. Movendo-se. Tudo era um borrão. Aparecia, desaparecia. Entrava em foco novamente. Olhando um beco lá embaixo. Devia estar muito alto. Fitando uma dilapidada caçamba azul de lixo. Algo atrás da caçamba, escondido de vista quase por completo, mas não escondido do *olfato*.

Bryan também reconheceu o cheiro. Não era tão bom quanto o do garoto, não tão saudável. Mais... *desgastado*, mas ainda bom o bastante para fazer o seu estômago roncar. Bryan observou com mais atenção — um pouco de vermelho e amarelo atrás da caçamba. Um cobertor. Um cobertor vermelho. O amarelo parecia ser algo familiar... uma ave pequenina...

Desaparecia, aparecia, voltava a desaparecer. O sonho desvaneceu.

Na cama, Bryan se virou de uma vez, abriu os olhos e se perguntou onde estava. A escuridão do quarto parecia ser uma coisa viva, pronta para perfurá-lo com farpas escurecidas. O suor escorria pelo rosto, encharcando os lençóis.

Seus lençóis. *Sua* cama. Estava no próprio apartamento.

Ele deixara o sonho, mas o medo do monstro que o caçava o acompanhara. O peito doía, muito mais do que tinha doído nas escadas. Era uma dor causada pelo terror do sonho ou pela gripe que o fazia queimar e suar?

Bryan esticou o braço e acendeu o abajur. Semicerrou os olhos devido à luz súbita, mas não por muito tempo.

Ele precisava encontrar papel, encontrar uma caneta.

Precisava desenhar.

REX DESPERTA

Rex Deprovdechuk acordou quente e suado.

Agitado. *Aterrorizado*.

Por um breve instante permaneceu perdido no poder do sonho, o coração martelando no peito, a respiração curta e acelerada. Então as dores reapareceram como um torno apertando devagar cada parte do seu corpo. A dor, a febre... ele nunca se sentira tão doente assim antes.

As calças estavam estranhas. Ele esticou o braço para baixo e tateou, sentiu algo *duro*. Puxou a mão de volta — o que era aquilo lá embaixo? A vergonha o engolfou, fazendo a sua pele ficar ainda mais quente.

Ele estava de *pau duro*.

Rex sabia o que era ficar de pau duro, é claro. A molecada na escola falava disso o tempo todo. As pessoas falavam disso na TV. Ele até já tinha visto na pornografia da internet. Visto-os, sim, mas nunca tinha ficado *daquela forma* antes. Assistir pornografia não o deixara daquele jeito. Nem as garotas da escola. Rex sempre soubera que *devia* ficar, mas nunca sentia nada. Nada o deixara excitado antes.

Mas o sonho conseguiu fazer isso.

Ele estivera perseguindo Alex Panos, o maior dos valentões que infernizavam a vida de Rex. Perseguindo-o, como um leão persegue uma zebra. Os cheiros do sonho ainda enchiam o nariz de Rex — tecido podre, lixo — e aqueles sentimentos conflitantes: raiva ardente contra o valentão e um medo entorpecente da coisa que espreitava nas sombras.

Um útero.

Que ótimo sonho. Ele quase pulara de um prédio para atacar o cuzão do Alex. Isso não teria sido incrível?

Houvera outras pessoas no sonho, pessoas que caçavam ao seu lado. Duas pessoas... duas pessoas com rostos estranhos. Sonhos eram loucos mesmo.

O pinto latejava tanto que chegava a doer. Era uma dor diferente daquela da doença que afligia o seu corpo. *Dores do crescimento*, Roberta lhe contara. Ele ainda não tinha certeza quanto àquilo. As dores apareceram do nada apenas alguns dias antes. Mas pode ser que ela tivesse razão — ele acabara de ficar de pau duro pela primeira vez, então talvez estivesse crescendo. Talvez tivesse crescido *muito* e não fosse mais o calouro mais baixo da escola.

Talvez... talvez tivesse crescido o suficiente para dar uma surra nos valentões.

O pau duro trouxe com ele uma enorme onda de alívio. Naquilo, pelo menos, ele era como os outros meninos.

Rex saiu da cama, tomando o cuidado de se mexer devagar para que o chão não rangesse e acordasse a sua mãe. Se Roberta acordasse àquela hora, as coisas ficariam bem ruins.

Levantou a mão e tocou o nariz com delicadeza. Ainda estava dolorido. Aquilo não era por causa das dores no corpo, era por causa do soco que Alex lhe dera no rosto no dia anterior. Apenas um soco de leve, mas que o derrubara. Se Alex chegasse a bater nele com toda a força que tinha...

Rex não queria pensar naquilo. Foi até a escrivaninha e acendeu o abajur. Tinha que desenhar um símbolo que vira no sonho, algo que ele sabia com certeza que faria o medo desaparecer. Desenharia o símbolo e depois algo mais — um daqueles rostos estranhos que vira no sonho, um rosto que deveria tê-lo deixado assustado, mas que não o fizera.

Depois de tudo, Rex desenharia Alex. Alex, e todas as coisas que Rex desejava poder fazer a ele.

O bloco de desenho esperava.

Rex desenhou.

AGGIE JAMES, PATINHOS E COELHINHOS

Aggie James apertou mais o saco de dormir sujo em volta do corpo. Nem mesmo as duas caixas de papelão embaixo dele conseguiam afastar a friagem do chão. Ele se enfiara atrás de uma caçamba que bloqueava pelo menos um pouco da brisa, mas a névoa noturna de San Francisco permeava suas roupas, saturava cada respiração que puxava para os pulmões, chegava até a encharcar o saco de dormir que tivera tanta sorte de encontrar. O saco de dormir era vermelho, com estampa de patinhos e coelhinhos. Ele o encontrara em cima de uma lata de lixo não muito longe dali.

Aggie sentia o frio, a umidade, mas eram apenas ecos distantes e fracos de coisas que poderiam preocupá-lo. O tempo não importava, porque ele tinha se dado bem. Tinha se dado *muito* bem. E era coisa da boa, também — ele tinha sentido o barato bater antes mesmo de ter afastado a seringa do braço.

Aquele era o seu lugar favorito para dormir, nos fundos de uma loja antiga de móveis na Fern Street, saindo da Van Ness. Eles a chamavam de *rua*, mas era um *beco*. Ninguém o incomodava ali.

Um calor entorpecente se espalhou pelo seu corpo, até as unhas dos pés, cara, até as *unhas dos pés*. Estava frio lá fora, mas e daí? Aggie estava quente do jeito que *precisava* estar.

Ouviu um baque surdo, depois um estrondo pesado, como se algo tivesse aterrissado em cima da caçamba.

"Pierre, seu retardado, tente ficar quieto."

"Fica quieto *vochê*."

A primeira voz soou rouca, como lixa raspando madeira áspera. A segunda soou profunda. Profunda e *lenta*. Os sons ecoavam pela cabeça de Aggie. Ele esperava que aqueles caras seguissem os seus caminhos. O sono estava chegando, querendo ou não. *Cacete*, aquela coisa era da boa.

"Esse é o cara?", perguntou o da voz de lixa.

"Uh-uh", disse uma terceira voz. Essa soava aguda. "A gente tem que limpá-lo, mas com certeza ele é um não-será."

O som de alguém fungando, e estava perto. Quando Aggie o ouviu, sentiu uma lufada de ar frio passar pela bochecha. Tinha alguém *cheirando* ele?

Tentou abrir os olhos. Eles abriram, só um pouco. Ele viu uma imagem borrada da cabeça de um garoto, talvez de um adolescente?

O adolescente sorriu.

Os olhos de Aggie se fecharam, devolvendo-o à deliciosa escuridão. Será que tinha tomado ácido? Talvez tivesse, depois de injetar, e depois se esquecera. Tinha que ser alguma coisa — o barato nunca o fizera alucinar antes. Bem, talvez um pouco, mas não *daquele* jeito. Tinha que ser ácido. Só o ácido o faria ver um adolescente com grandes olhos pretos, a pele tão roxa quanto suco de uva e uma boca sorridente cheia de dentes grandes como os da porra de um tubarão.

Diga não às alucinações, muito obrigado.

"Fiquei de olho nele", disse o de voz aguda.

"Ele *pareche* doente", falou o de voz profunda. Algo naquela voz, algo úmido e pegajoso. Fazia Aggie lembrar de Frajola, o gato do *Looney Tunes*, o jeito que ele cuspia e babava quando tentava falar *shanta eshtupidesh*. O cara soava como se tivesse a língua fora do lugar.

"Ele não está doente", disse o da voz aguda.

"Ele *pareche eshtar* doente. *Ashtuto*, você acha que ele *eshtá* doente?"

"Sei lá", respondeu o da voz de lixa.

O da voz aguda pareceu ofendido.

"Ele não está doente. Só está chapado. A gente pode limpar ele todo."

"É melhor que esse cara não esteja doente", disse o da voz de lixa. "O último que você escolheu devia estar gripado. Meu cocô ficou parecendo leite com chocolate por uma semana."

"Já pedi desculpa por isso", disse o da voz aguda.

O da voz de lixa suspirou.

"Tanto faz. Pierre, pegue o homem. Precisamos voltar."

Aggie sentiu braços fortes passarem por baixo dele, levantá-lo sem dificuldade.

"Vou ficar na rua hoje", informou o da voz aguda. "Ainda tem muito tempo antes do amanhecer. Tenho que cuidar do meu lance."

O da voz de lixa falou de novo.

"Comilão, você precisa voltar com a gente."

"Não. As visões. Eu... eu consigo *senti-lo*."

"É, a gente também", disse o da voz de lixa. "Já mandei não falar sobre isso. Quer que o Primogênito dê uma surra em você de novo?"

"Não. Não quero aquilo de novo. Mas aqueles cuzões *machucaram* ele, posso sentir."

Ele. Quem quer que fosse, parecia ser importante.

"Tenho alguém de olho nele", disse o da voz de lixa. "Fique longe ou vai levar o monstro até ele."

Uma pausa. Aggie sentia como se pesasse três quilos. Talvez três quilos *negativos*, porque você não pesa nada se estiver flutuando.

"Vou ficar longe", disse o da voz aguda. "Mas não vou para casa. Ainda não."

"Só não chame atenção", disse o da voz de lixa. "E *fique longe* do rei. Hillary disse que ele ainda não está pronto. Se fizer a gente ser pego, o Primogênito vai nos matar. Pierre, vamos, temos que voltar."

"Ok, *Ashtuto*."

Aggie sentiu como se estivesse caindo, apenas por um segundo, depois *subiu*. Tão depressa, balançando, pop... pop... pop... como alguém subindo a escada de três em três degraus, mas mesmo assim os braços que o seguravam eram gentis, como se o cara que o carregava estivesse sendo cuidadoso — muito parecido com uma pessoa tomando cuidado ao levar uma dúzia de ovos que acabara de comprar.

Aggie lutou para abrir os olhos de novo. Estava em um telhado. Conseguia ver a Van Ness lá embaixo, sua atenção atraída pelo símbolo verde da

Starbucks. Não que o símbolo da cafeteria fosse um bom ponto de referência — aquelas coisas estavam em todos os lugares.

Então, o mundo deu um solavanco embaixo dele. Para cima, depois para baixo, depois para cima, então para baixo.

Apesar do movimento, o barato — aquele maldito barato tão *bom* — bateu, afinal. Aggie James deixou-se deslizar para o calor e a escuridão, para dentro de um lugar onde as lembranças não o assombravam.

O CINTO

"Mas eu estou doente."

Roberta Deprovdechuk cruzou os braços e o encarou.

"Levanta, garoto. Você vai para a escola."

A própria palavra *escola*, na verdade, fazia Rex se sentir doente. Doente por dentro, uma sensação fria que lhe dava vontade de se esgueirar para dentro de um buraco e se esconder para sempre.

"É verdade, estou me sentindo mal mesmo."

Ela revirou os olhos.

"Você acha que eu nasci ontem? Você não está doente. Aqueles garotos atormentam você porque você é insolente. Se os deixar em paz, eles vão deixar você em paz. Levanta e vai para a escola. E nada de matar aula! Você mata aula que nem um inútil imprestável, fica sentado aqui desenhando o dia inteiro. Deixo você pendurar os seus desenhos idiotas na parede, não deixo? Agora, *levanta*."

Ela agarrou os cobertores e os puxou. Ele teve um instante horrível e paralisante de exposição, do seu pau duro empurrando a cueca para cima como uma pequena tenda. Rex enrolou o corpo em posição fetal, as mãos em cima das partes cobertas pela cueca.

"Seu garoto *imundo*! Você tocou nele?"

Ainda enrolado, ele balançou a cabeça.

"Rex, você *se tocou*?"

"Não!"

Ele ouviu o sibilo familiar de couro deslizando pelos passadores da calça jeans. Fechou os olhos bem apertados, antecipando a dor que estava por vir.

"Roberta, eu não toquei nele! Verdade, eu..."

O *estalo* do couro nas suas costas o fez se interromper.

"Seu mentiroso."

Um segundo *estalo*, dessa vez nas pernas. Apesar da dor ardente, ele permaneceu em posição fetal. Rex sabia que não devia gritar nem tentar fugir.

"Eu avisei para *nunca* ser como os outros garotos sujos, não avisei?"

Estalo, seu ombro ardeu.

"Desculpa! Não vou fazer de novo!"

Estalo no tecido fino da cueca que cobria a bunda. Aquele o fez dar um solavanco, contorcer-se, o corpo gritando para ele *correr*, mas o menino se forçou a se enrolar de novo.

Se corresse ou resistisse, apenas pioraria as coisas.

"Pronto", disse Roberta. "Estou ajudando você, Rex. Você precisa aprender essas coisas. Se não estiver pronto para ir à escola em cinco minutos, vai apanhar mais. Está me ouvindo?"

Ela saiu, batendo a porta.

A dor passou um pouco, mas o sentimento frio dentro do peito não queria sumir.

Ele ainda precisava ir à escola.

Rex sentou-se na cama. A ereção tinha passado. Roberta sempre lhe dissera que ficar de pau duro era uma coisa ruim, e a dor latejante nas costas, nas pernas e na bunda lhe dizia que ela estava certa.

Ele sonhara de novo e, dessa vez, lembrava-se de mais coisas. Estivera observando Alex Panos, esperando por uma chance de *matá-lo*. E era isso que fazia com que Rex se sentisse estranho. Não foram as garotas e nem mesmo os garotos — foi a *perseguição* que o fez ficar de pau duro. Caçar Alex foi emocionante, *excitante*, mas o sonho também veio acompanhado do medo tenebroso de que alguém observava Rex, esperando na escuridão para *machucá-lo*.

O Rex do sonho se afastara de Alex. Em vez disso, Rex e seus amigos tinham apanhado um mendigo qualquer. Apanharam-no e o *levaram*, mas para onde? O garoto não conseguia lembrar.

Ficou de pé. O medo estava acomodado no seu estômago como um bloco de gelo. Não ia embora. Pegou o jeans do chão. Enquanto se vestia, olhou para a escrivaninha, para o último desenho de Alex Panos e os valentões.

O desenho não estava acabado.

Talvez conseguisse terminá-lo na aula de história. Rex lera o livro todo na primeira semana de aula e tirou nota dez em todas as provas — o sr. Garthus não se importava se o garoto não fizesse nada, contanto que ficasse quieto. Não tinha tempo de terminar o desenho todo, mas Rex sentia um impulso de desenhar o símbolo outra vez. *Precisava* desenhá-lo, naquele exato momento.

Quando o lápis completou o último semicírculo do símbolo, o medo que restara do sonho desvaneceu. A ansiedade mais conhecida e sempre presente permaneceu, porém. Roberta estava errada; não importava se ele cuidasse da própria vida ou não, os valentões iriam atrás dele, independentemente do que fizesse.

Rex estremeceu. Ele queria matar aula, mas não se atrevia. Qualquer surra que tomasse dos valentões não se comparava com o que Roberta faria se trocasse o cinto pela raquete de pingue-pongue.

Rex esfregou os novos machucados. Terminou de se vestir. Pegou os livros, depois os colocou, junto com os lápis e o bloco de desenho, na mochila.

Talvez aquele dia fosse melhor.

O DESENHO

Bryan abriu a porta do Buick, tirou a pilha de pastas de Pookie e se sentou.

"Pooks, você limpa essa porcaria de carro?"

Seu parceiro inclinou-se para trás, fingindo uma expressão de mágoa.

"Minha nossa, alguém levantou com o pé esquerdo hoje?"

Bryan fechou a porta. Pookie adentrou no tráfego.

"Tive uns sonhos perturbadores", disse Bryan. "Não dormi porra nenhuma."

"Isso explica por que você está parecendo o lado molhado de uma bosta de cachorro meio seca."

"Valeu."

"Disponha. Mas, falando sério, você parece péssimo. E apare essa barba, cara. Está ficando igual a um hipster gay. Não tenho espaço para esse tipo de absurdo na minha vida."

A dor no peito de Bryan passara de aguda a moderada e insistente, como um dedo inchado ou um nó nas costas que se recusa a melhorar. Levou o punho direito ao esterno e o esfregou em círculos.

Pookie olhou para ele.

"Azia?"

"Algo assim."

"Sem dormir, pálido feito um fantasma e, para piorar, com dores no peito", comentou Pookie. "Se não tivéssemos uma reunião com a delegada Zou, eu iria levar você de volta para casa e dizer que deveria tirar o dia de folga."

A delegada já teria o relatório preliminar do conselho de avaliação de tiroteios. Uma investigação completa estava a caminho — era o procedimento padrão —, mas o relatório preliminar determinaria se Bryan cumpriria os seus deveres normalmente ou se seria relegado a um escritório até o relatório final ficar pronto.

Também havia a opção de que Zou poderia simplesmente suspendê-lo. Para a maioria dos policiais, aquilo não seria uma preocupação. A maioria dos policiais, no entanto, não tinha acabado de matar seu quinto ser humano.

"Vou ficar bem", disse Bryan. O que era mentira. A febre aumentara durante a noite. Ele sentia calor em todas as partes do corpo. Ainda estava um pouco tonto, congestionado, e, para piorar, as dores no corpo aumentaram. Os joelhos e os cotovelos, os pulsos e os tornozelos, todas as juntas pareciam estar cheias de cascalho. Os músculos latejavam com uma sensação completamente diferente, como se alguém tivesse passado horas batendo nele com um martelo para carnes.

"Não chegue muito perto de mim", disse Pookie. "Se me deixar doente, vou dar um chute no seu saco. Me conta sobre esses sonhos perturbadores. Alguma coisa envolvendo uma animadora de torcida safada, detenção com uma diretora de escola gostosona ou uma freira tímida mas peituda repensando as suas escolhas de vida?"

Bryan riu, uma risada curta e irregular que terminou numa tosse rouca.

"Quem dera. Não foram esses tipos de sonhos."

"Pesadelos?"

Bryan assentiu.

"Sonhei que estava com outros dois caras. Não sei quem eram. A gente estava caçando um garoto que caminhava pela Van Ness e, ao mesmo tempo, alguma coisa caçava a gente. Alguma coisa muito ruim, mas não cheguei a ver o quê. Então a gente ia fazer alguma coisa com um mendigo velho. Ainda estava me borrando de medo quando acordei. Tive que desenhar uma coisa que vi no sonho."

Bryan tirou uma folha de papel do bolso, desdobrou-a e a passou para Pookie. Ele olhou a imagem: um triângulo inacabado com um círculo cortando as linhas abaixo das pontas, um círculo menor no centro.

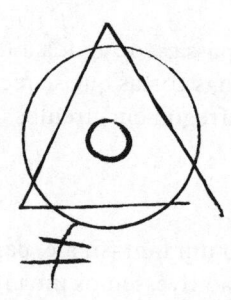

"Uau", exclamou Pookie. "Seu pai e eu estamos tão orgulhosos, querido, vamos colocar na geladeira, ao lado do seu boletim. O que é isso?"

"Não faço ideia."

"E... o que aconteceu depois que desenhou isso?"

Bryan deu de ombros.

"O medo foi embora. Assim como a maior parte do sonho. Mas acho que lembro *onde* o sonho aconteceu."

"Reconheceu o lugar?"

"Uh-uh. Tenho quase certeza de que foi na esquina da Van Ness com a Fern."

"Doideira. Quer dar uma olhada lá?"

Bryan balançou a cabeça.

"Temos que ir para o escritório da delegada."

"Temos quinze minutos de sobra", disse Pookie. "Vamos, isso pode ser um bom material para o nosso seriado policial. Posso ver a chamada agora: *um policial rebelde e estressado não consegue escapar dos pesadelos com o assassino de aluguel que fugiu.*"

"Não sonhei com um assassino de aluguel."

"Licença poética", retrucou Pookie. "Vamos, Bri-Bri, isso pode ser um episódio completo para mim. Ou até mesmo um arco de história em três capítulos. Tá dentro?"

Bryan lembrou-se do sentimento de morte iminente, do medo que agarrara o seu estômago mesmo enquanto atacava o mendigo. Mas não sentia mais aquele medo. Além disso, foi apenas um sonho.

"Claro", disse. "Vamos dar uma olhada."

Pookie trocou de faixa de novo. Deixou um rastro de buzinas furiosas para trás e — como sempre — não deu a mínima.

ESQUINA DA VAN NESS COM A FERN

Bryan inspecionou o beco. Tão familiar. Era possível que já tivesse estado lá antes. *Tinha* que ter estado. Não dava para conhecer um lugar a partir de um sonho.

Pookie levantou a tampa de uma caçamba azul dilapidada e deu uma espiada no seu interior. Sem encontrar nada de interessante, fechou a tampa, limpou as mãos e ajustou os óculos escuros. Continuou a inspecionar o beco.

"Então você viu um mendigo. E algum garoto usando roupa carmesim e dourada?"

"Não tenho certeza", respondeu Bryan. "O garoto poderia ter *sido* carmesim e dourado. Foi um sonho, Pooks."

"É, mas isso é legal. O episódio está praticamente se escrevendo sozinho. É raro um sonhador pensar num lugar específico sem haver algum tipo de conexão."

"E você sabe disso por causa do seu doutorado em sonhologia?"

"Discovery Channel, babaca", replicou Pookie. "A vida é feita de mais coisas além de reality shows."

Pookie pegou o celular e verificou as horas.

"Tudo bem, é melhor irmos andando. Não podemos nos atrasar para a conversinha com Zou. Talvez os Irmãos Steve já tenham rastreado Joe-Joe. Os Steve encontram o assassino de Ablamowicz e nós voltamos para o turno da noite e surrupiamos o caso Maloney de Rich Poliéster."

Lanza mantivera a palavra e dera o nome que Bryan tinha exigido. O nome? Joseph "Joe-Joe" Lombardi, outro sujeito que vinha de New Jersey. Bryan e Pookie repassaram a informação para os Irmãos Steve na mesma hora. Seria aquele o verdadeiro assassino de Ablamowicz? Bryan não tinha certeza, mas era mais informação do que eles tinham 24 horas antes.

"Vamos dar o fora daqui", disse Bryan. "Estou com o estômago embrulhado. Se tiver que sentir o cheiro dessa caçamba por mais tempo, vou vomitar."

Saíram do beco e foram de volta ao Buick.

"Pooks, você precisa encarar a realidade: Zou não vai nos dar o caso Maloney."

"Não vai o caramba."

"Rich Poliéster e Zou se conhecem há muito tempo. Ouvi dizer que os dois foram promovidos a detetives praticamente na mesma época."

Pookie entrou e ligou o carro.

"Anote o que estou dizendo, jovem Bryan Clauser. Eu e você vamos ficar com esse caso. E quando isso acontecer, *vamos* pegar o assassino de Paul Maloney. Não vou simplesmente aceitar justiceiros loucos e mijões na minha cidade."

Bryan deslizou para o assento do passageiro. Olhou de volta para a caçamba e viu algo que lhe passara despercebido.

Embaixo da caçamba, seria aquilo um cobertor?

Um cobertor vermelho.

Com desenhos de coelhinhos marrons e patinhos amarelos.

... uma ave pequenina...

Enquanto Pookie dirigia, o eco gélido do pesadelo soou renovado na lembrança de Bryan. Respirou fundo, tentou esquecer o cobertor. Ele não sonhara com um cobertor vermelho com patinhos e coelhinhos *de verdade*, estava apenas tendo uma impressão reversa ou algo assim. Por enquanto, tinha coisas mais importantes com as quais se preocupar — coisas como a opinião da delegada Zou sobre o conselho de avaliação de tiroteios.

Mas talvez, quando aquilo acabasse, Bryan conseguisse encontrar um lugar calmo para desenhar aquela imagem esquisita outra vez e fazer o sentimento gélido desaparecer.

BOYCO

Rex corria.

Eles eram mais rápidos do que ele, mas Rex corria mesmo assim, esperando em vão encontrar uma saída ou um lugar para se esconder.

Às vezes, eles o pegavam, às vezes, não. De vez em quando, ele tinha sorte, conseguia chegar a uma rua cheia de gente, via uma viatura ou alguma outra coisa que fazia com que os seus perseguidores constantes parassem e aguardassem outra chance.

Aquele dia não era seu dia de sorte.

Eles estiveram esperando por ele depois da escola. Eles conheciam o caminho que Rex fazia na caminhada de volta para casa. De vez em quando, ele fazia um desvio de quinze ou vinte quarteirões, pegando ruas diferentes e aleatórias, mas daquela vez queria apenas voltar ao seu quarto.

Aquela gorda, feia e viciada em metanfetamina da April Sanchez vira o seu desenho. April comprava drogas de Alex. Ela era rica. Rex a odiava. Ela reconhecera as pessoas no desenho e falou que ia contar para Alex. Rex soubera, na hora, que estava numa baita encrenca. April queria namorar Alex. Algo como o desenho era a chance de conseguir a atenção dele.

Rex passara a última hora na escola aterrorizado, esperando o sinal tocar para que pudesse voltar logo para casa. Ele deveria ter ido para *longe* de casa, para um dos seus muitos esconderijos, até mesmo para o seu parque favorito, mas, devido ao medo, tomara a rota mais direta para casa.

Grande erro.

Tinha avançado dois quarteirões quando os viu, todos os quatro, na esquina da Francisco com a Van Ness. As roupas em tons carmesim, dourado e branco se destacavam brilhantes e limpas no sol da tarde. Rex se virou de imediato e correu de volta pela Van Ness, passando pelo campo de futebol, na direção do Parque Aquático. Ele deveria ter corrido para algum lugar com mais pessoas, mas simplesmente *fugiu*.

Eles o perseguiam. Rindo.

Os quatro garotos. Sempre os mesmos.

Jay Parlar... Issac Moses... Oscar Woody.

E o pior de todos, Alex Panos.

Eles o pegaram pouco depois do estacionamento que afunilava as três faixas da Van Ness Avenue para duas faixas de uma rua normal. Um braço envolveu os seus ombros, a mão de alguém tapou a sua boca. Os garotos se prensaram à sua volta, guiando-o.

Rex tentou gritar por ajuda, mas a mão era muito forte. A baía estava à direita, a encosta verdejante que dava no Fort Mason à esquerda — e ninguém por perto. Eles o levaram para a esquerda, para um local mais escuro, e o jogaram num trecho de terra.

Rex tentou se levantar, mas eles o cercaram. Alguém o chutou nas costelas e ele caiu. Os garotos o arrastaram para trás de uma van estacionada sob os galhos estendidos de uma árvore, fora de vista naquela rua já pouco usada. Ele acabou caído de costas. Alguém o atingiu no rosto, uma, duas, três vezes. O nariz de Rex pulsava com uma dor entorpecente e confusa. Lágrimas enchiam os seus olhos, fazendo tudo parecer difuso e fluído. Ele foi idiota o bastante para gritar por ajuda, então algo o atingiu no estômago e todo o ar foi expelido do seu corpo.

Alguém sentou em cima do seu peito, prendendo-o no chão.

"Ouvi dizer que você me colocou nuns desenhos bichas, seu viado da porra."

Rex não precisava ver; ele conhecia aquela voz. Alex Panos. Uma voz grave, mais grave do que deveria ser para um aluno do segundo ano do ensino médio, mas que ainda assim desafinou na primeira sílaba de *desenhos*.

Rex tentou falar, pedir desculpas, mas não conseguia puxar ar suficiente para dizer nada.

"Ei, o desenho está aqui!" Era a voz de Jay Parlar. "Olha só, Alex. Ei, *ha, ha*. Eu estou nele, vendo você tomar uma surra. Uau, eu pareço bem assustado."

"Dá isso aqui", mandou Alex.

Rex piscou para afastar as lágrimas. Conseguia ver de novo. Era Oscar Woody quem estava em cima dele. O cabelo preto encaracolado de Oscar aparecia por debaixo de um boné branco com um BC carmesim com linhas brancas na frente. Acima de Oscar, em pé olhando para baixo — Alex Panos.

Alex, com o seu cabelo loiro de astro de cinema e corpo grande e forte, um corpo que Rex *nunca* teria. Ele segurava uma folha de um bloco de desenho desdobrada. Parou de observar o papel. Seus olhos se estreitaram. Virou o desenho para que Rex pudesse vê-lo.

Os desenhos de Rex estavam ficando muito bons — não tinha como não ver que Alex era o garoto no desenho, o garoto que estava tendo o braço decepado por uma serra elétrica usada por uma versão musculosa de Rex Deprovdechuk.

Alex sorriu.

"Então você acha que pode me matar, viadinho?"

Rex balançou a cabeça, a parte de trás raspando na terra, nos galhos e nas folhas secas.

Jay espiou por cima do ombro de Alex. Apenas 16 anos, mas ele já tinha um cavanhaque, apesar de ser ralo e vermelho como o seu cabelo.

"Falando sério, Alex, é um desenho legal! Está igualzinho a você!"

"Jay", disse Alex, "cale essa porra de boca."

Os ombros de Jay caíram. Ele pareceu se encolher de um garanhão de 1,77 metro para um fracote de 1,67 metro.

"Desculpa, Alex. Não quis dizer nada."

Os olhos de Alex não se desviaram de Rex nem por um segundo. O valentão amassou o papel, depois o jogou para o lado.

"Rapazes", disse ele, "segurem o braço dele."

Rex tentou se levantar, mas Oscar era pesado demais.

"Fique parado, sua bichinha", mandou Oscar.

Alguém segurou o pulso direito de Rex e o puxou com força, esticando o braço dele dolorosamente. Rex olhou para o agressor — o garoto de olhos azuis, Issac Moses, as mãos fortes presas em volta do antebraço de Rex.

"Jay", disse Alex, "vai pegar aqueles dois pedaços de madeira, quero experimentar uma coisa."

Rex conseguiu dizer algumas palavras, afinal.

"Eu... não vou mais... desenhar."

"É tarde demais para isso", respondeu Alex. Ele olhou para a direita. "Sim, esses aí. Coloque um pedaço embaixo do cotovelo dele e o outro embaixo do pulso."

Rex sentiu algo duro sendo enfiado embaixo do cotovelo, erguendo-o poucos centímetros acima da terra coberta de folhas. Ele observou Jay deslizar um pedaço de madeira por baixo do seu pulso, depois olhou para o rosto surpreso de Issac Moses, que ainda segurava o braço de Rex. Os cantos da boca de Issac estavam sempre virados para baixo e o nariz parecia pequeno demais para o seu rosto.

"Ah, cara, não faz isso", pediu Issac. "Vai machucar demais."

O sorriso de Alex se desfez. Ele olhou irritado para Issac.

"Cale a boca e continue segurando ele", mandou Alex. "Se não, o próximo vai ser você."

A boca de Issac se abriu, talvez para dizer alguma coisa, mas depois ele a fechou e olhou para baixo.

Alex deu um passo à frente. Colocou um pé de cada lado do braço elevado de Rex. Alex parecia um deus gigante, cabelo loiro balançando, algumas mechas cintilando sob os raios de sol do entardecer que penetravam as sombras lançadas pela árvore.

"Tenho que lhe ensinar uma lição, Rex. Para você aprender sobre a dor."

As lágrimas rolaram. O menino não conseguiu evitar.

"Vocês me machucam o tempo todo!"

O sorriso de Alex se alargou.

"Ah, foram só tapinhas de amor, viadinho. Você deve até ter gostado. Agora? Agora você vai aprender o que é dor *de verdade*."

Alex pesava mais de noventa quilos. Era maior do que a maioria dos professores. Levantou a perna até a altura dos joelhos, o coturno pairando acima da metade do antebraço de Rex. Alex sorriu e, em seguida, baixou o pé com força. Rex ouviu um som abafado de algo sendo triturado, depois teve a estranha impressão de sentir o antebraço raspar na terra enquanto o pulso e cotovelo ainda se erguiam uns bons cinco centímetros acima do solo.

Então veio a dor.

Ele olhou antes de gritar. Seu braço fazia um V raso, uma articulação extra entre o pulso e cotovelo. Oscar saiu de cima do peito de Rex. Ficou ali parado, os cachos pretos espetados por debaixo do boné. Ele fazia parte do círculo que cercava Rex, o círculo que bloqueava os poucos raios de sol que passavam através da árvore acima, o círculo que deixava o garoto ferido imerso em sombras.

Lágrimas escorriam pelas bochechas de Rex, desciam até o queixo, abriam caminho através do sangue que manchava o seu rosto. Aquilo *doía* tanto. Seu braço... estava *dobrado* de um jeito que não deveria estar.

Alex colocou um pé em cima da barriga de Rex.

"Se contar para alguém o que aconteceu aqui, mato você", disse Alex. "Conheço mil lugares para desovar um corpo nesta cidade. Entendeu, seu viadinho?"

Dominado pela dor, pela humilhação e pelo abandono, Rex apenas chorou. Ninguém estava vindo ajudá-lo. Ninguém jamais viria.

Ele queria machucá-los.

Queria *matá-los*.

Uma bota tamanho 46 o atingiu com força nas costelas.

"Eu perguntei, você me entendeu, Rex?"

Pensamentos de ódio e vingança desapareceram, sendo substituídos pelo medo mais poderoso e sempre presente.

"Sim!", gritou Rex, um borrifo de sangue e lágrimas voando dos seus lábios. "Sim, entendi!"

Alex levantou a grande bota. Rex teve tempo de fechar os olhos antes de o calcanhar acertar o seu rosto.

O ESCRITÓRIO DA DELEGADA ZOU

Quando Bryan e Pookie entraram no escritório da delegada, já havia quatro pessoas ali. Zou sentava-se à sua mesa, o uniforme azul sem um único amassado. O delegado assistente Sean Robertson estava em pé um pouco atrás dela e à esquerda. À direita da escrivaninha, em cadeiras encostadas na parede, encontravam-se Jesse Sharrow, o capitão da Divisão de Homicídios, e a promotora assistente Jennifer Wills. O uniforme passado à perfeição de Sharrow era um contraste escuro contra suas sobrancelhas cheias e grisalhas e o cabelo grisalho penteado para trás. Wills estava com as pernas cruzadas, fazendo com que sua saia parecesse ainda mais curta do que era. Um escarpim preto balançava de maneira provocante de um pé estendido.

Zou não ligava muito para decoração. Uma mesa grande de madeira escura dominava a sala. Condecorações estavam penduradas nas paredes, assim como inúmeras fotos da delegada apertando as mãos de diversos policiais e políticos. Duas dessas fotos a mostravam com os governadores da Califórnia, tanto o atual quanto o anterior. A foto maior na sala mostrava Zou apertando a mão de um sorridente Jason Collins, o prefeito galã de San Francisco. Atrás da cadeira dela, em mastros de madeira na diagonal, pendiam a bandeira dos Estados Unidos e a bandeira azul-escura do governo da Califórnia.

O computador parecia ainda maior do que era porque não havia quase nada em cima da mesa além de um porta-retratos de três faces — uma face para cada uma das filhas gêmeas e uma para o marido — e uma pasta parda fechada.

Não era a primeira vez de Bryan naquela sala, olhando para uma pasta como aquela. O escritório de Zou parecia mais ameaçador do que ele se lembrava, o ar cheio de uma possibilidade opressora de destruir carreiras. Talvez ele tivesse uma justificativa ao atirar em Carlos Smith — agora sabiam o nome do potencial assassino com a espingarda —, mas, com ou sem justificativa, catorze anos como policial estavam em jogo.

A delegada Zou gesticulou na direção de duas cadeiras de frente para a mesa.

"Detetive Clauser, detetive Chang, sentem-se, por favor."

Bryan foi até a cadeira da direita, sem desviar os olhos da pasta parda. Os cantos estavam num paralelo perfeito com as bordas da mesa. Nem se Zou tivesse usado uma fita métrica aquilo estaria mais centralizado.

Bryan sentou-se. Pookie também.

Ondas de náusea agitavam-se no estômago de Bryan. Ele teria que permanecer focado. O corpo todo latejava, mas ele conseguiria lidar com isso — o que não poderia fazer era botar para fora o café da manhã no escritório da delegada.

Robertson assentiu para Pookie, depois deu um pequeno sorriso para Bryan. Seria aquilo um bom sinal?

Amy Zou mantinha a posição de delegada por doze anos, um mandato infinito para os padrões de San Francisco. Apesar de muitas, *muitas* palestras na delegacia terem alertado Bryan sobre os perigos de reagir à aparência de uma mulher, ele não podia negar que Zou era bastante atraente. Pelos números, em todo caso — apesar de ter quase 60 anos, Pookie dizia que Zou poderia ser uma "*milf* deliciosa" se aprendesse a sorrir.

Ela pegou a pasta, a abriu por um segundo, depois voltou a colocá-la sobre a mesa e a endireitou, certificando-se de que estivesse centralizada com perfeição. Ela já conhecia os resultados, é claro; verificá-los outra vez parecia ser mais um tique nervoso do que qualquer outra coisa.

Ela encarou Bryan. Ele tentou ficar imóvel.

A delegada Zou deixou a pasta em cima da mesa enquanto a abria outra vez. Desta vez ela se inclinou para a frente e leu em voz alta.

"No tocante ao tiroteio do dia 1º de janeiro", disse ela, "em que foi usada força letal contra Carlos Smith, residente do sul de San Francisco. Descobertas preliminares indicam que o detetive Bryan Clauser agiu de modo apropriado dada a situação. As ações do detetive Clauser salvaram vidas."

Ela fechou a pasta, a endireitou, depois olhou para ele.

"Ainda temos que passar pelo conselho de avaliação formal, mas não imagino que teremos problemas. Com base nos relatos das testemunhas oculares que li, vou comunicar ao conselho de avaliação a minha opinião sobre a situação."

O ar escapou dos pulmões de Bryan. Estava limpo.

"Isso é ótimo, delegada."

Robertson deu a volta pela mesa, bateu nas costas de Bryan.

"Vamos, Clauser", disse ele. "Você sabia que era um disparo justificado."

Bryan deu de ombros, tentando se manter no papel.

"Sempre estou no lugar errado, na hora errada."

Robertson balançou a cabeça.

"Você fez o que tinha que ser feito, e não pela primeira vez. Salvou vidas. Não teve outra escolha."

Zou se virou para Jennifer.

"Srta. Wills? Algum comentário do escritório da promotoria?"

"Não, delegada Zou", respondeu Jennifer. "Levando em consideração o histórico de violência de Smith, até mesmo o costumeiro grupo de ativistas de San Francisco vai ignorar este caso. Estaremos prontos para o processo inevitável por parte da família de Smith, mas com as testemunhas e as filmagens da câmera de segurança, estamos garantidos."

Zou assentiu e então se virou para Bryan.

"Tenho mais algumas boas notícias. Steve Boyd fez uma investigação no apartamento de Joseph Lombardi, também conhecido como Joe-Joe Lombardi. Ele encontrou provas que transformam Lombardi no nosso principal suspeito no caso Ablamowicz. Temos esse nome graças a você e a Pookie."

Bryan aquiesceu. Lanza dera o nome de Joe-Joe, sim, mas ainda restava ver se alguém veria Lombardi vivo outra vez. Lanza precisava que alguém pagasse pelo crime, para mostrar aos Norteños que sangue fora pago com sangue. As chances de Lombardi aparecer morto eram grandes.

O grisalho Sharrow levantou-se.

"Delegada Zou, Clauser precisa fazer serviços de escritório enquanto este caso estiver com o conselho de avaliação de tiroteio?"

"Não", respondeu Zou. "Foi um disparo limpo. Detetive Clauser, você e o detetive Chang vão continuar trabalhando na força-tarefa do caso Ablamowicz. Precisamos muito de vocês nas ruas para colocá-los atrás de uma mesa. Isso é tudo, pessoal. Voltem ao trabalho."

Ele sentia-se tão aliviado que quase se esqueceu do estômago azedo e embrulhado. Bryan não se importava com Carlos Smith, mas se importava com o seu emprego. Tudo era possível numa avaliação de tiroteio. Ignorando as inúmeras reclamações do seu corpo, Bryan se levantou, agradeceu a todos pelo apoio e então saiu do escritório da delegada Zou, feliz por ainda ser um policial.

A SALA BRANCA

Quentinho.

Uma temperatura agradável. Cobertores. Cobertores macios, *secos*. Roupas limpas que roçavam a pele, pele que estava livre da sujeira, da terra e do suor pela primeira vez em meses.

Aggie virou de lado... e ouviu um chacoalhar metálico.

Piscou algumas vezes enquanto despertava. Será que estava usando um... *pijama*? Foi acometido por lembranças da sua cama em Detroit, de quando era criança, da mãe o acordando com gentileza, palavras amorosas e abraços, do cheiro de panquecas enchendo toda a casinha. Mas aquele lugar não tinha cheiro de panquecas.

Tinha cheiro de tinta. Cheiro de alvejante.

Estava deitado de lado, os cobertores enrolados à sua volta, deitado num colchão tão fino que era possível sentir o chão duro embaixo. O mundo parecia se mover, *ondular*, mas ele sabia por longa experiência que era só o barato. Abriu os olhos e piscou — é, ele ainda estava bem chapado.

Será que aquilo estava acontecendo de verdade?

A poucos centímetros do seu rosto havia uma parede de tijolos quebrados e pedras arredondadas, toda coberta por uma camada de tinta esmalte branca tão grossa que dava a impressão de a superfície ter sido pintada repetidas vezes.

Havia algo pesado em volta do seu pescoço.

As mãos de Aggie dispararam para o pescoço e encontraram uma coleira de metal liso. Mal havia espaço para enfiar um dedo entre a coleira e o pescoço, mas, do lado de dentro, ele sentiu uma faixa macia de couro para proteger a pele do metal.

Mais tinidos metálicos.

Estendeu as mãos para trás da coleira, encontrou uma corrente.

Ele se sentou, as mãos puxando a corrente para a frente até poder vê-la — aço inoxidável, o brilho cromado refletindo as luzes fluorescentes do teto, cada elo de um centímetro de espessura mostrando o reflexo minúsculo e curvado da sua pele escura e do seu rosto chocado. Olhou toda a extensão da corrente. Ela ia até um anel de aço inoxidável preso à parede branca.

Ah, merda. Por favor, que isso seja só uma bad trip.

"*Ayúdenos*", disse um homem.

Aggie se virou para longe da parede branca, na direção da voz, e viu uma família: um garotinho agarrado à mãe, a mãe agarrada a ele, o pai com os braços protetores em volta dos dois.

A mulher e o garoto pareciam aterrorizados, enquanto o homem encarava com olhos que prometiam morte a qualquer um que se aproximasse. Cabelo preto, pele bronzeada — eles pareciam ser mexicanos.

Todos os três usavam pijamas: algodão azul-claro para o homem, seda fúcsia para a mulher, flanela rosa com cachorrinhos azuis para o menino. As roupas pareciam limpas, mas bem gastas, como as roupas da loja do Exército da Salvação na Sutter Street.

Como ele, todos tinham coleiras de aço inoxidável com correntes presas a buracos na parede. Aggie ficou de pé e começou a andar em volta devagar, a corrente retinindo nas pedras embaixo e atrás dele.

"*Por favor, ayúdenos*", pediu o homem. "*Ayude a mi familia.*"

"Não falo chicano", disse Aggie. "Você fala inglês?"

O homem balançou a cabeça.

"Não falar."

Já era de se imaginar. A porra dessa gente vinha para o país sem saber o idioma.

"Que lugar é esse?", perguntou Aggie. "Que diabo estamos fazendo aqui?"

O homem balançou a cabeça.

"*No entiendo, señor.*"

Aggie olhou ao redor do cômodo. As paredes tremeluziam, mudavam — era difícil permanecer focado com o barato da droga. Ele não tinha certeza se o que via era realidade ou não, mas o cômodo circular parecia ter um teto curvado, meio que como um domo, com aproximadamente nove metros de comprimento, com uma ponta alta a talvez cinco metros do chão. O chão parecia ser igual às paredes: pedras e tijolos arranjados em um padrão plano e rústico, lambuzados repetidas vezes com tinta esmalte. Aggie se sentia como se estivesse dentro de um grande iglu de pedra.

No outro extremo do cômodo havia uma porta com barras de um branco cintilante: uma porta de prisão.

Dez colchões estavam espalhados pelo chão, um para cada anel que Aggie contou nas paredes. Correntes despontavam de quatro anéis, ligados a ele e às três outras pessoas. Diversos cobertores estavam jogados sobre cada um dos colchões. Os cobertores, assim como as roupas, tinham aquele aspecto de usado. Mas tudo — das roupas aos cobertores, dos colchões às paredes — parecia *limpo*.

No chão, havia uma borda saliente e circular com um buraco de trinta centímetros no meio que marcava o centro do cômodo. Aggie viu três rolos de papel higiênico enfileirados na borda. Era ali que teria que cagar?

Alguma coisa muito doentia estava acontecendo, e Aggie queria sair dali. Ele podia ser um mendigo, podia ter aberto mão de uma vida real muitos anos atrás, mas o significado de ser um negro preso por uma coleira e correntes não passou despercebido.

A mulher começou a chorar. O garotinho olhou para ela, então começou a fazer o mesmo e voltou a enfiar a cabeça no peito da mãe.

O homem continuou a encarar Aggie.

"Não faço ideia do que está acontecendo", disse ele. "Se quiser ajuda, peça para outra pessoa."

Um ruído metálico soou vindo das paredes e ecoou pelo cômodo pequeno. Três cabeças olharam em volta: Aggie, o homem e a mulher, os olhos procurando a fonte do barulho. O garotinho não olhou para cima. Outro barulho — Aggie percebeu que vinha dos buracos na parede.

Então veio o som de correntes retinindo: a coleira de Aggie o puxou para trás. Ele tropeçou e caiu, batendo o cotovelo, depois engasgou quando a corrente o arrastou pelo chão duro e irregular. Ele estendeu os braços, as mãos tentando agarrar alguma coisa, mas os dedos encontraram apenas cobertores que não ofereceram nenhuma resistência.

A mulher deslizou pelo chão, as mãos segurando o filho com força contra o peito.

"*Jesús nos ayuda!*"

O homem tentou lutar, mas a corrente o arrastou com a mesma facilidade com que arrastou a mulher.

O garotinho apenas gritou. As correntes o afastaram da mãe. Eles tentaram segurar um ao outro, mas eram impotentes contra a força contínua e mecânica.

Aggie sentiu as costas baterem na parede, depois sentiu-se sendo *levantado* contra a parede, a borda da coleira forçando sua mandíbula, pressionando a garganta e interrompendo o fluxo de ar. Ele conseguiu recuperar o equilíbrio no instante em que a corrente puxou a coleira contra o anel na parede, onde encaixou com um estrondo e uma autoridade de metal contra metal. O puxão foi interrompido. Aggie puxou o ar numa respiração funda e desesperada. Agarrou a coleira e tentou se inclinar para a frente, mas a corrente não cedeu.

Todos os quatro prisioneiros estavam na mesma situação: coleiras apertadas contra os anéis de aço inoxidável. Mãos agarradas aos pescoços, pés junto às paredes brancas, mas nenhum deles conseguia se afastar.

Todos ficaram ali, esperando.

"*Mama!*", berrou o garotinho, encontrando a voz, afinal. "*Qué está pasando?*"

"*No sé*", respondeu ela. "*Sea valiente. Lo protegeré!*"

Por alguma razão, Aggie reconheceu aquele último trecho de espanhol. *Seja corajoso. Vou protegê-lo.*

Mas a mãe não podia fazer nada. Ela estava tão impotente quanto o garoto.

O ruído de uma chave grande abrindo uma fechadura de metal fez todos ficarem em silêncio.

A porta branca de prisão foi aberta.

Aquilo estava acontecendo mesmo? Tudo parecia um borrão; as paredes chamejavam num branco que não podia existir no mundo real. *Uma bad trip, uma bad trip, é só isso, eu estou tendo uma bad trip.*

Quando viu o que entrou pela porta da cela, os instintos de Aggie o dominaram. Não importava se estava chapado, sonhando ou completamente sóbrio — puxou com mais força do que achava possível, puxou com tanta força que quase sufocou... mas a coleira ainda se recusava a ceder.

Homens em mantos com capuzes brancos e cintos de corda em volta das cinturas. Só que não eram *homens* — eles tinham os rostos de monstros. Um porco, um lobo, um tigre, um urso, um *duende*. Sorrisos distorcidos e malignos, olhos redondos piscando. Alguma coisa primitiva e rústica dentro de Aggie gritou por salvação. O Cara-de-Porco carregava uma haste de madeira, talvez com pouco mais de três metros de comprimento. A haste terminava num gancho de aço inoxidável.

Os cinco monstros encapuzados caminharam devagar na direção do garoto.

O garoto, o filho deles, como minha filha foi minha, com sua pele tão lisa quanto chocolate derretido. Minha filha, por favor, não matem minha filha...

O homem mexicano gritou de raiva. Aggie piscou, afastando as lembranças que ele tanto se esforçara para deixar para trás.

A mulher também gritou, o berro dela cheio de um medo de quebrar o coração. Seu filho imitou o som, o grito dele mais cheio de dor ainda, dado o terror na voz aguda.

O garotinho viu os monstros indo até ele. Ele se debateu como um epiléptico, saliva e sangue escorrendo da boca, os olhos tão arregalados que, mesmo a cinco metros de distância, Aggie pôde ver as íris castanhas. O garoto arranhou a coleira, as unhas ferindo a própria pele macia.

O homem seguiu gritando ameaças que Aggie não entendia, rugindo uma raiva protetora que ecoava nas paredes brancas.

Os homens de mantos brancos o ignoravam.

Pararam a poucos passos do garoto. Um deles pegou algum tipo de controle remoto e apertou um botão. A corrente do garoto se soltou. Ele se atirou para a frente, mas conseguiu avançar apenas alguns metros antes de a corrente se retesar de novo e os seus pés escorregarem embaixo dele. O garoto se estatelou de costas no chão. Rolou para se apoiar nas mãos e nos joelhos, gritando, chorando, sangrando, tentando se levantar, mas os cinco o cercaram. Mãos em luvas pretas saindo de mangas brancas o seguraram com força. O Cara-de-Porco estendeu a haste e deslizou o gancho de aço pela parte de trás da coleira do menino.

Aquele que segurava o controle remoto apertou outro botão. A corrente do garoto se afrouxou por completo e se soltou do buraco na parede. Atingiu o chão com um cascatear chacoalhante, uma ponta ainda ligada à coleira, a outra ligada ao nada.

O Cara-de-Porco pegou a haste e andou até a porta, arrastando o garoto atrás de si. A corrente solta foi atrás como uma cobra morta, os elos retinindo no chão de pedras e tijolos.

Aggie queria acordar e queria acordar *naquela merda de instante.*

A mãe implorava.

O pai rugia.

Os dedos em garras deixavam manchas vermelhas no chão branco. O Cara-de-Porco caminhou até a porta. Virou à direita e desapareceu depois de uma curva. O garoto foi arrastado atrás dele, puxado pela haste. O último vislumbre que tiveram dele foi a corrente, retirada do cômodo com um último tinido fraco quando bateu na porta branca da cela.

Os outros monstros saíram. Um a um, fizeram a curva e desapareceram. O Cara-de-Duende foi o último a sair. Ele se virou e puxou a porta. Ela bateu com um estrondo quando fechou, um som metálico ecoante que desvaneceu gradualmente enquanto os gritos da mãe seguiam ininterruptos.

REX ENCRENCADO

Rex estava sentado na sala de espera do hospital Saint Francis, um gesso novo no braço direito quebrado. O gesso ia do cotovelo até a mão, dando a volta pela palma, deixando apenas o polegar despontando de um buraco branco. Teria que ficar com aquela porcaria por pelo menos quatro semanas.

Um sentimento de puro terror pressionava o seu peito e a sua cabeça, puxando o queixo para baixo até o esterno. O braço foi ruim, muito ruim, mas agora Roberta estava chegando.

Alex Panos não era nada se comparado com a mãe de Rex.

Ele fungou para segurar as lágrimas. Eles não tinham dinheiro para aquilo. Não tinham plano de saúde. Mas Alex *quebrara o seu braço...* o que ele podia fazer?

Ela passou pelas portas, logo o avistou e andou depressa na sua direção. Roberta: magra demais, o cabelo crespo horrível que cheirava a cigarro e aquela pele nojenta.

Ela parou na frente do garoto. O queixo dele tentou se enfiar ainda mais no seu peito. Ela o encarou. Ele só queria morrer.

"Então andou brigando outra vez?"

Rex balançou a cabeça, mas, mesmo enquanto o fazia, sabia que não adiantaria.

"Não minta para mim, rapaz. Olhe o seu maldito nariz. Você andou brigando de novo."

Ele sentiu as lágrimas se aproximando. Ele odiava a si mesmo por chorar. Odiava Roberta por fazê-lo chorar. Odiava Alex por tudo aquilo.

Odiava a sua vida.

"Mas eles me atacaram, mãe, e..."

"*Não me chame assim!*" A voz dela foi ouvida em toda a sala de espera do Saint Francis, atraindo olhares dos feridos que perambulavam por ali, esperando tratamento. Ela viu os olhares e abaixou a voz para um sibilo maligno. "Pare com isso agora mesmo, *Rex*. Você faz ideia de quanto isso vai me custar?"

Rex balançou a cabeça de novo. As lágrimas escorreram pelo seu rosto.

Roberta bufou e andou até o balcão de atendimento. O menino tentou se afundar ainda mais na cadeira, mas não tinha mais para onde ir. Roberta e a mulher atrás do balcão trocaram algumas palavras e a mulher entregou a conta a ela.

Roberta a leu.

Então, ela se virou para encará-lo e o mundo esfriou.

Rex escondeu o rosto na mão sem gesso, lágrimas molhando as palmas. Ele se balançou para a frente e para trás. Não queria ir com ela, mas não tinha outro lugar para ir.

Não tinha ninguém.

SHARROW MANDA BRYAN PARA CASA

"Clauser."

Alguém o sacudiu pelo ombro. Bryan tentou dizer algo como *me deixa em paz ou mato você*, mas tudo o que saiu foi um resmungo de três sílabas.

Outra sacudida.

"Clauser!"

A voz do capitão Sharrow. Bryan piscou para acordar.

"Clauser, aqui não é lugar para tirar cochilos."

Droga... ele tinha adormecido em cima da mesa.

"Desculpe, capitão."

Jesse Sharrow o encarou. O cabelo e as sobrancelhas espessas, ambos grisalhos, emolduravam a sua carranca envelhecida. Bryan tentou se levantar; sua bunda ganhou apenas um centímetro de altura antes de os músculos e os ossos doloridos o congelarem no lugar para, em seguida, derrubá-lo de volta na cadeira.

"Pelo amor de Deus, homem!", exclamou Sharrow. "Limpe a baba do queixo, está bem?"

Bryan tocou a bochecha: fria e pegajosa. Bem, com certeza aquele era um jeito de ganhar pontos com o chefe. Limpou a baba.

Sharrow apontou para a pilha de papéis em cima da mesa do detetive.

"Imprima tudo de novo."

Manchas de baba tinham ensopado o relatório de Bryan.

"Desculpe", disse Bryan.

"Vá para casa, Clauser. Você é um idiota por vir trabalhar assim, trazendo os seus germes com você. Quer deixar todo o departamento doente?"

"Não estava pretendendo dar uns amassos com ninguém, capitão. Exceto com você, é claro."

"Vai se foder", disse Sharrow. "Você é tão feio que faz a minha esposa parecer gostosa. E isso é dizer muito."

"Tenho certeza que sim."

Sharrow rosnou e apontou o dedo para o rosto de Bryan.

"Cuidado, Clauser. Não fale mal da minha esposa."

"Sim, capitão."

"Falando sério, vá para casa."

"Mas, capitão, ainda tenho a papelada do conselho de avaliação de tiroteios para..."

"Cale a boca. Dê o fora daqui. Aliás, nem se dê ao trabalho de imprimir o relatório de novo, mande por e-mail. Não quero tocar em nada vindo de você. Você tem dez minutos para ir embora."

Sharrow se virou e saiu pisando duro.

Bryan não tirava uma licença há quatro anos. Mas dormir em cima da mesa, babando na papelada... talvez fosse melhor ele dar o fora. Com ambas as mãos sobre a mesa, ele se apoiou até ficar de pé, cada músculo gritando o equivalente biológico de obscenidades repugnantes.

Uma nota de vinte dólares aterrissou sobre a mesa.

Bryan olhou para cima. Pookie a tinha jogado.

"Pegue um táxi", explicou Pookie. "Não vou levar você."

"Não quer um cara doente no seu carro?"

Pookie soltou um *piff* aborrecido.

"Você já esteve no meu carro. Não vou levá-lo porque você falou que ia dar uns amassos com Sharrow e não comigo. Eu tenho sentimentos, sabia?"

"Foi mal."

Pookie balançou a cabeça.

"Homens. São todos uns cafajestes. Quer que eu chame uma ambulância em vez de um táxi?"

"Não, estou bem."

Bryan se arrastou para fora do escritório e seguiu para o elevador. Quanto antes conseguisse dormir — em uma cama de verdade — melhor.

ROBIN RECEBE A LIGAÇÃO

Um raro momento tranquilo em casa.

Robin aproveitava o tempo para ficar sentada no sofá e não fazer nada. Nada a não ser coçar a orelha da sua cadela, Emma. A cabeça de Emma descansava no colo de Robin.

Emma não devia estar no sofá. Ela sabia disso, Robin sabia disso, mas, mesmo assim, nenhuma das duas tinha motivação suficiente para fazer algo a respeito. Robin ficava tão pouco tempo em casa naqueles dias que não tinha coragem de repreender a cadela da raça braco alemão de pelo curto de trinta quilos por querer ficar mais perto. Robin girava entre os dedos a orelha molenga e preta da cadela. Emma gemeu de felicidade, o equivalente canino de um ronronar felino.

Conforme as responsabilidades de Robin aumentavam, o tempo que ela passava no necrotério também aumentava. Felizmente, o vizinho ao lado, Max Blankenship, quase sempre podia dar uma passada por lá para cuidar de Emma caso Robin tivesse que trabalhar até tarde. Max levava Emma para o seu apartamento para brincar com Billy, o gigantesco pit bull de Max. Max era encantador, gentil, inteligente, bonito, sexy pra caramba e tinha a chave do apartamento dela — o homem perfeito, não fosse o pequeno fato de que o "Grande Max" era total e completamente gay.

O celular de Robin tocou. Ela olhou para o aparelho, mas não reconheceu o número. Pensou em ignorá-lo, mas poderia ser alguma coisa do trabalho, então atendeu.

"Alô?"

"Dra. Robin Hudson?", perguntou uma voz de mulher.

"Ela mesma. Quem é, por favor?"

"Aqui é do gabinete do prefeito Jason Collins. O prefeito gostaria de falar com você. Poderia aguardar um momento?"

"Hã, claro."

O telefone passou a tocar uma música de espera. O gabinete do prefeito? Às dez da noite? E mais do que isso, *o gabinete do prefeito*? Por que o prefeito ligaria para ela?

Porque era o prefeito quem nomeava o médico-legista chefe.

Ah, não... será que tinha acontecido alguma coisa com o dr. Metz?

A música de espera foi desligada.

"Dra. Hudson?"

Ela ouvira a voz dele dezenas de vezes nos noticiários. Aquilo não era um trote. Puta merda.

"Sim, aqui é Robin Hudson."

"Aqui é o prefeito Collins. Sinto incomodar a uma hora dessas, dra. Hudson. Prefere que a chame de *doutora* ou apenas Robin?"

"Robin está bom. O dr. Metz está bem?"

"Infelizmente, não", respondeu o prefeito. "Ele sofreu um infarto hoje mais cedo. Está no San Francisco General."

"Meu Deus." De repente, o coração dela disparou com o pensamento de nunca mais ver o seu amigo, de que a morte o levaria para sempre. "Ele vai ficar bem?"

"Os médicos acham que sim", respondeu o prefeito. "O estado dele está estável, mas ainda é delicado. Pedirei que o meu escritório a coloque na lista de notificação. Quando o hospital me ligar com qualquer informação, vou me certificar de que essa mesma informação seja passada a você de imediato."

"Obrigada, senhor prefeito."

"Presumo que saiba por que estou ligando?"

Robin aquiesceu para si mesma, coçando a orelha de Emma.

"Alguém precisa chefiar o Instituto Médico Legal."

"Isso mesmo. Espero que nosso famoso Águia Prateada se recupere completamente. Se ele não puder retornar ao trabalho, começaremos uma busca por toda a nação pelo novo chefe legista. Até soubermos se ele vai ficar bem ou não, porém, posso contar com você para capitanear o navio?"

Será que ela estava pronta para aquilo? Será que poderia comandar o departamento sem ferrar com tudo? Não havia tempo para duvidar de si mesma — Metz esperaria que ela cuidasse das coisas na ausência dele.

"É claro", respondeu Robin. "Manterei tudo funcionando do jeito que o dr. Metz gosta."

"Excelente. Bem, sei que as notícias são perturbadoras e você tem muita informação para processar, então vou parar por aqui. Devo dizer que estou satisfeito por ter uma representante da comunidade asiática cuidando das coisas neste ínterim."

Se não estivesse tão chocada e entristecida pela notícia do infarto do seu mentor, Robin teria rido — o prefeito Collins encontraria uma maneira de transformar aquilo em votos. Os asiáticos compunham um terço dos eleitores de San Francisco. Ele provavelmente não sabia que ela crescera no Canadá, filha de um imigrante inglês. Ainda assim, herdara a aparência da mãe, e isso queria dizer que ela daria uma boa foto eleitoral para o prefeito. Não que Robin se importasse em tirar uma foto com um bonitão como Collins; com seus ternos de alfaiataria, seus cortes de cabelo caros e seu largo sorriso, o prefeito galã ficara no topo das listas de *solteiros mais cobiçados* durante anos.

"Mais uma coisa para você pensar", disse ele. "Mesmo que, se necessário, façamos uma busca por um novo chefe legista, você está no comando agora. Se quiser esse emprego algum dia, isso lhe dá uma tremenda vantagem."

Ela já estava sendo cogitada para a vaga?

"É claro, senhor prefeito."

"Só mais uma coisa, Robin. O caso de Paul Maloney é sensível. Delicado. Sei que o dr. Metz terminou o exame, então mandei que o corpo de Maloney fosse retirado do necrotério."

"E vão levá-lo para... onde?"

"Para um lugar seguro", respondeu ele. "Estou muito preocupado que, com o passado de Maloney, as vítimas ou os parentes das vítimas queiram profanar o corpo."

Alguém tentaria invadir o necrotério de San Francisco?

"Senhor prefeito, não acho que precise se preocupar com isso."

"*Estou* preocupado", enfatizou ele. "Sei que o necrotério fica no mesmo prédio da sede da polícia, mas lembre-se de que policiais também são pais. Com o dr. Metz afastado pela primeira vez em muito tempo, alguém pode começar a ter ideias. Quero acabar com a tentação. O corpo de Maloney já terá sido removido quando você chegar amanhã de manhã. Entendido?"

Ela não entendia. Nem um pouco. O processamento dos cadáveres era feito sob um protocolo rígido. Mas talvez fosse assim que funcionava a política. De qualquer modo, Jason Collins era o chefe e ela não queria arrumar confusão tão cedo, não quando o futuro da sua carreira estava em jogo.

"Sim, senhor prefeito", respondeu ela. "Entendido."

"Ótimo. Robin, fico feliz por ter você a bordo. Avisaremos quando o dr. Metz puder receber visitas. Boa noite."

"Boa noite", disse. Ela desligou e ficou olhando o celular. Encarou o aparelho por tanto tempo que Emma se perguntou o que estava acontecendo, achou que o telefone pudesse ser um petisco, então também ficou observando-o.

Robin largou o celular e depois coçou as duas orelhas de Emma. Os olhos da cadela se estreitaram, sonolentos, e ela ganiu de puro amor.

"Ouviu isso, minha bebê?", disse Robin. "Sinto muito, mas parece que você vai ver o seu tio Max com mais frequência. Muito mais."

DISFARCE DO CAÇADOR

Como qualquer bom caçador, Bryan aguardava. Não sabia como tinha ido parar ali, mas reconhecia o lugar. Estava na Post Street, de costas para uma lavanderia abandonada, com madeiras nas janelas e na esquina de um beco estreito chamado Meacham Place. Um portão preto de barras quadradas de três metros de altura bloqueava a entrada do beco. Era ali, além daquelas barras, que ele abateria a sua presa.

Encoberto por um cobertor úmido e fedorento, ele ficou deitado completamente imóvel. As luzes da rua iluminavam a maior parte da calçada de concreto, mas não conseguiam afastar a escuridão por completo. As sombras se dobravam e se moviam no ritmo dos carros e táxis que rodavam tarde da noite.

O cobertor cobria cada centímetro do seu corpo, tudo exceto por uma abertura estreita por onde ele observava. As pessoas ignoravam a sua presença, e por que não? Apenas outro mendigo nojento dormindo na rua, uma visão cotidiana em San Francisco. As pessoas passavam por ele, só a alguns metros de distância, alheias ao fato de que a morte se escondia sob um tecido esfarrapado e imundo de terceira mão. Muitas vezes, em noites como aquela, ele apanhara tais pessoas e as arrastara escuridão adentro.

Ele esperava pelo garoto de cabelo preto encaracolado.

Viva o rei.

Primeiro foram as visões. Visões de rostos odiosos, gosto do medo e o rubor da humilhação, do desamparo. Estados de semiconsciência no limiar do sono faziam com que Bryan sentisse como era ser atormentado por um grupo de garotos, ser espancado por uma mulher que deveria tê-lo protegido, ser violentado por um homem que prometera amor.

Todas aquelas pessoas erraram perante o rei. Todas aquelas pessoas tinham que ser punidas. Como se atreviam a feri-lo, como se *atreviam*? Bryan e os outros procuravam, observavam, caçavam, até os rostos dos sonhos combinarem com aqueles de carne e osso.

O padre fora o primeiro. Ele só poderia morrer uma vez, então se certificaram de que demorasse.

Agora os valentões pagariam o mesmo preço.

Bryan queria o garoto loiro, o líder, mas aquele era difícil de encontrar. Era uma presa difícil. No entanto, o garoto de cabelo cacheado — aquele era previsível. Ele costumava passar por ali.

Não seria o bastante levar o garoto de cabelo encaracolado embora, fazer com que desaparecesse. Havia muita raiva para isso, muita angústia: como no caso do padre, o mundo tinha que saber.

Viva o rei.

O garoto de cabelo cacheado dobrou a esquina. Bryan permaneceu calmo, imóvel no seu disfarce de caçador, movendo apenas os olhos e nada mais. Ele não era o mais inteligente, sabia disso, mas podia caçar como ninguém. Mesmo sendo tão grande, a presa nunca o via se aproximando.

O garoto andava pela calçada como se fosse o dono da rua. Sua área, sua vizinhança, seu território. Era grande o bastante para que a maioria o evitasse. Jovem o bastante para pensar que controlava a própria vida, para pensar que ninguém queria mexer com ele.

Um útero.

O calor da caçada fervilhava por baixo da pele de Bryan, uma sensação tão primitiva que beirava a luxúria. Ele queria matar, *precisava* matar.

O cabelo preto e encaracolado escapava por baixo do boné branco do garoto. Ele usava uma jaqueta carmesim com BC em grandes letras angulosas no peito esquerdo. Uma águia — parada para sempre com as asas para trás e garras esticadas para a frente — se encontrava entre as duas letras.

O garoto se aproximou. Bryan respirou devagar. O adolescente relanceou o olhar para o esconderijo de Bryan, então franziu o nariz e desviou o olhar. Aproximou-se ainda mais de Bryan, avançou dois passos, então veio a voz.

"Me... ajude..."

A voz veio de trás do portão preto. O garoto parou, olhou pelas barras do portão para as sombras imóveis da Meacham Place. Bryan sabia o que o garoto veria. À direita, árvores esquálidas de três metros de altura despontavam da estreita calçada, troncos a apenas trinta centímetros do muro de tijolos, as folhas lançando sombras mais escuras na escuridão. À esquerda, a alvenaria que esfarelava da lavandeira, janelas quebradas e camadas de pichações. E no meio, deitado no chão rachado, um homem barbudo usando uma regata branca.

Bryan aguardou. Havia uma quantidade razoável de carros passando, portanto, se o garoto resolvesse correr, Bryan teria que deixá-lo ir. Mas se ele entrasse no beco, Bryan e os outros atacariam.

Morda a isca.

O garoto olhou para baixo e para a esquerda, examinando o disfarce de Bryan outra vez, de novo chegando à conclusão de que o mendigo imóvel sob o cobertor não era motivo de preocupação.

O homem no beco chamou pela segunda vez, tão baixo que ninguém a não ser o garoto conseguiu ouvir.

"Me ajude... por favor. Estou machucado."

Morda a isca...

O garoto segurou as barras pretas do portão. Escalou em silêncio, tomando cuidado com as pontas de lança, e desceu do outro lado.

Bryan se moveu sem fazer barulho, virando um pouco a cabeça para olhar a Post Street — vazia o bastante para ele poder agir. Levantou-se em silêncio, mas permaneceu encurvado. Bryan tomou o cuidado de manter o cobertor grande enrolado ao redor do rosto, como um capuz, para que ninguém visse o que havia por baixo. O tecido rançoso limitava sua visão periférica, mas isso não importava: estava quase acabado.

Um arrepio de medo percorreu o seu corpo. O monstro estava sempre lá, em algum lugar. Bryan olhou para cima, esquadrinhando os prédios altos, procurando por um movimento, por um contorno.

Nada.

Ele tinha que desenhar o símbolo, e logo, ou o monstro o atacaria.

"Senhor." Ele ouviu o garoto chamar. "Você está bem?"

O garoto tentaria ajudar? Ou estava apenas procurando uma vítima fácil?

Não importava.

Bryan se agachou um pouco e então pulou. Passou por cima do portão e desceu em silêncio no outro lado.

Um útero. Uma família.

O homem de regata branca estava deitado no chão, a barriga de cerveja aparecendo por baixo da camiseta e por cima do jeans. Usava um boné verde da John Deere. Estendeu uma mão gorducha para o rapaz que estava parado a meio metro de distância.

"Me... ajude. *Por favor.*" Marco era um bom ator. Muito bom.

O garoto se aproximou.

"Você tem algum dinheiro, idiota?"

O calor da caçada borbulhou na alma de Bryan. Ele deu um passo na direção da presa. Quando o fez, seu pé esmagou uma pedrinha contra o asfalto, emitindo um suave *craque* que fez com que o adolescente de cabelo encaracolado se virasse.

Bryan sentiu cheiro de medo. O garoto percebeu que tinha cometido um erro — estava encurralado, preso entre os dois homens. Suas mãos se fecharam em punhos, os olhos se estreitaram e a cabeça abaixou um pouco, como se ele pudesse atacar a qualquer segundo. Como a maioria dos animais, ele rosnou um aviso.

"Cai fora", disse a Bryan. "Não mexe comigo, seu mendigo de merda."

Atrás do rapaz, Marco se levantou em silêncio.

Bryan finalmente se ergueu em toda a sua altura e deixou o cobertor imundo cair no chão.

O rosto do garoto se modificou. A expressão arrogante foi sumindo devagar, o olhar irritado e glacial se derretendo em confusão.

Deu um passo para trás, direto para a barriga de Marco.

O garoto virou e se viu cara a cara com Marco. Era difícil ver alguma coisa sob aquela barba, mas Bryan sabia que Marco estava sorrindo.

Marco levou a mão às costas. Quando a trouxe para a frente de novo, estava segurando uma machadinha manchada de ferrugem. A luz fraca do beco refletiu no fio afiado.

"Não", implorou o rapaz. Já não soava tão durão assim.

Bryan ouviu um farfalhar de tecido vindo de cima. Os outros aterrissaram de cada lado do garoto. Um permaneceu embaixo de um cobertor escuro, o rosto encoberto exceto pelo brilho de um olho amarelo.

O outro deixou o cobertor deslizar para o chão.

Bryan viu um pesadelo. Um homem de pele roxa, com grandes olhos negros. A coisa olhou para o garoto por um instante, depois abriu um sorriso largo cheio de dentes grandes, brancos e triangulares.

O que ainda estava escondido embaixo do cobertor falou:

"Pierre." Sua voz soava como uma lixa raspando madeira. "Esse pertence a você. Pegue-o."

Astuto mantivera a promessa.

Viva o rei, filho da puta.

Bryan atacou. Pegou o valentão por trás, os dentes afundando no ombro da presa. A boca de Bryan se encheu com vibrações de ossos partindo, do gosto de náilon da jaqueta carmesim e do sangue quente e doce que esguichava.

⊙ ⊙

Bryan abriu os olhos. Seu coração dava coices no peito.

A adrenalina formigava pelas veias, pelos músculos e pela pele. Seus batimentos estavam acelerados, inconfundíveis num lugar mais do que em qualquer outro. Sentou-se na beirada da cama, olhando o quarto escuro, a ereção formando uma barraca na cueca.

O sonho avançara mais do que o anterior. Bryan não tinha apenas perseguido, tinha *atacado*. Sentira o gosto de sangue. *Ainda* podia senti-lo. Então por que estava vibrando de excitação quando deveria estar vomitando de nojo? Por que estava com o pau tão duro que poderia abrir um buraco na cueca?

E por que tinha a impressão de que *ele* estava sendo observado por alguém que queria matá-lo?

"O que diabo está acontecendo comigo?"

Ninguém respondeu, porque não havia ninguém no quarto. Nunca havia ninguém. Estava sozinho no seu apartamento silencioso, como sempre tinha estado desde que se mudara do apartamento de Robin.

Esticou o braço para o criado-mudo e pegou a caneta e o caderno que deixara ali. Desenhou. Algumas linhas tortuosas. Ele nem sequer sabia o que aquilo significava, apenas que não estava exatamente certo. Ainda assim, aquela sensação, aquela impressão de *estar sendo observado* desapareceu.

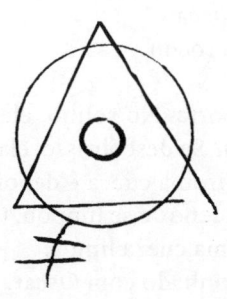

Bryan soltou a respiração num suspiro longo e profundo, depois colocou o caderno e a caneta de volta na mesa de cabeceira.

Olhou para eles por alguns instantes, pegou-os de novo e escreveu duas palavras.

Meacham Place.

Largou o caderno pela segunda vez, depois deu uma espiada na cueca — seu pau tinha amolecido. Ele se sentia melhor, mas não adiantava tentar voltar a dormir: ainda podia sentir o gosto do sangue quente do garoto.

E o gosto era bom.

Enrolou o edredom com força nos ombros e cambaleou para a sala de estar, com um desejo súbito de assistir ao *Creature Feature* na TV a cabo.

SONHOS AGRADÁVEIS

Rex acordou de repente e sentou-se ereto na cama. A respiração acelerada, o rosto pingando suor que esfriava no ar frio da noite.

No sonho, Rex não sentira medo de Oscar.

Oscar sentira medo de *Rex*.

Em seguida, vieram as mãos agarrando, as mordidas e aquele gosto...

O gosto de sangue.

Rex afastou as cobertas úmidas. O ar esfriou a sua pele suada. Também esfriou o lugar *lá embaixo*.

Olhou para a porta do quarto. Estava fechada. Olhou para o relógio — 3h14. Roberta estaria dormindo.

Afastou as cobertas das pernas. À luz vermelha e suave do despertador, ele viu uma mancha escura na cueca.

Rex levou a mão até lá e a tocou.

Molhada.

Olhou outra vez para a porta. No sonho, ele fizera a coisa ruim, a coisa *perversa*. Roberta descobriria? Se descobrisse, ela o espancaria.

Rex começou a tremer. Tirou a cueca e depois a enfiou no fundo da mochila. Pegou três folhas de Kleenex e se limpou. Com os olhos indo até a porta a todo momento, vestiu uma cueca limpa.

Era tão estranho ele ter sonhado com Oscar.

Rex foi em silêncio até a escrivaninha. A luz de um poste do lado de fora da janela lançava um brilho fraco sobre o desenho mais recente — uma imagem a lápis de Rex usando uma marreta para esmagar o crânio de Oscar Woody.

Como ele gostaria que *aquilo* fosse verdade, que pudesse revidar os ataques, fazê-los pagar. Mas desenhos e sonhos não eram a vida real. Rex sentiu lágrimas enchendo os olhos. Agarrou o papel, o amassou até virar uma bola e o jogou no lixo.

Depois se arrastou de volta para a cama, os lençóis ainda molhados de suor.

Rex afundou a cabeça no travesseiro e se cobriu todo. Fechou os olhos com força. Tremendo e sozinho, chorou.

BRYAN CLAUSER: PESSOA MATUTINA

O Buick marrom cruzou três faixas da pista. Bryan cobriu o rosto, tentando ignorar o coro de buzinas que soou na esteira do carro.

"Meu Deus, Pooks. Tente não me matar antes de voltarmos ao turno da noite, ok?"

"Covarde", disse Pookie. "Ei, tive algumas ideias para o roteiro do nosso seriado."

"*Seu* seriado, Pooks, não *nosso*. Não estou escrevendo nada."

"Você é o produtor executivo", rebateu Pookie. "Ninguém sabe o que diabo os produtores executivos fazem, de qualquer forma. Olha só a minha ideia: a gente transforma a mulher do delegado numa *milf* deliciosa. Ela é ignorada pelo marido obcecado pelo trabalho, então, para satisfazer suas necessidades de se sentir sexy e desejada, ela usa as suas artimanhas femininas para provocar os Jovens Detetives Rebeldes. Mas o tiro sai pela culatra quando o detetive bonitão, baseado em mim, é claro, finalmente a leva para a cama e dá um trato nela com o *Chang Bang*."

Bryan não conseguiu segurar uma risada. O *Chang Bang* foi um projeto anterior de Pookie, um livro chamado *69 Posições Sexuais que o Kama Sutra Esqueceu*.

"O *Chang Bang* é aquele com o trapézio?"

"Não, o trapézio só é usado no *Pomo de Ouro de Granger*. O *Chang Bang* é aquele com o bambolê e o ângulo congruente no banquinho de bar."

Bryan suspirou e olhou pela janela.

"O bambolê. Como posso ter esquecido?"

"De qualquer maneira, garantimos cenas quentes de sexo, mas também conseguimos tensão dramática quando o nosso caso de uma noite só se transformar num romance torrente."

"Tórrido."

"Quê?"

"Tórrido, não torrente."

"Isso também", disse Pookie. "O sargento com o Coração de Ouro descobre e tenta aconselhar o Jovem Detetive Rebelde. E isso deixa as coisas perigosas entre o Jovem Detetive Rebelde e sua nêmesis, o Irritável Delegado da Velha Guarda."

"Seu programa parece ter mais sexo do que trabalho policial", comentou Bryan. "Andou transando muito ultimamente?"

Pookie balançou a cabeça.

"Não. Coloco Júnior e os Gêmeos de folga quando trabalho no roteiro."

"Bem, então é melhor você deixar as cenas *tórridas* de lado por um tempo, senão vai acabar ficando com as bolas azuis de tão cheias."

A cabeça de Pookie disparou para a direita. Ele encarou Bryan. O carro desviou para a faixa da esquerda.

Bryan apontou para um caminhão que vinha na direção deles.

"Cara!"

Pookie viu o caminhão e jogou o Buick de volta para a faixa apropriada no instante em que o veículo passava por eles, a buzina berrando.

"Pooks, que porra foi essa?"

"Foi mal", ele se desculpou. "Mas é isso. Você conseguiu."

"Consegui o quê?"

"Inventar um nome."

"Do quê?"

"Do nosso seriado", respondeu Pookie. "Sabe, a coisa que a gente vem discutindo pelos últimos quinze minutos?"

"E que nome é esse?"

"*Bolas Azuis*."

Teria sido uma boa piada, mas o homem tinha uma expressão séria.

"Pooks, você vai chamar o seu seriado de *Bolas Azuis*?"

Ele assentiu.

"Você não pode chamar um seriado de *Bolas Azuis*."

"Ó caramba que não", exclamou ele. "Metade drama policial, metade *soft porn*. Pense nos seriados clássicos que duraram mais de três temporadas, o que faz com que possam ser transmitidos em diversas emissoras, que é onde a grana de verdade está, por sinal. Todos eles têm azul, *blue*, no título. Hill Street Blues. NYPD Blue. Blue Bloods. Rookie Blue."

"Esses são termos policiais", contestou Bryan. "'Bolas azuis' tem, tipo, um significado *totalmente* diferente."

"Exato, é mais *sexy*. Isso quer dizer que a HBO talvez queira o seriado, aí a gente pode mostrar peitos. Puta merda, Bri-Bri, essa é a nossa grande entrada. Preciso mandar isso por e-mail para mim mesmo."

Pookie dirigiu com uma das mãos, apertou as teclas do celular com o polegar da outra.

O olhar nervoso de Bryan se dividiu entre a estrada à frente e o celular de Pookie.

"Adianta alguma coisa lembrar você de que enviar mensagens de texto e dirigir ao mesmo tempo é ilegal?"

"Não", respondeu Pookie. Apertou a última tecla e colocou o telefone de volta no bolso. "Falando em enredo, Bri-Bri, teve mais um daqueles sonhos ontem à noite?"

Bryan fez uma pausa, depois balançou a cabeça.

"V-L-M-C", disse Pookie. "Vamos lá, me conte. Parecido com o primeiro?"

Bryan fechou os olhos. O gosto picante de sangue invadiu a sua língua.

"Não. Foi pior."

"Conte para o seu camarada. O que aconteceu?"

"Não sei ao certo", respondeu Bryan. Então, disse de um fôlego só: "Acho que arranquei o braço dele fora".

Não conseguiu se forçar a dizer do que realmente se lembrava: *eu arranquei o braço dele com uma* MORDIDA *e tinha um sabor melhor do que qualquer coisa que eu já tenha provado.*

"Arrancou o braço dele fora", repetiu Pookie, aquiescendo como se aquilo fosse a coisa mais normal do mundo. "Legal. E o que fez com o braço?"

Bryan fechou os olhos, tentando cristalizar as lembranças do sonho que ainda estavam confusas.

"Não sei. Acordei depois disso. Foi estranho de uma outra maneira também."

"Como assim?"

"Acordei de pau duro."

Pookie soltou um *piff*.

"E isso é novidade? Eu acordo de pau duro todo dia. Nem consigo mijar na privada. Ele não aponta para baixo. Tenho que mijar no banho, senão espalho um arco-íris dourado para tudo quanto é lado."

"Obrigado por me contar isso."

"Então você acordou de pau duro, e daí?"

Bryan mordeu o lábio inferior.

"Daí que tenho quase certeza de que fiquei excitado com a matança."

Será que o primeiro sonho também o tinha deixado excitado? Não, ele não se lembrava disso. Mas matar o garoto, todo aquele ódio misturado com luxúria, luxúria pela dor, pelo *medo*... Bryan tentou afastar os pensamentos.

"Foi no mesmo lugar?", perguntou Pookie. "O sonho, você reconheceu o local?"

Bryan começou a falar, então hesitou, lembrando-se do cobertor vermelho na Fern Street — ele o tinha visto no sonho e depois, de uma maneira impossível, o encontrou na vida real. E se houvesse algo do sonho da noite anterior esperando por ele, algo muito pior do que um cobertor abandonado vermelho com patinhos amarelos e coelhinhos marrons?

Tudo o que precisava era de uma viagem rápida para sossegar a mente.

"Post com a Meacham Place", respondeu Bryan.

"Entendido, Adam-12", disse Pookie. "Procurem o homem, procurem o homem na esquina da Post com a Meacham Place."

De repente, Pookie trocou de faixa por nenhuma razão, fechando um Fusca enquanto seguia para a Post Street.

UMA DOSE DE REALIDADE PARA BRYAN

Pookie diminuiu a velocidade do Buick até parar. A Meacham Place estava quieta, vazia. Além do portão preto, o beco parecia imperturbado. Lixo abandonado pontilhava o chão rachado. No lado direito do beco, quatro árvores estreitas se esticavam para cima, esperando pelo breve espaço de tempo em que o sol estaria exatamente sobre elas e enviaria luz por entre as duas construções.

Bryan olhou para a construção abandonada à esquerda do beco. Madeiras cobertas por tinta e pichações tampavam as três janelas arqueadas da lavanderia. Do outro lado do beco, havia um prédio estreito de tijolos de três andares — bem cuidado, muito obrigado. Decadência de um lado da rua, beleza do outro: tinha muito disso em San Francisco.

No canto inferior da construção abandonada, onde a calçada passava por baixo do portão preto e entrava no beco, Bryan viu o lugar onde ele se escondera embaixo
    [*de um disfarce de caçador*]
        de um cobertor esperando pelo
           [pela *presa*]
                garoto que passou caminhando.

Bryan abriu a janela do carro... e sentiu o *cheiro*.

Um odor, espesso e carregado, soprado para fora do beco, levado pela brisa que deslizava para o seu nariz. Era o mesmo fedor que o fizera se sentir tonto no telhado com Paul Maloney e Rich Poliéster.

Era o mesmo, mas também era o único.

"Pooks, está sentindo esse cheiro?"

Ele ouviu o parceiro fungar.

"Talvez. Cheiro de mijo?"

Mijo. Sim. Mijo, mas também outra coisa.

Bryan olhou para as quatro árvores esquálidas que cresciam na calçada estreita. Na base da árvore mais distante, enfiado entre o tronco e a construção...

Um cobertor escuro e amarrotado.

"Bri-Bri?"

Um cobertor, cobrindo alguma coisa do tamanho de um homem.

Um homem... ou um adolescente grande.

Não. Foi um sonho. Só um sonho.

Sua língua se lembrou do gosto de sangue quente. A boca salivou.

"Ei, falando sério", disse Pookie. "Você está bem?"

Bryan não respondeu. Saiu do carro e andou até o portão preto. Segurou as barras quadradas como um prisioneiro segura a porta da sua cela. As pontas de lança das barras ficavam um metro acima da sua cabeça. No sonho, um pulo fácil, direto do chão, o levara a ultrapassar o portão, mas, no mundo desperto, ele viu que aquilo seria impossível.

O cobertor escuro parecia... molhado. Havia alguma coisa molhada na calçada. Riscos dela. Algo molhado no muro de tijolos, em linhas e padrões, em símbolos e palavras. Ele reconheceu aquelas coisas de uma maneira vaga, mas viu apenas porções delas pelo canto do olho — não conseguia desviar o olhar do cobertor.

O portão chacoalhou enquanto Bryan o escalava.

O barulho da porta de um carro sendo fechada.

"Ei, me responde, cara."

Bryan desceu do outro lado. Andou na direção do cobertor.

Atrás dele, o portão sacudiu de novo, seguido pelo barulho de sapatos sociais grandes batendo no chão.

"Bryan, isso é *sangue*. Está por toda parte."

Ele não respondeu. Aquele cheiro, tão avassalador.

"Está nas paredes", disse Pookie. "Meu Deus, acho que pintaram uma imagem com sangue, bem nas porras das paredes."

Bryan esticou o braço para o cobertor. Seus dedos se fecharam em tecido, tecido *molhado*.

Afastou o cobertor com um puxão.

Um corpo devastado. O braço direito fora arrancado. Um pedaço da clavícula despontava perto do pescoço. A barriga fora cortada em pedaços, os intestinos foram arrancados e depois enfiados de volta como terra sendo posta num buraco. *Tanto sangue.*

E aquele *rosto*. Inchado e esticado. Sem um olho. O maxilar destroçado. A própria mãe do garoto não conseguiria reconhecê-lo.

Mas o cabelo... Bryan reconheceu o cabelo.

Preto, enrolado, encaracolado.

À esquerda do corpo, um boné branco manchado de borrifos de sangue.

"Bryan."

A voz de Pookie de novo. Algo no seu tom de voz o fez se virar. Pookie encarava o corpo mutilado. Ele olhou para o parceiro, com uma expressão de descrença, talvez até de choque.

"Bryan, como você sabia disso?"

Ele não tinha resposta. O cheiro de mijo estava tão forte que fazia sua cabeça girar.

A mão direita de Pookie se aproximou um pouco da aba esquerda do seu casaco esporte.

"Bryan, você fez isso?"

O detetive negou com a cabeça.

"Não. De jeito nenhum, cara. Você sabe que eu não poderia fazer uma coisa dessas."

Os olhos de Pookie pareciam tão gélidos. Era aquele rosto que os criminosos viam quando ele os olhava de cima? Um homem tranquilo, a não ser que ficasse na sua mira, então a coisa com Pookie Chang ficava séria.

"Saia do beco", disse Pookie. "Devagar. E mantenha as mãos longe da arma."

"Pooks, estou dizendo que não..."

"Você *sabia*. Como poderia saber?"

Aquela era a pergunta de 1 milhão de dólares. Se tivesse uma resposta, Bryan iria querer saber?

"Eu já disse", respondeu Bryan. "Tive um sonho."

Pookie respirou fundo, depois assentiu.

"Certo. Um sonho. Se tivesse feito isso *intencionalmente*, por qualquer razão, não teria me contado e com certeza não teria me trazido até o corpo. Mas isso não muda o fato de que você *sabia*."

"Pooks, eu..."

"*Cale a porra da boca*, Bryan. É o seguinte, vamos fazer assim: vou acreditar nos meus instintos e não nos meus olhos. Você vai sair deste beco e vai ficar lá fora até eu falar que pode se mexer. Vou ligar para a delegacia. Vamos reunir as provas e ver se algo aponta para você. Vou esperar e rezar para que o meu melhor amigo, o meu parceiro, não seja a porra de um assassino."

Pookie suspeitava dele? Mas ele conhecia Bryan, o conhecia melhor do que qualquer outro.

"Não sou", disse Bryan. "Não sou um assassino."

Pookie ergueu as sobrancelhas.

"É? Tem *certeza* disso?"

Bryan abriu a boca para responder, mas não saiu som nenhum.

Porque quando parou para pensar, não tinha certeza alguma.

POOKIE E SEU PARCEIRO

Pookie Chang vira muitas coisas repulsivas na sua carreira. Cadáveres não eram novidade para ele. Quando morava em Chicago, seu segundo caso de homicídio envolveu um homem que matara a mãe, depois tentara se livrar do corpo cortando-o em pedaços pequenos o bastante para caberem no triturador de lixo da pia da cozinha. Você nunca mais é o mesmo depois de ver uma coisa assim — isso muda a pessoa. Ele lidara com casos que demonstraram como os seres humanos podem ser malignos, casos que o fizeram duvidar da sua fé. Afinal, como um Deus bondoso podia permitir que tais coisas acontecessem? Sim, ele duvidara de Deus, duvidara da sua própria capacidade para o trabalho e, em mais de uma ocasião, duvidara do sistema judiciário em si — mas, durante os seis anos de parceria, *nunca* duvidara de Bryan Clauser.

Não até aquele momento.

Os policiais na cena tinham passado um cordão de isolamento pela Meacham Place e por apenas uma das três faixas da Post Street, permitindo que o tráfego matutino seguisse desimpedido. Duas viaturas do DPSF estavam estacionadas no meio-fio. Outras duas encontravam-se estacionadas em cima da calçada, uma de cada lado do beco. Meia dúzia de policiais uniformizados andava por ali, mantendo as pessoas afastadas, indicando com calma aos pedestres que usassem o outro lado da rua. As luzes das viaturas piscavam em azul e vermelho. A van do necrotério esperava em silêncio, como um lixeiro, esperando o pessoal da equipe forense terminar o trabalho antes de poder reivindicar o corpo.

Pookie ficou parado na calçada do lado de fora do portão preto, agora aberto. Estava perto de Bryan. Os distintivos estavam pendurados nos pescoços de ambos. Pookie olhava para o beco, observando os investigadores forenses Sammy Berzon e Jimmy Hung fazerem os seus trabalhos. Eles usavam jaquetas azul-escuras com DPSF escrito em branco nas costas. O que encontrassem ali poderia incriminar o seu melhor amigo.

Mas a verdade precisava vir à tona.

Bryan tinha uma expressão horrível, os olhos verdes e a pele pálida contrastavam com a barba vermelho-escura. O cara parecia estar em choque, mas aquilo não podia esperar, não podia ser adiado até ele se sentir melhor.

"Me conte de novo", pediu Pookie. Falou em voz baixa, alto o bastante para apenas Bryan ouvir. "Onde você esteve na noite passada?"

Bryan inclinou a cabeça para mais perto, respondendo da mesma maneira. "No meu apartamento. Fui direto para lá depois que Sharrow me mandou para casa."

Pookie se lembrava de Bryan adormecendo sobre a mesa — Bryan, que nunca perdera um dia de trabalho nem exibira o menor sinal de um resfriado.

"Você estava doente ontem", disse Pookie. "Se sente da mesma forma hoje?"

"Pior. O corpo todo dói. Acho que estou com febre ou algo parecido."

Pookie assentiu. Será que a febre estava tão alta que, de algum modo, fizera Bryan sair na noite passada, na madrugada que ele tanto adorava, e matar aquele garoto? E, além disso, fizera com que se esquecesse de tê-lo feito?

"Então você foi para casa", disse Pookie. "O que aconteceu depois?"

"Fui direto para a cama. Dormi pesado, acho. O pesadelo me acordou por volta das 2h30, talvez 3h. Acordei, fiz alguns desenhos e voltei a dormir."

"E não tem ninguém para confirmar isso? Nenhuma garota, vizinho, senhorio, ninguém?"

Bryan mordeu o lábio inferior. Balançou a cabeça. É claro que ele não tinha um álibi. Morava sozinho. Sequer tivera um encontro desde que se mudara do apartamento de Robin.

Ele o levara direto ao corpo, até *descrevera* o estado do cadáver. Para ter conhecimento daquilo, Bryan teria que ter conversado com alguém que viu o crime acontecer, alguém que o tenha cometido ou...

... a resposta óbvia: o próprio Bryan o cometeu.

Impossível.

Mas seria mesmo impossível? As pessoas o chamavam de *Exterminador* por um motivo. Ele era frio, desapegado e — o mais importante — mortal. O acontecimento com Lanza o fizera perder o controle?

Pookie não conseguia acreditar naquilo. Se não fosse por Bryan Clauser, ele nem estaria vivo. Talvez seu parceiro fosse um pouco robótico, claro, mas também era tudo o que um tira precisava ser — corajoso, dedicado e altruísta. Ele não era um assassino.

Talvez não um assassino, mas ele com certeza é um matador, não?

Pookie não conseguiu pensar em mais nada a dizer, a perguntar. Voltou a observar o beco. O corpo do garoto ainda estava na sombra lançada pela árvore, iluminado a cada poucos segundos pelo flash da câmera de Jimmy Hung. O braço decepado não estava em nenhum lugar à vista. No lugar dele havia um horrível ferimento irregular que descia do pescoço até pouco abaixo da axila, onde o membro estaria se não tivesse sido arrancado. Parte da clavícula despontava do ferimento, um branco manchado de vermelho que brilhava cada vez que Jimmy tirava uma foto.

No muro de tijolos, entre as árvores esquálidas, letras vermelho-amarronzadas de sessenta centímetros de altura soletravam uma mensagem pintada ali, uma pichação rabiscada com o sangue agora seco da vítima:

LONG LIVE THE KING!

Pookie cutucou Bryan de leve, apontou para as letras.

"E aquilo? Parece familiar?"

Bryan olhou e, quando o fez, Pookie viu sinais delatores de reconhecimento. As palavras significavam algo para Bryan. Ele falaria a respeito ou mentiria?

"Tinha algo assim no sonho", disse Bryan. "Não consigo lembrar exatamente, mas tinha algumas palavras... ou pensamentos, talvez... que ficavam pulsando na minha cabeça como se alguém estivesse mandando uma mensagem."

"Uma mensagem tipo uma ligação telefônica?"

Bryan balançou a cabeça.

"Não, não como um telefone. Tipo... *dentro* da minha cabeça. Loucura, não?"

É, *loucura*. Essa era a palavra que Pookie estava tentando evitar. Era mais palatável do que *psicótico*, mas ainda não era o termo que alguém gostaria de atribuir ao melhor amigo.

Pookie acenou com a cabeça na direção do corpo do garoto.

"Talvez antes de encontrá-lo isso teria soado como loucura. Mas agora estou pronto para considerar qualquer coisa. Me conte mais."

Bryan umedeceu os lábios. Pookie esperou.

"Algo sobre um rei", disse ele, afinal. "Não, não *um* rei, era mais como *o* rei."

"Tem certeza? Foi isso que ouviu no sonho?"

Bryan Clauser deu as costas à cena sangrenta. Encarou Pookie. Não parecia mais completamente desprovido de emoções e inexpressivo — ele estava assustado.

"Pooks, você está falando comigo como se eu fosse um suspeito."

Não havia como dourar a pílula naquele momento. Pookie estava se segurando para não chamar os outros policiais na cena, mandar que algemassem Bryan e o levassem para interrogatório.

"Você é um suspeito e sabe disso", disse ele em voz baixa. "Você nos trouxe direto para o corpo. Até me contou o que encontraríamos."

Bryan sacudiu a cabeça.

"Foi só um sonho. Só a porra de um *sonho*, cara. Merdas como essa não acontecem, não *podem* acontecer."

Pookie relanceou o olhar para os policiais uniformizados, verificando se algum deles estava tentando ouvir. Não estavam.

"Mantenha o controle, Bryan. Não diga mais nada sobre isso. Vamos dar um jeito."

Pookie começou a se afastar, mas uma mão forte o segurou pelo braço e o puxou de volta. Ele se virou para encarar Bryan, para ver a expressão angustiada nos olhos do parceiro.

"Você acha mesmo que eu poderia fazer algo assim?"

A parte lógica do cérebro de Pookie respondeu *sim*, mas isso também era loucura. Por que diabo Bryan teria assassinado aquele garoto? Onde estava o motivo?

"Se não o considerasse um suspeito, eu não valeria porra nenhuma como policial e você sabe disso", respondeu Pookie. "Você nem deveria estar aqui e sabe disso também. Você deveria estar numa sala de interrogatório. Mas é meu amigo e eu venho fazendo este trabalho há muito tempo. Vamos resolver isso, mas por enquanto fique de boca fechada e *não toque em nada*."

Pookie se virou de volta para o beco e observou a equipe forense. Sammy andava devagar, com passos muito curtos. Estava com a cabeça abaixada, a câmera em volta do pescoço e segura nas mãos. Quando chegasse no outro lado, iria virar noventa graus para a direita, ainda olhando para baixo, daria um passo, viraria outros noventa graus, então iria refazer o caminho. A cada três ou quatro passos pararia, apontaria a câmera para baixo e tiraria uma foto, depois iria se curvar para pegar alguma coisa com as pinças. Colocaria o objeto num envelope marrom, o vedaria e o rotularia. Depois disso, escreveria num pedacinho de papelão branco dobrado e o colocaria no lugar do objeto.

Jimmy girava em torno do corpo, tirando fotos do cadáver acinzentado de múltiplos ângulos: de longe, de perto, praticamente enfiando a câmera *dentro* do ombro aberto, e assim por diante. A jaqueta azul era grande demais para Jimmy, fazendo com que ele parecesse ser menor do que realmente era.

Sammy parou de andar. Endireitou-se. Ainda olhando para baixo, usou as costas da mão enluvada para afastar dos seus olhos alguns fios do cabelo loiro. Movendo apenas a cabeça, olhou para a esquerda e para a direita, compreendendo uma área mais ampla. Olhou para Pookie e Bryan, então caminhou com cuidado para fora do beco.

"Sammy", disse Pookie. "Como está Roger?"

Pookie não estava a fim de bater papo, mas era um impulso automático. O irmão de Sammy sofrera um acidente de carro alguns dias antes. Pookie não se lembrava de onde ouvira a respeito. Não fazia ideia de como tais informações sempre permaneciam no seu cérebro.

"Está ótimo", respondeu Sammy. "Sai do hospital amanhã, pelo que me disseram. A respeito do nosso malandro de um braço só, consegui uma identificação para vocês."

Ele enfiou a mão no bolso e tirou um saco plástico com uma carteira aberta dentro. Uma carteira de motorista mostrava um garoto com cabelo preto espesso e encaracolado. Parecia impossível que aquele rosto jovem e saudável pertencesse ao cadáver mutilado de um olho só ali no beco.

"Oscar Woody", informou Sammy. "Tenho quase certeza de que é ele, com base nas estatísticas. Teremos uma confirmação assim que possível. Ficou com essa carteira de motorista só por duas semanas. Feliz aniversário de 16 anos, hein?"

Pookie observou Sammy virar a carteira para que Bryan pudesse vê-la. Os olhos de Bryan se arregalaram, apenas um pouco. Será que reconhecera a foto?

Sammy devolveu a carteira ao bolso.

"Esse corpo vai dar um trabalho e tanto, hein?"

Pookie assentiu.

"Com toda a certeza. O que você acha que arrancou o braço fora?"

"Na falta de qualquer maquinário industrial, eu diria um animal grande. Encontramos alguns pelos marrons de aproximadamente 2,5 centímetros de comprimento. Parece pelo de cachorro."

Pookie olhou para o corpo. O garoto deveria ter 1,77 metro de altura, talvez pesasse oitenta quilos.

"Ele não era um bebê, Sammy. Arrancar um braço fora não é fácil. Que tipo de cachorro é grande o bastante para fazer isso?"

Sammy deu de ombros.

"Um pit bull, talvez? Provavelmente um rottweiler. Arrume um rottweiler de uns sessenta quilos e talvez isso seja possível. Mastiffs podem pesar mais de noventa quilos. Arrancariam aquele braço com facilidade."

Era possível, mas ainda assim... os policiais que faziam a ronda patrulharam a área à procura de testemunhas e voltaram de mãos vazias. Era difícil imaginar que ninguém tenha ouvido um cachorro de noventa quilos arrancando o braço do garoto.

"Acho que o cachorro teve ajuda, em todo caso", disse Sammy. "Tem uma câmera de segurança no prédio. O prédio bonito, não a velha lavanderia. Estava apontada para o beco, mas está toda destroçada. Parece que foi quebrada há pouco tempo. Se a câmera estivesse funcionando, teria capturado tudo o que aconteceu aqui no beco."

Talvez a câmera tivesse sido quebrada pouco antes do assassinato. Talvez não tivesse sido um ato passional aleatório — a matança poderia ter sido planejada. Pookie iria investigar qualquer filmagem existente, é claro, mas já sabia que provavelmente não encontraria nada útil.

"Woody estava vivo quando o braço foi arrancado?"

"Ah, com certeza", respondeu Sammy. "O sangue esguichou para tudo quanto é lado como a porra de uma mangueira de bombeiro, cara. É isso que quero mostrar a vocês. Venham aqui e deem uma olhada."

Pookie saiu atrás de Sammy, depois parou quando percebeu que Bryan permanecera na calçada. Ele parecia esperar por permissão. Pookie inclinou a cabeça com força na direção do beco: *venha aqui, agora*.

Pookie Chang tinha visto muitas coisas que podiam e mudavam uma pessoa, mas Bryan Clauser também. Talvez Bryan tivesse visto coisas demais.

Ele entrou no beco. Pookie o deixou passar, depois o seguiu — queria manter Bryan à vista o tempo todo.

NADA PARA VER AQUI...

Bryan seguiu Sammy Berzon beco adentro. Sentia-se como se estivesse voltando à cena de um crime — um crime que ele cometera.

Mas não fizera aquilo. Não *podia* ter feito.

Sammy levantou uma das mãos para mostrar a Bryan e Pookie onde parar. Então apontou para baixo. Não com um dedo só, mas com a palma toda aberta, um gesto abrangente que dizia: *deem uma olhada em tudo isso aqui*.

"Entendo como vocês deixaram essa coisa passar", disse Sammy. "Quero dizer, se fosse um pouco maior não caberia na porcaria do beco, hein?"

Havia dois desenhos no chão, feitos com sangue seco e pegajoso coalhado de terra, pedrinhas, pedaços de carne e de lixo e até mesmo uma camisinha usada. Cada desenho tinha por volta de 4,5 metros de largura, tão largo quanto o beco, grande o bastante para que Bryan confundisse o desenho com respingos aleatórios e individuais de sangue. Dois círculos grandes, ambos com linhas cruzando-os, e aquilo era... um triângulo?... linhas que também o cruzavam, talvez...

A imagem se encaixou com um *estalo*.

Bryan conhecia uma das imagens bem demais, porque ele mesmo a desenhara.

E havia um segundo desenho, que ele não reconheceu.

"Interessante", comentou Pookie. "Esse desenho do triângulo não é intrigante, Bryan? Me parece familiar, mas não sei dizer por quê."

Bryan não respondeu. Teve que se forçar a respirar. Ele desenhara a mesma coisa, e ali estava ela, desenhada com sangue de uma vítima de assassinato. Seu corpo doía. Seu rosto estava quente. Simplesmente não queria pensar naquilo nem mais por um segundo.

"Vocês dois são *grandes* observadores", disse Sammy. "Quero dizer, esses desenhos *só* têm 4,5 metros de largura, hein?"

"Vai se ferrar, Sammy", falou Pookie. "Não é uma hora muito boa para sarcasmo."

Bryan olhou para os dois símbolos. Eram diferentes, mas ambos tinham aquela curva com dois cortes. O que aquilo significava? O que *tudo aquilo* significava?

"E são *dois* desenhos", disse Sammy. "Mas qualquer um poderia ter deixado passar, certo? Quero dizer, gênios como vocês poderiam..."

Pookie se virou com rapidez, agarrou o ombro da jaqueta de Sammy e o sacudiu, chacoalhando o homem mais baixo.

"Eu disse, *cale a boca*, Sammy. Entendeu?"

Um Sammy chocado aquiesceu. Pookie o soltou.

Bryan olhou ao redor. Toda a conversa entre os policiais tinha parado. Todos olhavam para Pookie. Pookie, que nunca perdia a calma. Pookie, que nunca dizia nada grosseiro.

Ele viu os outros policiais o encarando. Virou-se, fitou Bryan, depois se afastou para conversar com os policiais uniformizados.

Bryan andou de volta ao portão preto, tomando cuidado para não pisar nos desenhos feitos com sangue. Parou na calçada, sozinho, se perguntando se Pookie já estava se arrependendo da decisão de confiar no parceiro.

Se sim, Bryan não podia culpá-lo.

Sentiu uma brisa no rosto. Passou as costas da mão pela testa — estava suando. Encontrar o corpo resultara numa enorme explosão de adrenalina. Agora que a onda se dispersava, a náusea, as dores e as pontadas no peito lutavam mais uma vez por atenção. Sentia-se dez vezes pior do que naquela manhã.

Pookie voltou. Estava sorrindo, mas Bryan podia ver que estava fingindo — seu parceiro apresentava um espetáculo de normalidade. Até onde os outros policiais sabiam, eram apenas os bons e velhos Bryan e Pookie, trabalhando no caso e mandando ver. *Nada para ver aqui, por favor, continuem andando...*

"A foto na carteira de motorista", disse Pookie num sussurro. "Você reconheceu aquele garoto, não foi? Identificou aquele rosto."

Bryan pensou em mentir, mas assentiu.

"É."

"De onde?"

Bryan deu de ombros.

"Do meu sonho, cara. Não sei mais o que dizer."

Pookie franziu os lábios e assentiu, uma expressão de raiva, de frustração.

"Vá para casa", mandou ele. "Só por algumas horas, ok?"

"Mas tenho que ajudar você com isso, tenho que..."

"Eu termino de analisar a cena", disse Pookie. "Teremos que conversar com amigos e familiares, então vou buscá-lo quando chegar a hora de sair batendo nas portas. Não estamos tão longe da sua casa, então vá a pé. Acho melhor você não ficar aqui agora."

O olhar de Pookie foi duro e implacável. Ele não estava fazendo um pedido.

Tinha que existir uma explicação para aquilo, mas nenhum deles sequer sabia de uma pista do que poderia ser.

Bryan se virou e começou a andar.

ROBIN E O LEITE ESTRAGADO

Robin Hudson acabou de ajeitar o cabelo numa rede enquanto aguardava na área de preparação, observando a van entrar de marcha a ré na doca de descarga. A traseira do veículo foi aberta. Ela ficou surpresa ao ver Sammy Berzon e Jimmy Hung saírem de dentro dela. Eles tiraram o carrinho carregado com um saco branco para cadáveres.

Como investigadores forenses, Sammy e Jimmy não ajudavam a levar um corpo para o necrotério — isso costumava ser feito pelos colegas de Robin do IML.

A médica-legista alisou o jaleco descartável e pendurou uma câmera digital em volta do pescoço. Colocou o protetor facial na cabeça, mas deixou a aba de plástico transparente levantada.

Os homens levaram o carrinho até a área de preparação.

"Que surpresa encontrar vocês dois aqui", disse Robin.

"Olá, lindinha", cumprimentou Sammy. "Você se importaria se a gente ajudasse com este aqui? Apostamos cem dólares no assassino. Eu acho que foi um rottweiler ou um cachorro grande, Jimmy está apostando num animal mais exótico."

"Tigre", comentou Jimmy. "Com certeza foi um tigre."

Robin assentiu.

"Claro, vocês podem ajudar. Como quiserem."

"Maravilha", disse Sammy. "Vou transferir as fotos da cena do crime para o sistema assim que terminarmos de preparar o corpo." Ele segurava um saco plástico transparente com um cobertor. "Isto estava cobrindo a vítima." Colocou o saco em cima do carrinho.

Robin se inclinou para olhar. Dentro do saco, ela viu que o pano estava coberto de pelos curtos amarronzados. Não era de se espantar que Sammy achasse que tivesse sido um rottweiler.

Ela pegou o saco.

"Sou boa em identificar raças caninas a partir de pelos. Vou examinar melhor assim que terminarmos com o indivíduo. Vão se preparar enquanto eu cuido dos raios X."

◉ ◉

Robin tirou raios X enquanto o cadáver ainda estava dentro do saco. As imagens digitalizadas na hora mostraram graves danos: um braço arrancado, mandíbula descolada e fraturada em pelo menos dois lugares, dentes faltando, órbita direta esmagada. Pontos brancos resplandecentes brilhavam nos diversos tons suaves de cinza que representavam os pulmões — o garoto tinha aspirado alguns dentes.

Assim que terminou de tirar os raios X, ela levou o carrinho para a área de preparação. Sammy e Jimmy aguardavam. Tinham vestido os próprios equipamentos de proteção pessoal: jalecos, protetores faciais e luvas novas.

"Vocês me trazem os melhores presentes", disse ela. "Era tudo o que eu precisava para animar a minha tarde."

Sammy sorriu.

"É o nosso trabalho. Um grande caso para o seu primeiro dia como chefona, hein?"

"Não sou a *chefona*, rapazes. É só temporário."

Jimmy sacudiu os ombros pequenos.

"Vamos ver. Adoro Metz, mas um infarto na idade dele? É difícil de se recuperar."

"Ele vai voltar", disse Robin. Ela queria o cargo de chefia, claro, mas sabia que ainda não estava pronta. Apenas mais um ou dois anos com Metz, talvez, e estaria preparada.

"Ok", disse ela, "vamos começar a festa."

Eles abriram o zíper do saco. No mesmo instante, ela sentiu o cheiro de urina. Forte e, de alguma maneira, único — *o mesmo cheiro de quando Metz trouxe Maloney.*

"Esse aqui está curtido", comentou ela. "Devia estar com a bexiga cheia quando morreu."

Sammy balançou a cabeça.

"Não. Os meliantes mijaram nele. Ou o rottweiler."

"Tigre", disse Jimmy.

Quando um indivíduo morre, os músculos do intestino e da bexiga relaxam, com frequência fazendo com que o corpo evacue e urine. Fora por isso que ela não pensara duas vezes sobre o cheiro que emanava do corpo de Maloney quando Metz o trouxera. Mas aquele odor era tão ímpar — a não ser por aquele cadáver e o do Maloney, ela nunca sentira nada como aquilo. Seria possível que o assassino de Maloney tivesse urinado nele também?

"Isso pode nos ajudar", disse ela. "Se foi o dono do animal que urinou nele, nós poderemos descobrir alguma coisa."

Sammy enfiou a mão no saco para cadáver e tirou uma mão morta e ensanguentada. Eles verificaram as impressões digitais, depois pesaram e mediram o corpo.

"Temos uma identificação preliminar pela carteira de motorista", comentou Sammy. "Oscar Woody, 16 anos. Vamos ter uma confirmação depressa, ele tem antecedentes criminais e as digitais estão no sistema."

"Já?" Ela achava muito triste que os jovens partissem para a vida de crimes tão cedo na vida. Será que fora sempre assim? Provavelmente. Era só que parecia tão drástico agora — conforme ela envelhecia, os adolescentes pareciam ficar cada vez mais jovens.

Jimmy cortou as roupas da vítima e começou a colocá-las em sacos plásticos.

"Temos o que achamos ser amostras de saliva", disse ele. "Em volta de toda a área do ombro. Boas chances de que seja do tigre."

"Rottweiler", corrigiu Sammy. "Robin, obrigado por nos deixar ajudar. Se quiser preparar a mesa, a gente leva o corpo para você."

A mulher aquiesceu.

"Vou fazer isso."

Ela saiu da área de preparação e entrou na sala de autópsia comprida e retangular com painéis de madeira nas paredes. Cinco mesas de exame feitas de porcelana estavam enfileiradas ao longo do comprimento da sala, as laterais compridas das mesas em paralelo com as paredes mais estreitas da sala. Naquele momento, as mesas estavam vazias. Robin vira muitos dias em que todas as cinco mesas estavam sendo usadas ao mesmo tempo, com ainda mais corpos aguardando na grande câmara refrigerada.

A maioria dos necrotérios usava mesas de aço inoxidável. A sede da polícia, à qual o necrotério era anexado, fora construída em 1958. Aquela sala de exames — com as mesas brancas de porcelana originais e tudo o mais — não mudara muito nos últimos cinquenta e poucos anos. Metz costumava dizer que, a não ser pelos cinzeiros, que foram removidos das paredes, o lugar tinha a mesma aparência desde o seu primeiro dia de trabalho, quatro décadas atrás.

Sammy e Jimmy levaram o carrinho de metal para dentro da sala. Deslizaram o corpo para cima da primeira mesa de porcelana. Mesmo com toda a sua experiência, Robin não pôde evitar fazer uma careta diante da carnificina.

Quando o braço foi decepado, o terço externo da clavícula fora arrancado. O osso fraturado despontava do peitoral devastado. O sangue na ponta irregular da clavícula já secara em tons amarronzados. Ela viu arranhões no osso quebrado; ranhuras feitas por dentes, talvez. Não havia marcas de dentes no rosto, no entanto — os danos ali eram contusões musculares causadas por punhos, cotovelos, pés e joelhos, possivelmente.

Inúmeras lacerações cobriam o abdômen. Pedaços cortados do intestino estavam pendurados para fora como linguiças sangrentas cinza-amarronzadas salpicadas por glóbulos de gordura amarela. Ela notou que os intestinos tinham sido arrancados, rasgados e então colocados de volta. Aquilo foi feito por uma pessoa — animais não enfiavam as entranhas de volta ao corpo.

"Algum indício que possa nos levar aos meliantes?"

"Toneladas", disse Jimmy. "Os doentes desgraçados usaram o sangue da vítima para escrever *vida longa ao rei* no muro e fizeram alguns desenhos estranhos de ocultismo. Está tudo nas fotos."

"Ótimo", disse Robin. "Então, cadê o braço?"

Sammy deu de ombros.

"Não conseguimos encontrar."

Jimmy verificou o relógio.

"Bem, isso é tudo por hoje. Vou para casa. Robin, se tiver alguma pergunta, me liga, mas tenho certeza de que Bryan e Pookie podem responder qualquer dúvida."

Ela congelou ao ouvir o nome dele.

"Esse caso é de Bryan?"

"Ele e Pookie foram os primeiros na cena", respondeu Jimmy. "Estou indo. Até mais."

Robin lançou um aceno de despedida na direção de Jimmy. Afastou qualquer pensamento sobre Bryan Clauser e focou no trabalho. Andou devagar em volta da mesa branca. Oscar era um garoto grande. Tinha 1,77 metro de altura, talvez oitenta quilos se o braço não tivesse sido arrancado. Ela esperava que o braço tivesse sido descartado em algum lugar e fosse aparecer em breve. Se o assassino ainda estivesse com ele, era provável que fosse para tê-lo como troféu. Um acumulador de troféus podia significar um assassino em série. Ou, ainda mais perturbador, o braço poderia ter sido um agrado ao animal pelo bom trabalho.

"Os danos nos tecidos macios parecem se estender às costas", disse Robin. "Vou dar uma olhada na omoplata. Sammy, pode virar o corpo?"

Ele assim o fez. A omoplata estava intacta, pedaços grudentos de carne humana ainda colados ao osso. Ela viu duas ranhuras compridas e paralelas, separadas por oito centímetros — linhas iguais que se curvavam e ziguezagueavam. A legista pegou a câmera, se inclinou e tirou uma foto. Sammy teria um conjunto completo de fotos e tudo o mais, mas Robin gostava de registrar áreas importantes com os próprios olhos e dos próprios ângulos.

Deixou a câmera voltar ao peito, depois esticou o braço e, com delicadeza, examinou o ombro dilacerado.

"É provável que vocês estejam certos sobre um animal", informou ela. "Essas ranhuras paralelas são consistentes com as marcas deixadas por cães, como se alguma coisa o tivesse mordido e sacudido."

Sammy sorriu para ela.

"Como eu disse, um rottweiler, hein?"

Ela deu de ombros sem querer se comprometer.

"Talvez." Olhou para o amplo espaço entre as ranhuras paralelas deixadas por dentes, tentou imaginar o tamanho do cachorro que pudesse ter dentes daquele tamanho. "Jimmy pode ganhar a aposta, afinal de contas. Eu não descartaria um grande felino, por mais estranho que isso possa parecer no meio de San Francisco."

"Fascinante", disse Sammy. "Sabe, isso parece ser um ótimo tópico para uma conversa. Por que a gente não fala sobre isso num jantar? Digamos, amanhã à noite? Pego você às oito."

Robin tirou os olhos do cadáver e sorriu.

"Sammy Berzon, vocês apostaram *mesmo* no tipo de animal que matou este garoto ou você só queria um jeito de entrar aqui para me convidar para sair?"

Ele sorriu e levantou a mão direita.

"Culpado. Conheço uma cafeteria na Fillmore com mesas na calçada, assim a gente pode levar o seu cachorro."

Ela riu, sentiu as sobrancelhas se levantarem com uma surpresa admirada.

"Uau, você é *bom*. Convidando o cachorro também?"

Ele fez uma meia reverência.

"É preciso conhecer o campo de batalha, minha querida, mas você facilita as coisas. Sua mesa está cheia de fotos do filhote. Ele é bem bonitinho."

"*Ela*."

"Desculpe, *ela*. Então, e o jantar?"

Sammy era um homem bonito. Tinha um rosto anguloso, embora gastasse muito tempo arrumando o cabelo. A mãe de Robin sempre dizia: *Nunca namore um homem que gasta mais tempo arrumando o cabelo do que você*. Sendo um investigador forense, Sammy conhecia os horrores com os quais ela lidava todos os dias. Eles tinham isso em comum. E ele compreendia o seu amor quase obsessivo por Emma. Estava claro que ele era um cara perceptivo. Ela voltou a olhar para o cadáver. Sem dúvida um encontro com Sammy seria ótimo, mas Robin só não estava a fim.

"Obrigada, mas... hum... acho que eu não sou uma boa companhia em um encontro."

"Vamos lá. Você e Bryan terminaram seis meses atrás. Viva um pouco, hein?"

Ela sentiu a raiva borbulhar, mas lutou para controlá-la — ele *estava* convidando-a para sair, afinal de contas.

"Você sabe quanto tempo faz desde que a gente terminou?"

Sammy sorriu.

"Claro. A regra dos seis meses. Eu não podia convidar você para sair antes de seis meses por respeito ao Exterminador."

O sorriso dela desvaneceu.

"Não o chame assim."

O sorriso dele também sumiu. Ele soube que tinha cometido um erro.

"Desculpe", disse ele. "Quero dizer, não é um insulto, sabe?"

Ela aquiesceu. Robin odiava o apelido. Ele insinuava que Bryan era uma máquina de sangue-frio que matava sem sentir remorso. Ela sabia que isso não era verdade. Mesmo assim, no mundo bizarro da lógica masculina, o apelido era um elogio, e Sammy não quisera insinuar nada ao usá-lo.

Ela tentou mudar de assunto.

"E o que você quer dizer com *regra dos seis meses*?"

"Não se pode convidar a garota de um camarada para sair antes de seis meses", explicou ele. "É uma regra entre os homens. A regra dos seis meses é tipo uma data de validade invertida."

Homens. Era impossível entendê-los.

"Então... eu *era* leite azedo e agora posso ser servida?"

"É isso aí. Que tal em vez de dizer *não*, você só me dizer que o jantar fica para outro dia?"

"Tudo bem. O jantar fica para outro dia."

O largo sorriso de Sammy retornou.

"Por mim tudo bem. Vejo você depois."

Ele saiu do necrotério.

Robin se perguntou quantas pessoas sabiam que Bryan se mudara há seis meses. Todos no IML, provavelmente, e pelo visto muito mais do que isso. Cidade grande, uma quantidade enorme de policiais, mas ainda assim um grupo relativamente pequeno de pessoas que lidavam com o fluxo constante de cadáveres.

Voltou a atenção ao garoto de um braço só. Os ferimentos no ombro foram causados por um animal grande, com certeza, mas ela iria testar a saliva coletada apenas para confirmar.

Começaria com um teste de análise dos marcadores moleculares. O resultado sairia em duas horas e forneceria as sequências genéticas da vítima e do agressor, ou agressores — se os agressores fossem humanos, claro. O teste encontraria treze loci-chave no DNA humano que ela poderia passar pelo CODIS, o banco de dados genéticos dos criminosos conhecidos do FBI. Às vezes, era fácil — processar as provas, isolar o DNA, rodá-lo no CODIS e encontrar uma compatibilidade.

Robin esperava que eles tivessem sorte e identificassem o assassino logo. Tal selvageria estava além das mortes por arma de fogo, faca ou espancamento com as quais ela lidava o tempo todo.

Essa era uma das razões para ela ter escolhido uma carreira como legista em vez de continuar na medicina. Num mundo que estava indo pelo ralo, ela era parte da solução. Seu trabalho fazia parte da inteligência policial, na verdade. Inteligência na guerra contra o crime. Ela fornecia dados que ajudavam os caras na linha de frente — caras como Bryan e Pookie.

Bryan. Não era hora de pensar nele. Ele se mudara e ela seguira em frente.

Robin fechou os olhos, clareou os pensamentos. Tinha um trabalho a fazer. E se alguém tivesse *realmente* levado o braço como troféu, um trabalho muito importante.

REX RECEBE BOAS NOTÍCIAS

As aulas tinham começado uma hora antes, mas Rex não estava lá para assisti-las. Não iria para a escola de jeito nenhum. *De jeito nenhum.*

O gesso no braço era um manto da vergonha, um sinal de fraqueza. Alguns dariam risinhos; outros gargalhariam na sua cara. Todos no colégio saberiam quem quebrara o seu braço. Isso não importava para Roberta — o que importava para ela era tirá-lo de casa. O menino implorara para que ela o deixasse ficar, chegara a chorar um pouco, e tudo o que conseguiu foi receber um tapa na cara e um sermão breve mas intenso sobre ser um bebê chorão.

Ele odiava os valentões da BoyCo. *Odiava.*

Roberta não conhecia seus lugares secretos, seus esconderijos. Ele andou na direção do seu favorito — praça Sydney Walton, descendo a Embarcadero. Podia se sentar ali com as costas no seu carvalho favorito. A mochila continha o caderno de desenho, o lápis e a cópia surrada de *A Guerra dos Tronos*, de George R.R. Martin.

Talvez conseguisse ler um pouco mais tarde, ler sobre impérios e cavaleiros, reis e rainhas, mas primeiro tinha que desenhar. Desenhar mais sobre o que vira no sonho da noite passada. Desenhar mais sobre o que fizera suas calças ficarem molhadas. Era errado fazer mais desenhos daquilo, muito errado, mas ele *tinha* que desenhar aquelas coisas.

Se ao menos o sonho tivesse sido real.

Se ao menos ele fosse grande o bastante, *forte* o bastante, para pegar um machado, ou uma faca, ou qualquer coisa, usá-lo contra aquele babaca idiota, cortar a barriga dele e arrancar todas as entranhas de lá, *machucá-lo*, quebrar a sua mandíbula para que ele não pudesse gritar, não pudesse pedir ajuda, conseguisse apenas se lamuriar e emitir súplicas baixas. Se ao menos ele fosse homem suficiente para matar Oscar Woody.

O que quer que Rex tenha sido naquele sonho, com certeza não fora humano. Ele não se importava. Fora o melhor sonho de todos. *De todos.* Oscar passando por cima do portão preto. Oscar se virando... ah, a expressão na cara dele! E alguma coisa com o braço... Rex não conseguia se lembrar dessa parte muito bem. Será que tinha quebrado o braço de Oscar?

Tinha parecido tão real. Mas não era. Ele nunca se livraria daqueles valentões.

Rex não era forte. Era fraco. Um franguinho. *Patético.*

E era isso que sempre seria.

O sol apareceu atrás do cume pontudo do edifício Transamerica conforme Rex caminhava rumo ao leste pela Washington Street. Olhava para cima apenas o suficiente para ver para onde estava indo. O resto do tempo mantinha o olhar fixo nos tênis e nos dois ou três metros à frente.

Olhou em volta apenas quando chegou na Kearney Street e, quando o fez, viu a manchete no *San Francisco Chronicle* gritando para ele da caixa de venda de jornais.

Parou de supetão.

ESTUDANTE DA GALILEO
BRUTALMENTE ASSASSINADO
Garoto de 16 anos tem braço
arrancado, ainda desaparecido

Aquelas palavras atraíram Rex, mas não tanto quanto a foto que as acompanhava. Uma pequena foto escolar de um Oscar Woody sorridente.

Oscar Woody estava *morto*? O braço... *arrancado*?

Um casal de idosos passou por ele. Rex os ignorou. Lembranças do sonho encheram os seus pensamentos, fixando as visões dele próprio atingindo o rosto de Oscar, jogando-o no chão, pisando no peito, agarrando o braço e *puxando-o* até ouvir o som abafado de algo quebrando e o membro se soltar.

Rex sentiu o pinto endurecer um pouco nas calças.

Meu sonho... eu fiz isso. Eu causei *a morte dele.*

Os batimentos do garoto pulsavam pelo corpo. Seu rosto esquentou. Ele agarrou a caixa de venda de jornais e puxou. A porta trancada apenas chacoalhou. Enfiou as mãos nos bolsos, mas não tinha trocado. Não tinha dinheiro nenhum. Olhou em volta desesperado, os olhos buscando os sempre presentes mendigos. Não precisou procurar muito longe. Um idoso com uma barba suja e roupas ainda mais sujas estava ajoelhado na frente da escadaria que dava para a praça Portsmouth. Com a cabeça abaixada, as mãos em concha junto ao peito, o mendigo ajoelhado esperava a passagem de transeuntes bobalhões.

Rex correu até o homem.

"Me dá os seus trocados", exigiu Rex. "Agora."

O mendigo o ignorou.

"Eu mandei me dar os seus trocados!" Rex levou o pé direito para trás e chutou. O tênis acertou as costelas do mendigo. O velho gritou. Que criancinha — Rex não chutara com tanta força assim.

O mendigo caiu de lado, o rosto contorcido de dor.

"Aimeudeus, aimeudeus... você quebrou minhas costelas."

Rex se debruçou até o seu rosto ficar a poucos centímetros do rosto do mendigo, tão perto que o menino pôde sentir o cheiro do bafo que misturava álcool frutado e decomposição.

"Me dá os trocados *agora*, filho da puta, ou eu *corto você*!"

O mendigo se encolheu, tentou trazer a mãos para uma posição defensiva, mas seu rosto se contorceu de novo e as mãos dispararam para o lado do corpo, onde Rex o atingira.

"*Por favor*, chefia, não me machuque!"

O adolescente se sentia eufórico — aquele homem, aquele *adulto*, estava *aterrorizado*. O pau de Rex endureceu, latejou.

"Ei!"

A voz veio de um lugar mais abaixo na rua. Rex desviou o olhar do mendigo. A meio bloco de distância, na Washington, havia um homem grande com uma barriga de cerveja que esgarçava uma regata branca. Tinha uma barba preta e espessa que descia até o peito. Usava um boné verde da John Deere e olhava para ele.

Olhava-o de um jeito estranho.

"Ei!", chamou o homem outra vez. "Você não pode fazer isso quando as pessoas estiverem olhando."

Rex o encarou. Mais imagens, lampejos do sonho se juntando em ecos fantasmagóricos. Ele já vira aquele homem antes.

Tinha visto aquele homem no sonho.

A raiva de Rex se esvaiu. O que diabo estava acontecendo? Como podia ver um homem que estivera nos seus sonhos?

Então, uma sensação estranha aflorou no seu peito. Uma *quentura*, um *zumbido*. Era tão gostoso. O cara se parecia com um pedófilo de um programa de TV, mas a sensação no peito de Rex fazia com que ele sentisse que podia confiar naquele estranho.

O homem estendeu a mão.

"Vou ajudar você. Vem comigo."

Rex o encarou, depois balançou a cabeça. O homem viera por onde Rex estivera caminhando... ele o estivera *seguindo*?

Rex se virou para correr, parando apenas por tempo suficiente para levar o pé direito para trás e chutar o mendigo de novo, dessa vez no rosto. A cabeça do mendigo foi atirada para trás, mãos trêmulas erguendo-se para cobrir uma boca que já jorrava sangue.

Sangue. Eu o fiz SANGRAR...

Rex disparou pela Washington, os polegares enganchados nas alças da mochila. Viu um restaurante chinês e correu para dentro, empurrando qualquer pessoa que ficasse no caminho. Passou por entre as mesas, viu uma porta nos fundos e passou para a cozinha. As pessoas gritaram para ele em chinês ou qualquer que fosse o idioma, mais surpresos do que bravos. Alguns instantes depois, encontrou uma porta que dava para um beco nos fundos.

Afastou-se correndo do restaurante, para longe do mendigo, para longe do homem barbudo. As emoções que pulsavam pelo corpo e pelo cérebro eram extraordinárias em intensidade e textura.

Ele tinha *batido* em alguém.

Pela primeira vez na vida, Rex tinha *revidado*.

O SENHOR BURNS NEGRO

John Smith estava focado na tela do seu computador, usando uma *stylus* para traçar as linhas de uma foto de um novo grafite no bairro Western Addition. Não reconhecia o trabalho do artista de vista — talvez fosse uma nova pichação de uma gangue já existente, ou, mais provavelmente, as marcas de um grupo novo. John estava tão atento em mapear a imagem que não ouviu a porta do escritório abrir e sequer percebeu que tinha alguém ali até a pessoa falar.

"Senhor Burns Negro", disse Pookie Chang. "Como anda a vida cheirando a bunda de silício do cachorro digital?"

John se virou e sorriu para o antigo parceiro.

"O trabalho de informática vai muito bem, obrigado."

Ele estendeu o braço para apertar a mão de Pookie. O detetive teve que fazer malabarismo com a pilha de pastas pardas sempre presentes para retribuir o aperto. Algumas coisas nunca mudavam.

Anos antes, Pookie usara o apelido incomum tentando irritar John. Para a maioria das pessoas, ser comparado a um personagem de *Os Simpsons* teria sido pouco lisonjeiro. Para a maioria das pessoas, mas não para um homem que tinha o nome mais comum nos Estados Unidos *e* na Inglaterra.

John amava a mãe, mas enquanto outras mães negras batizavam os filhos com nomes legais como *Marquis, Jermaine, Andre, Deshon* ou até mesmo coisas loucas como *Raio X*, sua mãe se contentou com o pouco original *John*.

Quando Pookie começou a chamá-lo de *Senhor Burns Negro*, ele não ficou nem um pouco incomodado. Então os outros tiras começaram a usar o apelido, rindo porque seu retrognatismo, seu nariz comprido e sua careca pintalgada faziam, de verdade, que se parecesse com um Senhor Burns Negro.

John tinha adorado.

Era algo que as pessoas podiam lembrar — um nome que não era compartilhado por meio milhão de norte-americanos. Era por isso que sempre que via Pookie um sorriso aparecia no rosto de John.

"Burns, você parece estar bem", comentou Pookie. "Apenas *moderadamente* anoréxico dessa vez. Como anda a restauração daquela moto? Uma *softail* 1988, certo?"

O sorriso do homem esmoreceu, depois ele o forçou de volta.

"Terminei dois anos atrás."

Pookie fez uma careta.

"Droga, eu sabia disso. Foi mal."

Pookie Chang se lembrava dos fatos mais obscuros do mundo. O fato de ter se esquecido do projeto de John mostrava o quanto eles tinham se distanciado desde que costumavam trabalhar juntos, há seis anos.

"Tenho uma coisa para você", disse Pookie. "Sua ajuda seria bem-vinda."

"Legal", disse John. "Cadê o Exterminador?"

John ainda sentia um pouco de inveja pelo fato de a carreira de Pookie ter não apenas continuado, mas deslanchado com outro parceiro. Ele não conseguia se forçar a ficar irritado com Bryan Clauser, porém — o Exterminador salvara a sua vida.

"Bryan está na casa dele", respondeu Pookie. "Não está se sentindo muito bem."

"Doente? *Bryan?*"

Pookie deu de ombros.

"É, acho que existe uma primeira vez para tudo."

"Bem, então fique longe de mim", disse John. "Sei que vocês dois ficaram no banco de trás daquele Buick trocando saliva e esfregando as barrigas."

"Beijar caras é o meu negócio e os negócios andam bem. Agora, se tiver acabado de esgrimir com a sua perspicácia, preciso de ajuda com isto."

"É do corpo na Meacham desta manhã?"

Pookie aquiesceu, procurando um lugar para colocar a pilha de pastas. John abriu um espaço. Pookie as colocou na mesa, abriu a pasta de cima e entregou ao outro diversas fotos da cena do crime.

John as olhou, fez um floreio com elas para que o papel fizesse barulho.

"Pooks, você sabe que poderia enviar essa merda por e-mail, não sabe?"

"Elétrons são coisas do diabo", respondeu Pookie. "Encontramos pichações na cena do assassinato."

"O que o faz pensar que estão relacionadas com o crime?"

"Foram feitas com o sangue da vítima. Isso também."

Pookie entregou-lhe outra foto com as palavras *vida longa ao rei* rabiscadas em letras gotejantes no muro de tijolos.

John levantou as sobrancelhas.

"É, já me convenceu."

"Você reconhece esse símbolo?"

John o olhou, esperando uma centelha de reconhecimento. Um olho redondo dentro de um triângulo, que por sua vez estava dentro de um círculo. Não lhe era familiar.

O principal papel de John na Força-Tarefa contra Gangues era rastrear filiações e relacionamentos entre grupos criminosos. Isso significava trabalhar com bancos de dados, analisar atividades on-line como e-mails, interações em mídias sociais e a marca da comunicação entre gangues: grafite. O grafite revelava uma imagem de quais gangues controlavam partes da cidade. O que parecia ser vandalismo aleatório costumava ser um código complexo de quem mandava nas ruas, quem estava marcado para morrer e quem faria o trabalho.

Trabalhar com informática parecia ser a única coisa que John fazia bem naqueles dias. Seis anos atrás, ele fora baleado na barriga, então ficara ali deitado, sangrando, enquanto o atirador — um tira corrupto chamado Blake Johansson — o mantinha preso no chão e impedia que alguém fosse até ele. O incidente deixara John com um medo paralisante que transformava até mesmo a ida diária ao trabalho num desafio. Sair e ser um tira de verdade? Fora de questão.

Contudo, se ficar sentado na frente de um computador era a única maneira que tinha para contribuir, ele o faria melhor do que qualquer outro. Todos no departamento tinham seus papéis. John sabia qual era o dele e o aceitava.

Quando se é um covarde, você faz o que pode.
John balançou a cabeça.
"Nunca vi esse símbolo antes. Você tem fotos da vítima?"
Pookie tirou mais fotos da pasta e as entregou. John vira muitos estragos ao longo da carreira, mas aquele estava entre os piores. Quanta *selvageria*. As cores da jaqueta da vítima fizeram surgir algo na sua mente.
"Ele fazia parte da Boys Company", disse John.
"Isso é uma gangue?"
John assentiu.
"Peixes pequenos. Apenas garotos. Agem principalmente na escola Galileo High, na Marina."
"Estão em guerra com alguém?"
"Não que eu saiba. Como eu disse, são peixes pequenos. Algumas invasões de domicílio, brigas, talvez um pouco de tráfico de drogas na escola. É mais um clube do que uma gangue. Se a BoyCo enfrentasse um grupo sério como o MS13, eles seriam massacrados."
Pookie apontou para a foto.
"Isso meio que se encaixa na definição de *massacrados*."
"Tem razão. Vou começar a fuçar por aí, mas tenho certeza de que ninguém está em guerra com a BoyCo."
"Como sabe que ele é da BoyCo?"
"A jaqueta", respondeu John. "Boston College. As iniciais são *B* e *C*, as mesmas de Boys Company. É assim que mostram as suas cores."
"Então por que não Boston Celtics? As iniciais são BC."
"Verde e preto são as cores dos Latin Cobras", explicou John. "Qualquer um que estiver usando as cores do Celtics vai levar uma surra dos Cobras ou de qualquer gangue que estiver lutando contra os Cobras. Praticamente todas as gangues têm alguma associação com times esportivos, seja com as cores ou com as iniciais."
"Manda ver, time", disse Pookie. "Será que me atrevo a perguntar o que acontece se eu usar as cores do meu amado time Chicago Bears?"
"Você vai levar uma surra dos torcedores do Raiders. No entanto, essa seria a pior coisa. Acho que nenhuma gangue usa a cor do Bears. A molecada tem que tomar muito cuidado com a cor das roupas que usa para ir à escola hoje em dia. A cor errada, no lugar errado, pode matar você."
Pookie concordou distraído enquanto pensava.
"Se não foi outra gangue, o que acha de alguém que resolveu revidar? Talvez a BoyCo tenha mexido com o garoto errado."
"É possível, mas pouco provável", disse John. "Essas gangues de níveis inferiores costumam ser espertas o bastante para provocar apenas os mais fracos. Elas escolhem garotos que não fazem parte de nenhuma gangue nem sejam ligados a algum membro de gangue, que não fazem parte do time de luta, nem do time de futebol, nem nada do tipo."
"E *vida longa ao rei*? Isso poderia ser o nome de rua de algum gângster?"

John deu de ombros.

"Talvez, mas não me soa familiar. Podemos ter um jogador novo na partida. Vamos dar uma olhada nos arquivos da BoyCo."

John se sentou na frente do computador e acessou o banco de dados. O arquivo tinha centenas de abas, uma para cada gangue que atuava ao redor da área da baía de San Francisco. Algumas, como a MS13 ou os Norteños, eram barras-pesadas, com conexões em âmbito nacional e até mesmo internacional. Outros grupos eram locais, mas tão perigosos quanto, como a Westmob e a Big Block em Hunters Point, a 14K Triad e Wah Ching em Chinatown, Jackson Street Boys por toda a cidade ou a Knock Out Posse e a Eddy Rock no Western Addition.

John clicou na aba da BoyCo. Um arquivo com quatro fotos apareceu.

Pookie olhou por sobre o ombro de John.

"Só quatro garotos?"

"Até onde sabemos. Oscar Woody, Jay Parlar, Issac Moses e o líder, Alex Panos."

"Quatro garotos formam uma gangue?"

John deu de ombros.

"Como eu disse, é mais um clube de valentões, na verdade. Quase não aparecem no nosso radar."

Pookie pegou outra foto, uma imagem particularmente grotesca que mostrava o corpo inteiro de Oscar Woody: o braço arrancado, a barriga rasgada, o rosto tão espancado que mal parecia humano.

"Isso aqui não se trata só de assaltos", disse o detetive. "A mutilação, a escrita na parede... alguém está mandando uma mensagem. Tem certeza de que não pode ser a MS13? Eles não decepam membros?"

"E mãos e cabeças", completou John. "Mas a MS13 usa machadinhas. Olha o corpo desse garoto, Pooks. Ele não foi *cortado*, foi *desmembrado*."

"Poderia ser uma gangue nova? E o grafite daquele símbolo feito com sangue?"

"Vou começar por ele. Vamos digitalizar essa coisa e ver o que o computador nos diz."

John digitalizou ambas as fotos, depois as abriu no computador e acessou o Regional Information Sharing System. O RISS coordenava os dados de gangues em todo o país, incluindo suspeitos, organizações e armas, assim como imagens de membros, símbolos e grafites de gangues.

"Hum", disse Pookie. "E eu que pensava que a internet só servia para ver pornografia."

"Ah, não", disse John. "Não vemos pornografia por aqui, Pooks. Existem filtros, e se você for pego..."

"Brincadeirinha", explicou Pookie. "Meus Deus, cara, você não mudou nada."

John suspirou. Mesmo quando eram parceiros, ele entendia apenas metade das piadas de Pookie.

"Enfim, o RISS identifica pontos-chave muito parecidos com impressões digitais, marcando o ângulo das curvas, a grossura e a largura relativa das linhas. Ele separa cada um dos segmentos dos símbolos em cem minissímbolos.

Então, eu os insiro no banco de dados e ele procura por combinações, parciais ou totais.

"Essa porcaria funciona mesmo?"

John assentiu.

"Ah, com toda a certeza. É fantástico. Ele consegue construir um perfil gráfico tão preciso de cada artista que até podemos distinguir o artista verdadeiro do imitador."

O computador emitiu um bipe.

John abriu uma janela para ler os resultados.

"Hum. Nada em San Francisco."

"E em outro lugar?"

Ele esquadrinhou os resultados.

"Parece que temos um de Nova York de algumas décadas atrás. Um assassino em série. Aparentemente, ele assassinou quatro mulheres, depois se matou. Só diz isso. Tenho certeza de que existem mais informações, mas teríamos que entrar em contato com o Departamento de Polícia de Nova York para acessá-las."

Enquanto lia as sequências de informações, John viu algo estranho.

"Que esquisito."

"O quê?"

"Bem, estou vendo links de entrada dos símbolos daquele caso antigo em Nova York, mas o que esses links conectam foi apagado do nosso sistema. Ah, olha isso! Aqui tem um requerimento local. É velho, deve ser da época dos primeiros esforços do DPSF de se informatizar. Vejamos... 29 anos atrás. Mas não tem nenhuma imagem associada a ele, então não podemos saber se o pedido foi atendido."

Pookie coçou o queixo, distraído.

"Por que alguém iria apagar informações desse símbolo?"

"Deve ter sido um erro", respondeu John. "Centenas de pessoas acessam essas coisas. Conflito de sistemas e softwares, limpeza de banco de dados, as coisas podem ser apagadas por acidente."

"Esse requerimento local", disse Pookie. "Você consegue descobrir quem o fez?"

John procurou. Seguiu os links do banco de dados até um beco sem saída.

"Não, esses campos não estão aqui. As informações são velhas demais. Devem ter migrado de sistema para sistema para sistema conforme o departamento foi sendo modernizado. Mas posso continuar procurando. Me dê alguns dias, vou ver o que consigo encontrar."

Pookie suspirou. Recolheu os papéis e as fotos e enfiou-as de novo na pasta parda amarrotada.

"Enquanto estiver trabalhando nisso, será que poderia conseguir os detalhes do caso em Nova York?"

"Com certeza."

"Só mais um favor", disse Pookie. "Mantenha as buscas em segredo. Rich Poliéster tem o que pode ser um caso parecido e eu quero os dois. Não preciso que ele fique sabendo que você está investigando o caso."

A rivalidade entre Pookie e Rich Verde ainda era bem acirrada, ao que parecia.
"Sem problema, Pooks."
Pookie abriu a porta para sair, então se virou com um sorriso no rosto.
"Vamos lá", disse ele. "Faz para mim só uma vez."
John riu, então fingiu um sorriso maligno. Manteve as mãos à frente do corpo como garras, tocando as pontas dos dedos da mão esquerda com os da direita.
"Excelente, Smithers", disse John. "*Exccccelente.*"
Pookie assentiu entusiasmado, como se John tivesse acabado de dizer as palavras mais sábias do mundo.
"O senhor Burns devia ter sido negro."
"Ele é. A emissora só o deixa descolorido porque os Estados Unidos têm medo de um negro rico."
Pookie concordou, depois saiu porta afora, deixando John para investigar os símbolos digitalizados no computador.

O FLASHBACK DE POOKIE

Fazia quase duas décadas desde a formatura do ensino médio de Pookie Chang, mas ainda assim o escritório do diretor continuava lhe dando arrepios.

Pookie deixara Bryan sozinho por algumas horas. Não parecia ter ajudado muito — quando foi buscá-lo, o homem ainda parecia assustado, um pouco surtado e muito doente. Pelo menos ele não fugira. Talvez tudo seria mais fácil se tivesse fugido. Isso teria forçado a mão de Pookie, poupado-o de ter que decidir entre confiar em Bryan ou prendê-lo.

Era impossível *sonhar* com os detalhes de uma cena do crime como aquela. Será que alguém estava tentando incriminá-lo? Pode ser, mas como funcionaria? Alguém o estava hipnotizando? Quem sabe o drogando para, em seguida, entrar no seu apartamento e sussurrar gentilezas sem sentido nos seus ouvidos? Poderia ser algum plano de vingança incrivelmente rebuscado de alguém que Bryan prendera?

Talvez, claro, ou talvez Pookie devesse tirar isso da cabeça e aceitar a resposta óbvia — que Bryan Clauser saíra na noite anterior e assassinara Oscar Woody.

De jeito nenhum. Conheço o homem há seis anos. DE JEITO NENHUM.

Esse pensamento era um eco constante na cabeça de Pookie, tentando ganhar espaço contra o *mas ele já matou* CINCO *pessoas*. O mais importante, no entanto, era que Pookie devia a vida a Bryan Clauser. Assim como o Senhor Burns Negro. Portanto, ele tinha o benefício da dúvida. Por mais improvável que fosse, ainda poderia haver um motivo válido para Bryan saber sobre os detalhes da cena do crime. Para encontrar uma resposta, Pookie tinha que fazer o seu trabalho — começando com Kyle Souller, diretor da Galileo High.

"Diretor Souller, precisamos saber com quem Oscar Woody poderia ter tido uma rixa."

O sujeito tinha a expressão cansada de um homem que sabia que toda a sua carreira envolvia travar uma batalha que já estava perdida. O terno parecia se assentar nele como o uniforme de um presidiário.

Souller cruzou os dedos, descansou as mãos juntas sobre a mesa.

"Você acha que um aluno fez isso?" Não perguntou com choque ou descrença, apenas com um senso de resignação. "Temos violência aqui, como em qualquer escola, mas essa coisa já é outro nível."

"Pode ter sido um aluno", disse Pookie. "Uma possibilidade maior é que um aluno contratou alguém para fazer isso. É do nosso entendimento que Oscar teve incidentes aqui."

Souller deu uma risada triste.

"É, pode-se dizer que sim. Não temos muitos problemas com gangues na Galileo. Isso permite que um grupo insignificante como a BoyCo mande no pedaço. Eles pegam no pé de muitos garotos."

"Quais garotos?", perguntou Bryan. "Precisamos de nomes."

Souller se reclinou na cadeira.

"Detetive, não posso simplesmente dar a vocês os nomes de todos que a BoyCo intimidou. Não vou submeter aqueles garotos a um interrogatório policial quando não fizeram nada de errado."

Bryan tentou falar, mas fez uma careta antes de proferir a primeira palavra. Pigarreou — dolorosamente, ao julgar pela expressão em seu rosto —, então tentou de novo.

"Não me venha com essa besteira de direitos civis", disse ele. "Precisamos de pistas. Nós..."

Sua voz foi sumindo. Ele fechou os olhos e se reclinou. Esfregou as têmporas. Pookie estendeu o braço e deu um aperto consolador no ombro do parceiro.

"Você está bem, cara?"

Bryan assentiu devagar.

"Sim, eu... estou com dor de cabeça. Vocês também estão com calor?"

Souller apontou para a porta do escritório.

"Tem um bebedouro no corredor. A água é bem gelada."

Bryan aquiesceu.

"É, isso vai ajudar. Pooks, você se importa?"

"Eu cuido disso", respondeu Pookie.

Bryan ficou de pé e andou até a porta. Movia-se devagar, cambaleando só um pouco. Talvez ele tivesse uma outra personalidade que o estava dominando. Ou pode ser que estivesse saindo para decepar o braço de alguém, arrancar um olho, extrair as entranhas e depois enfiá-las...

Pookie balançou a cabeça uma vez, com força, como se quisesse afastar esses pensamentos.

Bryan fechou a porta.

Pookie se voltou para o diretor Souller, que parecia pouco satisfeito.

"*Besteira de direitos civis?*", disse Souller. "Vocês são muito sutis."

Pookie deu de ombros.

"Dá um tempo pra ele, cara. O corpo de Oscar o deixou abalado de verdade."

Souller suspirou e assentiu.

"É, acho que aquilo deixaria qualquer um abalado. Mas não posso lhes dar uma lista de nomes."

"Diretor Souller, estamos preocupados que os outros membros da BoyCo estejam encrencados. Alex Panos, Issac Moses e Jay Parlar merecem a nossa proteção."

As sobrancelhas de Souller subiram.

"Vocês já sabem os nomes deles? Ótimo. Está me dizendo que você se preocupa mesmo com um bando de valentões?"

"É o meu trabalho", respondeu Pookie. Olhou em volta da sala. "E digamos que, durante os meus anos de ensino médio, eu tenha passado um bom tempo num escritório bem parecido com este."

"Como vítima ou opressor?"

"Opressor", respondeu Pookie. "Sei que esses garotos são encrenca, mas ainda são *garotos*. Podem se endireitar. Eu me endireitei. Oscar Woody não vai ter mais essa chance. Você conhece os alunos e os funcionários daqui melhor do que a gente. Qualquer coisa que puder fazer para nos economizar tempo pode ser importante."

Souller assentiu.

"Ok. Vou examinar os registros, ver se algo aparece. Também vou conversar com os professores em particular."

Pookie se levantou e entregou seu cartão.

"Por favor, me ligue se encontrar qualquer coisa."

Eles apertaram as mãos. Pookie saiu para encontrar Bryan debruçado sobre o bebedouro, água batendo contra o rosto.

"Bri-Bri, você está bem?"

Bryan se endireitou e tirou a água do rosto.

"É, isso funcionou. Me sinto melhor. Pronto para conversar com os pais de Oscar Woody?"

Você matou cinco seres humanos foi o que passou pela cabeça de Pookie. Mas o que saiu da boca dele foi:

"Com certeza."

PELO DO CACHORRO

Robin afastou a cabeça do microscópio.

Aquilo *não podia* estar certo. Ela deve ter usado cabelo humano por engano. Estendeu o braço para a bandeja que continha os pelos marrons de 2,5 centímetros de comprimento que ela coletara do corpo e do cobertor. Com a pinça, selecionou com cuidado um que estava grudado no ferimento de Oscar. Ela o pegou e o segurou de perto — sim, era um dos pelos do animal.

Mas parecia igual à amostra atual.

Ela os segurou lado a lado: *exatamente* iguais.

Colocou o outro sob o microscópio. Assim como fizera com a primeira amostra, começou usando baixa ampliação para ver a forma inteira. O pelo tinha uma ponta afilada, como seria de se esperar do pelo de um animal. As pontas do cabelo humano eram quase sempre *cortadas*, algo que podia ser visto com facilidade sob um microscópio, enquanto que a maioria dos pelos de animais *afunilava* nas pontas porque os fios se desgastavam sozinhos.

Sob alta ampliação as coisas ficaram esquisitas.

O cabelo e o pelo tinham três partes: o *córtex*, a *cutícula* e a *medula*. Comparando com um lápis, o córtex é a madeira, a medula é o grafite, e a fina camada de tinta é a cutícula.

A cutícula é a camada de células que cobre a haste, como as escamas de uma cobra. O padrão de escamas difere de espécie para espécie. Escamas como coroas, chamadas de *conoidais*, são comuns entre os roedores. Escamas triangulares *espinhosas* indicam que os pelos são de gato.

A amostra que Robin examinava tinha escamas *imbricadas*, ou *achatadas*.

Os pelos caninos tinham escamas imbricadas, mas essas escamas eram como folhas grossas enroladas por toda a volta. As escamas da amostra do cobertor, no entanto, eram mais finas, menores e mais apertadas do que as encontradas em pelos caninos.

Aquele tipo de escamas imbricadas era encontrado em cabelo *humano*.

Ela examinou um terceiro fio, um quarto e um quinto. Todos tinham escamas finas, todos tinham pontas afuniladas.

Talvez o agressor tivesse cabelos que cresciam muito devagar. Talvez precisasse cortá-los apenas em raras ocasiões, se é que chegava a fazê-lo. Talvez os fios fossem de um homem com entradas protuberantes, o crescimento folicular reduzido até quase parar por completo. Homens que começavam a sofrer de calvície não gostavam de aparar o pouco cabelo que lhes restavam.

Era possível, mas então havia as marcas de mordidas, as ranhuras paralelas nos ossos de Oscar Woody. Aquelas *tinham* que pertencer a um animal. Um animal *grande*. Claro, um domador e um animal grande agindo juntos explicariam os danos, e o cabelo do domador poderia estar no ferimento, mas, com aquele nível de contato, os pelos do animal também estariam.

Os resultados do teste de análise dos marcadores moleculares da saliva estariam prontos em breve. Se dessem humanos, iriam corresponder com o que ela viu nos pelos. Ela poderia *confirmar* o pelo como sendo humano, no entanto, ao encontrar amostras que ainda tivessem folículos presos às raízes e depois de realizar os testes naquelas células foliculares.

Humano ou animal, logo ela saberia com certeza.

A INDUMENTÁRIA DE CONQUISTADOR DE POOKIE

"Precisamos da sua ajuda, Alex", disse Pookie. "Consegue pensar em alguém que quisesse se vingar de vocês por alguma razão?"

O detetive aguardou a resposta. Ele e Bryan sentavam-se em poltronas, enquanto Alex Panos e sua mãe, Susan, sentavam-se no sofá do outro lado. Uma mesa de centro com um vaso com flores frescas separava os pares. Um maço de cigarros e uma caixa de Kleenex descansavam em cima da mesa na frente de Susan, mas ela ainda não acendera nenhum e parecia favorecer o chumaço bem usado de lenço de papel que tinha nas mãos.

Alex usava jeans, coturnos pretos e uma jaqueta carmesim e dourada dos Boston College Eagles novinha em folha. Ele encarava os tiras na sala de estar, os lábios franzidos num rosnado silencioso. Susan Panos observava o filho, as mãos ansiosas revirando o chumaço de lenço de papel já tão arruinado e molhado de lágrimas que pequenos fiapos se desprendiam e flutuavam até o tapete marrom.

"Alex, querido", disse ela, "você pode dar uma resposta ao homem?"

O garoto olhou para a mãe com a mesma expressão de desdém entediado que lançara aos policiais.

Ela secou os olhos.

"Por favor?"

O adolescente se recostou no sofá, a boca emitindo um *piff* baixo. Cruzou os braços na frente do peito.

O garoto era uma pérola, do tipo que Pookie gostaria de poder *chacoalhar* até enfiar algum juízo na cabeça. Alex era grande o bastante para que a maioria das pessoas se mantivesse fora do seu caminho, proporcionando-lhe uma sensação exagerada de que era durão. Também era jovem o bastante para achar que era à prova de bala.

Estavam no apartamento de dois quartos de Susan na Union Street, à leste da Hyde. Era um bom lugar, um apartamento no sexto andar num prédio de classe média de dez andares. Ou Susan tinha um emprego muito bom, ou dois decentes. O sr. Panos, se é que existia um, não se encontrava ali. Devia ter sido um cara grande — Susan era uma magricela de 1,62 metro de altura, enquanto que o Alex de 16 anos tinha pouco menos de 1,85 metro e era bem musculoso. Era maior do que Bryan. Em três ou quatro meses, o garoto ficaria maior do que Pookie.

Os detetives tinham visitado a casa de Jay Parlar primeiro. Jay não estava lá. O pai não sabia onde ele estava e não queria falar com os tiras. A típica e maravilhosa cena familiar. Issac Moses era o próximo na lista, mas, por enquanto, Pookie e Bryan tinham que lidar com um Alex Panos arrogante e pouco cooperativo. Alex não parecia se importar muito com a morte do companheiro de gangue.

"Tente entender", disse Pookie. "O assassinato foi bem brutal. Não se vê esse tipo de coisa a não ser que haja um motivo. Um motivo *pessoal*. Vocês tiveram alguma desavença com outras gangues? Os Latin Cobras? Ou algo assim?"

"Não tenho nada a declarar", respondeu Alex. "Sou menor de idade e não fiz nada, então posso mandar os dois se foderem. O que acham disso?"

Bryan se inclinou para frente.

"O que eu acho? Acho que o seu amigo está morto."

Alex deu de ombros, desviou o olhar.

"Então Oscar não era forte o bastante. Não é problema meu."

Pookie viu raiva nos olhos do garoto. Estava claro que a morte de Oscar *era* problema dele. Alex provavelmente pensava que poderia ir atrás dos assassinos por conta própria.

"Você não está entendendo", disse Bryan. "O braço de Oscar foi arrancado do corpo. Eles abriram a barriga dele, tiraram os intestinos."

Susan cobriu a boca com o lenço.

"Ai, meu Deus."

"Depois enfiaram as entranhas de volta", continuou Bryan. "Quebraram o maxilar dele, destruíram os dentes. Arrancaram o olho direito."

Susan chorou no Kleenex desintegrado e começou a se balançar para a frente e para trás. Alex tentou — sem sucesso — parecer indiferente.

"Tem mais", falou Bryan.

Pookie pigarreou.

"Hã, Bryan, talvez nós devêssemos..."

"Eles *mijaram* nele", continuou Bryan. "Está me ouvindo, Alex? Mijaram em cima do seu suposto amigo. Isso não foi um ato aleatório. Alguém o odiava. Se nos contar quem o odiava, talvez possamos encontrar o assassino."

Alex se levantou, olhando os dois de cima com uma expressão irada.

"Vocês vão me prender?"

Pookie negou com a cabeça.

"Bem, se não vão me prender, vou sair daqui."

"Você deveria ficar", alertou Pookie. "Quem quer que tenha matado Oscar pode estar atrás de todos vocês. Você pode estar em perigo."

Alex emitiu aquele *piff* outra vez.

"Sei me cuidar sozinho."

Susan estendeu o braço e deu um leve puxão na manga carmesim da jaqueta de Alex.

"Querido, talvez você devesse ouvir..."

"Me *deixa*, porra!" Alex livrou o braço com um puxão. "Se gosta tanto desses porcos, por que não paga um boquete para eles logo? Vou dar o fora daqui."

Alex andou até a porta e a bateu.

Susan continuou chorando, balançando o corpo. A mão trêmula se estendeu até o maço de cigarros sobre a mesa de centro.

Num movimento automático, Pookie encontrou o isqueiro no bolso, o pegou e ofereceu fogo a ela. Ele não fumava, mas fizera do isqueiro um acessório padrão para sua indumentária de conquistador há muito tempo — se vista bem, fale bem, compre bebidas e as garotas vão amar você. Era incrível como um pequeno ato de gentileza como acender um cigarro conseguia quebrar o gelo, mostrar a uma mulher que você estava interessado. Se não se importasse em beijar um cinzeiro, isqueiros lhe arrumavam uma boa transa.

Ela tragou, depois pousou o lenço de papel sobre a mesa. Pookie e Bryan esperaram, em silêncio. Susan se recompôs rápido; tão rápido que Pookie pôde perceber que chorar por causa de Alex era uma ocorrência normal.

"Desculpe pelo meu filho", disse ela. "Ele é... difícil de controlar."

"Sim, madame", disse Pookie. "Adolescentes podem ser complicados. Sei que eu era."

Ela fungou, sorriu e passou os dedos pelo cabelo. Pookie também conhecia aquele gesto e ele o entristecia — o filho dela estava com problemas sérios, o amigo dele fora assassinado e Susan Panos ainda se preocupava com a aparência. Se aquela fosse outra noite qualquer, se Pookie tivesse saído para tomar uma cerveja em vez de investigar um assassinato, ele teria, num instante, estimado suas chances de levar Susan Panos para casa em 75%.

"Eu conhecia Oscar", comentou ela. "Ele foi amigo de Alex desde o primário. Era um bom garoto, até..."

Suas palavras ficaram no ar. Devia ser difícil saber que um garoto bom trilhara o caminho errado porque se relacionara com as pessoas erradas e que o *seu* filho estava entre as pessoas erradas em questão.

"Sra. Panos", disse Pookie, "sabemos que Alex faz parte de uma gangue. Pequena, mas ainda assim uma gangue. Conhece alguém que quisesse machucar o seu filho ou os amigos dele?"

Ela fungou, balançou a cabeça.

Bryan tossiu, um som úmido e carregado. Pegou dois lenços de cima da mesa e limpou a boca.

"E *vingança*?", perguntou ele. "Algum dos garotos que a BoyCo agrediu?"

As palavras e o tom de Bryan eram severos e pouco solidários. Estava claro que culpava Susan por permitir que Alex crescesse e se transformasse naquele maldito idiota. Bryan se *sentiria* assim: ele cresceu na família perfeita. Bryan perdera a mãe quando criança, mas, até morrer, ela o amou. O pai ainda beijava o chão que ele andava. Pessoas de famílias perfeitas têm dificuldade em compreender o conceito de que, às vezes, independente do que os pais façam, alguns garotos seguem o caminho errado.

Quando era jovem, Pookie estivera seguindo o mesmo caminho que Alex. Os pais dele eram ótimos — carinhosos, atenciosos, encorajadores —, mas Pookie cresceu rápido demais, depressa demais. Ele fora um valentão. Tinha gostado do poder, gostado de amedrontar as outras crianças, até o momento em que mexeu com o cara errado e tomou uma surra. *Shamus Jones*. Quem diabo batizava o filho de *Shamus*? Pelo jeito era o equivalente a chamar o seu filho de *Sue*, porque assim que Pookie começou a implicar com Shamus, descobriu que ele não só sabia brigar, como também sabia brigar sujo. Foi a primeira vez que Pookie apanhou com um cano de chumbo. Também foi a última — costelas quebradas, uma concussão e uma noite no hospital provaram ser excelentes métodos de aprendizado.

"Alguma pessoa?", continuou Bryan. "Algum daqueles garotos que o seu filho espancou, algum deles se destaca?"

Susan deu um trago no cigarro, soprou a fumaça pelo canto da boca para longe de Pookie e Bryan — aquela estranha "cortesia" que os fumantes acham que ajuda. Ela pegou o chumaço de Kleenex. Deu de ombros.

"Alex é só um garoto. Garotos arrumam brigas."

Pookie tirou dois lenços novos da caixa sobre a mesa e os ofereceu a Susan. Ela pareceu notar o chumaço que se desintegrava na sua mão pela primeira vez. Colocou aquele no bolso, depois sorriu enquanto pegava os lenços novos.

"Sra. Panos", disse Pookie, "qualquer informação que nos der pode ajudar. Nada é trivial demais."

"*Susie*, não *sra. Panos*. Não vejo o pai de Alex há cinco anos. Olha, não é a primeira vez que policiais conversam comigo sobre o meu filho, ok? Ele é um garoto rebelde. Incontrolável. Às vezes, some durante dias."

Pookie aquiesceu.

"E quando faz isso, vai para onde?"

"Não sei."

"Besteira!", exclamou Bryan. "Como pode não saber?"

"Bryan", Pookie levantou a mão para interrompê-lo, "agora não." Virou-se para Susie. "Madame, para onde o seu filho vai?"

"Já disse, não faço ideia. Ele tem namoradas. Nunca as conheci, mas sei que ele fica na casa delas. E não, nem sei os nomes delas. Não consigo controlar aquele garoto. Ele é grande demais, *maldoso* demais. Às vezes, volta para casa quando precisa de dinheiro, comida ou roupas. O resto do tempo... olha, eu tenho dois empregos, ok? Às vezes, faço turnos extras. Fico fora de casa vinte horas seguidas. Tenho que fazer isso, a gente precisa do dinheiro. Se Alex não quer voltar para casa, não posso obrigá-lo."

A mágoa nos olhos dela contava toda a história. *Se ele não quer voltar para casa*, na verdade, significava *se ele não me ama*.

Bryan se levantou.

"Foda-se. Vou esperar lá fora." Saiu do apartamento, batendo a porta quase tão alto quanto Alex.

Susie encarou a porta.

"Seu parceiro é um idiota", disse ela.

"É, às vezes." Pookie enfiou a mão no bolso do casaco esporte, tirou um cartão e o ofereceu a ela. "Seu filho pode estar em perigo. Se vir alguma coisa, ouvir alguma coisa, qualquer coisa, me avise."

Ela o encarou, os olhos uma janela para a alma de uma mãe solteira com coração partido. Pegou o cartão.

"Tá. Ok. Posso enviar uma mensagem para esse número?"

Pookie pegou o celular e o mostrou.

"Todas as ligações e mensagens vêm direto para cá. Nunca saio de casa sem ele."

Ela fungou, assentiu, então colocou o cartão no bolso.

"Obrigada, detetive Chang."

"Não há de quê, madame."

Pookie saiu do apartamento.

Bryan já estava lá embaixo, esperando no Buick.

"Temos que ir para a sede", disse ele assim que Pookie entrou. "O capitão Sharrow ligou."

"Agora? Ainda temos que conversar com os pais de Issac Moses."

"É, agora", respondeu Bryan. "A delegada Zou quer nos ver."

A SENHORA *BABUSHKA*

Aggie James estava sentado sobre o colchão fino, braços cobertos pelo pijama em volta dos joelhos cobertos pelo pijama. Ele se balançava um pouco para a frente e para trás, o que devia fazer com que parecesse um louco, mas não se importava, porque não conseguia evitar.

Ele não estava mais chapado. Ainda não sabia se o que vira fora real. Acreditava estar ali há um dia, talvez dois, mas era difícil saber — na sala branca, as luzes ficavam sempre acesas e o tempo já tinha perdido o significado.

O lugar ainda cheirava a alvejante. As correntes tinham arrastado Aggie e os outros para trás de novo e, em seguida, um monstro de manto e capuz brancos com um rosto verde demoníaco arrastara para dentro um balde de metal amassado e um esfregão. A coisa limpara os longos riscos sangrentos deixados pelas mãos em garras do garoto mexicano. O demônio não dissera uma palavra e ignorara os apelos intermináveis dos pais. Assim que a limpeza estava terminada e o alvejante espalhado, o demônio de manto branco foi embora.

Não houve nenhum visitante desde então.

A coleira estava enlouquecendo Aggie. A pele embaixo dela estava irritada, os músculos e a carne doloridos por ter sido arrastado ao longo do chão pelo pescoço. Os cantos inferiores do maxilar, tanto o esquerdo quanto o direito, pareciam estar inchados e machucados até o osso.

Ele precisava de um pico. Isso o faria se sentir melhor, muito melhor. Uma comichão formigante corria pelos braços e pelas pernas. O estômago estava apertado e enjoado — ele teria que cagar logo, logo. Talvez quem o tivesse pego o deixasse voltar às ruas para encontrar o que precisava.

Toda a companhia que tinha era o casal mexicano. A mulher quase nunca falava. Às vezes, chorava. Na maior parte do tempo ficava sentada encostada na parede, olhando para o nada. O marido tentava encorajá-la, o tom da voz dele ressoando como *não perca as esperanças, nosso filho ainda está vivo*, mas ou ela não o ouvia, ou não se dava ao trabalho de responder.

De vez em quando, porém, a mulher se virava para o homem, dizia algo com a voz tão baixa que Aggie não conseguia escutar. Quando ela fazia isso, ele se afastava devagar o máximo que as correntes permitiam. Então ficava parado naquele lugar, imóvel como pedra, apenas olhando para o chão.

Naquele instante, não falavam nada. O homem estava sentado. A esposa dormia, a cabeça no colo dele. Ele afagava o cabelo dela com movimentos lentos.

De repente, o estômago de Aggie deu uma cambalhota, uma sensação azeda, ácida, que era como um alarme interno. Ele pulou do colchão e se arrastou até a borda saliente de metal no centro do chão branco. As correntes presas ao pescoço tilintaram atrás dele, o som baixo ecoando nas paredes de pedra.

Abaixou as calças do pijama enquanto se virava e se agachava acima do buraco. Arrepios gelados cobriram sua pele. Seu corpo soltou uma explosão de diarreia. O som úmido de borrifos ecoou pelo cômodo. Cólicas apertaram o seu estômago. Suor surgiu na testa, trazendo uma onda de calafrios. Teve que colocar uma das mãos no chão para se equilibrar, uma posição de agachamento de três pontos, a bunda desnuda suspensa acima do buraco. Liberou uma segunda explosão, menor do que a primeira. As cólicas acalmaram, mas só um pouco.

"*Usted es repugnante*", disse o mexicano.

Aquilo era *nojento* em mexicano? O filho do chicano tinha sido levado pelos homens-monstros e ele estava preocupado com cocô?

"Vai se foder!", exclamou Aggie. "Se eu não estivesse preso por essas correntes, daria uma surra em você."

O que era uma completa mentira. O homem se parecia com um pedreiro — magro, mas com músculos rijos. E todos os chicanos sabiam lutar boxe. No entanto, era difícil lutar quando se estava acorrentado como um animal.

Talvez o cara tivesse que dizer alguma coisa para alguém — ele perdera o filho. *Você sabe como isso é, então dê um tempo a ele.*

Um som metálico ecoou vindo de dentro das paredes. Será que os homens-monstros estavam voltando? Aggie agarrou um rolo de papel higiênico e se limpou depressa, depois levantou as calças do pijama e disparou até o buraco onde a sua corrente passava pela parede. Outra cólica o atingiu com a força de um soco na barriga. Ele se virou e pressionou as costas contra a pedra branca — quando a corrente puxou a coleira, ela o sacudiu apenas um pouco.

O homem e a mulher também tinham sido puxados para trás, arrastados para os seus lugares ao longo da parede. Raiva contorcia o rosto do homem. A expressão da mulher misturava terror com confusão sonolenta.

O retinir das engrenagens que puxavam as correntes parou.

A porta branca com barras foi aberta.

Aggie prendeu a respiração, esperando ver demônios de mantos brancos entrarem, mas em vez disso viu uma senhora idosa empurrando um carrinho de supermercado um pouco enferrujado da rede Safeway. Ela levou o carrinho para dentro da sala branca, uma rodinha rangendo num ritmo agudo e lento.

Era gorducha e um pouco encurvada. Arrastava os pés em passos curtos. Uma saia cinza simples cobria a bunda ampla e descia até as panturrilhas. Também usava um suéter de lã marrom, sapatos pretos simples e largas meias cinza. Uma echarpe — amarelo encardido, com estampas de flores rosas — cobria a cabeça, deixando expostos apenas o rosto enrugado e um pouco do cabelo grisalho. Ela a usava como uma *babushka*, amarrada embaixo do queixo para que as duas pontas pendessem até os seios.

Ela tinha uma aparência perfeitamente normal, parecia-se com qualquer senhora que ele pudesse ver esperando no ponto de ônibus. Ela emanava um aroma de velas e creme velho.

Ela parou o carrinho da Safeway a poucos metros dele. Dentro do carrinho ele viu recipientes de *tupperware* e sanduíches embrulhados em plástico. Ela deixou um pote de tampa vermelha e um sanduíche em cima do colchão dele. Estendeu a mão para dentro do carrinho — uma caixinha de suco se juntou ao seu almoço.

Ela olhou para ele. Algo naquele rosto cheio de rugas, naqueles olhos profundos e castanhos, fez Aggie querer correr, *rápido*, para qualquer lugar que seus pés o levassem.

Ela arrastou os pés para mais perto dele.

"Me deixe ir", implorou ele. "Senhora, me deixe ir, não vou contar para ninguém."

A velha se inclinou para frente e o *cheirou*. Seu nariz se franziu, os olhos se estreitaram. Ela pareceu segurar o cheiro por alguns instantes, pensou a respeito, então soltou a respiração. Virou-se, fez um gesto de desconsideração para ele, como se dissesse: *você não vale o meu tempo*.

Empurrou o carrinho até os mexicanos. Deixou um pote, um sanduíche e uma caixinha de suco em cada colchão. Andou até o homem, mas ficou um centímetro ou dois longe do alcance de um chute. Cheirou fundo, depois balançou a cabeça. Virou-se para a mulher.

A senhora *babushka* cheirou outra vez. Prendeu a respiração.

Então, sorriu, mostrando uma boca com alguns poucos dentes amarelos.

Ela assentiu.

Virou-se e empurrou o carrinho que rangia para fora da cela. Bateu a porta branca atrás de si.

As correntes se soltaram. A abstinência o fazia se sentir péssimo, mas mesmo assim pegou o sanduíche e arrancou o embrulho. Não estava preocupado com veneno — se fossem matá-lo, já o teriam feito. Mordeu um grande pedaço. O gosto bem-vindo de presunto, queijo e maionese dançou na sua língua. Abriu o recipiente de *tupperware* — chili quente e fumegante com um cheiro delicioso de carne.

Sua barriga se contraiu com força e ele soltou a comida.

Já precisava cagar de novo.

CHUVA DOURADA

Pookie Chang estava sentado numa cadeira na frente da mesa da delegada Amy Zou, contando pacientemente os minutos até poder mandar uma mensagem com uma variação detalhada de você é minha vadia para Rich Verde Poliéster. Aquele seria um breve momento de alegria numa situação tão conturbada.

Bryan estava sentado à direita de Pookie, largado na cadeira, um recluso fantasma de si mesmo. Eles estiveram naqueles mesmos lugares pouco mais de 24 horas antes. Um dia depois e o mundo deles havia mudado.

Novamente, a delegada Zou sentava-se atrás da mesa imaculada. E mais uma vez, no centro da mesa vazia, havia uma pasta parda. Nada mais exceto a moldura de três faces que continha fotos da sua família.

O delegado assistente Sean Robertson estava em pé à esquerda da delegada, quase como se esperasse que ela se levantasse para ir ao banheiro para que ele pudesse se sentar e tomar o controle. Ele também tinha uma pasta parda em mãos.

À direita da mesa de Zou, o capitão Jesse Sharrow sentava-se numa cadeira encostada à parede. Ele também tinha uma pasta como aquela no colo. O que quer que estivesse acontecendo, era claro que Zou, Robertson e Sharrow usavam o mesmo manual. Sharrow sentava-se reto como uma vareta. Com certeza tinha algo em mente, algo que não o deixava feliz. Até mesmo o seu uniforme, que costumava estar sempre imaculado, parecia um pouco amassado.

A delegada Zou abriu a sua pasta. Pookie viu o que havia dentro — o relatório que ele fizera naquela manhã sobre o assassinato de Oscar Woody. Ela o folheou.

Zou olhou para Pookie.

"Aqui diz que vocês dois estavam apenas passando por lá?"

Ele assentiu.

"Sim, delegada. Estávamos apenas passando por lá. Bryan... hum... viu o cobertor, então paramos."

Ela o encarou. Encarou por tanto tempo que ele se sentiu desconfortável.

"Então vocês simplesmente *pararam*", disse ela. "Pelo que parecia ser um mendigo num beco? Não sabia que você era um humanitário, Chang."

"Eu senti o cheiro", falou Bryan em voz baixa.

Que merda, Bryan, cale essa porra de boca.

Ela focou o olhar em Bryan.

"Você sentiu o cheiro de *quê*, Clauser?"

Bryan esfregou os olhos.

"Eu... eu senti o cheiro de alguma coisa, alguma coisa que..."

"Urina, delegada", disse Pookie. Ele lançou um olhar para Bryan. O detetive piscou, então se encostou na cadeira — ele entendeu a mensagem: *deixa que eu falo*. Pookie não queria que Bryan dissesse nem mais uma palavra. Se o cara desse com a língua nos dentes e mencionasse os sonhos, estaria ferrado.

"Estivemos na cena do assassinato de Paul Maloney", explicou Pookie. "Sentimos o cheiro de urina lá. Quando Bryan sentiu o fedor na Meacham

Place, e vimos o que parecia ser um homem deitado de bruços embaixo de um cobertor, simplesmente paramos. Pode chamar isso de instinto policial."

Zou voltou a sua atenção ao relatório.

Era provável que ela apenas quisesse que todos estivessem na mesma sintonia. Oscar era um garoto, seu assassinato fora especialmente brutal, e aquilo queria dizer que a imprensa estava em cima. O *Chronicle* já tinha feito uma edição especial — a foto de Oscar na escola estampava a primeira página em todas as caixas de vendas de jornais espalhadas pela cidade. Mijaram no corpo de Oscar, assim como no de Maloney. Se boatos sobre aquela ligação se espalhassem, o caso se transformaria num circo para a imprensa.

É claro que Pookie estava apostando nessa ligação. Ele e Bryan tinham sido os primeiros na cena de Oscar. Zou ligaria os dois casos e passaria ambos para a sua melhor equipe — o que queria dizer que Rich Poliéster podia enfiar um cacto no rabo.

A delegada Zou continuou lendo. Deu a impressão de olhar para as fotos da cena do crime por tempo demais.

Pookie olhou para Robertson. Ele estava com o relatório aberto na mesma página. Tinha o olhar atento nele, os óculos cinza no meio do nariz.

E Sharrow também, o relatório aberto sobre o colo, os olhos sob as sobrancelhas grisalhas e cheias focados no símbolo de sangue.

A maneira como todos eles tinham os olhares fixos, tão atentos... era assustador.

A delegada Zou ergueu o olhar.

"Com quem falaram até agora?"

"Sondamos a área", respondeu Pookie. "Não conseguimos encontrar ninguém que tenha visto ou ouvido alguma coisa naquela noite. Conversamos com Kyle Souller, o diretor da Galileo High, onde Oscar estudava. Tentamos falar com os pais dele, mas ainda estão abalados demais para conversar sobre o crime."

Os olhos de Zou relancearam para a foto emoldurada das gêmeas.

"Nem posso imaginar como devem estar se sentindo agora."

Pookie aquiesceu.

"Estavam muito chocados. Também conversamos com Alex Panos, que manda na BoyCo, a gangue da qual Oscar fazia parte, e com a mãe de Alex, Susan. Ainda precisamos falar com Issac Moses e Jay Parlar, os outros membros da gangue."

Zou tirou três fotos da pasta e as colocou lado a lado em uma fileira alinhada em cima do relatório. Pookie incluíra as fotos do banco de dados das gangues que o Senhor Burns Negro lhe dera. Mais uma vez, ele prestou atenção nos detalhes, decorando os rostos: Jay Parlar com o seu cavanhaque ruivo desgrenhado; Issac Moses com o seu nariz torto e os seus olhos azuis; o cabelo loiro e o sorrisinho arrogante de Alex Panos.

Zou assentiu, olhando para o relatório.

"E estes símbolos, detetive Chang? O que descobriu a respeito deles?"

Sharrow e Robertson desviaram os olhos dos relatórios. Encararam-no. Pookie se sentiu como uma cobaia num laboratório com três cientistas aguardando para ver como ele reagiria a um novo estímulo.

"Hum, pesquisamos no banco de dados do RISS", respondeu ele. "Não descobrimos nada."

"Nada?", perguntou Zou. "Nada mesmo?"

"Nada local, quero dizer."

Ela aquiesceu. Três cabeças se debruçaram de novo sobre os relatórios, sobre os símbolos.

Ele estivera brincando antes sobre *instinto policial*, mas esse tipo de instinto era real; de repente, ele se acendeu como sua própria versão do Sentido-Aranha. Houvera informações sobre aqueles símbolos no sistema, mas que foram apagadas — era provável que Zou, Robertson e Sharrow tivessem privilégios de acesso para fazer exatamente aquilo.

Àquela altura, era melhor não falar que o Senhor Burns Negro ainda estava fuçando mais a fundo. No entanto, o nome de John já estava no relatório — se Pookie sequer mencionasse o trabalho de John, a delegada poderia convocá-lo em seguida.

"Houve um resultado", disse Pookie. "Um assassino em série de Nova York, mas esse caso foi fechado há vinte anos. Mostramos o símbolo pela vizinhança onde Oscar foi morto; ninguém o tinha visto antes. John Smith na Força-Tarefa contra Gangues disse que o símbolo não tem ligação com nenhuma gangue local. Resumindo, não descobrimos merda nenhuma."

Zou se inclinou para trás, apenas um pouco. Aquela informação a fizera relaxar? Só um pouquinho?

"Não descobriu mais nada?"

Pookie balançou a cabeça.

Zou olhou para Bryan.

"E você, Clauser? Tem algo a acrescentar?"

Bryan também balançou a cabeça. Ela o encarou até a atmosfera começar a ficar desconfortável, mas o detetive não desviou o olhar. Finalmente, Zou voltou a atenção ao relatório.

Pookie esperou. Zou era meticulosa, claro, mas também tinha uma queda pelo drama.

O delegado assistente Robertson também aguardou, a pasta aberta nas mãos, os olhos fixos em Zou.

Pookie relanceou o olhar para Sharrow. O capitão grisalho tinha fechado a pasta dele. Segurava-a com as duas mãos. A pasta tremia um pouco. Ainda se sentava reto como uma vara, mas os olhos estavam fechados.

O que diabo estava acontecendo?

Zou ergueu o olhar.

"A urina", disse ela. "O mesmo *modus operandi* do caso de Paul Maloney: assassinato, mutilação, os meliantes urinaram no corpo. Detetive Chang, você acha que os dois têm alguma ligação?"

Pookie assentiu.

"Apostaria as minhas bolas nisso, delegada. Não pode ser um imitador porque os noticiários não divulgaram que alguém deu uma chuva dourada no padre Paul."

As sobrancelhas dela se levantaram.

"Desculpe", disse Pookie. "Quero dizer, *urinou no falecido*, é claro."

Ela fechou a pasta e olhou para eles.

"Concordo", declarou ela. "Os casos estão relacionados. Passem todas as informações e contatos para Rich Verde e Bobby Pigeon."

Não, ele *não* ouviu aquilo direito.

"Delegada", disse Pookie, "não são eles que deviam passar as informações do caso Maloney para nós?"

"Você é surdo? Vocês dois estão fora do caso."

"Mas, delegada, nós fomos os primeiros a chegar na cena!"

Robertson fechou a pasta com um som audível.

"Apenas passe as informações para Verde, Pookie."

Além de não ficarem com o caso Maloney, Verde agora ficaria com um caso com o qual Bryan estava ligado de alguma forma? Verde era um babaca, claro, mas era bom no trabalho. Ele iria cavar, e cavar fundo. Se encontrasse alguma informação que ligasse Bryan àquilo... Pookie *não podia* deixar aquele homem ficar com o caso.

"Delegada", disse Pookie. "Oscar Woody é *nosso*. Nós o encontramos, nós fomos os primeiros na cena. O Homem-Pássaro veio do Departamento de Narcóticos. Ele já viu, o quê, *quatro* casos de assassinato?"

O capitão Sharrow se levantou. Segurava a pasta ao lado do corpo. As mãos tinham parado de tremer.

"Pare com isso, Chang", ordenou ele. "Pigeon é bom. E Verde já prendia assassinos quando você ainda usava fraldas."

"Mas, capitão, nós *queremos* esse caso!"

A delegada Zou arrumou o relatório, certificando-se de que ficasse em paralelo com as bordas da mesa.

"Detetive Chang, já chega."

"Mas, delegada, você..."

"*Chega!*", exclamou ela, cortando o ar com a mão como se fosse uma faca. "Chang, dessa vez você vai *ouvir* e *obedecer*. Essa não vai ser outra situação como a de Blake Johansson."

Ela estava mesmo trazendo aquilo à tona?

"E ao dizer *situação como a de Blake Johansson*, você se refere ao tira corrupto que eu desmascarei, certo?"

"Você foi instruído a abandonar o caso", disse Zou. "Foi informado de que a Corregedoria cuidaria dele, mas não quis ouvir. Como resultado, John Smith quase morreu e a carreira dele nunca mais foi a mesma." Ela olhou para Bryan. "Blake Johansson *morreu*."

Pookie rangeu os dentes, tentando ficar quieto. A Corregedoria parecia fazer parte da rede de pagamentos de Johansson — o departamento o ignorava assim como Johansson ignorava as gangues que o pagavam. Pookie partira para realizar a prisão — não era culpa dele que o cara decidira sair atirando em vez de ir com calma.

Pelo menos era isso que Pookie dizia a si mesmo toda vez que via o Senhor Burns Negro atrás de uma mesa em vez de na rua caçando marginais.

"Detetive Chang, desta vez você *vai* ouvir", disse Zou. "Minhas ordens não estão abertas para debate. Vá procurar Verde e Pigeon, passe a eles tudo o que vocês têm. Se aquele diretor com o qual conversou descobrir alguma coisa, ele tem que ligar para *eles*, não para você."

Ela se virou para encarar Bryan.

"E você, Clauser, deixe-me ouvir, deixe-me ouvir que você entendeu que os dois estão *fora do caso*."

Bryan a encarou de volta. Exceto pelo fato de parecer prestes a vomitar a qualquer momento, seus olhos não mostravam nada.

"Estamos fora do caso", repetiu ele. "Nossos ouvidos funcionam perfeitamente bem."

Zou assentiu uma vez.

"Bom dia, cavalheiros."

Bryan saiu do escritório. Pookie se levantou para segui-lo. Aquilo não fazia sentido. Mesmo se Verde e o Homem-Pássaro ficassem com os dois casos, Pookie e Bryan deviam ter sido escolhidos para ajudá-los, não chutados para escanteio. Zou sabia de algo que Pookie não sabia? Talvez algo a respeito dos sonhos de Bryan?

O pensamento o fez parar e se virar. Olhou de volta, mas o capitão Sharrow, a delegada Zou e o delegado assistente Robertson não perceberam. Estavam com as pastas abertas outra vez. Os três olhavam para os símbolos.

ROBIN COMANDA O ESPETÁCULO

Mais três corpos tinham chegado naquela tarde. Duas das mortes aparentavam ser de causas naturais, enquanto que a outra com certeza se dera devido a um ferimento de bala na têmpora. O necrotério parecia mais movimentado do que nunca. Mesmo sem Metz, as políticas e os treinamentos dele ainda eram seguidos à risca, e as coisas estavam indo bem.

Robin terminou um dos casos de morte natural, o que a deixou livre para verificar os resultados do teste de análise dos marcadores moleculares do assassino de Oscar Woody. Ela andou da sala de autópsia até a sua mesa na área de administração. Suspirou e olhou as fotos de Emma. Eram quase sete da noite. Robin queria dar o fora dali, voltar para o seu apartamento, se enfiar na cama com Emma enrolada ao lado. Claro, a cadela iria deixar pelos grudados na colcha e provavelmente dar peidos horríveis, mas quando era hora do cochilo, Emma era a Bela Adormecida. Não conseguia dormir no lado vazio da cama, é claro, então tinha que se deitar *em cima* de Robin. Mas era essa a questão, na verdade. Robin não tinha mais um homem com quem compartilhar a cama — o peso e a respiração de Emma (diabo, até os peidos, de um jeito estranho) eram mais reconfortantes do que qualquer coisa que ela conhecia.

Virou-se para o computador e acessou os resultados do teste de análise dos marcadores moleculares. Sim, confirmado — a amostra de saliva encontrada em Oscar Woody era de um ser humano, assim como o material tirado dos folículos capilares. Devido aos sinais de mordidas e arranhões, um animal grande devia estar envolvido, mas já não havia mais dúvidas de que um assassino humano tinha deixado o seu DNA no corpo de Oscar.

O sistema enviava os resultados do teste para o sistema CODIS de modo automático. Aquela verificação não gerou resultado em nenhuma compatibilidade; quem quer que tivesse cometido o crime, seu DNA nunca fora acrescentado ao banco de dados do FBI.

Porém, havia algo estranho na amostra. Além de uma impressão genética, o teste também indicava o sexo de uma pessoa ao detectar um gene conhecido como gene da amelogenina, que existe nos cromossomos sexuais masculinos e femininos, mas não são iguais em ambos. Os homens têm dois cromossomos sexuais — X e Y —, enquanto as mulheres têm dois Xs. O teste de análise dos marcadores moleculares não mostra os cromossomos propriamente ditos — apenas outro teste conhecido como *cariótipo* pode fazer isso —, mas mostra picos que indicam a presença e o número relativo de genes da amelogenina em cada cromossomo sexual. Se o teste mostrar apenas um pico para amelogenina X, o crime foi cometido por uma mulher. Se mostrar dois picos iguais, um para amelogenina X e outro para amelogenina Y, isso significa que o autor do crime é um homem.

Aquela amostra, no entanto, mostrava picos de amelogenina X e amelogenina Y que *não* eram iguais. O pico X era duas vezes mais alto do que pico Y. Isso sugeria a presença de um segundo X, o que poderia significar que o assassino poderia ter *três* cromossomos sexuais.

Não era uma amostra contaminada — ela realizara muitos testes paralelos para saber, com certeza, que o material viera de apenas um criminoso. Robin sentiu uma onda de animação: ou o assassino era XXY, ou tinha uma condição ainda mais rara que ela ainda precisava identificar.

Ela ouviu passos se aproximando. Afastou o olhar do computador para ver Rich Verde e Bobby Pigeon caminhando na sua direção. Bobby sorria para ela. Rich apenas a olhava de forma carrancuda. Pelo amor de Deus, como aquele homem se vestia mal.

"Hudson", disse Verde. "Estou aqui para falar sobre o caso de Oscar Woody."

Ela sentiu uma fisgada de decepção.

"Pensei que esse caso fosse de Bryan Clauser e Pookie Chang."

Verde balançou a cabeça.

"O caso é meu. Coberto de mijo, não é?"

Esta não era uma pergunta que se ouvia todos os dias. Ela assentiu.

"Meu", confirmou Verde. "Metz costuma lidar com casos assim."

"Bem, posso garantir que sou perfeitamente qualificada para..."

"Que seja", disse Rich. "Esse caso vai ser conduzido de um jeito um pouco diferente do que talvez esteja acostumada. Caso especial. Ligue para a delegada agora mesmo. Ela está esperando uma ligação sua."

As sobrancelhas de Robin subiram.

"Ligar para a delegada Zou?"

"Isso mesmo", respondeu Verde. "E seja rápida, tenho mais o que fazer."

Metz costumava conversar com a delegada. Robin era a chefe temporária do departamento, então fazia sentido que fosse ela a responder a quaisquer perguntas que Zou tivesse. Robin pegou o telefone, então começou a procurar o ramal da delegada na lista presa à parede da sua baia.

Verde estendeu o braço e digitou o telefone para ela.

"Pronto", disse ele.

Ela o encarou enquanto esperava alguém atender. Ele não poderia ter apenas ditado o ramal para ela?

"Escritório da delegada Zou."

"Aqui é Robin Hudson do Instituto Médico Legal. Me pediram para..."

"Um minuto, dra. Hudson, a delegada está aguardando a sua ligação."

Zou atendeu, suas palavras tão concisas e bruscas ao telefone quanto em pessoa.

"Dra. Hudson?"

"Sim."

"Rich Verde é o responsável pelo caso de Oscar Woody", informou ela. "Esse caso é de interesse especial para mim. Não quero que nada vaze para a imprensa, entendeu?"

O Instituto Médico Legal e o departamento de polícia trabalhavam juntos, mas Zou não era a chefe de Robin. A médica-legista tentou pensar em como Metz lidaria com uma situação parecida. O Águia Prateada seria educado mas firme.

"Delegada Zou, você sabe que nunca divulgamos nada para a imprensa."

"E mesmo assim a imprensa, de algum modo, consegue informações de muitos lugares", rebateu ela. "Dra. Hudson, não estou insinuando nada, estou pedindo. Por favor, limite qualquer acesso ao caso de Oscar Woody. Leve o corpo para a sala de exames particular, aquela que o dr. Metz usa. Quaisquer acessos aos registros eletrônicos ficarão disponíveis apenas para o detetive Verde. O prefeito disse que você pode ligar para o escritório dele se tiver alguma pergunta."

Ligar para o prefeito? Bem, aquela era uma dica e tanto. *Se quiser chegar ao topo, jogue o jogo.* Mas será que a delegada Zou estava pedindo algo incomum? Talvez houvesse uma boa razão para todo aquele sigilo. *Coberto de mijo*, Verde dissera. Robin pensou outra vez em Paul Maloney. Talvez o seu pressentimento inicial estivesse certo e os dois casos estivessem ligados — um potencial assassino em série poderia estar à solta. Qualquer informação que vazasse poderia comprometer as investigações para encontrar esse assassino.

"Sim, delegada", disse Robin. "Vou usar a sala particular e manter as coisas em segredo."

"Obrigada pelo seu tempo, doutora."

A delegada desligou. Que ligação estranha. A maneira como Zou pareceu balançar a possível posição de chefe legista diante do nariz dela como uma recompensa pela sua cooperação incomodava Robin. Ou... será que foi mais uma ameaça de punição, que caso *não* cooperasse, Robin perderia o emprego?

Ela se virou para Verde. Um sorrisinho de *eu te disse* contorcia o canto esquerdo da boca do homem.

"Sabe, Rich, ela não fez nenhum pedido maluco, então você não precisa agir como um idiota arrogante."

"Quando eu quiser a sua opinião, eu peço", disse Verde. "Só faça o seu trabalho, arquive o relatório e não saia por aí falando sobre o caso com as suas amiguinhas do escritório. Venha, Bobby, vamos embora."

Verde se virou para sair. Bobby o olhou confuso, a mesma confusão que Robin sentia, pelo jeito.

"Espere um pouco", chamou ela. "Encontrei algumas coisas bem interessantes que podem ajudar na investigação. Não quer saber o que são?"

"Foi um ataque de animal", disse Verde. "Vou ler o seu relatório."

"Não foi só um ataque de animal."

Ele suspirou.

"Ok, tudo bem, houve pessoas envolvidas que usaram o animal para matar o garoto. Tanto faz. A causa da morte foi por mordidas e só. O relatório preliminar da cena do crime de Sammy Berzon dizia que havia pelos de cachorro por todo o corpo."

"Não era pelo de cachorro", rebateu a legista. "As amostras de pelo eram humanas."

Os olhos de Verde se estreitaram. Ele parecia quase... *incomodado* pela informação.

"Foi algum tipo de animal", contrapôs ele. "Seus resultados estão errados."

Que imbecil pomposo.

"E você sabe disso porque tem um diploma de medicina de onde mesmo? Não pode dispensar os meus resultados porque não gosta do que eles mostram, Rich."

Verde levantou as mãos num sinal de irritação.

"O garoto foi atacado por um cara, alguns caras, tanto faz. Eles o espancaram e atiçaram o cachorro para cima dele. O animal arrancou o braço dele, ele morreu, ponto final. Se ele se parece com um pato, anda como um pato e..."

"Não faz *quack*", interrompeu ela. "E também não late. Todo o DNA que recuperei é humano com certeza."

Robin fornecera resultados de casos para Rich muitas vezes antes. Ele sempre agiu como um cuzão, mas em geral parecia interessado em todos os detalhes. Por que não se importava com os detalhes agora?"

"Só tenho provas de *um* agressor", continuou ela. "Tenho saliva e cabelo de uma *pessoa*, Rich. Seu cérebro em miniatura consegue processar isso?"

Bobby sorria, mas não do jeito que os homens sorriam para ela quando achavam que ela era bonita. Parecia estar gostando do fato de ela estar revidando. As veias nas têmporas que iam ficando calvas de Rich pulsavam e latejavam — pareciam estar prestes a estourar a qualquer momento.

Ela tinha perdido um pouco a calma, mas agora parecia ter toda a atenção de Rich. Ele parecia irritado. Calmo mas irritado.

"Então", disse ele, "você está me dizendo que *não pode* ser um ataque de animal."

Robin fez uma pausa. Ela tinha provas genéticas de um assassino humano, mas as marcas de dentes eram com certeza de alguma espécie animal. Tinha que haver algum elemento do bicho no corpo de Oscar, ela só não o tinha encontrado ainda.

"Tenho certeza de que um animal esteve envolvido, mas o que estou lhe dizendo é que tenho provas específicas que podem ajudar a encontrar o cara responsável pela morte de Oscar", disse ela. "Encontrei indicadores de *três* cromossomos, dois Xs e um único Y."

"Três?", perguntou Bobby. Ele se animou com a primeira menção à genética. "Você disse que foi um assassino. Homens são XY. Um terceiro cromossomo não indicaria um segundo assassino?"

Verde encarava Bobby.

Ele deu de ombros.

"Rich, parece que precisamos ouvir essas coisas, não acha?"

Os músculos do maxilar de Verde pulavam. Ele se virou para encarar Robin.

"Vamos lá, abelha operária, conte para nós o que descobriu."

Ele parecia irritado antes. Agora estava completamente furioso.

"Se houvesse um segundo agressor masculino, eu teria encontrado sinais de outro cromossomo Y", explicou ela. "Mesmo se o segundo agressor fosse uma mulher, eu teria encontrado pelo menos sinais de um terceiro cromossomo X. Isso me leva a acreditar que o assassino de Oscar tem *trissomia*, o que quer dizer que ele tem três cromossomos sexuais, em vez de os dois normais. Se o agressor for XXY, é provável que tenha uma doença chamada síndrome de Klinefelter."

Bobby assentiu. Ele tinha o mesmo olhar que ela com frequência vira em Bryan — para caras como eles, pistas eram o crack que fazia a pulsação disparar.

"Ouvi falar da síndrome de Klinefelter", comentou ele. "Mas essa não é a única possibilidade, certo? Quero dizer, duas pessoas não podem ter cromossomos iguais? Como gêmeos? Não do tipo idêntico, mas gêmeos fraternos?"

Robin sorriu, surpresa. Para um leigo, aquela era uma pergunta brilhante.

"É possível que os assassinos sejam gêmeos, um homem e uma mulher", disse ela. "E, tecnicamente, irmãos normais do mesmo pai têm o mesmo cromossomo Y. No entanto, tenho quase certeza de que as amostras indicam que estamos lidando com um único assassino. Vou realizar um teste diferente só para ter certeza."

Os olhos de Verde se estreitaram.

"E que tipo de teste seria esse?"

"É chamado de cariótipo", respondeu Robin. "Precisamos de células vivas para isso, mas a saliva no corpo tinha algumas horas de vida, então temos o suficiente. Um teste cariótipo mostra o número total de cromossomos num organismo. Você, eu, Bobby, quase todas as pessoas que você conhece têm 46 cromossomos, é a norma. Se o teste mostrar que o perpetrador tem 46, isso quer dizer que o X extra é de um segundo assassino. Porém, se o teste mostrar um indivíduo com 47 cromossomos, isso quer dizer que temos apenas um assassino com uma disposição genética única que vai ajudar vocês a encontrá-lo."

Bobby sorriu.

"Legal", disse ele. Seu dente de ouro o fazia parecer um cafetão.

"Metz não fazia testes assim", falou Rich. "Você também não deveria. E não precisamos desse teste. Temos algumas pistas que não podemos mencionar."

Ela percebeu que Bobby de repente olhou surpreso para Rich. Se tais pistas existiam, era novidade para o mais jovem dos dois homens.

Robin cruzou os braços sobre o peito.

"Está me dizendo que não quer *mais* pistas? Se o nosso cara tiver Klinefelter, ele pode estar confuso sobre o seu sexo ou é possível que tenha expressado algum desvio sexual que tenha sido registrado. Você pode procurar em grupos de apoio a pessoas com gêneros mistos ou..."

"Faça o *seu* trabalho", disse Verde. "Você é paga para examinar defuntos. *Não* para resolver casos. Deixe o trabalho de investigação para os detetives. Faça só o básico. Bobby, vamos."

Verde saiu, furioso. Bobby revirou os olhos e deu um sorriso de desculpas antes de seguir Verde.

Robin girou um pouco na cadeira, observando os dois. Tão estranho — por que Rich não iria querer explorar todos os ângulos para solucionar um assassinato horrendo? Talvez essa fosse uma questão que ela não precisava fazer. Verde tinha a autoridade da delegada Amy Zou para apoiá-lo, e ele estava certo sobre uma coisa — solucionar crimes não era a função dela. Então talvez Rich tivesse razão quanto a isso, mas, por outro lado, ele não era o chefe dela. Nem a delegada Zou. Eles podiam dar sugestões, mas não podiam dizer-lhe quais testes *não* realizar.

Robin poderia usar o novo aparelho RapScan para realizar o cariótipo. Tudo o que tinha que fazer era carregar as amostras de DNA nos cartuchos da máquina, o que demorava uns quinze minutos. Dali em diante, todo o processo era automatizado — levava apenas algumas horas para terminar. Iria começar o teste agora, reunir o trabalho que pudesse terminar em casa e dar o fora dali.

Quando voltasse na manhã seguinte, os resultados do cariótipo estariam esperando por ela.

O ARTISTA E O MODELO

Rex desenhava. Ele era um bom desenhista, sabia disso. A sra. Evans, a professora de artes na Galileo, falou que ele tinha *potencial*. Ninguém nunca tinha dito isso a ele, sobre nada. Não desde que o pai de Rex morrera, em todo caso.

A sra. Evans era legal, mas ele precisava esconder os seus melhores desenhos dela. Aqueles com as armas, as facas, as serras elétricas, as cordas — coisas assim. Ela vira alguns daqueles desenhos e praticamente surtara, então Rex os guardava para si.

Ele também sabia que não podia deixar que outros garotos vissem os desenhos. *Nunca*, ou a BoyCo o machucaria ainda mais do que antes.

Mas se fossem atrás dele de novo, Oscar Woody não estaria com eles.

Porque Oscar Woody estava morto.

Rex fizera tantos desenhos. Chegara até a desenhar um com os rostos estranhos dos sonhos. Aquele fora parar na parede junto com os outros, rotulado com um nome que ele tinha ouvido com muita frequência durante as visões: *Astuto*.

Rex desenhava. O lápis fez o contorno oval de uma cabeça, depois as formas dos olhos, os contornos de um nariz. Em silêncio, seguiu trabalhando, acrescentando linhas e sombras. Devagar, o rosto se tornou reconhecível.

O som do lápis contra o papel ganhou velocidade. Um corpo tomou forma. Assim como uma serra elétrica. Assim como respingos de sangue.

Rex se sentia quente. O peito ardia por dentro.

Apague aquela parte do nariz, desenhe de novo... ajuste os cantos da boca, faça com que as linhas, formas e sombras se transformem em expressões de agonia, de terror.

Sentiu o próprio pulso no pescoço, nos olhos e na testa.

Apague o bíceps, escureça aquela linha... a serra elétrica tinha acabado de passar através do braço, decepando-o com um esguicho de sangue.

Rex sentiu o pau endurecer dentro das calças.

Gemeu um pouco enquanto apagava os olhos. Não estavam corretos. *Faça-os mais abertos. Deixe-os cheios de medo.*

Medo de Rex.

Ele desenhara Oscar Woody, se concentrara em Oscar Woody, e agora Oscar Woody estava morto.

Talvez não tivesse sido coincidência.

E, talvez, Rex pudesse fazer acontecer de novo.

O novo rosto?

Jay Parlar, o garoto que colocara os pedaços de madeira embaixo do punho e do cotovelo de Rex.

Ele desenhava.

GRANDE MAX

Em casa, afinal. Robin fez malabarismos com uma pilha de correspondência e uma sacola de compras feitas de última hora — petiscos para cachorro, ração, uma garrafa de Malbec e alguns Twinkies — enquanto lutava para encontrar a chave do apartamento num chaveiro cheio demais. Para ser honesta, ela não sabia para que servia metade daquelas chaves. Deviam abrir velhas caixas de correio, fechaduras de armazéns, cadeados de armários de academias etc. Não conseguia se forçar a jogar nenhuma delas fora porque sabia que assim que se livrasse de uma, acabaria precisando dela no dia seguinte e estaria completamente ferrada.

Uma porta se abriu ali perto. Um homem enorme saiu e ficou parado quando um furacão preto e branco choroso de trinta quilos passou por ele, orelhas abanando e garras escavando o carpete.

Emma pulou, quase derrubando Robin. As compras se espalharam pelo chão. Robin tentou pegar o leite, mas o recipiente de plástico de um litro quicou no carpete sem se romper e rolou até parar.

Robin colocou as mãos em concha em volta das orelhas moles de Emma e enfiou os dedos apenas o suficiente para balançar a cabeça da cadela. Com olhos desvairados, a língua de Emma pendia da boca — o corpo parecia querer ir em cinco direções diferentes de uma vez só.

"Bebezinha! Que saudade!", exclamou Robin. Empurrou a cadela para longe, então se ajoelhou para pegar as compras — um erro estratégico. Emma pulou de novo para beijar o rosto de Robin. As patas da cadela acertaram os ombros da mulher, derrubando-a de bunda no chão. As patas de Emma saltitavam enquanto lançava beijos rápidos no rosto de Robin.

"Calma, garota", pediu ela, rindo com a intensidade desesperada da cadela.

De repente, o peso de Emma desapareceu. Robin olhou para cima e viu o Grande Max segurando a cadela de trinta quilos no braço esquerdo, uma mão grande embaixo do traseiro de Emma, a cabeça dela no seu ombro. O rabo de Emma batia contra a perna de Max.

"Minha nossa, garota", disse Max. "Essa cachorra acabou de dar uma surra em você."

Robin assentiu. Colocou as compras de volta na sacola e recolheu a correspondência espalhada.

"Obrigada, Max. Obrigada por tudo."

"Não se preocupe, querida. Cuido dessa coisinha sempre que precisar."

Emma ficou ali, bem confortável e relaxada, enroscada no braço enorme de Max. *Enorme* não era uma boa palavra para descrever aqueles braços — *gigantescos* seria mais apropriado. Max parecia uma versão afeminada de um lutador bombado de luta livre profissional. Braços grandes, pernas grossas, peito enorme e torneado (que era depilado, claro). A cabeça no topo do pescoço de barril de cerveja era marcada por profundas linhas de expressão. Um cavanhaque loiro formava uma ponta graciosa e o cabelo da mesma cor descansava sobre a testa em cachinhos cheios de gel.

Um relance era o que bastava para ver que Max era gay, e isso sempre foi um sentimento amargo — o homem era um gato nota dez. Era um vizinho muito interessante: amava cachorros, era bem informado sobre a política local, trabalhava à noite como leão de chácara e estava tentando entrar para a indústria de filmes eróticos. Estava longe de ser um cara como outro qualquer.

Aquele era o melhor amigo de Robin: um gay lindo, durão e aspirante a ator pornô.

"Oi", cumprimentou Robin. "Como foi o seu teste para o Kink.com?"

Max sorriu.

"Muito bem", respondeu ele. "Perguntou porque é uma moça educada ou porque quer ouvir todos os detalhes sórdidos da filmagem?"

Robin riu e corou.

"A primeira opção. Não sei se conseguiria lidar com os detalhes."

"Ah, essas canadenses recatadas."

Um segundo cachorro saiu do apartamento de Max. Esse fazia Emma parecer minúscula — um pit bull de quarenta quilos de pelo cinza, patas brancas e o rosto mais doce que já se viu.

Sem hesitar, Max abaixou o braço direito e arrebatou o pit bull. Ele embalava setenta quilos de cachorro como se os dois fossem dois travesseiros de penas.

"Oi, Billy", disse Robin. Deu um beijo no focinho do pit bull. O rabo grosso girava em um círculo descoordenado.

Max se inclinou na sua direção, diminuindo a diferença de quase um metro. Seus olhos se estreitaram ao olhar para um ponto sob os olhos de Robin.

"Querida, olhe só essas olheiras. Esse trabalho vai ser a sua morte."

Robin colocou a correspondência dentro da sacola de compras (porque não tinha feito aquilo desde o início, não soube dizer) e finalmente encontrou a chave do apartamento. Abriu a porta e entrou. Max a seguiu, ainda carregando os cachorros.

"Nem me fale", disse ela. "Você devia ter visto o coitado do garoto que chegou hoje."

"Ruim?"

"Pior." Robin colocou a sacola sobre a mesa de jantar. "O braço dele foi... espere, *você* está perguntando porque é um moço educado ou porque quer ouvir todos os detalhes sórdidos? Porque esses detalhes são sórdidos mesmo."

Max colocou os dois cachorros no chão, então gesticulou com as palmas para ela.

"Ah, só estou sendo educado. Gosto de assistir *CSI* porque é mentira, mas as suas histórias fazem as minhas bolas se encolherem. O caso é importante?"

"Para mim, é."

Max sorriu, aquele sorriso com o canto esquerdo da boca para cima que Robin esperava que colocassem nos pôsteres ou sites da internet ou o que quer que usassem para divulgar pornografia.

"Entendi", disse ele. "E o Senhor Eu me Visto Todo de Preto estaria envolvido?"

Robin sentiu o rosto corar.

"Eu não disse isso."

"Nem precisou. Posso ver nos seus olhos. Talvez você devesse convidá-lo para discutir o caso. Você não transa desde que ele se mudou."

"Max! Isso não é da sua conta. E como sabe que não transei? Talvez eu seja uma devassa."

Max estendeu um punho grande, bateu na parede que separava os dois apartamentos com os nós dos dedos.

"Essas coisas são bem finas. Eu saberia se você estivesse mandando ver. Com certeza sabia toda vez que você e Bryan... digamos... *discutiam um caso*."

Um redemoinho de pensamentos fez Robin parar de supetão: vergonha por Max tê-la ouvido com Bryan; lembranças de Bryan fazendo amor com ela; ecos da felicidade que compartilharam naquele mesmo apartamento; lembranças ainda mais vívidas das discussões, ela gritando com Bryan enquanto ele apenas a olhava, tão calmo e distante que a deixava enlouquecida e irritada. A gritaria... Max devia ter ouvido isso também.

"O Homem de Preto e eu terminamos", disse Robin. "E estou ocupada demais agora para me preocupar com sexo."

O homem grande deu de ombros.

"Minha mãe me disse que existem duas coisas que não se deve deixar de fazer porque se está ocupado."

"Pagar os impostos e passar o aspirador de pó?"

"Não", respondeu Max. "Não se deve deixar de fazer carinho num cachorro e nunca se deve deixar de fazer amor."

"Sua *mãe* falou isso para você?"

Ele assentiu.

"Claro. Antes de eu sair do armário, quero dizer. Agora ela foca mais na parte do cachorro. Olhe, não tem nada de errado em ligar para o ex e combinar uma rapidinha. Você devia fazer com que Bryan desse uma de ator de filmes dos anos 1950 pra cima de você. Sabe, rodopiá-la um pouco, talvez dar um tapinha ou dois, depois partir para a selvageria."

Robin revirou os olhos.

"Ele não é assim, Max. Ele é delicado."

Max riu e balançou a cabeça.

"Querida, Bryan pode ser um *cavalheiro*, mas não é nada delicado. Ele tem uma veia malvada pulsando pelo corpo todo."

Bryan era reservado, claro, mas *malvado*? Ninguém além dela — e talvez Pookie — parecia conhecer o homem de verdade. Ou talvez todos o conhecessem e fosse Robin quem não fazia ideia de quem ele era.

"Você encontrou Bryan poucas vezes", disse ela. "Como poder dizer isso sobre ele?"

"É o meu *trabalho* dizer isso. Sou um leão de chácara, lembra? Seu pequeno Johnny Cash não é alguém que eu gostaria de encontrar num beco escuro."

"Você tem pelo menos vinte quilos a mais do que ele, Max."

"Tamanho não é tudo. Fora do mundo pornográfico, quero dizer. Gosto dos meus dentes onde estão, então aprendi a ficar de olho em caras como Bryan."

Que conceito ridículo. Max era tão... bem, *grande*. Bryan era esguio e forte, claro, mas era malvado o bastante para encarar um fortão como Max? Não importava. Ela não queria mais pensar em Bryan Clauser.

"Obrigada por cuidar de Emma, Maxie. Fico devendo um jantar para você."

"Sete", disse ele.

"Sete o quê?"

"Sete jantares. E isso só dos últimos três meses."

"Sete? *Sério?*"

Max assentiu.

"Não quero lhe dizer como viver a sua vida, querida, mas Emma está começando a gostar mais de mim do que de você."

"Ah, não está, não!"

Max sorriu, então andou na direção da porta. Emma trotou atrás dele.

"Emma! Onde está indo?"

A cadela parou e olhou para Robin, depois olhou de novo para Max.

Max deu de ombros para Emma.

"Não se preocupe, chuchu, tenho certeza de que vou ver você em breve."

Ele fechou a porta atrás de si. Emma encarou a porta, depois soltou um ganido baixo.

Robin bateu palmas para chamar a atenção da cadela.

"Emma, bebê, você quer petiscos?"

A cadela correu para ela.

Talvez Bryan Clauser não amasse Robin, mas Emma com certeza amava — e se Robin tivesse que comprar aquele amor com petiscos para cachorros, tudo bem. Um petisco, talvez dois (ou três, ou quatro), e então era hora de ir para a cama.

POOKIE LIGA PARA UMA AMIGA

O suor se acumulou nas axilas de Pookie. Carregar um adulto por quatro lances de escadas foi um exercício surpreendente e indesejável. O idiota do seu parceiro precisava encontrar um prédio com um elevador que funcionasse.

"Bri-Bri, se vomitar em mim, dou um soco no seu saco."

Bryan resmungou algo ininteligível. Ele não pesava tanto assim, talvez uns 77 quilos, mas o cara quase não conseguia andar. Bryan também estava suando, mas de febre e não de cansaço.

Pookie estava fazendo escolhas erradas e sabia disso. Ajudar Bryan a subir até o apartamento? Ele podia ser um assassino. Não um *atirador a cinquenta metros de distância*, mas o tipo que arranca o braço de um garoto e o usa como pincel para fazer desenhos.

Alcançaram o quarto andar. Com as pernas exaustas, a camiseta sob a camisa grudada ao corpo suado, Pookie meio que ajudou, meio que carregou Bryan até a porta.

"Vamos, Bryan, tente andar."

"Desculpe", disse Bryan. "Cara, estou todo dolorido."

"Tem certeza de que não quer que eu chame uma ambulância?"

Bryan balançou a cabeça.

"Estou doente, só isso." Enfiou a mão no bolso à procura das chaves, tentou destrancar a porta com a mão trêmula. Pookie teve que pegar as chaves e abrir para ele. "Só estou doente", repetiu enquanto entravam. "Parece que estou dentro do cu de um burro."

"Um burro vivo ou morto?"

"Morto."

"Ah, sim", disse Pookie. "Odeio essa sensação."

"Nem me fale. Pode me soltar. Vou para a cama."

Pookie soltou Bryan devagar. O homem deu três passos antes de tropeçar numa das dezenas de caixas fechadas que atulhavam o corredor estreito. Pookie avançou depressa e passou por baixo do ombro do amigo, equilibrando-o.

"Uau, Bryan, andou desempacotando muitas caixas?"

"Eu chego lá."

Pookie o ajudou a passar pelas caixas e entrar no pequeno quarto. Deve ter sido um choque se mudar do espaçoso apartamento de dois quartos de Robin para aquela coisinha de um quarto só, mas depois de seis meses ele ainda não tinha se estabelecido? Bryan instalara uma TV e colocara um sofá, pendurara suas roupas pretas, e aquilo parecia ser tudo do que ele precisava.

Com gentileza, Pookie o empurrou com o quadril para cima da cama.

Bryan abriu um olho inchado e injetado.

"Vai tirar minha roupa, papai?"

"Acho que não, sua bicha."

"Seu homofóbico."

"E com orgulho", rebateu Pookie. "A Bíblia é bem clara a esse respeito, campeão. Estou exausto, irmão, então ou você fica pelado sozinho, ou dorme vestido."

Bryan não respondeu. Num piscar de olhos, já tinha caído no sono.

Pookie sentiu o suor esfriar na testa. Secou a testa com a mão, depois limpou a mão nas calças de Bryan. Qualquer que fosse o vírus que assolava Bryan, Pookie com certeza tinha pego também.

Ele olhou para o parceiro. Não iria deixar Bryan sozinho naquela noite, isso era certo. Além disso, se alguém estava — de algum modo — plantando ideias na cabeça de Bryan, com certeza não estavam enviando-as com uma varinha mágica. Tinham que estar no apartamento. Enquanto Bryan dormia, Pookie desmontaria o lugar.

A Sig Sauer de Bryan ainda estava no coldre de ombro. Pookie soltou a pistola com cuidado. Então, pegou o coldre em forma de carteira do bolso de trás. Era melhor não deixar nenhuma faca — Pookie tirou a faca de combate da bainha no antebraço e por último tirou o canivete Twitch do cinto de Bryan. Quem colocava uma faca bem do lado do playground?

Assassinos psicopatas, claro.

Pookie olhou para a pilha de armas que tinha nas mãos e se perguntou se alguma daquelas facas podia ter aberto a barriga de Oscar Woody.

Havia duas coisas sobre a mesa de cabeceira ao lado da cama de Bryan — uma moldura pequena com uma foto de Bryan, Robin e a cachorra dela, Emma, e um caderno espiral barato. O caderno estava aberto num desenho.

Um desenho de um triângulo e um círculo, com um círculo menor no centro, uma linha curva cortada embaixo.

Pookie foi até a cozinha e deixou o arsenal na mesa pequena.

Bryan não podia ter feito aquela coisa horrível.

Não podia.

Pookie estava brincando com as vidas das pessoas. Bryan Clauser era o maldito de um *suspeito*, e mesmo assim Pookie estava agindo como uma babá. Se ao menos pudesse olhar mais fundo dentro da alma de Bryan.

Talvez houvesse alguém que pudesse fazer exatamente aquilo.

A geladeira de Bryan tinha sobras de pizza, sobras de comida chinesa, metade de um burrito e uma cerveja Sapporo. Pookie abriu a cerveja, então se encostou na bancada da cozinha. Pegou o celular e discou.

Uma voz sonolenta atendeu.

"Alô?"

"Robin-Robin Bo-Bobbin. Como estão as coisas?"

Um suspiro, um farfalhar de cobertas, o tinido suave de uma identificação de metal de uma coleira canina.

"Pookie, as coisas não *estão*. Na verdade, eu sequer tenho *as coisas*. É tarde e estou exausta. Você está bem?"

"Supimpa", respondeu ele. "Ouvi dizer que você está comandando o espetáculo no IML, enquanto Metz está afastado. Parabéns, garota."

"Não significa nada ainda", disse ela. "Só mais trabalho. Mas obrigada. Nas últimas 48 horas eu conversei com o prefeito e com a delegada Zou. Ela me ligou para dizer que Verde ficou com o caso de Oscar Woody."

"Ficou", disse Pookie. "Que Deus abençoe o coração negro de Verde."

Uma pausa.

"Por que ele ficou com o caso e não vocês?"

Pookie tomou um gole de cerveja.

"Para dizer a verdade, Bo-Bobbin, não sei ao certo. É meio... bem, é meio estranho."

"É", disse ela. "As coisas andam meio esquisitas para o meu lado também."

"Como assim?"

"Verde. Já trabalhei com ele antes. Ele costuma ser tranquilo."

"Ele é um imbecil."

"Sim, mas em se tratando de imbecis, é um imbecil tranquilo. Você sabe o que quero dizer. Enfim, não é que eu adore o cara nem nada, mas não é ruim trabalhar com ele. Exceto neste caso. Ele pareceu super... *intenso*. E parece que quer acelerar as coisas."

Acelerar as coisas. Pookie não notara até então, mas era exatamente assim que ele se sentia em relação às atitudes da delegada Zou. Ela estava tentando apressar o andamento do caso o máximo possível.

"Bo-Bobbin, para falar a verdade, não estou ligando por causa de Oscar Woody."

"Então vá direto ao ponto para que eu possa voltar a dormir."

Pookie hesitou. Se Bryan descobrisse sobre aquela ligação, se sentiria traído. *Manos antes das minas*, afinal de contas.

"Robin, você acha que Bryan seria capaz de machucar alguém? Tipo, machucar *pra valer*, e não apenas em autodefesa ou fazendo o seu trabalho?"

Agora foi ela quem hesitou.

"Ele nunca encostou em mim."

"É claro que não", falou Pookie depressa, se desculpando. "Não foi isso que eu quis dizer. Só vou contar que ele está passando por um período difícil e preciso muito da opinião de alguém que seja íntima dele."

"*Foi* íntima."

Pookie usou um rápido gole para segurar a risada.

"Essa foi boa", disse ele. "Se eu disser que acredito nisso, você vai tentar me vender uma ponte também? Vamos, vocês dois estão se enganando."

"Pookie, não preciso de um sermão sobre..."

"Desculpe", interrompeu ele. "Não estou tentando dar uma de casamenteiro. Só que, por favor, por mim, responda à pergunta. Você acha que Bryan é capaz de atacar alguém por vingança? Ou talvez até atacar sem nenhuma provocação?"

Ele aguardou. A cerveja não tinha gosto de nada.

"Acho", sussurrou ela em resposta. "Sim, acho."

Ele já sabia qual seria a resposta, porque tinha chegado à mesma conclusão. Mas acreditar que Bryan era *capaz* daquilo não queria dizer que Bryan tinha *feito* aquilo.

Ele não daria as costas ao amigo.

"Obrigado, Bo-Bobbin."

"De nada. Cuide dele, Pookie."

"Estou tentando, querida, estou tentando. Boa noite."

Ele desligou.

Por favor, Deus, não deixe que eu esteja errado a respeito dele.

MR. SANDMAN...

Aquele garoto não era tão burro quanto o outro. Ele sempre olhava ao redor, se mantinha nas sombras, tentava ficar fora de vista.

Um útero.

Bryan olhou para o garoto lá embaixo. Ele parecia tão pequeno, como um ratinho. Daquela altura, todos pareciam pequenos. O adolescente tinha um cavanhaque fino e ruivo. Usava uma jaqueta carmesim com costuras douradas. Um capuz de moletom branco estava puxado por cima de um boné carmesim com as iniciais BC em dourado.

As cores o marcavam, o marcavam como um atormentador, um torturador.

As cores o marcavam para a morte.

Bryan sentiu aquele calor, aquela descarga esmagadora de paixão pela caça. Aquele garoto já estava fugindo. Sabia que alguém estava atrás dele. Isso fazia com que fosse uma presa mais perigosa.

O garoto olhou para cima, mas não *para* Bryan. O rapaz virou a cabeça de um lado para o outro, olhando para todas as janelas, todos os vãos de portas, até mesmo para todos os telhados, a cabeça em movimentos regulares, contidos e ininterruptos. Ele conhecia os arredores, conhecia o seu território.

Toda a CIDADE *é o nosso território, cuzão.*

Bryan ficou imóvel. Deixou a presa desperdiçar energia. A alma de Bryan ardia; sua mente se inundou com o conhecimento de que era assim que a vida devia ser vivida.

Ele nascera para aquilo.

O rapaz caminhou para oeste pela Geary. Atravessou a Hyde, indo na direção da Larkin. Bryan recuou, como uma sombra, para longe da vista de qualquer um que estivesse na rua. Apertando o cobertor ao redor do corpo, ele pulou, um vento silencioso, movendo-se do telhado de um estacionamento para o teto plano e alcatroado do bar Ha-Ra. Ali, Bryan parou, congelado no lugar. Esquadrinhou o telhado, os outros prédios, procurando algum sinal de movimento, algum sinal do monstro.

Não viu nada, e isso o deixou feliz.

Com o menor dos movimentos, Bryan se inclinou sobre a mureta de tijolos para olhar a rua seis metros abaixo.

Presa avistada.

Um útero, seu valentão desgraçado.

Havia poucas pessoas nas ruas, mas mesmo assim era o bastante para dificultar as coisas. O garoto não estava longe da Van Ness. Mesmo àquela hora da madrugada, aquela rua tinha bastante movimento, o que tornava impossível agarrar a presa e arrastá-la para as sombras ou puxá-la para cima dos telhados. Se o garoto conseguisse chegar à Van Ness, eles não teriam escolha a não ser esperar e observar.

"Ele é esperto", emitiu uma voz de lixa à direita de Bryan.

"Tem toda a razão, *Ashtuto*", disse Bryan.

Bryan se virou — e viu um pesadelo. Um homem parrudo com um cobertor escuro e pesado jogado sobre a cabeça e os ombros. O cobertor o cobria, mas não *completamente*; um rosto verde com um focinho pontudo iluminado pela luz fraca, olhos amarelos estreitados em antecipação. O homem parrudo sorriu, revelando dentes afiados e branco-cintilantes.

O pesadelo falou.

"Esse aí vai ter um gosto ótimo."

☉ ☉

Bryan acordou gritando.

Ele ia matar aquele garoto.

Não, não, *ele* não... aquele *monstro*.

Sangue bombeando acelerado. Adrenalina pulsando em ondas. Seu pinto tão duro quanto um bastão. Cada centímetro do seu corpo doía. Britadeiras invisíveis martelando o seu peito. Até os *ossos* doíam.

A porta do quarto foi escancarada. Pookie entrou, arma em mãos, olhos dardejando primeiro para Bryan, depois ao redor do quarto. Pookie se ajoelhou e olhou embaixo da cama.

Bryan balançou a cabeça.

"Não tem ninguém aqui. Foi um sonho."

Pookie ficou de pé. Parecia assustado. Com medo de Bryan. Talvez devesse estar.

"Um sonho", disse ele. "Como o último?"

Bryan tossiu e assentiu. Que calor. Nunca se sentira doente daquele jeito, como se alguma coisa estivesse atacando cada centímetro do seu corpo.

"É. Como o último. Acho que está acontecendo de novo."

Pookie o encarou e piscou.

"Está me dizendo que alguém está sendo assassinado agora? Que *sonhou* com isso?"

Bryan forçou o corpo para fora da cama. Pés pesados — ainda calçados — bateram no chão com um baque surdo.

"Ainda não", respondeu ele. "Perseguindo-o."

"*Quem* o está perseguindo?"

"Eu. Quero dizer... alguém está, e acho que eu estava dentro da cabeça desse alguém... algo assim, de qualquer forma."

O rosto de Pookie demonstrou que ele estava achando difícil acreditar naquilo.

"Está me dizendo que tem alguém perseguindo um garoto neste exato momento?"

Bryan esfregou os olhos, tentou encher pulmões doloridos, tentou pensar.

"Eles vão abatê-lo. Ele está na Geary com a Hyde. Temos que ir."

"Vou chamar reforços", disse Pookie. "Você não vai a lugar nenhum."

As mãos de Bryan deslizaram para o coldre de ombro... vazio.

"Preciso da minha arma."

"Prefiro que vá desarmado."

Pookie não confiava em Bryan com uma arma? Levando em consideração o que ele o fizera passar, era uma escolha inteligente, mas Bryan não tinha tempo para discussões.

"Bryan. Esqueça. Você não está em condições..."

"Não dá tempo", falou enquanto passava por Pookie e seguia para o corredor. Encontrou as armas empilhadas na mesa da cozinha, colocou-as nos devidos lugares. Virou-se na direção da porta, para sair do apartamento e encontrou Pookie bloqueando o caminho.

A arma de Pookie estava na mão direita, o cano apontando para o chão.

"Bryan, não posso deixar você ir."

Bryan parou. Seu próprio parceiro sacara a arma para ele. Não se sentiu ofendido nem insultado. Em vez disso, sentiu uma compaixão instantânea pela posição difícil em que Pookie se encontrava — mas não havia tempo para isso.

"Pooks, *não vou* deixar aquele garoto morrer. Chame reforços, venha comigo ou fique aqui, mas o quer que faça, saia da porra da minha frente."

A mão de Pookie se flexionou na coronha da Sig Sauer dele. Ele iria apontá-la para Bryan? As coisas tinham chegado àquele ponto?

Bryan se virou e correu até a cozinha minúscula. Um segundo depois, ouviu passos atrás dele quando Pookie reagiu.

A estreita janela da cozinha tinha dobradiças do lado esquerdo. Ela abria como uma porta que dava para a saída de emergência. Bryan passou pela janela e pisou na plataforma de metal do lado de fora, a noite lhe dando as boas-vindas de volta ao seu escuro abraço. Tinha chovido enquanto dormia — sentiu as mãos frias no corrimão de metal gelado. Antes mesmo de Pookie chegar à cozinha, Bryan já tinha se esgueirado até o terceiro andar e já estava descendo para o segundo. Quando o seu parceiro se espremeu pela janela da cozinha, os pés de Bryan aterrissaram no patamar do primeiro andar...

... e escorregaram.

Seus pés escaparam debaixo dele. O metal molhado e enferrujado da escada da saída de emergência atingiu a sua testa. A dor foi um acréscimo às aflições e à febre, mas ele não deixou isso o segurar. Voltou a se levantar. Em vez de abaixar a escada deslizante até a calçada, simplesmente pulou por cima do corrimão.

"Bryan! Fique aí!"

Os pés de Bryan atingiram o concreto. Ele ignorou o parceiro. O garoto do sonho iria acabar como Oscar Woody. Bryan tinha que evitar que isso acontecesse.

Sentiu sangue escorrer pelo rosto. Seus tênis Nike batiam de leve na calçada molhada enquanto ele disparava na direção da Van Ness Avenue.

⊙ ⊙

Bryan correu na direção sul da Van Ness, as seis faixas do tráfego esporádico das três da manhã se movendo à direita. Os poucos pedestres que ali estavam tratavam de sair logo da sua frente — um homem todo de preto em disparada com uma Sig Sauer na mão e sangue jorrando da testa não era muito convidativo para uma conversa.

Apesar da dor, as pernas estavam funcionando muito bem. Passos longos e rápidos o lançavam para a frente. Tudo passava num borrão. Assim que aquilo acabasse, ele prometeu a si mesmo que vomitaria as entranhas, mas por enquanto teria que ignorar tudo e encontrar aquele garoto.

Bryan chegou à Geary e dobrou à esquerda, o ímpeto o fazendo curvar para a rua antes que conseguisse corrigir o trajeto e voltar à calçada. Ouviu sirenes se aproximando — deviam ser as viaturas respondendo ao chamado de Pookie. O som ecoou pelos cânions da cidade noturna.

Bryan não sabia para onde ir, então seguiu correndo. Atravessou a Polk Street, desviando de um carro quando pulou da calçada para o asfalto e de volta para a calçada. As paredes passavam à sua esquerda, carros estacionados à direita.

Movimento vindo de cima...

Um corpo em chamas alçou voo de um telhado quatro andares acima. Resplandecia em tons de laranja contra o céu escuro da noite, um cometa retorcido arrastando uma língua de fogo no seu encalço antes de se chocar contra uma van branca, amassando o teto. Outro lampejo de movimento lá em cima, mas o que quer que fosse

    [homem-cobra]

                  foi se esconder além da borda do telhado.

Bryan correu até a van e pulou. Foi para cima do teto amassado e afundado — o homem estava de bruços, pequenas chamas lambiam as roupas enegrecidas. Bryan tirou a jaqueta e o cobriu, batendo de leve, abafando as chamas. O homem gemeu.

"Aguenta aí, amigo. Estou com você."

As sirenes berraram mais alto.

Bryan notou que a jaqueta do homem — onde não estava enegrecida e derretida — era carmesim e dourada.

Indumentária da BoyCo.

Não era um homem, era um garoto... o rapaz do sonho. Ferido, mas não morto.

Bryan pegou o celular e apertou o botão de chamada bidirecional.

Bip-bop.

"Pookie, está aí?"

Bop-bip.

"Estou." Ele parecia sem fôlego. "Estou a um quarteirão e meio de distância, já estou vendo você."

Bryan olhou pela Geary. Viu Pookie correndo na sua direção.

Bip-bop.

"Chame uma ambulância."

Bryan devolveu o celular ao bolso. As luzes da rua se refletiam no sangue que se empoçava devagar ao redor do garoto ferido, o vermelho manchando a pintura branca da van.

"Aguente firme", consolou Bryan. "Sou policial. A ajuda está a caminho." Ele não queria mexer no garoto, mas ossos quebrados ou uma coluna ferida não teriam importância se Bryan não conseguisse encontrar o ferimento e estancar o sangramento. "Vou virar você. Farei isso devagar, mas vai doer. Alguém o jogou do telhado?"

"Pulei", o rapaz respondeu, as palavras abafadas porque o rosto descansava contra o teto da van. "Tinha que... fugir."

"Fugir de quem?"

"Diabo", respondeu o garoto. "Dragão."

Bryan virou o garoto. Olhos assustados e arregalados o encaravam de um rosto coberto de queimaduras de terceiro grau. Bolhas inchadas — algumas de um branco-cintilante, outras de um vermelho-vivo — cobriam as bochechas, o nariz, a boca, a testa, quase todo pedaço de pele exposta. As sobrancelhas e os cílios tinham sumido, assim como quase todo o cabelo nas têmporas e no topo da cabeça. Roupas enegrecidas — a jaqueta e o que parecia ser uma camisa de futebol — tinham derretido e grudado nele. Um pulsar de sangue fraco, mas contínuo, borbulhava do abdômen do garoto.

Bryan se mexeu para aplicar pressão, mas algo no rosto do rapaz o fez congelar. Um pouco de cabelo ruivo no lábio do garoto, mais um pouco no queixo... os restos de um cavanhaque desleixado. A maior parte fora queimada, mas restara o bastante para que ele pudesse ver o rosto empolado de um jeito diferente. Uma pequena parte dele sabia que aquele era Jay Parlar. Uma parte maior, a parte que o dominou, reconheceu algo completamente diferente.

Aquela parte reconheceu a presa do sonho.

Um útero, filho da puta.

Num instante, uma onda de ódio borbulhou e espumou até se transformar em fúria cega e assassina. Bryan se levantou e colocou uma perna de cada lado do garoto, os pés se equilibrando no metal branco amassado e riscado de sangue.

Levou a mão ao coldre do ombro, soltou a pistola e então apontou o cano para um ponto entre os olhos do rapaz.

Uma mão chamuscada se ergueu, a palma para fora, como se a carne e o osso pudessem parar uma bala.

"Você é um valentão", disse Bryan. "Vou matar você."

Os lábios supurados lutaram para formar as palavras.

"Por favor, *não*." Ele sequer tinha forças para lutar pela vida.

Bryan puxou o cão da P226 até ouvir o clique.

"Vida longa ao rei, cuzão."

Os olhos do rapaz se arregalaram.

"Foi isso que o diabo disse."

Bryan se inclinou. Encostou o cano na testa do garoto. O rapaz fechou os olhos com força.

"Bryan! Abaixe a arma *agora*!"

A voz de Pookie. O *grito* de Pookie. Bryan piscou, olhou para a calçada. Pookie... o peito subindo e descendo depressa... a arma em punho... os pés afastados na posição de atirador.

Por que diabo o meu parceiro está apontando a arma para mim?

"*Largue a arma*, Bryan! Largue *agora, porra*, ou vou atirar!"

A raiva de Bryan evaporou na brisa fria da noite. Havia algo nas suas mãos. Ele olhou. Estava segurando a arma, apertando o cano contra a testa de um garoto de 16 anos com ferimentos graves.

Bryan soltou o cão da pistola e em seguida devolveu, devagar, a arma ao coldre. O cano da arma deixou uma marca circular na testa queimada e coberta de bolhas. As últimas forças do garoto pareceram se esvair como um suspiro longo e derradeiro — ele fechou os olhos.

Não se mexeu.

Pookie trepou no capô da van, depois subiu para o teto atulhado. O abdômen do garoto já não pulsava sangue.

Pookie agarrou o pulso do rapaz, procurando batimentos.

"Nada, *merda*." Ele olhou para Bryan. "Que diabo você estava *fazendo*, cara?"

Bryan não respondeu.

Pookie se voltou para o adolescente. Com a palma esquerda em cima da mão direita, começou a fazer a massagem cardíaca. O olhar de Bryan se desviou para os prédios do outro lado da Geary Street, para as silhuetas das cabeças e dos corpos nas janelas iluminadas dos apartamentos. As pessoas estavam olhando.

Enquanto massageava, Pookie olhou de novo para Bryan.

"Você ia matar este garoto?"

Bryan piscou algumas vezes, tentando organizar os pensamentos, então o impacto das palavras de Pookie o atingiu.

"Não", respondeu Bryan. "Ele caiu, estava pegando fogo... eu apaguei as chamas. Não toquei nele!"

As mãos de Pookie continuaram a fazer a massagem cardíaca.

"Não tocou nele a não ser para colocar a porra da *pistola* na testa dele, certo? E eu vi você. Vi você pular para cima desta van. Pulou dois metros e meio e aterrissou em pé? Como diabo fez isso?

De que porra Pookie estava falando? Bryan não conseguiria fazer isso. Ninguém conseguiria.

A febre o dominou de novo, mais quente do que antes, como se estivesse furiosa por ter sido ignorada e quisesse vingança. As dores pressionavam as articulações, os músculos. O rosto parecia molhado e grudento. Levou as pontas dos dedos à testa — voltaram cobertas de sangue.

Pookie seguiu massageando, os braços retos, as mãos no esterno do garoto. Parou para pressionar os dedos no pescoço do rapaz.

Bryan aguardou, esperando que Pookie sentisse alguma coisa ali, mas o balançar da cabeça do seu parceiro lhe disse que não.

"Ainda sem pulso." Ele voltou a fazer a massagem cardíaca.

As sirenes que se aproximavam berravam mais alto. Não iriam demorar muito agora. Bryan observou Pookie tentar salvar o garoto. Talvez ainda estivesse sonhando. Talvez, se Bryan tivesse prestado os primeiros socorros de imediato em vez de apontar uma arma para a cara do rapaz, ele ainda estivesse vivo.

"Bryan, desça da van", mandou Pookie.

Luzes vermelhas e azuis cortaram a noite quando as viaturas viraram na Geary. Bryan olhou para o garoto outra vez — com queimaduras terríveis, o corpo jovem esmagado por uma queda de quatro andares de altura. Se Bryan não tivesse sonhado com o garoto, aquilo teria acontecido? Toda aquela raiva, todo aquele ódio... como poderia sentir algo assim por alguém que nunca conheceu?

"Bryan!"

O grito de Pookie o puxou de volta ao presente.

"*Desça*", mandou o parceiro. "Deixe que eu lido com isso. Fique de boca fechada e me deixe falar, entendeu?"

Ele assentiu. Desceu da van. Quando deu por si, estava sentado na calçada de concreto, as costas encostadas no prédio de onde um Jay Parlar em chamas caíra para a morte.

No teto da van, Pookie continuava massageando o peito do garoto. Com ou sem batimentos, ele continuaria até os paramédicos chegarem.

Bryan fechou os olhos.

Ficar louco devia ser assim.

ALEX PANOS DÁ O FORA

A meio quarteirão da van arruinada, na direção leste, dois adolescentes estavam parados na esquina da Geary com a Larkin, as cabeças espiando apenas o bastante para observar a cena — quatro viaturas, uma ambulância e tiras por toda parte. Um dos garotos era muito maior do que outro. O menor usava um moletom preto, o capuz cobrindo a cabeça. O nome dele era Issac Moses.

O outro usava uma jaqueta carmesim com mangas douradas e as iniciais BC em dourado no peito. Seu nome era Alex Panos e ele queria saber o que diabo estava acontecendo.

"Puta merda!", exclamou Issac. "Alex, aquele tira... achei que ele fosse dar um tiro em Jay."

O rapaz maior aquiesceu.

"Eu sei quem são aqueles porcos. O de preto é Bryan Clauser. O gordo é Pookie alguma coisa. Os dois foram lá em casa."

"Na sua *casa*? Puta merda, cara, *puta merda*. O que a gente vai fazer?"

Alex não sabia. Relanceou o olhar para o moletom preto do amigo. Issac achava que alguém queria matar qualquer um usando as cores da BoyCo, então não as usava mais. Alex o chamara de covarde por isso, mas depois de ver o que acontecera com Jay, talvez fosse uma boa ideia se livrar da indumentária da Boston College, afinal das contas.

"Alex, cara, estou com medo", comentou Issac. "Talvez a gente devesse ir falar com os tiras."

"Seu merdinha, aqueles caras *são* tiras."

"É, mas você disse que eles foram na sua casa e não tentaram nada, certo? E aquele tira de preto, ele não atirou em Jay. Além disso, os dois tiras estavam no chão. Não tacaram fogo no cara e jogaram ele da porra do telhado do próprio prédio, certo?"

Alex voltou a olhar a rua. Um dos policiais que tinha visitado o seu apartamento, aquele que se vestia todo de preto, estava na traseira da ambulância. Um paramédico cuidava do seu rosto. O outro, o japa gordo, também estava por ali, mas Alex não conseguia vê-lo.

Jay ainda estava no teto da van. Não parecia estar se mexendo. Outro paramédico estava lá em cima com ele, mas não parecia estar com muita pressa.

"Acho que Jay morreu", anunciou Alex.

O rosto de Issac se contorceu, os olhos azuis se estreitaram e se encheram de lágrimas.

"Morto? *Jay? Puta merda*, cara!"

"Silêncio", disse Alex. "Preciso pensar."

Issac tinha razão sobre uma coisa: o tira não atirara em Jay. Mas talvez fosse só porque ele já estava morrendo por causa da queda. Se Alex e Issac tivessem chegado alguns minutos mais cedo, estariam mortos também? O que importava mesmo era que aqueles dois tiras tinham ido à casa de Jay às três da manhã e agora Jay estava morto.

Issac puxou a manga do amigo.

"Alex, *vamos*", ele falou. "Vamos falar com os tiras. Outros tiras, quero dizer. A gente está muito encrencado."

Ele balançou a cabeça.

"De jeito nenhum. Se a gente conversar com qualquer policial, aqueles dois vão ficar sabendo e, então, vão vir atrás da gente. Os tiras ajudam uns aos outros. Eles não estão nem aí para a lei, nem para a justiça, nem nada. Temos que encontrar um lugar para a gente se esconder por um tempo. Isso e encontrar armas.

Alex voltou a se esconder atrás do prédio, fora da vista dos tiras que se enxameavam na Geary Street. Começou a andar para o norte pela Larkin, então parou, esticou o braço para trás, agarrou Issac e o puxou para longe da esquina.

OUTRO DIA, OUTRO CORPO

Pookie agia de modo automático. Parte do seu cérebro prestava bastante atenção aos detalhes. Outra parte direcionava os outros policiais, mandando-os para onde precisavam ir a fim de coletar informações. E outra parte estava perdida nas bizarrices do seu parceiro, no que tudo aquilo significava.

Pookie estava acima do peso, fora de forma e era lento, mas não era *assim tão* lento. Estivera uns dois quarteirões atrás de Bryan. Pookie dobrara a esquina bem a tempo de ver o corpo flamejante de Jay Parlar alçar voo no ar noturno. Bryan estava na calçada quando o corpo do garoto aterrissou sobre a van. Não havia como ele ter jogado o garoto do telhado.

Pookie se aproximara, o peito queimando, o estômago revirando — ele precisava mesmo fazer alguma coisa para entrar em forma de novo — e então, o pulo impossível de Bryan. Para chegar tão alto, talvez o parceiro tivesse pulado, depois usado a lateral ou a maçaneta da van para pegar impulso, como aqueles praticantes de *parkour* que conseguem subir pelas laterais dos prédios. Bryan estivera longe, a noite estivera escura a não ser pelos postes da rua, o garoto estivera em chamas... muitas variáveis para confundir a visão de Pookie.

Porque um homem não conseguia pular *dois metros e meio* sem ajuda.

Os pés de Bryan tinham deixado marcas no teto da van. Ele aterrissara de leve, um Nike preto de cada lado do garoto flamejante deitado de bruços. Seu parceiro tirara a jaqueta e a usara para abafar as chamas. Ele estivera *ajudando* o rapaz.

No entanto, quando Bryan virou o garoto, tudo mudou. Pookie sabia — *sabia* — que, se não tivesse chegado quando chegou, Bryan teria colocado uma bala no cérebro de Jay Parlar.

A equipe forense já tinha terminado o trabalho. Segundo a equipe, Jay morreria mesmo se não tivesse sido incendiado e jogado de um prédio de quatro andares. O garoto fora esfaqueado enquanto ainda estava no telhado, o que rompeu uma artéria — ele nunca teve chance.

Depois de a van do necrotério ter levado o corpo, Pookie subira até o telhado para ver as coisas com os próprios olhos. Ali, encontrara símbolos feitos com o sangue de Jay Parlar.

Os mesmos símbolos desenhados com sangue que foram encontrados na cena do assassinato de Oscar Woody.

De volta à rua, Pookie encontrou Bryan sentado na traseira da ambulância, um paramédico examinando a sua cabeça. Ele parecia atordoado. Ninguém deu muita importância a isso, porém — os outros policiais consideraram aquilo como sendo uma reação natural por ele ter visto um garoto em chamas ser jogado de um prédio.

Pookie coçou a barba por fazer enquanto encarava o parceiro. Ele tentara racionalizar toda aquela porcaria, tentara pensar numa explicação normal, mas era hora de aceitar o que vira com os próprios olhos.

Os sonhos eram reais.

Não eram um truque ou um artifício. Será que Bryan era vidente? Pookie ainda não se sentia pronto para acreditar nisso, mas, depois do que aconteceu naquela noite, não podia descartar a possibilidade. Ele estivera no apartamento de Bryan quando o parceiro sonhou com Jay Parlar. Não havia nenhum microfone na parede, nenhum eletrodo no travesseiro. Bryan sonhara que um garoto estava em perigo. Então, saíra em disparada do apartamento, tentara salvar o rapaz como qualquer outro policial teria feito. Um método anormal de descoberta, mas uma reação normal.

Por mais bizarro que fosse, Pookie sentiu-se infinitamente melhor. Bryan não tinha matado Jay Parlar — se não matara Jay, então era provável que não tivesse matado Oscar Woody. *Provavelmente*. Bryan não tinha um álibi para o caso de Oscar. Ele pode ter matado Oscar e outra pessoa pode ter assassinado Jay.

E o que isso queria dizer? Que Bryan tinha cúmplices? Que talvez estivesse trabalhando com outros assassinos? Mesmo que fosse verdade, *por que* iria matar aqueles garotos? Pookie passava pelo menos cinquenta horas por semana com Bryan. Antes da noite passada, era óbvio que Bryan não sabia nada a respeito de Oscar Woody, nem de Jay Parlar, nem da BoyCo. Não havia motivo.

Merda. Nada daquilo fazia sentido.

Policiais da ronda já estavam nos prédios de ambos os lados da rua, batendo nas portas dos apartamentos, procurando testemunhas. Pookie não esperava encontrar alguém que estivesse acordado às três horas e que tivesse visto a coisa toda acontecer.

Não havia testemunhas.

Espere... isso não estava certo — havia uma pessoa que vira Jay Parlar naquele telhado.

Bryan o vira. No sonho.

Pookie foi até a ambulância. O paramédico estava terminando o trabalho, limpando o corte na testa de Bryan. As roupas pretas dele ajudavam a esconder o fato de que ele sangrara como um porco, chegara até a deixar um rastro de respingos ao longo do caminho do apartamento até lá.

Pookie se inclinou para dentro e olhou o ferimento suturado.

"Ei, foram só *três* pontos?"

O paramédico assentiu.

"É. Nada tão ruim."

"Três pontos para todo aquele sangue? Bryan, você é o quê, hemofílico?"

O parceiro deu de ombros.

"Eu perguntei a mesma coisa", comentou o paramédico. "Parecia ser muito sangue, mas aparentemente está coagulando de forma normal. Sem problemas. Talvez tenha sido por causa da corrida até aqui, não sei. No entanto, ferimentos no couro cabeludo sempre sangram como o diabo. Ele está bem."

"Valeu", agradeceu Pookie. "Pode nos dar um minuto?"

O paramédico assentiu e se afastou.

Pookie sentou-se ao lado do parceiro na traseira da ambulância.

"Bri-Bri, você está bem?"

Bryan negou com a cabeça.

"Longe disso. Panos e Moses são os próximos, se é que já não estão mortos. Você ligou pedindo para que alguém vá pegá-los?"

Ele assentiu.

"Coça-Saco Boyd foi até a casa dos Panos, mas Alex não estava lá. Susie não sabe onde ele está."

"Que novidade", comentou Bryan.

"Não é? Uma viatura está na casa de Issac Moses, mas ele também não foi visto em lugar algum. Pedi que ficassem de olhos abertos para o paradeiro de ambos."

Bryan assentiu e relaxou um pouco. O pedido de alerta de procura era emitido não apenas para o departamento, mas para toda a área da baía de San Francisco. Alguém encontraria aqueles garotos e os levaria para a delegacia.

Pookie respirou fundo devagar. Tinha que fazer a pergunta difícil. De algum modo, perguntar aquilo tornava tudo real, e ele pedia a Deus que *não* fosse real, mas não podia enrolar mais.

"Ok, Bryan, pode começar a falar. Me diga o que viu."

Bryan apontou para a van branca destroçada além das portas abertas da ambulância.

"Virei a esquina, comecei a correr pela Geary e..."

"Não, não *isso*. No sonho. Me conte o que viu no sonho."

Bryan olhou para baixo — não para Pookie, nem para o chão, apenas *para baixo*. Quando falou, foi com uma voz que era pouco mais que um sussurro.

"Vi Parlar. Ele estava andando. Era como se eu estivesse observando-o de cima. Como se eu o estivesse seguindo... *perseguindo-o*."

"De cima", disse Pookie. "Talvez quatro andares acima?"

Bryan olhou para Pookie, depois para o telhado do prédio. Ele aquiesceu, compreendendo.

"É. Talvez quatro andares acima. Só que não fui eu quem o viu. Foi e não foi. Eu estava no telhado, com esse... outro cara."

"Qual era a aparência do outro cara?"

Bryan hesitou.

"Não lembro."

"Bri-Bri, você mente quase tão bem quanto eu quando digo a uma mulher que vou ligar para ela na manhã seguinte. Desembucha."

Bryan levantou um braço, as pontas dos dedos tocaram de leve os três pequenos pontos pretos.

"Você vai achar que eu sou louco."

"Cara, já tenho *certeza* disso. Então me conte qual era a aparência do cara."

Bryan voltou a olhar para baixo.

"Ele tinha um cobertor sobre os ombros, sobre a cabeça. Pelo que pude ver, ele... ele se parecia com uma cobra."

"Como assim, você quer dizer desleal? Como aqueles malditos italianos?"

Ele balançou a cabeça.

"Não, quero dizer *com uma cobra*. Pele esverdeada e focinho pontudo."
Pookie encarou o parceiro. Bryan continuou olhando para o chão.
"Pele esverdeada", repetiu Pookie. "Focinho pontudo."
O outro assentiu.
Pookie não queria rir, mas não conseguiu segurar uma risadinha.
"Cara, adoraria ver a fila de suspeitos se a gente pegar esse cara. O número três pode dar um passo à frente? Não, não o lobisomem, o homem-cobra."
"Foi só um sonho, ok? Não foi como se eu tivesse visto um homem-cobra na vida real."
"Ok, ok", disse ele. Bryan estava sofrendo com aquilo. Quem não estaria? Mas Pookie ainda tinha que tratá-lo como qualquer outra testemunha: ajudá-lo a entender a situação, reformular as perguntas e perguntar de novo e assim por diante. "Então o que acha que está acontecendo, Exterminador? Você conhecia esses garotos?"
"Não."
"Antes de encontrarmos Oscar Woody, você já tinha ouvido falar da Boys Company?"
"Não."
"Então como sabia que alguém estava tentando matar Jay Parlar?"
Bryan suspirou. Ele provavelmente queria acreditar naquilo ainda menos do que Pookie.
"Já falei, Pooks. No meu sonho, eu o estava perseguindo. Queria matá-lo, assim como queria matar Oscar naquele primeiro sonho, apesar de não saber quem Oscar Woody era então."
Pookie fechou os olhos e esfregou o rosto. Tinha que começar a tomar as decisões inteligentes. Bryan não matara Jay Parlar, tudo bem, mas não restava mais nenhuma dúvida de que — de algum modo — estava envolvido nos assassinatos. Parceiro ou não, ele *tinha* que ser interrogado, ser questionado sem piedade como qualquer outro suspeito num caso de assassinato. No entanto, Pookie não conseguia fazer aquilo com o amigo. Devia haver alguma outra forma de ver as coisas.
"Bri-Bri, você disse que havia outros com você no sonho com Jay Parlar. E disse a mesma coisa sobre o sonho com Oscar Woody, certo?"
Bryan assentiu.
"Então você acha que conseguiria descrevê-los para um desenhista de retratos falados?"
Bryan pensou por um segundo e depois balançou a cabeça.
"Não, acho que não. Não consigo vê-los muito bem, sabe? Eram apenas uma miscelânea de traços confusos."
Um jovem policial se aproximou. Pookie desceu da ambulância para encontrá-lo.
"Policial Stuart Hood, é bom ver você. Sua mãe ganhou aquele concurso de culinária no mês passado?"
"Não, ficou em segundo lugar", respondeu Hood. "Vou dizer a ela que você perguntou."

"Ah, então o concurso foi roubado. Diga a Rebecca que ela deveria ter ganhado o primeiro lugar. E diga a ela para me fazer mais daqueles cookies de avelã que você trouxe. São como pequenos pedaços do paraíso, aquelas coisas."
Hood sorriu.
"Vou dizer a ela. Acontece que temos uma mulher que viu alguma coisa suspeita, detetive. Tiffany Hine, de 67 anos."
"Uma testemunha às três horas da manhã nesta parte da cidade? Bom trabalho, policial. É uma surpresa você não ter encontrado um lêmure-de-cauda-anelada primeiro."
Hood sorriu e riu um pouco.
"Não ficaria muito animado se fosse você, detetive."
"Ah, então acha que a situação é engraçada?", perguntou Pookie. "Isso é comédia para você?"
"Se eu ficar triste e melancólico, ele vai voltar à vida de repente?"
"*Melancólico?* Essa é uma palavra grande para você, hein? Só me conte o que a Hine disse."
Hood mordeu o lábio, tentando esconder um sorriso.
"Ela falou que viu um lobisomem pegar o garoto."
A última coisa que Pookie precisava naquele momento era de um humorista fazendo bico de policial.
"Policial Hood, não estou no clima para piadas, entendeu?"
Hood deu de ombros.
"Não estou brincando. Foi isso que ela falou."
"Ela disse *lobisomem?*"
"Bem, ela disse que o homem tinha uma cara de cachorro, em todo o caso. Isso me parece ser um lobisomem. Mas o lobinho não estava sozinho, ele tinha... um parceiro." O peito de Hood se agitou um pouco com uma risada suprimida. "Ela disse... ela disse que era um sujeito com... com... *cara de cobra.*"
Pookie olhou para Bryan e então de volta para Hood.
"Cara de cobra? Tem certeza?"
Hood assentiu. Tossiu, tentando disfarçar a risada.
"Hum, o detetive Verde está a caminho. Ele disse que o caso é dele por causa dos símbolos no telhado. Está vindo para assumir a cena. Devo dar a ele essa testemunha louca... desculpe, quero dizer, *valiosa?*"
Rich Poliéster. Assim que ele chegasse, Pookie e Bryan estariam fora do caso. Se Pookie quisesse respostas, teria que consegui-las naquele instante.
"Qual o tempo estimado da chegada de Verde?"
"Ele disse quinze minutos."
"Vamos ficar com a testemunha", falou Pookie. "Onde ela está?"
Hood apontou para o prédio verde de apartamentos do outro lado da rua, do lado oposto de onde estava a van branca onde Jay morreu.
"Apartamento 215", informou ele, e então se afastou.
Bryan desceu da ambulância.

"Temos uma testemunha que viu um homem com cara de cobra?"
Pookie aquiesceu.
"É o que parece."
Aquela antiga animação chamejou nos olhos de Bryan, mas apenas por um segundo. Ele olhou para baixo de novo.

"Olhe, cara, não sei o que está acontecendo, mas estou colocando você numa situação complicada. Então, aqui está a sua saída: se você mandar, vou até a sede e me entrego. Vou contar à delegada tudo sobre os sonhos e deixar que ela decida o que fazer depois. Quer que eu faça isso?"

Pookie ficou chocado ao constatar o quanto queria responder *sim*. Além de chocado, se sentiu também cheio de culpa. Bryan Clauser salvara a sua vida. Eles eram parceiros. *Amigos*. E, que Deus o ajudasse, Pookie acreditava piamente que Bryan era inocente.

Ele olhou para o prédio verde do outro lado da rua. Será que aquela testemunha poderia de algum modo validar o que Bryan vira nos sonhos?

"Vamos", disse Pookie. "Tenho que falar com essa mulher. Você é o meu parceiro, então precisa vir junto."

Bryan olhou para cima e encarou Pookie. Ele assentiu. Os dois sabiam que Pookie estava colocando a sua carreira em risco.

"Obrigado", disse Bryan. "De coração. Obrigado."

"Não me agradeça ainda, Exterminador. Talvez você e essa tal de Tiffany Hine acabem em camisas de força antes de o sol nascer. Rich Poliéster vai estar aqui em breve, então vamos agir depressa. Quem sabe? Você pode conseguir a sua fileira de suspeitos monstruosos, afinal de contas."

A ÚNICA COISA QUE TEMOS A TEMER É...

Ele estava com uma lanterna presa embaixo da axila direita, a iluminação alongada dançando feito louca sobre um desenho de Jay Parlar sendo atingido no estômago por um machado de bombeiro. O feixe de luz dançava por causa do que Rex estava fazendo com a mão esquerda. Era *ruim*, era *sujo*, mas ele não conseguia parar. A mão direita engessada repousava na borda da escrivaninha, a única coisa que evitava que ele caísse.

A mão esquerda de Rex fazia a coisa repugnante. Mesmo sem nunca ter feito aquilo antes, ele sabia que era errado.

Ele era destro.

Vamos, vamos...

Ele acordara todo molhado, as cobertas ensopadas de suor, a respiração irregular e o coração batendo tão alto que era possível ouvi-lo. *O sonho*. Tinha sido tão real.

Ele assistira à morte de Jay Parlar.

E isso o deixara de pau duro, tão duro que chegava *a doer*.

Repugnante, terrível, *ruim*. Sonhar com aquilo era vergonhoso, mas agora ele estava piorando as coisas *pare com isso Rex pare com isso* mas ele não conseguia.

Os dedos da mão direita se dobraram com força contra o gesso que cruzava a palma. Ele não conseguia pensar. *Vamos vamos* não conseguia pensar *vamos vamos vamos...*

A lanterna caiu no chão. Ele agarrou a mão direita, puxou, rasgou, bateu o braço direito na escrivaninha fazendo um barulho alto, depois puxando e rasgando de novo, e então *isso é tão bom vamos vamos vamos*.

A lanterna não iluminava mais a escrivaninha, mas não importava; ele via o desenho na sua mente — um desenho a lápis de Jay Parlar, os olhos arregalados e lacrimosos, catarro pendurado no nariz, a boca aberta implorando pela vida.

Morra, seu valentão, eu vou matar você, eu vou, vamos vamos vamos vamos vamos...

"Odeio... você...", disse Rex, então a respiração ficou presa na garganta e todos os pensamentos desvaneceram. Todas as sensações se foram — tudo menos o som do grito derradeiro de Jay Parlar.

Os joelhos de Rex cederam. Ele agarrou a borda da escrivaninha para não cair. O suor escorria pela testa.

Ele pegou a lanterna e apontou o feixe para o desenho. Ah, não... ele tinha gozado bem no rosto suplicante e aterrorizado de Jay Parlar no desenho. O que isso significava? Rex sentiu os olhos lacrimejarem — o que havia de errado com ele? Por que teve que fazer a coisa que Roberta disse ser errado, disse ser *pecaminoso* e *imundo*?

O braço direito formigava com a umidade fria.

Rex levantou a mão direita à frente do feixe da lanterna.

O gesso se fora.

A pele do braço estava toda arrepiada, ainda grudenta com o suor que acumulara por baixo do gesso. Ele apontou a lanterna para o chão. As ruínas lascadas e moles do gesso estavam espalhadas pelo carpete.

Olhou para o braço direito outra vez. Fechou a mão devagar até formar um punho. O lugar onde Alex pisara... parecia bem. Não parecia estar mais quebrado. O médico dissera que teria que ficar engessado por semanas.

Ele falara aquilo anteontem.

De repente, Rex notou que as aflições que o acometeram durante dias, as dores, a febre... tudo sumira.

Sumira.

Mas isso não importava naquele momento. Tinha que limpar a bagunça antes que Roberta visse o que ele fizera. Deixar a cama desarrumada lhe rendia três golpes de cinto — como seria a surra se ela visse que ele andara batendo punheta? Ele sofreria com a raquete de pingue-pongue, com certeza. Estava encrencado, *muito encrencado*. Os pedaços do gesso foram para o lixo. Ele poderia jogá-los fora no dia seguinte, enquanto Roberta estivesse assistindo ao noticiário matinal. Pegou lenços de papel da caixa de Kleenex e limpou o desenho. Algumas linhas de lápis estavam borradas, manchadas. Será que ela notaria? Era provável que não, ela nunca prestava atenção nos desenhos dele, de qualquer modo.

E aquele gesso fora *caro*. Roberta surtaria se visse que ele o tinha estragado. Rex olhou ao redor do quarto. Nada parecia fora do lugar. Às vezes, ela passava dias sem entrar ali. De vez em quando, ele dormia no parque e nem voltava para casa. Certa vez ficara fora dois dias seguidos e ela nem notara.

Talvez ele pudesse fazer isso de novo, ir se esconder no parque ou algo assim. Talvez em alguns dias ele poderia dizer que o gesso simplesmente tinha caído.

Rex tirou catarro do nariz. Enfiou-se na cama e apertou as cobertas ao redor de si. Não deveria ter feito aquela coisa repugnante, mas agora se sentia melhor. Tirara aquilo do seu sistema. Imaginar o assassinato de Oscar, gozar com aquilo, tinha sido um acontecimento único. Era ruim, mas não voltaria a fazê-lo.

Nunca.

Ainda assim, e se Roberta *descobrisse*?

A respiração de Rex parou de repente. Ele olhava para o teto sem realmente vê-lo. Um pensamento, tão novo, tão chocante, tão... *revolucionário*... relampejou pela sua mente, o agarrou e não queria soltá-lo.

E se Roberta descobrisse? Não. *E daí* se Roberta descobrisse? *E daí*?

Padre Paul Maloney.

Oscar Woody.

Ambos tinham ferido Rex. Ele os desenhara e agora estavam mortos. Roberta machucava Rex o tempo todo... ele a desenharia também.

Talvez Rex não precisasse mais sentir medo.

E naquela noite ele desenhara Jay Parlar. Será que Jay ainda estaria vivo pela manhã?

Rex fechou os olhos, um sorriso nos lábios enquanto adormecia.

BRYAN DEIXA POOKIE FALAR

Tiffany Hine, de 67 anos, não parecia ter mais do que 66 anos e meio. Bryan achou que o apartamento dela tinha o cheiro que era de se esperar do apartamento de uma idosa — violetas mortas, talco para bebês e remédios. Ela tinha uma voz aguda e suave, e cabelo grisalho e crespo que já passara do seu apogeu. Usava um robe amarelo florido e chinelos rosa gastos. Os olhos eram límpidos e focados, o tipo de olhos que conseguiam enxergar as mentiras ditas por qualquer filho (ou neto, no caso). Aqueles olhos eram rodeados por profundas marcas de expressão. Naquele instante, as linhas no rosto dela mostravam medo.

Ela era velha, mas parecia perspicaz. Parecia *sã* e era nisso que Bryan precisava acreditar desesperadamente.

Pookie e Tiffany se sentaram um ao lado do outro no sofá coberto por uma capa de plástico. Bryan ficou em pé ali perto, olhando pela janela da sala para a Geary Street lá embaixo — e para o outro lado da rua, para a van onde Jay Parlar morrera. O estômago irritado de Bryan ameaçava dobrá-lo em dois. Sua cabeça girava tanto que o forçou a manter uma das mãos na parede para que não oscilasse. Em geral, era melhor deixar Pookie falar; naquele instante, era uma necessidade.

"Comece pelo começo, senhora", disse Pookie.

"Já contei ao outro homem, o de uniforme", replicou Tiffany. "Você não tem um uniforme. E devo acrescentar que está na hora de comprar um casaco novo, meu jovem. Esse que está usando deixou de servir em você dez quilos atrás."

Pookie sorriu.

"Sou detetive de homicídios. Não usamos uniformes. Mas ainda como muitas rosquinhas, como pode perceber."

Ela sorriu. Era um sorriso verdadeiro, apesar de pouco entusiasmado e vazio. O que ela vira a deixara muito abalada.

"Está certo, vou lhe contar. Mas esta é a última vez."

Pookie assentiu.

"Como pode ver, minha janela dá para a Geary. Fico olhando muito para a rua. Gosto de ver as pessoas passarem e imaginar quais são as suas histórias."

Do lado de fora da janela, o sol da manhã começava a iluminar o asfalto. Aquela mulher estivera mesmo olhando pela janela numa hora tão conveniente? Bryan queria que Pookie fosse direto ao ponto, chegasse à parte do *cara de cobra*, mas ele tinha o seu próprio jeito de fazer as coisas, e Bryan precisava ter paciência.

"Às três horas da manhã?", perguntou Pookie. "Um pouco tarde para observar pessoas, não acha?"

"Não durmo bem", explicou Tiffany. "Devaneios sobre a mortalidade, você sabe. Sobre como tudo vai simplesmente... *acabar*. Não se preocupe, meu jovem, se não estiver pensando nisso ainda, logo estará."

Pookie assentiu.

"Devaneios sobre mortalidade fazem parte do meu trabalho. Por favor, continue."

Tiffany foi em frente.

"Então estava olhando pela janela e vi um jovem atravessar a rua, usando uma jaqueta carmesim. Já o tinha visto antes. Ele e outros três garotos vagam pelas ruas a qualquer hora. Eu os reconheço porque usam as mesmas cores: carmesim, branco e dourado. Mas, hoje, era apenas esse único garoto."

Pookie fez algumas anotações no seu bloquinho.

"O garoto andava rápido", continuou Tiffany. "Foi isso que chamou a minha atenção. Ele ficava olhando para trás, como se achasse que alguém o estava seguindo, talvez. Então os mendigos caíram."

Bryan se afastou da janela. *Caíram?*

"Caíram?", disse Pookie, ecoando os pensamentos de Bryan. "Você disse que os mendigos *caíram*? Caíram de onde?"

Ela deu de ombros.

"Do telhado do prédio do outro lado da rua, imagino. Foi como se eles... como se tivessem caído de parapeito em parapeito. Só que não por acidente. De propósito."

"Entendo", disse Pookie. "E você deu uma boa olhada neles?"

Ela deu de ombros de novo.

"O melhor que pude, levando em consideração a luz e a rapidez com que se moviam. Eles caíram, agarraram o rapaz, depois subiram de novo."

Pookie escreveu.

"E como subiram? Pela escada da saída de emergência?"

Ela negou com a cabeça e olhou para algum ponto da sala.

"Subiram do mesmo jeito que desceram. De janela em janela. Nunca vi pessoas pularem tão alto. Não foi como se eles grudassem nas paredes como o Homem-Aranha, veja bem, foi mais como observar um esquilo escalar um carvalho. Subiram quatro andares tão rápido que não consegui acreditar."

Bryan olhou para o prédio do outro lado da rua e tentou visualizar o que ela tinha visto. Mesmo se alguém conseguisse escalar de parapeito em parapeito, algum tipo de acrobata ou algo assim, ninguém conseguiria escalar aqueles quatro andares com tamanha rapidez.

Pookie assentiu e escreveu, como se ouvir um relato sobre alguém escalando a lateral de um prédio fosse uma ocorrência corriqueira.

"Certo", disse ele. "E você poderia descrever os homens, por favor?"

A idosa limpou a garganta outra vez.

"Eram grandes, acho que eram trinta centímetros mais altos do que o garoto. Talvez até mais. Os dois estavam com cobertores sujos sobre os ombros."

"Você os chamou de mendigos", falou Pookie.

"Esse foi o meu primeiro pensamento", respondeu Tiffany. "Quero dizer, se visse aqueles homens na rua, todos embrulhados daquele jeito, é provável que nem os notasse. Você vê pessoas assim o tempo todo, pobres almas. Mas esses homens... bem, os cobertores pareceram... se soltar, talvez. Os cobertores deslizaram um pouco dos rostos." Ela olhou para um canto da sala. Continuou num sussurro quase inaudível. "Foi quando vi o homem de pele verde e rosto pontudo. Como uma cobra. O outro", Tiffany fez gestos de puxar o nariz, afastando um pouco a mão do rosto, "tinha um focinho comprido que parecia ser coberto de pelos marrons. Também vi que tinha pernas marrons, cobertas de pelos, como o rosto."

Bryan respirava devagar. Cobertores sujos, assim como no sonho. E pelos marrons. Como o pelo marrom que Sammy Berzon encontrara no cobertor que cobria o corpo de Oscar Woody. Se ela tinha visto mesmo aquilo, então talvez ele não fosse louco, afinal.

"Ah!", exclamou ela. "Tem mais uma coisa. O de pernas marrons estava usando bermudas."

"Bermudas", repetiu Pookie, escrevendo no bloquinho. "O que se parecia com um lobisomem estava usando bermudas?"

Tiffany inclinou a cabeça para o lado e estreitou os olhos.

"Eu não disse *lobisomem*. Só tive um rápido vislumbre quando ele agarrou o garoto, quando o cobertor se soltou um pouco. O focinho comprido... era parecido com o de um cachorro, mas a mandíbula e o maxilar não eram muito alinhados. Ele tinha uma língua comprida que pendia de um lado. Pessoas...", ela hesitou, olhou para o carpete, o medo tomando conta de todo o seu rosto e da sua voz, "... pessoas não têm essa aparência."

"E o que aconteceu depois?"

Ela umedeceu os lábios. Suas mãos tremiam.

"Então não vi nada por alguns instantes. Depois uma bola de fogo apareceu no telhado. Vi o garoto ser engolfado por ela."

"A senhora viu o que causou a bola de fogo?"

Ela balançou a cabeça.

"Não, estava muito brilhante. Só vi o garoto por causa da silhueta. Depois ele estava queimando. Havia outros no telhado, com cobertores. O rapaz... ainda estava em chamas e... *pulou*. O que quer que estivesse ali em cima com ele, o garoto preferiu se matar do que enfrentá-los."

Pookie abaixou o bloquinho.

"Senhora, isso foi muito útil. Você se importaria se um desenhista de retratos falados viesse aqui?"

De imediato, ela negou com movimentos veementes da cabeça.

"Assim que forem embora, eu não vou mais falar sobre isso. Nunca mais."

"Mas pode ser útil para a nossa..."

"Saiam", mandou ela. "Já fiz a minha parte."

A porta da frente se abriu e todos se viraram para olhar. Nenhuma batida, nenhuma campainha, apenas Rich Verde entrando depressa, resplandecente num terno roxo-escuro. Onde diabo aquele cara comprava roupas? Atrás de Verde vinha Bobby Pigeon, e atrás de Bobby vinha o policial Stuart Hood. Hood tinha a expressão de alguém que acabara de ser enrabado.

"*Chang!*", gritou Verde. "O que está fazendo aqui?"

Pookie abriu um largo sorriso. Apesar das circunstâncias horríveis, Bryan sabia que Pookie não deixaria passar uma chance de deixar Verde irritado.

"Só estou fazendo perguntas para a testemunha", respondeu Pookie. "Devido ao fato de termos chegado aqui primeiro porque você provavelmente estava tirando uma sonequinha."

Rich o encarou, então andou até Tiffany. Abriu um sorriso tão falso quanto o tecido das suas roupas.

"Madame, sou o detetive Richard Verde. Gostaria de lhe fazer algumas perguntas sobre o que viu esta noite."

Tiffany suspirou e balançou a cabeça.

"Por favor, saia da minha casa."

"Mas, senhora", disse Rich Poliéster, "nós precisamos..."

"Já contei a história", replicou ela. Apontou para Hood. "Contei a ele", apontou para Pookie, "e a ele. Espero, sr. Verde, que os seus colegas de trabalho tomem boas notas porque nunca mais vou falar sobre isso."

A voz de Tiffany estava carregada da autoridade de uma mãe disciplinadora. Ela não engolia sapo de ninguém.

Rich começou a protestar. Bryan viu Pookie inclinar a cabeça na direção da porta. Era hora de ir embora enquanto era possível. Excelente ideia.

Bryan andou depressa até a porta, seguiu Pookie para fora e os dois quase desceram as escadas correndo.

"Verde que se foda!", exclamou Pookie. "Ele vai ficar com as minhas anotações, mas só quando eu estiver a fim."

"As coisas não funcionam assim, Pooks. O caso é dele. Dê as informações."

"Tá, tá, tá", resmungou Pookie. "Ele vai pegar as anotações de Hoods primeiro. É claro que vou entregar as minhas a ele, mas vou fazer com que diga *por favor* primeiro. Isso vai deixá-lo louco."

Chegaram ao térreo e pararam na entrada do prédio.

Pookie olhou para o bloquinho, leu algo, depois olhou para Bryan.

"Você sabe que a história da velhota é pura piração", disse ele. "Ela pegou o trem pra Loucolândia."

Bryan concordou.

"Completamente louca."

Pookie esfregou o queixo. Bryan mal podia respirar.

O parceiro bateu o bloquinho na palma da mão.

"Quero dizer, caras descendo por paredes, depois as escalando de volta? Devo presumir que eram... não sei... dublês em fantasias de Halloween sequestrando um garoto?"

Pookie olhou para o bloquinho outra vez. Bryan esperou, deixando que o parceiro processasse aquilo. O testemunho de Tiffany era parecido com os sonhos dele, parecido demais para ser coincidência. Depois das descrições, se Pookie *ainda* não acreditava, era provável que nunca acreditasse.

"Pooks, ela usou as palavras *cara de cobra*. Eu não a induzi. Você sabe disso, não sabe?"

Pookie assentiu devagar.

"É. Meio específico. Não é o mesmo que dizer *foi um cara negro*."

Bryan precisava que Pookie acreditasse no que ele dissera, que acreditasse *nele*. Se Pookie não acreditasse, Bryan teria que enfrentar aquilo sozinho.

Pookie suspirou, sorriu, olhou para o teto.

"Tenho o testemunho de uma velha senil que provavelmente estava numa viagem de ácido, que viu alguma coisa por três segundos, e, além disso, tenho os seus sonhos. Teria que ser um idiota para acreditar em você."

"Ela não é senil", disse Bryan. "E não vi nenhum adesivo do Grateful Dead lá dentro."

Pookie respirou fundo e soprou o ar com força.

"É", concordou ele, assentindo. "Talvez eu precise de tratamento mental, mas acredito em você. Isso não quer dizer que seja um cara com um rosto de cobra de verdade, Bri-Bri. Eram caras fantasiados. Não posso explicar os seus sonhos, mas o lance de escalar o prédio? Era tarde da noite, Tiffany pode não ter enxergado cabos, cordas, toda aquela parafernália comum em circos."

Bryan aquiesceu, mas sabia que não houvera nenhuma corda. E sabia que não eram fantasias. Isso não importava — o que importava era que Pookie acreditava que ele não era louco. Por enquanto, isso era suficiente.

O celular de Pookie tocou. Ele verificou o identificador de chamadas, então atendeu.

"Senhor Burns Negro", disse ele. "Por que está me ligando às cinco e meia da manhã?"

Bryan aguardou enquanto Pookie ouvia.

"É, estou quase acabando aqui", disse ele. "Não, pode falar. Sério? Claro, sem problemas. Sabe onde fica o Pinecrest Diner? Não, gênio, a lanchonete está fechada e quero ficar na frente do lugar sem fazer nada, que nem um moleque skatista. É claro que está aberta. Certo. Chego lá em trinta minutos."

Ele desligou.

"O que está acontecendo?", perguntou Bryan. "Ele descobriu alguma coisa sobre aqueles símbolos?"

Pookie levantou um dedo que dizia *espere só um segundo* enquanto discava outro número com o polegar. Sorria enquanto esperava que o outro lado atendesse.

"Oi, é Pookie", disse ele, depois parou para ouvir. "Ah, por favor, já estava quase na hora de você acordar, de qualquer modo. Ouça, Bryan pediu que eu ligasse. Ele está a caminho para tomar café da manhã."

"Ei!", exclamou Bryan. "Não prometa a alguém que..."

"Vinte minutos? Ótimo. Ele mal pode esperar. Tchau, tchau."

Pookie fechou o telefone e o devolveu ao bolso.

"O Senhor Burns Negro quer me falar uma coisa. Ele não se sente bem anunciando pelo rádio da polícia."

"Legal, vamos."

Pookie balançou a cabeça.

"Nada disso, só eu. Você precisa relaxar um pouco e comer alguma coisa."

"Pooks, não estou a fim de tomar café da manhã. Ainda me sinto como se tivesse sido atropelado por um trem, e você acha que eu consigo *relaxar* depois de tudo isso?"

O parceiro deu de ombros.

"Se você consegue ou não, não interessa. Mike Clauser parecia animado. Já deve estar cozinhando a linguiça."

Bryan cerrou os dentes. Às vezes, Pookie achava que sabia mais do que os outros.

"Você falou ao meu pai que eu estava indo até lá para tomar a porra do café da manhã?"

Pookie deu de ombros.

"Você precisa de um tempo, cara. Sei que você não fez essas coisas, ok? Sei disso. Você precisa *parar de pensar* nisso por algumas horas. Precisa se desconectar um pouco. Vá ou fique, mas você sabe como Mike fica animado."

O pai de Bryan já estaria todo animado com a visita do filho. Se Bryan não fosse, Mike ficaria devastado.

"Ei, Pooks", disse Bryan. "Vá chupar uma piroca."

Pookie sorriu.

"Sempre que posso."

Eles ouviram três pares de passos pesados nas escadas poucos lances acima.

"O Poliéster retorna", anunciou Pookie. "Sério, cara, vá passar um tempo com o seu pai. Fui. Pegue um táxi."

Pookie saiu depressa do prédio e seguiu para o seu carro.

Bryan pensou em correr atrás dele, tentar ir com ele, mas o parceiro estava certo — Mike Clauser já estaria cozinhando o único prato que sabia fazer.

"Cuzão", xingou Bryan mais uma vez, depois saiu do prédio.

UMA VISITA DE CHINATOWN

O barulho trepidante de maquinário e correntes sendo arrastadas através da pedra arrancou Aggie de um sono gelado. Ele tinha que se *mexer* — lutou contra o enjoo e a desorientação enquanto rastejava na direção da parede branca. Não conseguiu chegar antes que a corrente se esticasse, o puxasse pelo pescoço e o arrastasse pelo chão. Conseguiu recuperar o equilíbrio bem a tempo de se levantar e ficar de costas contra o aro.

A coleira bateu no encaixe.

A porta branca foi aberta e dessa vez não era a senhorinha *babushka*.

Cinco homens-monstros de mantos e capuzes brancos entraram. Os últimos dois levavam uma haste longa, da qual pendia um homem inconsciente amarrado pelos punhos e tornozelos. Ele se parecia com um daqueles velhos de Chinatown — rosto enrugado pelo sol, cabelo preto riscado por fios grisalhos, camisa de flanela vermelha sobre uma camiseta desbotada do Super Bowl XXI, jeans azul e botas marrons bem surradas.

Como Aggie e os mexicanos, o homem tinha uma coleira de metal em volta do pescoço.

O mendigo encarou os homens-monstros. Fechou bem os olhos, então os abriu de novo. Ele estava chapado pra cacete da última vez. Não estava chapado agora.

Não eram rostos de monstros... eram máscaras de borracha de Halloween. Um porco e um lobo, como antes, mas agora ele via que o duende era uma daquelas coisas de rostos verdes que protegiam Jabba em *O Retorno de Jedi*. Também tinha um Hellboy com a pele vermelha e os tocos de chifres, e uma Hello Kitty de cara branca e bigodes pretos.

Os homens de mantos não perderam tempo. O cara com a máscara de Hellboy tinha aquele controle remoto e o usou para dar folga numa corrente à direita de Aggie. O Cara-de-Porco e a Hello Kitty desamarraram os punhos do homem, prenderam a corrente à coleira, depois o deixaram deitado no chão.

Ele ficou ali, imóvel.

Os homens mascarados se viraram e andaram até o casal mexicano, que tinha sido puxado até os seus respectivos lugares ao longo da parede.

"*Devuélvame a mi hijo*", disse o mexicano, a voz carregada de súplica e desespero. "*A Dios le pido!*"

Os homens de mantos não disseram nada. As máscaras de monstros não revelavam nenhuma emoção. Eles ignoraram o homem.

Em vez disso, se aproximaram da esposa dele.

Cinco pares de mãos enluvadas se estenderam na direção dela, agarrando os braços e os pés. Ela gritou.

"*No!*", gritou o marido. "*Déjenla en paz!*"

Ela tentou lutar, mas não teve chance.

... *A esposa dele... Aggie se lembrava da própria esposa... se lembrava do tiro... do sangue...*

A voz do mexicano traía cordas vocais em frangalhos.

"*Chinga a tu madre!*" Saliva voou da sua boca. Os olhos arregalados chamejavam cheios de uma insanidade assassina. "*Le mataré! Le mataré!*"

Hellboy apertou um botão no controle remoto. A corrente da mulher se soltou, assim como acontecera com o filho dela. Os homens mascarados a arrastaram até o chão, o corpo meio escondido pelos mantos brancos.

Aggie ficou parado, impotente. Não podia ajudá-la. Tudo que faria seria chamar atenção para si próprio, e se o fizesse, eles poderiam levá-lo no lugar dela. Ficou o mais imóvel que conseguiu.

Os dedos do mexicano arranhavam a coleira. Ele puxou, tentou enfiar os dedos entre o metal e o couro. Lançou-se para a frente, sufocando. Os olhos se arregalavam de raiva, de falta de oxigênio.

A mão ensanguentada da mulher apareceu através da pilha de mantos brancos, agarrando o ar, tentando alcançar o homem.

"*Hector!*"

O mexicano — Hector — não podia ajudá-la.

Hellboy colocou o controle remoto no bolso. Pegou a haste de madeira, então enfiou a ponta por entre a pilha de corpos serpenteantes e enganchou a coleira da mulher. Como uma equipe de trabalho treinada, os homens mascarados seguraram depressa a haste e arrastaram a mulher pelo chão.

Hector gritou algo ininteligível que não era uma palavra em idioma algum. Lançou-se para a frente repetidas vezes, tentando puxar a coleira que não queria ceder. Salpicos de sangue voavam da sua boca aberta num grito. Todas as veias do seu rosto se destacavam em alto-relevo. Os lábios molhados estavam repuxados num rosnado de angústia desamparada.

Os homens de mantos brancos saíram da cela, arrastando a mulher para longe da vista deles.

A porta de barras se fechou. As correntes relaxaram.

Com o peito subindo e descendo depressa, um rugido sem sentido escapando da boca, Hector correu a toda. Conseguiu avançar dez passos, pouco além do buraco de cagar, antes que a corrente se esticasse acompanhada por um tinido de metal. Os pés lhe escaparam e ele caiu do seu lado esquerdo do corpo com força.

Hector nem tentou se levantar. Começou a chorar.

Os gritos da mulher ecoavam, ficando cada vez mais fracos, mais fracos, até desaparecerem para sempre.

Aggie balançou a cabeça devagar de um lado ao outro. Aquilo não podia estar acontecendo. *Não podia*. Mas estava, e ele já se encontrava completamente sóbrio.

Aquilo era real.

Ele estava fodido. Completamente fodido.

CARVÃO PARA O MOTOR

Pookie e Bryan costumavam trabalhar de madrugada, quando a maioria dos restaurantes já tinha fechado. O Pinecrest Diner ficava aberto 24 horas por dia. O lugar se tornara o preferido deles quando precisavam sentar e conversar sobre um caso. O Pinecrest era um pouco turístico durante o dia, mas às duas ou três horas da manhã era possível evitar as dúzias de pessoas usando camisetas com EU ♥ SAN FRANCISCO OU ALA PSIQUIÁTRICA DE ALCATRAZ.

Pookie esperava que o Senhor Burns Negro tivesse informações úteis. Eles precisavam de alguma pista naquele caso terrível. Coça-Saco Boyd não conseguira rastrear Alex Panos nem Issac Moses — ambos ainda estavam desaparecidos. Ou esses garotos já estavam mortos, os corpos esperando para serem encontrados, ou estavam escondidos. Pookie achava que a segunda opção era a mais provável.

E Bryan... algumas horas tranquilas com o velho dele fariam milagres. Mike Clauser tinha um jeito de fazê-lo se esquecer de tudo, menos do próprio Mike Clauser. Conclusão: Bryan não matara aqueles garotos. Agora que Pookie acreditava na inocência do parceiro, precisava que ele parasse de se lastimar e voltasse à boa forma.

Pookie entrou na lanchonete e viu o Senhor Burns Negro sentado numa cabine, com um tablet à sua frente. Os ombros de John estavam levantados, a cabeça abaixada — até mesmo ir a um lugar público como aquele era difícil para ele. No passado, John Smith fora um excelente policial. Agora tinha medo da própria sombra e isso era uma verdadeira tragédia. Sem querer, o homem providenciara o próprio alívio cômico: usava uma jaqueta de motociclista roxo-escura.

Havia poucos clientes na lanchonete. Três operários estavam sentados numa cabine, começando o dia cheios de carboidratos. Um trio de hipsters sentava-se em banquinhos redondos, encostados no balcão de pedra preta. O lugar mais popular da madrugada — que provavelmente ninguém ouvira falar, de tão obscuro — devia ter fechado, afinal, e aqueles camaradas queriam terminar a noite com uma pilha de panquecas.

Pookie deslizou para o assento de frente ao antigo parceiro.

"E aí, Purple Rain?"

"Hein?"

"A jaqueta", disse Pookie. "Você veio de moto até aqui e está vestindo roxo? Hein?"

John suspirou.

"Então um negro usando uma jaqueta roxa *tem* que se parecer com Prince?"

Pookie assentiu.

"Exatamente. Como está Apollonia e aquela molecada louca do New Power Generation?"

"Seu ódio de minoria contra minoria é muito triste", disse John. "Você está deixando que o homem branco o controle. Ouça, tenho coisas muito sérias a tratar. Descobri uns negócios estranhos."

"Negócios estranhos? Sabe, você pode falar palavrão perto de mim. Não vou contar para a professora."

"Eu sou censura livre."

"Algumas coisas nunca mudam. Então, o que você não podia me contar pelo telefone? Tenho que admitir, em quinze anos trabalhando na polícia, esta é a primeira vez que alguém me liga para uma reunião secreta. Com exceção da sua mãe, é claro."

"É, ela me contou sobre isso", respondeu John. "Falou que o seu pênis é pequeno."

Pookie balançou a cabeça. John tentava participar daquelas disputas espirituosas, mas o cara era um tremendo de um nerd.

"Da próxima vez, tente usar algumas gírias, SBN. Não dá para colocar humor numa planilha."

John deu de ombros.

"É, bem, tanto faz. Consegui algumas informações sobre aquele caso de Nova York. Não tem muita coisa. Os alvos do assassino eram mulheres de aproximadamente 20 anos. Até onde eles sabem, ele pegou quatro. Talvez mais, porque visava mulheres operárias, de preferência as que trabalhavam sozinhas. Aquele símbolo do triângulo e do círculo apareceu em cada uma das cenas. Parece que ele gostava de comer os dedos."

"Encantador", comentou Pookie. "Qual era o nome dele?"

"Não conseguiram descobrir quem era", respondeu John. "A imprensa o chamava de Assassino Dedo de Moça."

"Que lindo."

"Bastante. Enfim, quando encontraram o quarto corpo, também encontraram o assassino. Estava tão morto quanto a vítima."

"Como ele morreu?"

"Asfixiado. Os dedos *dele* tinham sido cortados fora, e ele sufocou com eles."

Justiça poética.

"Então os símbolos estão claramente associados a um assassino em série de Nova York. Em mais algum lugar?"

"Só lá", disse John. "Mais nenhum caso antes ou depois. Agora, aqui está a parte secreta." Ele se inclinou para mais perto. "Lembra quando falei que parecia que os arquivos que incluíam aqueles símbolos tinham sido apagados por acidente do sistema da polícia de San Francisco?"

Pookie assentiu.

"Não foram. Não por acidente, quero dizer."

"Alguém apagou as informações de propósito? Tem certeza?"

"Sim. Foi tudo muito metódico."

Aquilo mudava tudo. Os símbolos tinham sido removidos *intencionalmente* do sistema. Parecia que os sonhos estranhos de Bryan faziam parte de algo muito maior.

"Impressionante, SBN", elogiou Pookie. "Mas acredito que você não saiba quem fez isso, ou já teria me contado."

John fez que sim.

"Infelizmente, você está certo. Não sei quem fez. As poucas informações que consegui vieram de antigos diretórios, e só os que não exigiam nomes de usuários."

"O que é um diretório?"

"É como se fosse um mapa de computador que aponta para lugares diferentes em drives de armazenamento. Às vezes, se um arquivo é apagado, os *ponteiros* daqueles arquivos permanecem, e esses ponteiros contêm algumas informações."

"Ok, então por que também não apagaram os ponteiros?"

John sorriu e ergueu as sobrancelhas.

"Porque não sabiam que eles estavam lá. Quem quer que tenha apagado os arquivos tem acesso de alto escalão, mas não entende porra nenhuma de computadores. O fato de os diretórios das pastas ainda estarem lá quer dizer que não conversaram com os caras da TI sobre isso e com certeza não contrataram um hacker. Um hacker teria limpado tudo."

"Então não foi um programador", disse Pookie. "Um tira fez isso?"

"Pelo menos alguém que trabalha no departamento, sim."

Pookie pensou na reunião no escritório da delegada, no jeito como Zou, Robertson e Sharrow tinham os olhares fixos nas fotos dos símbolos.

"Você mencionou acesso de alto escalão", falou Pookie. "Quantas pessoas no departamento têm esse tipo de acesso?"

John pensou por alguns segundos.

"Não tenho certeza. Entendo bem o sistema, mas sou apenas um usuário de nível intermediário. Pessoas como eu não teriam os privilégios de acesso. Podemos excluir o pessoal da TI, eles teriam feito a coisa direito. Então entre administradores, a equipe de suporte... acredito que umas trinta ou quarenta."

Uma garçonete trouxe cardápios. Pookie pediu café. John pediu apenas água.

A garçonete se afastou. Pookie pegou um punhado de sachês de açúcar de uma cestinha em cima da mesa e começou a colocá-los em pequenas pilhas. Ele não poderia investigar trinta ou quarenta tiras. O trabalho de John lhe proporcionou ótimas informações, mas nada que pudesse usar.

"E as fotos da cena do crime de Oscar Woody?", perguntou Pookie. "Sammy Berzon tirou uma centena de fotos daqueles símbolos. Essas ainda estão no sistema, certo?"

John negou com a cabeça.

"Não mais. Foram apagadas pouco depois de terem sido adicionadas. Vi os links para elas nos diretórios, mas as imagens em si sumiram."

Pookie teve um flashback da lona azul na cena do crime de Paul Maloney, de Verde todo apressado para tirar Pookie e Bryan daquele telhado. Aquela lona estivera cobrindo outro símbolo de sangue? Baldwin Metz estivera lá, a primeira vez que alguém o via fora do necrotério em quase cinco anos. Então Metz sofreu um infarto. Não estava disponível quando Oscar morreu. Talvez essa fosse a conexão — Metz não estivera lá para coordenar as coisas, para impedir que Sammy e Jimmy processassem a cena de Oscar Woody. Sammy e Jimmy tinham seguido o protocolo e adicionado as fotos dos símbolos ao sistema. Então alguém descobriu as imagens e as apagou.

No entanto, Zou tinha visto as fotos. Assim como Sean Robertson e o capitão Sharrow. Zou também teria visto as fotos do assassinato de Maloney. Se *houvera* um símbolo de sangue sob o encerado, então Zou *sabia* que os dois casos estavam ligados.

Ela teria compreendido que havia um possível assassino em série à solta. E mesmo assim tirou seus dois melhores detetives do caso. Ela já teria *criado uma força-tarefa* e partido para a *nomeação de recursos adicionais*. Em vez disso, ela dera tudo a Rich Verde.

"Não fique com essa cara, camarada", disse John. "Eu também trouxe boas notícias."

"Você consegue fazer meu pênis crescer cinco centímetros em menos de uma semana?"

John riu, uma coisa muda que fez os seus ombros ossudos pularem para cima e para baixo.

"Pare de acreditar naqueles spams. Lembra-se daquele requerimento local sobre informações a respeito dos símbolos, aquele de 29 anos atrás? Encontrei nos arquivos umas impressões antigas dos bancos de dados. Estavam todas em pastas, o tipo de coisa esquecida por tanto tempo que ninguém faz ideia se deve jogar fora ou não, sabe? Passei umas doze horas num esforço hercúleo, caçando dados uma página de cada vez, e encontrei o nome e o endereço do cara que fez aquele pedido. Ele ainda está vivo, trabalhando no mesmo lugar. É um vidente em North Beach."

Um nome e um endereço. Minha nossa. Uma pista de verdade.

"John, isso é incrível", disse Pookie. "Você ainda é o cara, irmão."

O sorriso de John esfriou. Ele olhou para a Mason Street pela janela.

"Ainda sou o cara? Mal posso sair do meu apartamento, Pooks. Quase tive um ataque de pânico ao vir até aqui para falar com você. Quero dizer... ainda está *escuro* lá fora, entende?"

Pookie não entendia. Apenas podia imaginar como deveria ser deixar de ser um policial nas ruas para — por falta de palavra melhor — se *acovardar* atrás de uma mesa e não poder fazer nada para mudar.

"Você faz o que pode", comentou Pookie. Logo se sentiu como um imbecil por tentar ver algo de positivo naquela situação.

John continuou olhando pela janela. Nada que ele dissesse poderia ajudar.

"Vamos comer", falou Pookie. "Já comeu as panquecas com gotas de chocolate daqui? Juro que são feitas de crack mergulhado em ouro."

"Você e o Exterminador não vão conversar com o vidente?"

"Prioridades", respondeu Pookie. "Sem carvão, a maria-fumaça só fica parada nos trilhos. E duvido que um vidente esteja acordado às seis da manhã. Qual é o nome desse cara?"

"O nome nos arquivos é Thomas Reed, mas o nome que ele usa na porcaria do negócio de ver o futuro é diferente."

"Que é?"

"Senhor Show-Biz."

"Interessante", comentou Pookie. "Vamos, peça alguma coisa. Ei, seria racista se eu sugerisse que você pedisse frango frito e waffles?"

"Terrivelmente racista", respondeu John. "E me parece delicioso. Vou querer isso."

Eles fizeram os pedidos. Pookie abriu uma das pilhas de sachês de açúcar e despejou o conteúdo no café.

"Mais uma coisa, Senhor Burns. Levando em consideração os arquivos apagados, acho que nem preciso dizer, mas..."

"É melhor eu manter a boca fechada?"

Pookie assentiu.

"Acho que esse negócio pode ficar perigoso."

John se encolheu um pouco, a cabeça outra vez se abaixando enquanto os ombros subiam.

"Não sou burro. Estamos desencavando alguma coisa que alguém quer manter enterrada. Se descobrirem, é capaz que tentem enterrar a gente também. Conheço os riscos. Posso não ser mais o seu parceiro, mas você ainda pode contar comigo."

Pookie desejou poder voltar no tempo, para seis anos antes, para aquela noite no Tenderloin quando esteve com a arma apontada para Blake Johansson. Pookie poderia ter acabado com ele, mas hesitou. Graças a essa hesitação, John Smith acabou com uma bala na barriga, uma bala que afastou um excelente policial das ruas.

"Faça seu pedido, SBN", disse Pookie. "O café da manhã é por minha conta."

TAL PAI, TAL FILHO

Bryan fatiou o segundo gomo da linguiça. Um pequeno jato de gordura esguichou e acertou as costas do seu dedão. Estava quente, mas não o bastante para queimar. Pegou uma fatia de pão de centeio, enxugou a gordura com ela e a enfiou na boca.

"Fico feliz em ver que as suas maneiras à mesa não mudaram muito, filho."

Bryan sorriu apesar de estar com a boca cheia de comida. Levando em conta que seu pai tinha uma garrafa de Bud Light em uma das mãos, um Marlboro na outra e estava sentado à mesa com uma camiseta puída, cueca samba-canção e meias pretas, ele não era exatamente o garoto-propaganda da boa educação.

Bryan não se importava que o seu corpo latejante e o seu estômago azedo lhe dissessem que aquela refeição iria voltar mais tarde. A comida tinha um sabor fantástico. Tinha gosto de *lar*. Pegou uma garfada de chucrute.

"Pai, quando vai escrever seu livro sobre etiqueta? Vou ser o primeiro da fila para comprar."

O pai riu. Era *daquilo* que Bryan precisava, de alguma normalidade — de Mike Clauser de camiseta e samba-canção, bebendo cerveja e alimentando Bryan com linguiça e chucrute às sete da manhã porque Mike só sabia cozinhar aquelas coisas. Quando garotinho, Bryan sentara-se com o pai naquela mesma mesa de fórmica lascada. Tomar o café da manhã com Mike era um passo enorme para se afastar da insanidade de sonhos psicóticos, de garotos em chamas e de corpos massacrados com os quais teria que lidar.

"Então, meu filho, quer me contar o que está acontecendo? Você parece bem tenso. Sei que o trabalho é difícil e tal, mas... bem... você está com uma cara de merda. Está se sentindo bem?"

"Estive um pouco doente", respondeu. Não podia contar ao pai nada sobre o que estava acontecendo. Mike não era um tira e simplesmente não entenderia. "E algumas coisas no trabalho estão me preocupando, coisas que prefiro não comentar."

Outro pedaço de linguiça foi parar no garfo, depois para dentro da boca.

"Trabalho", disse Mike. "Tem certeza de que não é uma garota?"

Ah, cara, será que iriam falar daquilo para sempre?

"Deixa esse assunto pra lá, pai."

"Quando vai trazer Robin para jantar de novo? Vou pedir comida chinesa."

"Você sabe muito bem que não estou mais na casa dela."

Mike Clauser gesticulou com a mão que segurava o Marlboro na frente do rosto como se o filho tivesse acabado de soltar um peido horrível.

"Filho, te amo até a morte, mas não tem como você arrumar uma garota melhor do que ela."

"Nossa, obrigado pelo elogio."

"De nada."

"O que eu devo fazer? Ela me mandou ir embora."

"Por quê? Você a traiu?"

Bryan jogou o garfo e a faca no prato. Também não queria falar sobre aquilo. Por que ela o tinha mandado ir embora? Porque quisera ouvir as palavras *eu te amo, Robin*, e Bryan não conseguira dizê-las.

"Filho, eu cresci com a sua mãe. Convidei ela para sair no primário e ela disse não. Convidei ela para sair no ensino fundamental e ela disse não. Convidei ela para sair no ensino médio e ela disse não. Foi nessa época que comecei a chamá-la de Starla 'Teimosa' Hutchon." Mike espetou o cigarro num cinzeiro transbordando, depois deslizou a mão para baixo da camiseta e coçou a barriga peluda. "Aposto que ela disse não umas dez vezes pelo menos, mas não liguei. Convidei ela para a formatura e ela disse sim. O resto é história."

Bryan indicou a barriga do pai com a cabeça.

"Como ela poderia resistir ao espécime físico que tenho diante de mim?" Mike riu.

"Exatamente!", exclamou ele, para em seguida acender outro cigarro. "Apenas lembre-se, filho, de que as mulheres são praticamente retardadas. Não é culpa delas. É genético. Elas não fazem ideia do que querem quando a Madison Avenue faz as suas cabecinhas girarem."

"Nunca ouvi uma defesa tão estimulante dos direitos das mulheres."

"O que posso dizer? Você pode dar ouvidos ao Doctor Phil ou àquelas donas que dizem para as mulheres serem *fortes* e *independentes* e todo tipo de porcaria, ou pode ouvir um homem que esteve num casamento feliz por quarenta anos."

"*Trinta*, pai. A mãe faleceu há dez anos."

Mike afastou outro pum imaginário, depois apontou para o próprio peito.

"Ainda estou casado aqui dentro. Ela me amou de todo o coração. Sei que você é cético, ou sei lá como vocês pagãos se chamam hoje em dia, mas quando eu bater as botas e deixar este esplendor para trás, sei que vou estar com ela. E algum dia você também. Ela te amava tanto."

Quando Mike falava da esposa, aquela luz sempre presente nos seus olhos desvanecia, esmorecia. Era difícil vê-lo tão triste. A morte dela deixara um grande buraco no homem.

"Também sinto saudade dela, pai."

Mike olhou o vazio por mais alguns instantes, depois o sorriso largo e metido voltou.

"Robin me lembra da sua mãe. Ela tem aquela faísca, uma daquelas mulheres que riem antes de parar para pensar se *devem* rir ou não, sabe?"

Problemas na vida amorosa não ocupavam um lugar muito alto na lista de prioridades atuais de Bryan. Quanto mais evitasse Robin, melhor. Ele sentia como se já estivesse amaldiçoando Pookie de algum modo — não precisava contaminá-la com o seu veneno.

"Eu sei, pai, Robin é ótima. Mas deixa pra lá. Acabou."

"E agora? Vai tentar encontrar outra pessoa?"

Bryan se deixou afundar na cadeira. Não iria tentar encontrar outra pessoa porque não *queria* encontrar outra pessoa. Se não tinha dado certo com Robin, não daria certo com mais ninguém.

Mike se reclinou sobre a mesa. Por apenas um segundo, Bryan teve um flashback do olhar que o pai lhe dava quando ele era garoto, quando Bryan chegava em casa depois de mais uma briga.

"Você não está me *ouvindo*, filho. Então ela chutou você para escanteio. Dê a volta por cima. Esqueça o orgulho. Você tem uma quantidade finita de dias para passar com uma mulher como a sua Robin ou a minha Starla, e não importa quantos dias consiga, eles não são suficientes. Assim, você vai me prometer, agora, que vai reatar com Robin."

"Pai, eu sou adulto..."

Mike bateu na mesa, fazendo Bryan pular.

"Não me venha com essa de *pai*, garoto. Você está muito focado no trabalho, e que trabalho horrível você tem. Você precisa de outra coisa na vida antes que essa merda coma você vivo. Me prometa *agora*."

A expressão no rosto do pai deixava claro que eles iriam conversar sobre aquilo, e nada mais, até Bryan ceder.

Bryan estava lidando com um provável assassino em série, sonhos psicóticos sobre assassinatos que o deixavam de pau duro, símbolos estranhos desenhados com sangue humano, e precisava de todas as forças para convencer o corpo dominado pela agonia a aguentar firme — e apesar dessas coisas, ainda tinha espaço para se sentir *culpado* porque o pai estava bravo com ele?

Talvez os 35 anos não estivessem assim tão longe dos 13.

"Ok, pai. Vou falar com ela."

O rosto de Mike relaxou. Ele assentiu.

"Ótimo. Agora que ganhei essa batalha, quer me contar o que está acontecendo no trabalho? Sem querer ofender, filho, mas conheço prostitutas que trabalham 24 horas e que arrumam mais tempo para o sono de beleza do que você."

Bryan pegou o garfo. Espetou um pedaço de linguiça, depois brincou, distraído, com ele, desenhando um círculo em volta do prato.

"Bryan, sei que não sou um tira, mas ainda posso ouvir."

Seu pai sempre conseguira ler um pouco do que acontecia na mente dele. Era assustador.

"As coisas que ando vendo, são..." O resto ficou no ar. Talvez não pudesse contar tudo ao pai, pelo menos ainda não, mas seria bom compartilhar um pouco daquele fardo. "São bem ruins. Eu meio que tenho alguns... pensamentos."

"Que tipo de pensamentos?"

Bryan interrompeu o círculo que fazia com a linguiça, então reverteu o sentido.

"Que existem certas pessoas que merecem morrer."

"Existem", disse Mike. "Pode apostar seu rabo que sim. Isso é sobre aquele membro de gangue que você matou no restaurante? Pookie me ligou para contar, sabe?"

"Não me diga."

"Não saia soltando os cachorros para cima dele", disse Mike. "Se o seu parceiro não me ligasse uma vez por semana, eu não faria ideia do que acontece na sua vida. Não é como se você fosse morrer se pegasse o telefone de vez em quando."

"Quem é essa vovozinha judia diante de mim e onde ela escondeu o meu másculo pai?"

"Vai se foder", falou Mike. "Sabe que a sua mãe se foi para sempre? Então, não estou muito atrás. Você não me visita o bastante."

Não havia nenhuma resposta espertinha para aquilo. Bryan tinha muita sorte por ter o pai vivendo na mesma cidade, ainda assim visitava Mike duas vezes por mês, no máximo.

"Desculpe", disse Bryan. "Vou melhorar daqui em diante. Mas não é sobre o gângster no restaurante. É uma outra... outra coisa."

"Filho, lembre-se de que você é um Clauser. Não posso fingir que sei como é fazer o que você faz. Mas no final, você é um bom homem. Você se mantém alerta para que gordos desleixados como eu possam viver em todo este esplendor. Você tem que pesar todos esses pensamentos ruins com o bem que faz. Entendeu?"

Seu pai não sabia do que estava falando. E mesmo assim, de uma maneira estranha, as palavras faziam sentido.

"É, pai. Entendi. Olhe, não quero mais falar sobre isso. Se importa se a gente falar só do 'Niners?"

Mike Clauser se reclinou na cadeira, inclinou a cabeça para trás e franziu o rosto como se alguém, além de peidar, tivesse enfiado um pedaço de bosta na sua narina esquerda.

"O 'Niners? Pelo amor de Deus, filho, nem me fale!"

Os trinta minutos seguintes passaram sem um único pensamento sobre corpos, sonhos, símbolos ou morte enquanto Mike Clauser resolvia, sem se esforçar muito, todos os problemas do San Francisco 49ers' e os levava à glória do Super Bowl da temporada seguinte.

Maldito Pookie. Ele soubera exatamente do que Bryan precisava. Na maior parte do tempo era um saco ter um parceiro que achava que sabia de tudo. Mas às vezes? Às vezes, era fantástico.

PARLAR, J. — ?

Robin Hudson acordara naquela manhã depois de longas três horas de sono, levou Emma até a porta ao lado para um dia de brincadeiras com o Grande Max e seu pit bull, Billy, comprou um café grande na Royal Ground (sem açúcar, uma moça solteira tem que observar a silhueta), virou o copo como uma garota de fraternidade num concurso de bebidas, então foi de moto para o trabalho.

Quando chegou, o trabalho esperava por ela na forma de uma lista com cinco nomes no quadro-negro. Quatro eram CN e havia um ponto de interrogação para *Parlar, J*.

Ela foi até as gavetas de corpos, abriu a porta e puxou a bandeja deslizante que continha o cadáver de Parlar. Um ponto de interrogação não parecia necessário — não havia muitas chances de aquela morte ter sido por causas naturais: ossos quebrados e contusões, múltiplas lacerações no abdômen, e aproximadamente 20% do corpo fora queimado, do abdômen ao peito e rosto.

As piores queimaduras foram na face e nas mãos, onde não houvera roupas para protegê-lo do calor. Bolhas cobriam as palmas e as partes inferiores dos dedos — ele estivera com as mãos levantadas numa posição defensiva quando as chamas o atingiram. Uma explosão ou uma bola de fogo de algum tipo, era óbvio. O cabelo estava mais queimado no lado esquerdo da cabeça do que no direito — ele desviara o rosto por instinto quando aconteceu.

Robin leu o relatório preliminar da equipe forense. Bryan e Pookie foram os primeiros na cena outra vez? Tinham encontrado um adolescente assassinado por duas manhãs seguidas. Esquisito. O relatório dizia que *Parlar, J.*, além de ter sido esfaqueado três vezes e sofrido queimaduras sérias, sofreu também uma queda de quatro andares e caiu em cima de uma van.

"Sinto muito, Jay", disse ela ao cadáver. "Péssimo jeito de partir."

Robin se lembrou da ligação de Pookie na noite anterior, perguntando se Bryan seria capaz de cometer atos violentos de verdade.

Ela observou o corpo.

O que exatamente Pookie quisera saber? Se Bryan poderia fazer algo como aquilo?

Não. Impossível. Era óbvio que Pookie estivera falando de outra coisa.

Robin empurrou a bandeja de volta, fechou a porta, depois foi até o computador. Os resultados do cariótipo do assassino de Oscar Woody esperavam por ela.

O cariograma espectral mostrava quatro fileiras de linhas onduladas em pares, cada par com uma cor fosforescente diferente. A imagem representava os 23 pares de cromossomos do genoma humano. O último par, o que determinava o sexo, costumava ser XX para feminino ou XY para masculino.

O assassino de Oscar Woody tinha um X, tudo bem, mas o seu cromossomo parceiro não se parecia nem com X nem com um Y.

"Que diabo?"

Ela nunca vira algo assim. Não fazia sentido algum. Será que aquele teste tinha dado errado? Não, o restante do exame parecia normal.

Não era síndrome de Klinefelter; era algo completamente diferente.

Aquela informação iria ajudar na investigação de Rich Verde e Bobby Pigeon. Mas Verde lhe dissera para *não* realizar o teste, e a delegada Zou não parecia muito animada para descobrir a verdade.

Talvez Rich não estivesse interessado, mas ela conhecia uma pessoa que estaria.

Robin pegou o celular e discou.

MANEIRO DEMAIS PARA A ESCOLA

Rex Deprovdechuk caminhava pelos corredores da Galileo High. Não pelas laterais, com passos furtivos pelos cantos como costumava fazer, com a cabeça abaixada, torcendo para que ninguém o avistasse, desejando ser invisível.
Não, não mais.
Rex caminhava no *meio* do corredor.
Ele ouvira no noticiário naquela manhã. Jay Parlar estava morto. Alex Panos e Issac não estavam na escola. Talvez soubessem o que Rex podia fazer. Talvez fossem ficar longe dele.
Ou talvez Rex fosse *encontrá-los*.
Caminhava com a cabeça erguida, encarando todos que olhassem para ele, *desafiando-os* a fazerem contato visual. Todas aquelas pessoas o tinham encarado, fofocado sobre ele em sussurros quando ele passava, pensado que eram muito melhores do que ele. Elas o desprezavam. Tratavam-no como lixo.
Mas agora Rex tinha amigos.
Ele não sabia quem eram, ainda não, mas faziam o que ele queria que fizessem. Faziam com que os seus desenhos se tornassem realidade. Matavam os seus inimigos. Davam a Rex Deprovdechuk controle sobre a vida e a morte.
Davam a Rex o poder de um deus.
Portanto, ele caminhava pelo *meio* do corredor. As pessoas não saíam do seu caminho, mas também não trombavam com ele. Será que todos os outros garotos sabiam? Será que sabiam que Rex Deprovdechuk — o Pequeno Rex, o *Rex Fedido* — podia matá-los com apenas um desejo? Será que sabiam que se ele fizesse um desenho deles, estariam todos condenados?
Ele não pertencia mais àquele lugar. *Nunca* pertencera. A escola que se fodesse.
Rex seguiu para as portas da frente. Estava ali há duas horas já, e era tempo demais.
Talvez desenhasse mais pessoas naquela noite.
Talvez desenhasse Roberta.
Rex tinha se cansado de ser vítima. Aqueles dias chegaram ao fim. Ninguém iria machucá-lo, nunca mais.

MANUAL DE REGRAS

Robin Hudson verificou a aparência na porta de aço da câmara refrigerada, atrás da qual repousava o corpo de Oscar Woody.

O reflexo não era lisonjeiro.

Grande Max tinha razão — ela estava com olheiras. Não tinha mais 20 anos; a idade e as longas horas de trabalho a estavam alcançando.

Passou a mão pelo cabelo preto, o desembaraçou o melhor que pôde. Fazia seis meses desde a última vez que conversara com Bryan e era assim que ele a veria?

Porém, por que deveria se importar com a aparência que teria para ele? Ele se mudara e sequer ligara para ela desde então. Tinham dividido o apartamento por dois anos. E namoraram por seis meses antes disso. Dois *anos* e meio juntos. Ela não o importunara para que se casassem, mas teria aceitado o pedido sem pensar duas vezes. Tudo o que quisera era ouvir as palavras *eu te amo*.

Mas ele não as dissera. Em todo aquele tempo juntos, ele não as dissera nem uma única vez.

O aniversário de dois anos da mudança dele para o apartamento desencadeou uma espécie de percepção de que ela precisava ouvi-lo dizer aquelas palavras. Ela não conseguia pensar em mais nada. Bryan a amava, Robin sabia disso, ele só precisava de um *empurrãozinho*, só isso, algo que o fizesse olhar bem fundo dentro de si e percebesse o que tinham juntos. Ela facilitara as coisas para ele — se o namorado não conseguia *dizer* que a amava, então ele não estava *apaixonado* por ela e teria que ir embora.

No entanto, mesmo com o ultimato, Bryan ainda assim não dissera as palavras. Apenas no fim Robin se dera conta de que projetara seus desejos nele. Ela gostaria de poder esquecer aquela última briga. Como ela gritara, as coisas que dissera, e ele ali, calmo, quieto, quase sem dizer nada enquanto ela se enfurecia com ele. Bryan de olhos frios. *Exterminador*. Ele não a amara. Diabo, talvez fosse incapaz de amar.

Ela o mandara embora e ele fora. Diferente dos filmes, ele não voltara.

Era provável que estivesse por aí transando com qualquer coisa que se mexesse. Ela deveria estar fazendo a mesma coisa, mas simplesmente não queria. Seis meses depois, ela ainda queria apenas ele. O que Bryan a fazia sentir... nenhum outro homem conseguira fazer isso com ela. Ela temia que mais ninguém conseguisse, nunca.

A porta do necrotério se abriu. Bryan Clauser e Pookie Chang entraram.

"Oi, Robin", cumprimentou Pookie. "Minha nossa, garota, como você está *gata*."

"Tá bom. Dormi umas quatro horas, mas a lisonja pode levá-lo a qualquer lugar."

Pookie sorriu.

"Ora, se quisesse tirar as suas calças, eu faria algo como comprar aqueles biscoitos de aveia da Bow Wow Meow que Emma gosta tanto."

"É, isso provavelmente daria certo."

Pookie levou a mão ao bolso e tirou um saquinho Ziploc cheio de biscoitos.

"*Tá-dá!* Aqui está, fofinha, agora tire o sutiã."

Ela riu e pegou o saquinho.

"Você anda por aí com os petiscos favoritos da minha cachorra?"

Ele deu de ombros.

"Sabia que veria você mais cedo ou mais tarde. Estavam no carro."

"Pookie, como diabo você consegue se lembrar dessas coisas?"

Ele apontou para a cabeça.

"Existe um monte de informações inúteis aqui dentro."

"Bem, obrigada. Emma também agradece." Colocou o saquinho no bolso. Ela se virou para encarar o ex-namorado. "Bryan."

Ele acenou com a cabeça uma vez.

"Robin."

Só isso. Nada de *Deus, como é bom ver você* ou *espero que esteja bem*, apenas um simples *Robin*. Algo na testa do homem chamou a atenção dela.

"Pontos? O que aconteceu?"

"Caí no banheiro", respondeu.

Ele precisava aparar aquela barba, e tinha uma expressão tão cansada. Não era tanto as olheiras sob os olhos quanto a palidez da pele, uma expressão que parecia... perdida. Pelo que ele estaria passando?

Havia algo em Bryan que ela nunca conseguira definir, nunca conseguira ignorar, e apesar da aparência doentia, aquele algo ainda queimava forte. A atração que sentia por ele não tinha diminuído nem um pouco.

Ela o encarou. Ele devolveu o olhar com aqueles olhos verdes lindos e distantes.

"Pessoal", disse Pookie, "sei que vocês têm uns assuntos do passado para resolver, mas será que dá para deixar de lado esses olhares saudosistas? Isso aqui não é um romance de Joan Wilder, se é que me entendem."

Robin desviou o olhar de Bryan e se voltou para Pookie. Ele sorria como se pedisse desculpa, mas estava certo — aquela não era hora de jogar *quem vai se magoar mais* com o ex.

"Ok", disse ela. "Então, sei que tenho que passar esta informação para Rich e Bobby, mas é esquisito... parece que Rich não está muito interessado no caso. Bobby está, mas é Rich que toma todas as decisões. O que descobri é meio que importante. Já que vocês encontraram os dois corpos, imaginei que pudessem se interessar. Mas será que podem manter segredo? A delegada Zou pediu que eu não falasse sobre o caso com ninguém. Se ela descobrir, minha candidatura para chefe do IML vai estar em perigo."

Os dois homens assentiram. Pookie fez uma mímica de quem tranca os lábios e joga a chave fora. Talvez Bryan não tivesse sido o melhor namorado do mundo, mas nunca quebrava uma promessa, assim como o incorrigível sr. Chang.

Robin os levou até a sua mesa e acessou os resultados do teste cariótipo no computador.

"Isolamos as amostras encontradas no corpo de Oscar Woody", disse ela. "Tenho 99% de certeza de que todas as amostras vieram de uma única pessoa, o que significa que Oscar teve apenas um assassino. O DNA do assassino mostrou indícios de um cromossomo X extra. Por isso, realizei outro teste supondo que veria XXY. Em vez de XXY, encontrei isto."

Ela apontou para a última linha do cariograma.

Bryan se inclinou para olhar, chegando tão perto que encostou no ombro direito dela. Ele estava quente.

Pookie se inclinou sobre o seu ombro esquerdo.

"Reconheço esse Y das aulas de ciência, mas o que é essa coisa do lado?"

Robin deu de ombros.

"Estou chamando de *cromossomo Zeta*."

"O que diabo é um *Zeta*?"

"É como um Z", explicou Bryan. "Só que com impostos mais altos e acesso universal ao sistema de saúde."

"Ah!", exclamou Pookie. "Papo de canadense."

Os três olhavam para o estranho resultado; um Y e algo mais, algo bem maior. Um cromossomo X se parecia mesmo com um "X" — duas linhas que se cruzavam em cima, enroladas como um animal feito com balões. Nomear o cromossomo do sexo masculino de "Y" era um pouco exagerado em se tratando de nome igual à aparência: dois pedaços gordos e curtos se juntavam, com uma bolinha de matéria na junção.

O novo cromossomo se parecia com uma cadeia de três gomos de linguiça. Curvas fechadas nas duas junções o faziam se parecer *um pouco* com um Z — ou talvez tenha sido a primeira coisa que surgiu na mente de Robin depois de tantos anos olhando para Xs e Ys.

"Isso é totalmente novo", disse ela. "Existe um cromossomo Z em pássaros e alguns insetos, mas nesses animais o cromossomo é uma gotinha, nem se *parece* mesmo com a letra Z. Chamei este de *Zeta* para diferenciar. Este é o código genético do assassino de Oscar Woody. Isso aqui não é uma casualidade, é uma anomalia cromossômica legítima."

Pookie se endireitou e levantou a mão.

"Professora, o que tem mais peso, uma *casualidade* ou uma *anomalia*? Ou, em outras palavras, *o quê*?"

"Quero dizer que não é um dano genético aleatório", explicou Robin. "Está na *própria* célula. O assassino nasceu dessa forma."

Pookie cruzou os braços.

"Está tentando nos dizer que estamos lidando com algum mutante cabeçudo do Planeta Seis ou algo do tipo?"

"Talvez nada assim, mas algo estranho", disse Robin. "Vamos, tenho mais uma coisa para mostrar."

Ela os levou de volta à câmara refrigerada. Abriu a porta e puxou a bandeja que continha Oscar Woody. Robin vestiu as luvas, então apontou para as ranhuras paralelas na omoplata devastada de Oscar.

"Estas escoriações parecem ser de incisivos com nove centímetros de espaço entre eles. O espaçamento médio de um adulto é de apenas cinco centímetros, no máximo."

Pookie ergueu o olhar.

"Mas essas marcas não foram feitas por um homem. Jimmy e Sammy disseram que foi um cachorro. Havia pelo de cachorro por toda parte."

E ali estava, o momento em que ela tinha que dizer a verdade. Ela se perguntou se aquilo soaria tão louco em voz alta quanto soava na sua cabeça.

"Aqueles pelos não eram *pelos*, eram cabelos humanos. Vi provas suficientes para ter certeza de que não havia nenhum animal envolvido."

Pookie a encarou, depois voltou a olhar para o corpo.

"Um cara fez isso?"

Robin respirou fundo, depois soltou o ar numa lufada.

"É, é o que estou dizendo."

"Teria que ser um cara realmente muito grande, então", disse Pookie. "Ou um meliante com uma boca enorme."

"Ou os dois", comentou Bryan.

Pookie assentiu.

"Ou os dois. Maravilha. Sem querer ofender seu intelecto magnífico, Bo-Bobbin, mas é difícil de acreditar nisso. Você está dizendo que o assassino é grande, tem dentes espaçados, é forte o bastante para arrancar fora o braço de um cara com a boca *e* que é peludo pra caralho?"

"Imagine só", disse Bryan. "Quero dizer, alguém poderia descrever isso como sendo parecido com um lobisomem, certo?"

Pookie parecia irritado.

"Caras grandes também podem usar fantasias, Bri-Bri."

Bryan estremeceu, depois tossiu com força. Emitiu um som horrível. Limpou a garganta, então passou a mão acima da omoplata de Oscar, usando o polegar e o indicador para mostrar o espaçamento das ranhuras paralelas. Bryan levantou a mão e a manteve erguida na frente do rosto — o espaço entre a ponta do polegar e do indicador era tão largo quanto suas maçãs do rosto.

"Uma fantasia completa que vem com dentes grandes e assassinos? Por favor, Pooks."

Será que Bryan estava sugerindo que um *lobisomem* tinha feito aquilo? Qual era a temperatura da febre dele?

Pookie se voltou para Robin.

"Tem *certeza* de que essas marcas foram causadas por dentes? Poderiam ter sido causadas por algum tipo de arma?"

Ela assentiu.

"Suponho que sim, mas teria que ser uma arma projetada para funcionar como uma mandíbula."

"Existe um nome para uma arma assim", disse Pookie. "Chama-se *dentes falsos*. Alguma coisa que pode vir com uma fantasia de monstro do nível de Hollywood."

Bryan revirou os olhos e riu.

"Você está tentando ir longe mesmo, Pooks. E não se pode colocar uma fantasia num cromossomo. Você disse brincando que o cara é um mutante cabeçudo, mas com base no que vimos, talvez não seja uma brincadeira."

Robin conhecia os dois muito bem — Bryan se orgulhava de ser racional. Não acreditava em monstros nem no sobrenatural. O fato de estarem discutindo aquilo destoava completamente da personalidade dele.

"Me contem", pediu Robin. "O que vocês viram?"

"Nada", responderam os dois ao mesmo tempo.

Então eles não iriam revelar nada para ela? Assim como Rich Verde, talvez pensassem que o trabalho de Robin era examinar cadáveres, não solucionar crimes. Ela se perguntou se aquela informação secreta tinha alguma ligação com a aparência acabada do seu ex-namorado.

Robin empurrou Oscar de volta para dentro da câmara e fechou a porta. Voltou à sua mesa. Bryan e Pookie foram com ela.

"Tecnicamente, Pookie tem razão", disse ela. "Por definição, estamos lidando com uma mutação. O criminoso pode ter outras deformidades físicas também. Não temos como saber."

Ela se sentou. Eles pararam um de cada lado dela, olhando outra vez a estranha imagem do novo cromossomo.

"Ei, Robin", disse Bryan. "Por que o cromossomo Zeta tem duas coisinhas que se parecem com calotas, enquanto que os cromossomos X e Y só têm uma?"

"Coisinhas que se parecem com calotas?", repetiu ela. "Ah, isso é um centrômero. Mas um cromossomo não pode ter dois cent..."

De repente, ela viu o que Bryan apontou.

"Meu Deus!", exclamou ela. "Como não vi isso?" Bryan não tinha nenhum treinamento científico, mas era um excelente observador. Bem melhor do que ela, pelo jeito.

"Não viu o quê?", perguntou Pookie. "Digamos que só tirei um dez em biologia porque transei com a professora. Explique para mim, Bo-Bobbin."

"Cromossomos são feitos de duas colunas emparelhadas de DNA condensado e compactado", explicou ela. "Cada coluna é chamada de *cromátide* e representa a cópia do cromossomo de um pai. O *centrômero* é onde as duas linhas se encontram, onde se fundem."

Pookie tocou a tela, a ponta do dedo no meio do cromossomo Y.

"Ou seja, este ponto", disse ele. "Ou o ponto central do X. Isso é um centrômero?"

Ela fez que sim.

"Isso. A não ser que uma célula esteja dividida, e as que testei não estavam, ela só tem *um* centrômero. O Zeta tem *dois*. Nunca vi nada parecido. Nenhuma pessoa viu. Nunca."

Ficaram quietos. Juntos, encaravam a tela.

"É minha!", disse Pookie depois de algum tempo. "Se for uma espécie nova, eu que vou dar o nome."

Robin riu.

"Não é assim que funciona, Pooks."

"Tarde demais", disse ele. "Já dei o nome de *fodidosesei quediaboserisso.*"

Bryan assentiu.

"É um bom nome."

O celular de Pookie tocou. Ele o pegou e verificou o identificador de chamadas.

"É a delegada Zou", anunciou ele. "Já volto." Atendeu o telefone enquanto saía do prédio, deixando Robin sozinha com Bryan.

Sem Pookie na sala, as coisas ficaram incômodas de repente. Ela odiara Bryan durante meses, mas agora que ele estava ali, aquele ódio não estava mais em lugar algum.

"Então", disse ela. "Como você está?"

"Ocupado. O caso Ablamowicz e tudo o mais. E então aqueles caras tentaram matar Frank Lanza."

Sim, o tiroteio. Bryan tirara outra vida. Ela poderia ter estado ao seu lado, ajudado-o a lidar com aquilo. Mas, pelo jeito, ele não precisava da ajuda dela. Para dizer a verdade, ele não precisava *dela*.

"É, Ablamowicz", disse a legista. "Esse caso está sendo investigado há, o quê, duas semanas? Como você esteve durante os últimos seis *meses*, Bryan?"

Ele deu de ombros e desviou o olhar.

"Você sabe. Muitos cadáveres. Não existe um instante de tédio no Departamento de Homicídios."

Ele iria fazer aquele joguinho? Bem, ela não o deixaria se safar com tanta facilidade.

"Bryan, por que não me ligou?"

Ele a olhou de novo. Ela queria ver emoção naqueles olhos — dor, desejo, necessidade, vergonha —, mas eles pareciam insensíveis como sempre.

"Você me mandou embora", rebateu ele. "Disse para não ligar. Foi muito clara."

"Ok, mas seis meses? Você poderia ter ligado pelo menos para ver como eu estava."

"E o seu telefone está quebrado? Não sei bem onde no manual de regras diz que os telefones só funcionam quando os homens os usam."

Ela mordeu a parte interna dos lábios — não iria chorar. *Não iria*.

"Você tem razão. Eu realmente pedi para não ligar."

Bryan deu de ombros.

"As coisas são assim. Acredite ou não, estou feliz em ver você." Olhou para o chão, depois falou em voz baixa. "Senti a sua falta."

Ouvir aquilo a magoava. Ele poderia tê-la chamado de vadia idiota que teria magoado menos. Como ele podia sentir falta de alguém que não amava? Suas palavras tinham boas intenções, mas a acertaram como um chute na barriga — um chute que ela queria tomar de novo.

"Fale isso de novo", pediu ela.

Ele olhou para cima e forçou um sorriso.

"Olhe, fico feliz em ver você, mas estou... estou enfrentando uma barra-pesada agora. Podemos manter as coisas num nível profissional?"

O rosto dele permaneceu inexpressivo. Bryan estava certo — as coisas eram assim. Às vezes, não era para ser, não importa o quanto você queria aquilo.

Ela anuiu.

"Claro, profissional. Posso pelo menos perguntar como o seu pai está?"

"Ele está bem", respondeu Bryan. "Eu o vi hoje de manhã. Por mais estranho que pareça, ele me fez prometer resolver as coisas com você."

"E você sempre mantém suas promessas?"

"Profissional, Robin."

"Certo, desculpe", disse ela. Ela mordeu a parte interna dos lábios. "Se eu descobrir mais alguma coisa, devo ligar para Pookie... ou para você?"

Os olhos dele se estreitaram, apenas por um segundo. O jeito que a pele se enrugava quando ele fazia aquilo era sexy pra caramba. Aquela era uma expressão de aborrecimento ou de... *mágoa*? Ora, ora, ora, talvez *houvesse* alguma emoção naquele ciborgue, afinal de contas.

"Pode ligar para mim", respondeu ele.

Pookie voltou, de olhos arregalados e parecendo preocupado.

"Tudo bem?", perguntou Bryan.

"Vou expandir o meu investimento com os fabricantes das Depends", disse Pookie. "Espero que tenham fraldas para pessoas com mais de um esfíncter, porque a Zou acabou de me abrir um novo cu. Bri-Bri, temos que dar o fora daqui depressa. Verde contou a Zou que tomamos o depoimento de Tiffany Hine. A delegada acha que ignoramos as ordens de ficar fora do caso."

"Mas encontramos um corpo", disse Bryan. "O que deveríamos fazer, passar por cima dele no caminho para comprar rosquinhas e café?"

Pookie assentiu.

"Acho que sim. Ela sabe que sabíamos que Verde estava a caminho, mas seguimos em frente mesmo assim, e a mulher está puta da vida. Se descobrir que estivemos aqui para ver Oscar, ela vai banhar nossas bolas em bronze e colocá-las em cima da mesa, bem ao lado da foto da família dela."

Robin não conhecia as políticas de conduta interna da polícia muito bem, mas tinha que ter mais alguma coisa naquela história. Será que Zou seria assim *tão* contrária ao envolvimento de Bryan e Pookie naquele caso?

Bryan cerrou os dentes. Frustração era uma emoção que ele não se dava ao trabalho de esconder.

"E agora?", perguntou ele. "Entregamos a nossa pista do vidente para o Verde?"

"*Diabo*, não", exclamou Pookie. "Na verdade, acabei de ligar para o Senhor Show-Biz e ele está nos esperando em vinte minutos. Ouça, Robin, temos que ir. Boca fechada sobre a nossa visita, certo?"

"Claro", respondeu Robin. "Como disse antes, eu não deveria ter contado nada a vocês."

Pookie saiu. Bryan olhou para Robin por muito tempo, então foi atrás do parceiro. Robin o observou sair, já procurando encontrar significado nas palavras dele, e já se odiando por isso.

SENHOR SHOW-BIZ

North Beach, o bairro italiano de San Francisco, se encontra bem ao lado de Chinatown. Quando criança, Bryan costumava andar entre as duas vizinhanças com o pai. A mudança de uma para a outra era tão abrupta, tão distinta, que Bryan achava que portões vigiados por guardas de fronteiras internacionais não teriam parecido nem um pouco fora de lugar. Em um minuto você está andando através de uma multidão de chineses escolhendo frutas e vegetais em caixotes lotados do lado de fora de mercadinhos, todas as placas e conversas em idiomas asiáticos, e, no seguinte, você se depara com calçadas tranquilas com mesas de cafeterias cheias de pessoas bebendo espressos, velhos deixando escapar pedaços de conversa em italiano e todos os postes de iluminação decorados com tiras verdes, brancas e vermelhas.

North Beach comporta dois tipos de negócios de rua em especial: um abastecimento de comida interminável representado por restaurantes, padarias, açougues e confeitarias, e então temos o *kitsch*, representado pelas lojas cheias de bugigangas, roupas superfaturadas e arte ainda mais cara. Em cima das inúmeras lojas *kitsch* e dos restaurantes assenta-se a segunda camada de North Beach, representada por placas desbotadas nas janelas que anunciam importadores, exportadores, vendedores de azeite, alfaiates e muito mais.

O Senhor Show-Biz operava numa dessas lojas de segundo andar, apenas um lance de escadas acima de Stella Pastry & Café. Sua placa não estava desbotada — um olho azul em néon acondicionado em uma mão vermelha em néon e as palavras VIDENTE em néon branco curvadas na parte de baixo.

"Conveniente", comentou Pookie. "Assim que a nossa conversa com esse cara acabar, a gente desce para comer um bolo *sacripantina*."

"A maria-fumaça precisa de gasolina?"

"A metáfora é *carvão*, na verdade", corrigiu Pookie. Ajeitou as quatro pastas abarrotadas sob o braço antes que o conteúdo se espalhasse pela calçada. "Os cérebros precisam de substâncias químicas, como potássio e sódio. O açúcar também é uma substância química, Bryan, logo, meu cérebro precisa de açúcar. É o que chamam de *ciência*."

"O cara que acredita no Papai do Céu Invisível está citando ciência?"

"É", respondeu Pookie. "E ele está prestes a bater um papo agradável com um pagão que faz magia negra. A confissão vai ser um pé no saco essa semana. A propósito, não contei ao Senhor Show-Biz que somos tiras."

Bryan assentiu.

"É sempre bom fazer uma surpresinha."

"Até onde sei, esse cara é um suspeito", disse Pookie. "Mas não quero agir rápido demais. Ele é o único possível alvo que temos."

Bryan não iria ficar animado demais com aquilo, ainda não. O vidente Thomas Reed, também conhecido como *Senhor Show-Biz*, estivera apenas procurando por informações a respeito dos símbolos. Isso significava que poderia ter alguma ligação com o caso, ou, o que era mais provável, apenas vira os símbolos em algum lugar e queria descobrir mais coisas sobre eles. Ainda assim, as pessoas não faziam pedidos ao DPSF e à prefeitura só por curiosidade."

"Pooks, que porcaria de nome é Show-Biz?"

"Talvez ele seja como Elvis", conjecturou Pookie. "Tipo, *rei do show business*. Pronto para conseguir algumas respostas?"

Bryan estava. Ele aceitaria *qualquer* resposta àquela altura. Estava com uma dor de cabeça fraca, o que era a menor das suas aflições. Seu corpo rebelde tentava derrubá-lo, mas ele se recusava a ceder. Pelo menos por enquanto, ele conseguia forçar a barra e ignorar o fato de que doía quando se mexia, doía até para *respirar*.

Passaram pela porta do andar térreo e subiram as escadas. O cheiro de incenso vindo de cima se misturava ao aroma dos doces que vinha de baixo. Não restavam dúvidas de que a porta do andar superior pertencia ao Senhor Show-Biz — era de um vermelho-vivo com um olho azul pintado no centro. Eles entraram.

No interior havia um homem vestido com um manto vermelho com detalhes azuis e um turbante azul decorado com rubis falsos. Devia ter uns 60 anos — se o rosto dele indicava alguma coisa era que cada um daqueles sessenta anos tinha sido difícil. Estava sentado numa cadeira vermelha parecida com um trono. Diante da cadeira, uma bola de cristal azul repousava sobre uma mesa coberta com uma toalha de veludo vermelho. Duas cadeiras baratas de plástico azul estavam arrumadas do outro lado da mesa.

Aquela roupa era algo que alguém encontraria num príncipe da Índia hollywoodiano da década de 1960, mas seu rosto não tinha nada da realeza: um nariz que fora quebrado três vezes, pele pálida e enrugada e a pálpebra esquerda cobria metade da íris, congelando seu olhar numa piscadela permanente.

O homem gesticulou para que entrassem. Na mão esquerda segurava um pequeno objeto cilíndrico. Pressionou o objeto contra a garganta.

"BEM-VINDOS", disse ele com uma voz mecânica. "POR FAVOR, ENTREM."

Bryan e Pookie pararam, encarando-o.

"NÃO SE INCOMODEM COM AS MINHAS DEFICIÊNCIAS. PRECISO DE AJUDA VOCAL."

"Uma laringe eletrônica", disse Pookie. "Um vidente com uma laringe eletrônica."

"Deficiências?", perguntou Bryan. "No plural?"

"TAMBÉM SOFRO DE UM CASO MODERADO DE COPROLALIA."

Bryan e Pookie trocaram olhares.

"SÍNDROME DE TOURETTE."

"É claro", disse Pookie. "Um vidente com uma laringe eletrônica e síndrome de Tourette."

"ESTÁ TUDO NA MINHA PÁGINA NO FACEBOOK. FAÇA UM POUCO DE PESQUISA DA PRÓXIMA VEZ *SACO DE MERDA! CHEIRADOR DE CU!* NÃO LIGUEM PARA OS XINGAMENTOS, É SÓ A MINHA DEFICIÊNCIA. ENTREM E SENTEM-SE."

Bryan e Pookie sentaram-se nas cadeiras de plástico azul.

"QUAL DE VOCÊS É POOKIE?"

Pookie levantou a mão.

"Sou eu."

O Senhor Show-Biz se inclinou para a frente e fez um círculo com a mão direita acima da bola de cristal azul. Ele a olhou, franzindo o rosto como se visse o fogo do inferno ali dentro. Se Bryan não tivesse sido pego de surpresa pelas deficiências do cara, teria rido do ato exagerado e dramático.

"ME DIGAM O QUE QUEREM SABER. ESTOU ME COMUNICANDO COM OS ESPÍRITOS PUNHETEIROS."

"Somos policiais", disse Pookie. "Precisamos fazer algumas perguntas sobre um caso."

Bryan mostrou o distintivo. Pookie fez o mesmo.

A mão congelou no meio do movimento. O Senhor Show-Biz olhou para cima sem mexer a cabeça, os olhos espiando por baixo de sobrancelhas salpicadas de tons grisalhos. A carranca sumiu, sendo substituída por uma expressão de *ah, merda*.

"POLICIAIS?"

"Relaxa", tranquilizou-o Pookie. "Só queremos fazer algumas perguntas."

Show-Biz olhou para os dois, os olhos dardejando de um para o outro. Parecia estar esperando algo acontecer. Quando o que quer que estivesse esperando não aconteceu, ele falou de novo.

"HUMMM, PERGUNTAS SOBRE O QUÊ?"

"Vinte e nove anos atrás, você enviou um requerimento ao DPSF pedindo informações sobre alguns símbolos."

Os olhos do homem se arregalaram de medo.

"HUMMM, NÃO QUERO CONFUSÃO. NÃO ME MACHUQUEM."

Bryan se perguntou por que o cara estava tão nervoso. Que tipo de negócio ele estava operando ali? Além do óbvio golpe de fingir ver o futuro para arrancar dinheiro dos ingênuos, é claro.

"Não é nada demais", disse Pookie. "Estamos trabalhando num caso. Precisamos de ajuda, não estamos aqui para aborrecê-lo."

Os olhos se agitaram de novo.

"SÓ QUEREM SABER POR QUE FIZ O REQUERIMENTO? SÓ ISSO?"

Pookie anuiu. Show-Biz deu a impressão de relaxar, mas apenas um pouco. Sua expressão se tornou esperançosa.

"EU ESTAVA ESCREVENDO UM LIVRO."

"Legal", comentou Pookie. "Um escritor. Um vidente escritor com Tourette e uma laringe eletrônica. Qual é o nome do livro?"

"NÃO O TERMINEI. O QUE VOCÊS QUEREM?"

Pookie abriu uma das pastas. Pegou as fotos dos símbolos sangrentos e as deslizou devagar pela mesa.

O Senhor Show-Biz as olhou. Os olhos se arregalaram. O cara reconheceu aqueles símbolos e eles o assustaram pra valer.

"*CARALHOAALHO, CARALHOAALHO, CARALHOAALHO!*"

"Respire fundo", disse Pookie. "Calma, cara, respire fundo."

O Senhor Show-Biz largou a laringe eletrônica. Ela rolou pela superfície de veludo vermelho. Pousou as duas mãos com as palmas para baixo sobre a mesa, então respirou fundo e devagar três vezes. Isso pareceu acalmá-lo. Seu rosto relaxou. Ele olhou para Pookie, depois para Bryan, como se esperasse que fizessem alguma coisa.

Já que não fizeram nada, Show-Biz voltou a se sentar no trono. Estendeu uma mão trêmula, pegou a laringe eletrônica de cima da mesa e a levou à garganta.

"NUNCA VI ESSAS COISAS."

Bryan riu.

"É claro que não. É por isso que você quase se cagou todo. Ou incontinência é outra das suas deficiências? É um pouco tarde para fingir que não sabe o que elas são."

Show-Biz o encarou.

Será que o homem tinha medo dos símbolos ou dos tiras que conheciam os símbolos e estavam lhe fazendo uma visita? Ele era um vidente, um médium... poderia ter projetado os sonhos para dentro da cabeça de Bryan?

De imediato, o detetive quis dar um soco na própria cara por ter pensamentos tão ridículos. Videntes eram pessoas que davam golpes, nada mais. Mesmo assim, o Senhor Show-Biz sabia de alguma coisa sobre os símbolos. Tinha que ter algumas respostas.

Bryan se inclinou para a frente e pousou os cotovelos sobre a mesa.

"Vamos lá, onde você viu esses símbolos?"

Show-Biz olhou de um tira para o outro, medindo-os.

"NÃO SEI DE *PORRA* NENHUMA."

Pookie pegou uma pasta e tirou uma foto do corpo mutilado de Oscar Woody. Deslizou a foto por cima da mesa.

Show-Biz balançou a cabeça como se não quisesse acreditar que a imagem era real.

"Pessoas estão morrendo", disse Pookie. "Precisamos saber o que você sabe. Se não quiser falar aqui, podemos levá-lo até a delegacia."

Aquela ideia pareceu assustar Show-Biz ainda mais do que as fotos. Ele começou a respirar depressa, beirando a hiperventilação.

"Relaxe", disse Pookie. "Tudo que você precisa fazer é conversar com a gente e isso termina aqui."

O homem esfregou devagar o nariz torto. Olhou para eles, a expressão duvidosa de volta aos olhos.

"VOCÊS CONTARAM AOS PORCOS DOS SEUS CHEFES QUE ESTAVAM VINDO ATÉ ESTE LUGAR? ALGUÉM SABE QUE ESTÃO AQUI?"

Bryan ficou imóvel, como se o menor movimento pudesse afugentar o cara. Pookie parecia fazer o jogo com perfeição.

"Um outro cara sabe", respondeu Pookie. "Mas é só isso. E ele não é chefe da gente, é só um cara que procurou os símbolos no sistema de computador. Nenhum relatório foi arquivado nem nada do tipo. Suponho que você queira que esta conversa fique entre nós?"

"NINGUÉM PODE FICAR SABENDO. *SACO DE MERDA! CHEIRADOR DE CU!*"

Pookie fez o sinal da cruz.

"Nós prometemos."
O vidente estendeu o punho esquerdo.
"promessa é dívida?"
Pookie esticou o braço, bateu com o punho.
"Promessa é dívida."
Show-Biz aquiesceu. Ele finalmente olhou as fotos.
"digam onde encontraram estes símbolos."
"Em cenas de assassinatos", disse Pookie. "Dois garotos adolescentes. Ambos numa gangue chamada Boys Company. Um morreu duas noites atrás, outro antes do amanhecer de hoje. Além do seu requerimento pedindo informações, não conseguimos encontrar esses símbolos em nenhum registro policial. Diga-nos o que são."
Show-Biz ergueu o olhar, balançou a cabeça.
Bryan sentiu a paciência se esvaindo. Levantou-se.
"Preste atenção, babaca. Você está a dez segundos de passar de *possível suspeito* para suspeito número um."
"lambedor de pica boqueteiro!"
"Do que me chamou?"
"Bryan, se acalme", disse Pookie. "É uma doença."
"sim, é uma doença. desculpe fodido lambedor de pica."
"Besteira!", rebateu Bryan. "Esse cara não tem doença nenhuma."
"sou inválido."
Bryan sentiu uma das mãos de Pookie no seu braço.
"Se acalma", disse o seu parceiro. "Deixe o cara falar, ok?"
Bryan voltou a se sentar e cruzou os braços na frente do peito.
"esses símbolos são dos filhos de marie. é um culto. hum, vocês são tiras, com certeza já ouviram falar deles."
Pookie balançou a cabeça.
"Trabalho no dpsf há dez anos. Nunca ouvi falar dos Filhos de Marie."
Bryan também não. Ele permaneceu quieto — Pookie estava fazendo progresso.
Show-Biz os encarou, como se esperasse pelo final da piada. Aguardou alguns segundos, então deu de ombros.
"uma bruxa chamada marie e o filho dela, chamado primogênito, chegaram a san francisco durante a febre do ouro. supõe-se que eles e os seus seguidores foram responsáveis por múltiplos assassinatos na cidade. alguns relatos afirmam que eles eram canibais. *saco de merda! cheirador de cu!* um grupo chamado os salvadores prendeu dúzias dos filhos de marie, hum, queimaram todos na fogueira em 1873."
O detector de besteira de Bryan disparou de imediato.
"*Dúzias* de pessoas? Queimadas na fogueira? Mesmo tanto tempo atrás, é impossível isso ter acontecido e nunca termos ouvido falar a respeito."
"as pessoas não querem saber sobre os detalhes ruins da história. esse não é o tipo de coisa que se coloca num panfleto turístico, mas os tiras deviam saber."

"Por quê?", perguntou Pookie. "Por que os tiras têm que saber?"

"PORQUE OS FILHOS DE MARIE COMETEM ASSASSINATOS DESDE ENTÃO. DISCRETAMENTE, NA MAIORIA DAS VEZES, MAS HOUVE ALGUNS ASSASSINATOS EM SÉRIE CONHECIDOS. E EXISTEM, *SACO DE MERDA!*, BOATOS QUE DIZEM QUE COMETERAM ASSASSINATOS PARA A MÁFIA."

Bryan fechou os olhos e esfregou as têmporas. A dor de cabeça fraca se transformara em algo que ameaçava derrubá-lo.

"Não acredito nisso", disse ele. "Como podem ser conhecidos se nunca ouvi falar deles?"

Show-Biz encarou Bryan.

"JÁ OUVIU FALAR NO ESFAQUEADOR DE GOLDEN GATE?"

Bryan e Pookie trocaram olhares. O Esfaqueador era o maior assassino em série da cidade, um monstro que matara crianças. Tinha assassinado mais vítimas do que psicopatas mais conhecidos, como o Assassino do Zodíaco, David Carpenter e Luis Aguilar.

Show-Biz cutucou as fotos.

"ESTES SÍMBOLOS FORAM ENCONTRADOS QUANDO PRENDERAM O ESFAQUEADOR DE GOLDEN GATE."

"Não pode ser", disse Bryan. "Isso não tem como ser verdade e nunca termos ouvido algo a respeito."

Show-Biz se levantou e foi até a estante abarrotada de livros. Pegou um álbum de fotos, o folheou, então o colocou de volta no lugar. Fez o mesmo com outros dois, então encontrou o que queria no quarto volume. Voltou à mesa e entregou o álbum aberto a Bryan.

"*LAMBEDOR DE PICA BOQUETEIRO FODIDO* LEIA ISTO."

Era um recorte de jornal. A data era de trinta anos atrás. Mesmo protegido pelo plástico, o papel estava amarelado, desbotado e velho. À direita das colunas de texto, uma foto em preto e branco mostrava um símbolo desenhado na terra. Era o símbolo do círculo e do triângulo dos sonhos de Bryan, o mesmo que tinham encontrado nas cenas dos dois assassinatos brutais.

ESFAQUEADOR DE GOLDEN GATE
MORTO PELA POLÍCIA

Um terrível mistério chegou ao fim na manhã de hoje quando um homem que a polícia identificou como sendo o Esfaqueador de Golden Gate Park foi morto no mesmo parque que aterrorizou durante dez meses. A polícia não conseguiu identificar o homem. Fontes internas especulam que a identidade do assassino pode nunca ser conhecida.

O detetive Francis Parkmeyer, da polícia de San Francisco, disse que os testes de impressões digitais já colocaram o assassino na cena de todos os oito assassinatos de crianças no parque Golden Gate que aconteceram de 18 de fevereiro até a última vítima, em 27 de novembro.

Ele foi encontrado ao lado de uma faca Bowie, uma arma que a polícia há muito afirmou ser o instrumento usado em todos os assassinatos. Relatórios preliminares indicam que as marcas distintas na lâmina correspondem às marcas encontradas nos restos mortais das vítimas.

"Não tenho dúvidas de que encontramos o Esfaqueador de Golden Gate", disse Parkmeyer. "As impressões digitais são compatíveis, assim como a arma."

O corpo foi encontrado às 5h15 desta manhã por uma equipe de manutenção do parque. Ramon Johnson, um membro da equipe, a princípio afirmou que o suposto assassino estava cambaleando pelo bosque com uma flecha despontando das costas. Depois de conversar com a polícia, Johnson disse que confundiu um galho com a haste de uma flecha.

Parkmeyer negou a presença da flecha.

"Isso aconteceu antes do amanhecer e os olhos da testemunha o enganaram", disse Parkmeyer. "O assassino cometeu suicídio. Esse pesadelo acabou. Temos nossa cidade de volta."

Pookie afastou os olhos do artigo.

"Não entendo. Isso é um caso de homicídio múltiplo, um dos maiores, e esse símbolo não é de conhecimento comum no departamento? *Por quê?*"

Bryan olhou o canto do recorte. O logotipo do *San Francisco Chronicle* parecia mais escuro do que as letras no restante da página, como se o nome do próprio jornal fosse mais resistente à destruição do tempo.

Ele apontou para o logotipo.

"Talvez os arquivos do *Chronicle* tenham mais informações."

O Senhor Show-Biz sorriu.

"BOA IDEIA. DEEM UMA OLHADA NOS ARQUIVOS."

Bryan olhou fixamente para a foto do símbolo no jornal. Ali estava, em preto e branco. O símbolo estivera num jornal de grande circulação local, ligado a um dos casos mais importantes, e mesmo assim não estava registrado no sistema do departamento?

O Senhor Burns Negro descobriu informações que tinham sido deletadas, mas isto... isto estava em outro nível. Alguém estaria protegendo um assassino em série? Protegendo esse culto dos Filhos de Marie? Ou até mesmo fazendo as duas coisas ao mesmo tempo?

"PARKMEYER MENTIU SOBRE A FLECHA. CONVERSEI COM RAMON JOHNSON. ELE ESTÁ MORTO AGORA *LAMBEDOR DE PICA*, MORREU DE CAUSAS NATURAIS, MAS EU O ENCONTREI E O ENTREVISTEI ANTES DE MORRER. ELE DISSE QUE VIU UMA FLECHA NAS COSTAS DO ASSASSINO. DISSE QUE O ASSASSINO DESENHOU O SÍMBOLO NA TERRA ENQUANTO MORRIA."

Show-Biz pegou o álbum de recortes e folheou as páginas. Entregou-o a Bryan. Ele notou a data — 5 de maio de 1969. A manchete dizia: MASSACRE DE WAH CHING. Abaixo da manchete, uma foto em preto e branco desbotada e amarelada mostrava três homens mortos cobertos por lençóis brancos com manchas pretas.

O preto era sangue, e havia muito.

Numa parede atrás dos corpos, um pouco desfocado, Bryan o viu de novo — o símbolo do círculo e do triângulo da cena do assassinato de Oscar Woody, o símbolo da cena do assassinato de Jay Parlar, o símbolo dos seus sonhos.

Que diabo ele devia fazer com aquilo?

Show-Biz pegou o álbum de recortes, fechou-o e o devolveu à estante. Voltou ao trono e sentou-se.

"JÁ DEI TODAS AS INFORMAÇÕES. ACABEI."

"Precisamos de mais", disse Bryan. "Precisamos de *mais*."

Show-Biz balançou a cabeça.

"NÃO POSSO. JÁ FALEI MAIS *SACO DE MERDA* DO QUE TINHAM *CHEIRADOR DE CU* ANTES."

O homem lhes dera excelentes informações, mas agora o medo estava de volta aos seus olhos. Do que ele tinha medo? Bryan olhou para Pookie.

"Biz, meu querido, isso é ótimo", disse Pookie. "Você nos deu bastante coisa e ficamos gratos por isso."

Show-Biz aquiesceu.

"Só mais uma coisa", continuou Pookie. "O que eu vou pedir não é nada. Você pesquisou muito, então aposto que sabe o significado desses símbolos."

Show-Biz pensou por alguns instantes, então se inclinou para a frente e olhou as fotos sobre a mesa mais de perto. Usou o indicador direito para traçar as linhas do símbolo enquanto falava.

Começou pela linha curva que fazia parte de ambos os desenhos.

"HUM, ESTE É UM SÍMBOLO PARA A ÁREA DA BAÍA DE SAN FRANCISCO. AS DUAS LINHAS REPRESENTAM A ENTRADA PARA O OCEANO ENTRE AS DUAS PENÍNSULAS."

Ele apontou para o círculo que mostrava um raio atravessando o símbolo, com os dois semicírculos de cada lado.

"O CÍRCULO CENTRAL REPRESENTA O OVO NO QUAL AS BRUXAS SÃO GERADAS..." — [*um útero*] flamejou pela mente de Bryan

— "... O SEMICÍRCULO COSTUMAVA SER OS BRAÇOS ESTENDIDOS PARA PROTEGER O OVO. EM ALGUM MOMENTO ELES FORAM SIMPLIFICADOS. A LINHA IRREGULAR REPRESENTA O SANGUE HUMANO. ESTE É O SÍMBOLO DOS FILHOS DE MARIE."

Bryan se inclinou para mais perto.

"Então, o símbolo nas cenas dos assassinatos significa que foram os Filhos de Marie que mataram os garotos?"

"é exatamente isso que significa."

"Não entendo", disse Pookie. "Os garotos faziam parte de uma gangue pequena. Por que os Filhos de Marie iriam atrás deles?"

O Senhor Show-Biz deu de ombros.

"Achamos que os assassinos podem estar usando máscaras", continuou o detetive. "Fantasias e coisas assim. Isso lhe soa familiar?"

"reza a lenda que os filhos de marie se vestem para se parecerem com monstros, para aterrorizar as vítimas antes de as matarem."

"Eu sabia!", exclamou Pookie. "Ouviu isso, Bryan?"

Bryan não disse nada. Fantasias podiam explicar o que ele vira nos sonhos, o que Tiffany Hine vira, mas podiam explicar o que Robin descobrira?

Pookie pegou a foto do símbolo com o raio.

"Biz, tem *certeza* de que isso é trabalho dos Filhos de Marie? Alguém poderia estar fingindo ser eles?"

"tenho quase toda a certeza de que são eles. ou talvez alguém pense *saco de merda!* que faça parte dos filhos de marie."

Bryan tocou a foto com o símbolo do triângulo, aquele que o assustou tanto que era como tocar uma foto ampliada de uma aranha que poderia vir à vida e picá-lo. Empurrou-a na direção de Show-Biz.

"E este aqui?"

"hum, foi registrado pela primeira vez em 1892. o círculo representa o ovo, mas também representa o olho do caçador. o triângulo incompleto é um símbolo de proteção contra os demônios que caçam os filhos de marie."

"Demônios?", perguntou Pookie.

"os salvadores. é um símbolo de proteção contra os salvadores."

Bryan se lembrou do medo que sentiu nos sonhos, podia senti-lo até mesmo naquele instante, um soco gélido abaixo do coração.

"Olha só. Os assassinos têm os seus próprios bichos-papões."

"ajudei vocês. agora vão embora."

Bryan começou a fazer mais perguntas; porém, antes que conseguisse terminá-las, Pookie apertou a mão do vidente.

"Biz, meu chapa, você é um bom homem", disse Pookie. "Se tivermos mais perguntas depois...?"

Ele hesitou, então enfiou a mão dentro do manto e entregou a Pookie um cartão de visita. Não havia nada no cartão exceto um número.

"é um telefone pré-pago. não tem como rastreá-lo até mim."

"Um telefone pré-pago?", disse Bryan. "Você é o quê, um traficante?"

"é o meu telefone para encontros. muitas donas de casa solitárias vêm aqui para que eu veja seus futuros, se entende *lambedor de pica boqueteiro fodido* o que quero dizer."

Pookie assentiu com respeito.

"Um homem faz o que tem que fazer, Biz, um homem faz o que tem que fazer. Obrigado de novo. Entraremos em contato. Bryan, vamos."

Pookie andou depressa até a porta e a segurou aberta. Bryan hesitou, encarando o charlatão que o surpreendera com informações verdadeiras. Ele sabia que Biz tinha mais para compartilhar, mas talvez o seu parceiro estivesse certo — talvez aquilo fosse tudo o que conseguiriam por enquanto.

Bryan foi até a porta e desceu as escadas até a Columbus Avenue.

◉ ◉

Bryan observou Pookie deslizar um garfo na segunda fatia de bolo *sacripantina* amarelo. Levou o garfo à boca, então murmurou enquanto mastigava.

"Isso é tão bom", disse ele. "É como um Twinkie que tomou anabolizantes. Tem certeza de que não quer uma fatia?"

Bryan ainda se arrependia da linguiça que assentava no seu estômago como um tijolo azedo. Podia sentir o cheiro do açúcar, da farinha, até da essência de limão do bolo de Pookie. Uma mordida daquilo e o seu estômago embrulhado se rebelaria. Ele balançou a cabeça.

"Estou viajando, Pooks. Nossa melhor pista, e o que temos para trabalhar? Quero dizer, um culto de bruxas? Assassinos de aluguel da máfia? Um tipo de operação de acobertamento de cem anos? Por favor."

"Por que não? Existe uma razão para Oscar e Jay terem sido mortos. Algum tipo de ligação oculta é uma pista tão boa quanto qualquer outra. Vou começar a fuçar no caso do Esfaqueador de Golden Gate. E quando digo *vou começar a fuçar*, quero dizer que vou pedir para o Senhor Burns Negro fazer isso para mim."

"Você alguma vez faz as suas investigações?"

"Sim", respondeu Pookie. "Consigo encontrar imbecis. Espere... tem um sentado bem na minha frente. Tem certeza de que não quer um pouco de bolo?"

"Tenho", disse Bryan. "Não quero bolo. Quero descobrir o que está acontecendo."

Pookie concordou devagar.

"Vamos descobrir a verdade, Bryan. Essa coisa dos sonhos não faz sentido nenhum, e sei que está deixando você perturbado, mas preciso que tente relaxar para que o seu cérebro funcione direito."

"Não quero relaxar."

"Vamos, confie no dr. Chang. Se sentiu melhor depois de ver o seu pai?"

Sim, na verdade me senti são de novo.

"Não", respondeu Bryan. "Não me senti."

"G-M-Q-C-M. Olhe, cara, se foi uma operação de acobertamento, e a delegada da porcaria da polícia está envolvida, então você *sabe* que temos que agir com cuidado. Paciência, Daniel-san."

Paciência? Era fácil para Pookie dizer isso. E mesmo assim, paciência era exatamente o que precisavam — Bryan era um caçador. Se perdesse o controle agora, poderia afugentar a presa.

Alguém era responsável por tudo aquilo.

Bryan não descansaria até descobrir quem.

A VINGANÇA DE HECTOR

Aggie James pegou o recipiente de *tupperware* que fora jogado na sua direção. Até fazer isso doía. Seu corpo doía. Ele precisava de um pico. De alguma coisa. Qualquer coisa. Ficar na seca era uma droga.

Abriu o recipiente e o cheirou. Seu estômago agitado se regozijou com o aroma do picadinho cheio de cenouras, batatas e grossos pedaços de alguma carne fibrosa.

A velha com o carrinho viera de novo. Não tinham puxado a sua corrente até o fim daquela vez. Ele conseguia se mover o bastante para alcançar a comida. Isso o transformava num perigo em potencial, supunha ele, mas a velha não parecia se preocupar com isso. Ela se aproximou, se inclinou para perto, então cheirou.

Desta vez, a echarpe era rosa com grandes bolas vermelhas. A idosa usava uma saia marrom em vez da cinza, mas o suéter e os sapatos eram os mesmos.

"Esse picadinho parece bom", disse Aggie. "O que tem nele?"

Ela parou de cheirar tempo suficiente para fitá-lo nos olhos.

"É bom para você. Coma."

Ela tinha falado com ele. Era a primeira vez que ouvia inglês em todos aqueles dias.

"Senhora, qual é o seu nome?"

"Hillary."

Ela estendeu o braço para dentro do carrinho e jogou um sanduíche para o chinês que usava a camiseta do Super Bowl XXI. Ele o pegou e rasgou o papel marrom. Disse algo que soou como *shay-shay*, então deu uma enorme mordida enquanto engatinhava para a frente até a corrente se esticar.

"Por favor", disse ele a Hillary enquanto mastigava. "Eu não falar. Eu ir embora. Por favor. *Por favor.*"

O sanduíche dele parecia ser de salada de ovos. O homem estava aterrorizado. Tinha lágrimas nos olhos, e mesmo assim enfiava a comida na boca, mastigava e engolia o mais rápido que podia. Aggie conhecia muito bem aquele comportamento — se você não sabe quando nem de onde a sua próxima refeição virá, ou se alguém vai lhe dar uma surra e tomar a sua comida, você come o máximo que conseguir, o mais rápido que puder.

"Por favor", insistiu o chinês.

Hillary apenas o encarou.

Que grupo eram: Aggie, o mendigo, Hector, o mexicano, e o chinês faminto. Hector tinha dois sanduíches à sua frente. Não encostou neles. Hillary tinha vindo duas vezes desde que os mascarados levaram a esposa dele. Hector não se mexia muito, apenas ficava deitado em posição fetal. Aggie não podia culpar o cara — esposa e filho, mortos.

E você conhece muito bem esse sentimento.

"Por favor, por favor", implorou o chinês a Hillary. Enfiou o último pedaço de sanduíche na boca, depois juntou os dedos e as palmas, como se estivesse rezando. "Eu não falar. *Por favor!*"

Hillary disparou uma frase curta e grossa de algo que soou como o idioma do china, e o homem se encolheu. Caiu de bunda, então rastejou de costas até atingir a parede branca.

"Caramba, Hillary", disse Aggie. "O que você falou para ele?"

"Que vou trazer rolinhos de ovos na próxima vez", respondeu ela sem desviar o olhar do chinês.

"Você tem rolinhos de ovos?"

Ela olhou para Aggie de novo.

"Você não parece tão assustado quanto ele. Por quê?"

Aggie deu de ombros.

"Não parece que vou a lugar nenhum a não ser que vocês me soltem. Além disso, não tenho motivos para viver. Estou bem assustado, acho. Se vou morrer, vou morrer."

E talvez você tenha tentado se matar por anos, mas não teve os colhões para fazer a coisa direito.

"Existem jeitos diferentes de morrer", disse ela. "Alguns são piores do que outros. Você não sabe o que vai acontecer com você."

Aggie deu de ombros de novo.

"O que vai acontecer é o que vai acontecer. Talvez eu esteja um pouco...", ele fez uma pausa quando um arrepio o percorreu dos dedos dos pés ao nariz, "um pouco preocupado agora."

"Você já está se sentindo melhor, eu posso..."

O resto da frase ficou no ar, mas de algum modo Aggie soube que ela estivera prestes a dizer: *você está se sentindo melhor, eu posso sentir o cheiro*. Será que a mulher mexicana também estivera com um cheiro melhor?

Aggie decidiu parar de pensar naquilo. Não queria saber se estava certo.

"Eu estaria ainda melhor se conseguisse o meu remédio", disse ele. "O que acha, senhora? Posso tomar o remédio que estava comigo quando cheguei aqui?"

"Não."

"Mas eu preciso do meu remédio. Estou doente."

Hillary negou com a cabeça.

"Você não precisa dele, ou em breve não vai precisar. Tivemos muitos como você aqui. Vai ficar bem em um ou dois dias."

Aggie tinha ficado na seca antes. Claro, as tremedeiras desapareceriam, assim como a caganeira e o vômito, mas ele estivera longe de se sentir *bem*. Ficar sem as tremedeiras não o ajudavam a *esquecer* — o pico, sim.

"Preciso dele", disse Aggie.

Hillary sorriu.

"Talvez em alguns dias, essa *necessidade* seja o menor dos seus problemas."

A porta branca da cela se abriu com o rangido metálico e agudo. Seis homens com mantos brancos entraram, capuzes por cima das máscaras de monstros — Cara-de-Lobo, Cara-de-Porco, Hello Kitty, um inseto e um com cara de demônio. O último a entrar usava o rosto de pele preta e linhas vermelhas de Darth Maul.

Cara-de-Lobo carregava a haste com o gancho. O Cara-de-Demônio segurava o controle remoto.

O chinês encarava e resmungava palavras atropeladas que Aggie não entendia. O cara estivera inconsciente quando o trouxeram — esta era a primeira vez que via o show de horrores.

Os homens de mantos brancos se fecharam em torno de Hector.

O mexicano não se mexeu. Continuou em posição fetal.

Cara-de-Demônio apertou um botão no controle. As correntes começaram a retinir. Aggie se apressou até a parede, recolhendo a corrente enquanto corria. Encostou o pescoço no buraco, deixando que a corrente deslizasse por entre os dedos para que não se enrolasse no seus pés ou algo parecido.

O chinês estava surtando, mas não tanto para que não imitasse os movimentos de Aggie.

A corrente de Hector ficou esticada, começou a arrastá-lo, mas, mesmo assim, ele não reagiu. Os homens com rostos de monstros se aproximaram mais. Enquanto deslizava, quatro pares de mãos agarraram os seus braços e as suas pernas. A haste de madeira desceu, o gancho de metal avançando para a coleira.

Então a corrente de Hector tilintou com um *clang* novo e estranho.

Ela parou de se retrair.

Aggie olhou para o buraco que dava para o interior da parede. Ali, a corrente estava embolada num nó tão grande que não se encaixava no aro de aço inoxidável.

Os homens com rostos de monstros também olharam, as mãos enluvadas de preto parando no meio do movimento de agarrar as mãos e os pés do mexicano. No silêncio breve e parado que preencheu a sala branca, Hector falou.

"Ahora es su turno cabrones."

Sua mão disparou por baixo de um manto branco, agarrou um pé e puxou. Cara-de-Porco caiu, fazendo um grande barulho, os pés puxados de baixo dele como um personagem de desenho animado pisando numa daquelas armadilhas de cordas, a cabeça batendo no chão de pedras brancas com um baque audível.

Ele os enganou. Estava só se fingindo de morto.

Hector se movia como um gato de rua irritado brigando com uma matilha de cães pequenos e lentos. Ele se livrou do aperto deles e com o mesmo movimento ficou de pé. Ele chutou, plantando o pé com força na barriga do Cara-de-Inseto, que soltou um grunhido e então desabou.

Dois homens caídos em menos de um segundo.

"Acerta eles!", gritou Aggie. "Acerta eles!"

Hello Kitty agarrou o braço esquerdo de Hector, enquanto Darth Maul tirava um cano de chumbo de dentro da manga e o girava em um arco lento e horizontal, mirando o joelho de Hector. O mexicano se contorceu no último segundo, como aqueles caras do Ultimate Fighting, desviou da trajetória do cano e foi atingido na parte de trás do joelho. Seu rosto se contorceu — o golpe machucou, mas não tanto quanto teria se tivesse acertado a rótula.

Cacete, aquele chicano era rápido.

Hector estendeu a mão livre e arrancou a haste de madeira das mãos do Cara-de-Lobo. Darth Maul preparou o cano para outro golpe destinado ao joelho, mas o mexicano estocou com a extremidade da vara e acertou a máscara de látex de Maul. Darth Maul soltou um grito diferente de tudo o que Aggie já ouvira — agudo e estrangulado. Mãos enluvadas de preto dispararam para dentro do capuz enquanto ele despencava no chão, os pezinhos chutando.

O mexicano pousou a ponta da haste no chão branco, então impeliu o pé contra a vara, quebrando-a em dois, o que o deixou com um estilhaço de madeira branca dentada e comprida.

Hector rosnou. Enfiou o estilhaço embaixo da máscara da Hello Kitty.

Sangue esguichou.

Do chão, Cara-de-Porco segurou os pés de Hector. Cara-de-Lobo mergulhou e envolveu o peito de Hector com os braços cobertos com o manto branco. Cara-de-Demônio arrebatou o cano de chumbo do chão — o cano subiu rápido, então desceu ainda mais depressa num arco vingativo que acertou a cabeça do mexicano.

Hector desabou. Desapareceu embaixo do farfalhar de mantos brancos, punhos pretos que socavam, pés que chutavam e golpes de cano que não paravam.

Aggie não conseguia desviar o olhar, não conseguia parar de assistir, não conseguia parar de *ouvir*. Repetidas vezes, o contínuo *whiff-gong-crack* do cano acertando as canelas de Hector, os joelhos, os pés, as mãos. Cada vez que o metal atingia carne e osso era respondido com um grito de agonia.

Hector parou de se mexer, mas o espancamento continuou.

Depois de infinitos instantes, Cara-de-Lobo e Cara-de-Porco seguraram as mãos destroçadas do mexicano e o arrastaram para fora do cômodo. O pijama ensopado de sangue deixou um longo rastro vermelho no chão branco.

Mais dois homens em mantos brancos surgiram: o Coringa e Jason Voorhees. Eles ajudaram Cara-de-Porco e Cara-de-Inseto a arrastar a Hello Kitty que ainda se contorcia e o Darth Maul imóvel.

O sangue da Hello Kitty correu em zigue-zague por entre os pontos baixos das pedras até escorrer para dentro do mesmo buraco que Aggie e os outros usavam para cagar e mijar.

Hillary empurrou com calma o carrinho da rede Safeway porta afora. As rodinhas ainda guinchavam, mas só um pouco. Ela parou e olhou para Aggie.

"Um *ouvrier* vai vir limpar isso em breve", informou ela.

Ela fechou a porta com barras atrás de si. O silêncio preencheu a sala clara, quebrado apenas pelo choro baixo do chinês.

Hector lutara como um desgraçado que não tinha nada a perder. Aggie James também não tinha nada a perder, mas não conseguia lutar por porra nenhuma.

Quando os mascarados viessem pegá-lo, ele sabia que não poderia impedi-los.

BOLAS AZUIS

As pessoas iriam começar a comentar.

Pela segunda noite seguida, Pookie teve que ajudar Bryan a voltar ao apartamento. O sujeito estava pra lá de doente. Como conseguiu manter uma cara de bom soldado durante os encontros com Show-Biz e Zou estava além das habilidades de compreensão de Pookie.

Três dias daquela doença e, ainda assim, Pookie se sentia bem. Aquelas vacinas contra a gripe vieram a calhar.

"Estou um lixo", disse Bryan. "Não quero dormir. Não quero mais sonhar."

Sonhar poderia ser um mal necessário, porque dormir era exatamente do que Bryan precisava. O cara não podia seguir em frente sem descansar. Esse tipo de coisa acabava com o corpo da pessoa.

Assim como dar um pulo de dois metros e meio, hein, Pooks?

Não, ele não iria bater naquela mesma tecla. O que pensara ter visto era impossível e ponto final — eram apenas lembranças do calor do momento brincando com a sua mente.

Pookie encostou Bryan na parede do corredor enquanto abria a porta do apartamento.

"Clauser, você é um verdadeiro gênio, sabia disso?"

"Por quê?"

Pookie o ajudou a entrar.

"Porque arrumou um chinês gordo com sotaque de Chicago para cuidar de você, quando poderia ter uma legista morena gostosa te dando banho de esponja."

"Sério, Pooks? Quer me encher o saco sobre a Robin *agora*?"

"Você e Robin foram feitos um para o outro", disse Pookie. "É como matemática."

"Você odeia matemática."

"Meu ódio não torna o fato menos correto. E lembre-se do conselho do meu avô: 'Você pode foder a professora de matemática, mas não pode foder a matemática'."

Bryan caiu na cama, ficou deitado por alguns segundos, então começou a se sentar.

"Não acredito que o seu avô disse isso."

"Bem, alguém disse. Talvez tenha sido eu."

"Grande surpresa."

Bryan deslizou para fora da cama. Seus joelhos bambolearam e ele quase caiu.

"Bryan, vá dormir."

Ele balançou a cabeça.

"Já falei, não vou dormir. Não posso, Pooks."

Se Bryan não descansasse bem, os sonhos, os Filhos de Marie e os assassinatos não teriam mais importância para ele — ele morreria de esgotamento. Pookie teria que convencê-lo.

"Olha só", disse Pookie. "Você costuma sonhar de madrugada. Acordo você à meia-noite."

Bryan o encarou com olhos injetados e encovados. A barba vermelha escura ultrapassara os limites do desleixe três dias atrás. Agora ele começava a se parecer com Charlie Manson; uma imagem ruim, levando tudo em consideração.

"Meia-noite? Promete?"

"Sim", respondeu Pookie. "E vou ficar bem aqui. Só não dê uma de sonâmbulo e tente transar comigo, porque nós dois sabemos que você está me perseguindo há anos."

Pookie ajudou Bryan a se deitar. Uma cabeça suada repousou sobre o travesseiro. Pookie passara por situações boas e ruins ao lado do parceiro. Enfrentaria aquilo com ele até o fim.

"Estou aqui para ajudar você", disse Pookie. "Não vou deixá-lo na mão."

Bryan não respondeu.

"Bryan?"

Um ronco. Ele já estava dormindo.

Pookie apagou a luz, saiu para o corredor atravancado de caixas e fechou a porta do quarto. Outra noite no sofá do amigo. Pookie não dormia tanto em sofás desde que estivera casado.

Ligou a TV de Bryan e assistiu ao noticiário local. A morte de Jay Parlar era a matéria principal. O âncora parecia tão chateado. E a repórter do lado de fora da casa de Jay, é, ela tinha uma aparência bem sombria também. Repórteres eram as porras de uns vampiros que viviam do sangue das outras pessoas.

Pookie desligou a TV. Tirou a jaqueta. Era melhor ficar confortável. Pegou o bloco de anotações do bolso da jaqueta.

As coisas estavam uma loucura, seu parceiro estava completamente acabado e poderia existir uma conspiração assassina em movimento no Departamento de Polícia de San Francisco, mas isso não significava que Pookie podia ignorar as suas outras obrigações vitais.

"*Bolas Azuis, Bolas Azuis*, me leve para longe. Em Hollywood, tudo sempre acaba bem para os tiras."

Começou a rabiscar anotações para o roteiro do seu seriado, esperando que o trabalho permitisse que se desligasse de tudo, pelo menos por algum tempo.

ROBERTA

Rex desenhava.

Era Alex Panos desta vez. Sem machados, sem serras elétricas e sem monstros. Só Alex.

Alex e Rex.

Era bom desenhar. Rex sentiu o pinto endurecer enquanto criava uma expressão de dor nos olhos de Alex.

O lápis voava, um *scritch-scratch* tão veloz que era um sibilo constante. As linhas formavam formas — círculos, linhas ovais e cilindros que se transformavam em rostos, peitos, braços e pernas.

Curvas se transformavam em sangue.

É, é, era bom *era bom*.

A respiração de Rex ficou mais acelerada, mais irregular. O rosto ficou quente. Os batimentos martelavam na sua cabeça. Talvez ele não devesse se excitar com aquilo, mas não se importava mais. O sangue, a dor e a morte o arrebataram, e agora ele entendia por que os garotos na escola falavam de pornografia o tempo todo.

Mais linhas. Rex apanhou um lápis de cor. A mão decepada de Alex tomou forma, carne imóvel num borrifo vermelho. Rex desenhava com a mão direita. A esquerda foi para baixo, abriu o zíper das calças e deslizou para dentro.

Aquele seria o melhor desenho de todos. O melhor de *todos*.

Os momentos voaram e o tempo desapareceu. Rex via apenas linhas a serem desenhadas e formas a serem feitas.

A porta do quarto se abriu, interrompendo o transe.

A cabeça de Rex disparou para cima.

Lá estava Roberta. Já segurava o cinto. Seu olhar foi para baixo, a testa se franziu. Rex também olhou para baixo — o pinto pequeno e duro estava na sua mão.

Ah, não.

"O pessoal da escola ligou", informou Roberta. Entrou no quarto, batendo a porta.

Rex estava encurralado.

"Disseram que você matou aula *de novo*. Então vim aqui para lhe dar uma lição e o que encontro? Encontro você sendo um garoto *indecente*. Sujo, *indecente*, se tocando."

"Mas, mãe, eu..."

"*Não* me chame de *mãe*! Você não é meu filho, sua coisa indecente, *indecente*!"

Rex olhou para baixo e começou a fechar o zíper quando ouviu um som de estalido e sentiu uma queimação na bochecha esquerda. Surpreso, sugou o ar por entre os dentes. A mão tocou o rosto. A pele doía.

"Isso mesmo", disse Roberta, o cinto balançando na mão direita. "Vou ensinar você a não ser um garoto sujo e pecador na minha casa."

O cinto disparou de novo. Rex desviou, mas tropeçou no banco da escrivaninha. Ele e o banco caíram — a parte de trás da sua cabeça bateu no chão com um baque surdo.

"Não fuja, seu *pecador*! Vai ter o que merece!"

Ele tentou ficar de pé. Seus braços e suas pernas pareciam se mover em câmera lenta.

Um estalido na testa, depois no nariz; o menino levou os braços à frente do rosto.

"Sujo!"

Um estalido no ombro, uma ardência intensa.

"Indecente!"

Rex agarrou o banco caído, tentou usá-lo como ajuda para ficar em pé.

Um estalido nas costas, o lampejo de dor tão doloroso que o fez gritar.

"Vou lhe dar uma lição, seu inútil..."

Rex se levantou e girou, fez as duas coisas com tanta rapidez que sequer se deu conta do que fazia. Houve o som de um taco acertando uma bola, então ele ouviu alguma coisa despencar no chão.

O garoto piscou para afastar as lágrimas. Abriu os olhos.

Estava segurando o banco pela parte de baixo de uma das pernas. A borda do assento redondo... estava manchada de sangue.

E no chão, Roberta. Movendo-se devagar, como se estivesse bêbada. Sangrando em profusão na bochecha direita, os olhos vítreos e confusos.

O cinto ainda estava na mão dela.

"Inde... cente", murmurou ela. "Vou pegar... a raquete..."

Aquela *coisa* patética era a mulher que o espancara tantas vezes? Por que a tinha deixado fazer isso? Pela mesma razão que permitira que a BoyCo arruinasse a sua vida — porque fora um covarde, porque estivera *com medo*.

Mas Rex não era mais um fraco.

"Você é uma valentona", disse ele em voz baixa. "Eu *odeio* você."

Ela contraiu os lábios e então soltou o ar numa lufada, como alguém tentando afastar o cabelo da testa. Salpicos de sangue voaram dos seus lábios. Ela tentou se levantar.

Não conseguiu avançar muito antes de Rex colocar um pé sobre o seu peito e a empurrar para baixo. Ele estendeu a mão e arrancou o cinto das mãos dela.

Roberta piscou; o olhar vítreo sumiu. Ela o encarou com olhos furiosos, agarrou a perna dele e tentou afastá-lo.

A perna não se moveu. Como ele a tinha considerado forte antes? As mãos e os braços dela eram tão *fracos* que sequer conseguiam afastá-lo.

"Me solta!" Ela enfiou as unhas na panturrilha dele.

Dessa vez, Rex viu a dor se aproximar. Deixou que chegasse e descobriu que não era tão ruim. Pressionou o pé com mais força.

Os olhos dela se arregalaram. Ela enfiou as unhas ainda mais, então ele pressionou o pé com mais força ainda. Agora os olhos dela se estreitaram, a boca se abriu num grito sem ar. As mãos dela o acertaram no pé e na perna.

Rex sorriu. Que *excitante*. Tudo que sentira quando fez os desenhos não era nada se comparado com a tempestade no seu peito, com o furacão na sua cabeça.

Ele balançou o cinto para que deslizasse até o rosto dela.

"Você gosta deste cinto, *Roberta*? Gosta muito dele? Vamos ver o quanto *realmente* gosta dele."

Tirou o pé de cima do peito dela, então rodou o cinto o mais forte que conseguiu. O couro estalou no rosto dela, deixando de imediato uma marca vermelha.

Roberta gritou. Ela virou de bruços e se arrastou até a porta, engatinhando até começar a ficar de pé.

Ela está fugindo!

Sua animação se elevou a um nível impossível. Rex correu atrás dela. Ela cambaleou pelo corredor e quase alcançou a porta da frente antes que ele lhe passasse uma rasteira. Ela caiu com um estrondo, o rosto batendo no chão de madeira. Ele se posicionou na frente dela e bloqueou a porta.

"Onde está indo, *Roberta*? Não vai me dar uma lição?"

Ela se lançou para a direita, engatinhou para a sala de TV.

Ele a seguiu. Alcançou-a ao lado da poltrona onde ela assistia à TV. Roberta começou a implorar, mas conseguiu dizer algumas poucas palavras antes que Rex passasse o cinto em volta do seu pescoço. Os olhos dela se esbugalharam, as mãos dispararam para o couro preto e rachado.

Sim, é, assim mesmo, vamos, vamosvamosvamos...

Rex apertou o cinto com mais força.

O ESFAQUEADOR DE GOLDEN GATE

Os registros eletrônicos do departamento sobre o caso do Esfaqueador de Golden Gate eram pouco consistentes, para dizer o mínimo. Isso não foi uma surpresa para John Smith. O caso era antigo o bastante para que os relatórios iniciais tivessem sido feitos em máquinas de escrever ou processadores de texto, antes que o DPSF implementasse um banco de dados.

Relatórios tão antigos precisavam ser digitalizados ou codificados à mão para serem adicionados ao sistema. Com centenas de milhares de casos anteriores ao banco de dados, mesmo registros importantes não eram sempre transferidos. Grandes quantidades de registros do DPSF ainda existiam apenas no papel: desbotando, se degenerando, deslizando devagar para os reinos intocáveis da história perdida.

A internet também não tinha muitas informações. O Esfaqueador de Golden Gate sequer estava na Wikipédia. Numa cultura fascinada por assassinatos, uma cultura que celebrava o crime, era uma surpresa que esse assassino em série tenha passado despercebido.

Dessa forma, John descera até os arquivos para ver a informação original. Uma caixa branca de papelão numa sala climatizada era tudo o que restava de um dos verões mais feios de San Francisco. Relatórios de cenas de crimes, anotações de médicos legistas, etiquetas de provas... uma tonelada de informações, apesar de parecer muito dispersa e desorganizada.

Talvez John tivesse muito medo da própria sombra para ser de grande ajuda, mas podia ser útil ao remexer aqueles arquivos.

Ele odiava quem se tornara. Certa vez, numa terra de conto de fadas, John fora um policial de verdade. Fora um *homem*. Agora era um secretário glorificado. Todas as noites acordava suando frio. Não exatamente por causa de pesadelos, mas graças a lembranças tão reais que faziam aquele momento se desenrolar outra vez.

Pookie estivera obcecado em expor um policial corrupto chamado Blake Johansson, que recebia propina de gangues para que ignorasse certos casos. A delegada Zou tinha dito a eles que deixassem Johansson em paz, mas Pookie não queria desistir. Continuou revirando a sujeira, continuou caçando aquela prova que iria colocar o cara atrás das grades. Na época, John também queria desistir, deixar que a Corregedoria cuidasse daquilo, mas Pookie se recusou a parar — e como um bom parceiro, John estivera ao seu lado em todos os momentos.

Uma dica os levou ao Tenderloin, onde tiraram a sorte grande — Johansson recebendo uma propina de Johnny Yee, chefe da Suey Singsa Tong. Pookie apressara as coisas. Em vez de pedir reforços, ele entrou. Houve um instante em que Pookie tinha pego Johansson com a mão na botija, mas o momento passou. Johansson sacou a arma. Pookie devia tê-lo abatido, mas não o fez. John nunca iria entender por que o seu parceiro não puxou o gatilho naquele instante. Se tivesse feito isso, tudo teria terminado de um jeito diferente.

As coisas enlouqueceram a partir daí. Johansson disparou, Pookie disparou, John disparou, então Johansson fugiu pela porta dos fundos. Quando John o seguiu, foi atingido por uma bala na barriga. Não viu o atirador, não sabia onde o atirador estava, sequer sabia se tinha sido Johansson.

John se arrastou por cinco metros até se esconder atrás de uma grande lixeira de plástico. Enquanto rastejava, foi atingido uma segunda vez, dessa vez na panturrilha esquerda. Pookie gritou — ele fora atingido na coxa. Estava no chão, incapaz de ajudar John.

Durante quinze minutos, John Smith ficou escondido atrás daquela lixeira, enfiando o punho no ferimento latejante na barriga, tentando estancar o sangramento. Durante todo o tempo, as balas continuaram voando. John tentou encontrar o atirador, esquadrinhou os prédios que o cercavam, as janelas, as esquinas, as árvores, mas não conseguiu ver nada. Ele aprendeu que plástico não é o melhor material à prova de balas no mundo.

Bryan Clauser foi o primeiro a responder aos chamados de *disparos* e *policial atingido*. Bryan, de alguma maneira, encontrou o atirador depressa — aquela última troca de tiros durou poucos segundos e acabou com três buracos novos em Blake Johansson: dois no peito e um na testa.

Desde aquela noite, a vida de John nunca mais foi a mesma. Ele não conseguia sair de casa antes de esquadrinhar todas as janelas, todas as portas, sem pensar que todo desconhecido tinha uma arma e o estava observando, esperando que se distraísse.

Os psicólogos não conseguiram fazer porra nenhuma. John *sabia* que estava agindo como um louco, mas conhecer o problema e resolvê-lo são coisas bem diferentes. O medo constante e entorpecente fazia com que fosse impossível ser um policial.

Alguns meses depois, a delegada Zou o transferiria para a Força-Tarefa contra Gangues como especialista em grafite. Mesmo salário, mesmo posto, mas agora ele passava os dias em segurança rodeado de computadores atrás das paredes da sede da polícia. A delegada Zou tomou conta de John quando muitas pessoas o teriam dispensado.

Ele fez uma busca na caixa que continha os arquivos do caso do Esfaqueador de Golden Gate. O que viu o deixou brevemente feliz por não ter mais que visitar cenas de crimes. Oito crianças, entre 6 e 9 anos, mortas ao longo de um período de dez meses, mas, mesmo assim, o caso não chamara a mesma atenção que outros assassinos em série de grande importância. Na verdade, ele recebera pouquíssima atenção nacional.

John não queria pensar nas prováveis razões para a falta de cobertura da imprensa, mas era óbvio — todas as crianças assassinadas faziam parte de minorias. Seis crianças negras, uma asiática e uma latina. Naquela época, a imprensa estava cagando e andando para os pretos, os japas e os chicanos.

Não que as coisas tivessem mudado muito nos últimos trinta anos. Ele podia assistir ao noticiário na TV a cabo em qualquer dia da semana e ver o preconceito em toda parte. Uma garota branca e bonita desaparecida? Atenção no noticiário nacional durante meses, conduzida por mulheres iradas usando maquiagens exageradas e gritando a respeito do assunto na TV. Uma garota negra desaparecida? Jornal local, página cinco, embaixo de um anúncio de Doritos — isso se chegasse a ser mencionada.

John folheou o resumo de um relatório forense.

"Puta merda!", exclamou em voz baixa. "Como as pessoas podem agir desse jeito?"

O relatório descrevia um detalhe que os policiais conseguiram manter longe dos jornais — os corpos das crianças tinham sido comidos pela metade.

Ele pensou no Assassino Dedo de Moça. Tanto o Esfaqueador quanto o Dedo de Moça estavam mortos, casos separados por uma década e 3.200 quilômetros de distância, e mesmo assim ambos tinham aquele símbolo e envolviam canibalismo.

Relatórios forenses do caso do Esfaqueador também mostravam marcas de garfos e facas nos ossinhos das crianças. Alguns ossos tinham marcas de *dentes*. Todas as oito crianças foram encontradas sem os fígados. A maioria tivera membros cortados... alguns membros pareciam ter sido arrancados a *mordidas*.

Foram as marcas de dentes que forneceram uma identificação positiva. O DPSF conseguira encontrar compatibilidade entre os molares superiores direitos do Esfaqueador com as ranhuras nos ossos de quatro vítimas. Isso fez John se lembrar do que Pookie lhe contara sobre o corpo de Oscar Woody, sobre as marcas feitas por incisivos separados demais. John remexeu na caixa até encontrar a tabela com a arcada dentária do perpetrador — ele não entendia muita coisa sobre odontologia, mas as tabelas pareciam mostrar uma arcada perfeitamente normal.

Ele começou a colocar o conteúdo da caixa em pilhas organizadas sobre a mesa: uma pilha para cada criança e uma última pilha para o assassino. O relatório da cena da morte do Esfaqueador tinha sumido. John encontrou a página com o resumo do relatório da autópsia. Esse relatório — assinado por um dr. Baldwin Metz muito mais jovem — dizia que o perpetrador cometera suicídio com um ferimento à faca autoinfligido no coração. John remexeu na caixa outra vez — sim, apenas a página do resumo... onde estava o restante do relatório da autópsia?

Depressa, folheou de novo os arquivos de cada vítima. Faltavam informações em cada um dos casos, especialmente as descrições iniciais das cenas, onde os detetives teriam registrado desenhos ou símbolos estranhos. Qualquer arquivo em papel teria *algumas* informações desaparecidas, claro, mas isso?

Isso foi sistemático.

John voltou ao relatório da morte do perpetrador, ou para o pouco que havia dele. Talvez conseguisse encontrar o nome dos responsáveis pela investigação. Se estivessem vivos, Pookie poderia encontrá-los e obter mais detalhes.

Encontrou o que estava procurando — o investigador chefe da força-tarefa no caso do Esfaqueador fora Francis Parkmeyer. John verificara esse nome logo depois de Pookie ligar com informações sobre o encontro com o vidente; Parkmeyer havia falecido cinco anos atrás. Nenhuma pista ali.

John passou os olhos pelos outros nomes da força-tarefa. A maioria devia ter se aposentado há muito tempo, isso se não estivessem mortos.

Então viu os últimos dois nomes.

Leu aqueles nomes uma segunda vez. Depois uma terceira.

"Puta merda", disse ele.

John começou a reunir os arquivos. Ainda tinha que ir até o escritório do *San Francisco Chronicle*. Levando em consideração o estado deplorável dos registros da polícia, o arquivo do jornal era o único lugar que poderia conter as informações que Bryan e Pookie precisavam.

UMA IMAGEM VALE MAIS DO QUE MIL PALAVRAS

Rex Deprovdechuk estava sentado na sala de estar. A TV passava um infomercial. Algo sobre leitura dinâmica.
Roberta não se mexia. Não iria se mexer nunca mais.
Rex não tinha que se preocupar mais com ela.
Nem com Oscar Woody.
Nem com Jay Parlar.
Rex desenhava. Desenhava Alex Panos. Desenhava Issac Moses.
Ele não sabia como funcionava, mas não precisava saber. Oscar e Jay estavam mortos. Issac e Alex seriam os próximos.
Ele matou aula de novo. Não voltaria mais à escola.
Rex desenhava.

UMA OFERTA QUE AGGIE NÃO PODE RECUSAR

Mãos balançaram Aggie James até ele acordar.
Ele era velho, estava se recuperando de um vício, não dormira nada em dias, mas não houve nenhuma tontura, nenhuma confusão.
Sabia exatamente onde estava.
Sabia o que as mãos significavam.
Os mascarados vieram pegá-lo.
Aggie se levantou de um pulo, o cobertor puído saiu voando, as mãos se agitando em pânico sem direção nem propósito. Começou a gritar, mas conseguiu apenas respirar fundo antes que uma mão o golpeasse no rosto, o golpeasse *com força*, fazendo a cabeça dele voar para trás enquanto caía de bunda no chão. O cômodo rodopiou. O rosto ardia como se alguém tivesse apertado um ferro quente nele. Piscou algumas vezes, os pés o levando para longe com movimentos automáticos, deslizando a bunda pelo chão até as costas atingirem a parede branca.
Um lampejo de tecido rosa com bolinhas brancas, a mão de alguém se prendendo na sua nuca, outra tapando a boca. Sentiu o cheiro de produtos de limpeza e cigarro velho. Num instante, registrou a força bruta dela — as mãos eram como esqueletos de aço cobertos com carne quente, mãos que podiam quebrar o pescoço dele sem esforço.
Aggie parou de lutar. Encarou a velha que apertava a sua cabeça.
"Fique quieto", sussurrou Hillary. Uma echarpe rosa com bolinhas brancas cobria o cabelo grisalho e fino. As pontas amarradas da echarpe balançavam abaixo do queixo. Tantas rugas naquele rosto. Aggie pensou em atacar, mas ela o segurava com tanta força que ele não conseguia mexer a cabeça, sequer conseguia abrir a boca. "Fique quieto. Posso matar você fácil, fácil, entendeu?"
"Uh-hum", murmurou Aggie.

"Ótimo", disse ela. "Amanhã à noite, a gente vem pegar o chinês."

Ela virou a cabeça dele para que Aggie pudesse ver o chinês, que estava dormindo profundamente.

"Vou soltar você agora", informou ela. "Se me causar qualquer problema, eles vêm pegar *você*. Entendeu?"

"Uh-hum" respondeu Aggie.

Ela soltou a cabeça dele, mas o rosto permaneceu perto do dele.

"Depois que os *ouvriers* vierem pegar o chinês, eu venho ver você. Vou mostrar o que acontece se não fizer o que eu pedir."

Aggie estremeceu, tanto de medo quanto de esperança.

"Quer dizer... quer dizer que talvez eu não morra?"

Hillary anuiu.

"Talvez. Se fizer o que eu pedir."

Aggie assentiu com entusiasmo.

"Qualquer coisa", sussurrou ele. "O que quiser. O que tenho que fazer?"

Ela se endireitou e o encarou de cima.

"Ajudar a salvar a vida de um rei", disse ela. "Se fizer isso, *talvez* viva."

Ela se afastou. Aggie não conseguia parar de tremer. Tinha se resignado a um fim brutal onde aqueles mascarados bizarros o arrastavam para fora da cela. Mas agora, as palavras dela permitiram que um feixe de esperança iluminasse a sua alma. Tocou o maxilar com delicadeza. Já estava inchando.

Talvez conseguisse sair daquela masmorra insana.

Talvez... talvez conseguisse *viver*.

Tudo o que tinha que fazer era ajudar a salvar um rei.

SBN, B & P TROCAM ANOTAÇÕES

Pookie observou Bryan levar uma garfada de panqueca com gotas de chocolate à boca. Antes mesmo de mastigar, o xarope de bordo ainda pingando da barba, Bryan também conseguiu enfiar na boca duas tiras inteiras de bacon.

"É, Bryan", disse Pookie. "Agora entendo por que uma gostosa como Robin Hudson não consegue ficar longe de você. É o charme."

"*Vá se fofer*", disse Bryan, mastigando com a boca aberta.

"E fala sacanagem também? Você é o pacote completo, Clauser."

Bryan pegou uma torrada com a mão direita, a quebrou até formar uma bola e enfiou a coisa toda na boca.

"Tão sexy", comentou Pookie. "Ainda se sente mal?"

Bryan assentiu, depois balançou a cabeça. Tomou um grande gole de café para ajudar a descer a quantidade obscena de comida que tinha na boca.

"Ainda estou todo dolorido, mas não tanto quanto antes", disse ele depois de engolir. "Não estou mais febril. Acho que melhorei, do que quer que tenha sido. Cara, estou com tanta *fome*."

"Coma à vontade, amiguinho, contanto que não vomite em cima de mim."

Bryan respondeu enfiando na boca mais panqueca, mais bacon e outra bola de torrada esfarelada.

Pookie sentiu uma onda de alívio. Bryan estava claramente se sentindo melhor. Ainda tinha uma expressão cansada e pálida, mas o brilho retornara aos olhos. Aquela barba realmente precisava ser aparada, porém. Apesar da melhora, ele ainda não estava de volta ao normal. Pookie se perguntou se *normal* era algo que Bryan voltaria a ser. Diabo, ele *alguma vez* fora normal? Mesmo assim, um Bryan alerta era o Bryan de que Pookie precisava. O caso não se resolveria sozinho.

Pookie ouviu o rugido do motor de uma motocicleta se aproximando. O som passou para um gorgolejo, enquanto uma Harley roxa encostava lá fora. O piloto entrou de ré na vaga, então tirou o capacete roxo-escuro para revelar um rosto ossudo e a cabeça careca e coberta de pintas de um certo Senhor Burns Negro.

"A moto dele é fantástica", comentou Bryan. "Ele fez todo o trabalho sozinho?"

"Acho que sim", respondeu Pookie. "O cara é excelente em coisas mecânicas."

"Pelo menos é excelente em alguma coisa."

"O que quer dizer com isso?"

Bryan espalhou geleia vermelha numa torrada e deu de ombros.

"Você e ele passaram pela mesma merda. Não vejo você pilotando uma mesa."

O comentário deixou Pookie puto da vida e também reavivou os seus sentimentos de culpa. Bryan estava desconsiderando um amigo e antigo parceiro. Isso fazia dele um imbecil. Pookie era um imbecil maior ainda, talvez, porque mesmo que odiasse admitir, às vezes, se sentia do mesmo jeito em relação a John.

"O cara foi baleado", disse Pookie.

"Você também", rebateu Bryan. "Mas está nas ruas todos os dias, mantendo a vigilância."

Pookie não tinha uma resposta para aquilo.

"O que quer que ele faça, Bryan? Se pudesse estar nas ruas, ele estaria."

Bryan deu de ombros de novo, comeu metade da torrada.

"Ele recebe o mesmo salário que você", disse Bryan enquanto mastigava.

"O mesmo salário que eu."

"É, porque fez por *merecer*", disse Pookie. "Ele está vindo, então não fale mais sobre esse assunto, entendeu?"

Bryan enfiou o restante da torrada na boca e assentiu.

A jaqueta roxa de motociclista de John combinava com o capacete. Os dois itens pareciam ter acabado de sair da loja, mas Pookie sabia que John os comprara há aproximadamente quatro anos.

John começou a deslizar para o assento ao lado de Bryan, mas Pookie o interrompeu.

"Espere aí, sbn. Acho que você deveria se sentar aqui comigo. Bryan está mandando ver com a comida."

John olhou para os três pratos vazios, assim como para as migalhas grudadas na barba rebelde de Bryan.

"Acho que sim."

Pookie foi para o lado enquanto o seu antigo parceiro deslizava para dentro da mesa reservada. O olhar de John varreu todos os cantos da lanchonete, se demorou em todos os clientes do lugar. Mesmo ali, mesmo com outros dois policiais, o cara não conseguia relaxar.

"E não deixe as mãos em cima da mesa", disse Pookie. "Não posso considerar Bryan culpado se ele as comer."

"*Vá se fofer*", disse Bryan enquanto mastigava.

John respirou fundo e se acalmou. Fechou os olhos por alguns instantes. Quando voltou a abri-los, ignorou o restaurante e se concentrou apenas em Bryan e em Pookie.

"Consegui uma coisa", anunciou ele. "Dei uma olhada no arquivo do Esfaqueador de Golden Gate nos arquivos do departamento, mas estavam faltando muitas informações."

"É um caso antigo", disse Pookie. "Isso não é de surpreender."

"Mas *o que* está faltando é surpreendente", disse John. "Fotos do perpetrador? Não. Fotos das cenas dos crimes, onde poderíamos ver aqueles símbolos? Não. Descrições, qualquer coisa com detalhes que pudessem ligar aqueles assassinatos com o que está acontecendo agora? Tudo isso sumiu."

Pookie se sentiu desapontado e animado ao mesmo tempo. Desapontado porque precisava daquelas informações. Animado porque — assim como os símbolos que não estavam no banco de dados — essas coisas eram mais provas de uma operação estratégica de encobertamento.

Bryan começou a falar, mas as palavras ficaram presas na garganta junto com o último pedaço de torrada. Ele engoliu um pouco de café, então continuou.

"Por que pegar apenas partes? Por que não se livrar do arquivo todo e acabar com isso?"

Os olhos de John se estreitaram. E um sorriso enviesado ergueu o canto esquerdo da sua boca. Por um instante, Pookie viu um lampejo do investigador afiado que o Senhor Burns Negro costumava ser.

"Porque se o arquivo inteiro desaparecesse, alguém poderia perceber", respondeu John. "Retirar todo o arquivo de um dos maiores casos? Assim que alguém percebesse o desaparecimento, surgiriam muitas perguntas."

Pookie estendeu a mão para a cestinha com pacotinhos de açúcar. Começou a empilhar os sachês, equilibrando os pequenos retângulos de papel branco.

"E a causa da morte? O artigo que o Senhor Show-Biz nos mostrou dizia que testemunhas viram que o Esfaqueador foi morto por uma flecha. Mas, no mesmo artigo, Francis Parkmeyer afirmou que foi suicídio."

John aquiesceu.

"O relatório da autópsia também dizia suicídio. Assinado pelo próprio Águia Prateada, embora eu acredite que ele não era *prateado* trinta anos atrás."

Pookie relembrou a rara aparição de Baldwin Metz em campo para processar o corpo do padre Paul Maloney.

"Fica melhor ainda", continuou John. "Adivinha quem mais fazia parte da força-tarefa no caso do Esfaqueador junto com Parkmeyer? Rich Verde Poliéster e Amy Zou."

Pookie olhou para Bryan, que aquiesceu com ar de entendedor. As ligações estavam aparecendo: Zou, Verde, Metz, todos ligados a um caso de uns trinta anos atrás que envolvia aqueles símbolos.

"Zou e Verde", disse Pookie. "Eles eram detetives naquela época?"

"Os dois eram novatos", respondeu John. "Pelo que consegui descobrir, Zou era praticamente uma estagiária engrandecida. Mas se liga nisso: seis meses depois de encontrarem o corpo do Esfaqueador, ela foi promovida a detetive. Ela foi a pessoa mais jovem *de todos os tempos* a ser promovida a esse posto, um recorde que mantém até hoje."

Bryan balançou a cabeça.

"Espere um pouco. Você está dizendo que acha que ela fez alguma coisa durante o caso do Esfaqueador que lhe rendeu a promoção?"

"Talvez", respondeu John. "É difícil dizer com tantas informações faltando, mas a linha do tempo encaixa. Agora, aqui está a parte realmente perturbadora. Você também me pediu para dar uma olhada nos arquivos do *Chronicle* sobre o caso. Fiz isso e não encontrei nada."

"Uau!", exclamou Bryan. "Mandou bem nessa."

Pookie encarou Bryan, mas John não deu indícios de ter percebido o sarcasmo.

"Não é que não encontrei nada, não havia nada para encontrar", disse John. "Devia haver todo tipo de coisa. Todas as antigas edições que cobriram a descoberta do corpo do Esfaqueador desapareceram. Cópias, microfichas, digitalizações, cópias eletrônicas das histórias: não dá para encontrar nada relacionado ao caso em lugar nenhum. E antes que perguntem se muitas coisas daquela época estão faltando dos arquivos do *Chronicle*, não estão. Assim como os arquivos do caso do Esfaqueador, a remoção foi planejada e específica. Também verifiquei o arquivo da biblioteca e encontrei a mesma coisa. Além disso tudo, tentei encontrar informações sobre aqueles assassinatos de gângsteres que o vidente mostrou a vocês... também sumiram, dos dois lugares."

Pookie se recostou. Os arquivos do DPSF, os arquivos do *Chronicle*, a biblioteca... não se tratava apenas de manter algo em segredo, era um esforço para apagar da história qualquer coisa que envolvesse os símbolos.

"Não faz sentido", disse ele. "O Esfaqueador foi um assassino em série. O Senhor Show-Biz diz que o símbolo foi encontrado com o Esfaqueador. Agora parece que temos um novo assassino em série que também usa o símbolo. Por que alguém encobriria pistas que pudessem ajudar a pegar um maldito assassino em série?"

Ninguém respondeu. Bryan olhou para o prato de Pookie, depois para o próprio Pookie, então ergueu as sobrancelhas.

Pookie empurrou o prato de ovos mexidos pela metade para o outro lado da mesa.

"Vai com tudo, sr. Porcino."

O celular de Pookie tocou. Ele atendeu.

"Aqui é o detetive Chang."

"Detetive Chang, aqui é Kyle Souller."

"Ora, olá, diretor Souller", disse Pookie.

Bryan parou de mastigar. Acenou com a mão para si mesmo: *me deixa ouvir*.

Pookie aumentou o volume e estendeu o celular. Bryan e o Senhor Burns Negro se inclinaram para perto.

"Diretor Souller", disse Pookie, "espero que não esteja ligando para me dar uma detenção. A não ser, é claro, que eu tenha que ficar numa sala com uma estudante safada."

"Detetive, essa pode não ser a melhor piada para contar a um homem que é responsável pela segurança de estudantes *de verdade*."

"Tem razão", disse Pookie. "O júri está instruído a desconsiderar esse comentário. Em que posso ajudar, senhor?"

"Fiz algumas perguntas por aí como você pediu", respondeu Souller. "Consegui algo com Cheryl Evans, a nossa professora de artes."

"Por favor, me conte."

"Ela disse que viu alguns desenhos de um aluno chamado Rex Deprovdechuk. Os desenhos mostravam Rex fazendo picadinho de Alex Panos."

Filho da mãe. Uma pista nova.

"O mesmo Alex Panos que faz parte da BoyCo junto com os falecidos Oscar Woody e Jay Parlar?"

"Esse mesmo."

"Esse Rex Deprov... qual é o sobrenome mesmo?"

"De-*prov*-de-chuk."

"Certo. Ele é um garoto grande?"

"Diabo, não!", exclamou Souller. "É franzino. Não deve pesar mais do que 35 quilos."

"Ele é rico?" Talvez Rex tivesse contratado alguém para apagar Oscar.

"Segundo *strike*", respondeu Souller. "Mãe solteira, não sei se trabalha. Os professores dizem que Rex usa roupas de segunda mão, às vezes emana um odor corporal que incomoda os outros alunos. Duvido que tenha duas moedas para esfregar uma na outra. Já estive com ele no escritório algumas vezes. Sei que teve desavenças com a BoyCo, mas ele se recusou a dar nomes."

Pookie começou a pedir o endereço de Rex, mas se interrompeu.

"Sr. Souller, contei ao senhor que não estou mais no caso. Você entrou em contato com o detetive Verde, por acaso?"

"Entrei", respondeu Souller.

Pookie bateu de leve na mesa com o punho. Se Verde sabia sobre Rex, Pookie e Bryan não se atreveriam a conversar com o garoto.

"Liguei para você mesmo assim", disse Souller. "No ramo da educação, temos um termo técnico para pessoas como Verde."

"Que é?"

"*Um puta de um idiota*", falou Souller. "Esperava que você estivesse no caso junto com ele. Ele não me passou uma boa impressão."

Pookie riu. Rich Poliéster não conseguiria passar uma boa impressão nem se houvesse uma flecha de néon apontando na direção certa.

"O detetive Verde pode ser um pouco impertinente, mas é muito bom no que faz. Obrigado por me avisar mesmo assim."

"De nada", disse Souller. "Vejo que você se preocupa de verdade, detetive Chang. Acho que isso é muito incomum. Espero que seja colocado no caso de novo."

"Obrigado por ligar", disse Pookie e então desligou.

Os olhos de Bryan se franziram com irritação.

"Pooks, você não pegou o endereço do garoto."

"Porque Verde já o tem, e ele já nos dedurou para Zou uma vez, lembra? E você ouviu Souller, Rex é pequeno e pobre. Não pode ter cometido os assassinatos e não pode ter contratado alguém para cometê-los. Ele é uma pista importante? É, mas Verde já sabe sobre ele. O caso é de Verde, Bri-Bri, não podemos fazer muita coisa."

Bryan se recostou e o encarou. Não estava feliz. Pookie não podia culpá-lo por isso.

"A gente pode fazer o seguinte", disse Pookie. "Damos ao Verde um ou dois dias para ele conversar com Rex, então depois de Verde seguir em frente, você e eu descobrimos um jeito de encontrar o garoto por acaso."

Bryan olhou pela janela.

"Eu preferia agir agora mesmo."

"E eu preferia receber o meu pagamento", disse Pookie. "A *delegada... de... polícia* mandou a gente ficar longe do caso, Exterminador. A não ser que queira acabar desempregado, precisamos fazer o melhor com o que temos."

Bryan hesitou, então assentiu. Pookie tentou relaxar. À medida que ele melhorasse, mais teimoso ficaria. Em breve, Pookie não iria conseguir convencê-lo a não seguir os seus instintos.

O Exterminador não era o único que estava se sentindo frustrado. A operação de encobertamento envolvia assassinos. Pelo menos dois garotos já estavam mortos. Se Zou não estivesse fazendo joguinhos, aqueles garotos ainda estariam vivos? E o que quer que estivesse acontecendo, Verde estava envolvido até o pescoço — Verde, que sabia a respeito da última pista remanescente.

Pookie começou a formar uma nova pilha de sachês de açúcar. Tudo o que podia fazer no momento era aguardar. Aguardar e esperar que Rich Verde não estivesse acobertando um psicopata.

VERDE E O HOMEM-PÁSSARO

Rich Verde saiu do carro, então espanou uma bolinha de algodão do terno azul. Fechou a porta e esperou o Homem-Pássaro sair.

Ele estava sempre esperando o Homem-Pássaro. O rapaz se movia em câmera lenta. A força policial tinha chegado àquele ponto? O cabelo do rapaz parecia um esfregão sujo. Usava roupas desleixadas. Tinha a porcaria de um dente de ouro, pelo amor de Deus. Bobby Pigeon se parecia mais com um cafetão numa bebedeira que já durava quatro dias.

"Homem-Pássaro, vamos. Anda logo."

Bobby assentiu. Até os seus movimentos de cabeça eram lentos.

"Estou indo, chefe."

Subiram a Pacific na direção da casa dos Deprovdechuk. Verde estacionara a um quarteirão de distância, na esquina com a Wayne Place. Às vezes, andar até a casa de um criminoso lhe proporcionava mais opções, era menos conspícuo. Sutileza, tranquilidade, manter as coisas o mais calmas possível — era assim que se fazia o trabalho.

A ligação de Souller viera do nada. Pookie tinha trabalhado aquela fonte. Rich teria feito a mesma coisa, claro, mas ainda assim o fato de o trabalho de Pookie ter gerado uma pista o irritava. Não que a pista tivesse alguma importância. Não passava de uma coincidência. Os moleques da BoyCo eram uns babacas, espancando qualquer um que aparecesse pela frente. Rex Deprovdechuk tinha tomado algumas surras, e daí?

Hoje em dia, todo mundo queria criar os filhos dentro da porcaria de uma bolha, protegidos de tudo e de todos. Todos ganham a porcaria de um troféu. Quando Rich era criança, você aprendia a revidar ou comia o sanduíche de merda que lhe serviam. Então o garoto tinha feito desenhos maldosos com os membros da BoyCo? E daí? Não tinham nenhuma relação com as mortes. Ele sabia disso, Zou sabia disso, mas ela ainda queria colocar os pingos nos "is".

O que Zou quisesse, se Rich pudesse dar, ela conseguia.

"Rich-O", chamou o Homem-Pássaro. "Me responda uma coisa, irmão. Parece que estamos levando este caso nas coxas. Por que ficamos com ele, afinal de contas? O Exterminador e o Pookzila são nota dez, cara."

"E nós não somos?"

O Homem-Pássaro deu de ombros.

"Tô sabendo, camarada, não me entenda mal, mas isso é um bagulho dos grandes. Sou meio que novo pra isso, sabe?"

"Está tudo bem. Eu ajudo você. Observe e aprenda, filho."

"Você não respondeu à minha pergunta", disse o Homem-Pássaro. "Por que a gente? E sei que só estou acompanhando, então para ser mais preciso, por que *você*?"

Rich não daria aquela resposta. Zou podia fazê-lo quando chegasse a hora. Verde esperava que o Homem-Pássaro desse certo, porque eles precisavam de sangue novo. Foi por isso que ela os colocara como parceiros — Bobby era um bom policial, e estava claro que ele não acreditava nas interpretações preto no branco e ao pé da letra da lei. Quando se tratava dos Filhos de Marie, dos símbolos, o que importava era como um policial interpretaria as áreas cinzentas. Clauser e Chang eram mocinhos demais para participar da jogada, mas ele tinha esperanças de que Bobby pudesse ser mais realista a respeito de como o mundo funcionava de verdade.

Rich se concentrou na tarefa que tinha em mãos. Eram as pequenas coisas que causavam a morte de um policial, como uma blitz de rotina ou apenas conversar com a pessoa errada na hora errada. Naquela linha de trabalho, a sobrevivência significava supor que todos que viam você o queriam morto.

Ele se aproximou da casa dos Deprovdechuk. Poucas pessoas — em sua maior parte chinesas, a maioria idosa — caminhavam pelas calçadas. Verde se desviou de uma senhora que devia ter uns 90 anos. Seus passos eram tão curtos que a faziam parecer um boneco *bobble head*.

Aquela era a Chinatown das pessoas locais, não a Chinatown dos turistas. Muitas janelas estavam abertas, cheias de camisas e calças secando em cabides ou penduradas em varais improvisados. Algumas lojas tinham placas escritas em mandarim com alguma coisa escrita em inglês embaixo, enquanto que outras não tinham nada em inglês. Clínicas de massagem, salões de beleza, galerias de arte que nunca pareciam estar abertas, todas com vitrines achatadas por prédios de apartamentos de três e quatro andares que ficavam acima delas. Ele visitara alguns daqueles apartamentos. Os chineses conseguiam enfiar dez, onze, até quinze pessoas em um simples apartamento de um quarto.

Rich parou quando viu o número 929 da Pacific.

"É aqui", informou ele.

"Hum", disse o Homem-Pássaro. "Aposto que são os únicos de olhos redondos neste prédio, talvez até no bairro todo."

Os Deprovdechuk moravam numa propriedade conjugada. A casa de três andares tinha duas colunas paralelas das típicas janelas salientes da área da baía de San Francisco. A fuligem dos automóveis manchava e escurecia as paredes que costumavam ser brancas. Sete degraus de concreto levavam a três portas de madeira que ficavam lado a lado. Uma porta ia ao terceiro andar, outra ao segundo e a última dava para o apartamento térreo dos Deprovdechuk.

"Deixe a conversa comigo", disse Rich quando apertou a campainha.

"Não faço isso sempre?"

Verde ouviu passos vindo do lado de dentro da casa. Passos curtos.

A porta abriu poucos centímetros antes de a corrente de segurança travar. Poucos centímetros abaixo dela, um rostinho olhou para fora.

O nariz de Verde captou um vestígio de um odor fraco e azedo. Ele conhecia aquele cheiro...

A testa do garoto se franziu com desconfiança.

"Quem é você?"

"Detetive Verde, polícia de San Francisco", respondeu Rich. "Você é Rex?"

O queixo do garoto despencou, os olhos se arregalaram. Ele bateu a porta com tanta força que a madeira estremeceu e o vidro trincou. A batida fez o ar girar e outra lufada daquele fedor fez cócegas no nariz de Rich.

Ele o reconheceu: inesquecível, inequívoco.

O cheiro de um cadáver.

Rich sacou a Sig Sauer. Antes que pudesse dizer alguma coisa, Bobby sacou a própria arma. Pelo menos o rapaz agia depressa quando a situação assim exigia.

Rich passou para o lado direito da porta, o ombro contra o batente, a arma em ambas as mãos e apontada para cima.

"Manda ver!"

Bobby ergueu uma grande bota Doc Marten e deu um pontapé. A porta se escancarou, arrancando a corrente de metal, lançando-a pelo chão de madeira do corredor. Bobby entrou primeiro. Rich o seguiu, viu Rex disparando ao longo do corredor. O garoto passou pela última porta à esquerda e a fechou. Bobby correu atrás dele. Pouco além da porta da frente, Rich lançou um olhar para a sala de estar à esquerda — o corpo de uma mulher no chão, com o rosto para cima, um cinto enrolado no pescoço. Olhos abertos e fixos. Equimoses cobriam algumas partes do rosto. Descoloração arroxeada da pele acima e abaixo do cinto. Uma palidez acinzentada cobria todas as áreas expostas do corpo.

Rich viu tudo isso num exame de meio segundo. Voltou a olhar pelo corredor, viu o Homem-Pássaro abrir a porta do quarto com um chute e apontar a arma para dentro.

"Deita no chão!", gritou Bobby para o interior do quarto.

Foi quando Rich sentiu passos vindo de trás.

Ele se virou, mas era tarde demais. Algo o atingiu nas costas, forçando a sua cabeça contra a parede. Enquanto caía, teve um vislumbre de um homem passando por ele — barba preta e comprida, camiseta sem mangas branca, boné verde.

O homem levava uma machadinha nas mãos.

Quando Rich caiu no chão, o barbudo já tinha se aproximado de Bobby, que viu o homem vindo e se virou para atirar. A machadinha girou no ar.

Dois disparos num intervalo tão curto que soaram como apenas um.

A machadinha acertou Bobby no lado direito do pescoço e se enterrou no esterno. Rich nunca iria se esquecer daquele barulho, aquele *whiff-crunch* da lâmina penetrando na carne.

Rich lutou para se levantar. Ergueu a arma e disparou, *pop-pop*, mas os olhos lacrimejantes e as mãos trêmulas arruinaram a sua mira. O barbudo agarrou os ombros de Bobby e se virou *depressa*, colocando as costas de Bobby viradas para Rich.

A ponta da machadinha despontava de um ponto entre as omoplatas do seu parceiro.

Aquilo cortou o coração dele ao meio.

O homem soltou a machadinha com um puxão e recuou para dentro do quarto, arrebatando a arma de Bobby enquanto o fazia.

Rich não conseguia se mexer. Não conseguia respirar.

O braço direito de Bobby pendia baixo, balançando débil do ferimento aberto como se não tivesse osso nenhum. Ele deu um único passo, lento e vacilante, então as pernas cederam. Caiu de cara no chão. Rich viu sangue verter de dentro dele, se espalhando pelo chão de madeira.

Aquilo cortou o coração de Bobby ao meio. Você não pode ajudá-lo. Saia. Saia. Peça reforços.

Rich encontrou pés para sustentá-lo, se viu recuando de costas, a mão direita apontando a arma, a esquerda segurando o rádio.

"Preciso de reforços! Preciso de reforços! Policial baleado! Policial baleado na Pacific, 929, mandem a porra de ajuda *agora*!"

Passou de costas pela porta e sentiu o ar noturno.

MARCO

O coração de Rex batia tão rápido.

Ele olhou para o homem ensanguentado parado no seu quarto. Ele segurava uma arma numa das mãos, uma machadinha pingando sangue na outra. Dois pontos vermelhos pontilhavam a frente da camiseta sem mangas, pelo menos onde Rex conseguia ver por baixo da barba embaraçada que descia até a barriga. O boné verde do homem dizia JOHN DEERE em letras amarelas.

Rex o reconheceu — era o homem da rua, o homem que tentara impedir Rex de roubar os trocados do mendigo.

O homem ensanguentado devia se parecer com um pesadelo ambulante. Acabara de matar um policial no corredor de Rex. Estava armado. O garoto não tinha para onde fugir. Mas, em vez de sentir medo, Rex sentiu um desabrochar caloroso dentro do peito, uma vibração que ribombava *ba-da-bum-bummmm*.

A vibração dizia a Rex que tudo ficaria bem. Ele simplesmente sabia disso.

"Olá", disse o homem.

"Oi", respondeu Rex.

O homem olhou para baixo. Parecia nervoso.

"Meu nome é Marco."

"Eu sou Rex."

O barbudo deu uma rápida espiada no corredor. Assentiu, como se estivesse satisfeito com o que viu ou com o que não viu ali. Ele se virou para a porta, as mãos indo para a frente. Ele estava...

Ele estava abrindo as calças?

Estava. Rex ouviu o rápido fluxo de mijo acertando o cadáver no corredor, então o homem fechou o zíper e se voltou para o quarto.

"Você *mijou* nele?"

O barbudo fez que sim.

"É. Tinha que marcá-lo, sabe? Hum... acho que você devia, talvez, vir comigo."

"Por quê?" E por que Rex não estava com medo?

"O Astuto me mandou ficar de olho em você", respondeu Marco. "Eu salvei você daqueles tiras. Mas os tiras são como insetos, sempre existem mais deles a caminho."

Astuto. Rex conhecia aquele nome. Ele o tinha escrito num dos desenhos.

"Você é muito importante", disse o homem. "Por favor, venha comigo. Vou levá-lo para casa, para a sua família."

Rex encarou o estranho. Família? Aquilo era loucura. Seu pai morrera quando Rex era pequeno. Roberta também estava morta — ele próprio cuidara disso. Aquela era a sua "família"... então por que Rex *sabia* que aquele barbudo desconhecido estava dizendo a verdade?

O homem deu outra espiada rápida. Ao não ver nada no corredor, prosseguiu.

"Esperamos você por muito tempo. Muito tempo mesmo. Podemos protegê-lo." O homem apontou para a escrivaninha de Rex, para o desenho de Alex e Issac sobre ela. "Podemos proteger você deles."

Rex olhou para o próprio desenho. Sentiu uma fúria cega florescer outra vez, afastar os bons pensamentos, os sentimentos agradáveis.

"Odeio eles", disse ele. "Quero..."

"Quer o quê, meu rei?"

Rei?

Vida longa ao rei.

Rex fitou o estranho, encarando-o nos olhos. Dentro deles, Rex viu amor, aceitação e devoção.

"Quero matar eles", disse Rex. "Quero ver Alex e Issac morrerem."

O homem sorriu.

"Então venha comigo."

Rex teve uma nova sensação, uma que conhecia dos sonhos.

Sentiu a emoção da caçada.

Rex tomou a sua decisão.

"Ok, vamos. O quintal dos fundos dá para..."

"Eu sei", disse Marco. "Estive observando."

As mãos de Marco se moveram mais depressa do que Rex pôde ver, o levantaram, o aninharam embaixo de um braço salpicado de sangue como um jogador de futebol americano carrega uma bola.

O velho mundo de Rex passou por ele num borrão.

Ele mal podia esperar para ver o novo.

◉ ◉

Passaram por outro beco, entraram no porão escuro de outro prédio. O quarto prédio até o momento, e Rex não vira uma pessoa sequer em nenhum deles. Marco se movimentava como se conhecesse os lugares, como se tivesse percorrido aqueles caminhos centenas de vezes.

No outro extremo do porão, eles saíram num lugar estranho: comprido, estreito, cheio de lixeiras de plástico marrom e restos de lixo. Rex podia enxergar o céu através de barras de metal três metros acima da sua cabeça. Será que estavam embaixo de uma calçada ou algo assim? Não teve tempo de ver porque Marco se movia com rapidez. Rex o seguia, os tênis triturando terra úmida contra o concreto irregular.

Dois passos à direita levavam a uma porta de metal amassada, engastada numa antiga arcada de pedra. Na porta, Rex viu um cadeado novo e brilhante. Tinham chegado a um beco sem saída?

Marco esticou o braço. Não para a maçaneta trancada da porta, mas para as bordas externas do batente. Deslizou os dedos por entre o batente e a arcada de pedra que o rodeava, então grunhiu enquanto girava a coisa toda até ela se abrir. Aquilo era tão inteligente — todos experimentariam a maçaneta e a encontrariam trancada; não pensariam em mover a porta toda, com batente e tudo. E mesmo que alguém desvendasse o mistério, era improvável que conseguisse movê-la — ela parecia ser *muito* pesada.

Marco deu um passo para o lado, segurando a coisa aberta para Rex.

"Por aqui, meu rei."

Rex entrou. Marco o seguiu, depois empurrou a porta de volta ao lugar, bloqueando toda a luz.

"Está escuro aqui, mas conheço o caminho", disse Marco. "Segure a minha mão."

Rex esticou o braço. Sua mão pequena foi engolida pela de Marco. A pele do homem estava quente. A mão dele era áspera e calejada. Marco puxou Rex com delicadeza ao longo do túnel escuro e apertado.

Alguns minutos depois, Rex ouviu o rangido de uma porta de metal mal encaixada em concreto sendo aberta. Marco puxou Rex para dentro e soltou a mão do garoto. O rangido soou outra vez, então veio o som dos passos do homem.

Uma luz se acendeu.

Outro porão. Aquele parecia estar completamente abandonado. Rex olhou em volta. Era um verdadeiro cafofo. Sequer tinha mobília, havia apenas um canto nos fundos com cobertores espalhados e uma cadeira de vime surrada. Uma única lâmpada pendia do teto, segura apenas por um fio preto e comprido. Uma pilha de roupas repousava num dos cantos.

Aquele local era assustador. Era o tipo de lugar que você pensaria que um estuprador levaria crianças. Mas Rex sabia que Marco não era um estuprador. Ele também sabia que não era preciso um porão imundo para estuprar uma criança.

O padre Maloney não tinha precisado de um.

Desde que fugiram da casa, Rex estivera correndo atrás de Marco. Agora que estavam cara a cara, Rex viu que as manchas de sangue na regata branca de Marco tinham se espalhado, tingindo a camiseta do homem de um vermelho-rosado, embora ele não parecesse estar sangrando mais. Marco não aparentava estar preocupado com o que parecia ser um ferimento grave.

"Este lugar está uma bagunça", falou Rex. Não sabia o que mais dizer.

Marco congelou. Os olhos se arregalaram.

"Sinto muito. Quer que eu limpe?"

"Ah, não. Está tudo bem."

Marco soltou um enorme suspiro de alívio. Que engraçado — aquele homem matara um policial com uma machadinha, mas estava com medo da opinião de Rex? Não fazia sentido, mas, pensando bem, nada fazia. Tanta coisa acontecendo, tudo aquilo o fazia se sentir tão sobrecarregado — Roberta, o policial, Oscar, Jay, os sonhos, os desenhos, o homem, a arma... agora a casa imunda daquele sujeito no porão de algum prédio que Rex não conhecia.

Aquele estranho, que parecia... *venerar* Rex.

Marco se desvencilhou da camiseta arruinada. Jogou-a no chão e foi até a pilha de roupas. Remexeu-a por alguns segundos, então encontrou outra regata branca e a vestiu. Estava longe de ser considerada "limpa", mas pelo menos não estava suja de sangue.

"Marco, vamos ficar aqui por quanto tempo?"

"Até escurecer", respondeu ele. "É melhor agirmos às três ou quatro horas da manhã. Eu não devia ter matado aquele tira, meu rei. As pessoas notam a ausência deles. Mas eu não sabia o que fazer. Ele estava apontando uma arma para você."

Rex se lembrou do policial de cabelo desgrenhado e dente de ouro chutando a porta do quarto, apontando a arma para o seu rosto, mandando-o se deitar no chão. Aquele cara queria machucar Rex. *Todos* queriam machucar Rex.

Todos menos Marco.

"Você me salvou", disse Rex. "Obrigado."

Marco desviou o olhar para o chão.

"Qualquer coisa por você, meu rei."

"Por que fica me chamando assim?"

"Porque é o que você é." Marco respirou fundo pelo nariz. "Posso sentir o cheiro. Vamos ficar aqui. Então, Astuto, Pierre e os outros vão vir nos encontrar."

Aqueles nomes de novo, os nomes dos sonhos.

"Foram eles que mataram Oscar e Jay?"

Marco aquiesceu.

"Eu ajudei. Queremos machucar as pessoas que o machucaram, meu rei."

Meu rei. Aquilo não era um truque. Não era um jogo. Aqueles desconhecidos tinham matado por ele. Matado as pessoas que fizeram da sua vida um inferno.

"Como vocês ficaram sabendo sobre Oscar e Jay?"

"Sentimos o seu ódio", respondeu Marco. "Começou há poucos dias. Talvez uma semana... eu perco a noção do tempo. Vimos imagens das pessoas que o machucaram. Mas só aqueles dentre nós que caminham pelas ruas. Os outros, eles não sentiram nada. Eu nunca senti nada parecido, meu rei. Astuto acha que estávamos vendo partes dos seus sonhos."

Uma semana atrás. Na mesma época em que Rex ficou doente. Ele começou a sonhar alguns dias depois.

"Sentimos o seu ódio pelo pregador", disse Marco. "E por aqueles garotos. Fizemos buscas todas as noites. Encontramos todos. A princípio, Astuto nos mandou esperar, porque o Primogênito não queria que agíssemos."

Primogênito... será que Rex tinha ouvido aquele nome nos sonhos?

"Quem é o Primogênito?"

"Ele manda em tudo", respondeu Marco. "Ele vai ficar bem bravo quando descobrir, mas... bem, as pessoas *machucaram* você. Tivemos que matar os seus inimigos."

Marco proferiu aquela última frase como se fosse a coisa mais óbvia do mundo, algo tão natural e inevitável quanto respirar.

Padre Maloney. Oscar e Jay. Rex gostaria de tê-los visto morrer.

"As pessoas que me machucaram", disse Rex. "Existem mais delas, aquelas dos desenhos no meu quarto. Alex e Issac. Você sabe onde estão?"

Marco olhou para o chão outra vez. Não disse nada.

"Marco, eles ainda estão vivos? Sabe onde eles estão?"

Marco assentiu.

"Sim, sabemos onde estão. Sugador está seguindo os dois."

Rex não conhecia aquele nome, mas se Alex e Issac estavam sendo seguidos, talvez Rex pudesse vê-los morrer. Eles o tinham espancado. Tinham-no torturado. E por quê? Ele nunca fizera nada a eles. Pessoas assim *mereciam* morrer. Rex pensou na força que sentiu quando enrolou aquele cinto em volta do pescoço da mãe.

Ele não era mais o mesmo garoto indefeso que não conseguiu impedir que Alex Panos quebrasse o seu braço. Aquele garoto se fora para sempre.

"Me leve até eles", pediu Rex.

Marco balançou a cabeça com tanta força que a barba comprida balançou de um lado para o outro.

"Não, meu rei! Astuto iria querer que eu mantivesse você em segurança. Preciso ligar para ele quando ele sair de novo, para que possamos levá-lo para casa."

Rex não iria voltar para casa, nunca mais. Então percebeu que Marco não estava se referindo à casa de Roberta.

"Casa? Onde fica isso?"

Marco voltou a olhar para o chão.

"É onde nós moramos."

Talvez Rex fosse morar lá também. Era bem provável que fosse bem diferente da única *casa* que ele conhecera em treze anos.

"Marco, como sabia onde eu morava?"

"Astuto me contou."

"Como Astuto sabia?"

Marco deu de ombros.

"Astuto diz que isso não é importante. Mas acho que Hillary disse para ele aonde ir."

Hillary? Outro nome que ele não conhecia. Quem *eram* aquelas pessoas? E por que achavam que Rex era o seu rei?

Talvez... talvez porque Rex *fosse* um rei de verdade. Talvez *sempre* tivesse sido um rei, só não tinha percebido antes.

Porém, naquele instante, nada daquilo interessava. O que interessava era o ódio que queimava no seu peito. Ódio por Issac, ódio por Alex. Não conseguia parar de pensar em vingança. Rex tinha poder agora, e aqueles dois iriam pagar pelo que tinham feito.

Ele não aceitaria nada menos do que isso.

"Quero saber onde Issac e Alex estão", disse Rex. "Quero assistir enquanto eles morrem."

Marco balançou a cabeça.

"Não, não, Astuto vai me dar uma surra!"

"Marco, eu não sou o seu rei?"

Marco o olhou, então fez que sim devagar.

Rex sentiu-se tão confiante, tão *forte*.

"Se eu sou o seu rei, então você tem que fazer o que eu pedir. Hoje à noite, nós vamos atrás de Alex Panos."

REPERCUSSÃO

Um helicóptero de uma emissora de notícias sobrevoava a área. Um policial uniformizado acenou, dando passagem ao Buick marrom-merda de Pookie por entre duas viaturas que bloqueavam a Pacific Street. Na área externa desse perímetro improvisado formou-se uma multidão, constituída na sua maior parte por chineses, que permaneceu o mais longe possível dos policiais carrancudos, mas ainda assim perto o bastante para ver o que acontecia na frente da casa.

No interior do perímetro, mais viaturas — com e sem identificação — já estavam estacionadas, as luzes piscando.

Uma ambulância aguardava em silêncio. As luzes estavam desligadas. Os paramédicos apenas ficavam parados por ali.

Havia policiais por toda parte e todos sabiam que era tarde demais.

Bryan sentiu a atmosfera: furiosa, sombria, vingativa. Bobby Pigeon estava morto. Todos os policiais ali, incluindo Bryan, queriam encontrar o desgraçado responsável e fazê-lo pagar.

Pookie estacionou. Bryan saiu. Ele e Pookie se abaixaram para passar sob a fita amarela da polícia e se aproximaram da casa.

Poucos minutos antes, provavelmente, a área era uma onda de agitação que beirava o caos. Quando a chamada de *policial baleado* foi feita, todos os policiais no limite de vinte quarteirões tinham corrido para lá. Stephen Koening e Coça-Saco Boyd foram os primeiros investigadores de homicídios a chegar. Estavam cuidando da cena.

Bryan e Pookie subiram os sete degraus de concreto. Ao final dos degraus havia três portas lado a lado; a da esquerda estava aberta. Coça-Saco Boyd encontrava-se na soleira, o celular apertado contra o ouvido. Ele os viu chegando, então terminou depressa a ligação e colocou o aparelho no bolso.

"Clauser, Chang", disse ele. "Koening e eu estamos cuidando da situação. Ele está lá dentro com o pessoal da equipe forense. O que vocês estão fazendo aqui?"

"Tínhamos o caso de Oscar Woody", respondeu Pookie. "Acredito que Sharrow vai nos colocar no caso de novo, levando tudo em consideração. Verde esteve aqui porque o garoto Deprovdechuk pode estar envolvido. Vamos ficar fora do seu caminho enquanto você procura pelo assassino do Homem-Pássaro e lhe passaremos as informações que precisar."

Boyd assentiu.

"Por mim tudo bem, até ouvirmos algo diferente de Sharrow. O quarto do garoto é o último à esquerda. Ok, isto é o que temos até agora: a arma do Homem-Pássaro desapareceu. Verde disse que o Homem-Pássaro efetuou dois disparos e nós encontramos duas cápsulas calibre .40. Encontramos uma bala na parede. Ela atravessou o perpetrador e foi parar numa foto emoldurada. Nenhum vestígio da outra bala, espero que ainda esteja no filho da puta."

Bryan também esperava. Seria apropriado se Bobby tivesse conseguido matar o próprio assassino.

"Alguma descrição?", perguntou Bryan. "Verde conseguiu dar uma boa olhada?"

Coça-Saco cofiou seu bigode de morsa.

"Sim. Mais de um metro e oitenta, barba preta e comprida, barrigão, regata branca, jeans, botas. Pode estar armado com uma machadinha e/ou a Sig Sauer do Homem-Pássaro. Temos um alerta de procura circulando com essa descrição e outra do garoto Deprovdechuk. Parece que ele estrangulou a mãe com um cinto ontem. A foto dele já está em todos os noticiários. Vamos pegá-lo."

Pookie acenou com a cabeça.

"Como Verde está?"

"Vivo e ileso", respondeu Boyd. "Fora isso, nada bem."

Rich Verde não conseguiu proteger o parceiro. Naquele momento, ele estaria se sentindo culpado e inútil, como qualquer policial se sentiria numa situação como aquela.

Boyd levou a mão ao bolso e pegou o celular.

"Se quiserem dar uma olhada, vão logo. Robertson está a caminho, não quero a casa cheia de pés e dedos quando ele chegar aqui."

Coça-Saco ficou de lado e começou a discar. Bryan e Pookie entraram.

Bryan sentiu o cheiro da morte. Fraco, mas se intensificando, no entanto; ele sabia que era de um cadáver humano.

No outro extremo do corredor, logo depois de uma porta aberta, Bobby "Homem-Pássaro" Pigeon repousava com o rosto para baixo numa poça do próprio sangue que ia de uma parede à outra. Mesmo a uma distância de cinco metros, Bryan pôde ver o ferimento ensanguentado que cortava o corpo a partir do lado direito do pescoço até pouco abaixo do esterno.

Se Zou não tivesse tirado Pookie e ele do caso, será que o Homem-Pássaro ainda estaria vivo? Ou poderia ser Pookie deitado ali?

Bryan olhou à esquerda, para dentro da sala de estar. Ali, Jimmy Hung e Stephen Koening examinavam uma mulher que estava morta por pelo menos 24 horas. Ela era a fonte do cheiro de cadáver.

"Rex fez isso", disse Pookie. "Acho que estava errado quando não o considerei uma ameaça."

Bryan concordou.

"Acho que sim."

Ele cheirou de novo. Aquele cheiro de morte, claro, mas havia algo mais naquela casa...

"Vamos", chamou Pookie. "Vamos dar uma olhada no quarto do Rex."

Seguiram pelo corredor, tomando cuidado por onde pisavam. Tanta gente na casa era um problema. Pés e mãos ameaçavam destruir provas, podiam esmagar por acidente alguma informação importante que pudesse levar ao perpetrador. Contudo, ao mesmo tempo, todos conheciam os fatos duros da vida policial — assassinatos costumam ser solucionados com velocidade e lógica, não com semanas de análises de provas. Se um assassino não fosse pego nas primeiras 48 horas, as chances eram de que não seria pego nunca. Eles precisavam do máximo de informações que pudessem obter da forma mais rápida possível.

Bryan viu sangue na parede do corredor, salpicando a tinta branca e algumas fotos emolduradas. A foto com mais sangue tinha rachaduras que irradiavam de um buraco à esquerda dela.

O outro cheiro ficou mais forte.

Para chegar ao quarto de Rex, ele teve que passar por cima do corpo do Homem-Pássaro. Bryan esticou bem a perna para evitar pisar na poça de sangue. Assim que chegou ao outro lado, começou a se virar para o quarto, mas parou na soleira. Na porta — a maçaneta arrancada, madeira branca e lascada onde ficava o trinco — havia um desenho preso com tachinha.

A folha de linhas azuis fora arrancada de um caderno de espiral. Uma fileira de buracos rasgados descia pela margem esquerda. Naquele papel, um símbolo:

I dream of a better day.

Era o mesmo desenho que Bryan fizera depois de acordar dos sonhos em que caçava. O mesmo desenho feito com o sangue de Oscar Woody e de Jay Parlar.

Rabiscado sob o desenho havia as palavras *sonho com dias melhores*.

"Pooks", disse ele, a voz mal passando de um sussurro.

O parceiro estava ao seu lado, falando em voz baixa.

"Já vi. Fique calmo, cara. Olhe o restante do quarto."

Cobertores vermelhos amarrotados estavam enrolados sobre o colchão. Havia uma escrivaninha de madeira pequena e surrada ao lado da cama. Sammy Berzon estava embaixo da escrivaninha, usando uma caneta para remexer a lixeira. Havia uma TV pequena no outro canto, um videogame com um controle no chão à sua frente. A única janela do quarto dava para um beco estreito cheio de lixeiras de plástico quadradas. Um muro sujo de tijolos no outro extremo do beco ficava a uma distância pouco maior do que o comprimento de um braço. Uma cômoda vertical com três gavetas e um armário minúsculo eram as únicas outras peças de mobília. Bryan viu dois livros em cima da cômoda, os pedaços brancos de papel nas lombadas indicando que tinham vindo de uma biblioteca: *On a Pale Horse* e *The Book of Three*.

E então Bryan notou as paredes.

Paredes *cobertas* de desenhos.

Desenhos de armas, de pessoas atirando umas contra as outras, esfaqueando umas às outras. Desenhos de serras elétricas, machados, facas e armas medievais, de máquinas de tortura e corpos em chamas. A maioria dos desenhos mostrava um adolescente com grandes olhos castanhos e cabelo castanho crespo. Todos os desenhos exibiam esse garoto com músculos abundantes e movimentos confiantes, usando todo tipo de arma imaginável para matar Alex Panos, Jay Parlar, Oscar Woody ou Issac Moses. Bryan viu Pookie olhando um desenho de um homem mais velho, as pernas sendo quebradas por um adolescente que rosnava.

"Puta merda!", exclamou Pookie. "Esse cara é uma cópia idêntica do padre Paul Maloney."

Bryan absorveu tudo, os desenhos de dor, os desenhos de morte.

Seus olhos caíram sobre um deles, e ele não conseguiu desviar o olhar. Era um homem com um rosto de cobra, a mesma coisa que Bryan vira nos sonhos. O desenho o encarava da parede, como se quisesse vir à vida e conversar. Olhos amarelos e estreitos pareciam rir dele.

Abaixo do rosto havia uma palavra escrita numa fonte estilo super-herói: *Astuto*.

"Bryan, você está bem?"

A voz de Pookie soava distante. A respiração de Bryan enfim saiu num sopro prolongado. Ele inspirou pelo nariz — aquele outro cheiro o inundou. Tão mais forte ali dentro, no quarto onde Rex dormira, brincara e desenhara. O cheiro relaxou e excitou Bryan ao mesmo tempo; o fez querer fazer algo, mas ele não sabia o quê.

Sentiu a mão de alguém batendo nas suas costas.

"Bri-Bri, você está bem?", Pookie se aproximou mais e sussurrou. "São os desenhos?"

Bryan meneou a cabeça na direção do cara de cobra.

"Você me perguntou se um desenhista de retratos falados conseguiria desenhar o que eu vi no sonho. Bem, aí está."

Pookie olhou para o desenho de Astuto.

"Isso é perturbador", disse Pookie. "Muitas coisas perturbadoras estão acontecendo por aqui hoje."

Finalmente, Sammy Berzon se levantou. Soltou um pedaço de lenço de papel amassado num saco de provas transparente.

"Vocês viram o ferimento do Homem-Pássaro?"

Bryan e Pookie assentiram.

"É terrível", disse Sammy. "Pobre Bobby, hein? Vocês sabem a força que esse cara teria que ter para conseguir transpassar uma clavícula e três costelas com uma machadinha?"

"Força pra caramba", respondeu Pookie. "Provavelmente a mesma força necessária para arrancar o braço de alguém."

Sammy pensou um pouco, então assentiu.

"Vocês acham que foi o mesmo cara que apagou Oscar Woody? Ele teria que ser como um jogador profissional de futebol americano, um fisiculturista ou algo assim."

Pookie apontou para os muitos desenhos do adolescente musculoso de cabelo castanho.

"Aquele garoto se parece com um fisiculturista."

"*Aquele* garoto, claro", Sammy pegou uma foto de cima da cômoda e a entregou, "mas não *este* garoto."

Bryan olhou para a foto. Claro que era o garoto musculoso dos desenhos, só que muito mais magro, menor e mais nerd. Algo naquele rosto parecia... familiar? O detetive não sonhara com aquele menino. Ou sonhara? Ele se viu esperando algum tipo de reação à foto, mas nada aconteceu.

A foto não o afeta, mas e se ele estivesse aqui e você o CHEIRASSE*?*

"Temos que encontrar este moleque", disse Bryan. "Ele é o nosso cara."

Pookie pegou a foto e a analisou.

"Nosso *menino*, em todo caso. Sammy, o sangue do disparo no corredor pode nos dizer se foi o assassino de Oscar quem foi baleado, certo?"

O detetive forense fez que sim.

"Legal", falou Pookie. "Também precisamos do DNA desse tal de Rex. Ele teve umas brigas com Woody e a gangue BoyCo."

"O garoto morava aqui, tem DNA por toda parte", respondeu Sammy. Levantou o saco plástico. "Mas já tenho isto aqui para você."

Pookie se aproximou, apertou os olhos.

"O que é isso? Lenço com catarro?"

"Melhor", respondeu Sammy. "Porra. Ainda úmida, até."

Pookie se afastou.

"Isso é nojento, Sammy. Nojento."

Ele deu de ombros.

"Se é do Rex, é o que você queria, hein? Ouça, vou levar isso para Robin, mas o que acham de dar o fora daqui? Tenho trabalho a fazer."

Bryan e Pookie saíram para o corredor e, com cuidado, passaram por cima do corpo de novo. Segundos depois estavam fora da casa, seguindo para o carro de Pookie.

Bryan não conseguia parar de pensar naquele cheiro. Num nível que não conseguia compreender, ele agora sabia que o ódio que sentia nos sonhos, a luxúria enquanto caçava aqueles garotos, tudo vinha de Rex Deprovdechuk — um garoto que Bryan nunca conhecera, sequer soubera que existia até poucas horas atrás. O que o magricela de 13 anos fizera para levar a morte a Oscar Woody e a Jay Parlar? Estava transmitindo pensamentos ou algo assim? Era telepata? Isso era completamente impossível, e ainda assim não havia dúvidas de que Bryan Clauser estava ligado àquele garoto de alguma forma.

Entraram no Buick. Pookie acabara de dar partida no carro quando um homem se debruçou na janela aberta do lado do motorista.

"Desligue o motor", disse Sean Robertson.

Pookie desligou, então se recostou para que Robertson pudesse ver tanto ele quanto Bryan. O delegado assistente empurrou os óculos mais para cima do nariz.

"Que porra estão fazendo aqui?"

"Nosso trabalho", respondeu Pookie. "Policial baleado, nós respondemos."

"O caso é de Verde", disse Robertson. "Vocês receberam ordens de ficarem longe."

De repente, Bryan quis arrancar aqueles óculos com um tapa. Um policial tinha acabado de ser retalhado até a morte, e mesmo assim Robertson iria continuar fazendo aquele joguinho?

"O Homem-Pássaro está morto", disse Bryan. "Verde está perturbado. Você tem que nos colocar de volta no caso."

"*Tenho?* Não, Clauser, o que eu *tenho* que fazer é chutar os rabos de vocês para longe daqui."

Isso era loucura. O que diabo havia de errado com Robertson e Zou?

"Delegado assistente, olha só", pediu Pookie. "Rex Deprovdechuk tinha no quarto o mesmo símbolo que foi encontrado nas cenas dos assassinatos de Woody e Parlar. Tudo isso está conectado. Não pode ignorar essa informação."

Robertson assentiu devagar. Parecia estar tentando equilibrar compreensão e autoridade.

"Não estamos ignorando nada. Há um alerta de procura para Rex. A força inteira está atrás dele. Vamos pegá-lo."

Bryan se inclinou no assento para chegar mais perto de Robertson.

"Existe um alerta de procura para Alex Panos e Issac Moses. A *força inteira* já encontrou esses garotos?"

Os lábios pressionados de Robertson formaram uma linha fina.

"Ainda não, mas isso não é da conta de vocês. Seus avisos já acabaram. Se eu vir vocês perto de qualquer coisa relacionada a esse caso, e isso inclui qualquer coisa que envolva símbolos, Oscar Woody, Jay Parlar, Bobby Pigeon,

Rich Verde, Rex Deprovdechuk ou esta casa, suspendo os dois na hora. Agora, se mandem."

Robertson se endireitou e caminhou na direção da casa.

Bryan tentou controlar a raiva. Robertson fazia parte daquilo — o que quer que *aquilo* fosse. E aquela bizarra operação de encobertamento parecia se estender à proteção de assassinos de policiais.

"Pooks, nos tire daqui."

"Para onde?"

Bryan deu de ombros.

"Uma cerveja cairia bem", disse Pookie. "O Pé Grande?"

A função de encontrar o que fosse preciso ficava melhor nas mãos de Pookie. Eles tinham sido afastados de todos os ângulos que envolviam aquele caso — uma cerveja parecia ser uma boa ideia.

"O Pé Grande", concordou Bryan.

Pookie deu a partida no Buick e se afastou da cena do crime.

A LONGA NOITE

A chuva fria castigava, encharcando moletons, jeans, sapatos e até mesmo meias — fazendo com que Alex Panos se sentisse infeliz.

Alex e Issac caminhavam para o norte pela Hyde Street, os capuzes dos moletons puxados para cima e as cabeças para baixo. Tomavam cuidado para não encontrar ninguém. O Federal Building despontava à direita, uma parte do mundo que Alex não entendia e com a qual não se importava.

O que importava para ele era permanecer vivo. Para isso, tinha que começar a se arriscar um pouco.

"Alex", falou Issac. "Não quero fazer isso."

A boca de Alex se franziu em um esgar.

"Você devia calar a boca agora, Issac."

De todas as pessoas para ter como companhia, ele tinha que ter ficado com a bicha chorona do Issac. Era Issac que devia ter despencado para a morte, não Jay.

"Essa chuva é um *saco*", reclamou Issac. "Já faz dias, cara. Estou com frio e com fome. Talvez a gente devesse ir falar com os policiais."

Policiais como Bryan Clauser? De jeito nenhum Alex iria procurar a polícia. De jeito nenhum.

Sem o aparato da Boston College, Alex e Issac eram apenas mais dois adolescentes andando pelas ruas. Tinham encontrado lugares para dormir, mas foram cuidadosos para não invadir qualquer lugar ou fazer algo que chamasse atenção.

"*Por favor*", choramingou Issac. "Se você vai para a casa da sua mãe, me deixa ir ver os meus pais. Tenho que pelo menos dizer a eles que estou bem."

Alex parou e se virou. Issac também parou, olhos esbugalhados ao perceber de imediato que fora longe demais.

"Você não vai para casa", disse Alex. Issac era grande, mas ele era oito centímetros mais alto e pesava pelo menos nove quilos a mais. Tinham brigado uma vez. Depois da surra que Alex lhe dera, Issac não faria outra tentativa. "Vamos ficar juntos", continuou. "Vamos para a casa da minha mãe porque precisamos de dinheiro."

"Você gastou uns quinhentos paus nessa arma", disse Issac. "Era tudo o que a gente tinha. E eu nem posso ficar com ela."

Alex assentiu. Não, Issac não podia ficar com ela. As coisas eram assim. Alex levou o braço às costas, apalpou a arma embaixo do moletom, onde estava enfiada no cinto. Ele a verificava a cada cinco minutos, parecia, só para ter certeza de que não tinha caído.

Desde novo ele queria uma Glock, mas sempre tivera medo de comprar uma. Ser preso como menor por posse de entorpecentes era uma coisa — por posse de arma era outra. Mas agora alguém estava tentando matá-lo, alguém com uma conexão com os tiras. Alex não iria ser apagado como Oscar e com toda a certeza não iria ser morto como Jay.

Issac parecia prestes a chorar.

"Sei que a gente precisa de dinheiro", disse ele, "mas vai mesmo roubar a sua *mãe*?"

"Não vou apontar a arma para a cabeça dela, idiota", respondeu Alex. "É provável que ela nem esteja lá. Sei onde ela guarda o dinheiro. Cansei das suas reclamações, cara. Se for agir como uma bicha, vou te tratar como uma bicha. Entendeu?"

Alex o encarou, aguardando uma resposta. Não podia deixar Issac ir ver os pais. Isso atrairia a polícia. Alex faria o que tivesse que ser feito para permanecer em segurança, para permanecer escondido. Se Issac tivesse que ser calado para sempre, bem, assim seria.

O outro aquiesceu.

"Ok, cara. Estamos juntos."

"Sei que isso é um saco", disse Alex. "Não temos escolha. Faça isso comigo, então acho que a gente vai poder dormir numa casa hoje à noite. Os pais de April estão viajando por uns dias."

Issac sorriu.

"*Shrek?* Cara, de jeito nenhum."

Alex riu e deu um soco no ombro de Issac — de forma brincalhona, mas Alex queria que doesse um pouco, apenas um lembrete de quem estava no comando. Issac fez uma careta, então também forçou um sorriso.

"Ela vai dar abrigo para a gente", disse Alex. "Então a chame de *April* e não de *Shrek*. A gente pega o dinheiro da minha mãe, depois vai para a casa de April."

"E depois o quê? O que a gente faz quando os pais dela voltarem?"

Alex gostaria de saber. Talvez fosse hora de sair de San Francisco. Eles tinham uma arma agora. Poderiam roubar casas, conseguir dinheiro, continuar em movimento até pensarem no que fazer.

"Conto depois", respondeu Alex. "Tudo o que sei é que hoje à noite, quando você estiver todo quente e seco, vai se sentir um idiota por ter me zoado por causa de April umas semanas atrás, hein?"

"Acho que sim", disse Issac. "Quero dizer, ela meio que se parece com um ogro mesmo."

"É, e é o meu pau que vai ser chupado hoje à noite. Você não vai conseguir porra nenhuma. Ela vai fazer o que eu mandar. Posso até falar para ela que você vai assistir."

Os olhos azuis de Issac se arregalaram.

"Ah, uau, cara."

Alex não soube dizer se aquele foi um *ah, uau* de excitação ou de medo. Não importava. Fazer coisas na frente de Issac iria deixar April morrendo de vergonha. Algumas garotas gostavam de humilhação.

Passaram pela soleira de uma porta fechada por tábuas. Um mendigo todo coberto por um cobertor ensopado estava deitado ali, tentando evitar o pior da chuva. Alex não sabia quem estava pior, ele ou o mendigo. Diferente do mendigo, Alex era jovem, forte e encontraria um jeito de permanecer vivo — mas, pelo menos, o sem-teto não tinha ninguém tentando matá-lo.

A chuva seguiu castigando. Alex e Issac continuaram andando para o norte.

⊙ ⊙

Pookie voltou à mesa com uma segunda rodada de cervejas — uma IPA da Elizabeth Street Brewery para ele, uma Bud Light para Bryan. Seu parceiro não tinha bom gosto para cervejas.

Bryan sentava-se num banco, os cotovelos apoiados sobre uma mesa pequena e redonda, a cabeça nas mãos. A mesa ficava bem ao lado do homenageado do bar — uma estátua de madeira de quase quatro metros de altura do próprio Pé Grande. A estátua fez Pookie pensar em desenhos de homens-cobra e de uma senhora falando sobre lobisomens alpinistas.

Pookie pousou as cervejas na mesa.

"Anime-se, pequeno Exterminador", disse ele. "Desvire essas sobrancelhas franzidas. Além disso, é só inserir o seu eufemismo energético favorito aqui."

Bryan levantou a cabeça.

"Um discurso estimulante do tipo faça você mesmo?"

"Com certeza", disse Pookie. "A noite é mais escura antes do amanhecer. Levante e sacuda a poeira. Se você não beber, vou continuar falando."

Bryan pegou a garrafa e bebeu.

O parceiro de Pookie estava irritado e confuso, e com toda a razão. Bryan queria *lutar*, queria descontar em alguma coisa. Estava prestes a explodir como um elefante em uma loja de porcelana. Mas era a loja de porcelana da delegada Zou, e isso não acabaria bem.

"Bri-Bri, vamos descobrir o que está acontecendo."

"Você fica falando isso. As coisas só pioram. Um tira está morto por causa dessa merda, Pooks. E Robertson manda a gente cair fora?"

"Vamos encontrar o sujeito que fez isso", disse Pookie. "Vamos descobrir o que são todos esses sonhos, os desenhos de Rex, os símbolos, tudo."

Bryan girava a garrafa em círculos lentos sobre a mesa.

"Acho que fiz aqueles desenhos por causa de Rex, porque vi as mesmas coisas que ele viu."

Pookie não conseguia ver como algo assim era possível, mas não iria descartar a ideia. Em certo ponto, é preciso acreditar no que os seus olhos estão lhe dizendo. Ver o desenho do cara de cobra no quarto do garoto provou que existe algum tipo de conexão.

"Projeção astral, Bri-Bri? Telepatia? Homenzinhos verdes controladores de mentes?"

Bryan balançou a cabeça.

"Não faço ideia, cara. Tudo o que sei é que Rex odeia a BoyCo. Odeia de corpo e alma."

"Ódio é um motivo válido para matar Oscar e Jay", comentou Pookie. "Mas ele tinha os meios?"

"Você viu o corpo de Bobby. Alguém que estava na casa de Rex fez aquilo e não foi a mãe morta."

Pookie balançou a cabeça.

"Claro, mas não foi Rex. O garoto deve pesar uns cinquenta quilos mesmo depois de duas viagens ao buffet de massas. Ele está trabalhando com adultos, e gente grande, por sinal. Não vamos considerar os seus sonhos por enquanto. Com base no que Tiffany Hine viu, e com base no que o Senhor Show-Biz nos contou sobre como os Filhos de Marie usavam fantasias, temos que supor que Rex esteja envolvido nesse culto."

Bryan fez mais círculos com a garrafa de cerveja.

"Ele tem 13 anos. É um rejeitado. Talvez tenha sido recrutado pelos Filhos de Marie. Talvez tenha feito algum tipo de acordo com eles para que matem os seus inimigos. Isso é plausível, mas não explica os meus sonhos. E o mais importante, não explica por que alguém iria encobrir isso. O número de mortos já está em três."

"Quatro", corrigiu Pookie. "Oscar Woody, Jay Parlar, Homem-Pássaro e não se esqueça da mãe de Rex."

"Certo, quatro", disse Bryan. "Por que Zou e Robertson deixariam isso acontecer? Se os Filhos de Marie estão por trás das mortes... será que Zou faz parte do culto?"

Esse mesmo pensamento estivera dançando no fundo da mente de Pookie. Tudo indicava que a delegada *tinha* que estar envolvida de algum modo, mas pensar que a policial mais importante da cidade fazia parte de um conciliábulo de bruxas ridículo? A ideia chocava as crenças de Pookie até o fundo da alma.

"Ela é uma policial há trinta anos, Bryan. Como poderia ter se envolvido com eles?"

"Talvez ela tenha descoberto alguma coisa no caso do Esfaqueador de Golden Gate. Ou talvez alguma coisa a descobriu. Olhe para a carreira dela. Começa fazendo patrulhas, trabalha num caso com os símbolos e acaba como detetive", Bryan estalou os dedos, "rápido assim."

Pookie concordou, tentando pensar nas possibilidades.

"É, ok, então talvez ela seja uma novata de merda que tira a sorte grande no caso do Esfaqueador de Golden Gate. Esse caso a aproxima dos malucos ocultistas por trás dos assassinatos, supondo que o assassino não agiu sozinho. Os Filhos de Marie a recrutam, ou a doutrinam, ou a fazem usar um chapéu como aqueles *shriners*[2] ou sei lá, e, *bam*, eles têm alguém infiltrado no DPSF."

Bryan desliza a garrafa devagar da mão esquerda para a direita e de volta à esquerda.

"Não dá para infiltrar ninguém acima da delegada. Alguém com muito poder consegue controlar Zou, então a faz subir de posto até chegar numa posição onde ela pode decidir quais policiais são nomeados para os casos de assassinatos."

"Talvez", disse Pookie. "Mas ainda não encaixa. Achamos que Verde está envolvido nisso com ela. O Homem-Pássaro era o parceiro de Verde, então isso não quer dizer que o Homem-Pássaro também estava envolvido? Por que mandar Verde e o Homem-Pássaro para um lugar onde podiam ser mortos? E o alerta de procura por Rex não é brincadeira, todos os tiras na cidade estão atrás daquele garoto. Se ele faz parte dos Filhos de Marie, e se Zou faz parte dos Filhos de Marie, por que ela não cancela o alerta de procura?"

As ligações simplesmente não estavam lá. Para piorar, nada daquilo batia com os instintos de Pookie.

"A delegada Zou é uma policial *superstar* há trinta anos, Bri-Bri. Ela fez de tudo: foi de patrulheira a detetive e depois administradora. Foi baleada duas vezes em serviço. Ganhou todos os prêmios que o departamento tem para oferecer. E estamos achando que ela aceitaria dinheiro para encobrir assassinos em série? Não acredito nisso."

"Pode não ser dinheiro", disse Bryan. "Chantagem, talvez."

O celular de Pookie emitiu um alerta: uma mensagem. Ele pegou o celular e leu. Era de Susie Panos.

SUSIE PANOS: ALEX ESTÁ EM CASA. RÁPIDO!

Ele mostrou a mensagem a Bryan.

Os dois homens escorregaram dos bancos e correram para a porta, deixando as cervejas e a estátua gigante do Pé Grande para trás.

◉ ◉

---

2   Membros da Antiga Ordem Árabe dos Nobres do Santuário Místico. [NT]

Era noite. Embaixo de uma árvore pequena na Sharp Place, fazendo esquina com a Union Street, Rex e Marco aguardavam. Esperavam e observavam. Cada um tinha um cobertor. Não do tipo que esquentava — o cobertor de Rex já estava ensopado. E fedia. Marco disse que a parte do fedor era importante. Fazia com que as pessoas seguissem em frente sem parar.

Os cobertores eram mais complicados do que Rex pensara. Eram pesados porque na verdade eram quatro cobertores costurados juntos pelas bordas. Como as páginas de um livro, era possível virá-los para que cores diferentes ficassem aparentes: cinza-escuro, vermelho-tijolo, preto e verde-escuro. Todas as cores tinham muitas manchas. Os cobertores também tinham bolsos secretos. Marco guardava a machadinha num deles, em segurança, longe da vista.

No caminho até aquele local, Marco fizera uma pausa para mostrar a Rex como os cobertores funcionavam. Quando o homem escolheu a cor certa e se esgueirou até uma área sombria para depois sentar-se perfeitamente imóvel, ele quase desapareceu por completo.

Marco também mostrara a Rex como embrulhar o cobertor em volta da cabeça, quase como um capuz. Rex conseguia enxergar o exterior, mas para alguém ver o interior do cobertor, teria que chegar bem perto.

Rex estava gelado, molhado e trêmulo, e nunca se sentira tão maravilhoso. O frio, a umidade, todas essas coisas não importavam — ele aguardava, observava.

Estava *caçando*.

"Vou conhecer o Astuto hoje à noite?"

"Provavelmente", respondeu Marco. "Ele vai ligar quando sair. Vai ficar muito feliz quando souber que estou com você."

"Por que você não liga pra ele?"

"Os celulares ficam fora de área lá em casa", explicou Marco. "Tenha paciência, meu rei, ele vai ligar."

Rex continuou olhando a janela do outro lado da rua.

"Sexto andar, você disse?"

Marco assentiu.

"Eu mesmo segui Alex até aqui alguns dias atrás. Ele gosta de ficar na escada da saída de emergência, então sei qual apartamento é o dele."

A saída de emergência corria pela fachada do edifício de dez andares. Uma fileira de janelas salientes despontava de cada lado, perto o bastante da saída de emergência para que alguém pudesse sair por elas e passar para os pequenos patamares de metal.

Alex podia estar naquele prédio. Rex estava tão *perto*.

"O que o Sugador vai fazer?"

"Matá-lo", respondeu Marco. "Sugador estava esperando por esta chance. Foi Pierre que matou o primeiro. Eu ajudei, mas Pierre pegou ele. Comilão e Bafo-de-Dragão ficaram com o segundo."

Comilão? Bafo-de-Dragão? Que nomes legais. *Sugador* também era um nome maneiro, mas Rex não queria que ele matasse Alex a não ser que pudesse assistir. Ele queria ver Alex sofrer. Precisava ouvir Alex *implorar*.

"Marco, diga ao Sugador para trazer Alex aqui para fora."

Os olhos do barbudo se arregalaram.

"Meu rei, não podemos trazê-lo para fora! Está muito cedo, existem pessoas por perto, vamos ser vistos!"

"Então me leve para dentro. Preciso ver aquele valentão morrer."

Marco balançou a cabeça. Tinha uma expressão pesarosa, como se estivesse prestes a chorar.

"Você é o meu rei e devo obedecer, mas preciso mantê-lo em segurança! Não podemos entrar. Por favor, apenas fique aqui e deixe o Sugador fazer o serviço."

Se Rex era o *rei*, então as pessoas tinham que fazer o que ele mandava. Ele passara a vida inteira recebendo ordens — agora seria ele quem as daria.

"Eu disse que *quero assistir*. Diga ao Sugador para não matar Alex até eu chegar."

Marco apenas o encarou. Ele parecia não saber o que fazer. Depois de alguns segundos, seu cobertor deslizou um pouco para o lado. Sua mão apareceu segurando um celular.

"Compramos estes na cvs", explicou Marco. "Ou na Walgreens. É só comprar e ligar. Foi ideia do Astuto, porque eles não podem rastrear as ligações até a gente nem nada."

Ele começou a discar, então parou.

"Meu rei, e as outras pessoas no apartamento? E se a mãe do garoto estiver em casa?"

Rex pensou a respeito. Fechou os olhos e se lembrou do cinto de couro apertando o pescoço de Roberta, de como ela lutara e arranhara.

Seu pinto começou a endurecer.

"Ele pode matar a mãe", respondeu Rex. "E pode matar Issac se for preciso, acho, mas diga ao Sugador para não matar Alex até eu subir. Eu... hum... eu *ordeno*, ou sei lá."

Marco discou.

Rex tentou ficar imóvel. Aguardou.

☉ ☉

"De jeito nenhum, mãe! Porra!", exclamou Alex. "Issac e eu não vamos falar com os tiras!"

Ela estava chorando. A vagabunda estava *sempre* chorando.

Alex colocou roupas limpas numa sacola de viagem. Issac procurou na cômoda do amigo algumas roupas secas que não ficassem largas demais no seu corpo menor.

Sua mãe estava fazendo aquela coisa com o lenço de papel de novo, amassando-o e arrancando pedacinhos dele.

"Alex, querido, a polícia diz que a sua vida está em perigo. Fique aqui comigo. Vamos ligar para eles juntos."

Ele se aproximou dela. Agigantou-se para cima da mãe.

"Não vou falar com os policiais, e é melhor você não ligar para eles. Entendeu, mãe? Só me dá um pouco de dinheiro, a gente tem que dar o fora daqui."

"Alex, meu bebê, *por favor*."

"Mãe, a gente viu Jay morrer. Estávamos indo pegar ele. Lembra do tira todo de preto que veio aqui? Ele estava apontando a arma para a cara de Jay. São os tiras que querem matar a gente."

O lábio superior da sua mãe estremeceu. Muco escorreu da narina esquerda. Que coisa mais patética.

"Mas Alex, amor, isso não faz sentido *nenhum*. Por que os policiais iriam querer matar vocês? O que vocês fizeram?"

Ele ainda não tinha uma resposta para aquela pergunta. Ele e os rapazes já fizeram algumas merdas, claro, mas com certeza nada que justificasse as mortes de Oscar e Jay.

"Está chovendo, querido", disse a mãe. "Está frio e úmido lá fora. Não pode ficar aqui até a chuva parar, pelo menos?"

Issac assentiu com entusiasmo demais.

"Essa é uma boa ideia. Só até a chuva parar. Não acha que é uma boa ideia, Alex?"

Alex encarou Issac até o garoto menor desviar os olhos. Então, encarou a mãe. Ela estava escondendo alguma coisa. Ele olhou para baixo — ela estava com o celular na mão.

Ele agarrou o punho dela e o levantou com força.

"Ai! Alex, para!"

Ele arrancou o celular da mão dela. A mulher tentou recuperá-lo, mas ele a empurrou. Ela bateu com as costas na porta do quarto.

Ele acessou as mensagens de texto. A mais recente dizia:

ALEX ESTÁ EM CASA. RÁPIDO!

Ela a enviara logo depois de ele e Issac terem se esgueirado pela porta dos fundos do prédio e subido ao apartamento. Enviado a *Pookie Chang*, DPSF. O estômago de Alex revirou — aqueles tiras estavam a caminho. Como a sua própria mãe o tinha entregado daquele jeito?

Ele se ajoelhou e enfiou o celular no rosto dela.

"Esse cara pra quem você acabou de enviar uma mensagem? Ele estava lá quando Jay morreu! Ele é o *parceiro* daquele que enfiou a arma na cara do Jay, sua puta idiota!"

"Alex! *Por favor!*"

Ele queria dar um soco na boca da mulher, mas não podia — ela ainda era a sua mãe. Ele correu até a sala, pegou a bolsa dela e a trouxe de volta. No seu interior, encontrou cinquenta dólares e um saquinho de maconha. Ele jogou a bolsa nela, acertando-a no rosto. Ela levou as mãos à boca e então — é claro — começou a chorar de novo.

"Puta traidora", xingou Alex. "Issac, levanta. Temos que..."

O som de madeira quebrando: alguém acabara de arrebentar a porta da frente do apartamento.

⊙ ⊙

A chuva despencava ainda mais forte, mas tinha se tornado apenas um pano de fundo enquanto Rex observava a janela do sexto andar sendo aberta. Viu um corpo grande passar para a saída de emergência, moletom preto e calças jeans fazendo-o se mesclar com a noite. Assim que essa pessoa saiu, outra a seguiu.

"Marco", chamou Rex. "Aqueles se parecem com Alex e Issac."

Marco puxou a orelha num gesto preocupado.

"Uh-oh. Cadê o Sugador?"

"Eu nem sei quem é o Sugador, então você que tem que me dizer."

Marco olhou para o celular, como se, ao fazer isso, pudesse obrigá-lo a tocar e lhe contar o que estava acontecendo. Gotas de chuva respingavam contra a tela iluminada. Ele voltou a olhar para os garotos na saída de emergência.

"Não sei bem o que está acontecendo."

Rex sentia-se confuso — Marco agira com tanta rapidez na casa dele, mas agora o homem parecia perdido, inseguro. Será que precisava de ordens específicas ou algo assim?

Alex e Issac desceram as escadas da saída de emergência, deixando o sexto andar para trás e avançando para o quinto. Se conseguissem escapar, alguém seria capaz de encontrá-los? Eles fugiriam e isso não seria justo, não quando estavam bem *ali*.

"Marco", disse Rex. "Pegue eles."

O homem olhou para Rex, depois de novo para o celular, depois para Alex e Issac.

"Ainda não é nem meia-noite", falou. "Isso é público demais. Existem regras."

Alex chegou ao patamar do quarto andar. Ele iria escapar.

Rex esticou o braço e agarrou a barba molhada de Marco, puxou o rosto dele para perto.

"Não estou nem aí para as suas regras idiotas. *Pegue Alex!* E não se *atreva* a matar ele, está me ouvindo?"

Os olhos de Marco se estreitaram — não de raiva, mas de resolução. Ele guardou o celular e se levantou. Com o cobertor ainda sobre os ombros, enfiou a mão num bolso secreto e sacou a machadinha.

Cronometrando o trânsito, Marco apertou mais o cobertor em volta do corpo, saiu para a chuva e começou a atravessar a rua.

⊙ ⊙

Bryan se segurava com força. Pookie virou o Buick à direita, cantando pneu ao sair da Larkin e entrar na Union. Os pneus deslizaram no asfalto molhado enquanto os limpadores de para-brisa tentavam afastar a chuva pesada.

Um quarteirão à frente, o prédio de Susie assomava no ar noturno. Com dez andares de altura, ele dominava os edifícios de quatro ou cinco andares ao redor.

Os pneus do carro derraparam, então se firmaram. O carro se endireitou, lançando Bryan de volta para a direita. Deixaram a sirene desligada — não queriam avisar o garoto que estavam a caminho.

Mais adiante, através do chuvisco escuro e do brilho indistinto dos postes, Bryan viu movimento na frente do prédio; duas figuras descendo pela saída de emergência.

"São eles", disse Bryan, apontando. "Já estão fugindo."

Os garotos pararam. Bryan viu um continuar a descer, enquanto o outro mudou de direção e começou a subir.

"Eles nos viram", informou Bryan. "Você pega o que está na saída de emergência, eu pego o que está prestes a chegar no chão."

Pookie manobrou para a faixa da contramão para ultrapassar um caminhão, depois o fechou bem a tempo de evitar uma colisão frontal com um Acura preto. Ultrapassou um sinal na Hyde, mas os sinais foram ficando vermelhos até onde podiam ver e o trânsito foi parando devagar. Pookie pisou no freio para não entrar na traseira dos carros à frente.

Bryan se segurou no painel enquanto o ímpeto do Buick o empurrava para a frente. Assim que o carro se balançou para trás, ele pulou para fora.

A hora tardia, combinada com a chuva, contribuía para o pouco tráfego de pedestres nas calçadas. Apenas uma pessoa, na verdade, avançava pelo asfalto coberto de água, atravessando a rua.

Uma pessoa grande como uma montanha — uma pessoa *envolta num cobertor*.

Aquela pessoa estava atravessando a rua e seguindo para baixo da saída de emergência.

Puta merda isso está acontecendo mesmo não estou sonhando desta vez.

Bryan olhou para a saída de emergência enquanto corria. Mesmo com a luz difusa e a chuva pesada, ele reconheceu a compleição forte de Alex Panos em pé no patamar de baixo. Alex acionou uma alavanca; uma escada vertical chacoalhou até o concreto.

O garoto desceu.

Bryan estava a uma distância de seis metros do homem envolto no cobertor, que ainda estava a uma distância de nove metros da saída de emergência. Alex chegou à calçada e deu o fora.

A enorme figura bamboleante passou a andar mais depressa. O cobertor esvoaçou por um instante e, naquele momento, Bryan viu um brilho de metal.

Sacou a arma e correu mais rápido.

☉ ☉

Pookie galgava o metal frio e molhado o mais rápido que se atrevia. Olhou para cima, piscando para afastar a chuva dos olhos, e se surpreendeu ao ver uma figura se rastejar para fora da janela do sexto andar e pular para a saída de emergência. A pessoa era pouco mais do que uma sombra disforme graças ao cobertor pesado que a encobria. Lá no alto, no oitavo andar, Pookie viu uma figura menor — Issac.

Os pés do detetive batiam com força nos degraus da escada da saída de emergência. Tinha que chegar até Issac antes do homem com o cobertor.

☉ ☉

Bryan viu Alex correr o mais rápido possível, o corpanzil gingando, os braços grandes balançando. O homem que o perseguia avançava muito mais depressa; ele se aproximava de Alex, o cobertor cinza esvoaçando para trás como uma capa pesada.

Cacete, como ele é rápido!

Ainda correndo com vontade, Bryan ergueu a arma.

"Polícia! No chão!"

O homem ou o ignorou, ou não o ouviu acima do barulho da chuva.

Bryan pensou em parar e tentar um disparo, mas poderia acertar Alex se errasse.

☉ ☉

Pookie subira até o patamar do sétimo andar quando o homem que perseguia Issac sumiu de vista ao chegar ao telhado. A escalada quase vertical já tinha feito com que as pernas e os pulmões de Pookie queimassem em protesto.

Vindo do telhado, ele ouviu disparos.

Seu pé escorregou num degrau e o joelho se chocou contra o metal. Continuou subindo apesar da dor.

O vento gelado soprava, a jaqueta e o cabelo já ensopados pela chuva que não dava trégua, Pookie alcançou o patamar do décimo andar — apenas mais um lance curto de escada para chegar ao telhado. Sacou a Sig Sauer e começou a subir.

☉ ☉

Marco ouviu o homem gritar em algum lugar atrás dele. Polícia. *De novo*. Astuto iria ficar tão puto, e, se o Primogênito descobrisse, Marco iria tomar uma tremenda de uma surra. Não havia nenhum túnel pelas redondezas. O esconderijo mais próximo ficava no antigo reservatório Russian Hill, mas o lugar ficava a cinco quarteirões de distância. Além disso, Marco não podia simplesmente fugir — o rei lhe dera uma ordem.

Marco sabia que se pudesse colocar as mãos no garoto, poderia então escalar uma parede até o telhado e o tira não poderia segui-lo. O rei ordenara que o garoto não fosse morto, mas isso não queria dizer que Marco não podia machucá-lo.

Ainda correndo, ele ergueu a arma.

⊙ ⊙

Bryan viu a luz dos postes refletida na lâmina.
Uma machadinha.
O assassino de Bobby Pigeon.
O detetive parou de correr, mirou e disparou duas vezes. O homem cambaleou para a frente e tombou sobre Alex, levando os dois a cair de cara na calçada.

⊙ ⊙

Pookie ouviu dois barulhos — duas batidas lá embaixo na rua e um estrondo grave e profundo vindo do telhado. Passou a pistola por cima da mureta de tijolos do telhado, deixando a mira guiar a sua visão através da chuva. A parte de baixo dos braços repousava sobre o topo estreito da mureta, deixando apenas as mãos e a cabeça expostas ao perigo.
Que diabo?
Uma rápida sequência de imagens — um homem usando uma máscara com um bico longo e curvo, uma flecha despontando do seu ombro, rolando sem forças numa poça no telhado coberto de piche. E um segundo corpo, este usando um moletom preto, de cara no chão e imóvel: Issac Moses. Além deles, quase invisível no telhado escuro, se encontrava um homem, segurando um arco, usando algum tipo de... capa com capuz?
O homem de pé se virou na direção de Pookie. O capuz fundo escondia o seu rosto nas sombras. Ele soltou o arco e levou as mãos para dentro da capa verde-escura, movendo-se com *grande rapidez.*
O arco sequer tinha atingido o telhado quando o homem sacou duas pistolas e disparou. Pookie puxou o gatilho duas vezes ao mesmo tempo em que se abaixava atrás da mureta, pedaços de tijolo caindo ao seu redor.

⊙ ⊙

Bryan saiu correndo, a arma a postos diante do corpo. O homem encoberto pelo cobertor rolou de cima de Alex. Bryan viu sangue manchando as costas da regata branca dele — pelo menos um tiro o atingira.
Bryan se apressou para ver se podia estancar o sangramento. Conforme o detetive se aproximava dele, sentiu um calor estranho no peito.
Que diabo...
Não viu a grande bota chutando até ser tarde demais. A sola se afundou na sua barriga e o mandou voando para trás. *Tão forte!* Bryan soube que tinha perdido o fôlego antes mesmo de atingir o chão. Conseguiu manter a Sig Sauer nas mãos, porém. A bunda bateu no concreto. Aproveitou o ímpeto para rolar para trás. No ápice, Bryan empurrou com força usando a cabeça e os ombros, lançando-se no ar e aterrissando de pé.
Ergueu a arma.

O barbudo sangrento esticou o braço para pegar a machadinha molhada que caíra na calçada.

"Não faça isso, idiota! Não se mexa!"

O homem parou e olhou para Bryan. Então os olhos dele se arregalaram e a boca se abriu numa expressão de puro choque.

☉ ☉

O coração de Pookie dava coices no peito. Tinham atirado *contra ele*. Não podia simplesmente ficar parado ali, tinha que se mexer, tinha que *agir* e tinha que ser *agora*. Lambeu a chuva que caía nos lábios, respirou fundo, então se levantou apenas o bastante para girar a arma por cima da mureta.

O homem de capa estava a poucos metros de distância, lançando-se para a frente, o arco na mão. Pookie se escondeu atrás da mureta outra vez quando o arqueiro passou por cima dele, pulando noite adentro.

O detetive se segurou na escada enquanto se virava para ver o homem cair para a morte, mas ele *não* caiu — com o manto esvoaçando atrás de si, ele flutuou pelo ar, pernas e braços chutando e impulsionando como um atleta olímpico de salto em distância. Era como assistir a um efeito especial, a um filme de alguém andando por uma corda bamba através da noite chuvosa.

O homem planou até o outro lado da rua. Aterrissou no telhado preto e plano de um edifício de quatro andares e rolou uma, duas, três vezes. Pookie assistiu descrente quando o homem se levantou e andou até a borda do prédio.

Quinze metros e seis andares abaixo, o arqueiro era pouco mais do que um montículo de tecido verde-escuro que se mesclava ao telhado preto. E mesmo assim, Pookie pôde ver que o homem olhava para a rua. O detetive disparou um olhar naquela direção; na calçada, dez andares abaixo, Bryan Clauser tinha a arma apontada para um homem deitado no chão.

Então, Bryan abaixou a arma devagar.

Pookie voltou a olhar para o homem no telhado — sentiu uma facada de terror quando viu o homem segurando o arco, a corda puxada até a bochecha agora à mostra. Antes que Pookie pudesse dizer uma palavra, o homem soltou a corda.

A flecha cortou o ar.

☉ ☉

Bryan e o homem com o cobertor se encararam. O que diabo era aquilo?

Aquele calor desabrochando no peito, tão *sereno*. Batia num ritmo, *ba-da--bum-bummmm*, uma sensação esmagadora na sua intensidade.

Um sibilar em *staccato*, um sussurro de meio segundo de algo passando a poucos centímetros da sua orelha e então um barulho mais breve de algo sendo esmagado.

Os dois homens olharam para baixo.
A haste de uma flecha despontava do peito do barbudo.
Bryan se virou de imediato, o cérebro seguindo o ângulo da flecha, a arma girando para apontar para cima e para o outro lado da rua. Ali, uma forma que podia ser um homem
[salvador! monstro!]
e um contorno que podia ser um arco.
Seus dedos puxaram o gatilho
[mate-o agora mate-o AGORA]
cinco vezes antes de todo o treinamento ser acionado, antes de perceber que estava atirando contra um prédio com pessoas dentro.
Os clarões dos disparos atrapalharam a sua visão por apenas um segundo. Quando conseguiu focar o telhado outra vez, o contorno que podia ter sido um homem tinha desaparecido.
A chuva continuava caindo.
Bryan se virou para olhar o homem barbudo, para a flecha que despontava do seu peito. Só então pensou em olhar para Alex Panos.
Mas Alex não estava mais ali.

◉ ◉

A flecha não acertara Bryan. *Graças a Deus*. Pookie voltou a olhar para o lugar onde o arqueiro estava, mas agora o telhado estava vazio — o homem de capa desaparecera nas sombras.
Tinha acabado mesmo de ver o que achava ter visto? Não. *De jeito nenhum*. Coisas assim não acontecem. Talvez alguém tivesse colocado ácido no seu café. Talvez estivesse viajando naquele exato momento.
Bryan Clauser ainda estava vivo. Sem o arqueiro/atirador à vista, Pookie tinha que lidar com a situação presente. Passou por cima da mureta e subiu no telhado.
Issac Moses ainda estava lá, mas o mascarado ferido desaparecera.
Pookie levantou a arma ao nível dos olhos. Andou depressa na direção do centro do telhado, até a pequena construção que dava para as escadas internas do edifício. Pookie deu a volta pela construção, deixando que o cano guiasse a sua visão. Nada. Ele experimentou a maçaneta: trancada.
Não havia mais nenhum lugar no telhado onde uma pessoa pudesse se esconder. A porta para o telhado estava trancada. Pookie tinha subido pela escada da saída de emergência, o único jeito de descer.
Então onde estava o mascarado com a flecha espetada no ombro?
A chuva continuava caindo. Pookie voltou até Issac.
Ah, Deus...
O peito e barriga do garoto estavam encostados no telhado, mas a cabeça fora virada 180 graus — os olhos sem vida de Issac encaravam o céu noturno.

SUSIE PANOS

Pookie estava parado dentro do apartamento, olhando para o cadáver de Susie. Ela estava deitada de costas, olhos abertos, uma expressão de choque gravada no rosto imóvel. Alguma coisa abrira um buraco redondo de dois centímetros de diâmetro que atravessava o peito e chegava ao coração. A blusa do pijama fora empurrada para dentro do buraco; o tecido encharcado de sangue circundava a carne e o osso recém-expostos.

Lá fora, viaturas bloqueavam a rua. Uma ambulância já tinha chegado, mas os paramédicos trabalharam rápido ao declararem os três corpos mortos na cena, e todos os três como homicídios. A equipe forense estava a caminho, assim como alguém do Instituto Médico Legal.

Quanta insanidade. As coisas que Pookie vira — o homem pulando do telhado, o sujeito com a máscara, a cabeça de Issac virada do lado errado — eram difíceis de serem compreendidas. Alex Panos era encrenca. Quem quer que tenha desejado a morte do garoto o seguira até lá, e agora a mãe estava morta por causa disso.

Pookie desviou o olhar do corpo quando Bryan passou pela porta arruinada do apartamento. Bryan parou para olhar a madeira branca exposta onde costumavam ficar as dobradiças e depois para a porta rachada caída no carpete da sala de estar. Pareceu catalogar aquelas coisas na mente, então foi se juntar a Pookie ao lado do corpo de Susie.

"Emiti um alerta de procura pelo meliante", disse Bryan.

"Verdade?", falou Pookie. "E como você o descreveu?"

"Um cara num manto verde, talvez um metro e oitenta de altura. Carregando um arco. É isso?"

Pookie assentiu. Ficou olhando fixamente o corpo de Susie. Talvez ela não fosse uma mãe exemplar, mas tinha tentado. Não merecia aquilo.

"Sammy e Jimmy estão aqui", informou Bryan. "Jimmy está lá embaixo com o barbudo. Sammy está subindo."

Bryan se ajoelhou ao lado do corpo.

"Ela está muito pálida", comentou ele. "Como se tivesse perdido litros de sangue."

Bryan estava certo. Pookie já vira cadáveres de pessoas que sangraram até a morte. Tinham a mesma aparência de Susie.

Bryan apontou para o buraco no peito.

"Quem fez isso com ela?"

"Um cara usando um cobertor e uma máscara saiu pela janela e perseguiu Issac pela saída de emergência. Talvez o cara tivesse acabado de fazer isso com Susie."

Bryan concordou.

"É o mesmo cara que torceu a cabeça de Issac?"

"Pode ser", respondeu Pookie. "Foi ele ou o arqueiro."

"Tem que ser muito forte para quebrar o pescoço de alguém daquele jeito. Esse cara com a máscara... tem certeza de que era uma máscara?"

"Agora não, Bryan", disse Pookie. "Só consigo lidar com uma certa quantidade de merda de cada vez, tá bom?"

Bryan levantou as mãos num gesto apaziguador.

"Calma, Pooks, calma. Só me diga como era a máscara."

Pookie queria responder: *Era tão perturbadora que as minhas bolas foram parar no peito*, mas não o fez.

"Já viu as fotos daquelas máscaras contra a peste negra que os médicos usavam na Idade das Trevas?"

"Acho que sim", respondeu Bryan. "Nariz comprido que apontava para baixo? Meio parecido com um bico?"

"É", disse Pookie. "Meio parecido com um bico."

Bryan apontou para o buraco no peito de Susan.

"Alguma coisa a perfurou aqui. Acha que essa *máscara* pode ser dura o bastante para fazer isso?"

Pookie sabia aonde Bryan queria chegar — quais eram as probabilidades de que uma máscara bicuda conseguisse perfurar um peito? As mesmas de que os dentes falsos de uma máscara de lobisomem fossem duros o bastante para arrancar um braço.

"Pooks", disse Bryan, "sei que sou a última pessoa no mundo que devia fazer uma pergunta dessas, mas tem *certeza* de que viu o arqueiro pulando para o outro lado da rua? O recorde mundial de salto em distância é de algo em torno de nove metros, o espaço entre os dois prédios tem pelo menos o *dobro* disso."

"Sei o que vi", respondeu Pookie. "Acredite em mim, gostaria de não ter visto. Não entendo porcaria nenhuma de tiros com arco e flecha, mas aquele cara acertou o meliante do outro lado da rua, a dez andares de altura, no meio de uma tempestade, à noite, e fez a flecha passar bem por cima do seu ombro."

Bryan assentiu.

"A não ser que estivesse mirando em mim e tenha errado."

Pookie relembrou a sua breve troca de tiros no telhado, o homem de capa sacando duas pistolas e disparando. Ele tivera Pookie na mira — como alguém podia ser tão bom com um arco e tão ruim com uma pistola à queima-roupa? A resposta era: *não podia ser*. Ele não tinha matado Pookie porque não *quisera* matar Pookie.

"O arqueiro não estava mirando em você, Bri-Bri. Estava mirando no assassino de Bobby Pigeon."

Os olhos de Bryan se estreitaram.

"Está dizendo que já que o cara é o suposto assassino de Bobby, não tem problema enfiar uma flecha no coração dele?"

"Eu *disse* que não tem problema?"

Bryan o encarou, então balançou a cabeça.

"O arqueiro é só mais um assassino", disse Pookie. "Até onde sabemos, ele matou Issac também. Isso nos dá mais uma pessoa para procurar: Rex, Alex e o arqueiro. Temos que nos concentrar e conseguir todas as informações possíveis, porque Robertson pode aparecer a qualquer momento e nos chutar daqui."

Sammy Berzon entrou na sala, uma maleta de metal em cada mão.

"Rapazes", disse ele. "Nada de tédio com vocês dois por perto, hein? Jimmy está subindo para o telhado. Estou há mais tempo no trabalho, então ele teve que colocar o rabo dele na chuva. *Boom*. Terminamos com o defunto lá na calçada. Atingido no coração, mas quem podemos culpar, certo?" A cabeça de Sammy balançou para trás em uma risada silenciosa. "Encontramos um celular com ele, mas é pré-pago. Vou pedir que os rapazes verifiquem o histórico de ligações, mas não tenham muitas esperanças."

Pookie sabia que Sammy estava certo; era provável que o celular não revelasse nada. Os criminosos eram espertos o bastante para comprarem celulares pré-pagos com dinheiro, o que significava que não havia informações pessoais associadas a eles. Um celular pré-pago ligando para outro pré-pago não deixava quase nenhum rastro. A única coisa que podiam conseguir eram localizações de GPS das ligações feitas e recebidas. Isso poderia revelar um padrão, ou talvez indicar um lugar específico para investigar.

"Mande os locais das ligações para a gente assim que possível", disse Pookie. "O que mais descobriu?"

"Nada ainda", respondeu Sammy. "Acabamos com ele. Hudson, a Gostosa, está com ele agora."

A cabeça de Bryan disparou para cima.

"Robin está lá embaixo?"

Sammy acenou positivamente.

"Essa é a verdade."

Bryan se dirigiu à porta. Pookie o seguiu.

"A propósito", chamou Sammy antes que eles saíssem pela porta destruída. "O engraçadinho que emitiu um alerta de procura por um cara usando a porra de uma *capa* deve tomar cuidado. Robertson acabou de cancelar. Ele disse que alguém está bem encrencado por fazer piadas na cena de um assassinato. Só para vocês ficarem sabendo, hein?"

Bryan rosnou, depois se virou e saiu.

O delegado assistente de polícia acabara de cancelar um alerta de procura de um assassino. Pookie queria ficar chocado e revoltado, mas não ficou muito surpreso; estava cansado demais para ficar estressado com aquilo.

Pookie deu uma última olhada em Susie Panos. Ela tentara salvar o filho e ao fazer isso comprovou o velho ditado — nenhuma boa ação sai impune.

CENA PÓS-ASSASSINATO

Robin Hudson se ajoelhou ao lado do corpo. À direita, as luzes dos postes dançavam na água da chuva que escorria depressa pelo meio-fio. A água se derramava através das grossas barras de um bueiro um pouco entupido por folhas e lixo. Luzes de polícia piscavam das viaturas estacionadas, lançando um brilho vermelho e azul contra os prédios e o asfalto molhado. Sammy e Jimmy tinham montado luzes portáteis para iluminar o corpo. Montaram também uma pequena tenda por cima — apenas quatro varas sem tecido dos lados e um teto pontudo, o tipo de coisa que se pode ver em uma feira de rua. Uma brisa leve batia no topo da tenda.

A chuva lavara a vítima muito antes de terem montado a tenda. Gotas de água se destacavam na barba espessa. A calça jeans estava quase preta devido ao fato de estar encharcada. A haste de uma flecha despontava do esterno. A água diluíra a mancha vermelha ao redor dela, o tecido branco ensanguentado agora um rosa diluído.

Robin estava prestes a começar o seu exame quando viu Bryan e Pookie se aproximando. Os dois tinham sido os primeiros na cena do crime — de novo. Aquilo estava se tornando mais do que uma coincidência. Ela precisava descobrir exatamente o que estava acontecendo.

"Robin", chamou Pookie. "Você está com uma aparência oficial."

Ela começou a se perguntar o que ele quis dizer, então lembrou-se do que estava vestindo.

"Ah, o uniforme?"

Pookie assentiu.

"Nada de jaqueta desleixada para você, estou vendo. Igualzinho ao Águia Prateada."

Ela sorriu e se voltou de novo para o corpo. Sim, estava usando o paletó formal de médico-legista, apesar de a jaqueta ser uma opção aceitável. Se Metz achava que o uniforme era parte importante do trabalho, então ela também achava. Além disso, ela gostava dos botões de bronze e das faixas douradas nos punhos.

Bryan se ajoelhou ao lado do corpo. Robin não conseguiu deixar de olhar para ele, para os olhos verdes, para o cabelo vermelho-escuro que estava desgrenhado e achatado, do jeito que ficava quando ele passava o dia na cama com ela. Então ela se lembrou de que havia um cadáver no chão entre eles. Quando tinha ficado tão desligada? Não era hora para uma conexão amorosa.

Pookie se inclinou para mais perto.

"Barba comprida, camiseta regata, machadinha: ele se encaixa na descrição de Verde perfeitamente."

Robin pegou uma sonda flexível.

"O relatório de Verde dizia que Bobby atirou no assassino pelo menos uma vez. Isso foi há poucas horas." Ela enfiou a sonda embaixo da alça esquerda da regata e levantou. "Deem uma olhada, rapazes. Além da flecha, não há buracos de bala no peito. Não acho que esse seja o cara."

Bryan olhava o corpo. Ele parecia tão distante, mais até do que o normal. Qualquer que fosse a provação pela qual estava passando, a coisa havia piorado.

"Talvez Bobby tenha acertado em alguma outra parte do corpo", disse ele.

"É possível", concordou Robin. "Vou poder dizer quando ele estiver em cima da mesa de autópsia."

Bryan esticou o braço e pegou a sonda da mão dela com delicadeza. Esfregou a ponta de leve nas penas da flecha. Assim que o fez, Robin viu o que chamara a sua atenção.

"Penas de verdade", disse ela. "Não costumam ser de plástico?"

Ele assentiu.

"Acho que sim." Olhou para Pookie, que estava reclinado sobre os dois. "A maioria das flechas não é feita com penas de plástico?"

Pookie emitiu um *piff*.

"Por que está perguntando para mim? Eu lá tenho cara de quem gosta de arquearia?"

Os olhos de Bryan se estreitaram de irritação.

"Gosta de quê?"

"Arquearia", respondeu Pookie. "A prática de atirar com arco e flecha."

Bryan deu de ombros.

"Talvez todos os arqueiros sejam chineses gordinhos, vai saber."

Pookie acariciou a barriga que esticava a camisa branca de botões.

"Não, não existe tanta gente sexy assim por aí. Bo-Bobbin, vou ficar chocado se esse não for o assassino de Bobby. Qual é a situação das amostras de sangue tiradas da casa de Rex Deprovdechuk?"

"Já estão rodando", respondeu ela. "Chegaram no necrotério junto com o corpo de Bobby. Também já comecei a rodar as amostras do esperma de Rex, então saberemos se o sangue é dele."

"Não é", disse Pookie. Ele meneou a cabeça na direção do cadáver barbudo. "Vai ser compatível com o desse cara. E aposto que serão compatíveis com as amostras que você tirou do corpo de Oscar Woody."

"Você acha que esse homem matou Oscar?"

"É provável", respondeu Pookie. "Ele tentou matar Alex Panos, então as chances de ele ter apagado Oscar e Jay Parlar são grandes."

Soava óbvio quando Pookie descrevia o caso assim.

"Vou começar a rodar os testes deste cara agora mesmo com o aparelho que temos na van. Vocês devem receber os três resultados em mais ou menos uma hora."

Bryan assentiu, depois esfregou a sonda nas penas de novo.

Pookie pegou a sonda e fez a mesma coisa, como se quisesse ver por si mesmo.

"Talvez essa flecha tenha sido feita por encomenda", comentou ele. "Do jeito que o cara atirou, acredito que ele não compre os seus equipamentos de arquearia no balcão de descontos na Dick's Sporting Goods. Se descobrirmos quem fez isso, talvez consigamos encontrar quem a comprou. Robin, quando vai conseguir tirar isso do peito dele?"

Ela se aproximou do corpo, a cabeça virando de um lado para o outro a fim de examinar o ferimento. Tocou de leve o *nock* acima das penas, então experimentou dar um pequeno puxão. A haste em si dobrou um pouco, mas a ponta da flecha não se mexeu.

"Ela foi bem fundo", disse ela. "Vou precisar de uma serra de ossos para tirá-la."

"Merda!", exclamou Bryan. "Consegue fazer isso rápido?"

Primeiro era Zou apressando as coisas, depois Verde e agora Bryan e Pookie? A investigação era deles, mas era o trabalho dela fazer as coisas direito, de um jeito metódico.

"Rapazes, Sammy disse que há outro corpo lá em cima e um terceiro no telhado. Temos que colocar todos eles dentro da van e levá-los para o necrotério, então vou demorar um pouco aqui."

Pookie se ajoelhou. Agora os três estavam abaixados em volta do corpo, como se o cadáver fosse uma pequena fogueira de acampamento numa noite fria.

Pookie olhou rápido ao redor para se certificar de que não havia ninguém por perto, então falou em voz baixa.

"Robs, você está no comando do departamento, certo?"

Ela assentiu.

"Precisamos de ajuda", continuou ele. "Pode levar o barbudo aqui para o necrotério agora e depois mandar outro legista vir para cá e cuidar dos corpos que sobraram?"

"Mas faça isso na surdina", disse Bryan. "Não diga a ninguém que está levando esse cara, só o coloque na van e vá embora. Pode fazer isso por nós?"

Ela olhou para os dois. Esse tipo de procedimento não era exatamente ilegal, mas não fazia parte do protocolo. Se as pessoas começassem a questionar as suas ações, e se essas perguntas chegassem ao gabinete do prefeito, as chances de Robin ficar com o trabalho de Metz em caráter permanente seriam prejudicadas. Mas, ao mesmo tempo, Pookie e Bryan nunca tinham pedido nada como aquilo antes. Eles pareciam desesperados.

"Não é assim que fazemos as coisas", respondeu ela. "Posso dar um jeito, mas antes de eu quebrar algumas regras de protocolo, vocês têm que me contar o que está acontecendo."

"Não podemos", disse Bryan. "Só faça isso por nós. É importante."

É importante, assim como *a sua saúde, Bryan — assim como a sua sanidade.*

"Vocês querem algo de mim, eu quero algo de vocês. Preciso de mais informações."

Os olhos de Bryan endureceram.

"É melhor que você não saiba de nada. Confie em mim."

Ela balançou a cabeça.

"Vocês estão me pedindo para fazer algo que pode acabar com a minha carreira. Então podem parar com essa palhaçada de *vamos proteger a florzinha delicada*. Precisam me convencer."

Bryan a encarou, depois olhou para Pookie. O parceiro deu de ombros.

Bryan se voltou para Robin, olhou para ela por cima do corpo no chão entre eles.

"Achamos que a delegada Zou e Rich Verde podem fazer parte de uma operação de encobertamento", explicou ele. "Ela está protegendo alguém envolvido nos assassinatos de Oscar Woody, Jay Parlar e talvez até de Bobby Pigeon. Também pode estar envolvida numa operação de encobertamento daqueles antigos assassinatos do Esfaqueador de Golden Gate."

Bryan e Pookie pareciam concentrados, focados — não estavam brincando. Mas a delegada de polícia? Acobertando assassinatos?

"Por que Zou faria uma coisa dessas?"

"Não sabemos", respondeu Pookie. "Só temos teorias e não temos tempo para entrar em detalhes agora. Se Zou, ou Sean Robertson, ou Rich Verde aparecerem por aqui, vamos perder a chance de descobrir mais coisas antes de sermos afastados. *Precisamos* dar uma boa olhada nesta flecha. Por favor, leve esse cara para o necrotério e comece a autópsia imediatamente."

As autópsias não costumavam ser feitas à noite. Os corpos coletados nesse horário ficavam na área de armazenamento para que os legistas trabalhassem neles na manhã seguinte. Outro desvio das normas, outra pergunta em potencial sobre a sua confiabilidade como a próxima chefe legista.

Não muito tempo atrás, ela confiara em Bryan Clauser mais do que confiara em qualquer outra pessoa em toda a vida. Talvez ele não fosse a criatura mais emocional do mundo, mas era um policial de primeira — não iria pedir aquilo se não acreditasse ser absolutamente necessário.

Ela assentiu.

"Tudo bem. Vou levar o corpo, depois vou enviar alguém para pegar os outros dois. Me encontrem no necrotério em uma hora."

Bryan sorriu para ela. Foi um sorriso forçado, mas, ainda assim, um sorriso. Ele e Pookie se afastaram, dando espaço a Robin para fazer o trabalho dela.

A CAÇADA

Rex parou de andar. Ajoelhou-se na calçada e se encostou na parede do prédio. Sentou-se imóvel.

Rex aguardou.

Um quarteirão à frente, um garoto num moletom escuro parou e olhou para trás. Sua cabeça se moveu, os olhos procuraram, mas depois de alguns segundos, ele se virou e seguiu pela Laguna Street.

Rex esperou alguns segundos, então o seguiu.

Mesmo com a chuva e o vento, Rex sentiu o cheiro de algo que fez o seu cérebro zumbir, fez o seu peito vibrar.

Sentiu cheiro de sangue.

Sangue de *Alex*.

Era provável que Marco estivesse morto. Rex ficou triste com isso. Marco fora um cara legal. Ele tinha *obedecido*. Rex assistira à breve luta entre Marco e o homem de preto e então aquela flecha atingindo Marco no peito. E logo depois, Rex viu Alex fugir.

Talvez Rex pudesse ter ajudado Marco, mas não podia, *não iria* deixar Alex Panos fugir.

Rex seguiu Alex, usando a noite, a chuva, o vento e os cobertores para permanecer o mais escondido possível. Não conseguia acreditar como os cobertores funcionavam tão bem — quando passava pelas pessoas na calçada, elas desviavam. Ninguém queria conversar com um mendigo fedido. Rex era uma sombra, como aquelas panteras negras na selva que se moviam tão silenciosas que ninguém as via.

Ele não tinha para onde ir. Os policiais já deviam saber que ele matara Roberta, então não podia ir para casa. Não podia voltar para o porão de Marco — e se ele tivesse alguma coisa consigo que indicasse aquele endereço? Os tiras fariam uma busca por lá também. Rex sequer tinha um lugar para dormir.

E não se importava, porque dormir não era importante.

O que importava era a *caçada*.

Rex sentia-se *vivo*, Rex sentia-se *forte*, Rex sentia como se pudesse andar a noite toda até o dia seguinte. Cedo ou tarde, Alex Panos iria parar.

E então, Rex o faria pagar.

PONTA DE FLECHA

Robin se preparou para a autópsia.

Tivera ajuda da equipe legista do turno da noite para tirar os raios X, depois levou o corpo para a sala de autópsia particular do dr. Metz. Assim que o corpo estava preparado, ela enviou a equipe da noite para buscar os corpos de Susan Panos e Issac Moses, deixando-a sozinha no necrotério.

O aparelho RapScan estava quase acabando os testes do esperma de Rex Deprovdechuk e do sangue do agressor de Bobby. Ela levou a máquina para a sala de autópsia particular para que pudesse ver os resultados assim que saíssem.

A sala particular era apenas uma versão menor da sala principal. Tinha até os mesmos painéis de madeira antiquados. Havia espaço suficiente para uma única mesa para autópsias, uma área para andar em volta dela e balcões e armários ao longo das paredes.

Robin já se arrependera da decisão de fazer o que Bryan e Pookie tinham pedido. Apressar uma cena de assassinato, *deixar* uma cena — aquele não era o comportamento de uma médica-legista sênior. E só agora ela percebia que eles não lhe tinham dado nenhuma prova que sustentasse as suas acusações.

Será que fora tão tola a ponto de pensar que não amava mais Bryan? Ela faria qualquer coisa por ele; sempre fora assim, e provavelmente sempre seria. Ele não correspondia àquele amor, e isso a magoava, mas não mudava o fato de que ela nunca o esqueceria.

Nas palavras de Pookie Chang, amor não correspondido era bosta de vaca.

Era hora de colocar a mão na massa.

Embora a descrição de Verde batesse, ela sabia que aquele não era o assassino de Bobby Pigeon. O corpo sobre a mesa era o de um desleixado fora de forma, com barriga de cerveja e tudo. Era impossível ele ter possuído a força bruta necessária para atravessar a clavícula, parte da omoplata, três costelas e 2,5 centímetros do esterno de Bobby com uma machadinha. Ela também duvidava que o barbudo tivesse possuído um tronco com a força necessária para arrancar o braço de Oscar Woody. E, o mais importante, os dentes do homem eram perfeitamente normais — ele não tinha os incisivos com a distância entre eles grande o bastante para deixar aquelas ranhuras paralelas nos ossos de Oscar.

Dessa forma, aquele cara não matara Bobby *nem* Oscar.

Robin abaixou o protetor facial. Pisou num botão que acionava o gravador de áudio, então pegou um bisturi na bandeja ao lado da mesa.

"Dando início à autópsia do suspeito. Homem caucasiano, por volta de 30 anos. Cento e oitenta e seis centímetros de altura, 104 quilos. O indivíduo parece ter sido morto por uma flecha que penetrou o coração."

Ela viu duas pequenas cicatrizes rosadas um pouco enrugadas no peito. As mãos enluvadas acompanharam os contornos. Ela não as notara no escuro e na chuva. Será que poderiam... não, estavam quase curadas, não podiam ser ferimentos das duas últimas balas de Bobby Pigeon.

"O indivíduo aparenta ter dois pequenos ferimentos causados por perfuração no peitoral esquerdo, infligidos há uma semana, talvez. O primeiro fica às duas horas e a dez centímetros do mamilo esquerdo, o segundo fica às sete horas e sete centímetros do mamilo direito."

Ela deu uma olhada nas anotações, verificando onde os dois disparos de Bryan tinham atingido as costas do homem. Exceto por aqueles ferimentos e as duas marcas no peito, o homem não tinha nenhuma outra cicatriz nem arranhão.

Mas aquelas marcas cicatrizadas no peito do cadáver... ela tinha visto algo nos raios X?

Puxou para perto o suporte do computador portátil ao lado da mesa de porcelana e acessou as imagens dos raios X. Um ponto branco brilhante cintilava sob o ferimento curado perto do mamilo direito. Podia ser uma bala?

A bala de *Bobby*?

Ela balançou a cabeça. Bryan o atingira duas vezes nas costas; era provável que uma das balas tivesse ricocheteado numa costela e parado ali.

Olhou as imagens dos raios X de novo. Aquilo era estranho... havia *três* pontos brancos.

Mas Bryan disparara apenas duas vezes.

Outra coisa na imagem preta, branca e cinza chamou a sua atenção.

"As costelas do indivíduo parecem mais espessas do que o esperado. Na verdade, *todos* os ossos parecem ter uma espessura anormal. Possível alta densidade óssea devido à mutação na Proteína-5 relacionada ao receptor de lipoproteína de baixa densidade. Vou examinar com mais atenção após o término da autópsia inicial."

Nada daquilo importava se não conseguisse retirar a flecha a tempo de Pookie e Bryan poderem usá-la. Aquela urgência parecia boba agora. O que poderia acontecer? A delegada Zou iria abrir a porta da sala de autópsia particular a pontapés e sair correndo atrás de Robin?

Ela pegou um bisturi com a mão direita, uma pequena mangueira com a esquerda. Fez uma incisão a partir do ombro direito até o esterno, borrifando água no ferimento conforme avançava. Sangue diluído escorreu do corpo para a superfície de porcelana branca, depois correu pelos sulcos que o levaram ao pé da mesa, onde finalmente passou por um buraco e foi cair num ralo. Fez uma incisão idêntica no lado esquerdo, criando um V ancorado pela haste da flecha despontando reta do peito do homem. Da parte de baixo daquele V, Robin cortou até o osso púbico.

A legista então afastou a pele e cortou, afastou a pele e cortou, o bisturi raspando no esterno, nas costelas e na clavícula, separando pele, músculo e tecido mole dos ossos. Enquanto segurava, puxava e rasgava, ela percebeu que a carne do cadáver era diferente da que estava acostumada... era mais densa ao toque.

"A massa muscular do indivíduo parece ser mais densa do que o normal. O indivíduo pode ter mutação da Proteína-5 relacionada a receptor de lipoproteína de baixa densidade. De novo, vou examinar em detalhes após o término do exame inicial."

Aquela mutação não era incomum; ela lera a respeito em inúmeros periódicos. Músculos mais densos podem significar mais células por centímetro quadrado, e mais células dos tecidos musculares significavam mais força. Talvez ela estivesse errada — será que aquele cara teve a força necessária para infligir aqueles ferimentos horríveis em Bobby Pigeon e Oscar Woody? E se ele *fosse* o assassino de Oscar, poderia o cromossomo Zeta ser o responsável por aquela mutação? E possivelmente por outras mutações que ela ainda não detectara?

Diabo, se não ficasse com o posto de chefe legista, poderia ganhar a vida apenas com o cromossomo Zeta. Dra. Robin Hudson, ganhadora do prêmio Nobel? Isso soava bem.

Levantou a aba em V até o rosto do perpetrador, expondo a musculatura do pescoço, então afastou as abas laterais para expor a caixa torácica.

Era hora da serra de osso.

Ergueu a ferramenta elétrica de metal sólido. O zumbido agudo preencheu o ar enquanto Robin cortava as costelas onde elas se curvavam para as laterais do corpo do homem. A lâmina contra o osso produzia um cheiro de cabelo queimado. Depois de tantos anos naquela profissão, o odor não a incomodava mais.

Depois de acabar com a serra, ela a colocou de lado e lavou o corpo. Cortou o diafragma, depois tirou do corpo a caixa torácica perfurada pela flecha.

A caixa torácica era muito mais pesada do que a legista teria esperado. Será que a ossatura mais densa e espessa existia para aguentar o estresse gerado pela musculatura mais forte?

Com a caixa torácica nas mãos, ela examinou a ponta da flecha ali presa.

"A ponta da flecha tem uma configuração de três pontas largas, com aproximadamente sete centímetros da ponta ao local de ligação. O gume de cada lâmina mede mais ou menos 7,8 centímetros. As lâminas são serrilhadas. O canto inferior de cada lâmina tem um pequeno gancho, que se curva na direção da ponta."

Uma arma tão horrível. A ponta penetrara o esterno do homem, perfurando até o coração. A flecha teria atravessado até as costas não fossem aqueles ganchinhos. Isso parecia ser menos eficiente, já que quanto mais avançasse, mais danos faria. Da maneira que ela foi feita, do jeito que se prendeu à caixa torácica... parecia que o projetista queria que ela ficasse *presa*.

Colocou a caixa torácica de lado.

Robin estendeu a mão para o coração, então hesitou.

A ponta larga tinha penetrado o ventrículo direito, chegando perto de cortar a artéria pulmonar. Um tiro para matar, sem dúvida. Mas não foi o coração que a fez parar de supetão.

"Que *diabo* é isso?"

A porta da sala particular se abriu. Bryan e Pookie entraram.

"Robin-Robin, Bo-Boo..." A voz de Pookie sumiu quando ele viu o cadáver sobre a mesa. "Eca. Isso é nojento."

Ela levantou o protetor facial e acenou para que eles se aproximassem.
"Rapazes, deem uma olhada nisto!"
Bryan a olhou de cima a baixo.
"Não precisamos colocar os trajes ou algo assim?"
"A Segurança do Trabalho que se foda", disse Robin. "Venham aqui."
A sala pequena tinha espaço suficiente para comportar os três. Os rapazes andaram até o corpo. Ela apontou para o peito aberto ensanguentado, para uma forma roxa e lustrosa logo acima do coração.
"O que diabo é *isso*?"
Bryan e Pookie olharam para a coisa, depois um para o outro e então para ela. Ela viu a mão direita de Bryan se mover até o peito, a palma repousando de leve sobre o esterno, fazendo círculos lentos ali. Ele olhou de novo para a forma roxa, depois se afastou um pouco como se aquela visão o deixasse horrorizado.
Pookie não parecia horrorizado; parecia animado. Ele se aproximou mais.
"É o coração dele, certo? Ganhei um prêmio?"
"Não, seu idiota", respondeu Robin. Ela apontou para o coração vermelho-amarronzado. "*Isto* é o coração, e ele tem uma aparência normal." Ela apontou de novo para a forma arroxeada. "Estou falando desta coisa. Nunca vi nada parecido antes."
Ela deslizou a mão esquerda para dentro do corpo e aninhou os dedos embaixo do pedaço de carne estranho — era firme ao toque, mas maleável. A mão direita avançou com o bisturi. Com cuidado, ela cortou fora a coisa roxa.
"Argh", falou Pookie.
Robin a tirou do corpo. Era um disco achatado do tamanho da sua palma, roxo e coberto de sangue grudento. Ela o estendeu para que Bryan o visse.
Ele franziu o nariz com uma expressão de nojo.
"É um tumor ou algo do tipo?"
"Acho que não", respondeu Robin. "Se for, não se parece com nenhum câncer ou tumor que eu já tenha visto ou ouvido falar. Pode ser um órgão displásico com ectopia: um órgão malformado que acaba num lugar diferente do normal. Às vezes, órgãos displásicos são até funcionais, mas... não existe nenhum órgão conhecido que se pareça com isto."
Pookie tentou chegar mais perto e olhar, mas estava claro que não queria se aproximar o bastante para tocar na coisa.
"O que isso faz?"
Robin deu de ombros.
"Não tenho ideia."
Ela se afastou poucos metros até a balança. Já que precisava pesar todos os órgãos, podia muito bem começar com aquela novidade.
"Ei!", exclamou Pookie. Apontou para a virilha do homem. "Esse cara não tem bolas."
Bryan soltou uma risada de quem desconsidera um comentário.
"Já era de se esperar que você notasse isso primeiro."
"Estou falando sério", retrucou Pookie. "Olhe o senhor Sem-Bolas."

Robin olhou. Ela estivera com tanta pressa em levar o corpo até ali e retirar a ponta da flecha que não prestara muita atenção à genitália do indivíduo.

"Você tem razão, Pooks", disse ela. "Não vejo nenhum testículo."

"Sem bolas", disse Pookie. "E ele não vai conseguir nenhum encontro contando com o que sobrou, se entende o que digo."

O pênis do indivíduo era pouco maior do que o de um menininho. Robin o levantou e tateou embaixo dele.

"Nada de escroto", concluiu ela. "E não parece existir nenhum tecido cicatricial, então é provável que tenha nascido assim."

Pookie balançou a cabeça.

"Pobre coitado."

"Ele tem múltiplas mutações", disse Robin. "Ossatura espessa e grande demais, musculatura anormalmente densa e um órgão *desconhecido*. Rapazes, isso aqui é muito importante."

Bryan olhou o relógio na parede.

"Parece importante, mas temos que nos apressar. Podemos ficar com a flecha?"

"Claro, desculpa", Robin deixou o órgão na bandeja da balança.

Ela pegou a serra de osso e fez mais alguns cortes para separar a caixa torácica, soltando a flecha. Ela a segurou com a ponta para cima para que todos pudessem vê-la. As luzes fortes da sala refletiam na ponta de metal brilhante. Robin notou linhas nas partes planas das lâminas — o sangue tinha coagulado nelas, revelando um símbolo incrustado. Era parecido com uma cruz com pequenos Vs na ponta de cada braço.

Bryan pegou o celular e tirou uma foto.

Pookie cutucou a lâmina com uma caneta.

"Bri-Bri, já viu esse símbolo com a cruz antes?"

O outro balançou a cabeça.

"Não... não tenho certeza. Nunca o desenhei."

Nunca o desenhei? Robin vivera com Bryan por dois anos. Nunca o vira fazer nem mesmo um rabisco. Também nunca o vira *com medo* naquela época, de nada, e mesmo assim, cada nova descoberta no corpo do homem parecia afetá-lo cada vez mais.

Pookie usou a caneta para apontar para a base da ponta da flecha, onde ela se conectava à haste de madeira. Robin viu outro símbolo ali, um diferente: era parecido com uma faca ou uma espada, com a ponta para baixo, a lâmina parcialmente escondida atrás de um círculo grande com um menor no meio.

"Parece uma adaga", disse Pookie. "E o círculo... ele parece familiar, Bri-Bri?"
Bryan assentiu.
"É um olho."
Era um círculo dentro de outro círculo. No contexto de uma adaga, Robin pensou que o círculo podia representar um escudo, mas Bryan parecia ter bastante certeza.
"Como sabe que é um olho?"
"Vimos outros símbolos como este", respondeu ele. "Coisas diretamente ligadas a este caso. Vamos contar tudo para você depois, prometo." Ele apontou para os ganchos na base da ponta da flecha. "É por isso que ficou presa no peito do Barba Negra?"
Barba Negra. Ela gostou do nome. Muito melhor do que simplesmente chamá-lo de suspeito ou qualquer coisa do tipo.
"Acho que sim", respondeu ela. "Posso fazer algumas contas depois, massa da flecha e da ponta, distância percorrida, tentar pensar em cálculos de força, mas tenho certeza de que a ponta da flecha foi *projetada* para penetrar parcialmente e então parar. Parar e ficar *presa*."
"Que esquisito", comentou Pookie. "Não causaria estragos muito maiores se essas lâminas atravessassem até o outro lado?"
Robin anuiu.
"Se a flecha não tivesse se alojado no esterno do Barba Negra, ela teria cortado o coração pela metade."
Algo chamou a sua atenção. Ela pegou o bisturi e raspou a parte plana de uma das lâminas de cabeça larga. O sangue grudento se mexeu, é claro, mas a ponta do bisturi também abriu uma minúscula ranhura — não no metal em si, mas numa mancha cinza em cima do metal.
"Temos algum tipo de pasta aqui."

Bryan chegou mais perto.

"Veneno?"

"Não sei", disse ela. "Teremos que analisar."

"Claro", disse Pookie. "Lógico. Por que não? Se uma ponta de flecha larga pra cacete não matar o camarada, é melhor usar veneno também, certo?" Pegou o celular e tirou várias fotos bem de perto. "Vou ligar para o Senhor Burns Negro e pedir que ele faça uma busca com esses símbolos novos."

Pookie foi até a porta, a abriu, depois se virou e sorriu.

"Vou ligar para ele agora mesmo. Não façam nada que eu não faria enquanto eu estiver fora, crianças. Viram o que acabei de fazer? Porque eu faria todo tipo de coisa. Podemos dizer que vocês podem até transar, se quiserem."

Robin não conseguiu deixar de rir.

Pookie fechou a porta.

"Incrível", disse Bryan. "Temos um corpo aberto em cima da mesa e ele acha que vamos brincar de Verdade ou Consequência?"

Estava sozinha com ele outra vez. Não sabia se teria outra chance de ajudá-lo a se abrir, de descobrir o que estava acontecendo com o ex-namorado. Não era hora de ser egoísta e focar nas próprias necessidades, nos próprios sentimentos — Bryan precisava de alguém. Mesmo que a magoasse até a alma, ela estaria lá para ajudá-lo.

"Existem mais coisas envolvidas nisso do que uma operação de encobertamento", disse ela. "Eu conheço você, Bryan Clauser. Sei quem você é e como pensa, ou pelo menos sabia até todas essas coisas acontecerem."

"O que quer dizer com isso?"

"Quero dizer que sei que você está assustado."

Ele se afastou, sem olhar para nada em particular, apenas fitando qualquer outra coisa exceto Robin.

"Bryan, o que quer que seja, pode me contar. Nós terminamos, claro, eu entendo, mas *sempre* vou amar você."

Ele se voltou para ela. Robin esperava ver o habitual olhar vazio, mas, em vez disso, havia dor nos olhos dele, dor e frustração.

"Robin, eu..."

Vamos, me deixe entrar. Deixe-me ajudá-lo.

Ela aguardou.

Ele fechou os olhos, esfregou-os devagar com a mão esquerda. Abaixou as mãos e piscou algumas vezes, tentando se recompor.

"Ok", disse ele. "Cara, por onde eu começo? Isso parece impossível, mas..."

No canto da sala, o aparelho RapScan emitiu um bipe. Robin olhou para a máquina do tamanho de uma maleta; os testes cariótipos estavam prontos.

Ela se voltou para Bryan.

"Continue, você estava dizendo?"

Ele meneou a cabeça na direção da máquina.

"Aqueles são os resultados do assassino do Homem-Pássaro?"

Robin suspirou. O momento tinha passado. Ele não iria falar agora, não com os resultados esperando. Bem, ela tentara. Ela gostaria que Bryan se abrisse, mas isso não era o que ele queria. Ela se sentia *magoada*, mas não podia fazer nada a respeito.

Ela tirou as luvas e andou até a máquina. Bryan a seguiu.

A parte de cima do monitor mostrava um ícone de notificação:

AMOSTRA DO AGRESSOR DE BOBBY PIGEON CONCLUÍDA.

"Estas amostras são dos respingos de sangue do apartamento de Rex", informou ela. "As outras duas amostras vão ficar prontas a qualquer momento. Vamos ver o que conseguimos com esta aqui."

Ela apertou um botão para acessar os resultados do cariótipo. As linhas coloridas horizontais passaram pela tela plana. Bryan apontou para o último campo, o que mostrava os cromossomos sexuais.

"Um Zeta", disse ele. "Então o assassino de Bobby também é o assassino de Oscar Woody?"

Quando ela olhou os marcadores, sentiu uma onda de entusiasmo, de pura descoberta. Ela apontou para o segundo cromossomo sexual.

"Este é um X. O assassino de Bobby Pigeon é Zeta-X. O assassino de Oscar era Zeta-Y. Bryan, isso significa que temos *duas* pessoas com o cromossomo Zeta!"

"Então... eles são parentes?"

Parentes? Um caso, dois assassinos, ambos com o cromossomo Zeta nunca antes visto — quais eram as chances de os dois *não serem* parentes?

"Espere um pouco." Ela usou a tela de toque para digitar comandos novos. "Estou pedindo à máquina para fazer uma busca minuciosa por sequências comuns."

"O que isso vai fazer?"

"Vai nos dizer se os cromossomos Zeta são idênticos. Se forem, os dois são irmãos."

"*Irmãos?*"

Robin apertou *enter*. A máquina mostrou um resultado quase de imediato — os cromossomos Zeta eram idênticos.

"Irmãos", anunciou ela. "Ou, pelo menos, meios-irmãos. Eles têm a mesma mãe ou o mesmo pai."

O aparelho emitiu outro bipe. Na parte de cima da tela, ela viu o ícone de notificação:

AMOSTRA DE R. DEPROVDECHUK CONCLUÍDA.

Ela pressionou o ícone. A tela apagou, depois mostrou o novo cariótipo.

Robin encarava o resultado com um olhar fixo.

"Hã, Robin? O que diabos é isso?"

Ela não sabia. Não fazia ideia. Rex não era XY, como um garoto normal devia ser. Não era XZ e nem mesmo YZ, por sinal.

Os genes de Rex Deprovdechuk eram XYZ.

"Ele tem trissomia", disse ela. "Quer dizer, isso pode acontecer. A princípio, achei que o assassino de Oscar fosse XXY, mas isto... não sei o que pensar disto."

"E quanto ao Zeta dele? É igual aos outros?"

Robin digitou na tela de novo. A máquina respondeu ainda mais depressa dessa vez.

"O resultado é o mesmo", disse ela. "Rex é irmão tanto do Barba Negra aqui quanto do assassino de Oscar Woody."

Bryan mordeu o lábio inferior. Encarou a tela da RapScan.

"Isso parece muito conveniente. Você me diz que ninguém viu o Zeta antes deste caso, e agora ele aparece em todos os lugares? A máquina poderia estar com defeito?"

"Duvido. Rodei os resultados do assassino de Oscar Woody três vezes e rodei grupos de controle de amostras de homens e mulheres também. Os grupos de controle apareceram como deviam, enquanto que os resultados do assassino de Oscar Woody deram a mesma coisa todas as vezes. O que isso quer dizer, pode acreditar, é que a máquina está funcionando muito bem."

Bryan se virou para ela.

"E agora?"

E agora? Ela não fazia ideia. Por onde começar? Robin sequer tinha terminado a autópsia do barbudo sobre a mesa. Seu cérebro parecia empacado em ponto morto. Não podia estar vendo o que via e, mesmo assim, estava tudo ali, ao vivo e a cores.

A máquina emitiu um terceiro bipe.

AMOSTRA DA VÍTIMA DO ARQUEIRO CONCLUÍDA.
ALERTA! COMPATIBILIDADE ENCONTRADA.
COMPATIBILIDADE GENÉTICA COM: AMOSTRA DO AGRESSOR DE BOBBY PIGEON.
PROBABILIDADE DE COMPATIBILIDADE: 99,9%.

Os dois se viraram para olhar o corpo sobre a mesa.

"É impossível!", exclamou ela. "A primeira amostra veio de uma bala que Bobby disparou *através* do peito do agressor, mas o cara na mesa... ele não tinha ferimentos de bala no peito."

A porta da salinha se abriu. Pookie entrou, as sobrancelhas erguidas numa expressão de alarme culpado. Caminhando atrás dele vinha a delegada Amy Zou.

O coração de Robin despencou. *Ah, merda. Lá se vão as minhas chances de me tornar chefe do IML.*

"Inspetor Clauser", disse a delegada. "Que surpresa encontrá-lo aqui. Saia da sala, por favor. Gostaria de trocar algumas palavrinhas. Você também, dra. Hudson."

Eles foram pegos no flagra. Robin seguiu Bryan e Pookie para fora da sala até a longa área de autópsias principal. Ali, ela viu mais pessoas — Rich Verde, o prefeito Jason Collins, Sean Robertson... e Baldwin Metz.

Robin correu até ele, seu anseio pelo posto principal no departamento esquecido ao ver o amigo e mentor.

"Dr. Metz! Ah, meu Deus, como é bom ver o senhor!"

Ela estendeu os braços para abraçá-lo, mas Robertson levantou uma das mãos em sinal de cuidado. Ela parou, então percebeu que o legista se apoiava no braço de Robertson. O dr. Metz parecia mal poder ficar em pé. Seu cabelo grisalho geralmente perfeito parecia um pouco despenteado e embolado. A pele tinha uma palidez doentia. Olhos fundos a encaravam com raiva e cansaço.

"Doutor", disse Robin, "o que está fazendo aqui? Você devia estar no hospital."

Ele forçou um sorriso.

"O dever me chama, minha querida." Ele olhou para Zou com uma expressão que parecia dizer *o show é seu*.

Zou assentiu. Ela se voltou para Rich Verde.

"Pode entrar na sala particular e me dizer se aquele é o assassino de Bobby Pigeon?"

Verde encarou Pookie e Bryan. O lábio encimado pelo bigode fininho se franziu num meio rosnado. Sua expressão combinava pura raiva e profunda tristeza — talvez Verde já tivesse gritado com o parceiro em público, mas perder o Homem-Pássaro pesava na alma do homem.

Ele entrou na sala particular. Saiu após alguns segundos.

"É ele", confirmou ele. "Sem dúvida."

O prefeito Collins pigarreou. O terno de alfaiataria e cabelo perfeito pareciam deslocados ali, num lugar onde as pessoas enrolavam as mangas e faziam o trabalho sujo da cidade. Ele se aproximou e pousou a mão no ombro de Verde. A cabeça do detetive disparou para o lado, mas a expressão de raiva dele desapareceu quando viu o olhar de preocupação do prefeito.

"Uma tragédia, meu amigo", falou Collins. "Vou me certificar de que a cidade preste o respeito apropriado ao detetive Pigeon."

Verde olhou para o chão.

"Ah, que se foda!", exclamou ele e caminhou para fora do necrotério.

A delegada Zou andou até a porta da sala particular. Ela a manteve aberta, então olhou para Bryan e Pookie.

"Vocês dois, esperem por mim aqui."

Bryan e Pookie olharam um para o outro, depois para Robin. Não sabiam o que fazer. Ela também não.

"Agora", mandou Zou.

Pookie e Bryan fizeram o que ela falou. A delegada Zou fechou a porta, trancando-os ali dentro. Ela se virou e olhou para Collins.

O prefeito anuiu, então encarou Robin.

"Dra. Hudson, o dr. Metz ficará no comando daqui em diante. Estou muito desapontado com o seu desempenho esta noite. Pensei que podíamos confiar em você. Aparentemente, eu estava errado."

Metz gesticulou irritado.

"Ah, vai se ferrar, Jason. Não é hora para esse tipo de coisa. Vamos precisar dela, de qualquer maneira."

Precisar dela? Precisar dela para quê? O que diabo estava acontecendo?

O prefeito olhou para o convalescente Metz, então assentiu.

"Claro, vamos conversar sobre isso, mas não agora. Cuide do assunto, por favor."

Metz soltou um suspiro cansado.

"Robin, vá para casa. Vou terminar a autópsia."

Ela negou com a cabeça.

"De jeito nenhum, doutor. Não sei o que está acontecendo, mas você precisa voltar para a cama. Não está em condições de..."

"*Já chega!*", exclamou o prefeito Collins. "Dra. Hudson, o seu chefe pediu para que fosse embora. Se quiser ter *qualquer* emprego neste departamento, faça o que ele está mandando. *Agora.*"

Ele estava ameaçando *despedi-la*? Ela olhou para o dr. Metz. Ele lhe lançou um sorriso de desculpas, então deu um único e demorado aceno de cabeça. *Vá logo, explico depois* era o que aquele gesto dizia.

A coisa toda era uma loucura. Metz mal podia ficar de pé — não estava em condições de terminar a autópsia. Porém, se era isso que ele queria, então ela tinha que respeitar.

Robin saiu da sala de autópsias principal e foi até a sua mesa na área administrativa. Pegou a jaqueta de motociclista do gancho na parede do cubículo e a vestiu. Tirou o capacete de debaixo da mesa e começou a ir embora... mas o seu olhar se demorou no computador. Todas as informações genéticas que acabara de rodar na RapScan estariam no banco de dados do departamento. Poderia pegar um HD externo, fazer cópias e...

"Dra. Hudson?" Robin se virou depressa. A delegada Amy Zou estava parada ali, uma expressão fria e vazia no rosto. "Precisa de mais alguma coisa, doutora?"

O coração da legista martelava no peito. A mulher estivera bem atrás dela.

"Hã, não", respondeu. Levantou o capacete. "Só precisava pegar o meu equipamento."

"E já está com ele", rebateu Zou. "Então, dirija com cuidado. Está tarde."

Robin assentiu e saiu depressa do Instituto Médico Legal.

PAGUE O FLAUTISTA

Bryan estava no canto da sala de autópsia particular, o mais longe possível do cadáver aberto — o que não era muito longe. Que porcaria Zou estava aprontando agora?

Pookie estava ao lado da mesa, olhando para o barbudo sem peito.

"Robin disse que este garanhão era o assassino do Homem-Pássaro?"

"É. Os testes confirmaram que Bobby atirou nesse cara. Mas ele não é o assassino de Oscar Woody, então aquele sujeito ainda está à solta. Se Zou está protegendo os Filhos de Marie, ou quem quer que o assassino seja, então..."

"Não está", interrompeu Pookie. "Quero dizer, sim, ela está protegendo um *assassino*, mas não um culto. Ela me pegou na sala de autópsias principal e foi para cima de mim como um mendigo vai para cima de um sanduíche de mortadela. Estou olhando para ela, pela primeira vez sem pensar em como ela deve ser na cama, e de repente algumas peças se encaixaram. Lembra que contei que o arqueiro atirou em mim, mas errou de propósito?"

"Sim. Qual é a ligação disso com Zou?"

"Pense no assunto: a flecha surgiu pela primeira vez trinta anos atrás, quando o Esfaqueador de Golden Gate apareceu morto. Os tiras enterraram o caso, retiraram toda e qualquer menção à flecha. Sabemos que o Barba Negra é um assassino e que foi morto por uma flecha. Esses arqueiros acham que são justiceiros. São esses caras que Zou está protegendo, não os assassinos em série."

"Isso não encaixa com o resto. Zou nos tirou do caso para nos impedir de pegar o assassino de Oscar e de Jay."

"Quase, mas não exatamente", disse Pookie. "Ela nos tirou do caso para que *outra pessoa* encontrasse o assassino." Indicou o corpo sobre a mesa de porcelana com a palma da mão. "Alguém que fizesse isto, sem o peso da lei, dos direitos e dos procedimentos. Metz está envolvido. Ele forja os relatórios das autópsias para eliminar qualquer presença do arqueiro, como fez no caso do Esfaqueador de Golden Gate."

Bryan olhou para o corpo, considerou o ponto de vista de Pookie. Se Zou quisesse proteger um justiceiro, isso explicaria as informações desaparecidas dos arquivos do caso do Esfaqueador. Verde poderia fingir ter encontrado os assassinos. Assim que um assassino tivesse sido eliminado, Metz poderia cuidar do resto. Se era isso o que estava acontecendo, Robertson também estaria envolvido... mas e o prefeito?"

"E Collins? Se você estiver certo, por que ele estaria envolvido?"

"Talvez isso seja algo *muito* grande", disse Pookie. "Talvez o prefeito, ou alguém mais acima, queira se certificar de que a pessoa certa esteja mandando no departamento de polícia, para que ninguém vá atrás dos justiceiros. Lembra que um grupo dos Filhos de Marie foi queimado em fogueiras mais de cem anos atrás? E se estivermos lidando com a mesma organização de justiceiros agora? E se estivermos falando de um grupo dedicado a acabar com os Filhos de Marie sempre que eles mostrarem as suas cabecinhas mascaradas?"

Bryan se lembrou de como Sharrow e Robertson ficaram com os olhares fixos nos símbolos de sangue da cena do assassinato de Oscar Woody, como tinham feito os seus papéis quando Zou afastou Bryan e Pookie do caso. Houvera ocorrências onde os assassinos tiveram ligações com os símbolos: o Esfaqueador de Golden Gate, os assassinatos de mafiosos nos anos 1960, o assassino em série na cidade de Nova York. Talvez houvessem mais casos que Zou e companhia tivessem feito desaparecer. O padre Paul Maloney? Verde estivera na cena, com Metz ao seu lado. Talvez se os sonhos de Bryan não o tivessem levado às cenas dos assassinatos, ninguém teria descoberto o joguinho de Zou.

A porta se abriu. A delegada entrou, seguida por Baldwin Metz sendo amparado por Sean Robertson. Zou fechou a porta. Ela, Metz e Robertson ficaram do lado da sala perto do computador RapScan. Bryan e Pookie estavam do outro lado. O corpo retalhado os separava.

Zou olhou para o cadáver por alguns instantes, então afastou o olhar e disse.

"Parabéns, Clauser. Você abateu o assassino da BoyCo, o homem que também matou o detetive Pigeon."

Lá vamos nós, ela não perde tempo. Bem, foda-se...

"Não matei este cara." Bryan apontou para a flecha sobre o corpo. "Alguém o acertou no coração com isso."

A delegada Zou se voltou para Metz.

"Doutor?"

Ele estendeu a mão trêmula, pegou a flecha, então a colocou no balcão atrás de si.

"Esse não foi o instrumento da morte", disse ele. Apontou para o suporte do computador portátil. "Delegado assistente, você se importa?"

Robertson esticou o braço e puxou para perto o aparato para que Metz pudesse usá-lo. O idoso apertou algumas teclas. Uma chapa de raio X apareceu na tela. Ele a encarou e depois apontou para um ponto branco brilhante abaixo do mamilo direito.

"Bala", disse ele. "Tenho certeza de que é uma calibre .40 e será compatível com os testes balísticos da arma de Pigeon." Examinou a imagem de novo, então apontou para dois pontos brancos um pouco mais fracos. "E na minha opinião de especialista, estas são as balas de calibre .40 da arma do policial Clauser."

Robertson esticou o braço por cima do corpo, a mão com a palma para cima.

"Clauser, sua arma, por favor."

Bryan olhou para Zou.

"Estou suspenso?"

Ela balançou a cabeça.

"Mas vocês querem a minha arma", disse Bryan. "O que vou usar nas ruas, linguagem inapropriada?"

"Pegue outra amanhã", respondeu Zou. "Dê a sua arma de fogo ao delegado assistente para que possamos realizar os testes balísticos."

"As informações balísticas estão nos registros", rebateu Bryan. "Existem para cada arma expedida pela polícia."

Ela sorriu.

"Só queremos ser minuciosos. Você sabe como é a imprensa."

Ela e Metz iriam forjar as provas. A arma de Bryan seria confirmada como a pistola que matou o barbudo sobre a mesa. Ele olhou para Pookie, que balançou a cabeça de leve: *não brigue agora, não podemos vencer.*

Bryan sacou a Sig Sauer, ejetou o pente, então puxou o ferrolho e verificou a câmara. Entregou a arma e o pente a Robertson.

"Suas mentiras não vão durar", Bryan disse a Zou. "Existem muitos buracos."

Ela franziu os lábios.

"Verdade? Rex Deprovdechuk estava sendo perseguido pela BoyCo. Roberta Deprovdechuk contratou um aspirante a assassino de aluguel para matar os valentões. O assassino de aluguel está deitado sobre a mesa diante de nós. Provas forense vão confirmar que este homem matou Oscar Woody e Jay Parlar. Parece que Roberta se recusou a pagar pelos serviços realizados, então o assassino de aluguel a matou também. O assassino não sabia o que fazer com Rex, então esperou na casa dos Deprovdechuk e manteve o garoto como refém. Os detetives Verde e Pigeon estavam investigando os assassinatos de Woody e Parlar. Rastrearam uma pista até Roberta e encontraram o assassino na casa. Houve uma troca de tiros. O detetive Pigeon morreu em serviço. O assassino foi ferido, mas escapou. Rex fugiu da cena e está desaparecido desde então. O assassino decidiu que, para proteger a sua reputação recém-descoberta, precisa seguir o contrato original até o fim, então foi atrás de Alex Panos e Issac Moses. Ele matou Issac. A mãe de Alex foi pega no fogo cruzado. Alex fugiu, mas tenho certeza de que vamos encontrá-lo. Assim como vamos encontrar Rex também."

Ela falou com tanta serenidade, com tanta fluidez. A história não era apenas plausível, ela também ligava todos os pontos de uma maneira simples e eficaz. As "provas" alteradas a tornariam verdadeira.

"Existem testemunhas", disse Pookie. "Muitas pessoas viram que a flecha despontava do corpo. Paramédicos, a dra. Hudson, espectadores, outros tiras... como vai explicar isso?"

A delegada sorriu.

"Não acho que os paramédicos vão querer me contradizer. Quanto a Robin Hudson, ela tem uma promoção muito impressionante pela frente e aposto que não vai querer arriscar isso. Também vou conversar pessoalmente com todos os policiais que estiveram na cena, para me certificar de que se lembrem direito das coisas. Este homem sobre a mesa matou Bobby Pigeon. Vocês acham que os seus companheiros de polícia vão se importar com os *detalhes* de como um assassino de policiais morreu?"

Ela tinha razão em relação àquilo também. Mesmo que boatos sobre o arqueiro se espalhassem, a maioria dos policiais iria querer lhe dar uma medalha, não jogá-lo na prisão.

Mas Bryan não era *a maioria dos policiais.*

"Eu me importo", disse ele. "Um justiceiro está matando pessoas, e nós vamos pegá-lo."

Metz começou a apertar as teclas na tela de toque da RapScan. Bryan viu os cariótipos aparecerem na tela, para logo depois desaparecerem, um por um — ele estava apagando as informações.

Zou pousou os nós dos dedos na borda da mesa de porcelana.

"Bryan, esta é a *sexta* pessoa que você mata em serviço. E, devo acrescentar, a segunda em apenas uma semana."

Ele a encarou, sem saber o que dizer. Aonde ela queria chegar com aquilo?

"Mas eu não matei este cara."

"Matou, sim", disse Metz. "Espero que receba uma condecoração por isso."

Zou sorriu e assentiu.

"Ele vai. Assim como o detetive Chang. Clauser, o departamento precisa de você. Você é bom demais para que o percamos. Você vai ter que passar pelo tradicional conselho de avaliação, além de aconselhamento. Levando em consideração a brutalidade destes ataques contra os membros da BoyCo e a morte de um policial, no entanto, acredito que eu possa fazer com que o conselho de avaliação seja apenas uma formalidade." Seu sorriso apagou. "Ou posso suspender você até termos uma avaliação completa, uma avaliação que desde já garanto que não vai ser nada boa. Levando em consideração que você já matou seis pessoas, acredito que a recomendação será de que seja dispensado e barrado de voltar ao serviço policial."

Ela o proibiria de ser policial? Tinha que estar blefando.

"Delegada, esse justiceiro é um *assassino*. Ele precisa pagar. Você não pode ignorar isso!"

Pookie cruzou os braços e balançou a cabeça.

"Você sabe que o *verdadeiro* assassino de Oscar Woody ainda está à solta. Assim como o assassino de Jay Parlar e Susan Panos. *Não pode* nos dizer que vai simplesmente encerrar o caso."

Zou se aproximou mais. Seu olhar pareceu suavizar um pouco.

"Rapazes, estou pedindo para deixarem isso pra lá. Não posso contar por quê, mas é o melhor para a cidade. Confiem em mim."

Bryan jogou as mãos para cima.

"*Confiar* em você? Confiar em você para lidar com um caso envolvendo aqueles símbolos do mesmo jeito que lidou com o Esfaqueador de Golden Gate?"

Ele se arrependeu do que disse no instante em que as palavras saíram da sua boca. Ele jogara uma carta que precisavam manter escondida embaixo da manga.

A suavidade desvaneceu devagar do olhar dela, sendo substituída por sua expressão fria e normal.

"O conselho pode desencavar os seus antigos incidentes", disse ela. "E se houver um erro na avaliação de um dos tiroteios anteriores e eles descobrirem novas provas? Ora, você pode acabar na prisão."

Prisão? Ele a encarou, esperando que ela vacilasse, cedesse — mas a expressão da delegada não mudou. Zou estava falando sério.

Durante todo o tempo Bryan e Pookie estiveram jogando damas enquanto Zou estivera jogando xadrez. A reputação imaculada de Metz lhe permitiria criar quaisquer provas das quais ela precisasse. Num julgamento, qualquer promotor pintaria Bryan como um policial sedento por poder que matava à vontade. Mesmo que isso não fosse o bastante para condená-lo, a carreira de Bryan estaria acabada.

Uma raiva escaldante e súbita o dominou, do tipo que ele nunca sentira em lugar nenhum a não ser naqueles sonhos perturbadores. Ele ferira pessoas antes, claro, mas nunca *quisera* feri-las. Agora, porém, sentiu a ânsia de quebrar a cara dela, soube como seria gostoso agarrar a garganta da delegada, *apertá-la...*

A mão forte de Pookie segurou a parte de trás do seu braço direito, os dedos e o polegar afundando no bíceps. A ânsia desapareceu. Bryan piscou chocado — será que estivera pensando mesmo em fazer coisas tão terríveis?

"Nós entendemos", disse Pookie. "Delegada, você esclareceu a sua posição. E a nossa também, pelo jeito. Você tem mais alguma coisa a dizer?"

Zou gesticulou na direção da porta.

"Vão."

Bryan cambaleou quando Pookie o puxou para o outro lado da mesa e pela porta afora. A sala de autópsias maior estava vazia exceto pelas cinco mesas brancas. Pookie continuou apertando, puxando, arrastando Bryan para a área administrativa e na direção da porta principal.

"Pooks, quer aliviar o aperto no..."

Seu parceiro parou de repente e se virou. Ficou com o nariz a um centímetro do de Bryan. Seus olhos arregalados estavam cheios de raiva e frustração.

"Bryan, nenhuma palavra até chegarmos aonde estamos indo, entendeu?"

Ele estava furioso, talvez até mais do que Bryan, se é que tal coisa era possível. Ele nunca vira Pookie daquele jeito.

"Claro", respondeu. "Para onde vamos?"

"Vamos fazer uma visita. É hora de reunir as tropas."

ROBIN RECEBE HÓSPEDES

Emma correu até a porta do apartamento, escorregando pelo chão de madeira conforme deslizava até parar. Bateu o focinho na base da porta, a cauda balançando mais rápido do que a bunda conseguia dar conta. A cadela costumava latir como louca quando alguém batia na porta — mas não quando esse alguém era Bryan.

Robin abriu a porta do apartamento para um Pookie de olhos cansados e um Bryan completamente focado. Ela já vira Bryan daquele jeito antes, geralmente quando tinha um caso importante, quando sentia que estava apertando o laço ao redor do pescoço de um suspeito. Emma latiu uma vez para Pookie, depois girou em círculos alternados e se jogou contra as pernas de Bryan.

Bryan se abaixou e pegou a cadela no colo, segurando-a por baixo das pernas dianteiras. As pernas traseiras ficaram penduradas, imóveis. A posição parecia desconfortável, mas ele sempre segurara Emma daquele jeito e ela não parecia se importar. A cauda mexia a quilômetros por hora e a língua disparava lambidas no rosto de Bryan.

"Ah, pare com isso, Emma-Boo", disse ele, afastando o rosto. "Também senti saudade."

Pookie entrou e deu um abraço em Robin.

"Robin Bo-Bobbin, como está?"

"Não faço ideia de como estou", respondeu ela. "E ainda não sei o que aconteceu no necrotério." Ela se aproximou mais e falou em voz baixa: "John já está aqui. Está muito abalado".

Pookie suspirou.

"É, tenho certeza que sim. Não dei a ele muita escolha, sabe? Aposto que John não sai à noite em seis anos."

Bryan bufou de desgosto, colocou Emma no chão e entrou na sala de jantar. Ele era mesmo tão insensível assim em relação à fobia de John?

"Pooks, qual é o problema de Bryan?"

"O senhor Sem Medo não tem muita tolerância com meros mortais como nós."

Robin cruzou os braços. Ela não gostou da ideia de um Bryan tão insensível.

"Bem, o *senhor Sem Medo* parece ter desenvolvido os próprios temores."

Pookie anuiu.

"Isso é verdade, minha querida. Contou ao John sobre o cromossomo Zeta como lhe pedi?"

"Sim. Não sei bem se ele acreditou. Acho que está esperando pela conclusão da piada ou algo assim."

"É, isso aqui está um festival de risadas", disse Pookie. "Acho que devemos começar a festa." Estendeu uma das mãos, gesticulando *primeiro as damas*.

Robin entrou na sala de jantar. Bryan já se encontrava sentado à mesa, assim como John Smith. As patas da frente de Emma estavam sobre a coxa de Bryan e ela mantinha o focinho para cima querendo beijar o rosto dele.

Bryan a ignorava, deixando a cadela fazer o que quisesse. John ainda não tirara a jaqueta de motociclista roxa. Seu queixo encostava no peito e o capacete estava ao lado da cadeira, como se quisesse deixá-lo por perto caso precisasse fugir depressa.

Pookie sentou-se, assim como Robin. De repente, ela se deu conta de como o apartamento parecia bagunçado — louças na pia, pelo de cachorro no tapete. Ela sabia que tinha coisas mais importantes com as quais se preocupar no momento, mas mesmo assim... a primeira visita de Bryan em seis meses e ela não tivera tempo de arrumar a casa. No entanto, ele estava tão focado que ela poderia ter pintado o apartamento de rosa que ele sequer notaria.

"Robin", disse Pookie. "Tem alguma cerveja?"

"São três da manhã."

Ele sorriu.

"É sempre happy hour em algum lugar."

Bryan se levantou e foi até a cozinha. Pegou um abridor numa gaveta, então abriu a geladeira e tirou quatro Stellas. Abriu as cervejas e as distribuiu antes de se sentar outra vez. Fez tudo isso com uma tranquilidade automática, como se nunca tivesse se mudado dali.

"Zou é corrupta", disse ele. "Temos certeza disso."

John levantou a cabeça e cruzou os braços, fazendo com que as mangas de couro estalassem.

"Temos certeza do quê, exatamente?"

Bryan olhou para Pookie.

Pookie deu de ombros.

"Conte a eles. Eles podem muito bem tomar conhecimento do que estamos pedindo."

Robin ouviu enquanto Bryan contava o que acontecera na sala de autópsias particular. Quanto mais ele contava, mais irritada ela ficava. Quando ele terminou, Robin sentiu vontade de encontrar a delegada Zou e acertar-lhe um soco bem no nariz.

"Então ela usou a palavra *prisão*?", perguntou Robin. "Essa foi a palavra mesmo?"

Bryan confirmou.

"Sem dúvida."

Robin acreditava em Bryan e Pookie, mas ainda assim... a ideia da delegada Zou ameaçando o próprio pessoal parecia estar além do reino da plausibilidade.

"Ela pode fazer isso? Pode manipular as informações e acusar você de alguma coisa?"

Pookie riu e balançou a cabeça.

"Ei, Robin, você gosta do Águia Prateada?"

Ela assentiu.

"Assim como promotores, juízes e júris", continuou ele. "O que você acha que vai acontecer se ele entregar provas que condenam Bryan?"

Robin não falou nada. Ela queria dizer *Metz nunca faria uma coisa dessas*, mas depois do que vira no necrotério algumas horas antes, não tinha mais tanta certeza.

John aquiesceu.

"Pookie tem razão. Diabo, Metz poderia mandar Jesus para a cadeia. Tudo bem, Exterminador, parece que você está ferrado se não recuar. Então recue."

Bryan balançou a cabeça.

"Justiceiros não podem decidir quem vive e quem morre. Não me importo se isso soa piegas: fiz um juramento de manter a lei e é exatamente o que vou fazer."

Robin sabia que aquela não era uma promessa leviana. A expressão nos seus olhos... ele iria atrás da delegada de polícia, do prefeito de San Francisco, do chefe legista e de qualquer outra pessoa que os tenha ajudado. Bryan queria tanto isso que quase podia ver esse desejo como calor emanando dele como uma coroa solar. O que havia de tão especial naquele caso que o envolvera num nível tão pessoal?

Robin já não colocara a carreira em risco o suficiente por uma noite? Podia pedir que fossem embora. Ela trabalhara duro durante anos; se aquele esforço já não tivesse sido perdido, com certeza estaria se ajudasse Bryan e Pookie a irem atrás de Zou. Não apenas de Zou... eles iriam atrás de Metz também. Metz, seu mentor, seu amigo. Mas se Zou e Metz *fossem* corruptos, se estivessem acobertando assassinatos, como Robin poderia ignorar esse fato?

"Vamos supor que John e eu ajudemos vocês", disse ela. "Iriam precisar da gente para o quê?"

Bryan voltou a olhar para Pookie. O parceiro se inclinou para a frente, falou direto com John.

"Senhor Burns, precisamos da sua ajuda, mas parece que Zou ainda não sabe que você está envolvido. Se recuar agora, é provável que fique bem. Mas se continuar fuçando por muito tempo, enfiando o nariz nas coisas, ela vai cair em cima de você como um macaco num cacho de banana."

John o encarou, pensando.

"O que acontece se ela descobrir que estou ajudando vocês?"

"Acho que você perde a sua posição privilegiada na Força-Tarefa contra Gangues", respondeu Pookie. "Ela pode obrigá-lo a patrulhar as redondezas do Tenderloin."

Robin puxou o ar por entre os dentes. O Tenderloin foi o local onde John fora baleado.

John olhou para a superfície da mesa.

"Tenho problemas até em sair do apartamento", respondeu ele. "Precisei de toda a minha coragem para vir até aqui. Se não fosse por Zou, eu nem seria mais policial."

O coração de Robin se despedaçou pelo homem. Pookie e Bryan estavam pedindo que colocasse tudo o que tinha em risco para lutar contra uma mulher que o ajudara em tempos de necessidade.

John suspirou e anuiu.

"Eu devo muito a Zou, mas não vou apoiá-la se ela estiver infringindo a lei. Vou ajudar."

Bryan sorriu como se tivesse sido pego de surpresa. Inclinou o gargalo da garrafa de cerveja na direção de John. O outro levantou a própria garrafa e os dois brindaram — o equivalente a um contrato de sangue no mundo masculino, pelo jeito.

Robin se sentiu um pouco envergonhada. Ela era médica; podia arrumar emprego em qualquer lugar. Se aquilo desse errado, a carreira de John chegaria ao fim, mas mesmo assim ele estava disposto a fazer a coisa certa. Ela tinha que tomar uma atitude.

"Estou dentro", disse ela.

Bryan se recostou na cadeira.

"Robin, só precisamos discutir algumas ideias com você. Está tudo bem. Não precisa se envolver."

A vergonha mudou para raiva — ela se esquecera do senso de cavalheirismo deslocado de Bryan. John ganhou um brinde, mas Robin não era estimada o suficiente para ajudar em algo tão importante?

"Me envolver é uma decisão *minha*, não sua", disse ela. "Se Zou está bancando a juíza, o júri e o carrasco, então... bem, então ela que vá se foder bem no meio da porra do cu."

Bryan a encarou, mas John começou a dar risadinhas, uma coisa sem som que sacudia os seus ombros curvados.

Pookie ergueu as sobrancelhas.

"Opa, marujo, acabou de chegar para uma licença em terra ou algo assim?"

Robin sentiu o rosto corar — eles estavam *rindo* dela?

"Vocês falam palavrão o tempo todo."

Pookie assentiu.

"Sim, mas somos profissionais treinados. Jogar três palavras sujas na mesma frase é querer brigar uma categoria acima do seu peso."

Bryan não estava rindo. Ele balançou a cabeça.

"Robin, Zou não vai dar mais avisos. As coisas podem ficar perigosas de agora em diante, e não posso deixar você fazer parte disso."

"*Não pode deixar?* Ah, sinto muito, será que eu deveria estar usando a minha burca e evitando olhar para vocês, homens corajosos? Ou talvez devesse correr para o quarto, colocar um vestidinho xadrez e fazer cookies para os guerreiros destemidos? Porque o lugar das mulheres é ali, certo? Na cozinha?"

De repente, a sala foi dominada pelo desconforto. Bryan só queria protegê-la, claro, mas não era *dono* dela. Robin era a única que compreendia a profundidade e amplitude da descoberta do Zeta e como aquela informação poderia ajudar a pegar os outros assassinos.

"Tudo bem, então", disse a legista, "já que os três garanhões selvagens vão brincar de lobo solitário, acho que não precisam saber o que eu solucionei na minha bela cabeça bonitinha."

"Espere aí!", exclamou Pookie. "Primeiro, você usou duas metáforas animais na mesma frase. Acho que isso é contra as regras do sindicato. Segundo, também não estou usando uma burca, então Bryan não fala por mim. Eu acho que a sua ajuda seria excelente."

Bryan se voltou para ele.

"Espere um momento, Pooks. Essa merda vai ficar feia. Quer que Robin se machuque?"

Pookie deu de ombros.

"É claro que não quero que isso aconteça, mas ela já é bem crescidinha. É esperta o suficiente para entender os riscos."

Robin assentiu para Pookie uma vez.

"Obrigada, ó ser elevado."

Pookie piscou para ela.

"Além disso, você é gostosa. Que time policial não precisa de uma gostosa?"

Bryan a encarou. Mordeu o lábio inferior por alguns instantes, então meneou a cabeça para a direita de Robin.

"Essa bolsa na sua cadeira, você a levou para o trabalho hoje?"

Ela a olhou, então entendeu o que ele estava perguntando.

"Sim, querido, essa é a minha bolsa, e sim, *querido*, estou armada."

"Me mostre."

Por Deus, aquele homem conseguia ser enervante. Ela abriu a bolsa, enfiou a mão dentro e tirou uma pistola Kel-Tec P-3AT. Bryan lhe dera aquela arma no terceiro encontro deles. Nada demonstra amor como uma subcompacta .380. A arma pesava apenas meio quilo e tinha pouco mais de treze centímetros de comprimento. Ela até podia se arrumar toda para uma noitada na cidade e colocar a arma numa bolsa de mão, o acessório perfeito para uma garota baladeira.

Ela ejetou o pente, então puxou o ferrolho para retirar o projétil. Estendeu a arma com o cabo para a frente e a ofereceu a Bryan.

"Feliz?"

Ele olhou para a arma, mas não a pegou.

"Feliz por você estar armada, sim. Não estou feliz porque isso tudo pode colocar você em perigo. Mas acho que vai fazer o que quiser, então podemos pelo menos *tentar* mantê-la longe do radar de Zou?"

Robin se lembrou de como a delegada estivera bem atrás dela e como aquilo a tinha deixado apavorada. Ficar longe do radar de Zou parecia ser uma excelente ideia.

"Sim, papai, prometo ser uma boa garota."

"Legal", disse Pookie. "Agora que acabamos com os convites, Robin, pode dizer *papai* de novo? Acho que gozei um pouco nas calças."

"Eu também", disse John. "Mais do que um pouco, na verdade."

Robin suspirou. Responsabilidade e imaturidade não eram qualidades mutuamente exclusivas, ao que tudo indicava. Enfiou o pente na arma, puxou o ferrolho para colocar uma bala na câmara, depois colocou a P-3 de volta na bolsa.

"O incidente do papai não vai se repetir", disse ela. "Tenho umas coisas surpreendentes para mostrar a vocês. Elas podem ter algum impacto no que decidirem fazer em seguida. Se importam se eu for primeiro?"

Os três homens concordaram. Robin foi até um armário, abriu uma gaveta e pegou um bloco de anotações e uma caneta preta. Voltou a se sentar à mesa.

"Estive tentando digerir todas aquelas informações genéticas esquisitas que encontramos até agora", explicou ela. "Em primeiro lugar, o cara no necrotério hoje, aquele era o assassino de Bobby Pigeon. Então onde estavam os ferimentos causados pela arma de Bobby? Estavam lá, duas cicatrizes pequenas no peito. Acho que os ferimentos de bala curaram."

"Espere um pouco", interrompeu John. "Talvez eu esteja atrasado para a festa, mas não se pode curar um ferimento de bala em algumas horas. Acreditem em mim, eu sei."

"Estamos lidando com algo novo", disse a legista. "O Barba Negra tinha o cromossomo Zeta. Não sabemos o que esse cromossomo é ou o que codifica. Já sabemos que estamos lidando com pessoas fortes, com musculaturas e ossaturas anormais, que podem ter bocas fora do normal também *e* têm um órgão interno que ninguém nunca viu antes. Com base nos dados observados, tenho que especular que o cromossomo Zeta também permite que as pessoas se curem mais depressa."

Os dedos de Bryan foram até a testa, as pontas acompanhando a linha dos três pontos pretos.

"E tem mais", disse Pookie. "Hoje à noite, vi um cara pular de um prédio de dez andares para um telhado de um prédio de quatro andares, e esse pulo atravessou uma rua. Duas faixas, mais faixas de estacionamento, mais calçadas. Pelo menos dezoito metros. Eu o vi aterrissar, rolar, sem um arranhão. Ah, e ele levava um arco e usava uma capa como Robin Hood ou algo assim."

Isso era impossível, e mesmo assim era óbvio que Pookie acreditava no que dizia. Bryan também.

John olhou para Pookie, então para Bryan, depois para Robin.

"Se vocês três estão querendo bagunçar com a minha cabeça, digam logo. Vocês ganharam, eu perdi. Um cromossomo novo? Um cara que consegue atravessar uma rua num só pulo?"

"Com uma capa", disse Bryan.

"Como Robin Hood", completou Pookie.

John esfregou o rosto.

"Tá, claro. Com uma capa. Como Robin Hood." Bateu duas vezes na mesa com o dedo. "A partir deste momento, se vocês disserem *rá-rá, a gente pegou você*, é provável que eu dê um tiro na cara de alguém." Voltou-se para Bryan. "E sim, *papai*, estou armado, com certeza."

Bryan se recostou e riu.

"Cacete, Senhor Burns Negro, talvez você não seja tão ruim, afinal de contas."

"Aconteceu mesmo", disse Pookie. "John, nós nos conhecemos há muito tempo. Você saberia se eu estivesse de sacanagem. Estou de sacanagem?"

John encarou Pookie. Robin aguardou e observou. Ela não conseguia acreditar na história, mas por que eles mentiriam? Pookie deve ter interpretado mal o que tinha visto.

John suspirou e deixou os ombros caírem.

"Você não está de sacanagem, Pooks", respondeu ele. "Pelo menos isso é verdade." John voltou-se para Robin. "Bem, continue. Pode me contar tudo."

Ela tentaria explicar física para Pookie mais tarde. Por enquanto, tinha informações verdadeiras para compartilhar.

"Tenho uma teoria", disse ela. "O fato de o Barba Negra não ter testículos me fez pensar."

Ela desenhou uma caixa no bloco de anotações, depois fez uma linha vertical e outra horizontal cortando-a, criando quatro quadrados menores. No topo, ela colocou um X acima de uma coluna, um Y acima da outra.

"Um quadrado de Punnett?", perguntou John.

Robin assentiu.

"Usamos isso para prever o resultado de uma experiência de reprodução. Homens e mulheres têm dois cromossomos sexuais. Um espermatozoide ou ovário, conhecido como *gameta*, tem só um desses cromossomos. Bryan, você sabe o que esse XY representa?"

"Um homem", respondeu Bryan. "Ele pode gerar um X ou um Y."

"Isso mesmo." Ela desenhou um X do lado de fora de cada quadrado do lado esquerdo. "Pooks? Sabe o que XX representa?"

"Uma mulher", respondeu ele. "Com peitos gigantes e moral questionável. Ah, sim, eu fiz o curso básico de biologia, garota."

Robin riu e balançou a cabeça.

"Claro, Pooks, claro. É uma fêmea, então o gameta dela só pode gerar um X."

Ela colocou a letra de cada cabeçalho no topo dentro dos quadrados abaixo, depois acrescentou a letra do cabeçalho de cada fileira.

"Então acabamos com duas possíveis combinações de XY, duas de XX. Em média, metade das crianças será masculina, a outra metade será feminina. Estão entendendo?"

Os três homens assentiram.

"Agora, vimos que o Barba Negra era um *cara*. Seus cromossomos sexuais eram Zeta-X. Geralmente, o cromossomo Y codifica o masculino, mas com ou sem testículos, o Barba Negra tinha uma barba e um pênis, então ele é um cara. Isso quer dizer que o cromossomo Zeta tem que ter alguns elementos do cromossomo Y.

Ela desenhou outra caixa com quatro quadrados. Escreveu X e Z no topo, depois escreveu dois X à esquerda. Preencheu os quadrados, resultando em dois com XX e dois com XZ.

"Então, se o Barba Negra tinha espermas funcionais, o que *não* poderia ter, já que não tinha testículos, ele produziria estes possíveis filhos. Vocês conseguem ver qual é o problema aqui?"

Bryan puxou o bloquinho para si.

"Não existe nenhum yz", disse ele. "O assassino de Oscar Woody era yz."

"Bingo", disse ela. Ele sempre fora tão bom em encaixar as peças. "Para conseguirmos um Y-Zeta, *precisamos* ter uma fêmea que possa fornecer um cromossomo Zeta."

Pookie esticou o braço e bateu no bloquinho.

"O yz, o assassino de Oscar, não poderia ser uma fêmea?"

Robin balançou a cabeça.

"Em primatas, *todos os casos* com um cromossomo Y significam *masculino*. Isso inclui xxy, que é a síndrome de Klinefelter, e que, para fins de discussão, é sempre masculino, e a síndrome xyy, que também resulta em masculino. Temos que supor que o assassino de Oscar é macho, *não* fêmea."

Robin desenhou um terceiro quadrado de Punnett, dessa vez com três colunas e duas fileiras, com um total de seis quadrados em vez de quatro.

"Isso nos leva a Rex, que é X-Y-Zeta. Todos os espermatozoides dele tinham o que chamamos de *não disjunção*, o que significa que tinham *dois* cromossomos sexuais. Espermatozoides de primatas devem ter apenas *um*."

Acima das colunas, ela escreveu xy, xz e yz. Do lado esquerdo, desenhou X ao lado das fileiras. Virou para que os rapazes pudessem ver.

Bryan se inclinou para ver melhor.

"Se alguém como Rex tivesse um filho, a criança ficaria com... o quê?... um cromossomo da mãe e dois do pai? A mãe sempre forneceria um X e todos os filhos teriam três cromossomos sexuais em vez de dois, certo?"

Robin assentiu.

"Isso mesmo. Três cromossomos sexuais são chamados de *trissomia*."

Bryan puxou o bloquinho para a sua frente outra vez.

"Bem, já que os outros dois espécimes com o Zeta que temos *não* têm trissomia, isso quer dizer que alguém como Rex não pode ser o pai deles."

"Exatamente", disse ela. "Então, se Rex transar com uma mulher..." Puxou o bloquinho de volta e preencheu as seis caixas: duas com xxy, duas com xxz, duas com xyz. "O xxy representa a síndrome de Klinefelter. Não faço ideia do que um X-X-Zeta daria, mas talvez uma versão feminina de Rex. Sabemos que Rex é um X-Y-Zeta, então pelo menos no caso dele, X-Y-Zeta parece resultar em pessoas normais."

Bryan se levantou e foi até a cozinha.

"Então Rex pode criar mais Rexes", comentou ele enquanto pegava outras quatro cervejas da geladeira. "Mas alguém como Rex *não* pode criar um xz ou um yz." Abriu as quatro garrafas e as distribuiu antes de sentar. "Então o que cria essas combinações?"

"Agora vamos para a parte maluca de verdade", anunciou Robin. Ela explicou os outros quadrados de Punnett para apresentá-los aos conceitos básicos. Agora estavam prontos para a explosão da bomba.

Ela abriu o bloco em uma página nova e desenhou uma caixa com duas colunas e três fileiras. Colocou um X e um Y em cima das colunas. À esquerda das três fileiras desenhou um X, um Z e um segundo Z.

Pookie revirou os olhos.

"Desculpe ser um desmancha-prazeres, Robin, mas isso é meio chato. Dá para ir logo ao ponto?"

"Estou quase lá", respondeu ela. "Aguente mais um pouco. Digamos que o pai seja um homem normal", circulou o XY, "e a mãe seja X-Zeta-Zeta." Circulou o XZZ. "Digamos que, ao contrário de Rex, esta mãe X-Zeta-Zeta pode fornecer apenas um único cromossomo com o seu gameta." Robin preenchia os quadrados enquanto falava. "Então, podemos ter a combinação X-Zeta do Barba Negra *e* a combinação Y-Zeta do assassino de Oscar Woody."

"Ecaaa, isso é *nojento*!", exclamou Pookie. "Está dizendo que os dois assassinos que conhecemos têm uma mamãe mutante com um cromossomo Zeta que está transando com vários caras?"

Robin aquiesceu enquanto terminava o quadrado de Punnett: dois XZ, dois YZ, um XX e um XY.

"Até podemos acabar com meninos e meninas normais. Mas o que *não podemos* obter é outro X-Zeta-Zeta. Só existe uma maneira de conseguir isso. Agora, no assassinato de Oscar Woody, alguém pintou *vida longa ao rei* nos muros, certo?"

Bryan anuiu.

"Sim, e acho que Rex é o rei em questão."

Ela olhou para John.

"Você estava esperando pelo final da piada? Aqui está, mas não acho que seja muito engraçada. Se temos um *rei*, talvez tenhamos uma *rainha* também."

Robin virou a página e desenhou — três colunas e três fileiras para nove quadrados no total.

"Então, você pega um rei", marcou as colunas com XY, XZ e YZ, "e uma rainha", à esquerda, marcou a primeira fileira com um X, a segunda e a terceira com um Z, "e algo interessante acontece." Preencheu as caixas, fazendo uma sopa de alfabeto de combinações: duas XZZ, duas YZZ, três XYZ, uma XXZ e uma XXY.

Ela circulou os dois XZZ.

Bryan ergueu o olhar, uma expressão de compreensão chocada estampada no rosto.

"Se XZZ é uma *rainha*, então o único jeito de criar uma nova rainha é reproduzindo com um rei."

"*Exatamente!*", exclamou Robin. "Se é assim que funciona, então temos uma estrutura eussocial com um par reprodutor."

John balançou a cabeça em um gesto de negação irritado.

"Espere um pouco. Reis? *Rainhas?* Não como a realeza inglesa com reis e rainhas, mas como... *cupins?* Eussocial se refere a um par reprodutor produzindo toda a prole de uma colônia inteira, tipo formigas e abelhas, certo?"

Robin assentiu.

"Rex e os outros são *pessoas*, o que quer dizer que são mamíferos", continuou John. "Criaturas eussociais são insetos."

"Existem pelo menos duas espécies de mamíferos eussociais", rebateu Robin. "O rato-toupeira-pelado e o rato do deserto. Eles têm uma única rainha, machos reprodutores e o resto da colônia é de trabalhadores estéreis."

Pookie puxou o bloquinho para perto de si.

"Eu poderia viver com mutantes cabeçudos, poderia mesmo, mas, por favor... um rei? Uma *rainha*? Além disso, colônias de insetos têm mais do que apenas reis e rainhas, elas têm trabalhadores e zangões, certo?"

"Certo", concordou Robin. "São chamadas de *castas*. Existe mais uma casta que você não mencionou. O Barba Negra não tinha testículos. Era *estéril*, não poderia ter passado os seus genes para a geração seguinte. Mas era forte, perigoso e podia se curar depressa, o que permitia que se recuperasse de ferimentos. Adivinhem qual casta está mais propensa a receber ferimentos?"

Bryan a encarou. Seus olhos se arregalaram. Ele se reclinou.

"Puta merda."

Pookie olhou de Robin para Bryan.

"O quê? Vamos, me contem."

Bryan afundou na cadeira.

"Ela está dizendo que o Barba Negra é um tipo de formiga-soldado", respondeu ele. "Formigas-soldados *não podem* reproduzir. Vivem apenas para proteger a colônia."

Todos ficaram sentados em silêncio. Robin se sentia melhor depois de compartilhar a sua estranha hipótese. Era a única coisa que conseguiu encontrar para explicar os dados limitados que tinham.

Pookie tomou um longo gole de cerveja, depois arrotou.

"O ataque das pessoas-formigas", disse ele. "Fantástico. Simplesmente *fantástico*. Mas e as fantasias?"

Robin pegou a caneta, começou a fazer rascunhos aleatórios no bloquinho.

"As fantasias *podem* existir para esconder deformidades físicas. Não fazemos ideia de com o que estamos lidando. O lance é o seguinte, acho que aquelas marcas de dentes em Oscar Woody eram exatamente isso: *marcas de dentes*. Não uma ferramenta projetada para se parecer com dentes. Se for verdade, estamos falando de alguém com uma boca enorme e dois incisivos grandes, tão grandes que seria possível vê-los de imediato. Será que as máscaras e os cobertores escondem mais anormalidades físicas?"

Bryan balançou a cabeça, tão de leve que Robin não teve certeza de que ele sabia o que estava fazendo.

John acabou com a cerveja de um gole só, então pousou a garrafa na mesa.

"Esse cromossomo novo indica que estamos falando de um *povo* específico, uma minoria genética e possivelmente étnica. Até onde sabemos, alguém está acabando com essa minoria, o que é *genocídio*, e Amy Zou é cúmplice. Talvez haja uma boa razão para essas pessoas-formigas terem permanecido escondidas."

John levantou um detalhe importante. Tecnicamente, os Zeta não eram uma espécie separada, contanto que uma rainha pudesse se reproduzir com homens normais, ou um rei pudesse reproduzir com mulheres normais. Eles eram humanos... mais ou menos. Mas e se *todos* fossem assassinos?

"Não sabemos o bastante", disse ela. "Precisamos encontrar aquele justiceiro. Zou não nos dará as informações, mas ele talvez sim."

Bryan pegou o celular, mexeu nele por alguns instantes, depois o estendeu para que todos pudessem ver — era uma foto da ponta da flecha ensanguentada.

"Eu vi Metz limpar o sistema do computador. Todos os nossos dados se foram. Aposto que não vão deixar nenhum de nós chegar perto dos corpos do Barba Negra, de Oscar Woody ou de Jay Parlar. Não poderemos fazer uma busca na casa de Rex. Isso significa que esta flecha é a nossa única pista. Pooks, acho que temos que voltar e conversar com o cara que literalmente escreveu o livro sobre o assunto."

Pookie assentiu. Remexeu na carteira e tirou um cartão de visitas branco. Não havia nada nele, exceto um número de telefone. Ele ligou, então esperou alguém atender.

"Biz, aqui é Pookie. Desculpe ocupar o seu telefone para transas com uma mensagem não relacionada a uma, mas precisamos ver você. Me ligue o mais rápido possível."

Pookie voltou a guardar o celular.

"Quem era?", perguntou Robin.

"O Senhor Show-Biz", respondeu Pookie. "Seu amigão da vizinhança vidente, acometido por síndrome de Tourette, sobrevivente de câncer na garganta e que conversa com uma laringe eletrônica."

Talvez ele não estivesse inventando o lance sobre o cara pulando para o outro lado da rua, mas ela sabia muito bem que *aquilo* era sacanagem.

Pookie se voltou para Bryan.

"Bri-Bri, são três e meia da manhã. Sugiro que não fiquemos sentados aqui esperando o Show-Biz nos ligar de volta. Estamos todos esgotados. Eu preciso dormir um pouco, meu camarada. Vamos todos para casa e atacamos isso de novo pela manhã."

Os músculos do maxilar de Bryan se contraíram. Robin sabia que ele não queria esperar nem um segundo, mas ele confiava em Pookie.

"Tudo bem", disse ele. "Amanhã."

Robin acompanhou os três homens até a porta.

O MONSTRO

Tanta *dor*.

O turbilhão enevoado do sonho o engolfou e o acalmou, mas a dor na barriga, o *fogo* ali dentro — aquilo era mais real do que qualquer coisa que Bryan já sentira na vida. Como algo podia doer tanto? Ser arrastado, ser chutado... o que aconteceria com ele agora?

Não deveria ter saído sozinho e agora era tarde demais.

O Salvador o pegara.

Como seria a morte? Ele iria para o Campo de Caça como os velhos diziam, ou sua existência apenas *cessaria*? A religião, ele sabia que era tudo uma mentira, porque desenhara a proteção para afastar o monstro e, ainda assim, ele o pegara.

As mãos e os pés de Bryan lutavam contra as amarras, mas ele já estava fraco demais. A coisa na sua boca abafava os seus pedidos de ajuda.

Deslizando pelo chão agora, pela grama, o estômago gritando de agonia. Para onde o monstro o estava levando?

Bryan olhou para a frente. Viu uma daquelas portas inclinadas que desciam até um porão.

O monstro o soltou. O monstro com a sua capa, uma figura de verde-escuro com a forma de um homem sem rosto, abriu a porta do porão. Lá dentro, sombras.

O monstro se virou, agarrou Bryan pelo pescoço e o arrastou até a porta. Bryan deslizou pela grama até degraus de concreto. O monstro o arrastou para baixo, *thump-thump-thump* pelos degraus, bordas ásperas raspando os ombros e o quadril de Bryan enquanto ele deslizava. As sombras aumentaram, o engolfaram e o engoliram até não haver mais nada a não ser a escuridão.

☉ ☉

Bryan acordou com alguém batendo na porta do seu apartamento.

Abriu os olhos, piscou — ainda estava sonhando? Se sim, estava sonhando com o apartamento bagunçado e com as caixas de papelão que ainda não tinha desempacotado.

Sentou-se ereto no sofá.

Outra batida na porta. Do lado de fora, um grito:

"Bri-Bri! Acorda, Bela Adormecida!"

Ele se levantou, se arrastou até a porta e a abriu. Pookie entrou, dois copos de café fumegantes nas mãos.

"Pooks, o que está fazendo aqui?"

"Temos que fazer uma visita ao Senhor Show-Biz. Deixamos uma mensagem para ele ontem à noite, lembra?"

Seu parceiro deu um passo para dentro. Bryan fechou a porta. Ainda estava grogue, mas agora se lembrava de Pookie ligando para Show-Biz na noite anterior.

"É, lembro. Desculpe, vou me arrumar."

"Será que dá para atender ao telefone?", disse Pookie. "Estava preocupado se iria encontrar você no meio de um daqueles símbolos feitos de sangue."

Isso queria dizer que ele estava preocupado que Bryan pudesse ser a vítima ou o assassino? Talvez fosse melhor deixar aquela pergunta sem resposta.

"Acho que adormeci no sofá", disse Bryan. "Estava assistindo à TV."

O cansaço, o estresse, a incerteza — todas essas coisas pesavam sobre ele, combinadas com os últimos resquícios das dores físicas, as juntas que pareciam recheadas de bolinhas de gude quebradas e as insistentes

[*não é um câncer é um órgão*]

dores no peito.

Mas ele não sentia mais aquelas coisas. Na verdade, não sentia dor nenhuma.

"Bri-Bri, conseguiu dormir?"

Bryan deu de ombros.

"Quatro horas, talvez?"

"Bem, você está com uma aparência melhor", comentou Pookie. "Muito melhor, na verdade." Entregou o café a Bryan. "Aqui está o seu milk-shake. Quatro sachês de açúcar, três de creme, do jeito que você gosta."

"Valeu."

Pookie foi até a mesa de centro na frente do sofá. Sobre ela estavam o bloquinho de Bryan, um lápis e uma miscelânea de símbolos de proteção rabiscados com pressa.

"Bryan, você teve outro pesadelo?"

Ele começou a responder que não, mas hesitou. Teve vagos vislumbres de algo o agarrando, o agredindo, até o esfaqueando, talvez. Não conseguia se lembrar daquilo direito.

"Tive", respondeu. "Pior do que os outros."

"*Pior?* Hum, precisamos ir a algum lugar, então? Ver se encontramos um corpo?"

Bryan balançou a cabeça.

"Só se o corpo for o meu. Não persegui ninguém. Dessa vez, acho que algo me pegou."

"Pegou você? Tipo, *matou* você?"

Bryan tentou lembrar. Mais algumas imagens imprecisas emergiram até a superfície dos seus pensamentos.

"Sim. Sonhei com o cara de capa, Pooks. O arqueiro. No sonho, o nome dele era Salvador."

"Salvador? O nome do grupo que o Show-Biz disse ter queimado os Filhos de Marie na fogueira não era *Salvadores*?"

Bryan assentiu.

"É, você tem razão. Esse cara de capa, ele acabou mesmo comigo. Me arrastou por alguns degraus. Não tenho certeza do que aconteceu depois. Tudo o que sei é que nunca senti tanto medo na vida. Ele ia fazer alguma coisa comigo."

Pookie assentiu. Parecia preocupado, como se estivesse esperando que a bomba explodisse.

"O que aconteceu depois?"

Bryan deu de ombros.

"Não sei. Acordei, desenhei alguns símbolos, me senti melhor, então voltei a dormir. Não saí e enfiei uma arma na cara de algum garoto, se é isso que está perguntando."

Pookie deu um sorriso forçado.

"É claro que não. Beba o seu café e tome um banho. Biz disse que está abrindo uma exceção ao nos receber tão cedo, então vamos logo."

O SENHOR SHOW-BIZ E A FLECHA

"OLÁ DE NOVO, POLICIAL POOKIE... OLÁ, POLICIAL BOQUETEIRO FODIDO LAMBEDOR DE PICA."

Pookie abriu um largo sorriso. Show-Biz estava mesmo feliz em vê-los.

"Show-*Biz*, meu velho, como andam as coisas?"

"TUDO TRANQUILO... ENTREM, ENTREM."

Pookie e Bryan se sentaram nas cadeiras de plástico azul. Pookie ficou de olho no parceiro. Na noite anterior, na sala de autópsias particular, Pookie pensara que Bryan estivera prestes a surtar. A dor do homem parecia ter sumido, mas ele ainda não voltara a ser o cara reservado e frio que Pookie conhecia e amava. Agora os olhos de Bryan demonstravam um estado contínuo de raiva fervilhante, e ele tinha uma aura de violência iminente que parecia estar a uma faísca minúscula de explodir.

"É MELHOR ISTO SER IMPORTANTE. SÃO DEZ HORAS DA MANHÃ E EU NEM CHUTO AS MINHAS PUTAS PARA FORA DA CAMA ANTES DO MEIO-DIA."

"Encontramos outra coisa", disse Pookie. "Talvez você possa nos dizer o que significa. Bryan, mostre a ele."

Ele pegou o celular, abriu uma imagem da ponta da flecha ensanguentada. Colocou o celular com a tela para cima sobre o veludo vermelho da mesa, depois o empurrou para a frente. Show-Biz não se mexeu — apenas fitou o aparelho. Finalmente olhou para cima, primeiro para Pookie, depois para Bryan.

O vidente começou a ofegar. Tentou falar sem encostar a laringe eletrônica na garganta. Pookie não conseguiu decifrar o sussurro sibilante, mas tinha certeza de que ouviu *fodido* e *pica* em algum lugar.

Bryan apontou para a garganta de Show-Biz.

"Sua ferramenta, cara. Não se esqueça da sua ferramenta."

Show-Biz o encarou com um medo verdadeiro, então se lembrou da laringe eletrônica.

"DESCULPE... EU *FODA-FODA*... QUERO DIZER, EU *FODA-FODA*... EU PERDI O CONTROLE."

"Você já viu isso antes", falou Pookie. "Por que isso o assusta tanto?"

"NÃO ESTOU ASSUSTADO... NÃO SEI O QUE É."

263

"Biz", disse Pookie num tom calmo, "aquele artigo que você tem sobre o Esfaqueador de Golden Gate foi apagado da face da Terra. Você conhece os símbolos. Conhece os Filhos de Marie. Estava escrevendo a porra de um *livro* sobre o assunto, cara. Impossível você não ter feito nenhuma pesquisa sobre a flecha que matou o Esfaqueador."

O Senhor Show-Biz olhou para os dois policiais, então falou num tom tão suplicante que nem mesmo o efeito mecânico conseguiu esconder.

"eu não falei. juro. hum, por favor, não me batam."

Talvez Biz fingisse ter Tourette, talvez não, mas Pookie sabia que não estava fingindo aquilo. Olhos arregalados, respiração acelerada, boca aberta, mãos abrindo e fechando — Biz achava que estava prestes a tomar uma surra.

"*Não* vamos bater em você", disse Pookie. "Pessoas estão morrendo. Precisamos saber como dar um fim nisso."

Show-Biz apenas balançou a cabeça.

A primeira vez que Pookie e Bryan o tinham visitado, Show-Biz pensara que eles estavam ali para lhe dar uma prensa. Pensara isso mais uma vez quando eles mencionaram os símbolos. Biz tinha feito um requerimento formal pedindo informações sobre os símbolos 29 anos atrás — requerido aquelas informações ao dpsf.

Pookie de repente pensou na delegada Zou, se inclinando para a frente, os nós dos dedos apoiados na mesa de autópsias, ameaçando destruir a carreira de Bryan Clauser ou mandá-lo para a prisão.

"Amy Zou", disse Pookie. "Já teve algum desentendimento com ela, Biz? Ou com Rich Verde?"

O Senhor Show-Biz pousou a laringe eletrônica e colocou as mãos sobre o veludo da mesa. Respirou fundo, tentou se recompor. A mão esquerda voltou a encostar a laringe eletrônica na garganta, enquanto a direita apontava para o nariz torto quebrado três vezes.

"hum, quem vocês acham que fez isso comigo?"

Bryan se inclinou para a frente.

"Zou e Verde fizeram isso com você? Por quê?"

"ela me mandou parar de escrever o livro. hum, ela puta-puta-puta--boceta-boceta me disse que se não deixasse pra lá, iria me matar."

Amy Zou dando uma tremenda surra num civil. Uma semana atrás, Pookie não teria acreditado naquilo nem por um segundo. Agora? Não achava nem estranho.

"Biz", disse Bryan, "estamos atrás de Zou. Ela está protegendo um justiceiro assassino. Se nos ajudar a encontrá-lo, vai nos ajudar a derrubá-la."

Show-Biz o encarou, os olhos estreitando com descrença. Olhou para Pookie.

"hum, isso é verdade?"

Pookie levou a mão direita ao coração.

"Palavra de escoteiro."

Biz molhou os lábios, então assentiu. Estendeu a mão trêmula, pegou o celular de Bryan e olhou para a foto.

"encontraram isso em que tipo de corpo?"

"Homem caucasiano", respondeu Pookie. "Um assassino de policiais. Tinha 1,83 metro de altura, 104 quilos. Barba cheia."

"estava usando uma fantasia?"

"Não", respondeu Pookie. Olhou para Bryan. "Mas achamos que as outras pessoas que podiam estar trabalhando com ele estavam."

Show-Biz assentiu, como se esperasse ouvir exatamente aquilo.

"essa cruz com os vs é o símbolo dos salvadores. deve haver outro símbolo na haste… um olho com uma adaga o atravessando."

Bryan pegou o celular, passou para a foto seguinte — a haste da flecha — e o colocou sobre a mesa na frente de Show-Biz.

O vidente olhou, depois anuiu.

"os salvadores matam os filhos de marie. seu assassino de policiais fazia parte do culto. esses símbolos se encontram em todas as pontas das flechas. ele as esculpe à mão."

"*Ele?*", perguntou Pookie. "Você sabe quem faz essas coisas?"

Biz assentiu.

"se eu contar a vocês, prometem não voltar aqui em alguns meses e me dar uma surra?"

"Por que faríamos isso?"

O vidente deu de ombros.

"foi isso que amy zou fez. eu disse a vocês que ela me deu uns tabefes. ela veio me ver assim como *lambedor de pica* vocês agora. ela queria informações sobre as flechas, queria saber quem as fazia. eu contei a ela. dois anos depois, ela e verde me espancaram, me disseram que se eu não *saco de merda!* parasse de escrever o *cheirador de cu* livro, eles iriam me matar."

Amy Zou estivera rastreando a ponta da flecha. Será que estivera rastreando a pessoa que matou o Esfaqueador de Golden Gate? Se sim, por que tinha voltado e forçado Show-Biz a ficar quieto?

"Você tem a nossa palavra", disse Pookie. "Não vamos encostar num fio de cabelo seu."

Show-Biz estendeu o punho para Pookie.

"promessa é dívida?"

Pookie bateu com o seu punho e assentiu.

"Promessa é dívida."

Então o vidente estendeu o punho para Bryan.

"promessa é dívida?"

Bryan revirou os olhos.

"Você tem o quê, 16 anos? Não vou bater punhos com você, pelo amor de Deus."

Show-Biz não mexeu a mão. Bryan olhou para Pookie.

"Anda logo", disse Pookie.

Bryan suspirou e então bateu com o punho.

"Promessa é dívida."

Show-Biz assentiu e sorriu.

"O NOME DO CARA É ALDER JESSUP."

A pele de Pookie se arrepiou. Agora eles tinham algo de verdade.

"Biz, se Alder Jessup *faz* as flechas, quem as *atira*?"

"NUNCA DESCOBRI ESSA PARTE, JURO."

Bryan estendeu a mão devagar e pegou o celular.

"Tudo bem. Sabe onde esse Alder Jessup mora?"

Biz se inclinou para a frente, passou a mão direita sobre a bola de cristal azul.

"VEJO ALGO NO SEU FUTURO, POLICIAL *LAMBEDOR DE PICA BOQUETEIRO FODIDO*. ALGO QUE NÓS, MÍSTICOS, CHAMAMOS DE BUSCA NO GOOGLE."

Ele olhou para cima.

"ISSO É TUDO O QUE SEI. BOA SORTE."

Bryan estendeu a mão.

"Obrigado."

Show-Biz a apertou, depois levantou a palma da mão e a estendeu na direção de Pookie.

"BATE AQUI, MEU NEGO."

Pookie bateu na mão de Show-Biz, então seguiu Bryan para fora do escritório.

Pookie já estava com o celular na mão.

"Nada de carvão para a maria-fumaça hoje, Bri-Bri. Estou ligando para o Senhor Burns Negro para pedir que faça uma pesquisa sobre esse Alder Jessup."

Bryan aquiesceu. Parecia estar se concentrando em ficar calmo — como se *tivesse* que se concentrar, caso contrário acabaria espancando pra valer a primeira pessoa que cruzasse o seu caminho.

ALDER JESSUP

Pela primeira vez na sua carreira, Bryan esperava que as coisas dessem errado. Esperava que esse Alder Jessup aprontasse alguma merda, ou talvez simplesmente fugisse. Isso daria a Bryan uma desculpa para acabar com ele. Alguém tinha que pagar, e se Jessup quisesse descobrir o quanto Bryan podia machucar alguém, bem, ele ficaria feliz em lhe mostrar.

Bryan e Pookie estavam sentados no Buick estacionado, vigiando a residência de Alder Jessup — California Street, número 1969. A casa se destacava como uma prostituta de beira de estrada num convento. As casas geminadas enfileiradas naquela rua eram todas coloridas — brancas, amarelas, pastéis e com tijolos de terracota. O número 1969, por outro lado, era cinza — completamente desprovido de cor. Parecia uma mansão inglesa assombrada retirada de alguma região do interior pantanoso e enfiada naquela vizinhança como um gordo enfia sua bunda enorme num assento de ônibus já ocupado.

Metade de uma mansão inglesa, na verdade. Apenas a metade esquerda. O lado direito da casa se erguia até um pico e então *parava*. Abaixo do pico havia um meio arco que podia ter servido como entrada para criados ou cavalos. Onde a outra metade da mansão cinzenta devia estar, havia um edifício moderno de três andares com detalhes em branco.

"Alegre", comentou Pookie. "Martha Stewart não usa muito cinza-calabouço para o meu gosto."

"Parece cara", disse Bryan. "Quanto acha que vale, uns 2 milhões?"

Pookie riu.

"Você não sai muito, amigo. Essa coisa ou vale 15 milhões, ou um centavo. E não é um centavo, caso você seja ruim em questões de múltipla escolha. O Senhor Burns Negro disse que Alder Jessup mora aqui há pelo menos sessenta anos. É tudo o que sabemos por enquanto."

Sessenta anos? Bem, talvez Bryan devesse esfriar os ânimos. Embora se sentisse furioso por dentro, não seria legal espancar um cidadão idoso.

"É o bastante para começarmos", disse ele. "Pronto?"

Pookie arrebatou a pilha de pastas.

"Sim, vamos lá."

Saíram do Buick e atravessaram as cinco faixas da California Street. Quatro degraus de concreto levavam a uma porta em arco que parecia pertencer a uma igreja. Um portão com efeitos de ferrugem e feito de barras de ferro de um centímetro cruzadas na diagonal bloqueava a passagem em arco. Além do portão, mais degraus, no topo dos quais havia a porta mais extravagante da casa em si.

O portão se parecia com um equipamento de segurança máxima, embora fosse possível enfiar o braço através dos espaços diagonais entre as barras enferrujadas. No centro do portão havia uma pequena imagem em ferro fundido de Sagitário — o arqueiro metade cavalo, metade homem.

Pookie segurou as barras de ferro e sacudiu o portão.

"Seria preciso um tanque para passar por aqui."

Havia uma campainha à direita do portão. Bryan a tocou.

Alguns instantes depois, a porta interna no topo dos degraus do lado de dentro foi aberta. O homem que desceu não era o que Bryan esperava ver cumprimentando-os numa mansão multimilionária na Pacific Heights. Ele parou atrás do portão. Olhou para Pookie, olhou para Bryan, depois fez uma cara desagradável.

"Quem diabo são vocês?"

Ele tinha por volta de 20 anos, 1,72 metro de altura, mais ou menos 68 quilos. Usava uma camiseta preta da banda Killswitch Engage. Um cinto preto com uma fivela prateada de caveira segurava os jeans pretos. Coturnos pretos completavam o visual. As mangas curtas mostravam tatuagens intricadas descendo pelos dois braços. Braceletes de prata decoravam os dois pulsos: alguns arcos finos, outros espessos com entalhes detalhados. Uma dúzia de pequenos brincos de prata cobria cada orelha. Também tinha uma argola de prata em cada sobrancelha, uma atravessando o lábio inferior e uma grossa pendurada no septo. O cabelo preto moldado encobria o olho esquerdo.

"Polícia de San Francisco", informou Pookie. "Sou o detetive Chang. Este é o detetive Clauser. Gostaríamos de falar com Alder Jessup."

"Sobre o quê?"

"Um assassinato."

O homem tatuado rosnou.

"Tem um mandado, seu porco?"

Bryan sentia aversão imediata por aquele tipo de pessoa, o tipo que odiava policiais pelo pecado intolerável que eles cometiam ao manter a lei e a ordem. Era melhor deixar Pookie lidar com ele ou Bryan iria querer esfregar a cara do homem na calçada de concreto.

"Não temos um mandado", respondeu Pookie. "Mas se precisarmos de um, alguém vai fazer um passeio no banco traseiro de uma viatura, algemado, na frente do bairro inteiro."

"Você acha que eu me preocupo se algum dos zumbis daqui me virem numa viatura?"

"Você é Alder Jessup?"

"Não", respondeu o tatuado. "Sou o neto dele, Adam."

Pookie girou o pescoço, como se quisesse aliviar um torcicolo.

"Adam, sem querer ofender, mas você parece o tipo de cara que conhece bem o banco traseiro de um carro da polícia. Estou certo?"

Adam assentiu.

"Mas acredito que o vovô Alder não. Acertei essa também?"

Adam o encarou cheio de ódio, depois assentiu de novo.

"Ótimo", disse Pookie. "Agora, a não ser que queira que eu volte aqui e leve embora o vovô Alder algemado, pare de encher o saco e nos deixe entrar."

Adam pensou naquilo por um segundo, então abriu o portão de metal. Guiou Pookie e Bryan pela escada, passando por uma porta ornamentada de carvalho, até um vestíbulo.

"Esperem aqui", disse Adam. "Vou chamar o meu avô."

Bryan observou Adam galgar uma escadaria bonita, os corrimãos tão envernizados e polidos que podiam passar por vidro cor de madeira. Os piercings do homem tilintavam enquanto ele corria.

A mobília, as pinturas e as esculturas do vestíbulo pareciam caras. Bryan sentiu como se estivesse numa ala de algum museu. Tudo, da arte ao piso de mármore, passando pelos detalhes intricados na madeira de um sofá de veludo, exibia algum tema de arquearia: arcos, flechas, pontas de flechas, arqueiros.

Alguns instantes depois, Adam Jessup ajudava o avô a descer as escadas. Alder vestia um terno marrom imaculado. Andava com a ajuda de uma bengala longa de madeira encimada por uma cabeça de lobo de prata. A maior parte do cabelo se fora há muito, deixando o couro salpicado de manchas e um anel de finos cabelos brancos em volta das têmporas.

"Detetives", disse Alder com uma voz suave e aérea. "Precisam falar comigo?"

Pookie apresentou Bryan e a si mesmo de novo, depois foi direto ao assunto.

"Estamos procurando informações sobre uma ponta de flecha que você pode ter feito."

Bryan observava os Jessup com atenção. Alder não demonstrou nenhuma reação, mas os olhos de Adam dilataram um pouco — estava nervoso.

Pookie abriu uma pasta e entregou uma impressão da foto da ponta de flecha feita com o celular de Bryan. Alder pegou a folha. Adam arregalou os olhos.

O velho forçou a vista, então levou a mão ao bolso do paletó e pegou um par de óculos de armação prateada. Colocou-os e olhou com atenção outra vez.

"Não, sinto informar-lhes que não reconheço isso."

Alder era calculista. Bryan conhecia bem o tipo, o tipo que conseguia mentir com confiança e tranquilidade. O neto, contudo, não possuía essa habilidade.

"Mas você faz flechas", disse Bryan. "E arcos e todo tipo de coisas personalizadas de arquearia."

Alder sorriu.

"Vocês estiveram pesquisando sobre nós. Quanta honra. Nós fazemos armas personalizadas, sim. Ou melhor, o Adam aqui faz." Alder olhou para o neto e se iluminou de orgulho. "Minhas mãos e meus olhos já não são o que costumavam ser. No entanto, Adam é talentoso. O pai dele, infelizmente, não era. Meu filho mal podia lavar a louça sem lascar a porcelana... mãos ruins, compreendem? Trêmulas. Certas habilidades podem pular uma geração."

"Entendo o que quer dizer", disse Pookie. "Meu pai é um gênio em palavras cruzadas, mas meu vocabulário é um pouco escasso, para dizer o mínimo. Uma tragédia para mim, mas talvez os meus futuros filhos tenham o dom."

Alder suspirou.

"A esperança é a última que morre, detetive Chang."

Bryan, impaciente, apontou para a impressão.

"Tem *certeza* de que vocês não fizeram essa flecha?"

"Eu saberia se tivéssemos", respondeu Alder.

O celular de Pookie tocou. Ele o pegou, leu a mensagem. Bryan espiou a tela — era uma mensagem do Senhor Burns Negro.

Bryan não conseguia mais esperar o jogo lento de Pookie. Queria dar uma chacoalhada naqueles caras.

"Sr. Jessup, essa é a mesma história que contou a Amy Zou 29 anos atrás? E o que sabe sobre os Filhos de Marie?"

Pookie desviou o olhar do celular com uma expressão que dizia *o que diabo você está fazendo?*

Alder deu dois passos adiante com a ajuda da bengala e ficou cara a cara com Bryan.

"Meu jovem", disse Alder em voz baixa, "o que quer que você acha que sabe sobre os Filhos de Marie, garanto que não vai querer saber de mais nada. Deixe esse assunto de lado."

O velho emanava uma aura de *sabedoria* e *paciência*. Ele era o tipo de pessoa a qual você dava ouvidos, mesmo tendo acabado de conhecê-lo. Uma pena que Bryan não estava nem um pouco a fim de dar ouvidos a ninguém.

"Não vou deixar de lado", retrucou Bryan. "E se você estiver envolvido, vai descobrir isso do jeito mais difícil."

Alder pareceu murchar, apenas um pouco. Apoiou todo o peso na bengala. Adam amparou o velho, o impediu de cair.

"Vão embora", mandou Adam. "E não voltem sem um mandado."

Bryan queria dar um soco nos dois.

"A ceninha do *velho fica cansado*? Por favor."

"Bryan", chamou Pookie, "vamos."

"Mas ele..."

"Já ficamos tempo demais, Bryan", interrompeu Pookie. "*Vamos.*"

Bryan cerrou os dentes. Lançou mais um olhar para os Jessup, então se virou e andou até a porta.

◉ ◉

Ele precisava bater em alguém, e o seu parceiro estava a um comentário engraçadinho de ser o escolhido. Bryan entrou no Buick e bateu a porta.

"Ei!", exclamou Pookie enquanto entrava. "Cuidado com a mercadoria."

"Grande porra de trabalho em me apoiar lá dentro. Você sabe que aqueles caras fizeram a ponta da flecha, certo?"

Pookie deu a partida.

"Sim, eu sei. Mas o trabalho de investigação envolve mais coisas além de gritar com um velho."

"Ah, é? Tipo o quê?"

"Tipo a casa", respondeu Pookie. "O Senhor Burns Negro pesquisou a escritura da propriedade. Os Jessup não são os donos."

"Quem é?"

"Um estimado cavalheiro que atende pelo nome de Jebediah Erickson. Na verdade, aquela casa está na família Erickson há 150 anos. Assim como outra casa na cidade, uma casa muito perto daqui."

Por que Pookie estava indo atrás de escrituras quando estava claro que os Jessup tinham as respostas?

"Então outra pessoa é dona da casa... por que isso o faria ir embora quando eles estavam prestes a dar com a língua nos dentes?"

"Porque o Senhor Burns descobriu outra coisa sobre Jebediah Erickson", respondeu Pookie. "Trinta e seis anos atrás, Jeb ganhou medalha de ouro nos Jogos Pan-Americanos. Adivinha em que esporte?"

A raiva de Bryan começou a dissipar.

"Tiro com arco?"

Pookie sorriu e assentiu.

"Espere um pouco", disse Bryan. "Trinta e seis anos atrás? Então mesmo que o cara tivesse seus 25 anos quando ganhou, deve estar com pelo menos 60. Não é provável que seja um cara que consiga fazer as coisas que você viu."

"É provável que não. Mas temos um arqueiro medalha de ouro que é dono da casa de um homem que faz pontas de flechas personalizadas. Acha que isso merece uma visita?"

Sem sombra de dúvidas.

"Onde é a casa desse Erickson?"

"A cinco quarteirões daqui", respondeu Pookie. "Vamos ver se ele está em casa."

A CASA DE JEBEDIAH ERICKSON

Havia algo familiar na casa de Erickson, mas Bryan não conseguia dizer o quê. Devia tê-la visto antes. Ficava na Franklin Street, uma rua de mão única com três faixas que bombeavam o tráfego do centro até a Marina. Se estivesse indo para o norte, você tinha que pegar a Franklin. Então era bem provável que ele tivesse visto a casa ao passar por ali centenas de vezes.

Como a casa dos Jessup, esta também era desprovida de cores — detalhes cinza nas paredes azul-acinzentadas. A casa tinha a fachada para o leste, na direção da Franklin. Um jardim pequeno ficava ao sul, com a entrada para carros no extremo sul do terreno.

Enquanto a casa dos Jessup se parecia com uma antiga mansão inglesa, esta era a típica casa vitoriana de San Francisco. Um torreão redondo de quadro andares coberto de janelas se erguia no canto frontal direito da casa, o topo em cone elevando-se ao céu. A entrada ficava aproximadamente cinco metros acima do nível da calçada, ao fundo de uma varanda com três metros quadrados, coberta por um telhado com um pico íngreme sustentado por colunas de madeira ornamentadas e pintadas de cinza. A escada começava três metros à esquerda da varanda; sete degraus de mármore desgastados pelas intempéries subiam perpendiculares à rua e levavam a um pequeno patamar quadrado, então mais dez degraus corriam paralelos à frente da casa.

Eles subiram os degraus. Bryan absorvia os detalhes do intricado corrimão que rodeava a varanda na altura da cintura. No fundo da varanda havia lindas portas duplas feitas de carvalho envernizado.

Havia algo familiar naquela casa com certeza, algo mais do que poderia notar apenas de passagem. O lugar tinha uma aura, uma sensação perturbadora que Bryan não conseguia identificar.

As respostas para tudo estavam dentro da casa. Ele *sabia* disso, no fundo da alma.

"Olhe só este lugar", disse Pookie. "Que set excelente para um episódio de *Bolas Azuis*."

"Não estou no clima para conversar sobre seriados policiais, Pooks."

À esquerda das portas duplas, Bryan viu uma campainha de bronze ornamentada com um botão preto riscado no centro. Ele o apertou. A sensação perturbadora ficou mais forte.

Enquanto aguardavam, Pookie se balançou para a frente e para trás nos pés.
"Você não deu uma de pessimista sobre o nome do seriado dessa vez. Isso quer dizer que aprova *Bolas Azuis*?"

"Não", respondeu Bryan. "Isso quer dizer que não quero falar sobre seriados policiais."

"Se não gosta do nome, por que não propõe outro?"

Bryan suspirou, pigarreou. Pookie estava tentando ser útil, tentando aliviar os ânimos.

"Certo", disse Bryan. "Que tal *Bryan e Pookie*?"

Pookie balançou a cabeça.

"Isso soa como um show de marionetes para pedófilos."

Bryan apertou a campainha de novo.

Eles aguardaram. Ninguém atendeu.

"Vamos", disse Pookie. "Me dê outro, Senhor Eu Conheço o Show Business."

"Tá legal. Que tal usar sobrenomes? *Clauser e Chang*? Sabe, com aquele E estilizado?"

Pookie balançou a cabeça.

"Não, não vai funcionar. Primeiro, sou eu quem vai pegar todas as esposas solitárias dos grandes caras de negócios assassinos. Isso quer dizer que o meu nome tem que vir primeiro."

"*Chang e Clauser*?"

Pookie negou com a cabeça outra vez.

"Isso *poderia* ser um drama policial, se o seriado fosse sobre dois tiras gays que fazem bico como decoradores de interiores."

"Eu assistiria isso", disse Bryan, deixando a campainha de lado e batendo quatro vezes na porta de carvalho. "Seria o meu seriado favorito de todos os tempos."

Olharam para a porta, mas nada aconteceu.

Viraram-se e desceram os degraus. Bryan foi acometido por uma sensação de perda enquanto se afastava, como se o mistério pudesse desaparecer sem que ele descobrisse a verdade.

"Pooks, eu *tenho* que entrar ali. Esta casa, Erickson, isso é a chave de tudo."

"Como você sabe?"

Bryan deu de ombros.

"Simplesmente sei."

"Isso não é muita coisa", comentou Pookie.

"É, nem um sonho sobre um garoto sendo assassinado na Meacham Place."

Pookie anuiu.

"Tem razão. Mas é um pouco arriscado abusarmos da sorte. Zou vai ficar sabendo se tentarmos conseguir algum mandado."

"O mandado que se foda", falou Bryan enquanto abria a porta do Buick. "Se ela não vai seguir as regras, a gente também não vai. Temos que fazer isso. Quero dizer, a não ser que você ainda ache que estou louco?"

Pookie deslizou para o assento do motorista.

"Bem, eu não deixaria você cuidar dos meus filhos, se tivesse algum. Ouça, Bri-Bri, não esqueci do que vi no telhado do prédio de Susan Panos. Não conseguiria esquecer nem se bebesse uma garrafa inteira de Jack três vezes por dia durante uma semana inteira. Não entendo nada de biologia, mas acreditei naquele lance de Robin sobre espécies de mídia social."

"Eussocial."

"Tanto faz. O lance é o seguinte, estou com você nisso. Estou pronto para a troca de tiros. Vamos desvendar isso tudo, mas você vai me *prometer* que não vai entrar naquela casa aos pontapés. Temos que planejar o passo seguinte."

"Pooks, você não entendeu..."

Pookie bateu no painel.

"Cale a *boca*, Bryan."

Ele não estava mais sorrindo. Bryan fechou a boca. Seu amigo queria ser ouvido.

"Fiquei do seu lado", continuou. "Você me deve uma. Você não vai entrar lá sem um plano, nem que eu mesmo tenha que nocautear você."

"Você não consegue me nocautear."

Pookie deu um aceno desconsiderando o comentário.

"Irrelevante. Nós vamos pegar o justiceiro, vamos expor Zou, vamos encontrar o assassino Zeta-Y que ainda está à solta e qualquer outra pessoa que o tenha ajudado. Vamos chegar ao fundo dessa história de Filhos de Marie, mas eu o conheço há muito tempo e você está chegando no seu limite. Vai tomar decisões erradas agora. Eu não. Então vamos fazer do *meu* jeito, ok?"

Bryan sentiu uma ânsia de sair do Buick, subir os degraus correndo, chutar a porta e deixar as lascas saírem voando. Respirou fundo e lutou contra essa ânsia. Pookie o apoiara ao longo daquela loucura toda. Não podia ignorar aquilo. Ele estava certo — Bryan lhe devia uma.

"Tudo bem", disse Bryan. "Qual é o próximo passo?"

"Me deixe pensar um pouco."

Dirigiram em silêncio. Pookie não fechou ninguém. Virava em ruas aleatórias, obedecia à sinalização. Enfim, o Buick virou na California Street, seguindo na direção do Financial District. O sol poente lançava um brilho alaranjado no horizonte, um brilho que iluminava a pirâmide alongada que era o edifício Transamerica.

"Precisamos de mais informações sobre Erickson", disse Pookie. "O Senhor Burns Negro está fazendo pesquisas enquanto conversamos. Também vou pedir para Robin sondar como estão as coisas no Instituto Médico Legal, ver se consegue descobrir alguma coisa."

"Ok", disse Bryan. "E eu?"

Pookie sorriu, concordou.

"Você, meu pequeno Exterminador? Não vou pedir que fique longe da casa de Erickson, porque vi como estava olhando para o lugar. Não quero que minta para mim e me diga que vai ficar longe. Então, você vai ficar de tocaia, mas vai só *vigiar, não vai* se aproximar. Prometa que não vai agir sem reforços."

Uma coisa era Pookie acreditar que Bryan não era um assassino, outra era ele entrar de cabeça daquele jeito. Se o homem tivesse a cabeça no lugar, deveria ter cortado relações há muito tempo e seguido em frente. Pookie demonstrava lealdade, amizade verdadeira — você protege o seu camarada a qualquer custo. E por esse nível de dedicação, ele estava mesmo pedindo muito em troca? Mesmo que Bryan estivesse morrendo de vontade de entrar naquela casa e encontrar respostas, ele faria o que Pookie pedisse.

"Só vigio", concordou Bryan. "Prometo."

Pookie estendeu o punho direito.

"Promessa é dívida."

Bryan riu, e o som o surpreendeu.

"Lambedor de pica boqueteiro fodido", falou, e os dois bateram os punhos.

Bryan se sentiu melhor. E, tinha que admitir, o jeito de Pookie era muito mais inteligente — o arqueiro sobrevivera a uma queda de seis andares, para em seguida matar um homem com a porcaria de uma flecha. Se isso não se encaixasse na descrição de um *desgraçado durão*, nada encaixava. Ele era perigoso demais para ser enfrentado mano a mano.

Bryan se acomodou no banco e olhou pela janela do Buick. Observou o sol poente afundar atrás do edifício Transamerica, contando os minutos até poder sair e *caçar*.

HORA DO CHÁ DE AMY ZOU

A delegada Amy Zou tomou um gole de chá. A minúscula xícara de porcelana da Miss Piggy podia conter apenas chá imaginário, é claro, mas nada podia ter um sabor mais doce.

"Hummm", disse ela. "Está *muito* gostoso. Quem fez o chá?"

As gêmeas deram risadinhas.

"Nós *duas*, mamãe", responderam em uníssono. Amy ficava de cabelo em pé todas as vezes em que elas faziam aquilo.

Ela se sentava numa cadeirinha rosa à uma mesinha rosa. Sua filha Mur estava à sua esquerda, sua filha Tabz à direita, e o marido, Jack, à frente. Ele também tomou um gole da minúscula xícara de chá, o mindinho esticado de forma apropriada, um chapéu com uma flor rosa preso no cabelo loiro escasso. As meninas queriam que ele o usasse, então era o que fazia.

"Hum", murmurou Jack. "Acredito que seja chá de entranhas de gambá? Tem um sabor maravilhosamente podre e um aroma divinamente fedido."

As meninas deram risinhos. Estavam adoráveis nos seus vestidinhos de festa.

Amy sentia-se em paz. *Quase* em paz; não tinha muitos momentos como aquele, e mesmo quando tinha algum, uma voz interna a provocava, dizendo: *esses dias estão quase acabando e você desperdiçou a maioria deles*. Com o trabalho que tinha, nunca conseguia relaxar por completo. E esse trabalho jamais ficava muito longe — o celular repousava sobre a mesa, terrivelmente deslocado ao lado das xícaras de chá e do bule do Caco, o Sapo.

Tabitha esticou a mão para pegar uma fatia de bolo imaginário. Mur não tinha gostado do bolo imaginário; dissera isso logo depois da primeira mordida imaginária. Tabitha preferia ser chamada de *Tabz*, porque, como ela dizia, era *maior engraçado*. Mary exigia ser chamada apenas de *Mur* por razões que Amy e Jack nunca tinham conseguido arrancar da menina.

Jack olhou para as filhas com uma expressão cheia de suspeita.

"Esperem só um minutinho. Vocês duas batizaram este chá com cocô mole de elefante?"

As meninas gargalharam, jogando as cabeças para trás e balançando nas cadeiras.

"Não, *papai*", respondeu Tabz. "Não é cocô de elefante, é cocô de *macaco*."

Jack pousou a xícara na mesa com uma raiva fingida, então cruzou os braços e se reclinou, balançando a cabeça com tanta força que fez o chapéu com a flor rosa chacoalhar. Por Deus, como as meninas amavam aquele homem.

Amy percebeu com surpresa que Tabz usava o cabelo preto, sedoso e pesado em duas longas tranças. Ela nunca fizera aquilo no cabelo antes. Sempre o deixara solto, como Mur naquele momento. Elas tinham herdado o cabelo de Amy, sem nenhum traço das madeixas finas e loiras do marido.

"Tabitha, querida, seu cabelo está bonito."

"Obrigada", disse ela e tomou um gole.

"Você experimentou esse penteado hoje para a festa do chá?"

Mur riu e apontou para Tabz.

"*Rá-rá-rá*, você está com essas coisas idiotas por *três* dias!"

Tabz afundou na cadeira, o queixinho enfiado no peito. Tinha uma expressão desanimada.

"Mur", repreendeu Jack, "isso não é legal."

A menina não pegou a deixa.

"A mamãe nem *percebeu*", anunciou ela para Tabz. "Eu *falei* que era bobagem tentar ser diferente."

Amy bateu na mesa, chacoalhando as xícaras e os pires.

"Mur! Pare com isso!"

A criança ficou de olhos arregalados e se encolheu na cadeira.

O tom de Amy ecoou nos seus próprios ouvidos. Ela falou com Mur não como uma mãe fala com uma filha, mas como uma delegada fala com um subordinado. Amy se odiou naquele momento — será que não conseguia afastar a policial e ser apenas uma mãe, nem que fosse por apenas alguns minutos?

De repente, Tabz se levantou e jogou a sua xícara de chá no outro lado do cômodo. Ela aterrissou na cama dela sem fazer barulho.

"Você não *percebeu*, mãe, porque *nunca está em casa*!"

Tabz saiu correndo do quarto, o vestidinho farfalhando a cada passinho. Jack se levantou. Tirou o chapéu com a flor e o jogou sobre a mesa antes de ir atrás da filha. Ele conversaria com a menina, deixando Amy para lidar com Mur.

"Mary, querida, eu não devia ter gritado daquele jeito."

Os olhos da menininha se estreitaram de ódio, do jeito que só as menininhas conseguem fazer.

"Não me chame assim. Eu gosto de *Mur*. E por que ela tinha que estragar a festa? A gente *nunca* vê você."

"Querida, eu sei, mas você tem que entender que o trabalho da mamãe é..."

O celular de Amy emitiu um alerta. Um alerta especial, três pontos, três traços, três pontos. sos. Aquele alerta representava apenas uma pessoa.

Ela pegou o celular. Ele mandara uma foto. Tirada do alto, a imagem focava uma varanda de mármore que ela reconheceria imediatamente e nunca esqueceria. A foto mostrava dois homens esperando na frente de uma porta fechada.

Pookie Chang e Bryan Clauser.

A mensagem embaixo da foto dizia:

ELES TAMBÉM DERAM UMA PASSADA NA CASA DE ALDER. CUIDE DISSO.

Amy sentiu a calma se esvaindo. Ela *disse* a eles para se afastarem do caso. Ela lhes deu uma chance.

Mesmo antes dos assassinatos dos membros da BoyCo, Robertson quisera trazer Bryan e Pookie para o esquema, quisera contar-lhes tudo. Amy dissera que não, confiando nos seus instintos, que a alertavam que os homens não eram do tipo que conseguiria lidar com as áreas cinzentas de maneira apropriada. A foto que Erickson lhe enviara mostrava — de uma maneira bem clara — que os seus instintos tinham acertado em cheio. Bryan e Pookie eram de longe os melhores detetives na força, mas nunca davam ouvidos.

Igualzinho a uma policial de quase trinta anos atrás, não é, Amy? Lembra-se de como você não queria dar ouvidos quando Parkmeyer lhe disse para recuar? Lembra-se do que aconteceu porque você não deu ouvidos?

Ela se deu conta de que estava sozinha na sala. Mur tinha saído. Amy olhou para o conjunto de chá, para as cadeiras vazias. Estava perdendo a infância das filhas. Parecia que tinham nascido ontem. Quando tinham crescido tanto?

Queria estar com elas, mas tinha um trabalho mais importante do que qualquer pessoa poderia imaginar. Nem mesmo Jack sabia sobre ele. Amy se levantou, lançou um último olhar saudoso para a mesa, então seguiu para o andar de baixo.

Era hora de acabar com aquilo.

CHEGANDO PERTO

Rex sentava-se dentro de uma lixeira de plástico. Rex aguardava. Rex observava.

Onde aquela sensação estivera durante toda a sua vida? Quantas horas ele desperdiçara desenhando, quando a verdadeira ação o fazia se sentir vivo, o fazia se sentir completo?

A barriga dele ardia por dentro.

Fazia horas que estava de pau duro.

A lixeira ficava do outro lado da rua, em frente à casa de April Sanchez. Era uma lixeira grande e marrom, aninhada no espaço entre duas casas, junto com uma azul de reciclagem e uma verde onde as pessoas deveriam jogar o lixo orgânico. A lixeira fedia, mas Rex não se importava. Havia apenas uma sacola ali, que ele colocou em outra lixeira. Agachado no lado de dentro, ele podia espiar por baixo da tampa e esperar por April.

April, a viciada em metanfetamina. April, a *puta*.

Ela tinha pais ricos. Eles não eram apenas donos de *parte* da casa, não só de um único andar — eram donos da coisa toda, dos *três* andares *e* de uma garagem.

O pessoal na escola falava de April pelas costas, falava de como ela era feia. Ela era chamada de *Shrek*. Não era gorda como o ogro, a maioria das garotas viciadas não era, mas o rosto tinha uma certa semelhança. Fora April quem contara a Alex sobre o desenho de Rex. Fora culpa *dela* Alex ter quebrado o seu braço.

Os tiras deviam estar procurando por Alex, e ali estava ele no esconderijo perfeito. Na noite anterior, Rex seguira Alex até ali. Desde então, ele não vira ninguém, a não ser April entrando e saindo. Ela foi buscar pizza, sacolas de comida, provavelmente tudo o que Alex quisesse.

A noite se aproximava, mas mesmo assim Rex esperaria. Marco dissera para não agir antes da meia-noite. Rex não dera ouvidos e agora Marco estava morto por causa disso. Ele aprendeu uma lição valiosa com aquilo — algumas coisas precisavam ser feitas na escuridão.

Marco também dissera a Rex que havia uma família de verdade em algum lugar, um lar verdadeiro. Mas sem Marco, como iria encontrá-lo?

Ele não queria ficar sozinho.

Seus sonhos tinham se expandido e o conectado com pessoas, fizeram com que essas pessoas fizessem as coisas que ele queria. Rex pensava — será que poderia fazer a mesma coisa acordado? Valia a pena tentar. E em todo caso, faltava muito tempo para a meia-noite e ele não tinha mais nada para fazer.

Como aquilo poderia funcionar? Ele... o quê... *lançava* os pensamentos? Talvez se ficasse focado, se concentrasse de verdade na *necessidade* de encontrar essas pessoas.

Rex fechou os olhos.

Respirou fundo e devagar.

Me encontrem, pensou. *Me encontrem*.

DE TOCAIA

Bryan deu a volta no quarteirão pela sexta vez. Oeste pela Jackson, sul pela Gough, leste pela Washington, norte pela Franklin. Então o contrário, voltando pelo outro lado. Uma caminhada lenta, olhando tudo em volta, procurando por lugares para se esconder.

Havia edifícios de oito e dez andares no outro lado da Franklin Street. Ele poderia subir até os telhados e vigiar a frente da casa de Erickson. Mas prédios grandes tinham muitas janelas, e poderia haver um bom número de pessoas olhando por essas janelas a qualquer hora da noite. Se o arqueiro quisesse sair ou entrar na grande casa vitoriana cinzenta, não iria fazê-lo pela porta da frente onde tantas pessoas poderiam vê-lo. Teria que sair pelos fundos da casa, ou talvez pelo telhado e então pelas laterais... algo *secreto*.

Bryan usou o celular para acessar um mapa via satélite da casa e do quarteirão. Um panorama aéreo poderia lhe dar algumas ideias. A casa de Erickson tinha um jardim nos fundos, um bem grande pelos padrões da cidade. Edifícios altos rodeavam aquele jardim, escondendo-o de vista. Será que conseguiria subir num daqueles prédios? Passou o dedo pela tela, dando zoom no mapa. Ali, na Jackson Street, havia uma árvore que parecia ser mais alta do que o prédio ao seu lado. Traçou a rota com a ponta do dedo — se pudesse escalar aquela árvore, se encontraria no telhado de um prédio junto ao jardim de Erickson. Bryan ficaria a quatro andares de altura, o que lhe proporcionaria uma visão perfeita dos fundos da mansão de Erickson.

Ele se convenceu. Sim, aquele era o lugar.

Não conseguiu afastar uma onda persistente de adrenalina. Aquele cara, aquele *Salvador*, seria um desafio de verdade.

Grande caça. É uma caça séria porque ele é um assassino — isso aciona todos os seus interruptores e vira todos os seus mostradores até o onze.

Bryan andou até a Jackson Street para verificar o alvo. Passou devagar pela árvore, seguindo o tronco com os olhos, vendo como poderia escalar até o telhado. Ainda não estava escuro o suficiente, mas ele voltaria em breve, escalaria até o telhado e montaria o seu disfarce de caçador.

Então a diversão iria começar.

MONGO

No alto de um prédio de apartamentos do outro lado da rua, em frente à mansão, uma pessoa imóvel, muito *quieta*, observava o homem de preto dar outra volta no quarteirão. O homem estava verificando a casa do monstro, Mongo tinha certeza.

Que emocionante!

Mongo vigiava a casa do monstro todas as noites. Além de habituais explosões de puro terror quando o monstro saía, ou de tristeza quando o monstro voltava com um dos irmãos ou irmãs de Mongo com ferimentos graves, nada de interessante acontecia.

Mas *aquilo* era interessante.

Quem era aquela pessoa?

O que ele queria com a casa do monstro?

Mongo observou o homem de preto virar à esquerda na Jackson e sumir de vista. Será que ele voltaria de novo?

Mongo esperava que sim.

O ENTREGADOR

Pookie tomava um banho, esperando que a água quente e a esfoliação pudessem, de algum modo, afastar a falta de sono. Um bom banho de meia hora, a maneira perfeita para finalmente ficar um pouco sozinho. Camarão *kung pao* estava a caminho. Um pouco de comida, um cochilo revigorante de vinte minutos, e ele estaria novinho em folha.

Claro, como se pudesse ficar *novinho em folha* outra vez.

Mutantes, justiceiros e assassinos. *Minha nossa.* Acrescente Bryan jogando a sanidade fora, e Pookie achava que já estava bem ocupado, muito obrigado. Bryan parecia estar melhor mesmo, porém — seguir as pistas de Show-Biz até os Jessup e depois até a casa de Erickson lhe dera direção e propósito.

Já não estavam mais apenas reagindo a um monte de sonhos aleatórios; agora tinham um alvo. Embora não fosse uma investigação oficial, eles ainda empregariam o processo e a tática que usariam em qualquer outro caso. O que fariam quando encontrassem provas que pudessem mesmo usar? Os juízes estavam envolvidos? O promotor?

Talvez, mas talvez a *promotora assistente* não fizesse parte do esquema, assim como Robin. Pookie não teria outra opção a não ser agendar uma reunião para se certificar disso.

Ora, ora, ora, srta. Jennifer Wills da Terra dos Sapatos Sexy e Minissaias, talvez você e eu passemos algum tempo juntos, afinal de contas. Com roupas, infelizmente, mas a jornada de mil Chang Bangs começa com apenas um cafezinho...

Pookie saiu do chuveiro e se secou. Faria algumas ligações e colocaria Robin e o Senhor Burns para trabalhar, devoraria o *kung pao*, depois tiraria um cochilo. Cochilo, banho e comida: a trindade mágica que conseguia consertar tudo que estivesse errado.

Enrolou a toalha em volta da cintura, então encontrou o celular e ligou para a médica-legista.

Ela atendeu de imediato.

"Pooks, vocês estão bem?"

"Estamos", respondeu ele. "Você sabe, apenas fazendo aquele trabalho de polícia. E você?"

"Tenho uma notícia boa e outra ruim", disse ela. "A boa é que fui trabalhar hoje de manhã como sempre e ninguém disse nada. Metz não estava lá. Recebi um e-mail do prefeito dizendo que era para eu continuar o trabalho como antes."

Pelo menos Robin não fora despedida. Já era alguma coisa.

"Isso é ótimo. Então, conseguiu mais alguma informação sobre os corpos?"

"Essa é a notícia ruim", respondeu ela. "Parece que houve um *erro administrativo* no necrotério. Os corpos do Barba Negra, de Oscar Woody e de Jay Parlar foram cremados nesta tarde. Todos os pertences também se foram, incluindo o celular do Barba Negra."

O coração de Pookie afundou. Metz deletara os registros do computador e agora as provas físicas também tinham sido apagadas para sempre.

"Duas coisas positivas, no entanto", disse ela. "Pelo jeito, Metz não ligou para o pessoal da RapScan para lhes dizer que sou persona non grata. Contrabandeei um dos analisadores de DNA portáteis para fora do necrotério. Se vocês encontrarem outro possível candidato, podemos usar a máquina para fazer testes à procura do cromossomo Zeta."

Ah, essa Robin — como era esperta.

"Por quanto tempo vai ficar com a engenhoca?"

"Não sei", respondeu ela. "Metz e eu fomos os únicos a usá-la até agora. Quando ele voltar, vou ter que levá-la para o IML. É provável que fiquemos com ela o tempo que ele ficar afastado."

O celular de Pookie tocou o tema de *Os Simpsons* — uma ligação do Senhor Burns Negro.

"Robin, preciso ir. Ótimo trabalho, mas você não pode fazer mais nada por enquanto. Fique na sua e não chame atenção."

"Entendi", disse ela. "Tome conta de Bryan por mim."

"Pode deixar."

Atendeu à outra ligação.

"Senhor Burns Negro, me diga que tem mais informações sobre Erickson."

"Se tenho", respondeu John. "Jebediah Erickson tem antecedentes criminais que você vai adorar. E caso você não tenha notado com base nos seus imóveis, ele é cheio da grana. O velho Jeb é, na verdade, Jeb *Júnior*. Entre dinheiro, propriedades, a casa dos Jessup e a casa na Franklin, Jeb Sênior deixou por volta de 20 milhões de dólares para o filho."

"Garoto rico com antecedentes criminais? O que ele fez, roubou toalhas com monogramas do *country club*?"

"Um pouco melhor do que isso", disse John. "Catorze acusações de agressão e três por resistir à prisão. Mas aqui está o nosso trunfo: ele foi acusado e absolvido de um assassinato, mas *condenado* por outro. Adivinhe qual foi a arma usada no assassinato."

Pookie tentou acalmar a onda de emoção — uma medalha de ouro em tiro com arco era uma coisa, uma condenação por assassinato era outra.

"Vou ficar com *O que é uma flecha?* por duzentos dólares, Alex."

"Muito bem", elogiou John. "E agora, para a nossa rodada bônus, onde o dinheiro realmente fica acumulado: o lance da flecha não estava nos registros de Erickson no DPSF, é claro, nenhuma surpresa quanto a isso. Talvez Zou tenha controle sobre a cidade na região da baía, mas o poder dela parece *não* se estender a certas instituições correcionais. Encontrei os arquivos do caso Erickson na California Medical Facility, em Vacaville."

Pookie se reclinou, em choque.

"A CMF? O mesmo lugar em que Charlie Manson e Juan Vallejo Corona ficaram presos?"

"É, assim como Ed Kemper, o Açougueiro e Kees Marjis, o Holandês Mortal. Jeb Júnior foi declarado incapaz de suportar o julgamento, então o encarceraram na última parada para assassinos em série. Prenderam o cara vinte anos atrás. Depois de dezoito meses de prisão, um certo Baldwin Metz descobriu novas provas forense que acabaram revertendo a acusação de assassinato. Erickson saiu de lá como um homem livre."

Isso o teria colocado de volta às ruas pouco mais de 26 anos atrás... por volta da época que Amy Zou e Rich Verde deram a surra no Senhor Show-Biz.

Uma batida na porta.

"Burns, meu *kung pao* chegou. O papai precisa de carvão para a maria-fumaça. Mais alguma coisa?"

"Isso foi tudo que consegui", respondeu ele. "Mas vou continuar procurando."

"Pookie desligando." Fechou o celular, pegou a carteira e abriu a porta.

Parada ali, estava uma Amy Zou uniformizada.

Ah, merda.

"Delegada", disse Pookie. "Sei que o orçamento está apertado, mas fazer bico de entregador?"

"Detetive Chang", cumprimentou ela, depois entrou. "Feche a porta. Precisamos conversar."

Suas roupas estavam limpas e bem passadas, assim como sempre estavam no escritório da sede da polícia. Pookie olhou para o relógio na parede — 21h07. Será que aquela mulher alguma vez usava a porcaria de uma calça jeans?

Ele fechou a porta. De repente, pensou no nariz quebrado três vezes do Senhor Show-Biz. Seus olhos voaram para o coldre engraxado no cinto reluzente de Zou.

A arma de Pookie estava no quarto. E ele não estava usando nada a não ser uma toalha. Maravilha.

Zou tirou migalhas do sofá de Pookie e sentou.

Os olhos dela se fixaram nele.

"Eu mandei vocês abandonarem o caso."

Pookie pensou em mentir, mas por que se dar ao trabalho? Ela não estava ali para dar uns amassos no sofá.

"Delegada, sabemos a respeito dos Filhos de Marie. Sabemos que você apagou os símbolos do banco de dados. Sabemos que desfalcou os arquivos dos casos, sabemos que retirou todas as informações sobre o Esfaqueador de Golden Gate dos arquivos do jornal."

Ela cruzou as pernas.

"A lei não se importa com *conhecimento*, Chang. Ela se importa com *provas*. E você não tem nenhuma."

Ela estava certa, e isso o deixava puto da vida. Como ela podia agir com tanta indiferença, com tanto *descaso*?

"Sabemos sobre o cromossomo Zeta."

Ela sorriu.

"Você sabe o que isso realmente quer dizer?"

"Na verdade, não."

"Eu também não", disse ela. "Mas não importa, porque essas informações seguiram o mesmo caminho dos registros do computador e dos artigos do jornal."

Pookie balançou a cabeça. Aquela mulher o enojava.

"Como pode permitir que um justiceiro fique à solta, acima da lei, *assassinando* qualquer um que ele pense ter feito algo de errado? Como pode olhar para as suas filhas nos olhos quando lhes dá um beijo de boa-noite?"

A menção às meninas foi a gota d'água. Seus olhos se estreitaram de raiva. Ela se levantou.

"Como posso permitir? *Porque eu vi os corpos!*" As mãos se fecharam em punhos. A raiva reprimida durante a vida toda pareceu explodir. "Você já viu o corpo de uma criança de 6 anos *devorado* pela metade? Não? Bem, eu já, Chang. *Dúzias* deles. Você já viu os corpos de cinco membros de uma *família* inteira *estripados*, os intestinos usados para fazer *arte*? Já viu uma fileira de cabeças decepadas em diferentes estágios de decomposição, as porras dos *troféus* de um assassino psicopata que os policiais não conseguiram encontrar?"

Aquela explosão o deixou sem fala. Lá se foi a delegada Zou de olhos petrificados — agora, ela vibrava de raiva.

"Então, Chang? *Já?*"

Pookie balançou a cabeça.

"Até ter visto essas coisas, não me julgue, entendeu? E não tenho que explicar nada para você. Sou a porcaria da *delegada da maldita polícia* de San Francisco! Jurei proteger esta cidade e é isso o que eu faço! Isso *salva vidas*, e você está dando o seu melhor para foder com tudo!"

Ela parou de repente, os lábios retraídos, o peito arfante.

Pookie nunca a vira levantar a voz antes, muito menos perder o controle daquele jeito. Por comparação, ela fazia com que Bryan parecesse completamente são.

Zou abriu as mãos, deixando-as pender ao lado do corpo. A expressão de frieza retornou ao rosto.

"Às vezes, Chang, a coisa certa a se fazer não está escrita na legislação."

"Essa decisão não cabe a nós", disse ele. "Policiais *seguem* as leis, não escolhemos quais delas devem valer."

Ela balançou a cabeça e riu.

"Meu Deus, você soa igualzinho a mim no passado." Suas mãos alisaram o paletó por sobre a barriga, um gesto mais para ajudá-la a retomar o controle do que para ajustar o uniforme. "Vou lhe dar uma coisa", disse. "Vou lhe dar uma coisa, então você nunca mais vai falar a respeito disso tudo. Você sabe sobre Erickson, não sabe?"

Pookie anuiu.

"Sim. Ele foi condenado por assassinato."

Zou hesitou, parecendo pensar bem nas próximas palavras.

"Então procure algo para mim. Ah, perdoe-me, peça a John Smith para pesquisar para você. Diga a ele para analisar a taxa de assassinatos em San Francisco quando Erickson esteve no manicômio. E a propósito, você está demitido."

"*O quê?*"

Ela estendeu a mão.

"Arma e distintivo."

"Vai se foder."

"Eu avisei. Você já era. Clauser também. Agora, me dê a sua *arma* e o seu *distintivo*."

Pookie se lembrou da expressão de ódio no rosto de Bryan quando Zou os confrontara por cima do cadáver do Barba Negra. Lembrou-se disso porque Pookie sabia que tinha a mesma expressão estampada no rosto naquele momento.

Ele andou até uma bandeja que mantinha ao lado da TV. Pegou o distintivo em uma carteira de couro dobrável e o jogou para ela. Ela o pegou, colocou-o no bolso.

"E a arma", disse ela. "Não, na verdade, apenas me diga onde a arma está."

"Mesa de cabeceira ao lado da cama."

Ela foi até o quarto. Ele tinha fantasiado sobre levar a delegada para o quarto mais vezes do que podia contar, mas não daquele jeito. *Demitido?* Bryan iria soltar fogo pelas ventas.

Zou voltou para a sala de estar, então parou e o encarou.

"Afaste-se da porta, Chang."

Ele se deu conta de que estava bloqueando o caminho. Deu um passo para o lado, dando-lhe bastante espaço.

Ela abriu a porta, parou na soleira e se voltou para ele.

"Você e Clauser já eram em San Francisco. Na área da baía também. Vamos ser diretos e dizer todo o norte da Califórnia. Mas com um telefonema, posso arrumar empregos como investigadores de homicídios para vocês em qualquer cidade do país. Pensem para onde gostariam de ir. É isso que vão ganhar de mim se pararem com essa besteira e ficarem longe de Erickson."

"E se não ficarmos?"

"Então talvez você devesse procurar um emprego como guarda de prisão", respondeu a delegada. "Porque esse vai ser o único jeito de você ver Bryan Clauser outra vez."

Ela saiu e fechou depressa a porta.

Bem, aquilo acabara virando uma puta de uma zona. *Demitido*. O que viria em seguida, uma bala na nuca? Ele não tinha nenhuma prova contra ela. Não importava o que ele e Bryan dissessem, seria a palavra deles contra a dela. Quem ela teria no lado dela? Somente um chefe legista que o mundo todo pensava que andava sobre a água, o delegado assistente e o maldito *prefeito*. O que Pookie poderia usar para enfrentá-la? Um investigador de homicídios altamente letal, uma legista que poderia ser acusada de cobiçar o posto do chefe legista e estar disposta a desacreditá-lo para conseguir o emprego e um nerd da computação que tinha medo da própria sombra e que deveria ter deixado a polícia anos trás.

Zou tinha todas as cartas. Também tinha a arma dele.

Pookie remexeu atrás da TV, tateou à procura da arma reserva e a encontrou. Tirou o coldre da Glock 22 das tiras de velcro. Pelo menos estava armado de novo.

Estava tudo acabado. Amy Zou ganhara. Ela se safara e continuaria assim. Pookie precisava dar as notícias a Bryan e esperar que ele não surtasse no processo. Talvez algumas informações extras pudessem retirar um pouco da tensão, algo que colocasse uma nota positiva naquela situação de merda. O que Zou lhe dissera para procurar? Ah, certo: a taxa de assassinatos de quando Erickson esteve no hospício. O que quer que fosse, talvez pudesse ajudar a deixar as coisas um pouco mais palatáveis.

Pookie discou o número do Senhor Burns Negro.

E onde *diabo* estava o seu camarão *kung pao*?

VEM BRINCAR

Bryan aguardava.
Bryan observava.
Estava sentado num velho latão de tinta que encontrara em cima do prédio, a cabeça alta o bastante para enxergar por cima da mureta baixa do telhado. Escolhera uma posição para que uma chaminé se erguesse por trás dele — nenhuma silhueta, nenhum contorno. Seis andares acima do jardim dos fundos de Erickson, pouco depois da meia-noite numa noite sem estrelas, e Bryan Clauser estava invisível.

Vigiava os fundos da velha casa vitoriana, pelo menos o que podia enxergar através da escuridão e das árvores. O pequeno espaço verde se parecia quase com um terrário: árvores esticando-se para o alto, mas cercadas em todos os lados por concreto, vidro e madeira pintada, tudo muito mais alto do que as próprias árvores. Os prédios circundantes deixavam o jardim dos fundos na sombra durante a maior parte do dia — à noite, a área sob as árvores ficava tão escura quanto o próprio céu nublado.

Ele podia ver algo através das árvores, algo mergulhado em sombras profundas na base da casa, algo... *inclinado*. As folhas e os galhos obscureciam a forma, mas aquele contorno o incomodava. Era importante; não sabia por quê.

Nos fundos do jardim, do outro lado da casa, um espaço estreito passava por entre o prédio onde Bryan estava e aquele à sua frente, um beco estreito com grama e árvores que dava em outros jardins. Ele verificara o mapa via satélite e sabia que alguém poderia sair dos fundos da casa vitoriana, passar pelo jardim, andar por entre os prédios e — encoberto pelas sombras o tempo todo — chegar à Gough Street no lado oeste. Uma disposição perfeita. O arqueiro poderia usar aquele caminho para ir e vir sem ser observado.

Para sair e caçar.

Ele é como eu. Caça assassinos, a presa mais mortal que existe.

Um movimento na base da casa chamou a atenção de Bryan.

Através da árvore que encobria a vista, ele viu uma mudança no contorno que o perturbava tanto. A forma... estava *abrindo*. Respirou fundo e prendeu o ar, olhos arregalados com o medo recente do sonho aterrorizante da noite anterior.

A forma de uma porta de porão.

Uma porta de porão que levava para *baixo*.

Mergulhado em sombras, ele viu algo sair por aquela porta. A porta se fechou, então aquele algo se moveu. Movimentos calmos. Movimentos ágeis.

No bolso das calças, o celular de Bryan emitiu um *bop-bip*. Ele se contorceu um pouco, de repente temendo que o algo escutasse o aparelho, viesse atrás dele, mas Bryan estava a seis andares de altura, e o som do telefone era pouco mais alto do que um sussurro.

A sombra em movimento cruzou o jardim, então parou, desaparecendo sob uma árvore. Bryan esperou. A sombra se moveu até outra árvore, onde parou de novo.

A sombra estava se certificando de que ninguém estava observando.

Outros poucos passos, estava quase entre os prédios agora. Um faixa estreita de luz caiu sobre a figura e Bryan a viu...

Uma capa verde-escura.

A capa descia quase até o chão, o grande capuz puxado por cima da cabeça do usuário. Esgueirando-se sob a cobertura das árvores, a capa era uma forma silenciosa deslizando pela grama.

O celular emitiu outro *bop-bip*. Pookie, tentando contatá-lo. Bryan o ignorou.

A forma se moveu até a base do edifício branco onde Bryan estava. Ele se inclinou para a frente, com cuidado, mas não conseguiu ver nada nas sombras abaixo — a capa, e quem quer que estivesse a usando, desaparecera.

Bryan não vira um arco. Será que havia um em algum lugar sob aquela capa? Ele sabia que não era uma boa ideia iniciar uma perseguição; quando chegasse na rua, o perpetrador estaria a quarteirões de distância numa direção desconhecida. Emitir um alerta de procura seria inútil — Zou, Robertson ou Sharrow iriam simplesmente cancelá-lo, além de descobrirem o que Bryan estava fazendo.

A figura com a capa se fora, mas a *casa* não iria a lugar algum. Aquela seria a chance do detetive obter algumas respostas. Talvez o justiceiro tivesse informações sobre os Filhos de Marie. Pelo menos poderia encontrar algumas pontas de flecha personalizadas que pudessem ligar Erickson ao assassinato do Barba Negra. *Algo* que permitisse que Bryan e Pookie enfrentassem Zou.

Ninguém está acima da lei.

O celular emitiu um terceiro *bop-bip*. Bryan espiou mais uma vez para se certificar de que perdera de vista a figura de capa — sim —, então pegou o celular. Não queria se atrapalhar com a porcaria do botão bidirecional, então acabou discando o número de Pookie.

"Bryan!", atendeu Pookie. "Você está bem?"

"Pooks, eu o vi, ele está agindo."

"Já estou a caminho", disse Pookie. "Estou no carro agora. Não faça nada."

Bryan se forçou a sussurrar, como se fosse a única maneira de conter a animação.

"Não acredito, vi um cara numa capa verde com um capuz enorme. Ele saiu da porta do porão nos fundos da casa de Erickson, e o jeito que ele se *movia*, cara, tipo um... espere, você já está a caminho?"

"Dez minutos, no máximo."

Alguma coisa estava errada.

"Por que está a caminho antes de eu ter ligado para você vir me pegar?"

Uma pausa. Uma longa pausa.

"Pooks", disse Bryan, "responda à minha pergunta."

Ele ouviu o parceiro soltar um longo suspiro. Aquilo não parecia bom.

"Bryan, acabou. Zou foi até a minha casa. Ela está nos expulsando de San Francisco. Disse que se desistirmos agora, pode nos arrumar um emprego em qualquer lugar do país."

Não. Não agora, não quando estava tão perto. Os pesadelos, os assassinatos, a conexão com Rex, o estranho cromossomo Zeta... as respostas poderiam estar dentro daquela casa.

"Bryan? Não é tão ruim assim. Ouvi falar que o Havaí é ótimo. *Homicídio em Honolulu* soa muito bem."

Zou os tinha demitido? Mas a casa... *tinha* que haver alguma coisa na casa.

"Bryan? Ainda está aí? Estamos acabados, você me ouviu?"

"Acho que a casa está vazia, Pooks."

"*Não entre* lá, cara. Se entrar, já éramos como tiras, *para sempre*, e acredite em mim, ela vai mandar você para a prisão. Só dê o fora daí, porra."

Nada daquilo importava. Bryan sabia que estava beirando a loucura. Ele não se importava com o trabalho. Não se importava com a prisão.

Tudo o que importava era descobrir a verdade.

"Bryan, cara, estou *implorando*. Espere por mim, *por favor*."

A casa vitoriana azul-acinzentada chamava por Bryan. *Eu sei de coisas que você não sabe, vem brincar... vem brincar...*

"Bryan! Me responde, cara. Você *não* pode..."

Bryan desligou. Desligou o celular por completo, colocou-o no bolso, então andou até a árvore que levava à calçada.

O TRABALHO DE MONGO

Mongo tentou encaixar as peças, mas estava confuso. A pele dele coçava. Aquele telhado sempre lhe dava coceira. Mas ele não se atrevia a coçar, não se atrevia a se *mexer*, porque o monstro saíra da casa.

O trabalho da vida dele era ficar com medo. Todas as noites. *Todas as noites* ele via o monstro sair da casa e desaparecer em alguma daquelas ruas. Mongo nunca soube para onde ele ia. O monstro poderia refazer o caminho em algum lugar, se aproximar de Mongo e então seria tarde demais — Mongo sentiria uma flecha, uma faca ou uma bala.

Os únicos momentos em que Mongo conseguia respirar com calma duravam mais ou menos cinco minutos, quando o monstro voltava para a porta dos fundos da casa, mas então o sentimento lhe escapava — talvez o monstro tivesse outra porta, uma porta *secreta*... talvez ele se esgueirasse para fora, desse a volta no quarteirão, escalasse um prédio e...

Mongo afastou esses pensamentos. Concentrou-se. Aquele trabalho era importante. Astuto lhe dissera isso. Importante e traiçoeiro, como James Bond. Era isso o que Mongo queria ser, como James Bond, sereno e tudo o mais.

As mãos de Mongo tremiam enquanto ele as estendia — devagar — para pegar o celular. Não podia deixá-lo junto ao corpo, não quando estava escondido, então o deixava no chão mesmo.

Ele discou.

Astuto atendeu no segundo toque.

"Camaleão", disse ele. "Como vai a missão?"

Camaleão. Era assim que Mongo queria ser chamado, mas ninguém o chamava dessa forma. Não sem rir, pelo menos. Ninguém exceto Astuto. Astuto nunca ria.

"Astuto, ele saiu de casa."

"Bom homem", elogiou Astuto. "Só fique aí e me ligue quando ele voltar."

"Não posso me juntar a vocês dessa vez?"

"Você precisa ficar", respondeu Astuto. "Algo glorioso está acontecendo, Camaleão. Vai acontecer esta noite. Precisamos saber quando o monstro voltar. Não podemos fazer isso sem a sua coragem."

Mongo queria ir com Astuto e os outros. Sentia-se triste por não poder. Mas Astuto disse que aquele trabalho, a vigilância, era muito importante.

"Ok, Astuto, vou ficar. Vou ser corajoso. Marco já voltou?"

"Não", disse Astuto. "Achamos que o monstro o pegou."

Tristeza. Mongo quis chorar. Primeiro Comilão, agora Marco. O monstro matava pessoas. E Mongo estava sozinho lá em cima.

"Astuto, estou com medo."

"Só fique aí", disse Astuto. "Se ficar parado, o monstro não vai encontrar você. E se sair por aí, o que vai acontecer se o Primogênito descobrir onde você esteve todas essas noites?"

O Primogênito. Ele podia fazê-lo ir embora. Para sempre. E o Primogênito dissera que ninguém devia chegar perto da casa do monstro.

"Você acha mesmo que ele vai descobrir?"

"Não se você ficar aí", respondeu Astuto. "Quando o monstro voltar, me ligue."

Astuto desligou.

Devagar, Mongo voltou a colocar o celular no telhado. *Bem* devagar — se não queria que o monstro o levasse para o porão, o melhor era não se mexer.

Medo do monstro. Medo do Primogênito. A *necessidade* de sair, de encontrar um não-será. Querer ser corajoso para que Astuto gostasse dele, para que Mongo pudesse fazer alguns amigos. Muitas coisas em que pensar.

Astuto dissera que apenas os mais corajosos dos Filhos de Marie podiam vigiar o monstro. O monstro matara todos que se aproximaram da casa. Muitos irmãos e irmãs tinham tentado matar o monstro, às vezes com armas e tudo o mais. Nenhum deles jamais voltou. Ora, até mesmo vigiar a casa já era perigoso o bastante. Mas se você pudesse fazê-lo, se pudesse vigiar, Astuto dizia, então todos saberiam que você era corajoso e todos iriam *gostar de você*.

Só que Mongo não podia contar a ninguém sobre o trabalho, porque o Primogênito dizia que ninguém deveria chegar perto da casa do monstro. Porém, Astuto disse que estava tudo bem em ignorar as ordens do Primogênito, contanto que ninguém descobrisse.

Movimento. Lá na casa do monstro. Perto da porta dos fundos. Era o homem vestido de preto, o homem que mais cedo estivera dando voltas pelo quarteirão. Que *emocionante*! Mongo ficou muito imóvel, porque era bom nisso.

Mongo observava.

COVARDIA

John Smith verificou o identificador de chamadas: POOKIE CHANG.

O que ele queria agora? Pookie acabara de ligar trinta minutos antes com aquele projeto de pesquisa sobre a taxa de assassinatos. John adorava o cara e sempre o ajudaria, mas, verdade seja dita, quando se tratava de delegar trabalho de investigação, ele fazia isso sem remorso algum.

John atendeu.

"Pooks, você precisa me dar um tempo. Nem comecei a fazer uma busca pelo banco de dados, quanto mais começar a catalogar as coisas. Isso não é..."

"John, preciso de você, agora."

Pookie nunca o chamava de *John*.

"O que aconteceu?"

"Bryan está tendo um colapso. Preciso de você na casa de Erickson o mais rápido possível."

John olhou pela janela do apartamento, mesmo sabendo o que veria — a escuridão da noite, iluminada pelas luzes dos postes e pelo brilho das janelas do outro lado da rua.

"Está escuro lá fora", respondeu John.

"Eu *sei* que está escuro, John. Bryan vai entrar naquela casa sem um mandado, e se fizer isso, Zou vai ferrar com ele. Não sei se vou conseguir impedi-lo sozinho. Preciso da sua ajuda."

John fixou o olhar na janela. Olhou e balançou a cabeça. Queria ajudar Bryan, queria mesmo, mas *estava escuro lá fora*, e Pookie queria que ele fosse até a casa de um assassino?

"Pooks, eu... eu não posso."

"O *caralho* que não pode! Seu rabo negro estaria *morto* se não fosse por Bryan. Sinto muito pelo que aconteceu com você, sinto mesmo, mas você vai pegar a sua arma, vai subir naquela Harley e vai sair daí."

Ele assentiu. Era difícil respirar. Bryan precisava dele. Na casa de Erickson. Não era muito longe, àquela hora, usando a moto para cortar pelo trânsito, se houvesse algum trânsito...

"Tá, ok, chego lá em quinze minutos."

"Chegue em dez", disse Pookie. "E não se esqueça da arma. Isso não é mais sobre você. Crie colhões ou passe o resto da vida trancado na porra desse apartamento."

Pookie desligou. John fechou os olhos com força. *Respire. Você tem que ir,* TEM *que ir.*

Remexeu na gaveta da escrivaninha e tirou a Sig Sauer.

Suas mãos já estavam tremendo.

A MATANÇA

O som de uma porta fechando fez Rex acordar de repente.
Alguém o tinha encontrado?
Ainda estava dentro da lixeira marrom. A tampa estava fechada. O que tinha acontecido? Acabara de fechar os olhos, tentara imaginar o seu povo encontrando-o. Será que adormecera? A escuridão lá fora era total. Já passara da meia-noite? Ele não tinha um relógio nem um celular.
Ouviu um *clique-clique-clique*. Levantou-se devagar, o topo da cabeça erguendo a tampa presa com dobradiças para que pudesse espiar por baixo dela. Lá estava April, se afastando da casa, com um grande sorriso no rosto. Os sapatos de salto alto emitiam um *clique* contra o asfalto. Talvez tivesse acabado de transar com Alex. Talvez tivesse acabado de chupar o pau dele. Ela tinha uma aparência suja. *Imunda.*
Não havia mais ninguém na rua. Nenhum carro. Ela estava andando para longe, rapidamente, como se estivesse *fugindo* dele. O pensamento de que April estava fugindo o deixava animado.
Não havia vivalma na rua — a tentativa de chamar a sua suposta família tinha falhado. Talvez não funcionasse daquele jeito, ele não sabia. E se April não voltasse? E se estivesse indo buscar ajuda? E se estivesse indo chamar os seus pais? E se Rex não tivesse outra chance?
Ela devia estar com a chave. Alex estaria sozinho na casa.
Devagar, Rex rastejou para fora da lixeira. Com o cobertor enrolado em volta do corpo, andou atrás de April. Será que conseguiria pegá-la? Ele matara Roberta... Roberta era maior e mais forte do que April, a viciada em metanfetamina.
Seus pés o levaram atrás dela. *Tinha* que pegá-la.
Clique-clique-clique.
Os pés de Rex não faziam barulho. Ele estendeu os braços na direção dela, passou as mãos em volta do pescoço e *apertou*. Ela agarrou os dedos dele. Tentou se virar, mas Rex não permitiu. Ela emitiu baixos grunhidos — não havia ar suficiente para um grito de verdade. As unhas arranharam as costas da mão dele, então o garoto apertou o mais forte que conseguiu.
April se contorceu, chutou sem forças e... parou de se mexer.
Rex estava excitado, *tão* excitado. Empurrou-a para a entrada de um prédio e a colocou no chão com cuidado. Não tinha muito tempo. Rex procurou na bolsa dela e encontrou o molho de chaves.
Não podia se esconder ali para sempre. Tinha que enfrentar Alex. Alex, que tinha pisoteado o seu braço, *quebrando-o*. Alex, que tinha socado Rex na cara tantas vezes, chutado-o na barriga...
Ele balançou a cabeça. Não sentiria mais medo, não *sentiria*. Ele era o *rei*.
Olhou ao redor outra vez para ver se alguém o observava. A rua estava silenciosa. Não havia movimento. Rex caminhou até a casa. Tentava respirar. Alex estava lá dentro. A mão de Rex acariciou a madeira pintada de branco da porta da frente.

Ele matara duas mulheres — Alex Panos não era uma mulher. Alex era grande e forte. Rex não podia fugir agora, não podia se impedir de entrar. De um jeito ou de outro, o tormento interminável de Alex acabaria naquele instante. A respiração de Rex vinha em jorros profundos e ofegantes.

Mate Alex. Mate Alex. Mate Alex.

A mão de Rex deslizou até a maçaneta de latão. Estava fria ao toque. Experimentou uma chave: não encaixou. Tentou outra, fazendo o mínimo de barulho possível. A terceira entrou. Ele virou a chave, depois a maçaneta.

Rex entrou. Havia uma sala à direita. Vindo do interior daquela sala, o clarão azul e branco de uma TV ligada no escuro.

Daquela sala, uma voz:

"Você comprou os meus bolinhos de chocolate? É melhor estar com os meus bolinhos, garota."

Rex entrou na sala. Alex Panos — o Alex Panos grande, *forte* — estava sentado numa poltrona de frente a uma TV enorme.

Alex levantou-se depressa. Olhou através da sala, para algum lugar à direita de Rex, então voltou o olhar para o garoto. As mãos de Alex se fecharam em punhos.

"Seu viadinho", xingou ele. "O que está fazendo aqui?"

A voz fez Rex congelar no lugar. Ele não conseguia se mexer. Não conseguia pensar em nada, a não ser nos punhos esmagando o seu nariz, nos joelhos cortando os seus lábios, na bota quebrando o seu braço.

A luz oscilante da TV refletiu no cabelo loiro de Alex.

"O noticiário disse que você matou a sua mãe", disse ele. Uma frase com um significado subjacente: *você matou a sua mãe, está aqui para me matar?*

Sim. Rex estava lá para fazer exatamente aquilo.

Seus pés se descolaram do chão. Ele deu um passo para a frente.

"Não!", exclamou Alex. "Dê o fora daqui ou vou acabar com você. Você contou para alguém onde eu estou?"

Rex deu outro passo.

Alex olhou de novo para a direita de Rex. Havia algo ali que ele queria, mas Rex não tiraria os olhos da presa nem por um segundo.

"É melhor você fugir, filho da puta", disse Alex. "Vá agora ou vou machucar você pra valer dessa vez."

A voz da raiva, a voz do ódio, mas havia algo novo nela: *medo.*

Rex respirou fundo pelo nariz. Ele não apenas *ouvia* o medo de Alex, ele sentia o seu *cheiro*.

De repente, Alex correu para a esquerda, passando pela frente da TV. Rex disparou para a frente antes mesmo de saber o que estava fazendo. Bateu de encontro a Alex, empurrando o garoto maior na direção da TV. O plástico rachou, algo faiscou, e os dois despencaram no chão. Alex gritou, um berro de dor muito diferente das suas ameaças másculas.

Rex começou a se levantar, então sentiu um punho acertando a sua boca. *Com tanta força.* Caiu de bunda no chão. Uma bota esmagou a sua barriga, arrancando o ar dos pulmões, fazendo o corpo de Rex se enrolar numa bola. Todo o medo voltou numa onda arrebatadora. O terror das surras passadas o consumiu, porque ele soube que aquela seria pior do que todas as outras — ele não devia ter ido até lá.

Um punho enorme o atingiu na nuca, fazendo o seu rosto bater contra o chão de madeira.

"Você estragou a TV de April, seu cuzão!"

Uma bota com bico de aço esmagou as suas costelas. Rex começou a gritar, a berrar, mas cerrou os dentes — não machucava tanto quanto lembrava.

Rex abriu os olhos. Bem à sua frente, um pé, uma canela, um joelho. Esticou o braço, agarrou o calcanhar de Alex e puxou.

O garoto maior caiu rápido, a cabeça *estalando* contra o chão. Seus olhos se fecharam com força e a boca se abriu num ofegar silencioso de dor e confusão. Rolou de lado, as mãos aninhando a parte de trás da cabeça.

Sangue escorria por entre os dedos.

Rex fizera aquilo. Fizera Alex *sangrar*.

Rex se levantou com as pernas trêmulas. Sentiu sangue escorrer do próprio nariz, da própria boca. Deu um passo à frente e levantou o pé.

Alex olhou para cima no instante em que o calcanhar de Rex desceu. O garoto maior emitiu um grito, parte medo, parte raiva, parte agonia. Afastou-se rolando, sangue se esvaindo do nariz agora acabado. Ele parecia confuso, chocado.

Rex abriu um sorriso ensanguentado, o sorriso de um lutador. As mãos se fecharam em punhos.

"Agora é a sua vez, valentão", anunciou ele. "É a sua vez de sair machucado."

Alex engatinhou para longe. Rex começou a segui-lo, mas parou quando ouviu um barulho alto vindo de cima. Inúmeros ruídos. Alguma coisa aterrissando no telhado?

Os dois garotos olharam para o teto, os olhos procurando a fonte do barulho como se pudessem enxergar através da madeira e do gesso.

"Merda", disse Alex. "Que porra é essa?"

O peito de Rex começou a tamborilar — *ba-da-bum-bummmm... ba-da-bum-bummmm*, a mesma sensação que experimentou quando conheceu Marco.

Sua família chegara.

Perfeito.

Rex voltou a olhar para Alex, mas ele tinha se afastado. Estava parado à direita da porta, perto de uma mesinha. Segurava uma arma. Rex se deu conta — tarde demais — de que era aquilo que Alex estivera olhando enquanto conversavam. A arma estivera sobre a mesa o tempo todo, à distância de apenas um braço, mas Rex não olhara.

Não, não é justo, eu o derrotei, eu o derrotei, eu tive a minha vingança, não é justo...

"Vai se foder, sua bicha", disse Alex, e puxou o gatilho.

Algo atingiu Rex na barriga. As pernas cederam. Enquanto caía, ouviu uma combinação de sons — madeira estilhaçando, outro disparo, e, então, os gritos de Alex Panos.

O PORÃO

Bryan Clauser estava parado nas sombras das árvores que, por sua vez, estavam mergulhadas nas sombras dos edifícios altos. Flexionou as mãos, os punhos fazendo as luvas de couro estalarem. Observava os fundos da casa cinzenta.

Observava a porta do porão.

O porão. O que quer que estivesse acontecendo de ruim, estava acontecendo lá. Ele tinha que saber.

A porta do porão esperava por ele, a boca de um demônio pronta para abrir e morder, para mastigar e retalhar, rasgar e esmagar. Lembranças dos sonhos obscureciam a realidade, se fundiam e se alteravam com o que Bryan via até ele não ter certeza do que realmente estava ali.

Aproxime-se, a casa parecia dizer. *Venha, seu tolinho, me poupe o trabalho de estender as minhas garras e puxá-lo para dentro...*

Seus Nikes deslizaram pela grama, levando-o até a porta. Ele se curvou, estendeu uma das mãos e tocou. Não era feita de madeira. Era feita de metal de grossa espessura, pintado para se parecer com a madeira do restante da casa. No canto superior esquerdo da porta, havia uma fechadura digital. A coisa era tão sólida quanto um abrigo antibombas — ele não conseguiria abri-la.

Estava sonhando? Aquilo estava acontecendo mesmo?

Você achou que seria fácil?, disse a casa. *Vai ter que dar duro para encontrar a sua morte...*

Bryan fechou os olhos e os esfregou com força com as palmas das mãos. Ele não estava louco. *Não* estava. Tinha que entrar ali.

Você acha que uma casa está conversando com você. Isso me parece loucura...

"Vou queimar você até não restar nada", disse Bryan. "Queimar tudo e mijar nas brasas."

Então nunca vai saber o que existe aqui dentro... nuncavaisaber... nuncavaisaber...

Bryan deu uma mordida forte na mão esquerda. A dor surgiu, clareando os seus pensamentos. Isso ajudou. Ele não estava louco. Não estava.

Andou até uma janela e espiou o interior. Além do vidro, o brilho fraco de metal revelou algum tipo de persiana. Parecia ser tão resistente quanto a entrada para o porão.

Ele teria que experimentar a porta da frente.

Bryan sacou a Sig Sauer e deu a volta pela lateral da casa, o ombro esquerdo tocando a madeira azul-acinzentada, as sombras se enroscando à sua volta como o abraço de uma amante.

☉ ☉

Pookie virou na Franklin Street, então pisou fundo. O motor do Buick rugiu. Ele se manteve na faixa do meio o máximo possível, desviando-se à esquerda ou à direita quando necessário, passando por sinais fechados sem se preocupar com o que poderia acontecer.

Ele se vestira para a ocasião. Nada de paletós que não serviam direito daquela vez. Jeans pretos, tênis pretos, um suéter preto esticado por cima da barriga e a Glock 22 preta no coldre preto preso ao cinto preto. Era o tipo de moda que ganharia o selo de aprovação de Bryan Clauser. Pookie não usava as luzes de polícia portáteis nem a sirene. Não podia chamar atenção. Se algum outro tira aparecesse, o Exterminador estaria ferrado.

Ele esperava que o Senhor Burns Negro chegasse rápido.

⊙ ⊙

O enorme motor V2 da Harley rugia para a noite, o som se chocando contra os prédios de ambos os lados até encher a rua com um gorgolejar raivoso e ecoante.

John se forçava a respirar. O pescoço já doía de tanto olhar para todos os lados ao mesmo tempo. Tantos edifícios, tantas janelas, tantos lugares para alguém se esconder, para apontar uma arma.

Forçou o acelerador para trás e a Harley ganhou velocidade. Ultrapassou um caminhão, depois passou por entre duas BMWs. Talvez alguém estivesse apontando uma arma para ele naquele exato momento, rastreando-o, alinhando o disparo.

A sensação pressionava o interior do seu peito como se houvesse um torno apertando as suas costelas. A respiração vinha em arquejos rápidos. Estava começando a hiperventilar.

Balançou a cabeça protegida pelo capacete. Bryan precisava dele. Assim como Pookie.

Só daquela vez. Ele podia afastar o medo só *daquela vez*, e por uma única noite ser um homem outra vez.

⊙ ⊙

Com a arma em mãos, Bryan subiu os amplos degraus da mansão. O tráfego circulava ao longo da Franklin Street atrás dele, mas aquilo fazia parte de um outro mundo, de uma outra dimensão.

Bryan parou na frente da porta. O telhado da varanda bloqueava as luzes da rua, banhando-o na escuridão espessa da noite. Estendeu a mão, deixou as pontas dos dedos tocarem as portas duplas de madeira entalhada.

Vamos, pequenino, venha ter um gostinho do fim...

"Cale a boca", sibilou Bryan. "Cale a boca, não estou ouvindo isso."

Você, e apenas você, consegue ouvir. E eles o chamam de Exterminador? Você é uma piada e está aqui, caminhando para a própria morte. Venha, pequenino, não quer saber o que existe aqui dentro? Nuncavaisaber... nuncavaisaber...

"Você fala demais", disse Bryan, então levantou o pé esquerdo e deu um chute na porta bem abaixo da maçaneta. A madeira rachou com um ruído de tiro de canhão. As portas duplas voaram para dentro, a da direita despencou no corredor e caiu no chão com um estrondo. A porta tinha parecido muito mais sólida do que aquilo; devia ser algum pinheiro barato e não o carvalho antigo que Bryan pensou que fosse à primeira vista.

Então veio o berro estridente de um alarme.

Bryan entrou. Não prestou atenção aos arredores. Estava procurando por uma coisa e uma coisa apenas.

Em algum lugar ali dentro havia uma porta que levava ao porão.

⊙ ⊙

A invasão acionou um sensor magnético que enviou um sinal através de um fio fino até a caixa de controle do alarme que ficava no porão. Isso acionou a campainha elétrica que berrava pela casa, mas o sistema ainda não tinha terminado. Um fio de telefone corria da caixa de controle até um telefone de escritório com múltiplas linhas, do tipo que costumava ser branco, mas amarelara ao longo de mais de duas décadas de uso. O aparelho tinha um fone, ao lado do qual havia uma fileira vertical de oito botões, cada um com uma luz vermelha. A luz vermelha ao lado da LINHA UM acendeu. O falante do fone emitiu um breve sinal de discagem, depois sete bipes digitais rápidos.

⊙ ⊙

Pookie viu o alto torreão da mansão de Erickson se erguendo à esquerda. Carros ocupavam as vagas ao longo do meio-fio, não deixando nenhum lugar para estacionar. Ele viu a entrada para carros da casa — estava escancarada. Não queria estacionar ali e chamar atenção de alguém que pudesse estar na mansão, mas não tinha tempo. Encostou e travou os freios para deslizar pelo cascalho. Arrebatou a lanterna Streamlight Stinger e abriu a porta antes mesmo de o Buick se assentar depois da parada súbita. Ouviu o alarme estridente da casa. Pookie subiu correndo os degraus da mansão, chegou à varanda e viu as portas da frente destruídas.

Bryan já tinha entrado. Pookie precisava tirá-lo dali.

À distância, mais alto do que o estardalhaço do alarme, ele ouviu o gorgolejo de uma Harley se aproximando.

Pookie sacou a Glock. Com a arma numa das mãos, a lanterna na outra, entrou na casa, passando pela porta caída no chão da entrada. O alarme gritava no seu tom constante e metálico. Pookie se ajoelhou e apontou o feixe da lanterna para a borda da porta — era carvalho sólido. Quase cinco centímetros de carvalho sólido, forte pra diabo. Será que Bryan tinha feito aquilo? Com o quê? Um par de fechaduras fortes cintilaram quando ele moveu o feixe da lanterna. Então Pookie viu outra coisa — uma barra de aço de um metro de comprimento, o tipo usado para fortificar uma porta.

Uma das pontas da barra fora entortada.

Bryan tinha atravessado uma porta espessa, duas fechaduras e a porra de uma *barra de aço*.

Pookie se lembrou de ter visto Bryan pular para o topo da van. Estivera escuro... ele estivera longe... seus olhos o tinham enganado etc. etc. Dissera a si mesmo aquelas coisas, se iludira ao pensar que Bryan era apenas Bryan e nada mais.

Imagens relampejaram pela mente de Pookie: um homem com uma capa pulando até o outro lado da rua, de um prédio ao seguinte; um corpo com um braço arrancado na altura do ombro; Robin falando sobre genes e mutações.

Tudo se conectava.

"Ah, merda!", exclamou Pookie.

Bryan estava mais encrencado do que qualquer um deles tinha imaginado.

Pookie levantou-se, deixou o feixe da lanterna dançar pelo interior da casa enquanto avançava mais para dentro.

☉ ☉

O barulho do trânsito noturno subia da rua quatro andares abaixo. A brisa da noite dançava por ali, sem força suficiente para agitar a sua capa verde. Seus ouvidos há muito tinham se desconectado dos sons normais da cidade. As únicas coisas que ele ouvia de verdade, que ele procurava ouvir, eram tiros, gritos e — às vezes — os rugidos.

Abaixo dele ficava a casa de Rex Deprovdechuk. Fita de polícia atravessada pela porta. Será que o garoto voltaria? Impossível saber, mas onde mais procurar? Rex desaparecera, assim como Alex Panos.

Vigiar o apartamento de Alex valera a pena. Ele voltara para casa. O resultado? Outro membro dos Filhos de Marie morto. O tal de Issac morrera no telhado, mas as coisas eram assim mesmo.

Todos morrem algum dia.

Por baixo da capa pesada, ele sentiu a vibração do pager. *A casa.* Não precisava verificar o aparelho para saber que era a casa.

Suas mãos fizeram uma busca rápida e automática: arco preso às costas; aljava firme, as dez hastes no lugar; pistola Fabrique Nationale 5.7 milímetros no coldre preso à coxa esquerda; quatro pentes de vinte projéteis carregados na cintura; faca Ka-Bar banhada em prata aconchegada na bainha na coxa direita; e minigranadas presas à bandoleira atravessada no peito — duas de concussão, duas de termite, duas de estilhaços.

Fazia muito tempo desde a última vez em que tivera visitas. Tinha que voltar para casa, mostrar a elas um pouco de hospitalidade.

☉ ☉

Bryan parou no último degrau do porão. Não sabia ao certo se conseguia se mexer. Cada átomo do seu corpo gritava para ele parar. Os sonhos, onde ele matara pessoas, *comera* pessoas, aqueles tinham sido ruins, talvez as piores coisas que já experimentara.

Mas aqueles não foram os únicos sonhos.

O sonho de ser arrastado... arrastado até *aquele* porão. Machucado, ferido, temeroso, sangrando — arrastado até aquele porão por um *monstro*.

Um monstro que poderia estar ali embaixo, aguardando.

Não, o monstro não estava ali; Bryan o tinha visto sair.

Mas quando estaria de volta?

O alarme da casa não era tão alto ali embaixo. O feixe da lanterna atravessava a escuridão, iluminando um chão de madeira polida, de sanca, até uma lareira. O espaço comprido era parecido com um pequeno salão de bailes de outrora.

No fundo da sala, viu uma porta. Letras entalhadas cintilavam numa placa de bronze. Lia-se: SALA DA BALBÚRDIA.

Bryan andou na direção da porta.

☉ ☉

Pookie tinha que se apressar, sabia disso, mas não conseguia desviar o olhar — precisava de alguns segundos para absorver aquilo. Tudo que a lanterna iluminava parecia emanar cheiro de dinheiro. Dinheiro da virada do século. O lugar parecia ter sido tirado de um filme dos dias dos barões da madeira, dos barões do ouro, dos barões de qualquer coisa. Naquela época, homens construíram lugares como aquele para as esposas e as filhas, para impressionar a cidade ou apenas para que todos soubessem como eram ricos. Pookie estava dentro do equivalente do século XIX a um carro esporte vermelho.

Uma grande escada erguia-se à direita. À esquerda, algo brilhava através de um amplo vão aberto. Pookie entrou. Dentro de uma lareira de mármore guardada por duas esfinges de bronze da altura dos joelhos, brasas emanavam uma luz fraca e tremeluzente. O feixe da lanterna lançava a sua luz sobre objetos de um esplendor interminável: candelabros cintilantes de cristal, painéis polidos de sequoia com acabamento entalhado à mão, chão de mármore com grossos veios de granito e finos riscos de ouro, luminárias brilhantes de bronze, fotos emolduradas mostravam os rostos de caras ricos de aparências assustadoras.

Vindo do lado de fora, ele ouviu o característico rugido de uma Harley se aproximando, um efeito Doppler iminente que não passou para uma frequência menor porque o motor diminuiu as rotações e então morreu. Pookie prendeu a lanterna embaixo do braço direito. Pegou o celular e discou com a mão esquerda enquanto continuava virando, a mão direita segurando a Glock à frente.

Ele parou quando a lanterna iluminou uma porta aberta.

Além da porta havia uma escada que levava para baixo.

O celular tocou apenas duas vezes antes de o Senhor Burns Negro atender: "Estou aqui, cara, mas estou surtando", disse ele. "Onde diabo você está?"

"Aqui dentro."

"Quer que eu entre?"

"Ainda não", respondeu Pookie. "Vá para a porta da frente e fique lá. Não deixe ninguém entrar, nem mesmo policiais. Ligo se precisar de você."

Pookie desligou. Tinha que confiar que John conseguiria dominar o medo e administrar qualquer coisa que acontecesse. Pookie respirou fundo, então começou a descer a escada.

◉ ◉

Passos. Passos pesados. Bryan apagou a lanterna. Apontou a Sig Sauer através do salão de bailes na direção da base da escada. Viu um feixe de lanterna deslizando pelos degraus, dançando de um lado para o outro, seguido por pernas, depois por uma barriga corpulenta apertada num casaco preto que só podia pertencer a um homem.

O feixe da lanterna varreu as paredes e acertou em cheio os olhos de Bryan. Ele piscou, levantando a mão para bloquear a luz.

"Pooks, se importa?"

A lanterna passou a iluminar os pés de Bryan.

"Clauser! Você está começando a me dar nos nervos. Vamos, cara, temos que dar o fora daqui *agora*."

Bryan deu as costas a Pookie, lançou o feixe da própria lanterna para a placa de bronze opaca. As letras SALA DA BALBÚRDIA brilharam e dançaram.

"Por aqui", anunciou ele.

"Bryan, *não*. Cara, vamos, o jogo acabou e a gente perdeu. Se formos pegos aqui, vamos nos ferrar feio."

"Não vou embora até desvendar isso tudo, então você pode muito bem me ajudar."

Pookie suspirou e avançou até ficar ao lado do ombro direito de Bryan.

"Clauser, você é um tremendo de um C-Q-V-S-A-M-M."

"Essa é nova?"

"É, acabei de inventar. Quer dizer que você é um *Cuzão que Vai Ser a Minha Morte.*" Pookie passou o feixe de luz pelo polimento da madeira da porta, depois a apontou para a intricada maçaneta de bronze. "Bryan, só me diga uma coisa. Vale a pena ser preso por isso?"

"Vale", respondeu ele.

"E você recebeu o memorando sobre o que acontece com tiras na prisão?"

Bryan assentiu.

"Vale isso também."

"Maravilha", disse Pookie. "Eu estava com medo de que você dissesse isso. Suponho que essa porta não esteja aberta?"

"Não."

"Maravilha em dobro. Bom, acho que devemos dizer *aloha* para *Homicídio em Honolulu*."

Bryan fechou os olhos e balançou a cabeça. Sua carreira tinha chegado ao fim, sabia disso, mas não precisava arrastar Pookie ladeira abaixo com ele.

"Pooks, talvez você devesse ir embora."

"É um pouco tarde para isso, Bri-Bri. Já fui demitido e você falou que isso significa tanto para você a ponto de achar que vale a pena ser preso. Vou terminar o serviço."

Pookie ainda estava envolvido de corpo e alma. Não adiantaria discutir, Bryan teria feito o mesmo por ele.

"Acho que o que precisamos está do outro lado", disse Bryan. "Vamos descobrir como abrir esta porta."

◉ ◉

Não era a primeira vez que atacavam a sua casa. A cada dez anos, mais ou menos, aparecia um ou dois deles que eram burros o bastante para se esquecer do que acontecera aos dois últimos e iam tentar pegá-lo. Sempre souberam exatamente onde a casa ficava... tudo o que precisavam fazer era ir até lá e matá-lo.

Tinham tentado entrar pela porta dos fundos, pelas janelas, pelo telhado. Ao longo dos anos ele lacrara todos esses lugares. O melhor que pôde, em todo caso — alguns deles eram tão fortes que não havia muita coisa que pudesse fazer para impedi-los. Um monstrinho diligente chegara a abrir um túnel, atravessando o concreto do porão.

Ele matara todos.

O do túnel ainda era o seu favorito. O desgraçado idiota foi sair bem na sala da balbúrdia. O Salvador nem tivera que se mexer — apenas cortara a medula espinhal do intruso para que ele não conseguisse mais andar e se pôs a trabalhar.

Ah, como aquele tinha *gritado*.

Eles gritavam, imploravam, ameaçavam. E mesmo com todas as suas palavras inúteis, eles nunca — *nunca* — cediam as informações que o Salvador mais precisava.

As coisas eram assim mesmo.

O pager lhe dizia que a porta da frente fora arrombada, portanto se aproximou pelo telhado do edifício do outro lado da rua. Olhou para a varanda. Embaixo do telhado pontiagudo, viu um homem parado diante das portas principais da casa — um negro usando uma jaqueta de motociclista roxa, segurando uma arma que mantinha apontada para baixo.

O homem se virou. As luzes da rua refletiram em algo pendurado em volta do pescoço do homem, batendo no seu peito.

Um lampejo de dourado.

Um distintivo?

Talvez os intrusos já tivessem partido. Não era a primeira vez que a polícia ia até a sua casa após uma invasão, mas ele tinha que ser cuidadoso. Não era possível prever quando os desgraçados dariam uma de espertos, tentando uma tática nova.

Ele tirou a capa, enrolando a pistola, a bandoleira com as granadas, os pentes e outros equipamentos nela. Enfiou o pacote num espaço entre o ar-condicionado e a mureta do telhado, fora de vista. Tudo exceto a faca. Esta ele passou para as costas, sob a camisa — talvez uma simples faca não parecesse muita coisa contra aqueles monstros, mas ela nunca o deixara na mão.

E, às vezes, a faca era muito mais divertida.

☉ ☉

Bryan observou Pookie enfiar um pedaço fino de metal dentro da fechadura.

"Alguma coisa?"

"Sim", respondeu Pookie. "Isso me dá uma ideia. Em *Bolas Azuis*, *todos* os tiras vão conseguir arrombar fechaduras. O enredo fica muito mais fácil assim." Levantou-se e colocou as ferramentas no bolso. "Desisto. Chuta logo essa merda."

A porta parecia pesada demais para isso. O que quer que houvesse atrás dela, o dono não queria que ninguém entrasse.

"Pooks, olha só essa coisa, parece um cofre de banco."

O parceiro bufou uma risada.

"Bryan, você abriu a porta da frente desta casa aos chutes, certo?"

Ele fez que sim com a cabeça.

"Por acaso, chegou a dar uma olhada na tal da porta antes de lhe dar um gostinho das suas botas?"

Bryan pensou em contar a Pookie como havia ficado distraído, pois achava que a casa estivera conversando com ele, mas concluiu que não era a hora para isso.

"Não olhei direito. Eu só, sabe... tinha que entrar."

Pookie apontou o feixe da lanterna para a maçaneta da porta.

"Então me faça um favor. Entenda que você *tem que entrar* ali."

"Mas, Pooks, estou falando que..."

"Quer chutar logo essa coisa? Confie em mim desta vez, está bem? Chute essa porra com toda a força que tem."

Aquela não era hora para brincadeiras, mas Pookie iria continuar até Bryan ceder. Ele recuou, respirou fundo, então levantou o pé esquerdo e deu um pontapé com toda a força que conseguiu reunir.

Houve um estrondoso *bangue*, mas a porta não se mexeu.

"Viu? Eu falei."

Pookie apontou a lanterna para a maçaneta. A madeira ao redor tinha rachado.

"Chute de novo."

Bryan não compreendeu. A porta devia parecer mais forte do que na verdade era. Tinham dado sorte. Ele recuou e chutou outra vez.

A porta escancarou.

Bryan e Pookie apontaram as armas para a escuridão além. Entraram devagar.

Havia algo ali. Por um segundo, Bryan não conseguiu ver o que era.

Então a luz da lanterna de Pookie o iluminou.

Bryan disparou três tiros, o rugido da arma estridente e ensurdecedor no espaço fechado.

◉ ◉

John ouviu os disparos. No mesmo segundo, começou a tremer. Não devia ter saído de casa. Não devia ter ido até lá, *não devia ter ido até lá*! Sentiu-se tonto antes de perceber que parara de respirar. Puxou o ar com tanta força que soou como um corredor de maratona cruzando a linha de chegada.

John entrou na casa escura, os pés evitando a porta de carvalho destroçada. O berro do alarme era um som constante e indiscutível.

Pookie e Bryan poderiam estar encrencados. John tinha que ir na direção dos disparos, *tinha* que ir, mas não conseguia...

... seu celular tocou, fazendo-o dar um pulo de surpresa. Tirou o telefone do bolso e atendeu.

"Pookie! Está tudo bem?"

"Estamos bem", respondeu Pookie. "Fique aí fora."

John voltou para a varanda. Apoiou-se na grade de madeira na altura da sua cintura, de frente à porta. Viu um casal de jovens do outro lado da rua, abraçados para afastar o frio noturno; eles olhavam para a mansão. E, mais à direita, um mendigo, parado ali, observando. Os curiosos tinham começado a se reunir.

"Pooks, anda logo", disse John. "Com esse alarme, uma viatura vai estar aqui a qualquer segundo, e os nativos estão ficando agitados."

"Estamos quase acabando", disse Pookie. "Só fique aí."

Pookie desligou. John sorveu o ar numa respiração ofegante enquanto devolvia o celular ao bolso. Aproximou-se mais da porta quebrada e adentrou as sombras o máximo que pôde.

A SALA DA BALBÚRDIA

O coração de Pookie parecia pular por todo o peito, o bastante para fazê-lo se perguntar se em seguida não viria a dor no braço esquerdo, e se logo depois o seu coração não lhe daria o dedo do meio e resolveria encerrar operações como forma de protesto.

Devolveu o telefone ao bolso, então inclinou a cabeça na direção da vítima dos disparos.

"Parabéns, Exterminador. Você acabou de exterminar um urso empalhado."

"Vai se foder", disse Bryan. "E isso não é um urso."

As lanternas iluminaram o alvo dos tiros de Bryan. Era grande e estava empalhado, como evidenciavam os fios secos de pelos laranja-escuro flutuando nos feixes de luz... mas Bryan estava certo sobre uma coisa — não era um urso.

Ursos não têm polegares opositores.

Ursos não têm quatro olhos.

A coisa tinha pernas do tamanho de barris de petróleo e braços longos que pendiam até o chão. Teria andado meio ereto, como um gorila. Duas balas tinham atingido o corpo — uma no ombro e outra na coxa — arrancando punhados de pelo laranja e expondo um material branco parecido com isopor por baixo. O terceiro tiro de Bryan destruíra um dos olhos de vidro. Dois olhos à direita do nariz achatado, dois à esquerda — os olhos eram tão perturbadores, tão *na cara*, que quase o faziam ignorar a boca cheia de dentes pontudos de cinco centímetros de comprimento.

Pookie esticou um dedo e cutucou a coisa, apenas para se certificar de que estava mesmo morta. O pelo estava seco ao toque, duro e quebradiço.

"Isso é perturbador", falou ele. "Erickson faz lebrílopes gigantes?"

Bryan pegou as suas cápsulas e as colocou no bolso.

"O que é um lebrílope?" Ele andou até a parede daquele lado da porta, tateando à procura de um interruptor.

"Metade lebre, metade antílope", explicou Pookie. "É taxidermia falsa, um coelho com chifres de antílope. As pessoas sem nada melhor para fazer juntam animais diferentes para criar merdas esquisitas assim. Erickson está fazendo algo nesse estilo."

Pookie ouviu o *clique* de um interruptor pesado. A sala se encheu de luz.

A coisa-urso não estava sozinha.

"Cara", disse Pookie, "essa porra é bizarra demais."

A coleção de taxidermia falsa de Jebediah Erickson forrava as paredes da sala. Uma dúzia de criaturas, cada uma tão monstruosa quanto o Quatro Olhos ali. E entre algumas daquelas criaturas, havia mais cinco que não pareciam falsas, e eram ainda mais aterrorizantes por causa da familiaridade.

Ele tinha empalhado *pessoas*.

Bryan se aproximou de uma.

"Não entendo muito de taxidermia, mas este cara parece real."

Pookie foi se juntar a Bryan. Um homem segurando um pé de cabra. Alguns fios de cabelo estavam presos à ponta do pé de cabra usada para arrancar pregos. Olhos azuis de vidro olhavam do rosto morto, cada um focando uma direção um pouco diferente. Usava calça marrom, sapatos também marrons e uma camisa branca com um colete de lã azul da Izod. O cabelo louro quebradiço estava penteado num estilo saído direto dos anos 1980.

Bryan avistou uma mancha branca grudada na ponta do pé de cabra.

"Pedaço de um dente?"

Pookie se inclinou para a frente.

"É. Um dente de criança, acho."

Se aquilo fosse *real*, o que Pookie duvidava, o taxidermista estava longe de obter o seu certificado da associação. A pele do homem parecia esticada e se assemelhava a couro. Tinha um sorriso estampado no rosto, mas Pookie não sabia ao certo se era por causa da pele esticada demais ou do estranho senso de humor do "artista".

Bryan estendeu um braço e, com cuidado, cutucou a orelha direita do homem empalhado — estava torta, mal grudada.

"Você acha que dá para obter informações do DNA de algo que foi empalhado?"

Pookie deu de ombros.

"Não faço ideia. Acha que esse cara é um Zeta?"

Bryan anuiu.

"Uma pena não podermos testar."

"Podemos", disse Pookie. "Robin está com uma daquelas bugigangas da RapScan na casa dela. Vale a pena tentar." Enfiou a mão no bolso das calças e tirou um pequeno envelope de provas. Estendeu-o. "Pode fazer as honras."

"Maricas", disse Bryan ao pegar o envelope.

Com cuidado, arrancou a orelha do homem e a colocou no envelope. O envelope foi para o bolso.

Ele se virou, então apontou para baixo e para a direita.

"Não gosto da aparência daquilo."

Apontava para uma garotinha negra, imóvel e rígida, congelada para sempre na sua pose final. Segurava uma faca na mão esquerda e um garfo na direita. A pele começara a descascar no antebraço esquerdo, se soltando do material de espuma branca embaixo.

Bryan jogou a cabeça para trás e cheirou o ar. Girou no mesmo lugar e cheirou de novo, o nariz franzido.

"Pooks, está sentindo esse cheiro?"

Pookie fungou. O fraco odor de amônia? Isso e outras coisas que ele não conseguiu identificar.

"Sim, estou. Você encontra a fonte, eu vou tirar algumas fotos destas coisas."

Pookie pegou o celular e tirou fotos: da garotinha; do homem com o pé de cabra; das outras pessoas empalhadas; de uma coisa enorme e musculosa de 225 quilos que se parecia bastante com um predador híbrido de humano com besouro; de uma mulher em um vestido de verão que tinha uma aparência normal, exceto pela pele coberta por escamas de cinco centímetros de comprimento que emitiam reflexos suaves e multicoloridos das luzes acima; de uma coisa apoiada nas quatro patas coberta de pelos negros quase tão grande quanto um pastor alemão, mas com pinças afiadas de trinta centímetros de comprimento no lugar das mandíbulas.

"Pooks, venha dar uma olhada nisso."

Bryan estava nos fundos da sala, olhando através de uma porta aberta. Pookie se juntou a ele, observando uma sala de três por seis metros construída com tijolos antigos e mal encaixados. No centro havia uma bancada de aço inoxidável. Prateleiras de metal cheias de caixas e gavetas forravam as paredes. Uma antiquada porta de cofre de banco fechada — completa com uma fechadura giratória — ocupava toda a parede no outro extremo da sala.

No meio da bancada repousava um equipamento que prendia um arco sem corda. Numa das extremidades da bancada havia um suporte de aço polido que continha 24 pontas de flechas brilhantes em quatro fileiras de seis bem organizadas. Na outra extremidade, havia um suporte de armas personalizado contendo duas pistolas idênticas e uma arma quadrada do tamanho de um rifle.

"Ele tem duas FN 5.7", disse Bryan, apontando para as pistolas Fabrique Nationale. "Coisa da pesada."

Pookie assentiu, as lembranças do tiroteio no telhado relampejando pela sua mente — aquelas eram as mesmas pistolas que o arqueiro usara para atirar nele. Outra vez, Pookie se deu conta de como tivera sorte; os poderosos projéteis 5.7 por 28 milímetros da FN podiam perfurar um colete à prova de bala comum, e então atravessar o corpo por trás do colete em questão. A ação giratória do projétil abre um ferimento muito mais largo do que o diâmetro da bala.

Bryan esticou a mão e apontou para dois lugares vazios no suporte de armas.

"Espaço para quatro FN e há apenas duas aqui. Temos que supor que ele esteja com pelo menos uma delas."

"Maravilha", disse Pookie. "Vamos esperar que ele não volte para casa tão cedo."

As mãos enluvadas de Bryan tiraram a arma maior do suporte. Era um pouco parecida com um M-16 cheio de esteroides — a coronha composta espessa, corpo preto achatado, encimado por uma alça de transporte, um pente comprido curvado um pouco para a frente e um cano de comprimento mediano.

"USAS-12", disse Bryan. "Espingarda semiautomática. Dez disparos em cinco segundos. Arquive em *evitar*."

"Considere arquivado."

Pookie examinou as prateleiras e as gavetas. Viu dúzias de caixas de munição para as FN e para a espingarda — alguém estava preparado para uma bela de uma festa.

Bryan abriu um armário de metal do outro lado da sala. No seu interior, havia duas capas verde-escuras penduradas.

"Talvez Erickson seja velho demais para ser o justiceiro, mas esta é com certeza a base de operações dele." Fechou o armário. "Mas qual é o lance daquelas criaturas falsas?"

Pookie deu de ombros.

"Talvez seja um hobby. Um jeito de matar tempo quando não se está matando pessoas."

Bryan cheirou o ar de novo. Voltou-se para a porta de cofre de banco, então andou devagar naquela direção.

Pookie também fungou.

"Mais amônia?"

Bryan negou com a cabeça.

"Não são só produtos químicos. Sinto cheiro de outra coisa."

As mãos enluvadas foram para a frente e começaram a girar a pesada fechadura.

JEBEDIAH ERICKSON

Assim que John viu o velho caminhando pela calçada da Franklin Street, soube quem deveria ser.

"Vamos, Pooks", sussurrou John para si mesmo. "Anda logo."

O velho usava calça preta e uma camisa marrom-escura. Sapatos pretos pisavam na calçada sem fazer barulho. O cabelo era tão fino que parecia flutuar acima do couro cabeludo. Estava se aproximando, apenas a poucos metros da casa.

Passe direto, passe direto...

O velho chegou ao degrau de baixo e começou a subir. Chegara ao patamar e virara à direita para subir o restante da escada quando John levantou a mão esquerda, a palma para fora.

"DPSF", anunciou John. "Fique onde está. Por favor, identifique-se."

O velho olhou para cima, encarou John nos olhos.

"Meu nome é Jebediah Erickson. Sou o dono desta casa. O que está acontecendo?"

Será que aquele homem tinha uma arma? E aquelas pessoas paradas do outro lado da rua? Será que estavam armadas? O corpo de John estremeceu. Ele precisava se controlar.

"Hã... houve um arrombamento. O seu alarme. Os vizinhos ligaram. Por favor, volte para a calçada."

"Estou muito bem aqui", disse o velho. "Quem é você?"

Merda. John deveria mentir? Não, era tarde demais para isso.

"Policial John Smith, Departamento de Polícia de San Francisco."

"Por favor, mostre a sua identificação."

Merda. Merda, merda, merda. Que droga, Pookie, venha logo para cá.

John levantou o distintivo pendurado no pescoço.

"Está vendo isto, senhor? É um distintivo."

Erickson estendeu uma das mãos.

"Jogue o distintivo para mim, policial. Não sei se você é da polícia ou se está apenas fingindo ser, então mantenha distância."

A casa do velho acabara de ser arrombada e isso não o incomodava nem um pouco. Ele irradiava confiança. Tinha todo o direito de pedir para ver a identificação de John.

John tirou o distintivo do pescoço, jogou-o com cuidado para Erickson. O velho o pegou. Examinou-o com cuidado, então começou a subir a escada de mármore.

John ergueu a Sig Sauer que tinha na mão direita apenas o suficiente para mostrar que estava falando sério.

"*Fique onde está!*"

Erickson parou de andar. Olhou para a pistola, depois para John. O velho sorriu e jogou o distintivo de volta.

John voltou a colocá-lo em volta do pescoço. Tinha que enrolar, ganhar tempo para Pookie e Bryan acabarem o que quer que estivessem fazendo.

"Agora, senhor, posso pedir que retorne o favor? Identificação, por favor."

"Não estou com nenhuma identificação", disse Erickson. "Há outros policiais dentro da minha casa?"

Merda, merda, merda.

"Sim."

"Tire-os de lá imediatamente. A delegada é amiga minha, e se não saírem *neste exato momento*, as coisas podem ficar feias para eles."

John assentiu, então tirou o celular do bolso. Era difícil discar com o dedão esquerdo, mas de jeito nenhum iria passar a arma para a mão esquerda. Algo naquele velho branquelo o assustava pra cacete.

⊙ ⊙

Bryan girou a fechadura até ouvir os ferrolhos recuarem para dentro da espessa porta do cofre. A roda parou. Ele puxou a porta pesada, que abriu devagar nas dobradiças bem lubrificadas.

Ele e Pookie entraram.

O cofre com paredes de ferro tinha quatro metros de comprimento e 2,5 metros de largura. Um suporte para facas, serras e outros instrumentos perturbadores estava pendurado numa das paredes. Prateleiras cobertas por garrafas de plástico contendo produtos químicos forravam as outras paredes, deixando espaço suficiente apenas para dar a volta pela mesa de aço inoxidável no centro da sala.

Uma mesa de aço inoxidável com sulcos ao redor das bordas, como aquelas no necrotério de Robin.

Sobre aquela mesa, um lençol branco cobria um corpo.

Bryan sentiu outro odor, algo que não conseguiu identificar. Esticou a mão, agarrou o lençol que cobria os dedos dos pés do cadáver, então o puxou com um farfalhar de tecido.

Bryan ouviu um toque baixo e distante. O celular de Pookie, ele sabia, mas ambos estavam atordoados demais para prestar atenção.

O corpo sobre a mesa: nu, esguio e musculoso. A pele da cor de uvas roxas. A barriga aberta — uma cavidade oca, como se todos os órgãos internos tivessem sido retirados. Uma perna fora desprovida quase inteiramente dos músculos, deixando apenas ossos e fiapos de carne.

E a *cabeça* do corpo.

Não podia ser.

O celular continuava tocando.

"Meu Deus", disse Pookie em voz baixa. "Jesus, Maria e José, Bryan."

A cabeça tinha uma mandíbula enorme e grossa, tão grande quanto os punhos de Bryan juntos. Dentro da boca aberta, alinhados tanto em cima quanto embaixo, fileiras de enormes dentes brancos e triangulares.

Dentes como os de um tubarão.

Pookie deu um passo à frente. Estendeu a mão trêmula, apertou um dos dentes entre o polegar e o indicador, então experimentou balançá-lo. O dente não se mexeu. Tentou outra vez, com mais força, e dessa vez a cabeça toda balançou.

"Isso não é falso", disse ele. "Puta merda, cara, isso aqui não é falso mesmo. Olhe só para isso!"

Bryan *estava* olhando — olhando para a coisa e *reconhecendo-a*. Ele vira aqueles dentes e aquela pele nos sonhos.

"Este cara é de verdade", disse Pookie. "E se ele é de verdade, então acredito que aqueles na outra sala também sejam. Bryan, que porra é essa?"

Ficaram em silêncio. O telefone ainda tocava, exigindo atenção. Pookie o notou, afinal. Tirou-o do bolso.

"Burns, pode falar."

Uma pausa.

"Merda!", exclamou Pookie. "Bri-Bri, a coisa fedeu. Erickson está aqui."

⊙ ⊙

Pookie subiu a escada e virou na direção da porta destruída. Viu o Senhor Burns Negro, arma na mão, parado na soleira, usando o corpo para bloquear a entrada. Além dele, Pookie viu um velho parado na varanda.

Deve ser Erickson... pelo menos é um velho de 70 anos e não o maldito arqueiro.

"Policial Smith", disse Pookie enquanto se aproximava. "Parece estar tudo bem com a casa."

John deu um passo para o lado, apontou para o velho.

"Este é Jebediah Erickson. Ele diz que a casa é dele, mas não tem nenhuma identificação."

Independentemente do que acontecesse agora, Pookie sabia que ele, Bryan e até o Senhor Burns Negro estavam fodidos. Por que Bryan não podia esquecer aquilo? Eles tinham tentado, droga, tinham tentado *muito*, e agora era provável que a carreira de Pookie tivesse chegado ao fim. Sua única esperança era tentar enrolar a situação o máximo que conseguisse e usar intimidação para acabar com aquilo. Não havia muitas chances de isso funcionar, mas ele precisava tentar.

"Sou o detetive Chang", apresentou-se Pookie. "Já é tarde. Gostaria de explicar o que está fazendo fora de casa a uma hora dessas sem nenhum documento?"

"Não, eu *não* gostaria", respondeu Erickson. "Não preciso de nenhum documento de identificação para caminhar pela rua. Há mais alguém lá dentro?"

"Senhor", disse Pookie, indicando a escada da varanda, "por que não vamos dar uma volta?"

Erickson apontou para a porta aberta.

"Quem quer que esteja lá dentro, traga-os para fora *agora mesmo*, ou vou ligar para Amy."

Amy. O cara chamava a delegada Zou pelo primeiro nome. É, estavam enterrados em merda até o pescoço.

Erickson encarou Pookie. O velho levou as mãos ao quadril.

"Você já abusou demais da minha paciência, policial. Se não..."

O restante da frase ficou no ar. Ele se virou para olhar para a casa. Bryan Clauser estava parado na soleira. A boca de Bryan pendia aberta numa expressão de surpresa, como se tivesse visto algo que não conseguisse entender, algo que não conseguisse acreditar.

A expressão de Erickson passou de raiva indignada para fúria focada e tensa.

Um borrão de movimento — algo atingiu Pookie na barriga. Suas costas se chocaram contra o espesso madeiramento da grade da varanda.

Pookie viu John erguer a arma, mas Erickson era tão *rápido*. O velho girou, acertou o calcanhar na têmpora de John, que caiu na direção da casa — Erickson estendeu o braço e arrebatou a arma de John antes que ele desse de bunda no chão.

Bryan correu. Erickson ergueu a arma e disparou, conseguindo atirar antes que ele enterrasse o ombro na barriga do velho. Os dois se chocaram contra a grade da varanda e a *atravessaram* num redemoinho de corpos e pedaços de madeira. Despencaram cinco metros até a calçada embaixo, Erickson caiu de costas, Bryan em cima dele.

Bryan recuou o braço para dar um soco, mas os pés de Erickson dispararam para cima, os sapatos pretos enganchando atrás da cabeça de Bryan, as canelas prendendo o seu pescoço. Bryan agarrou as pernas de Erickson. O velho girou depressa para a esquerda, forçando o rosto do detetive contra a calçada.

Pookie tentou respirar, mas o estômago dele não queria responder. Onde estava a sua arma? A mão a encontrou, e ele tentou ficar de pé.

Na calçada, Erickson rosnava enquanto apertava mais as pernas em volta do pescoço de Bryan. Os pés do detetive chutaram, os tênis inutilizados deslizando na calçada.

Pookie se lançou até a grade quebrada. Ainda não conseguia respirar. Pousou a mão que segurava a arma no corrimão despedaçado.

Erickson levou a mão direita às costas — quando ela reapareceu, segurava uma faca Bowie.

Pookie mirou.

Erickson ergueu a faca.

Pookie disparou.

A bala zumbiu ao atingir o concreto a um centímetro do quadril de Erickson. O velho se contraiu, o avanço da faca hesitou. Bryan lançou o pé esquerdo adiante, o bico acertando a boca de Erickson e empurrando a cabeça de cabelo grisalho para trás.

Erickson se afastou com um rolamento. Bryan lutou para ficar de pé, mas o velho foi mais rápido, erguendo a faca e disparando para a frente para golpear. As mãos de Bryan subiram depressa, os antebraços se cruzando, prendendo o pulso de Erickson no V que se formou. Bryan virou e torceu, usando o ímpeto de Erickson contra ele mesmo enquanto fechava os dedos em volta da mão do velho.

Erickson foi arremessado, as costas batendo na calçada pela segunda vez.

Bryan agora estava com a faca.

Naquele instante, Pookie teve um vislumbre terrível do rosto de Bryan — aquele não era o seu amigo, aquele não era o seu parceiro, aquele era um psicopata de olhos arregalados. Ele tentou berrar, gritar *não!*, mas ainda não conseguia sorver o ar.

Erickson começou a se levantar. Bryan deu um chute na boca do velho, fazendo-o cair de novo. O policial se aproximou e se ajoelhou, movendo-se com *tanta rapidez* — as luzes da rua refletiram na lâmina da faca Bowie enquanto Bryan esfaqueava a barriga de Erickson com tanta força que Pookie ouviu a ponta acertar o concreto embaixo das costas do velho com um sonoro *chink*.

Tudo parou. A expressão de loucura desapareceu do rosto de Bryan — agora ele parecia apenas confuso.

Erickson se contorceu, usou os cotovelos para se sentar. Olhou para o cabo da faca despontando da sua barriga.

"Ora", disse ele, "nunca planejei nada para isso." Sua cabeça pendeu. Ele voltou a cair para trás e ficou imóvel.

O diafragma de Pookie se abriu afinal, permitindo-o sorver o ar numa respiração funda e irregular. John cambaleou escada abaixo até ficar ao lado de Erickson. Examinou o ferimento enquanto pegava o celular e discava o número da emergência.

Pookie o seguiu, se movendo o mais rápido possível. Viu Bryan se levantar devagar, viu uma mancha úmida encharcando o ombro direito do casaco preto do parceiro.

"Bryan! Você foi atingido!"

Ele olhou para o ombro. Segurou a gola, afastou o tecido molhado para ver embaixo.

"Merda. Acho que preciso de um médico." Enfiou a mão esquerda dentro da roupa e apertou o ombro direito.

Pookie rezou para que o seu palpite estivesse errado, que Bryan *precisasse* mesmo de um médico, mas não queria se arriscar. Se Pookie estivesse certo e Bryan fosse a um hospital...

O som de algemas fechando chamou a atenção dele. O Senhor Burns Negro algemara os pulsos de Erickson, passando as mãos por cima da cabeça do velho ferido.

"John", disse Pookie, "deu um jeito nele?"

John olhou para cima.

"O ferimento é grave e ele não vai a lugar algum. A ambulância está a caminho."

Era ruim deixar uma cena, pior ainda já que eles não deveriam estar lá para início de conversa, e três vezes pior porque Pookie era tecnicamente um civil, mas ele tinha que tirar Bryan dali.

Pookie pousou uma das mãos nas costas de Bryan e começou a guiá-lo na direção do Buick.

"Bri-Bri, vamos, temos que sair daqui."

"Sair daqui? Cara, eu levei um *tiro*. Preciso de uma ambulância."

"Vou levar você a um hospital", disse Pookie. "É muito mais rápido, vamos."

Pookie o empurrou de leve, e dessa vez Bryan andou na direção do carro.

☉ ☉

Mongo viu o carro marrom se afastar da casa do monstro.

E lá embaixo, com a faca na barriga... *o monstro*.

Mongo assistiu a tudo aquilo com pura descrença. Ele se parecia *bastante* com a árvore na qual estava escondido. Não gostava muito de ser uma árvore porque todos os insetos rastejavam nas rachaduras da sua pele. Eles faziam cócegas e, às vezes, o mordiam.

Sirenes berravam. Mongo odiava aquele barulho; machucava os seus ouvidos. Lá na rua, ele viu as viaturas e... o que era aquilo?... *sim!* A linda van branca com detalhes em vermelho e as luzes âmbar!

O monstro não estava se mexendo. Uma mancha enegrecida se espalhou devagar pela camisa marrom. As luzes âmbar estavam indo buscá-lo, porque ele estava *ferido*.

Astuto iria ficar *tão* contente!

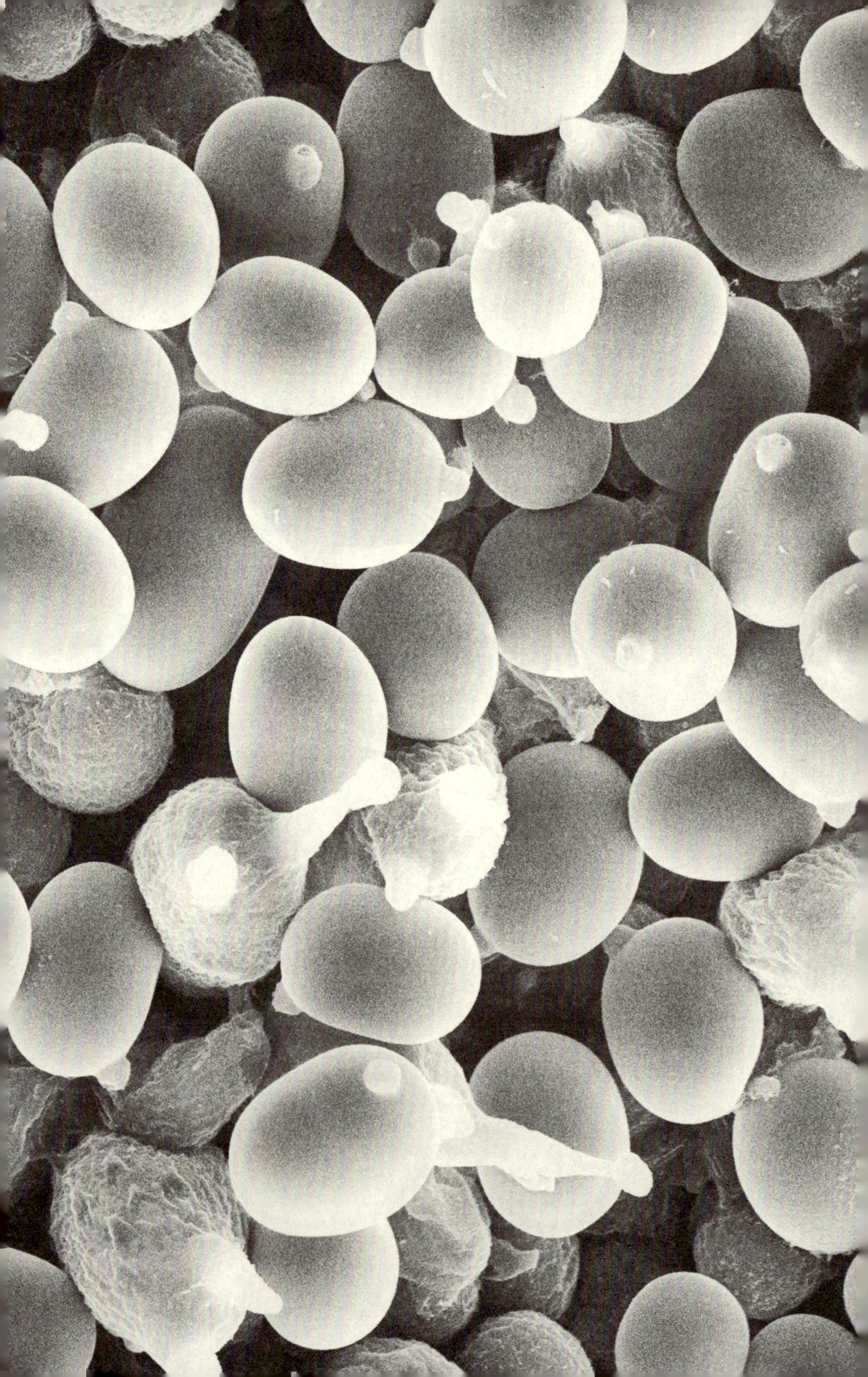

LIVRO II
MONSTROS

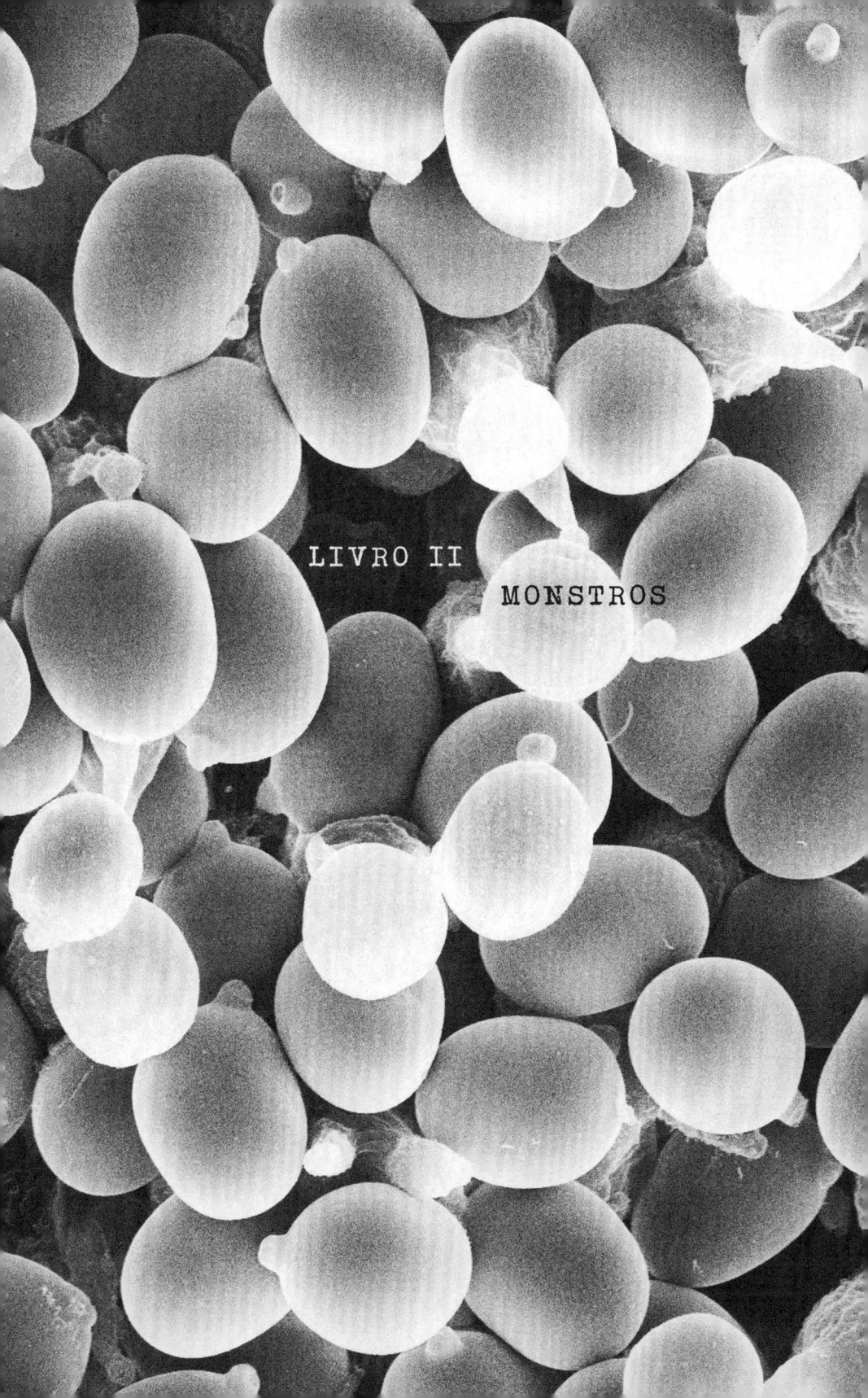

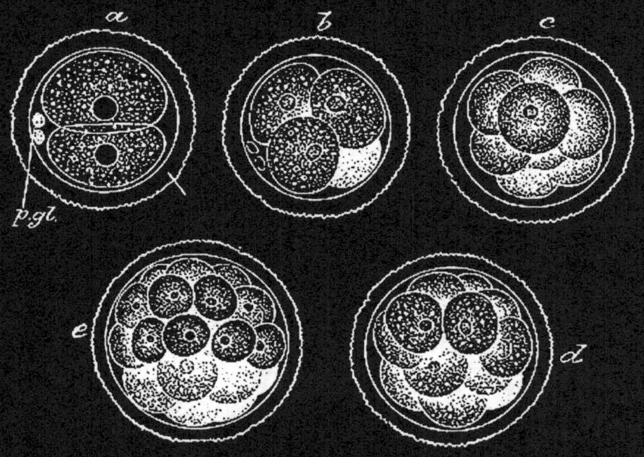
a
b
c
p.gl.
e
d

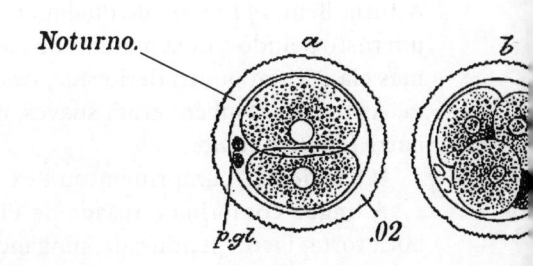

ASTUTO, PIERRE, SIR VOH & FORTE

ba-da-bum-bummmm

Rex sentiu braços fortes o segurando, o aninhando. Conforme despertava, a tontura desvanecia — a dor na barriga, não.

Dor não era a palavra exata para descrever aquela sensação. Ele sentira *dor* antes, cortesia de Roberta, cortesia de Alex Panos e da BoyCo, cortesia do padre Maloney. Aquilo era algo bem diferente, algo em outro nível.

Apesar da agonia ardente, Rex Deprovdechuk sentiu uma quentura explodindo no peito. Respirou fundo e devagar — tão poderoso, tão relaxante. Era como quando conhecera Marco, porém mais intenso.

ba-da-bum-bummmm

Rex mexeu a mão, tateou a barriga.

Molhada.

Molhada de sangue.

"Você vai ficar bem", disse a voz que soava como lixa contra madeira áspera. "O ferimento já está fechando."

Rex abriu os olhos.

Primeiro viu o céu noturno, escuro e sem estrelas, as nuvens acima um pouco iluminadas pelas luzes da rua abaixo. Ele estava no telhado plano de um prédio. Então, Rex *os* viu.

Deveria ter sentido medo. Sabia disso. Deveria ter cagado nas calças, gritado, tentado se levantar e fugir, mas não estava amedrontado. Nem um pouco.

Ele os reconheceu dos sonhos e dos desenhos.

"Olá, Astuto", cumprimentou Rex.

Aquele do rosto de cobra abriu um sorriso enorme. Um rosto de cobra, mas ele parecia... *jovem*. Feições lisas, minúsculas escamas que brilhavam cheias de saúde. Um corpo forte, cada movimento atlético, confiante. Ele se parecia com um fisiculturista encoberto por um cobertor cinzento e podre que escondia o físico musculoso. Apenas a cabeça aparecia, revelando o rosto pontudo de olhos amarelos e íris negras e angulosas.

Astuto sorriu, uma boca cheia de dentes feito agulhas. Olhou para os outros.

"Ele sabe o meu nome."

"É ele", sussurrou a segunda coisa. "É ele, *posho shentir* o cheiro!"

Esse também estava encoberto por um cobertor puído e era maior do que Astuto. Bem, *mais alto*, de qualquer modo, mas não mais corpulento. Tinha um rosto peludo e uma mandíbula comprida, como a de um cachorro grande, mas ela era um pouco deslocada, despontando um pouco torta para a direita. As feições também eram suaves, quase como se estivesse no meio termo entre *filhote* e *adulto*.

"Olá, Pierre", cumprimentou Rex.

A língua comprida e rosada de Pierre escorregou pelo lado esquerdo da boca torta. Ficou pendurada, pingando saliva no telhado.

Atrás de Pierre, uma terceira coisa esperava. Mais alta do que Pierre, mais larga do que Astuto. Rex nunca vira nada tão grande.

"Meu rei", disse a coisa. A voz era fina e aguda. Não parecia combinar com um corpo daquele tamanho. Rex olhou com mais atenção e entendeu o porquê — sob o cobertor, havia *duas* coisas, na verdade. Uma era um homem enorme, como um daqueles lutadores de luta livre profissionais, com uma cabecinha do tamanho de uma toranja grande em cima de um pescoço largo. A outra coisa estava montada nos seus ombros. O menor tinha um corpo minúsculo de um bebê ressecado, mas uma cabeça que seria normal num adulto. Tinha pernas e braços fininhos. Tinha também uma cauda enrolada em volta do pescoço grande do homem corpulento.

"Não sei o seu nome", disse Rex para a coisa montada em cima do homem grande.

"Eu sou Sir Voh", disse o cabeçudo. A ponta do rabo bateu no peito musculoso do homem grande. "E este é Forte."

Um baixo gemido chamou a atenção de Rex para outra figura deitada no telhado.

Alex Panos.

Sangue cobria o seu rosto, grudava no cabelo loiro. O lábio inferior cortado deixava aparecer os dentes trincados por trás dele. Rex nunca vira um nariz quebrado daquele jeito; um pedaço branco despontava por entre os olhos e o resto estava entortado num ângulo agudo para a esquerda.

Rex estivera cara a cara com Alex diversas vezes. Ele sempre zombava, sorria, parecia bravo, olhava para Rex como se este fosse bosta de cachorro grudada no tênis. Mas agora não. Os olhos de Alex imploravam para que alguém o ajudasse, *qualquer um*.

O ressecado — Sir Voh — falou:

"Estivemos esperando por você a vida inteira. Agora você está aqui."

O calor no peito de Rex o fez sorrir. Por que deveria sentir medo daquelas pessoas só porque tinham aparências esquisitas? Eram amigos. Eram aqueles que tinham feito os seus sonhos se realizarem.

"Esperando por mim? Por quê?"

Astuto segurou Rex, então o ajudou a se levantar. As pernas do garoto estremeceram um pouco, mas ele conseguiu ficar de pé.

"Estivemos esperando pelo rei", respondeu Astuto. "O rei vai nos salvar, vai nos guiar para dias melhores."

Sonho com dias melhores. Será que foi por isso que ele tinha colocado aquilo no desenho?

A dor na barriga continuou intensa, mas já estava passando.

"Só tenho 13 anos", disse ele. "Não entendo muito desse tipo de coisa."

Todas as quatro coisas sorriram ao mesmo tempo, até a cabecinha de toranja. Os cantos da boca comprida e peluda de Pierre se retraíram como um cachorro ofegante.

"Entende sim", disse Astuto. "Só não se deu conta ainda. Você esteve entre as presas a vida toda, porque é um clone, como Marco."

"O que é um clone?"

"Alguém que se parece com *eles*", respondeu Astuto. "Mas você é um de *nós*. Viemos levá-lo para casa. Vamos proteger você."

Alex gemeu, então estendeu a mão ensanguentada e retorcida.

"Rex", disse ele. "Por favor... *me ajuda.*"

Pierre chutou as costelas de Alex. Pareceu apenas uma batidinha, mas os olhos de Alex se fecharam de dor.

"Cala *esha* boca", mandou Pierre.

Rex olhou para Alex. Que *patético*.

"O que vamos fazer com ele?"

Sir Voh rastejou para fora do cobertor que encobria ele e Forte, então usou os braços e as pernas fininhos para descer pela montanha de carne. A criatura cabeçuda chegou ao telhado, depois subiu nas costas de Alex. Enrolou a cauda ao redor da testa ensanguentada do garoto. A cauda se retesou, puxando a cabeça de Alex para trás até ele grunhir e emitir gemidos baixos.

"Matamos os seus inimigos", disse Sir Voh. "Os *valentões*, aqueles que o machucaram. Nós os transformamos em exemplos, para que todos soubessem da sua grandeza. Este aqui", Sir Voh sacudiu a cabeça de Alex, "nós guardamos para a Mamãe. A não ser que você queira matá-lo com as próprias mãos."

Forte puxou algo de dentro do cobertor, depois estendeu aquela mão tão grande quanto uma porção de costelas. Sobre a palma repousava uma faca comprida.

Alex a viu. Gemeu de medo. Sir Voh o manteve imóvel.

Rex sentiu o pinto ficar duro. *Mate Alex mate Alex mate Alex.* O valentão agora sabia como era se sentir *indefeso*.

Rex esticou o braço e pegou a faca.

Os olhos amarelos de Astuto cintilaram de prazer. Rex não ficou surpreso ao ver uma língua bifurcada sair daquela boca, deslizar pelo lado do rosto pontudo, passar pelo olho esquerdo, depois deslizar para dentro de novo.

"A manhã se aproxima", anunciou Astuto. "Precisamos nos mexer. Você quer matar este aqui ou levá-lo para Mamãe em casa?"

Rex não sabia quem era *Mamãe*, mas os quatro pareciam muito animados diante da perspectiva de dar Alex a ela.

"Rex, *por favor*!" Alex conseguiu proferir três palavras antes de Sir Voh puxar a cabeça dele para trás com tanta força que o garoto começou a sufocar.

Tão patético. Tão completamente patético.

"Vamos levá-lo conosco", respondeu Rex. "Mas, primeiro, abra a boca dele."

Pierre se ajoelhou e forçou o maxilar de Alex a se abrir.

Rex estendeu a mão que segurava a faca.

POOKIE LEVA O AMIGO AO HOSPITAL

Pookie acelerou pela Potrero Avenue. O San Francisco General Hospital se agigantava à esquerda. Ele viu uma vaga, pisou no freio e virou o carro. O pneu dianteiro direito do Buick subiu na calçada, mas ele não tinha tempo para se preocupar com aquilo.

Pulou para fora, correu até a porta traseira e a abriu. Dentro estava um Bryan com uma expressão confusa no rosto, a mão ainda pressionando o ombro com bastante força. Bryan olhou em volta.

"Hã, Pooks? O hospital é do outro lado da rua."

"Eu sei", disse Pookie. "Nós vamos... eu... eu vou só dar uma olhada no seu ombro primeiro."

Ele ouviu uma sirene se aproximando — provavelmente a ambulância com o Senhor Burns Negro e Erickson.

"Seu ferimento", disse Pookie. "Me mostre."

Bryan pareceu pensar a respeito por um segundo, então afastou a mão. Abriu o zíper do moletom ensanguentado e o deslizou para baixo do ombro direito. Depois, enganchou os dedos da mão esquerda embaixo da manga direita da camiseta e a puxou para cima, expondo o ferimento.

O sangramento estancara. Um pequeno círculo vermelho de sangue coagulado pontilhava o ombro, cercado por um fino anel de tecido cicatrizado. Menos de vinte minutos atrás, Bryan Clauser fora atingido por um projétil calibre .40 no ombro. O ferimento parecia ter pelo menos uma semana.

O berro da ambulância estava mais alto.

Os dois olhavam para o ferimento.

"Aquele corte na minha cabeça", disse Bryan. "De quando caí da escada da saída de emergência. Como está?"

Pookie olhou para a testa de Bryan. Os pontos ainda estavam lá, mas a pele embaixo não mostrava nada, a não ser uma cicatriz fina e desbotada.

"Está curado."

Bryan se deixou cair no banco traseiro, uma compreensão que não era bem-vinda o soterrando.

"Aquela porta na mansão... uma pessoa normal poderia tê-la aberto aos pontapés?"

Pookie balançou a cabeça.

"Não. De jeito nenhum. Eu devia ter entendido quando você pulou naquela van com Jay Parlar, mas... não sei. Talvez eu não *quisesse* entender."

Bryan ergueu o olhar. Seus olhos estavam lacrimejando. Parecia um homem que perdera todas as esperanças.

"Sou um deles", disse. "Aqueles negócios no porão... sou um deles."

O que diabos Pookie deveria dizer? *Sacode a poeira e bola pra frente?* A Hallmark não fazia cartões para ocasiões como aquela.

"Está tudo bem", falou ele. "Vamos encontrar uma explicação."

O berro da sirene chegou ao ápice quando a ambulância passou pelo Buick, depois manobrou para dentro do San Francisco General. Pookie via enquanto membros da equipe usando jalecos passavam correndo pela porta do pronto-socorro para irem ao seu encontro. As portas traseiras da ambulância foram abertas. Paramédicos tiraram Erickson de dentro, um tubo intravenoso balançando no ritmo dos movimentos da maca. John Smith também pulou da ambulância e correu ao lado de Erickson e dos outros hospital adentro. A porta do pronto-socorro foi fechada. O trânsito da noite continuou a passar pela Potrero Avenue, mas, além disso, o silêncio noturno dominava.

Pookie olhou de novo para o ombro de Bryan.

"Quer ir até lá mesmo assim? Para que eles possam examinar?"

Bryan flexionou o braço e o girou.

"Não", respondeu ele. "Ligue para Robin."

"Para quê?"

"Você sabe para quê. E ligue para John também. Ele deve ter se sujado com o sangue de Erickson. Diga a ele para encontrar uma mancha, uns respingos, tanto faz, e peça para levar a amostra para Robin imediatamente. Agora me leve para o meu apartamento para eu me trocar. Vou ficar aqui atrás durante o trajeto. Preciso de um minuto sozinho."

Bryan esticou o braço, segurou a porta e a fechou, deixando Pookie parado na rua. Pookie olhou para a porta por alguns instantes, para Bryan ali dentro, então pegou o celular e se sentou no banco do motorista. Ele discou o número de Robin enquanto se enfiava no tráfego.

NO TELHADO

Rex voava.

O ar úmido da noite chicoteava o seu rosto e soprava o seu cabelo para trás enquanto ele flutuava acima de uma rua da cidade. Estava montado nas costas de um monstro, pulando de um prédio para o outro. O garoto mantinha uma das mãos em volta do pescoço de Pierre. Com a outra segurava o cobertor bem apertado. A ponta do cobertor esvoaçava atrás dele, açoitando feito louca enquanto os dois desciam.

Aquilo não fazia sentido, nenhum sentido, e mesmo assim estava acontecendo. Com *ele*.

Pierre aterrissou com tanta leveza e agilidade que os seus pés grandes não fizeram nenhum barulho. Astuto aterrissou à direita, Sir Voh e Forte à esquerda. Moveram-se em silêncio pelo telhado plano, pulando para o telhado do edifício ao lado, então o atravessaram até a mureta que rodeava a beirada do prédio. Ajoelharam-se, acomodando-se nas sombras mais profundas.

E esperaram.

Os olhos de Astuto brilhavam na escuridão. Ele se inclinou para perto e sussurrou.

"O que está achando até agora, meu rei?"

Rex riu, depois tapou a boca com a mão — aquilo tinha sido alto demais. Sussurrou em resposta:

"Isso é a coisa mais legal do *mundo*. Marco nos fez passar por becos e porões, mas isso aqui é bem mais divertido."

Astuto assentiu.

"Nós pegamos o caminho pelos telhados, às vezes, mas é perigoso. Esta noite podemos fazer isso sem medo. O monstro está machucado."

Pierre balançou a cabeça.

"Não, não acredito *nisho*. O *monshtro não* pode *eshtar* machucado, ele é à prova de *balash*!" Pierre pegou um pedaço de piche do telhado e começou a desenhar o símbolo de proteção na mureta de tijolos.

Astuto revirou os olhos.

"Ninguém é à prova de balas, Pierre. Mongo ligou e disse que o levaram numa ambulância."

Rex olhou para as pessoas à sua volta, para Astuto e Pierre, para Sir Voh e Forte. Não pareciam mais assustadores, nem um pouco.

"Se o monstro está machucado, por que temos que manter tanto silêncio?"

Astuto sorriu e piscou um olho amarelo.

"Porque se estivermos errados, será um erro que vamos cometer apenas uma vez."

Rex podia ver o interior do cobertor de Astuto. Ele usava roupas normais — jeans, botas de couro desgastadas e um moletom esfarrapado com capuz grande. Forte também usava roupas normais por baixo do cobertor. Pierre era um pouco mais estranho — usava uma bermuda azul e estava sem camisa.

Era calmo ali nos telhados. Calmo e abandonado. A maioria dos edifícios de San Francisco tinha três ou quatro andares. Num único quarteirão, Rex e os outros podiam se mover de telhado em telhado com facilidade. Para chegar ao quarteirão seguinte, tudo o que tinham que fazer era *pular*. Astuto os guiava por um caminho que evitava as câmeras conhecidas, mas estava sempre à procura de câmeras novas. Se não achasse prudente dar a volta por uma câmera, ele se aproximava dela por trás, a arrancava e a jogava na rua abaixo.

Naquelas ruas havia carros, pessoas e movimento. Ali em cima havia quietude — telhados planos e vazios em todas as direções, até onde o olhar alcançava.

Rex ouviu um gemido baixo de dor. Alex. Estava fraco, mas vivo, mesmo que por um fio. Forte o segurava sob um braço musculoso.

Astuto se levantou devagar até poder espiar por cima da borda da mureta. Olhou em volta, então se abaixou com a mesma lentidão.

"Só mais alguns minutos", anunciou ele.

Cada vez que pulavam por cima de uma rua e aterrissavam num novo edifício, eles paravam e esperavam. Se pessoas fossem vistas nos telhados próximos, Astuto fazia todos esperarem até que aquelas pessoas descessem ou ele encontrasse um outro caminho. Quando chegava a hora de pular para o quarteirão seguinte, Astuto se certificava de não haver ninguém na rua abaixo, então cronometrava um intervalo no trânsito — ninguém vira os pulos alucinantes deles.

Rex nunca tinha se sentido tão bem, tão *vivo*. Agarrava-se a Pierre, sentindo o cheiro rico e agradável da umidade do seu pelo marrom, a lufada pungente e acre de roupas que não eram lavadas há semanas. Um sentimento de calor irradiava para o peito e os braços de Rex. Não apenas o calor do corpo do monstro, mas uma calidez mais profunda, um sentimento de amor que fazia Rex querer chorar.

Estavam levando-o para *casa*.

Astuto olhou por cima da borda, viu que a barra estava limpa, então pulou. A jornada continuou, de quarteirão em quarteirão. Rex reconheceu a Jackson Street quando passaram por cima dela, já que não ficava longe da sua casa. A seguir, cruzaram por cima da Pacific e então se moveram em silêncio, de edifício em edifício, até pararem e esperarem na borda de um telhado.

Abaixo deles havia uma rua estreita. Abaixo e além dela, bem abaixo, quatro faixas de rodagem desapareciam dentro de um túnel que passava por baixo de um prédio quadrado.

"Pierre, aquele é o túnel Broadway?"

"*Shim*, meu rei."

Eles aguardaram. Na rua estreita, um homem e uma mulher estavam encostados num carro, dando uns amassos. Eles pareciam velhos, talvez tivessem quase 30 anos.

Rex não se importava em esperar, não se importava em vigiar. Nenhum deles se importava. Era assim que as coisas eram feitas. Ele olhou para a cidade. Podia ver a ponte Golden Gate a noroeste, a ponte Oakland Bay a nordeste. Atrás dele, bem acima da cidade, as seis luzes piscantes da Sutro Tower.

San Francisco. A *sua* cidade. Ele iria governá-la toda. Seria o rei.

Depois de algum tempo, o homem e a mulher se afastaram do carro e entraram no prédio sob os pés de Rex. Pierre se lançou através do vazio. Rex flutuou pelo ar, tentando não dar risadinhas ao sentir o vento fazendo cócegas na sua pele.

O grupo aterrissou no topo do telhado plano do prédio quadrado. Pierre se ajoelhou. Rex escorregou das costas do monstro e ficou imóvel. Os barulhos dos carros ecoavam vindo de baixo.

Astuto andou até um alçapão no telhado e o abriu, expondo uma escada. Abriu um sorriso cheio de dentes pontiagudos.

"Está pronto, meu rei?"

"Esse é o caminho para casa?"

Astuto balançou a cabeça.

"Você não pode ir para casa ainda."

Não o estavam levando para casa? Mas tinham *prometido*.

"Por que não?"

"O Primogênito é perigoso", explicou Astuto. "Se não o levarmos para casa na hora certa, meu rei, ele pode tentar matar você."

Rex não esperava por aquilo. Olhou de Pierre para Sir Voh e até para Forte. Todos aquiesceram solenemente — Astuto falava a verdade.

"Então para onde estão me levando?"

"Temos *muitos* esconderijos sob a cidade, tantos que podemos passar meses sem usar o mesmo duas vezes. O Primogênito não vai encontrar você, meu rei." Astuto observou o horizonte, manteve o olhar fixo por alguns instantes, então se virou. "O amanhecer está próximo. Se ficar aqui em cima, temo que a polícia possa encontrá-lo. Você precisa confiar na gente e deixar tudo isso para trás. Está pronto para começar uma nova vida?"

Rex olhou para o alçapão, depois para cada um deles. Olhou para as janelas iluminadas e para as luzes cintilantes da cidade à sua volta, então assentiu para Astuto.

"Estou pronto, irmão", respondeu Rex. "Me levem para baixo."

ATRASADA PARA A FESTA

Amy Zou segurava a Sig Sauer na mão esquerda e um walkie-talkie na direita. Rich Verde estava ao seu lado. Ela olhava o corpo eviscerado sobre a mesa de embalsamamento.

Era por isso que ela fazia o que fazia, porque os monstros eram reais. Aquele sobre a mesa, as criaturas na sala atrás dela... Amy não queria nem imaginar uma daquelas coisas tentando pegar uma das suas filhas.

Uma sensação de desamparo a dominou, afogou todos os seus pensamentos. Ela passara quase trinta anos com aquele segredo. *Trinta anos.* Meu

Deus, como o tempo voava. Três décadas da sua vida e agora tudo poderia estar acabado — se estivesse, muitas outras pessoas iriam morrer.

Verde bateu o cano da arma nos dentes de tubarão da criatura, *tink-tink-tink*.

"Você é um filho da puta feio pra cacete", disse ele ao cadáver. "Quantas pessoas você matou com esses seus dentes perolados?"

De fato, quantas pessoas ele devia ter matado?

"Não são apenas os malformados", disse Amy. "Você viu o cara com o pé de cabra?"

Verde a olhou.

"Pé de cabra?" Ele pensou, então assentiu quando a compreensão o alcançou. "Liam McCoy?"

"Sim", respondeu Amy. "Parece que podemos tirá-lo da coluna de *paradeiro desconhecido*."

Quinze anos atrás, McCoy fora um suspeito do assassinato de quatro crianças. Ele desaparecera antes que Amy pudesse prendê-lo. Não estava mais desaparecido. A justiça tinha sido feita.

Ela voltou para a sala das armas. Verde a seguiu. Devolveu a Sig ao coldre e pegou uma FN, sopesando-a. Não precisavam se preocupar com impressões digitais; sabiam quem era o dono daquelas armas.

"E quanto a Clauser?", perguntou Verde. "E o bostinha do Chang? Talvez demiti-los não seja o suficiente."

Ela observou Rich ejetar o pente, que estava carregado. Ele voltou a deslizar o pente para dentro da arma.

"Estavam apenas fazendo o trabalho deles", disse ela. Fizeram o que tinham jurado fazer, seguindo a lei ao pé da letra, assim como Amy fizera trinta anos antes. "O que você tem em mente, Rich, atirar neles?"

Ele deu de ombros.

"É você que sempre está falando sobre o bem maior. Pelo menos emita um alerta de procura pelos rabos deles e traga-os para interrogatório. Talvez alguns dias na prisão os coloquem nos trilhos."

Ela não podia fazer isso. As carreiras deles já estavam arruinadas — precisava mesmo humilhá-los em público também?

Seu walkie-talkie emitiu um grasnado.

"Delegada?" Era a voz de Sean Robertson. Ele estava no térreo, certificando-se de que todos, incluindo os policiais, ficassem do lado de fora.

Ela pegou o aparelho e respondeu sem desviar os olhos do pesadelo de dentes de tubarão.

"Estou aqui."

"Tem certeza de que vocês dois estão bem aí embaixo?"

"Estamos bem", respondeu ela. "Isole o local e certifique-se de que ninguém entre na casa."

"Sim, delegada."

Ela hesitou, então apertou o botão de transmissão de novo.

"Sean?"

"Pois não, delegada?"

"Faça um anúncio para todo o departamento. Bryan Clauser e Pookie Chang não fazem mais parte da força-tarefa do DPSF. Certifique-se de que todos saibam: eles são civis."

Verde levantou a mão para chamar a atenção dela. Sua boca formou as palavras: *e Smith*.

John Smith. O homem tinha medo da própria sombra. Assim que Pookie e Bryan estivessem fora do caminho, ele voltaria para a sua sala de computadores.

Ela balançou a cabeça e abaixou o walkie-talkie.

Ficou claro que Verde queria discutir com ela, mas manteve a boca fechada.

"Vou visitar Erickson", disse ela. "Será que você e Sean podem terminar aqui? Isolem a casa. *Ninguém* entra. Descobriremos o que fazer com essa merda toda depois."

"Pode deixar", disse Verde. "Sabe que pode contar comigo."

"Eu sei, Rich. Eu sei."

Ela saiu da sala das armas. Deu mais uma olhada na coleção de pesadelos que costumava caçar as pessoas de San Francisco, então seguiu para o andar de cima.

A PRIMEIRA VEZ DE MONGO

De todos os filhos da Mamãe, Mongo era o melhor em se esconder. Era por isso que Astuto o escolhera para vigiar o monstro. Não era justo que Astuto fizesse Mongo perder toda a diversão, mas agora Astuto tinha deixado as coisas melhores.

Se as luzes âmbar tinham levado o monstro embora, dissera Astuto, então Mongo estaria livre para caçar — era só ficar na surdina para que o Primogênito não descobrisse. *Caçar!* Ele nunca saíra para caçar. Astuto era um ótimo amigo.

Mongo conseguia se esconder bem porque tinha a habilidade de se parecer com outras coisas. Naquele momento, ele se parecia muito com uma parte do tronco retorcido de uma árvore. No parque Golden Gate havia muitas árvores retorcidas nas laterais das trilhas de terra para pedestres, árvores com troncos espiralados como um saca-rolhas com pequenos espaços nos seus interiores. Nesses espaços, *principalmente* no escuro, ninguém conseguia enxergar Mongo. Não havia nenhuma luz no parque, a não ser a luz da lua crescente que passava por entre os altos pinheiros que se esticavam bem acima.

Mongo se parecia *muito* com madeira, mas isso não impedia que o seu coração batesse com força, fazendo com que ficasse difícil permanecer imóvel. Então caçar era *assim*. Não era de se espantar que Astuto sempre quisesse sair para fazer isso.

Mongo mexia apenas os olhos, observando a presa se aproximar ao longo da trilha de terra. Um casal de adolescentes. De mãos dadas. Ninguém queria segurar as mãos de Mongo e isso não era justo. Por que as presas podiam fazer isso? Ele sempre quisera punir as pessoas que via, as pessoas de mãos dadas, as pessoas que se *beijavam*.

O garoto olhou para cima, lançou um olhar direto para o esconderijo de Mongo — então desviou o olhar. Não tinha visto Mongo. Isso acontecera porque Mongo não era mais *Mongo*, era na verdade *Camaleão*.

O casal de adolescentes se aproximou ainda mais. Os batimentos de Camaleão ficaram mais rápidos. *Que emocionante!* Será que as presas sairiam correndo antes de chegarem ao seu esconderijo? Será que sentiriam a sua presença?

Ele nunca matara. Bem, não desde que tinha sido um garotinho na Caça ao Noivo, mas isso fora há muito tempo. O medo do Primogênito e do Salvador sempre o mantivera nos eixos, mas talvez o Primogênito não fosse ficar no poder por muito mais tempo, e as luzes âmbar tinham levado o Salvador embora.

Aquela era a hora. Mongo — não, *Camaleão* — iria mesmo fazer aquilo.

Prendeu a respiração enquanto o casal se aproximava mais cinco passos.

Então quatro.

E depois três.

Quando estavam a apenas alguns centímetros de distância, Mongo atacou com a velocidade de um gato, cada mão retorcida e áspera tampando uma boca.

Puxou-os para dentro do seu pequeno forte escuro.

O APARELHO RAPSCAN

"Pookie, acorde." Robin empurrou o ombro do homem. Ele estava no seu sofá e poderia muito bem estar morto pelo tanto que se mexia. Ela o cutucou de novo. "Vamos, dorminhoco. Está na hora de levantar."

"Mais cinco minutos, mãe", disse ele. "Juro que já fiz todas as minhas tarefas."

"Você me pediu para acordá-lo quando os testes estivessem quase prontos."

Isso chamou a atenção dele. Pookie se levantou até ficar sentado. Esfregou o rosto.

"Sinto cheiro de café?"

"É claro", respondeu Robin. "Vá para a mesa, vou pegar uma caneca para você."

Pela segunda noite — ou manhã, dependendo de como você encarasse a coisa — o apartamento dela se tornara uma sala de conselho de guerra. Bryan já estava sentado à mesa de jantar, as mãos em volta de uma caneca, os olhos encarando o nada. A cadeira de John estava vazia; ele estava no hospital.

Robin transformara a mesa de jantar numa área de preparação de amostras improvisada. O aparelho RapScan repousava no centro da mesa, processando as duas amostras que Bryan e Pookie tinham levado algumas horas antes. Ela carregara os cartuchos e colocara o teste cariótipo para rodar. Estaria pronto a qualquer momento.

Ela foi até a cozinha e voltou com o bule de café e uma caneca para Pookie. Encheu a xícara dele e completou a de Bryan. Os dois homens pareciam acabados. Pookie lhe dera as amostras, depois fora direto para o sofá. Bryan não dissera uma única palavra desde que chegara; ficou ali sentado, primeiro bebendo uma cerveja, depois uísque, para enfim passar para a cafeína. Robin achou melhor deixá-lo em paz, deixar que meditasse sobre o que quer que estivesse passando pela sua cabeça. Se ele quisesse a sua ajuda, poderia pedir — ela se cansara de tentar.

"Parece que vocês tiveram uma aventura e tanto", comentou Robin. "Só fico feliz por ninguém ter se machucado. Quero dizer, ninguém além de Erickson."

Pookie assentiu e tomou um gole de café.

"É, ninguém se machucou. De maneira permanente, em todo caso. Quanto tempo mais até o teste ficar pronto?"

Ela olhou para a tela da máquina.

"Cerca de cinco minutos, talvez menos. Vocês vão me contar de quem é a segunda amostra?" Ela sabia que a primeira amostra era de Erickson, mas eles tinham evitado as perguntas dela a respeito da segunda.

"Do meliante que invadiu a casa de Erickson", respondeu Pookie. "Não o pegamos."

Mais uma vez, ficou óbvio que havia mais coisas naquela história, coisas que Pookie não queria revelar. Não era de se espantar que era ele quem falava — ele mentia muito melhor do que Bryan.

Bryan levantou a cabeça de repente. Piscou repetidas vezes, como se estivesse tirando um cochilo e tivesse acabado de perceber onde estava.

"A orelha", disse ele.

"O quê?"

Pookie assentiu.

"Tinha me esquecido dela."

"Eu também", disse Bryan. Enfiou a mão no bolso, tirou um saco plástico para provas e o estendeu para Robin ver.

"Bryan", disse ela, "por que você tem uma orelha humana num saquinho?"

"É de uma pessoa empalhada que encontramos no porão de Erickson. Dá para rodar um teste de DNA com ela?"

Ela esticou a mão e pegou o saquinho, olhou para o conteúdo. A pele parecia seca e quebradiça, quase como couro.

"Quando você disse *empalhada*, quis dizer como um grande animal de caça? Empalhada para exposição?"

"É. Dá para fazer o teste do cromossomo Zeta?"

"Aqui não", respondeu ela. "O processo de curtimento destrói a maior parte das células do DNA. Eu precisaria de um laboratório de biologia, algum lugar que tivesse o equipamento necessário para tentar extrair o que restou do DNA e uma máquina de PCR para amplificá-lo. O laboratório de alguma universidade deve servir. Talvez a SFSU. Ou eu poderia tentar os hospitais. Mas isso levaria alguns dias e eu não teria muitas esperanças de que fosse funcionar."

Bryan apenas a encarou. Seus olhos queimavam com raiva e angústia. Era um caldeirão de emoções, tanto que Robin não conseguia se lembrar do Bryan de verdade, aquele com o olhar frio e distante.

A máquina emitiu um bipe. Robin olhou para a telinha.

AMOSTRA DE ERICKSON CONCLUÍDA.

Ela pressionou o ícone e leu os resultados.

"Zeta-X", anunciou ela. "Uau, Erickson é um Zeta."

Bryan e Pookie não pareciam nem um pouco surpresos.

"Parentes?", perguntou Bryan. "Erickson tem algum parentesco com os outros?"

Robin deslizou o dedo pela tela, usando a barra de rolagem para procurar os marcadores familiares. Ali estava — uma compatibilidade.

"Bingo", disse ela. "Jebediah Erickson, Rex Deprovdechuk, Barba Negra e o assassino de Oscar Woody têm a mesma mãe."

Bryan pareceu se encolher dentro de si mesmo. Recostou-se na cadeira. O queixo afundou no peito.

Pookie balançou a cabeça.

"Espere um pouco. Achamos que os Filhos de Marie são esses Zetas. Se for assim, Erickson não está apenas matando a própria espécie, está matando a própria família? O que é isso?"

Robin deu de ombros.

"Se Erickson está sob custódia, por que não perguntam a ele?"

"Ele pode não estar muito disposto a conversar", respondeu Pookie. "Sabe, levando em consideração que está na UTI depois de ter levado uma facada na barriga."

Bryan levantou o olhar.

"Ele é um Zeta. Vai se curar depressa. Podemos ir ao hospital e interrogá-lo diretamente. Só temos que despistar Zou."

Pookie pensou a respeito, então tomou um gole de café.

"Robin, você é médica, pode descobrir o estado de Erickson sem que ninguém saiba que nós estamos querendo saber?"

Ela não fazia parte do sistema hospitalar há anos, mas muitos dos seus amigos ainda trabalhavam lá.

"Não é provável que consiga informações detalhadas do paciente, mas posso encontrar alguém que me diga se ele saiu da UTI."

A RapScan emitiu um bipe.

AMOSTRA DOIS CONCLUÍDA.

"Lá vamos nós", disse ela. Clicou no ícone e os resultados saltaram à tela. Ela viu o marcador para um X, então para um Zeta... e também para um Y. "Este aqui tem trissomia. É um X-Y-Zeta, como Rex. Na verdade", ela foi passando as telas, procurando o indicador familiar, "sim, outra vez, a mesma mãe. Todo esse pessoal é uma grande família feliz."

Os olhos de Pookie se arregalaram.

Os olhos de Bryan queimavam com intensidade, talvez até raiva.

"A mesma mãe? Tem certeza absoluta?"

Robin aquiesceu.

Ele se levantou e estendeu a mão direita para Pookie, a palma para cima.

"Chaves", pediu ele.

Pookie parecia preocupado.

"Quer ir a algum lugar, Bri-Bri?"

"Chaves."

"Talvez eu devesse levar você", disse Pookie. "A gente podia..."

"*Me dê a porra das chaves!*"

Pookie se inclinou para trás. Robin prendeu a respiração. Ela nunca ouvira Bryan levantar a voz, nunca, nem durante as piores brigas deles.

Pookie remexeu no bolso e entregou as chaves do carro a Bryan, que as pegou e saiu da sala de jantar. Emma o seguiu, o rabo balançando. A porta do apartamento abriu e fechou. Emma voltou devagar para a sala de jantar, procurando outra pessoa que lhe desse atenção.

Por que Bryan tinha saído daquele jeito?

"Pookie, o que diabo acabou de acontecer?"

Ele se inclinou para frente, descansou a cabeça nas mãos.

"Acho que Bryan precisa ir ver o pai. Foda-se. Vou voltar a dormir."

Ele se levantou e pegou o celular. Foi até a sala de estar, os dedos digitando uma mensagem enquanto andava. Sem interromper os movimentos, enviou a mensagem, devolveu o celular ao bolso, então despencou no sofá, as costas para a sala. Emma disparou como um relâmpago preto e branco, pulou atrás dele e se acomodou na dobra das suas pernas.

Robin olhou para Pookie. Ele estava exausto. Algo importante acontecia entre ele e Bryan, e ela não sabia o que era.

Por que não confiavam nela?

Não estava cansada, nem um pouco. Encontrou o telefone e começou a passar os contatos, procurando pessoas que ainda trabalhavam no SFGH.

AGGIE GANHA UM COLEGA DE QUARTO

Aggie James não queria acordar, mas uma parte da sua mente o puxava, tentava arrastá-lo para fora de um sonho onde a boca de uma garotinha dava beijinhos leves na sua bochecha e os braços dela abraçavam o seu pescoço.

Ele não queria acordar, mas acordou mesmo assim.

Fungou. Esfregou o rosto. A pior coisa sobre ficar sóbrio? Você começa a se lembrar das coisas.

Aggie James não fora um vagabundo sem teto e drogado a vida toda. Num passado distante, na verdade, ele fora dono de um pequeno café da contracultura. Atraíra uma certa clientela contra o establishment. Todo tipo de pessoa entrava na cafeteria, mas depois de ver o enorme mural com os dizeres A STARBUCKS QUE SE FODA na parede atrás do balcão, os visitantes ou sorriam e ficavam, ou franziam o rosto e iam embora.

Administrara o lugar com a esposa e a filha adolescente até o dia do roubo.

Os ladrões atiraram primeiro em Aggie. Atiraram nele *duas* vezes, na verdade, uma na perna e outra no peito. Ele se lembrava de cair de bunda, as costas apoiadas no balcão. Seu sangue escorria para todos os lados. Ele não conseguia se mexer, não conseguia levantar um dedo, mas permaneceu consciente tempo suficiente para vê-los acertar a cabeça da sua esposa. Permaneceu consciente tempo suficiente para ver a filha correr para a porta, para vê-la atingida nas costas antes de conseguir alcançá-la. Permaneceu consciente tempo suficiente para vê-la se arrastar pelo chão, mãos ensanguentadas tentando tocá-lo, implorando ao pai que a ajudasse *para que, por favor, ajudasse, por favor!*

Aggie James chegou a permanecer consciente tempo o bastante para ver a arma apontada para o rosto da filha, e tempo o bastante para ouvir o seu último grito interrompido de modo abrupto quando o atirador puxou o gatilho. Só então ele desmaiou.

Os policiais lhe disseram que era provável que os ladrões tivessem achado que ele estava morto, e que desmaiar tinha salvado a vida dele.

A *vida* dele.

Que piada.

Lembranças de merda. Ele não conseguiu afastá-las, não até ter injetado heroína durante um mês inteiro. Isso o fez esquecer. Quase.

Ele perdera tudo que lhe era importante. Nada preenchia aquele vazio inevitável no seu coração. Não que tenha tentado preenchê-lo com muito empenho, é claro. Sem nenhum motivo para seguir em frente — e sem coragem suficiente para se matar —, ele escolhera uma rota lenta até a cova. Uma rota *dolorosa*. Era isso o que tinha pela frente, afinal de contas... se um homem não consegue proteger a sua família, ele merece viver? Aggie achava que não.

Isso foi antes da masmorra branca.

Aquele lugar horrível fizera com que Aggie se lembrasse de que a vida — por mais medíocre que fosse — era muito melhor do que a alternativa. Um dia e meio atrás, pelas suas contas, Hillary lhe dera esperanças. Se houvesse uma chance de escapar, de viver, ele faria qualquer coisa que a mulher pedisse.

Aggie afinal piscou para afastar o sono e viu que um homem novo fora acorrentado à parede à sua esquerda, onde a mexicana costumava ficar. Não um homem — um garoto, na verdade, mas um garoto *grande* pra caramba. O rosto dele se parecia com um hambúrguer inchado: lábio cortado, dentes quebrados, sangue cobrindo-lhe a boca e um nariz todo ferrado. Ele cuspia sangue e emitia gemidos baixos, gemidos que tinham a cadência da fala, mas que não eram palavras.

O garoto abriu a boca para gemer mais alto e Aggie viu por que os sons não tinham nenhum significado — alguém cortara a língua dele fora.

À direita, Aggie ouviu outros sons que não conseguia entender, mas apenas porque não falava mandarim. O chinês estava ajoelhado, olhos lacrimejantes fechados com força, o corpo balançando para a frente e para trás enquanto rezava para alguém ou para alguma coisa.

Aggie James não podia ajudar o chinês e não podia ajudar o garoto sem língua. Podia apenas ajudar a si mesmo, e isso só se Hillary lhe desse uma chance.

Voltou a se deitar e fechou os olhos. Talvez sonhasse com a filha de novo.

PAIS E FILHOS

Bryan estacionou na frente da casa de Mike Clauser e encontrou o pai sentado nos degraus da frente, uma Bud Light na mão. Mais cinco garrafas se alinhavam numa embalagem de seis aos seus pés. Estava sem camisa, usando jeans surrados e meias pretas sem sapatos.

Estava esperando. Isso queria dizer que Pookie tinha avisado. Desgraçado.

Bryan desligou o Buick. As mãos apertaram o volante.

Se Erickson tivesse sessenta anos ou mais e fosse meio-irmão de Bryan, então a mãe *verdadeira* dele teria que ter 75 anos ou até mesmo mais que isso. Mike Clauser e Starla Hutchon tinham estudado juntos no ensino médio. Bryan vira os anuários escolares, as fotos de sala, outras fotos das suas infâncias e até da época da pré-escola. Tinham nascido no mesmo ano — Mike fez 58 alguns meses atrás.

Mike, que o teste genético mostrou *não* ser o pai de Bryan.

E Starla, que era mais jovem do que Jebediah Erickson — o que queria dizer que a mulher que Bryan sempre chamara de mãe era qualquer coisa menos isso.

Durante a vida inteira, Bryan ouvira mentiras. Sentiu aquela raiva emergir, a mesma raiva que sentira quando Zou ameaçou mandá-lo para a prisão.

Saiu do Buick. Mike se levantou e esticou o braço para a porta da frente, para abri-la como se estivesse convidando Bryan a entrar.

"Nem se dê ao trabalho", disse Bryan.

O pai parou e virou.

"Pookie mandou uma mensagem dizendo que você tinha algo importante para discutir. Entre, vamos conversar."

"Não quero entrar", disse Bryan. "O que quero saber é quem são os meus pais de verdade."

Mike Clauser o olhou por alguns instantes. Devagar, voltou a se sentar no degrau da frente. Abaixou os olhos para o chão.

"Você é o meu filho."

"Besteira."

Mike olhou para cima, a expressão entre a raiva que resolvia a maioria dos seus problemas e uma dor agonizante por magoar o filho.

"A biologia não me interessa. Eu limpei a sua bunda e troquei as suas fraldas. Limpei o seu vômito. Quando você pegava uma febre, eu sentia como se alguém estivesse atingindo o meu coração com a porra de um cutelo. Era só você *tossir* que o som me assustava mais do que qualquer briga na qual já me envolvi."

E pensar que Bryan amara aquele homem, aquele *mentiroso*.

"Acabou?"

"Levei você para a escola", continuou Mike. "Levei você para os treinos de futebol. Assisti a todas as competições de luta greco-romana que você já participou, e quando alguém o jogava de costas no chão, eu tinha que agarrar as arquibancadas para não descer até o tatame e chutar a cabeça do outro garoto. Fui eu quem ensinou o certo e o errado a você."

Que belo show de preocupação. No entanto, Mike tivera uma vida inteira de prática — a vida de Bryan.

"E durante esses anos todos, nunca passou pela sua cabeça me contar a *maldita* verdade?"

"A *verdade* é que você é o meu filho." O lábio inferior de Mike tremeu, apenas por um instante, então ele se forçou a controlar as emoções. "Você sempre será *o meu filho*."

Bryan balançou a cabeça devagar.

"Não sou. Sou apenas um garoto que ouviu as suas mentiras."

Mike pegou uma garrafa fechada do pacote de Bud Light. Segurou-a entre as palmas das mãos, rolando-a devagar para a frente e para trás.

"Não sei como você descobriu, mas pode esquecer essa parada de culpa, porque eu não mudaria nada."

O que Bryan estava esperando? Um pouco de remorso? Talvez um *poxa vida, sinto muito*? Mike não iria pedir desculpas. Pelo menos, no que dizia respeito àquilo, seu caráter era consistente.

"Quem são os meus pais? Você me deve isso, então comece a falar."

Mike colocou a garrafa ao lado dos pés. Ele parecia... fraco. A expressão no seu rosto, a postura abatida: Bryan tinha visto essas coisas apenas uma vez antes — quando a mãe dele morrera.

"Havia um mendigo na nossa vizinhança", disse Mike. "Eric. Nunca soube o sobrenome dele. Era veterano de guerra. Fuzileiro naval. A vizinhança meio que cuidava dele. Nós lhe dávamos comida, roupas. Um dia, Eric simplesmente desapareceu. Quando voltou, uma semana depois, trazia um bebê com ele."

As mãos se fecharam em punhos, relaxaram e voltaram a se fechar.

"Está me dizendo que Eric, o Mendigo Veterano, é o meu pai?"

Mike balançou a cabeça.

"Ele não era o seu pai. Sua mãe achava que não, pelo menos."

"Aquela vadia não era a minha mãe."

Mike agarrou e jogou uma garrafa de cerveja num único movimento fluído, o vidro marrom girando numa trajetória tortuosa. Bryan desviou. A garrafa se despedaçou contra a janela do motorista do carro de Pookie numa explosão de vidro e cerveja.

Mike Clauser se levantou. Não tinha mais uma expressão triste.

"Garoto", disse ele em voz baixa, "você é o meu filho, mas ela era a minha *esposa*. Se insultá-la de novo, vai apanhar na frente da rua inteira."

Bryan sentiu a garganta do pai nas mãos antes mesmo de perceber que tinha atacado. Os olhos de Mike se arregalaram em choque.

Bryan o puxou para perto e gritou na cara dele.

"Me ameace de novo e eu mato você!"

Ele sentiu os batimentos de Mike martelando contra os seus dedos. Se apertasse um pouco *mais*...

O que diabos estava fazendo? Bryan soltou o aperto, depois deu quatro passos lentos para trás.

Mike esfregou a garganta com a mão livre. Olhou para o filho com uma expressão mais confusa do que amedrontada.

"Você sempre foi tão calmo", disse ele. "Você nunca... nunca gritou comigo."

Nunca gritara e com certeza nunca encostara um dedo no pai. Aquela intensidade, aqueles altos e baixos — tudo aquilo era novo. Ele tivera momentos de emoções fortes antes, claro, mas nada tão puro, tão esmagador.

O que estava acontecendo com ele?

"Acabe logo com a história, velho."

Mike parou de esfregar a garganta. Deixou-se cair sentado de novo, abriu outra garrafa e tomou um longo gole.

"Não sabíamos o que fazer", continuou ele. "Quero dizer, o que *poderíamos* fazer? Eric trouxe o bebê para *nós*. Disse que tinha que dar o bebê para a gente porque sabia que seríamos bons pais. Cuidávamos de Eric, mas ele era louco e não tinha onde morar. Um bebê nas mãos dele? Era muito perigoso. Então o tiramos dele, só para ter certeza de que Eric não faria nada de ruim."

"E não chamaram a polícia? Tinham um bebê, provavelmente sequestrado, e não tentaram encontrar os pais?"

Mike fungou, passou a mão pelo nariz. Fungou de novo.

"Pensamos em tentar descobrir de onde você tinha vindo, conversar com Eric e conseguir algumas informações antes de termos que ligar para a polícia. Pelo amor de Deus, Bryan, o homem enlouqueceu matando pessoas pelo nosso país, vendo os seus camaradas morrerem à sua volta. Tínhamos que pelo menos ajudá-lo a sair daquela enrascada."

Bryan respirava devagar. Lutava para controlar o desgosto e a raiva que rodopiavam dentro dele. Aquele era o homem que ele tinha admirado a vida toda? Um homem que tomara o filho de outro indivíduo?

"Eu era de outra pessoa", disse Bryan. "Você vai mesmo me olhar nos olhos e dizer que fez isso para salvar um mendigo maluco de uma merecida acusação criminal? Esperavam que ele trouxesse outro bebê para ficarem com um conjunto completo?"

"Não foi nada disso", respondeu Mike, depressa. "Eric estava *aterrorizado*, Bryan. Nunca vi *ninguém* tão assustado daquele jeito. Ele disse que precisava encontrar um lar seguro e amoroso para o bebê ou estaria encrencado. Ele sabia que a sua mãe não podia ter filhos, então o trouxe para nós."

Aquilo estava ficando cada vez melhor.

"Eric, o Mendigo, sabia que vocês não podiam ter filhos?"

"Todo mundo no bairro sabia. Foi isso que Deus escolheu para nós. Não saíamos por aí anunciando, mas quando as pessoas perguntavam se iríamos ter filhos, respondíamos que não podíamos. Pensamos em adotar, claro, mas nunca focamos muito nisso. Quando Eric trouxe você até a gente, não conseguimos deixar de pensar que talvez... que talvez fosse um milagre."

A garganta de Bryan se fechou. A tristeza emergiu para rodopiar lado a lado com a raiva. Como podiam ter feito aquilo com ele?

"Um milagre? Você está de sacanagem comigo?"

Mike inclinou um pouco a cabeça, uma expressão que dizia: *vamos, pense um pouco nisso e você vai ver*.

"Duas pessoas completamente apaixonadas, mas que não podem ter filhos, então um bebê aparece na porta da frente? Que outra prova você precisa para ver que isso foi um milagre?"

As palavras de Bryan saíram num grito estrangulado.

"Que tal fazer a mãe conseguir ter filhos para começo de conversa? Não seria um *milagre* mais lógico do que mandar um mendigo com um bebê sequestrado?"

"Não questiono as obras do Senhor."

"Isso não o transforma num devoto, só o transforma num idiota. O que aconteceu depois? Vocês simplesmente saíram por aí espalhando que de repente tiveram uma gravidez e um parto imaculados?"

Mike voltou a olhar para o chão.

"Mantivemos isso em segredo. Na noite em que Eric o trouxe, eu tentei conversar com ele, mas o homem não parava de resmungar sobre o que eles fariam com ele se falhasse."

"E quem eram *eles*?"

"Eric não disse. Na noite seguinte, eu o encontrei." Mike parou. Tomou um gole de cerveja. "Ele estava morto, Bryan. Acho que teve uma overdose ou algo assim. Não sabíamos o que fazer com você. Sua mãe e eu lemos os jornais, assistimos aos noticiários, esperando alguma história sobre um bebê sequestrado. Não houve nada."

Aquele era o homem que o criara: um mentiroso, um covarde que só pensava em si mesmo.

"E *ainda assim* não procuraram a polícia. O sequestrador estava morto, alguém tinha perdido o *filho* e vocês não fizeram nada?"

Mike desviou o olhar.

"Depois do segundo dia, sua mãe e eu já estávamos tão apaixonados por você que teríamos arriscado tudo para mantê-lo. Se soubéssemos quem eram os seus pais, as coisas teriam sido diferentes, mas não houve nenhuma notícia. Contamos a todos que descobrimos que a sua mãe já estava grávida há quatro meses. Eu a mandei para um chalé em Yosemite. Contamos a todos que ela ia ficar com a sua avó até o bebê nascer.

Bryan quis lembrar a Mike que aquelas mulheres não eram nem a sua mãe e nem a sua avó, mas permaneceu calado.

O homem mais velho secou a cerveja de um gole só, então pousou a garrafa no chão com um *clique* de vidro contra o concreto.

"Sua mãe voltou para casa com um bebê. Simples assim. Os vizinhos caíram nessa história. Todos diziam que você era bem grande para um recém-nascido. Nós só dávamos risada e dizíamos que você iria jogar para o 'Niners um dia e nos deixar ricos."

Mike abriu outra cerveja. Jogou a tampa fora.

Graças àquele homem, era provável que Bryan jamais descobrisse quem eram os seus pais verdadeiros. Pela primeira vez na vida, sentiu lágrimas enchendo os olhos. Piscou várias vezes, tentando afastá-las.

"E a minha certidão de nascimento?"

"É só sair abanando dinheiro por Chinatown que você encontra um médico disposto a colaborar. Sua certidão de nascimento só diz que você nasceu nesta casa, e não em um hospital."

"Você manteve um bebê sequestrado e subornou um médico. Que cidadão exemplar. O que aconteceu depois?"

Mike deu de ombros outra vez.

"Só isso. Amamos você. Você foi o centro das nossas vidas. Deus o entregou a nós e passamos todos os dias tentando mostrar a Ele que éramos merecedores."

Bryan não conseguiu mais segurar as lágrimas.

"*Não mentirás*. Já ouviu isso?"

A dor retornou aos olhos de Mike. Seu corpo murchou. Ele nunca tinha aparentado tanta idade.

"Sabíamos que era errado", disse ele. "Depois de um tempo, conseguimos bloquear isso. Não pensávamos a respeito. Você era *o nosso filho*."

Mike Clauser fora uma rocha: imperturbável, confiável, sempre vendo o lado positivo em tudo. Agora parecia derrotado — *vazio*, talvez, como se alguém o tivesse esfaqueado nas costas e deixado a sua alma escapar.

Bryan se sentiu dividido em dois; parte dele odiava aquele homem com todo o seu ser, enquanto a outra metade via a dor de Mike, lembrava-se de todo o amor recebido durante a sua infância maravilhosa. Ele queria bater nele. Também queria abraçá-lo — mas não faria isso, nunca mais.

"Você não é o meu pai", disse Bryan. "Nunca foi. Não me visite. Não me ligue. Você está morto para mim."

A cabeça de Mike despencou. Seu corpanzil estremeceu um pouco quando ele começou a chorar.

Bryan secou as próprias lágrimas enquanto virava. O Buick cheirava a cerveja. Ele entrou e se afastou. Mike Clauser podia ir se foder. Se dependesse de Bryan, o homem queimaria no inferno. Mike não tinha as respostas que Bryan precisava.

Havia apenas mais um lugar onde ele poderia encontrar aquelas respostas. Mas não àquela hora. Não naquele dia. Já tivera o suficiente por um dia... mais do que o suficiente.

UMA VISITA AO HOSPITAL

A delegada Zou olhava para Jebediah Erickson. Ele parecia muito mais velho do que da última vez que ela o vira. É claro, isso fora há 26 anos, quando ele saíra do manicômio.

O manicômio para o qual ela o enviara.

Amy já fora uma novata metida que achava que sabia mais do que os tiras mais velhos. Ela e Rich tinham juntado as peças, ligando os símbolos às pontas de flechas de prata, rastreando Alder Jessup, construindo em silêncio um caso contra Jebediah Erickson antes mesmo de os superiores tentarem silenciá-la, tentarem fazer com que recuasse. Tinham até a promovido como um tipo de suborno. Ela aceitara a promoção, mas não parara por aí — na época, acreditou ser justiça poética poder usar os novos poderes do cargo para alavancar os seus esforços. Encontrara o juiz certo para ouvir o caso. Encontrara a pessoa certa na Promotoria.

Naquela época, Erickson não era um velho numa maca hospitalar, enfaixado, cheio de tubos enfiados no nariz e no braço. Ele era a morte em pessoa então. Só de olhar naqueles olhos sem remorso tinha feito com que ela se benzesse.

Agora, ele apenas parecia *velho*. Cicatrizes cobriam-lhe os braços, o pescoço, o peito. Cicatrizes feias, também — coisas alongadas e curvadas que devem ter exigido centenas de pontos. Aquele homem era um guerreiro. As cicatrizes contavam as histórias das suas batalhas.

"Que merda, Bryan!", exclamou ela. "Você não sabe o que fez."

Ela devia ter despedido Bryan e Pookie antes. Pookie não conseguia ignorar algo como aquilo. O caso Blake Johansson deixara isso claro — se ele sentisse o cheiro de policiais corruptos, ia atrás. Talvez ela devesse tê-lo transferido para a Corregedoria há uns bons anos.

Se tivesse dito a verdade a Pookie e Bryan sobre Erickson, sobre os monstros, será que teriam insistido no caso mesmo assim? Com base nos seus históricos, ela supunha que teriam feito isso. E como ela poderia repreendê-los? Eles fizeram *exatamente* o mesmo que ela.

Quando os seus esforços tinham colocado Erickson no hospício, quantas pessoas tinham morrido graças à sua teimosia?

Mais importante do que isso, quantas pessoas morreriam agora, graças à teimosia de Bryan?

Aquela não era a primeira vez que Erickson ficava fora de serviço. Até onde ela sabia, ele já tinha sido ferido duas vezes antes, mas em ambas deixara o hospital no dia seguinte. Daquela vez, porém, não parecia que o homem iria a lugar nenhum. Estava apenas velho ou havia algo mais?

Ela torcia para que ele se recuperasse logo... antes que os Filhos de Marie percebessem que poderiam matar à vontade outra vez.

O CASO ERA ASSASSINATO

Dormir até o meio-dia tinha um jeito de deixar as coisas mais palatáveis. Então Bryan Clauser era um mutante cabeçudo. E daí? Ainda era o seu melhor amigo. Salvara a vida dele. Ficar todo estressado por causa disso não adiantaria de nada. Pookie encontraria um jeito de ajudar o parceiro. Diabo, não era como se Bryan fosse um torcedor dos Yankees ou algo *realmente* imperdoável.

Emma dançava ao redor das suas pernas. Pookie devia dar apenas um petisco por vez, mas ele pegou um punhado e os jogou no chão da cozinha. A vida é curta, petiscos são bons.

Serviu-se de uma xícara de café da cafeteira de Robin. Bela máquina. Tudo o que a garota tinha era bom. Médicos-legistas, ao que parecia, ganhavam um pouco mais do que investigadores de homicídios.

Ouviu passos atrás dele, e depois a voz de uma mulher.

"Você fez café?"

Ele se virou com a caneca na mão. Uma Robin com cara de sono se arrastou bocejando até a sala de jantar. Ela usava uma camiseta preta grande demais para ela — uma camiseta que provavelmente pertencera a Bryan. Sentou-se à mesa. Pookie serviu-lhe uma caneca e também se sentou.

Ela tomou um gole.

"Fiz um monte de ligações depois que você foi dormir, depois perdi o pique. Minha amiga Dana acabou de ligar do hospital, me acordou. Erickson está estável."

"Está melhor?"

"Nem perto disso", respondeu ela. "Ainda está na UTI. Não acordou ainda."

Uma faca na barriga era pior do que uma bala no ombro, mas o ferimento de Bryan sarara em questão de horas.

"Erickson é um Zeta. Por que ainda não se curou?"

"Não faço ideia", respondeu Robin. "Tudo o que tenho é uma hipótese. Não sei nada sobre essas pessoas. Teve notícias de Bryan?"

Pookie não teve. Mas recebera uma mensagem de voz de Mike. O pobre homem estava muito abatido. Talvez esse fosse o preço por mentir para o filho a vida toda, mas Pookie não iria julgá-lo.

"Nada do Bri-Bri ainda", disse Pookie. "Acho que ele está bem, então não se preocupe."

Ela cruzou os braços e esfregou os próprios ombros.

"Ele *não* está bem. Pookie, *por favor*, me diga logo o que está acontecendo."

Robin estava sofrendo muito por Bryan. Ela queria compartilhar da dor dele, ajudá-lo a superar qualquer coisa, mas não cabia a Pookie contar-lhe a verdade. Se Bryan não queria que ela soubesse, essa era a escolha dele e Pookie tinha que ficar de fora.

"Bo-Bobbin, quer saber de uma coisa? Como você deixou bem claro diversas vezes, você *não* é mais a namorada dele. Não é da sua conta."

Ela riu.

"Certo. *Agora* quer fingir que o lugar dele não é ao meu lado? Você passou seis meses tentando fazer a gente voltar."

Ela se inclinou para a frente e pousou a mão no braço dele.

"Pookie, eu errei ao afastar Bryan. Eu o amo. E também o *conheço*. Talvez não tão bem quanto você, mas o conheço, e acho que Bryan está bem perto de fazer algo muito ruim. Se você *não* me deixar ajudar e algo acontecer a ele, não vai mais conseguir se olhar no espelho."

Ele não tinha uma resposta para aquilo. Ela tinha razão, mas isso não mudava nada — contar a Robin, ou a qualquer outra pessoa, era uma decisão que cabia apenas a Bryan.

"Não posso", disse Pookie.

Os olhos dela se estreitaram. Ele teve a súbita sensação de que ela estava olhando dentro do seu cérebro com aquele poder mágico que só as mulheres têm. Ela se virou e olhou para o aparelho RapScan em cima da mesa. Os olhos dela se arregalaram. Ela cobriu a boca.

"Ah, meu Deus. A segunda amostra era de *Bryan*."

O que ele tinha dito? Era tão óbvio assim ou Pookie fizera algo que dera a dica? Ele tinha que encobertar aquilo, e rápido.

"Hum... ora, por favor, por que você diria uma coisa dessas?"

Ela o fuzilou com o olhar.

"É por isso que ele foi ver Mike. A segunda amostra era X-Y-Zeta, então Mike não pode ser o pai verdadeiro dele."

"Robin, a segunda amostra não era de Bryan, era..."

Ela bateu na mesa.

"*Pare com isso!* Nós dois sabemos que estou certa, então pare de insultar a minha inteligência." Ela apontou um dedo para o rosto dele. "Não minta mais para mim, entendeu?"

Pookie se inclinou para trás. Assentiu.

"Ok. Você está certa."

A raiva dela se foi. Lágrimas encheram os seus olhos.

Ah, Cristo, agora ele tinha que lidar com uma mulher chorando?

"Fique calma. Vamos resolver isso. Bryan é meu amigo, isso não vai mudar."

"Não se trata de *amigos*", rebateu ela. "Não consigo imaginar o que ele deve estar passando. Ah, meu Deus... ele foi confrontar Mike e você *o deixou ir sozinho?*"

Hã... quando colocado daquele jeito, a coisa soava meio idiota mesmo.

Ela secou os olhos com as costas das mãos.

"Tenho que encontrá-lo. Ele está sozinho."

"Se ele está sozinho é porque quer ficar assim."

Ela se levantou.

"Não se trata do que ele *quer*, mas sim do que ele *precisa*. Você deveria saber disso."

Assim que Robin falou aquilo, Pookie soube que ela tinha razão. Uma bomba atômica do tamanho de Detroit caíra na vida de Bryan, e Pookie acreditara que o homem poderia lidar sozinho com aquilo.

"Ele ainda é o Bryan que conhecemos", disse Pookie. "Ele não vai fazer nenhuma burrice."

Ela secou os olhos de novo enquanto dava uma risada desdenhosa.

"Quer dizer nenhuma *burrice* como invadir a casa de um assassino sem um mandado ou reforços?"

Pookie ergueu as sobrancelhas. *Touché, Bo-Bobbin, touché.*

O celular dele tocou o tema de *Os Simpsons*.

Robin foi até o quarto. Emma trotou atrás dela. Pookie sabia que ela estava indo se vestir, para então tentar encontrar Bryan. Não adiantava tentar impedi-la.

Então, em vez disso, Pookie atendeu ao telefone.

"Senhor Burns Negro. Meu dia já está tão gostoso quanto a bosta de um são-bernardo enrolada em salmão rançoso. O que quer que tenha para me contar agora vai melhorar meu dodói emocional, não vai?"

"Só se você gostar de rolinho de salmão com bosta servido com uma porção de mariscos estragados", respondeu John. "Terminei aquela análise da taxa de assassinatos."

Pookie suspirou.

"Que se dane. Desembucha."

"Antes, um pouco de perspectiva. A população de San Francisco chegou ao seu pico na década de 1950 com 775 mil habitantes. Hoje em dia, gira em torno de 767 mil. Não houve muitas variações nos últimos cinquenta anos, então a população é uma constante contra a qual podemos avaliar os assassinatos numa base de um a um, ano a ano."

"Você sempre fala como um nerd que tocava trompa na banda da escola?"

"Hein?"

"Por exemplo, quando está transando, você diz coisas como *vou inserir meu pênis agora, depois vou mexê-lo para a frente e para trás em movimentos rápidos até um de nós ou nós dois atingirmos um orgasmo?*"

"Sim, mas só quando estou comendo a sua mãe."

Pela segunda vez naquela tarde, Pookie ergueu as sobrancelhas em sinal de respeito.

"Ponto para você, Senhor Burns. Prossiga."

"A maior taxa de assassinatos recente é a de 1993, com 133 assassinatos. Esse número esteve baixo ultimamente. Não tivemos mais de cem assassinatos desde 1995. Há 27 anos, porém, houve 241 assassinatos. Esse número é o maior já registrado na cidade. O que isso não leva em conta é o fato de que no mesmo ano, entre janeiro e junho, houve 187 assassinatos, numa média de *31 por mês*. Em julho, isso caiu para dezenove. Depois disso, os assassinatos caíram para sete ao mês, que é a taxa normal. Agora, adivinha quando Jebediah Erickson foi solto do seu período de detenção na California Medical Facility?"

O café não caiu bem no estômago de Pookie. Ele sentiu como se fosse vomitar.

"Não quero adivinhar."

"Vou contar mesmo assim. Ele saiu naquele mês de julho. Erickson é levado para o hospício e, poucos meses depois, a taxa de assassinatos dispara. Ele sai, as coisas voltam ao normal quase de imediato."

Sim, ele com certeza iria vomitar. Dar uma de justiceiro era uma coisa, mas ter aquele impacto na taxa de assassinatos?

"Tem mais", continuou John. "Esse aumento não foi apenas na taxa de homicídios. Os casos de pessoas desaparecidas *triplicaram* no mesmo período. E assassinatos *em série* subiram 500%. Registros indicam que a área da baía pode ter tido *sete* assassinos em série em atividade *ao mesmo tempo*. Essa merda toda não foi divulgada para a imprensa porque o prefeito Moscone escondeu isso como uma garota gorda e feia esconde doces no fundo do armário."

"Viu, quando você fala *assim*, toda essa coisa de morte e desespero fica bem mais divertida."

"Estou fazendo o meu melhor para deixar tudo isso mais palatável."

As piadas vinham automáticas para Pookie, mas ele não achava graça nenhuma.

"Você disse que a taxa de assassinatos não disparou no começo da detenção de Erickson?"

"Exatamente. As coisas permaneceram normais por vários meses, então foram subindo devagar até os níveis que eu falei."

Pookie pensou numa garotinha empalhada segurando um garfo e uma faca. Era provável que Erickson não a tivesse matado por capricho. Será que pessoas como aquela garota estariam andando por aí sem controle se Erickson estivesse fora da jogada? Mais importante, será que existiam mais criaturas como aquela coisa de quatro olhos parecida com um urso?

As palavras da delegada Zou ecoaram na sua mente. Ela pedira a confiança dele. Dissera-lhe que havia mais coisas acontecendo do que Pookie poderia imaginar. Se ao menos ela tivesse *explicado* tudo aquilo. Mas mesmo assim, será que Pookie teria acreditado? Zou soubera que ele e Bryan poderiam ir longe demais, talvez fazer com que Erickson fosse condenado outra vez, deixando a cidade livre para assassinatos em massa. Mas eles não o tinham prendido — em vez disso, tinham mandado o homem para a UTI.

"Mais uma coisa", disse John. "Tenho uma hipótese sobre Erickson e por que os assassinatos não dispararam de imediato."

Pookie fez uma anotação mental para escrever aquilo depois — dois amigos usando a palavra *hipótese* no mesmo dia? Talvez ele estivesse subindo na vida.

"Manda ver, SBN."

"Você sabe o que é um predador de espécies-chave?"

"É um pedófilo da Pensilvânia?"

"Não, mas essa foi boa", respondeu John. "É um predador que mantém a população sob controle. Como falcões que caçam lêmingues, ou estrelas-do-mar que se alimentam de ouriços que comeriam as raízes das algas e assim as matariam, acabando com o equilíbrio de todo o ecossistema e..."

"Vá direto ao ponto, meu chapa."

"Desculpe", disse John. "Um predador de espécies-chave mantém a população de presas sob controle. Se você retirar esse predador, vai ter uma explosão na população das espécies que são presas. Digamos que os Filhos de Marie sejam os responsáveis pelo aumento no número de assassinatos. Talvez Erickson seja o predador deles. Tire-o da jogada, e os assassinos vão à loucura. *Devolva-o* ao ecossistema, ele os mata ou faz com que voltem a se esconder, ou talvez as duas coisas. Pense nos negócios que você disse ter visto no porão de Erickson."

A coisa-urso, o inseto azul, o homem com a boca de tubarão. Será que aquelas coisas costumavam se esgueirar pela cidade, matando pessoas?

"Você acha que o velho Jebediah Erickson, de 70 anos, é o predador daqueles malditos monstros?"

"Sim", respondeu John. "A gente fodeu com tudo, Pooks. Se Erickson não sair daquele hospital, as coisas podem ficar bem feias."

Podem ficar feias? Como se já não estivessem ruins o bastante.

"Valeu, John. É uma situação de merda, mas agora a entendemos."

"Sou bom com os computadores."

"Não é só isso", disse Pookie. "Você foi muito corajoso ontem à noite. Se não tivesse aparecido, Erickson teria entrado atrás de nós. Poderia ter sido Bryan no hospital ou no necrotério. Estou orgulhoso de você, cara."

John ficou quieto por alguns instantes.

"Obrigado", disse ele, afinal. "Você não faz ideia do que isso significa para mim, vindo de você."

Pookie ouviu a porta do apartamento abrir e fechar com um estrondo. Emma entrou correndo na cozinha. Orelhas para cima, ela o encarou com uma expressão que dizia *agora somos só eu e você, cara.*

"Burns, preciso ir. Me faça um favor e ligue para o Exterminador. Ele não vai atender, então só descarregue todas essas informações no correio de voz dele. Se conseguir falar com ele, ligue pra mim."

"Pode deixar."

Pookie desligou. Foi até a cozinha e pegou a caixa de petiscos para cachorros quase vazia. Estava prestes a pegar outro punhado, mas, em vez disso, jogou a caixa inteira no chão. Emma começou a comê-los como se eles pudessem criar pernas e sair correndo de repente.

Pookie saiu do apartamento para encontrar o parceiro.

O ESCONDERIJO

Rex andava.

Não havia muito espaço nem para fazer isso; eram necessários apenas dez passos para atravessar o lugar. Um frio úmido criava uma camada de umidade nas paredes de pedra, fazendo com que refletisse as velas que iluminavam o cômodo. O local parecia ter começado como uma rachadura na pedra, depois fora entalhado para criar um aposento para uma cama, uma estante, uma mesa e uma cadeira.

Havia um crânio num canto. Um crânio humano. Talvez alguém o tivesse colocado ali para ver se ficava assustado. Não ficou. Havia ranhuras nos ossos faciais do crânio, como se alguém os tivesse raspado com os dentes.

Livros mofados repousavam nas prateleiras. Para passar o tempo, ele tentara ler um chamado *On the Road — Pé na Estrada*, mas tinha avançado apenas cinco páginas quando a lombada rasgou e a página seis esfarelou quando tentou virá-la.

Ele não queria ler, de qualquer forma.

Não havia relógios, mas de alguma maneira ele sabia que o sol já tinha se posto. Podia *sentir*. Durante a vida inteira se sentira cansado e preguiçoso durante o dia e tivera problemas para dormir à noite. Sempre se sentira exausto na escola, se sentira *lento*, como se o mundo estivesse passando por ele de um jeito que ele não conseguia entender.

Bem, agora sabia o motivo. O dia era feito para dormir. A noite, para *caçar*. Havia uma palavra para criaturas que viviam de noite e dormiam durante o dia — *noturnas*.

Rex andava. Astuto voltaria em breve e levaria Rex para casa.

ALEX

O som metálico ressoou pela sala branca. Aggie e o chinês correram até a parede, encostaram as costas nela, pressionaram as coleiras contra os aros enquanto as correntes começavam a tilintar e a esticar.

O garoto sem língua estava deitado de costas.

"Levanta, garoto! Vá para a parede, senão a corrente vai puxar você!"

O garoto abriu os olhos. Lançou a Aggie um olhar vazio. Ele vira aquele olhar diversas vezes nas ruas — o olhar de quem desistira.

A corrente se retesou, puxando o garoto pelo pescoço. Isso chamou a sua atenção. Seus olhos se fecharam de dor enquanto as mãos voavam até o pescoço. Ele deslizou de costas, cuspindo sangue fresco. A corrente puxou o adolescente pela parede até a coleira bater contra o aro. Ele tossiu e olhou em volta, olhos arregalados e confusos.

O portão branco foi aberto.

Sete homens mascarados vestindo mantos brancos entraram: Lobisomem, Darth Vader, Cara-de-Tigre, Frankenstein, Drácula, Jason Voorhees e aquele era o Power Ranger verde? Sete deles — e daquela vez, *dois* levavam hastes de madeira.

A respiração de Aggie ficou presa nos pulmões, alojando-se como uma pedra que o impedia de inspirar e expirar.

Quem os mascarados tinham ido buscar daquela vez?

Lobisomem, Cara-de-Tigre e Frankenstein caminharam até o chinês, que gritou de terror. Os outros quatro foram até o garoto grande — ele soltou um miado triste que tentava formar palavras, mas falhava.

O corpo de Aggie relaxou de alívio. Um sentimento de culpa por sentir alegria com a morte de outra pessoa voltou a sufocá-lo, a enchê-lo de um ódio sem fim por si mesmo, mas não havia nada que pudesse fazer para ajudá-los.

Os homens de mantos brancos rodearam o garoto. Ele chutou, ou tentou, mas escorregou e caiu, fazendo a coleira bater com força no seu pescoço e no seu queixo. Antes que pudesse se levantar de novo, as máscaras de monstros estavam sobre ele, mãos em luvas pretas avançando na sua direção, agarrando, batendo, puxando, segurando.

O chinês tentou lutar, mas não era como o mexicano briguento. Os mascarados o sobrepujaram com facilidade. Frankenstein avançou com a sua haste e enganchou a coleira do chinês. Ele gritou e chorou enquanto o arrastavam para fora da cela.

Aggie voltou a olhar para o garoto. Darth Vader enganchou a coleira do rapaz. Os homens de mantos não perderam tempo em puxá-lo na direção da porta. O garoto chutou, soltou gritos guturais. Salpicos e respingos de sangue borbulhavam a cada respiração desesperada, o vermelho marcando o caminho ao longo do chão branco.

Eles o levaram para fora da cela branca.

Mas, daquela vez, a porta não fechou.

Aggie olhou, esperando, cogitando.

Hillary entrou. Sem carrinho daquela vez. Sem sanduíches. Foi direto até Aggie. Aproximou-se. Ele se forçou a não se afastar, não que houvesse para onde ir. Ela era a sua única esperança.

Ela o cheirou. Sorriu, mostrando os dentes que lhe faltavam.

"Você está melhor."

Aggie balançou a cabeça com tanta violência que a corrente retiniu contra o aro. Se estivesse melhor, eles o levariam embora como os outros.

"Ainda estou doente! Preciso do meu remédio."

Hillary riu, um som suave que em qualquer outro lugar no mundo teria sido bastante agradável.

"Você entende", disse ela. "Você é mais inteligente do que a maioria dos que trazemos aqui para baixo."

Aggie continuou balançando a cabeça.

Ela estendeu a mão enrugada e segurou o queixo dele, mantendo-o imóvel. Ele começou a falar, mas ela encostou um dedo nos seus lábios.

"Shhhh", disse ela. "Agora vou mostrar o que vai acontecer se você não me ajudar. Agora vamos ver a Mamãe."

SOLIDÃO

Robin sentava-se no sofá, a cabeçorra de Emma no colo, uma taça de vinho pela metade na mão. Luzes apagadas. Às vezes, era necessário se sentar no escuro. Do lado de fora da janela do apartamento, uma brisa agitava uma árvore, fazendo com que as sombras dos galhos e das folhas desenhassem padrões curvos nas cortinas de linho.

Um dia de procura por Bryan lhe ensinara que ela não sabia nada sobre encontrar alguém que não queria ser encontrado. Ela verificara o apartamento dele, a sede da polícia, o bar Pé Grande — nada de Bryan. Chegara a ir até a casa de Rex Deprovdechuk e a visitar o lugar onde Jay Parlar tinha morrido. Nada naqueles lugares também.

Deixara pelo menos dez mensagens. Ele não retornara as ligações, nem mesmo quando ela ligou para dizer-lhe que Erickson tinha passado de estado crítico para estável.

Será que as coisas poderiam ficar ainda piores? Seu pobre Bryan — o que ele deveria estar sentindo naquele instante? Como *Robin* se sentiria se fosse ela quem tivesse aquela mutação? E como se isso não fosse o suficiente, Bryan descobriu que a família que amava tanto não era a sua família de verdade.

Ela tomou outro gole de vinho.

O pouco de luz que atravessava as cortinas se refletiu nas membranas oculares de Emma, fazendo com que brilhassem num tom de verde luminescente.

Quando Robin se sentia chateada, Emma sempre notava e tentava se aproximar. A cadela soltou um ganido baixo.

"Estou bem, lindinha", disse Robin. "Isso é assim mesmo."

E o que era *isso*? *Isso* era passar o resto dos seus dias sem o único homem que ela desejava. Nem todo o vinho do mundo poderia afastar aquele sentimento. *Isso* era viver a vida pela metade.

Uma batida na porta do apartamento fez a cabeça de Emma apontar naquela direção. A cachorra se levantou, enfiando sem querer as garras na coxa de Robin enquanto tomava impulso e corria para a entrada.

Robin fez uma careta, se levantou e pousou a taça de vinho sobre a mesa de centro. Seguiu Emma até a entrada. A cadela tinha o nariz enfiado no vão da porta. O rabo enorme se agitava tanto que o seu traseiro quase fez com que caísse.

Mas ela só agia daquele jeito quando...

Robin prendeu a respiração enquanto abria a porta.

Emma disparou para o corredor e começou a correr em círculos em volta das pernas de Bryan, jogando o corpo contra o homem. Ele se abaixou e a pegou no colo daquele jeito particular. As pernas traseiras pendiam soltas, o rabo batia contra as pernas dele, a língua rosada dava lambidas frenéticas no seu rosto.

"Calma, querida", disse ele. Colocou Emma no chão, então voltou os olhos verdes para Robin. "Oi", cumprimentou.

Ele tinha a aparência de quem não dormia há dias. Bryan parecia... desesperado.

"Oi", disse ela.

Ele começou a falar, então hesitou. Desviou o olhar.

"Não sabia mais para onde ir."

Ela deu um passo para o lado e segurou a porta aberta. Bryan entrou, Emma grudada nele. Ele parecia em transe. Foi até a sala escura e se sentou no sofá. Ela se sentou perto dele, mas não ao lado. Emma não foi tão cautelosa; a cachorra preta e branca se jogou aos seus pés e o olhou cheia de ternura, a cauda batendo num ritmo regular no tapete.

Robin o observou por alguns instantes, depois falou.

"Procurei por você hoje", disse ela. "Não consegui encontrá-lo."

"Ah. Eu estava dormindo."

"Onde?"

"No carro de Pookie", respondeu ele. "Acho. Eu só meio que... perambulei."

A barba dele tinha ficado tão crespa. Fez com que Robin se lembrasse de que ainda estava com o aparador de barba dele no banheiro. Ela sempre pensava em se livrar daquilo, mas encontrava razões para não fazê-lo. Ela queria tocar aquela barba, acariciá-la e afastar a dor.

"Estava tomando um pouco de vinho. Quer uma taça?"

Ele olhou para a sala, para o vazio.

"Tem alguma coisa mais forte?"

"Seu estoque de uísque ainda está aqui. Talisker com gelo?"

Ele assentiu de um jeito que dizia que tomaria qualquer coisa que ela tivesse. Ela lhe preparou a bebida, lembrando-se da época em que moravam juntos, de quando ela adorara preparar bebidas para Bryan. Eles tinham sido iguais em muitos aspectos da vida, mas ela não podia negar o fato de que gostava de paparicá-lo um pouco.

Poucos instantes depois, ela lhe entregou o copo. Os cubos de gelo tilintaram quando ele o pegou. Ele gostava do máximo de gelo que o copo podia conter. Tomou tudo de um gole só e lhe devolveu o copo.

"Quer outro?"

Ele assentiu.

O rabo de Emma continuou no seu ritmo constante.

Robin encheu o copo, depois se sentou ao lado dele. Segurou a sua mão com delicadeza e pressionou o copo nela.

"Robin, o que eu vou fazer?"

"Não sei", respondeu ela. "É uma situação um pouco incomum, para dizer o mínimo."

Ele anuiu, tomou um gole pequeno. Ela pegou a taça de vinho. Ficaram sentados no escuro, em silêncio, juntos. Daquela vez ela esperou que ele falasse primeiro.

"O que eu sou?"

"Você é Bryan Clauser."

"Não, não sou. Essa parte da minha vida é uma mentira."

Ela não iria discutir com ele sobre aquilo. Talvez pudesse conversar com o pai dele depois, ver se havia algo que pudesse fazer. Mas, por enquanto, não iria falar um monte de banalidades para Bryan.

"Você é um policial", disse ela. "Sim, sei que foi despedido, mas isso não muda o fato de que é um homem que dedicou a vida para servir ao bem maior."

Ele tomou outro gole.

"Eu costumava pensar que era por isso que eu fazia o trabalho. Mas agora não tenho tanta certeza."

"O que quer dizer?"

Ele finalmente se virou para encará-la. As sombras da sala escondiam o seu rosto, roubavam a luz dos seus olhos verdes.

"Acho que fui atraído para esse trabalho por causa do que sou. Acho que me tornei um policial porque gosto de caçar."

Robin se perguntou se tinha uma expressão assustada, porque de repente se sentiu assim. Bryan dissera *porque gosto de caçar*, mas ele quisera dizer *porque gosto de caçar* PESSOAS.

Ele tomou outro gole.

"Alguns tiras matam uma pessoa e isso os deixa tão perturbados que acabam pedindo demissão. Eu já matei cinco caras. *Cinco*. Todos em serviço, todos tiros justificados, ok, mas mesmo assim, não me sinto mal por nenhum deles."

Ele se virou, olhando mais uma vez para o vazio.

Aquele novo Bryan, aquele com emoções ligadas ao máximo, era um homem assustador. Se não o conhecesse e o encontrasse num beco escuro, Robin sairia correndo para o outro lado. Mas ela o conhecia. Havia tanta dor no rosto dele. Ela queria abraçá-lo, pousar a cabeça dele no seu peito e afagar o seu cabelo devagar.

"Bryan, existe uma diferença entre ser um *assassino* e ser um *protetor*. Policiais andam armados por uma razão."

Ele se voltou para ela de novo.

"Mas eu não deveria sentir *alguma coisa*? Um pouco de remorso? Ou culpa? Ou qualquer merda que os psicólogos ficam me perguntando cada vez que mato alguém?"

"O que quer que eu diga? Se não tivesse feito o que fez, Pookie estaria morto, John estaria morto e *você* estaria morto. Você salvou vidas. Não é como se tivesse vontade de sair por aí comendo bebês."

Ele não falou nada.

"Porque se você quiser comer bebês, Bryan, vou ter que pedir que maneire com o uísque."

Ele continuou encarando-a, depois ela viu os cantos da boca dele levantarem só um pouco — Bryan estava lutando para não sorrir. Ela aguardou, conhecendo-o bem o bastante para saber o que aconteceria em seguida. A boca dele tremeu uma vez, duas, então ele perdeu a batalha contra a risada.

Ele balançou a cabeça.

"Você só pode estar de brincadeira. Piadas? *Agora?*"

Ela deu de ombros.

"Talvez eu esteja passando muito tempo com Pookie."

O sorriso de Bryan desapareceu. A tristeza retornou aos olhos dele, e naquele instante a alma dela pareceu que iria se despedaçar e ser levada pelo vento.

Ela virou de costas para ele, então deslizou para o seu colo. Ele começou a reagir, mas antes que ele pudesse dizer qualquer coisa, ela levou a mão ao seu pescoço e usou a rigidez dele para se aproximar para um beijo. Os lábios dela encontraram os dele. Ela sentiu sua barba no lábio superior, no queixo. Inalou o cheiro dele, sentiu-o se espalhar pelo peito. Ele começou a se afastar, então ela o segurou com mais força.

A taça de vinho caiu. Ela colocou a outra mão no pescoço dele, puxando com mais força, sentindo a textura do seu cabelo entre os dedos. Ele resistiu, mas apenas por mais um instante, então ela sentiu os braços dele nas costas, apertando com força, levantando-a como se ela não pesasse nada. A língua dele — gelada por causa da bebida — encontrou a dela.

Ela não soube quanto tempo o momento durou. Durou um segundo. Durou uma eternidade. Afinal, as mãos fortes deslizaram para os ombros dela, os seguraram e a afastaram até que os dois ficassem separados por apenas alguns centímetros.

Ela sentiu o calor da respiração dele, sentiu o cheiro de Talisker que a acompanhou.

"Senti a sua falta, Bryan. Senti tanto a sua falta."

Bryan fungou.

Com delicadeza, ela beijou o seu olho esquerdo, deixou a boca se demorar ali.

"Não deveria ter afastado você", disse ela.

Ele assentiu.

"Não deveria ter deixado você me afastar."

Ela afagou o rosto dele, sentiu a barba nas palmas das mãos, sentiu o calor da pele.

"Não vou mais fazer joguinhos idiotas", disse ela. "Eu te amo. Acho que amei você desde a primeira vez em que o vi. A genética não muda o fato de que você é um homem bom, Bryan. Não muda o fato de que você é o *meu* homem."

Ele fechou os olhos.

"Sinto tudo tão... tão *mais*. Antes, todos os meus sentimentos eram meio, sei lá, meio *abafados*. Agora estão ligados no máximo. É difícil de controlar."

Ela beijou o seu nariz.

"Tudo o que preciso de você é um sentimento. Nada mais importa. Nada mesmo. Só olhe dentro do seu coração e me diga: você me ama?"

Os polegares dele acariciaram as suas bochechas. Ele a encarou, os olhos ainda cheios de dor, mas agora também cheios de desejo.

Ele começou a falar, então hesitou. Engoliu. Lambeu os lábios, então falou.

"Eu te amo", disse ele. "Sempre amei, mas não conseguia dizer."

Ela piscou para afastar as lágrimas.

"Pode dizer agora. Vamos resolver tudo isso juntos. Nunca vou deixar você, não importa o que aconteça."

"Não é fácil", disse ele. "Quero dizer, o cromossomo Zeta, outras pessoas o têm e as coisas que fazem... não sei o que *eu* posso fazer."

Ela o beijou de novo, com intensidade. Os dedos dele apertaram as costas dela.

Robin se afastou apenas o bastante para poder falar, os lábios ainda tocando os dele quando falou.

"Fique comigo", pediu ela. "Passe a noite comigo."

Ele a olhou de novo, então foi a vez dele de puxá-la para perto.

MÃOS

Olhe só para eles. De mãos dadas. *Se beijando*. Ele podia ver as línguas entrando e saindo da boca um do outro. Tão *imundo*.

A raiva cresceu no peito de Mongo. Assim como a animação. Tudo parecia mais claro, mais intenso, da brisa soprando do oceano infinito à areia sendo triturada sob sua barriga e ao cheiro de um peixe morto que não estava muito longe.

Eles não podiam vê-lo. As pessoas não enxergavam de noite, não como ele. E aquelas pessoas tinham uma fogueira, ardendo em chamas alaranjadas, um ponto de luz cercado por aquele pedaço de praia comprido e escuro. Os olhos deles estariam acostumados àquela luz — não poderiam ver nada num círculo de seis metros além daquela pequena fogueira. Mongo podia cobrir uma distância de seis metros em questão de segundos. Não teriam tempo de reagir. Talvez não tivessem nem tempo de gritar.

Não havia ninguém para impedi-lo mais. Ele matara uma vez e ninguém lhe dissera para parar.

À distância, algumas outras fogueiras iluminavam a névoa noturna de Ocean Beach. Mendigos, provavelmente. Ninguém ligava para os mendigos, mas aqueles dois — alguém sentiria a falta deles.

Ninguém deveria encostar um dedo num vai-ser.

Mongo pensou em se esgueirar para longe, talvez dar uma olhada nas outras fogueiras para ver o que havia ali... mas aqueles dois, deitados ali, de mãos dadas, se *beijando*.

O garoto subiu na garota e começou a se mexer.

Observar aquilo fez Mongo se sentir esquisito, e aquela sensação esquisita o deixou ainda mais raivoso.

Devagar, afastou a barriga da areia e ficou de pé, uma forma da cor da areia que disparou para a frente, saindo da escuridão e entrando no círculo de luz da fogueira.

VOLTA AO LAR

Rex deixou as pontas dos dedos traçarem as paredes ásperas do túnel feito de terra, pedras, tijolos descasados e vigas de madeira apodrecida. As vigas de madeira formavam um V invertido e íngreme que suportava as pedras acima. A coisa toda parecia demasiado frágil e delicada, como se pudesse desmoronar a qualquer momento.

"Isso não parece muito seguro", disse ele. Astuto ia à frente dele, Pierre atrás e Sir Voh e Forte na retaguarda. Rex não precisava mais montar em Pierre, e nem podia — Pierre tinha que se abaixar para passar pelo espaço apertado. A enorme criatura olhava para cima com frequência, verificando a todo momento a altura da cabeça. Tomava muito cuidado para não bater nas vigas acima.

"É seguro", disse Astuto. "Exceto isto." Parou e apontou para uma pedra no teto que fora marcada com uma seta laranja pintada com tinta spray que apontava para o caminho pelo qual tinham vindo. "Os túneis foram construídos para desmoronar se a gente derrubar as rochas de suporte. A gente as chama de *chavêtas*. Se você derrubar esta aqui, o túnel inteiro atrás da gente desaba."

Rex imaginou como seria sentir todo aquele peso caindo em cima dele, esmagando-o, sufocando-o.

"Por que elas existem?"

"Temos covis espalhados por toda a cidade", respondeu Astuto. "Mas só alguns túneis levam para casa. Se o monstro descobrir um deles, a gente o destrói para que ele não possa refazer o caminho até onde a maioria de nós vive."

A pedra chavêta parecia prestes a cair a qualquer momento.

"Elas chegam a cair por conta própria?"

Astuto sorriu.

"Às vezes. Esta é a nossa existência, somos forçados a viver no subterrâneo como animais."

"E se acontecer algum terremoto?"

Astuto deu de ombros, chacoalhando os enormes ombros envolvidos pelo cobertor.

"Quando acontecem terremotos, pessoas morrem." Ele se virou e continuou descendo o túnel. Rex e os outros o seguiram.

O garoto não sabia o quanto já tinham andado. O túnel estreito os obrigava a avançar devagar, levando em consideração o tamanho de Pierre e Forte. Sir Voh parecia se comprimir sobre os ombros de Forte, se *achatava* de alguma maneira, para ocupar menos espaço. Às vezes, Rex tinha que se curvar e andar abaixado, o que significava que Pierre, Forte e até mesmo Astuto tinham que rastejar pela terra. Essa era a provável explicação para as roupas e os cobertores serem tão esfarrapados e imundos.

Rastejar pela terra, como insetos — não era assim que a sua família devia viver.

Finalmente, o túnel estreito se abriu numa caverna enorme. Rex se endireitou e olhou ao redor, maravilhado com o que viu. A caverna era quase tão grande quanto um quarteirão da cidade. O teto desnivelado se erguia dez ou doze metros acima. Uma luz fraca iluminava o espaço, lançada por uma miscelânea de luminárias e lâmpadas presas a uma grande quantidade de coisas: pedaços de concreto sujo, toras velhas, um carro antigo e enferrujado saído direto de um filme de gângster.

E no centro da caverna, cobertos por luzes de todas as formas e tamanhos, havia navios de madeira. Navios *grandes*. Pareciam ser velhos, como as naus *Niña*, *Pinta* e *Santa Maria* que ele estudara na escola.

Nenhum navio tinha mastro. O que estava mais perto tombava um pouco para o lado, o casco negro rachado e quebrado em centenas de lugares. O fundo estava enterrado no chão, como se navegasse um mar de terra, congelado no tempo como um filme pausado. O convés tombava um pouco para a esquerda, combinando com a ligeira inclinação do barco. Na ampla popa da embarcação, Rex viu letras descascadas na madeira que soletravam o nome *Alamandralina*.

À direita desse navio repousava o segundo, este tombado de lado por completo, o convés arruinado despontando em um ângulo de 45 graus. O casco parecia quase intacto, como se um gigante tivesse pego o barco, o erguido trinta metros no ar, então o jogado para se despedaçar como um melão caindo no chão. Ele pôde identificar poucas letras na popa daquele: um *R*, depois espaços para duas letras, depois AR, outro espaço, e então um *O*.

Rex viu luzes saindo do interior dos barcos. Através dos cascos rachados, observou camas, paredes e portas improvisadas. Todas essas coisas ficavam ao nível do chão — era óbvio que pessoas viviam ali, embora ninguém parecesse estar em casa.

Havia alguns carros estacionados no espaço entre os barcos: um ônibus escolar amassado com janelas escurecidas e duas picapes que deveriam estar num ferro-velho.

Tudo isso sob as ruas de San Francisco? E aquele lugar parecia *velho*, como se existisse desde a época em que aqueles barcos navegavam os oceanos. Um mundo secreto que sempre estivera ali, apenas aguardando que ele o encontrasse.

"Astuto, isso é maravilhoso."

"É o nosso *lar*", disse Astuto. "Bem-vindo ao seu reino."

Rex tentou digerir tudo. Tão deslumbrante, tão colossal. Mas se aquele era o seu "reino", onde estavam os súditos?

"Está vazio", disse ele. "Achei que houvesse mais de nós."

Astuto riu, um som sibilante e rouco que alguns dias atrás teria feito Rex mijar nas calças.

"E há", disse Astuto. "Muito mais. Estão na arena. É para lá que estamos indo, para anunciar às pessoas que você veio nos guiar para dias melhores."

Astuto sempre falava aquilo. O que queria dizer? Talvez fosse como nos romances de fantasia, onde um *escolhido* liderava o povo para derrotar o mal. Se fosse uma profecia, Rex esperava poder cumpri-la.

"A arena", disse Rex. "Como chegamos lá?"

"Mais túneis", respondeu Astuto. "Vamos demorar um pouco. Quando chegarmos lá, todos vão poder ver você e você poderá ver a Mamãe. Hillary disse que é muito importante que você conheça a Mamãe."

"Quem é Hillary?"

Astuto abriu o sorriso cheio de dentes.

"Ela é a razão por termos ido até você, meu rei. Você vai gostar dela. Mas não será tudo diversão. O Primogênito estará lá também. Ele não vai ficar feliz em ver você. Mas não se preocupe, vamos protegê-lo."

Rex olhou para Astuto, depois para Pierre, Sir Voh e Forte. Aqueles homens eram tão grandes, tão fortes. Como era possível que o Primogênito os ameaçasse tanto?

Do navio tombado, uma voz ecoou:
"Meu rei!"
Um homenzinho apareceu na alta amurada. Enquanto Rex observava, ele pulou e despencou para o chão seis metros abaixo. O homem deveria ter se *espatifado*, mas ele caiu em pé sem sequer diminuir a velocidade. Correu para a frente, cobrindo a distância mais depressa do que Rex teria pensado possível.

Ele é muito rápido. Marco também era. Será que todos são assim?

O homem parou a poucos metros de distância. Rex sentiu o *ba-da-bum--bummmm* no peito. Que sensação maravilhosa! Aquele homem fazia parte da sua família.

Ele era baixo, poucos centímetros mais alto do que Rex. Tinha uma cabeça careca com pele amarelada e pintalgada. O nariz era tão estranho — uma coisa dura e adunca que se curvava para baixo e para fora e terminava numa ponta afilada. Começava amarelo onde despontava do rosto, passando para o preto na ponta. Era mais um bico do que um nariz. Rex viu dois buraquinhos acima do bico, embaixo e perto dos olhos. Ah, aquelas eram as narinas.

O homem abriu um largo sorriso. Por trás do bico terrivelmente curvado havia uma boca cheia de dentinhos quadrados. Usava roupas maltrapilhas, como os outros, todas sujas, fedidas e rasgadas. O braço direito descansava numa tipoia branca. Rex pôde perceber que era jovem, como Astuto e os outros.

"Meu rei! Eu sou Sugador! Eu lutei e matei por você." Ele estendeu a mão esquerda, a pele ali tão amarela quanto a do rosto. Ele queria apertar a mão de Rex, como se Rex fosse um adulto ou algo do tipo.

Rex a apertou.

Astuto estendeu o braço e segurou o ombro esquerdo de Sugador.

"Sugador se provou valioso, meu rei. Ele matou Issac e a mãe de Alex. Então lutou contra o próprio monstro."

Surpreso, o garoto puxou o ar por entre os dentes.

"Você lutou contra o *monstro*?"

Sugador sorriu e assentiu.

"Ele atirou em mim com a flecha mágica! Foi assustador. Ele teria me levado, mas o policial subiu no telhado bem na hora. Eu pulei para poder fugir. Não sarei com a rapidez de sempre, mas eles tiraram a flecha mágica e estou melhorando."

A mão verde de Astuto bagunçou o cabelo imaginário de Sugador.

"Sugador é corajoso. Vai servi-lo bem."

O rosto de Sugador de repente mudou para um laranja pálido. Ele estava corando.

O sorriso de Astuto desvaneceu. Ele tinha uma expressão muito séria.

"Meu rei, está pronto para ir à arena?"

Seria perigoso. O Primogênito estaria aguardando, mas os novos amigos de Rex o protegeriam.

Ele assentiu.

"Estou. Me leve até o meu povo."

MAMÃE

A masmorra branca dava para um corredor da mesma cor. O corredor também tinha pedras mal encaixadas com incontáveis demãos de tinta esmalte branca. Lâmpadas de diversos tipos iluminavam o teto curvo. Um fio elétrico grosso e marrom, pintado em algumas partes, corria de lâmpada a lâmpada, pendendo um pouco em alguns trechos, pregado às vigas do teto em outros.

Nos lugares em que o teto era formado por pedras, elas pareciam bem encaixadas, como blocos angulosos de algum artesão medieval. Na sua maior parte, porém, pedaços aleatórios de pedra, azulejo e pedaços de madeira remendavam o teto num caleidoscópio de formas em tinta branca.

Aggie viu manchas de sangue no chão branco — o rastro do garoto sem língua. Hillary empurrava o mendigo para a frente. Passaram por um homem de manto branco usando uma máscara de Richard Nixon: nariz comprido, olhos semicerrados e sorriso largo. O homem estava parado atrás de um balde de esfregão amarelo velho que fedia à alvejante. Ele passava o esfregão molhado na trilha de sangue.

"Espere", disse Aggie. "Posso fazer uma pergunta?"

"Talvez", respondeu Hillary.

Ele não entendeu o que aquilo significava, mas ela não dissera não.

"Qual é o lance das máscaras? Você não usa uma."

Hillary bufou de desgosto.

"Porque eu sou *la reine prochaine*. Os *ouvriers* usam máscaras em homenagem aos *guerriers* que arriscam as suas vidas para nos trazer comida. Entendeu?"

Aggie não entendia. Ela estava falando italiano?

A confusão deve ter aparecido no seu rosto. A idosa balançou a cabeça, então esticou um braço e puxou a máscara de Nixon. Enquanto ela se soltava do capuz branco, Aggie prendeu a respiração, esperando ver algo horrível — mas era apenas um homem. Um negro de pele não tão escura. Ele ficou ali parado, com o esfregão ainda nas mãos, olhos meio fechados, encarando. A boca pendia aberta. A ponta da língua tocava a parte de dentro do lábio inferior.

"Ei", falou Aggie, "ele é retardado?"

"Ele é um *ouvrier*. Faz o trabalho que precisa ser feito. Agora pare de falar e ande, ou vamos chegar atrasados."

Hillary empurrava Aggie à frente. Cada empurrão era apenas forte o bastante para mantê-lo em movimento, mas ele sentia a força cada vez que as mãos dela acertavam o seu corpo. Eles avançavam depressa. O homem teve a sensação de que ela não queria ser vista.

O corredor estreito fazia curvas e dava voltas. Em pouco tempo, o branco deu lugar ao marrom, ao preto e ao cinza, as cores da terra subterrânea. Outros túneis se ramificavam a partir daquele. Não havia padrão algum nas ramificações, nenhuma regularidade, apenas uma escolha aparentemente infinita de opções escuras. Caminhos de pedra e tijolo mudavam para pisos de terra. O corredor se alargou num certo ponto. Quando o fez, Hillary empurrou

Aggie para um túnel lateral. Ele entrou, ansioso para agradá-la, mas a mulher o agarrou, o virou e o segurou tão perto que os dois quase se beijaram.

"O que você vai ver agora, ninguém vê", disse ela. "Fique quietinho e vá para onde eu mandar. Se fizer algum barulho, eles vão despedaçar você todo. Entendeu?"

Aggie assentiu.

Ela o empurrou através de um corredor tão apertado que ele teve que virar de lado para poder passar. Terra e pedra raspavam no seu rosto e no seu peito. As paredes ali se pareciam com uma escavação arqueológica: havia terra e pedra, claro, mas também tábuas enegrecidas, vigas de madeira apodrecida, cacos de garrafas usadas, lascas de cerâmica e velhas ferramentas de metal enferrujado, latas de gasolina e canos. Aquele era um túnel aberto pelas mãos de leigos, escavado através de um aterro antigo. O corredor de lixo subia num ângulo íngreme o bastante para deixá-lo sem fôlego depois de apenas vinte passos.

Enquanto subia, um cheiro forte preencheu o ar. Não era um perfume, era mais intenso, mais... *animal*. Aggie parou para inalar aquele aroma. O que quer que fosse, ele queria mais.

Hillary o empurrou.

"Depressa. Você não pode deixar de ver."

Ele continuou subindo. Além de tudo o que estava acontecendo, o pinto dele começou a pulsar. *Não era possível* que estivesse ficando excitado numa hora como aquela, era?

O chão se nivelou. Aggie se viu numa salinha com um teto tão baixo que ele precisou engatinhar. O piso era um conjunto aleatório de grades de metal e barras de celas carcerárias presas ao chão — ele podia ver o vazio escuro embaixo delas.

Hillary se aproximou do seu ouvido.

"Chegamos bem na hora."

Ele sussurrou uma resposta.

"Na hora para o quê?"

"Para ver o que vai acontecer com você se não me obedecer."

Uma luz fraca apareceu lá embaixo — uma única vela, levada por um homem de manto branco. Ele usava uma máscara de um demônio com um sorriso retorcido. Aggie viu que o chão ficava três metros abaixo das grades. Ele estava tão perto que, se passasse o braço pelas barras e o esticasse, poderia tocar o topo do capuz do mascarado.

Outro homem mascarado de manto branco entrou, também com uma vela nas mãos. Então outro. E mais outro.

As velas começaram a afastar a escuridão, revelando uma sala retangular de mais ou menos seis metros de comprimento e cinco de largura. Num lado da sala, uma luz fraca iluminava uma lona cheia de remendos que cobria algo grande, um monte do tamanho de um elefante deitado de lado.

Mais mascarados de mantos brancos levando velas entraram. Passaram por uma porta estreita no meio de uma das paredes compridas. A porta parecia ser a única maneira de entrar e sair daquela sala. Aggie viu que os primeiros mascarados estavam saindo, viu que era uma procissão — eles entravam, encontravam um lugar para colocar as velas e depois saíam em silêncio. A iluminação da sala foi ficando mais forte, assim como a luz tremeluzente que se refletia na lona remendada.

Uma ponta da lona se mexeu. Daquela ponta, Aggie ouviu o gemido de uma mulher. Um mascarado correu até a ponta oposta. Enfiou a mão por baixo, pegou algo e então se endireitou, segurando aquela coisa junto ao peito. O que era aquela mancha no manto branco? Era sangue? Sangue *fresco*? O mascarado abriu caminho por entre os outros e saiu da sala.

Hillary agarrou a orelha de Aggie, torcendo-a.

"Não faça barulho. Se virem você, você morre."

Aquele cheiro estranho ficou mais intenso. O rosto de Aggie estava quente. Seu pinto começou a endurecer.

O fluxo de mascarados deixava as velas em prateleiras, sobre uma mesa, no chão, em qualquer espaço disponível, depois eles se viravam e saíam, passando por outros mascarados que traziam mais velas.

A sala ficou ainda mais iluminada.

Uma música começou a tocar, uma melodia suave, ressonante e metálica. Aggie olhou para o outro extremo da sala, de frente ao monte. Um homem de manto branco estava sentado a uma mesa de madeira branca. Outro mascarado se aproximou, este segurando um suporte de metal com oito velas, todas altas e paralelas — um candelabro. E espere... aquilo não era uma mesa, era um *piano* pequeno, como uma versão menor daqueles pianos de cauda.

Um segundo candelabro se juntou ao primeiro. Agora havia bastante luz para que Aggie pudesse ver que o pianista usava uma máscara do Pato Donald. O pequeno piano não era branco — na verdade, era de um amarelo-claro —, a pintura descascada e gasta, lascas deixando aparecer a madeira escura embaixo.

As mãos de Aggie se fecharam nas barras de ferro que o mantinham afastado. O pau dele estava completamente ereto, empurrando as calças do pijama de segunda mão. Não estava apenas *ereto* — estava tão duro que chegava a *doer*.

Mais velas.

A sala ficou ainda mais iluminada.

Espere... será que a lona toda estava se *mexendo*?

A respiração quente de Hillary estava no ouvido de Aggie.

"Agora eles trazem o noivo." Os lábios dela estavam tão perto. A respiração fez os pelos das costas do homem se arrepiarem. Ele a queria, o pinto pulsante lhe dizendo para *possuí-la*. Mas como podia desejar aquela velha que o mantinha prisioneiro?

A música ficou mais alta. Não era um piano — era mais estridente, mais agudo. Ele conhecia aquela música. Ouvira-a num antigo programa de TV... *A Família Addams*... era um cravo. O Pato Donald de manto branco começou a se balançar para a frente e para trás enquanto tocava as teclas descascadas.

Mais velas, mais luz.

A lona *estava* se mexendo. Não apenas a ponta, ah não, ah meu Deus do céu, a *coisa toda* estava se mexendo, que porra havia sob aquela coisa, não pode estar viva, simplesmente *não* pode, porque é tão grande, tão grande quanto um elefante. *O que é aquilo, o que é aquilo?*

O rangido de rodinhas. Um carrinho de carga, do tipo que os empregados de transportadoras usam, passou pela porta estreita, empurrado por um homem de manto branco. E amarrado ao carrinho...

O garoto sem língua.

A luz de pelo menos cem velas refletiam no sangue que cobria a boca, o maxilar, o pescoço e a camiseta do adolescente de cabelo loiro. Ele chorava soluços ofegantes e violentos que sacudiam o peito musculoso. O garoto... estava de *pau duro*? Mesmo dali de cima, a sua ereção era visível sob as calças do pijama.

Os mascarados se reuniram em volta da lona, agitando-a, se preparando para removê-la. A vibração do pano enorme soprava ondas daquele *aroma* até o nariz de Aggie. Ele teve que afastar a luxúria, teve que pressionar o rosto entre as frias barras de ferro embaixo dele, teve que lutar contra o *calor* puro que ondulava pelo seu corpo.

"Faça o que eu mandar", sussurrou Hillary no seu ouvido, "ou vai ser *você* quem vai sentir o amor da Mamãe."

As notas ressonantes do cravo preencheram o ar.

Os mascarados puxaram a lona.

Aggie recuou. O estômago dele revirou, tentou forçar a última refeição pela garganta.

Inchada, *gigantesca*, uma massa de carne branca como uma enorme colherada de banha de porco presa por uma pele marcada de cicatrizes. Aquelas coisas eram *pernas*? Sim, tão gordas que se pareciam com enormes linguiças branco-acinzentadas que tinham pés minúsculos, partes de bonecas que eram pequenas demais afixadas ao corpo obeso que se espalhava por cima deles, em volta deles. E, acima das pernas, uma barriga em forma de bolha que chegava bem perto do teto, uma barriga que parecia quase transparente, que se crispava e agitava toda vez que o corpo se mexia.

Se havia cabeça e braços, estavam escondidos em algum lugar atrás daquela gordura.

Os pés chutavam em vão, como um bebê recém-nascido experimentando os músculos novos.

Aggie recebera ordens de não fazer barulho. Ele abriu a boca e mordeu a barra de ferro embaixo dele. Sentiu o metal frio nos lábios. Sentiu o gosto de ferrugem. Sua mandíbula apertou cada vez com mais força, até ele ouvir o molar direito *estalar*. A dor era parecida com um prego quente sendo enfiado na mandíbula, mas isso clareou um pouco a sua mente — e o impediu de gritar.

Homens de mantos brancos deram a volta na coisa. Aggie percebeu que ela estava deitada sobre uma mesa grossa... não, sobre um *carrinho*, com pneus pretos de carro acoplados aos cantos. Os pés que chutavam estavam suspensos sobre um dos lados. Seis mascarados se aproximaram daqueles pés, três de cada lado. Enfiaram as mãos por baixo deles e tiraram barras em T que deslizaram em suportes montados no carrinho. Os homens se inclinaram para trás e começaram a puxar com força. Mais homens de mantos brancos se apertaram entre a parede e a parte de trás do carrinho. Empurraram com o peso combinado de todos.

O carrinho rolou devagar, o chão de madeira velha rangeu sob os pneus. Os mascarados viraram o carrinho lentamente, movendo-o para longe da parede até deixar o lado com os pés de frente para o garoto sem língua imobilizado.

O cravo passou a tocar mais alto.

Os homens de mantos brancos na sala começaram a se balançar e a gemer em uníssono.

Aggie sentiu um pedaço de dente flutuar na boca. Engoliu-o.

Viu o corpo em perfil — uma lesma gigante feita de carne humana. Agora ele via os braços, pelo menos o direito, ondas infinitas de gordura tão grossas que o mendigo não conseguia distinguir o antebraço do braço.

"*Venez à moi, mon amoureux*", disse uma voz profunda e ressonante que soou cheia de promessas eróticas.

A voz tinha saído do corpo em cima do carrinho.

Aggie olhou para a esquerda, para além da curva de sino que era a barriga inchada e do peito elefantino. Viu a cabeça e soube que aquela era a *Mamãe* que Hillary o levara para ver.

Ele começou a choramingar.

Hillary deu um peteleco na orelha do homem. Com força. A dor ardente o ajudou outra vez a manter um pouco da sanidade.

A cabeça dela. Ah, meu Deus, a *cabeça* dela estava dentro de algum tipo de caixa, uma caixa de metal, couro e madeira afixada no carrinho. Ombros inchados avolumavam-se para cima e em volta do aparato. Ela era tão morbidamente obesa que, sem aquilo, Aggie sabia que a própria gordura da Mamãe iria engolfar a cabeça e sufocá-la. Alguns poucos fios castanhos gordurosos se grudavam à cabeça enrugada, coberta de linhas profundas.

"*Venez à moi, mon amoureux*", disse Mamãe.

A luz de cem velas refletia na pele branca. Não era *pálida*, mas *branca* mesmo, como uma larva desenterrada, uma larva que nunca sentira o calor do sol.

Parecia haver um brilho no interior do estômago inchado. Aggie percebeu que podia enxergar *através* da barriga, só um pouco, a pele translúcida e o emaranhado de veias rosadas, os contornos iluminados pelas chamas das velas do outro lado.

Dentro da barriga, ele viu coisas se *mexendo*. *Diversas* coisas.

Fetos.

Uma dúzia? *Duas* dúzias? Alguns se contorciam, outros chutavam, mas a maioria não se movia; estavam imóveis, pontos negros dentro daquela horrível paródia de um balão de água carnudo.

Um homem de manto branco foi até o carrinho do garoto. Inclinou-o para trás, depois empurrou o adolescente na direção das pernas da Mamãe.

Ele começou a gritar.

"*Mon chéri*", disse Mamãe.

Um bebê deslizou por entre as pernas no meio de uma chuva de fluídos. Ficou preso entre a gordura úmida das coxas. A boca de Aggie ficou cheia de bílis. Ele se forçou a engolir, com medo de que babasse e caísse nos homens de mantos brancos abaixo. O bebê não se mexia. A pele morena contrastava com a carne branco-acinzentada. Um mascarado se aproximou depressa e puxou o feto imóvel do meio das pernas grossas como troncos de árvores.

Os gritos do garoto loiro se transformaram em sílabas desesperadas — ele estava implorando, mas não tinha uma língua para formar as palavras. O mascarado atrás do carrinho de transporte passou a mão para a frente e enfiou um pedaço de pano na boca do rapaz, abafando os sons.

Em seguida, o mascarado abaixou as calças do pijama do garoto. Inclinou o carrinho para trás outra vez e o empurrou até ficar entre as pernas da Mamãe.

Aggie sentiu a mão de Hillary se fechar na sua nuca. Forte, pronta para quebrar a sua espinha dorsal se ele fizesse algum barulho. A mensagem era clara... *você não viu nada ainda e, quando vir, fique de boca calada.*

"Agora", sussurrou Hillary, "Marie Latreille recebe um marido."

Os homens de mantos brancos gemeram mais alto, o cravo tocou mais rápido.

A cabeça da Mamãe se debateu dentro da caixa de metal e madeira.

"*Mon chéri*", chamou ela.

As pernas atarracadas se esticaram, se prenderam na parte de trás do carrinho de transporte e puxaram o garoto para dentro dela. A gordura o cercou — ele parecia estar enfiado até a cintura em leite coalhado.

O adolescente sem língua se debateu contra as cordas que o prendiam no carrinho. Os esforços dele não surtiram efeito algum.

"*Mon chéri!* Mon chéri!"

A mão de Hillary apertou o pescoço de Aggie com mais força. Ela se inclinou para a frente, empurrando a cabeça dele de encontro às barras de ferro enferrujado com um movimento descuidado. O homem levou as mãos para trás e puxou o vestido dela com gestos espasmódicos.

Ela relaxou o aperto, mas não soltou.

"Esta noite, o rei virá até ela", sussurrou Hillary. "Seremos salvos."

As pernas da Mamãe se contraíram repetidas vezes, puxando o garoto para dentro dela, fazendo o carrinho chacoalhar. A massa obscena balançava no mesmo ritmo.

O *cheiro*. Aquele cheiro que fazia Aggie se sentir tão excitado ficou ainda mais intenso, preenchendo a sala, preenchendo a sua *cabeça*. Aggie convulsionou uma vez e então gozou nas calças do pijama.

O grito do garoto passou, brevemente, de terror para êxtase horrorizado.

A música do cravo foi interrompida.

Aggie piscou. O calor se dissipou da sua cabeça, do seu corpo. Afastou o rosto das barras de ferro. Não conseguia mais encarar aquela cena, nem por mais um segundo. Virou-se e colocou a boca junto à orelha de Hillary.

"Vou fazer o que você mandar, *qualquer coisa*, só não deixe aquilo acontecer comigo, *por favor*!"

Hillary se virou para encará-lo. Ela sorriu, a luz das velas lá embaixo cintilando nos dentes amarelos que lhe restavam. A velha segurou o rosto dele, as pontas dos dedos acariciando as bochechas com delicadeza. Aproximou-se.

"Ainda não acabou para ele. Você tem mais uma coisa para ver. Agora, o marido da Mamãe vai participar da Caça ao Noivo."

CAÇA AO NOIVO

Hillary mandou Aggie se levantar. Ele o fez cuidadosamente, com receio de que os seus pés escorregassem pelas barras e aquela *coisa* lá embaixo descobrisse que ele estava ali. A idosa o guiou pelo mesmo caminho que tinham vindo. Enquanto saíam, Aggie ouviu o zumbido de máquinas e depois um baque distante e pesado. Uma última espiada através das barras mostrou uma luz forte entrando pela porta da sala da Mamãe. Completamente iluminada agora, Aggie viu um piso de madeira e paredes enegrecidas pelo tempo.

Hillary empurrou o mendigo por mais túneis apertados até chegarem a uma escadaria estreita de pedra desgastada que levava para cima. Depois de quarenta ou cinquenta degraus, o caminho se nivelou e avançou para dentro de outro túnel confinado — mas este levava a um espaço aberto. Ali, havia o chamejar de tochas.

Hillary o fez parar pouco antes da abertura. Enfiou a mão num buraco na parede de terra e retirou um imundo poncho de feltro cinza com um capuz. Colocou-o em Aggie como se ele tivesse 3 anos de idade. O tecido fedia a bolor e a odores corporais estranhos e acres. Enfiou a mão no buraco de novo e retirou um saco de dormir quadriculado, mofado e comido por traças. Ela o passou pelos ombros dele, obscurecendo a sua forma. Mesmo nos seus piores momentos como humano, dormindo em sarjetas cheias de água de chuva suja, passando semanas sem tomar banho, mijando nas calças, talvez até mesmo cagando nas calças, Aggie nunca tinha fedido *tanto* assim.

Ela o levou para uma elevação feita de pedras, vigas antigas de madeira, o que se parecia com uma placa de rua amassada e outros refugos sociais. Diante dele estendia-se um enorme espaço retangular de aproximadamente cem metros de comprimento e sessenta metros de largura. A elevação corria por toda a extensão, uma trilha de um metro ou 1,5 metro de largura que se elevava acima do espaço aberto, nove metros abaixo. Assentos de todos os tipos estavam alinhados ao redor da elevação: cadeiras dobráveis de metal, cadeiras de plástico, bancos, toras, barris, baldes — centenas deles, todos perto da borda para que as pessoas pudessem se sentar e ver o chão da caverna. Atrás dos assentos, correndo ao longo da parte de trás da elevação, ele viu inúmeros espaços escuros — túneis que levavam para as profundezas de qualquer que fosse o inferno no qual ele se encontrava. Um teto de terra e pedras, curvo e irregular, arqueava acima.

Hillary o guiou até a borda e o forçou a se sentar na antiga placa de rua. Seus pés pendiam no espaço aberto.

Abaixo e à esquerda, numa extremidade da caverna retangular, ele viu os destroços de um enorme navio de madeira, do tipo que já vira em filmes de piratas. O fundo do navio repousava numa pequena pilha de itens diversos que o mantinha suspenso. A proa comprida apontava para o outro extremo do espaço alongado, enquanto que a popa do navio parecia enterrada na parede da caverna.

Aggie nunca vira nada que se parecesse tão deslocado. O convés da embarcação parecia desnivelado, mas estava intacto na sua maior parte. A amurada descascada que ainda restava corria em volta das beiradas. Ele viu escotilhas no convés, escotilhas que aparentavam estar muito gastas, como se ainda levassem para as áreas inferiores. Um mastro despontava do centro do navio — um mastro feito de crânios humanos. O topo do mastro ficava na altura dos olhos de Aggie, nove metros acima do convés, coberto por uma viga que o transformava em um gigantesco T. Uma combinação de tochas e resplandecentes lâmpadas elétricas de diversos tipos estava apinhada em cada ponta da viga, iluminando o convés abaixo.

Na popa do navio, onde degraus deveriam ter levado a um convés mais alto, os destroços se fundiam com a parede da caverna, como se escavadores não tivessem terminado o serviço. Uma porta aparentava um dia ter levado àquele segundo convés escondido. Através dela, Aggie teve um vislumbre de algo branco e gosmento.

Mamãe.

Aggie juntou as peças. Mamãe vivia na cabine do capitão de um antigo navio de madeira. O povo de Hillary colocara barras de prisão e grades de metal no teto daquela cabine, para que as pessoas pudessem ver a Mamãe. Mas como um navio grande como aquele foi parar debaixo da terra? Onde diabos ele *estava*?

O mendigo viu que o chão da caverna não era plano. Os lados do monte que mantinha o navio suspenso desciam numa série de valas de terra que serpenteavam em todas as direções, avançando até o fim da caverna e também se estendendo para todos os lados. As valas davam voltas e se cruzavam. Pareciam ter três metros de profundidade, variando entre 1,5 metro e 2,5 metros de largura. Do seu lugar na elevação, Aggie podia ver o interior da maioria das valas perto dele. Não podia enxergar o interior das valas na outra extremidade a não ser que estivessem viradas na sua direção.

Ele se deu conta do que as valas eram: um labirinto. Ele estremeceu, imaginando a si mesmo perambulando por aquele lugar, pensando no que poderia persegui-lo.

Um lampejo dourado chamou a sua atenção. Na elevação bem em cima da cabine da Mamãe, Aggie viu um trono dourado revestido com almofadas de veludo vermelho. Tudo naquela caverna tinha uma aparência suja, gasta, rejeitada e surrada, mas não aquele trono dourado. Ele irradiava uma aura de importância.

"Hillary, que lugar é esse?"

"A arena", respondeu a velha. "Ela é muito importante para nós."

A mulher lhe deu um tapinha nas costas como se fossem velhos amigos, como se fossem duas crianças sentadas numa ponte numa idílica tarde de verão.

"Agora você vai ver por que deve me ajudar."

Como se ela precisasse lhe mostrar mais alguma coisa.

"Vou fazer tudo o que você mandar. Juro por Deus. Só preciso sair daqui."

Hillary lhe deu outro tapinha nas costas.

"Apenas assista."

Uma movimentação na porta da cabine do capitão chamou a atenção dele. Mascarados empurraram o garoto sem língua para fora, ainda amarrado ao carrinho de transporte. As calças do pijama tinham sido levantadas de novo. O tecido fino se grudava na pele dele, encharcada pela umidade da Mamãe.

Outro mascarado saiu da cabine da Mamãe. A máscara branca de olhos vermelhos tinha maçãs do rosto exageradas e decoradas com espirais vermelhas. Ele estava com um trompete nas mãos.

"Agora o chamado", informou Hillary.

O mascarado ergueu o trompete e soprou uma nota longa e grave. Quando parou, a nota ecoou por um breve instante, o timbre ricocheteando nas paredes feitas de terra, pedra e tijolo da caverna.

Nos túneis sombrios que davam para a elevação, Aggie viu movimento. Pessoas surgiam e começavam a tomar os assentos. Não, pessoas não... *criaturas*. Algumas tinham cobertores pesados jogados sobre as cabeças e os corpos, mas a maioria usava roupas normais — jeans, bermudas ou calças de moletom, camisetas, blusas de moletom, vestidos, paletós esfarrapados. As várias peças de roupa cobriam tantos corpos diferentes, corpos *horrendos*. Ele viu peles de todas as cores, o lustro de pelos, o brilho de couraças, o tremeluzir de umidade escorrendo.

"Sim", disse Hillary. "*Todos* estão aqui. Ah, olhe", ela apontou para o outro extremo da arena, "estou vendo Astuto e Pierre. Foram eles quem o trouxeram. Isso não é legal?"

Do outro lado da elevação retangular, a sessenta metros de distância, Aggie viu um homem musculoso com um rosto de cobra. Ao seu lado, um homem mais alto com cara de cachorro. Atrás deles, alguém tão grande que o seu tamanho era incompreensível. E entre aqueles três, uma forma minúscula escondida num cobertor.

Aggie sentiu a presença de pessoas em ambos os lados. Virou devagar para a direita. A pouco menos de três metros sentava-se um homem atarracado, branco feito alvejante, com cabelo de fios que pareciam cobras, ondulando por vontade própria. O homem se virou na direção do mendigo, mas Aggie desviou o olhar depressa e puxou o cobertor mais para cima a fim de esconder o corpo. Não conseguiu se impedir de olhar para a esquerda — a apenas 1,5 metro de distância, viu uma coisa que se parecia com uma barata do tamanho de um homem.

Hillary cutucou Aggie.

"É melhor olhar para a frente", alertou-o em voz baixa.

Ele assim o fez.

O trompetista soprou uma sequência de três notas, então voltou a entrar na cabine. Todos na elevação se levantaram e olharam para a esquerda de Aggie, para o trono dourado.

Das sombras atrás do trono emergiram figuras. A primeira usava um casaco marrom. Tinha uma enorme cabeça desproporcional com uma testa ainda maior, a pele ali nodosa e enrugada. Postou-se à direita do trono. Uma mulher apareceu para se colocar à esquerda do trono. Tinha cabelo preto comprido e brilhoso, que cascateava sobre os dois ombros. Mesmo àquela distância, Aggie pôde ver que ela era bonita. Usava botas de borracha que subiam até os joelhos, calças cintilantes e um moletom cortado do Oakland Raiders que revelava uma barriga lisa. Algo pendia do quadril... será que eram correntes enroladas? Um cobertor marrom esfarrapado descia pelas costas, preso por uma corda branca em volta do pescoço.

"Cabeçudo e Faísca", disse Hillary. "São os guardas do Primogênito." O tom de voz dela mudara. Já não soava feliz — soava enojada, desgostosa. "E lá vem ele, nosso adorado líder."

Um homem alto saiu das sombras. Usava um casaco de pele preto e longo preso ao pescoço com algo que cintilava como prata. Aggie viu jeans enfiados em coturnos também pretos, um coldre amarrado em cada coxa. A criatura estava sem camisa — pelos curtos e pretos cobriam uma barriga de tanquinho e um físico esguio e definido. Quando se movia, os músculos se contraíam como os de uma pantera. O rosto tinha vagas feições felinas, com olhos alongados e inclinados com íris verdes, a boca um pouco estendida e grandes orelhas que se dobravam contra a cabeça quadrada. Andou até a frente do trono, cada movimento gracioso e natural.

Sentou-se.

Hillary franziu a boca numa expressão de escárnio.

"O Primogênito decidiu nos agraciar com a sua presença. Agora podemos começar."

No navio, mascarados moveram o rapaz sem língua. Empurraram-no até o centro do convés destruído e encostaram o carrinho no mastro de crânios. A combinação de tochas ardentes e lâmpadas elétricas brilhantes lançava sombras tremeluzentes e desagradáveis no seu rosto atemorizado.

Há menos de uma hora, aquele garoto estivera na masmorra branca com Aggie.

"Hillary, o que vai acontecer com ele agora?"

Ela sorriu.

"Agora as crianças vão sair para brincar."

A meio caminho entre o mastro e a proa, uma escotilha balançou. Um braço de luva preta e manga branca a abriu.

Duas crianças saíram.

Hillary soltou um *ooonn* ofegante, então deu um tapa na perna de Aggie.

"Elas são tão *fofas!*"

Apenas crianças. Um menino e uma menina, talvez de 3 ou 4 anos. Usavam pijamas imundos de segunda mão. O menino era branco e loiro. Poderia ter sido um dos pirralhos ricos do bairro da Marina. A camisa dele tinha os restos desbotados de uma estampa do San Francisco 49ers. A menina tinha pele mais escura e cabelo vermelho. O pijama dela era azul com um esvoaçante, quase solto, *patch* de Barney.

Mesmo do seu poleiro mais de trinta metros acima, Aggie pôde ver que as duas crianças seguravam algo metálico em cada mãozinha suja. Elas se afastaram alguns metros da escotilha. Conforme o faziam, as luzes refletiram no metal por tempo suficiente para Aggie identificar o que levavam.

Cada uma delas segurava um garfo e uma faca.

Mais crianças apareceram, mas aquelas não eram nem um pouco humanas. Uma se parecia com um morcego amarelo enrugado. Outra tinha uma carapaça esburacada, com dedos tão compridos quanto o braço e um polegar enorme, duro e comprido que formava algo parecido com a garra de um caranguejo. Outra lembrava um gorila pequeno de pelagem branca e olhos vermelhos. Usava uma camiseta da *Vila Sésamo* e calças de pijama de flanela vermelha.

Aquelas criaturas esperaram com o menino loiro e a menina ruiva. Outras criaturas apareceram atrás delas, mas Aggie teve que desviar o olhar — já vira o suficiente.

Dois mascarados de mantos brancos caminharam na direção do garoto sem língua. Desfizeram as amarras. Ele caiu para a frente. Um mascarado se ajoelhou e deu um tapinha no ombro do adolescente, então apontou para o lado direito do navio, o lado de frente para Aggie. O rapaz olhou naquela direção. Aggie viu o objeto da sua atenção: uma escada que descia até as valas.

Os mascarados correram com o carrinho até outra escotilha entre o mastro e a cabine da Mamãe. Desceram o carrinho, rastejaram para dentro e fecharam a escotilha.

O garoto sem língua se levantou. Aggie viu músculos sob aquele pijama. O adolescente olhou ao redor, surpreso pelo tamanho e pela estranheza da caverna — então seus olhos caíram sobre os monstrinhos.

De dentro da cabine da Mamãe, o trompetista escondido soprou uma única nota longa.

O garoto sem língua correu até a escada. Agarrou-a e desceu, atlético e gracioso, mesmo que um pouco lento. Chegou ao chão e disparou pelo labirinto de valas.

De repente, a multidão deu vivas, um som igual a todos os eventos de esportes que Aggie já vira.

Como uma alcateia de lobinhos, as crianças correram para a lateral do convés. Uma corrida desordenada típica de criancinhas os levou para a frente, pés envoltos em pijamas voando pela madeira suja. Elas não deram importância à escada — apenas *pularam*, caindo cinco metros no chão irregular das valas abaixo. Alguns aterrissaram com graça. Outros caíram com força num emaranhado de braços e pernas. As crianças gritavam e riam, passando umas por cima das outras, perseguindo o garoto sem língua.

Hillary deu uma risadinha de velha. Bateu palmas.

"Tão *fofas!*"

O adolescente disparou pelas valas. Virava à esquerda e à direita, sem padrão ou reflexão, às vezes dobrando uma esquina tão depressa que o seu ímpeto o fazia bater contra uma parede. Pedaços de pedra e terra caíam nos lugares contra os quais ele se chocava. Uma trilha de poeira o seguia, quase como se ele estivesse em chamas. Às vezes, as paredes das valas encobriam qualquer sinal dele e, às vezes, Aggie podia ver o garoto aterrorizado de corpo inteiro.

As crianças caçadoras se separaram e correram para valas diferentes, pequenos pés em perseguição pisando com força.

Hillary apontou na direção da criatura de dedos compridos e polegar pontudo.

"Bob Caranguejo é o meu favorito", disse ela. "Ele é um bom menino. Espero que pegue o noivo." Ela soava como uma tia idosa ou uma avó observando as crianças correndo e brincando, como se aquilo não fosse nada além de uma caçada ao ovo de Páscoa e ela estivesse torcendo para que a sua criança favorita da família encontrasse o coelho de chocolate escondido.

O adolescente virou numa vala que levava direto na direção do assento de Aggie. Ele viu o olhar de pânico no rosto do rapaz, os olhos arregalados, a boca aberta, o queixo coberto de sangue, o catarro escorrendo do nariz e descendo pela bochecha. E, daquele ângulo, Aggie viu o menininho loiro com a camiseta desbotada do 49ers se aproximando por uma vala que cruzava pela esquerda.

O menininho dobrou a esquina para bloquear o caminho do adolescente, então levantou a faca e o garfo. A multidão gritou de animação. O adolescente não diminuiu o passo — chutou com toda a sua força musculosa de um homem quase feito. O pé atingiu em cheio o rosto do menininho, lançando o seu corpinho para trás e contra a parede da vala. De imediato, sangue verteu da boca do garoto.

A multidão vaiou.

"Ah, que pena!", exclamou Hillary. "Gosto tanto do pequeno Amil."

Chutar enquanto corria fez com que o adolescente perdesse o equilíbrio. Ele tropeçou, então caiu de joelhos, as mãos escorregando no caminho coberto de pedras. Por trás dele vieram os assustadores coisa-morcego e Bob Caranguejo.

Hillary bateu palmas.

"Vai, Bob!"

O adolescente se levantou com dificuldade. Sangue escorria do joelho esquerdo. Saiu saltitando numa corrida desesperada que ameaçava jogá-lo ao chão outra vez.

As crianças se aproximavam de valas à esquerda e à direita. Uma massa de formas e cores, o brilho de facas e garfos refletindo a luz tremeluzente das tochas, os gritinhos alegres de crianças brincando. O garoto gorila veio da esquerda, correndo depressa, usando as mãos e as pernas para ultrapassar os outros. Num cruzamento, ele pulou e agarrou o adolescente que mancava. Juntos, eles se chocaram contra a parede de uma vala, levantando uma nuvem de poeira e terra.

Bob Caranguejo e a coisa-morcego mergulharam na pilha. O adolescente socou e chutou. Os monstrinhos esfaquearam. As outras crianças se juntaram às primeiras, enterrando o adolescente sob uma pilha de corpos pequenos e retorcidos. Garfos e facas subiam e desciam, para cima e para baixo, a princípio limpos, depois espalhando arcos de sangue.

Aggie assistia àquilo. Poderia muito bem ter sido ele lá embaixo.

"Por quê?", perguntou com a garganta seca. "Por que vocês fazem isso?"

"Ora, eles precisam aprender a caçar, não é? Para criar o gosto pela coisa."

Aggie viu a menininha ruiva sair em disparada do formigueiro. Segurava uma mão decepada ensanguentada. Afastou-se da matilha, dando risadinhas e mordiscando o polegar como uma criança comendo uma maçã do amor.

"Elas estão *comendo* ele!", exclamou Aggie, conseguindo gritar sem realmente fazer isso, contendo todo o pânico e horror num sussurro sibilante.

Nas valas, partes do corpo foram se soltando. Um pedaço de intestino alçou voo, fez um arco que espalhou sangue, então caiu em cima de algo que se parecia com um menino-lobo de pelagem azul usando um moletom da Hannah Montana. O sangue se espalhou pelo fundo da vala, transformando-o numa lama vermelha. As crianças risonhas dilaceravam o corpo, brincavam na lama de sangue como qualquer menino ou menina brinca num pátio em qualquer lugar do mundo.

Hillary suspirou.

"Elas sempre se sujam tanto."

Um enxame de mascarados, *centenas* deles, correu pelas valas e se aproximou das crianças, mantos brancos esvoaçando a cada passo. Alguns deles levavam serras de arco. Correram até a massa de crianças cobertas de lama e sangue, as seguraram e as puxaram para cima enquanto mãozinhas e pezinhos chutavam em protesto. Aggie teve um breve vislumbre do corpo do adolescente — o pijama encharcado de sangue da cabeça aos pés, o ombro direito dilacerado, o pé esquerdo faltando, tripas espalhadas e pisoteadas na terra.

Os mascarados começaram a trabalhar com as serras.

Aggie sentiu olhos sobre ele. Virou a cabeça para a direita, o mínimo possível, e olhou pelo rabo do olho — o homem com cabelo de cobra o estava encarando.

Um tapinha no ombro, a boca de Hillary perto do seu ouvido.

"Venha comigo. Eles sentiram um cheiro diferente em você. Mantenha os olhos no chão e não faça barulho, ou *você* vai acabar sendo o próximo noivo."

Ele sentiu as mãos dela puxando o cobertor que escondia a sua cabeça e o seu rosto. Isso o fez se lembrar de quando era uma criancinha, de quando a mãe dele arrumava o seu casaco para certificar-se de que ficaria aquecido.

Aggie se levantou. Manteve os olhos no chão como instruído. Seguiu os pés de Hillary. A cada passo, ele esperava que mãos o agarrassem, o puxassem para trás, o jogassem no fundo da caverna onde as crianças iriam despedaçá--lo com garfos e facas.

Mal respirou até entrar de novo no túnel que tinham atravessado, deixando a elevação para trás.

"Hillary, o que vai acontecer agora?"

"Agora eles picam o noivo para fazer o ensopado. Exceto o cérebro, Bob Caranguejo vai alimentar a Mamãe com ele. Ou talvez eles achem que foi o Gorila Baunilha que abateu a presa? De qualquer jeito, teremos bastante ensopado hoje à noite."

Ensopado. Os recipientes do *tupperware*. Será que Aggie estivera comendo *pessoas*? A compreensão daquilo deveria tê-lo deixado chocado, ele sabia, mas Aggie vira muitas coisas com as quais não poderia lidar e, na verdade, não estava nem aí. Contanto que conseguisse sair dali, aquele assunto não tinha importância nenhuma.

"Não, Hillary, o que quis dizer foi... o que tenho que fazer para que *eu* não acabe no ensopado."

Saíram do túnel estreito para um corredor em total desordem que levava de volta à sala branca. Hillary abriu um sorriso sem dentes, as pálpebras e as bochechas enrugando tanto que ele teria achado que ela era cega.

"Ah, *isso*", disse a mulher. "Tudo o que precisa fazer é entregar uma coisa para mim, então você estará livre."

Livre. Ah, só de pensar naquilo. Ele entregaria qualquer coisa que Hillary quisesse, sem se importar com os riscos.

Chegaram à sala branca. Aggie ficou chocado por se sentir aliviado ao vê--la, por ficar mais uma vez preso atrás daquelas barras brancas. Por enquanto, tinha o lugar todo para si mesmo — mas sabia que outros prisioneiros viriam.

Aggie podia apenas esperar que, quando os mascarados trouxessem o próximo mendigo ou imigrante ilegal, ele não estaria ali para vê-los.

VIDA LONGA AO REI

Eram tantos.
  Por toda a volta da elevação, nas valas, no convés rachado do antigo navio naufragado: o *seu* povo, a *sua* espécie. Como conseguira passar a vida inteira sem conhecer a si mesmo? O coração dele parecia que ia inchar e sufocá-lo, empurrar os pulmões para fora do peito. Era tanto *amor*.
  "Astuto, não sei o que fazer."
  Ele colocou a mão grande e forte no ombro do menino.
  "Estamos com você, meu rei. Todos estão aqui. Esta é a hora. Está pronto?"
  Rex olhou para a direita, para a cabine do navio e a elevação acima, onde o Primogênito sentava-se no seu trono dourado. Se Rex fosse reivindicar o seu direito de nascença, teria que encarar aquela criatura assustadora com a capa de pele.
  Rex respirou fundo e, então, assentiu.
  "Estou pronto. Sim. Vamos acabar com isso."
  "Consegue pular?"
  O garoto olhou por cima da beirada — uma queda de pelo menos nove metros até as valas sinuosas abaixo.
  "Não posso pular ali. Eu morreria."
  A manzorra deu tapinhas leves nas suas costas.
  "Vou mostrar a você como fazer isso depois. Pierre?"
  Mãos fortes deslizaram pelos lados do corpo do menino, levantaram-no e o colocaram atrás de uma cabeçorra de queixo enviesado. Depois, Pierre se agachou e pulou.
  O teto chegou tão perto que Rex teve que se afundar mais no pelo de Pierre. Eles planaram sob pedras, tijolos, pedaços quebrados de madeira e pedaços de metal enferrujados e chanfrados, então começaram a cair depressa.
  Aterrissaram no navio naufragado, o corpanzil de Pierre fazendo a madeira seca balançar. Astuto aterrissou à direita deles com um *baque* surdo, Sir Voh e Forte à esquerda. Rex escorregou das costas de Pierre. Ficaram no centro do convés, próximos ao grande mastro. De perto, Rex viu que o mastro era feito de madeira velha rodeada por crânios humanos, subindo a partir da base até a viga em T com as luzes. Astuto correu até a cabine da embarcação e desapareceu no seu interior.
  Rex olhou para cima e em volta, para todos os rostos estranhos o observando da elevação acima. Todos estavam em pé agora, olhando para baixo — aquilo claramente era algo novo para eles.
  Astuto saiu da cabine. Carregava um homem de manto branco que usava uma máscara do filme *Jogos Mortais* e tinha um trompete nas mãos.
  Astuto o colocou na frente de Rex.
  "Toque", ordenou Astuto.
  O homem com a máscara do *Jogos Mortais* fez como lhe foi mandado, soprando uma única nota longa.

Astuto agitou os braços, girando depressa para ficar de frente a um lado da caverna e depois para o outro.

"Atenção! O momento que nos foi prometido chegou! Este", ele se virou e apontou para Rex, "é o nosso *rei*!"

Um murmúrio percorreu a caverna. Rex se sentiu ansioso por ser posto sob os holofotes, animado por ser o centro das atenções de uma maneira *boa* para variar, e orgulhoso por saber que estava ali para ajudar aquelas pessoas, para liderá-las.

Então, uma voz muito grossa ecoou pela caverna.

"O rei? Impossível."

Rex olhou na direção do trono. O Primogênito estava em pé na elevação, olhando para baixo. O homem com a cabeçorra estava à direita, a mulher de cabelo preto à esquerda.

Rex percebeu que Pierre deu um passo para trás.

"Ele não pode ser o rei", falou o Primogênito. "Astuto, que mentiras está contando?"

"Não são mentiras", respondeu ele, mais para os espectadores do que para o Primogênito. "Todos vocês, venham e cheirem a verdade!"

Mais murmúrios animados. As pessoas começaram a pular da elevação, planando no ar e aterrissando no convés. Tanta *força*, tanta *agilidade*. Reuniram-se em volta de Rex. Tantas formas. Tantos tamanhos. Tantas cores. Elas o cheiraram. E depois de cheirar, todas sussurraram a mesma coisa.

O rei.

Alguns daqueles seres eram tão assustadores quanto Pierre, Astuto, Sir Voh e Forte, e outros eram ainda piores — como aquele de escamas azuis que se parecia com um besouro bicudo-do-algodoeiro. Mas havia aqueles que eram semelhantes a pessoas normais, homens e mulheres com cabelos sujos e inúmeras camadas de roupas de segunda mão esfarrapadas. Poderiam ter sido os mendigos e moradores de rua que Rex via todos os dias; era provável que alguns deles até fossem.

Eles fungavam, sussurravam, estendiam as mãos, tocavam.

O coração de Rex se encheu de amor.

"*Chega!*"

O rugido do Primogênito ecoou nas paredes e no teto da caverna. Todos pararam. Todos olharam.

O homem de pelagem negra pulou da elevação. Planou no ar, a capa feita de pele esvoaçando atrás dele. As pessoas trataram de sair do caminho, abrindo espaço para que ele pudesse aterrissar. Atingiu o convés do navio arruinado com um baque, os joelhos dobrados para absorver o choque, a mão esquerda pressionada contra o chão.

O homem cabeçudo aterrissou à esquerda, a mulher de cabelo preto à direita.

O Primogênito se levantou devagar, endireitando-se em todo o seu tamanho. Era tão alto quanto um jogador de basquete da TV. Será que tinha dois metros de altura? Será que era mais alto do que isso? De perto, Rex viu linhas grisalhas em volta da boca e nas têmporas. Ele parecia *velho*.

"Então este menininho é o nosso *rei*?"

"É", respondeu Astuto. O homem com cara de cobra se voltou outra vez para os espectadores. "Vocês não podem sentir? Não podem sentir o *cheiro*?"

A multidão concordou com um murmúrio emocionado — emocionado mas *cauteloso*. Rex viu o jeito que olhavam para o Primogênito. Todos o temiam.

"Cheiros podem ser forjados", disse o Primogênito. "Este *garoto* é só um humano."

Rex viu muitas pessoas balançarem as cabeças.

O Primogênito bateu o seu enorme pé, estremecendo as tábuas embaixo.

"Ele é *humano*! Todos vocês estão sendo enganados!"

Havia raiva na voz dele, mas também desespero. Ele soava como um dos garotos na escola que, quando são pegos na mentira por um professor, apenas repetem o discurso cada vez mais alto e com mais intensidade, esperando cansar o adulto.

Rex sabia que precisava dizer alguma coisa, mas não conseguiu sequer formular uma palavra. O Primogênito parecia tão poderoso, tão... *legal*.

Agora o homem se voltou para os espectadores, os braços levantados, se virando e encarando qualquer um que encontrasse o seu olhar.

"O que todos vocês estão cheirando é um ardil. É impossível!"

De repente, uma nova voz, o sibilar cortante de uma velha.

"E como *você* sabe que é impossível?"

A multidão abriu caminho para uma mulher usando uma longa saia cinza, um suéter marrom e uma echarpe laranja na cabeça amarrada sob o queixo. Era um pouco gorda e corcunda. Todos ficaram em silêncio enquanto ela atravessava o convés. O Primogênito observou a sua aproximação, mas os olhos dela focavam apenas Rex.

A mulher parou bem em frente ao garoto. Rex não se moveu. Ela pousou as mãos nos seus ombros, se aproximou e fungou profundamente. Seus olhos se fecharam. Ela se inclinou para trás.

"Finalmente", disse ela. "Esperamos por tanto tempo."

O Primogênito repuxou a boca cercada de pelos grisalhos, mostrando os seus dentes afiados.

"Até você, Hillary? Ele não pode ser o rei."

Ela se virou para ele, os olhos enrugados se estreitando.

"E como você pode saber disso? Como pode *saber* que este garoto não é o nosso rei?"

Ele começou a responder, mas hesitou. Toda a sua força pareceu desaparecer.

A idosa se aproximou do Primogênito, estendeu o braço para balançar um dedo ossudo na cara dele.

"Você diz que é impossível porque matou os bebês que poderiam ser o rei!"

A multidão arquejou. O ânimo na caverna pareceu mudar de imediato. Rex permaneceu imóvel — de repente, parecia que algo ruim estava prestes a acontecer.

O Primogênito respondeu num tom de voz calmo.

"Isso é ridículo. Os únicos bebês que matei foram aqueles que saíram humanos. Já temos bocas demais para alimentar do jeito como as coisas estão."

"Seu *mentiroso*!" Hillary girou para encarar a multidão. "Eu *vi* o Primogênito matar os bebês, os bebês que poderiam ser reis, aqueles", apontou para Rex, "que cheiravam como *ele*."

O Primogênito riu, mas foi um som oco, forçado.

"E se eu matei esses bebês, Hillary, então como este garoto pode estar aqui afirmando ser rei?"

A resposta dela saiu num sussurro baixo que foi audível no silêncio.

"Como eu sei? Porque, por oitenta anos, estive pegando aqueles que poderiam ser reis e os tirando do Lar em segredo. Este garoto, este que está diante de nós, eu me certifiquei de que chegasse à superfície treze anos atrás."

O Primogênito a encarou. Piscou, devagar, quase como se não conseguisse entender o que a mulher estava dizendo.

"Você os levou para fora? Você não sabe o que fez."

"Mas eu sei o que *você* fez", rebateu ela. "Você mata os nossos reis porque quer todo o poder para si!"

"Não seja louca", respondeu ele, mas o rugido crescente da multidão afogou as palavras.

Um círculo de corpos estranhos começou a se fechar em volta dele. O cabeçudo e a mulher de cabelo preto empurravam a multidão para trás.

O Primogênito se endireitou.

"Isso não tem nada a ver com *poder*. É sobre manter a nossa espécie viva. Um rei vai guiá-los para a morte. Eu farei o que precisa ser feito."

Os olhos do enorme homem de pelagem preta se focaram em Rex e, naquele instante, o garoto sentiu como era profunda a ira do Primogênito, soube que a criatura não pensaria duas vezes antes de matar alguém naquela caverna para conseguir o que queria.

Rex viu um breve esgar, então o Primogênito disparou, mãos com garras estendidas. A criatura alta soltou um rugido que congelou o menino no lugar.

Astuto e Pierre se lançaram à frente e se chocaram contra o Primogênito, fazendo-o parar na mesma hora — as pontas das garras pretas passaram a centímetros dos olhos de Rex. O joelho de Primogênito disparou para cima, empurrando a cabeça de Pierre para trás. Duas mãos de pelagem preta ergueram Astuto como se o homem-cobra não pesasse nada, então jogaram-no com força contra a multidão.

Rex jamais imaginara que alguém podia ser tão rápido, tão poderoso.

Enquanto o Primogênito se virava de novo para atacar, uma sombra passou por cima da cabeça de Rex — Forte estava dando um passo por cima dele para bloquear o caminho.

Das costas de Forte, Sir Voh levantou a mãozinha.

"Salvem o rei!"

A multidão rugiu e avançou. Cabeçudo girou e golpeou um homem de escamas brancas, mas logo em seguida caiu sob uma pilha de corpos. Um homem de aparência normal avançou contra a mulher de cabelo preto. Ela levou as mãos às correntes presas ao quadril, mas o homem caiu sobre ela antes que a mulher pudesse alcançá-las. Ela se desviou de um soco, depois impeliu as mãos contra o peito do homem — houve um lampejo e um *estalo* alto. Ele se contorceu com violência e caiu. A mulher se virou para fazer o mesmo com o agressor seguinte, mas uma pessoa enrolada num cobertor a atingiu por trás, derrubando-a no chão. Em questão de segundos, uma dúzia de pessoas a cercou, torcendo as mãos dela nas costas.

A multidão se aproximou do Primogênito com cautela.

Ele soltou um rosnado primitivo que fez com que todos se encolhessem e recuassem, então levou as mãos às armas presas às coxas enquanto se virava contra Rex outra vez.

Forte deu um passo na direção do Primogênito e atacou com o enorme punho. O Primogênito saltou — o soco de Forte passou por baixo dele sem causar danos. Ainda cruzando o ar, ele apontou as pistolas. Rex se moveu por instinto, mergulhando por entre as pernas de barril de Forte, se escondendo sob a massa do grandalhão.

O Primogênito disparou, *bangue-bangue-bangue-bangue-bangue*, tentando ajustar a mira enquanto descia, mas era tarde demais. Quando aterrissou, dúzias de mãos se estenderam para agarrar os pés, as pernas, os braços e o peito dele. O líder dos Filhos de Marie foi enterrado sob uma pilha de corpos que chutavam e socavam.

Astuto se levantou.

"Matem o Primogênito! Matem pelo rei!"

Sangrando devido aos ferimentos de bala no ombro e na perna, Forte mancou até a pilha de corpos. Empurrou as pessoas para os lados até conseguir enfiar a manzorra esquerda e prender o Primogênito de cara no convés. Além disso, ele forçou o joelho nas costas do Primogênito, depois agarrou os punhos do homem e os segurou com firmeza.

Mesmo com toda a sua força, o Primogênito não conseguia se mexer.

Astuto avançou. Pegou uma das pistolas dele. Sua boca de cobra sorria enquanto pressionava o cano contra a têmpora grisalha de Primogênito.

"Estive esperando por isso, seu babaca", disse Astuto. "Estive esperando por muito tempo."

Os espectadores gritaram pedindo sangue.

O Primogênito olhou para Rex. Os olhos verdes pareciam perdidos, desesperados — o cavaleiro corajoso estava derrotado.

Rex ergueu uma das mãos.

"Pare! Não o mate."

O murmúrio da multidão morreu.

Astuto não afastou a arma. O sorriso sumiu.

"Mas ele tem que morrer, meu rei. Ele acabou de tentar matar você."

Rex não conseguia afastar as palavras do Primogênito. O homem alto dissera que as suas ações assassinas não tinham como objetivo manter o poder. Por que diria aquilo? Ele podia estar mentindo, mas não *parecia* estar.

Astuto olhou para o Primogênito.

"Ele *tem* que morrer", falou Astuto. "Ele, todas as suas regras e o jeito com que nos tratou!"

A multidão murmurou concordando — como Astuto, todos queriam ver o Primogênito morto. Mas não estavam pensando direito, nenhum deles estava. Rex sabia que precisava afirmar a sua posição. Seu destino começava naquele momento.

Avançou e estendeu a mão com a palma para cima.

"Me dê a arma."

Astuto o encarou por alguns instantes, depois voltou a abrir um sorriso largo.

"É claro. O novo rei deve matar o antigo governante." Entregou a pistola com coronha para a frente.

Rex a pegou. Nunca tinha segurado uma arma antes. Era mais pesada do que achou que seria. Passava uma sensação gostosa.

O Primogênito estava imobilizado e em desvantagem numérica — e mesmo assim parecia mais perigoso do que todos os outros.

Rex se agachou sobre os calcanhares.

"Primogênito, você falou que eu causaria a morte de todo mundo. O que quis dizer com isso?"

Astuto sacudiu a cabeça.

"*Atire* nele logo. Não deixe que conte mentiras."

Rex o encarou.

"Astuto, fique *quieto*."

O garoto sequer reconheceu a própria voz — tanta autoridade, tanta confiança. Os olhos do homem-cobra se estreitaram de frustração, talvez até de raiva.

Rex voltou a olhar para o Primogênito.

"Vamos, me conte o que quis dizer."

Com a cabeça virada de lado, o Primogênito devolveu o olhar. Não havia medo nos olhos dele.

"Você não é o primeiro", respondeu. "Os reis trazem desgraças."

Rex olhou para a arma que tinha na mão. Poderia matar aquele homem e acabar de vez com aquilo. Ele seria o rei, mas não sabia como governar. O Primogênito estivera no comando por quanto tempo? Décadas? *Séculos?* Ele era firme, forte e inteligente — não morreria em algum acidente como o pai de Rex morrera.

Ele sempre estaria ali.

Rex pousou a arma na madeira seca e lascada do convés.

"Eu sou o seu rei, Primogênito. Repita."

Astuto segurou o braço de Rex.

"Não, meu rei! Você *não* pode deixar que ele fique vivo! Ele vai tentar matar você!"

Hillary se aproximou, as mãos juntas à frente como se estivesse rezando.

"Astuto tem razão", disse ela. "O Primogênito matou os outros reis. Eu o vi esmagar bebês com as próprias mãos quando pensava que não tinha ninguém olhando."

O Primogênito não respondeu nada. Apenas os encarava.

Rex sentiu uma nova força surgir dentro dele. Todas aquelas pessoas estavam sob o *seu* comando. Aquele era o seu direito de nascença. Se quisesse que o Primogênito o seguisse, então o Primogênito *iria* segui-lo.

Rex olhou dentro daqueles olhos verdes repuxados.

"Você matou bebês. Eu não sou mais um bebê. Sou o seu rei."

O homem conseguiu balançar a cabeça.

"É impossível."

As narinas dele inflaram, então os olhos se arregalaram. Será que as pupilas tinham dilatado? Naquele instante, Rex soube o que fazer — não entendeu como, mas *soube*. Colocou o punho direito à frente, levou-o para perto do rosto do Primogênito. O homem de pelagem preta tentou desviar o olhar, mas estava imobilizado de cara para baixo no convés e não havia para onde se virar.

Rex estendeu a mão esquerda, prendendo ao mesmo tempo a cabeça do Primogênito contra o convés e cobrindo com força a boca de pelos pretos. Aproximou ainda mais o punho direito.

O Primogênito prendeu a respiração.

"Sou o seu rei", repetiu Rex. "As coisas vão ser diferentes desta vez."

Rex aguardou. O Primogênito não conseguiu mais evitar; as narinas inflaram quando ele respirou mais fundo. O menino sentiu uma tranquilidade varrer o homem imobilizado.

Ele é seu. Assim como os outros.

Uma voz desesperada e áspera como lixa sussurrou no seu ouvido.

"Pelo menos faça com que ele não consiga matá-lo para retomar o poder. Remova a tentação e ele o seguirá."

Sim, aquilo era inteligente. Se Rex morresse de repente no dia seguinte, no mês seguinte, as pessoas voltariam a ficar sob o governo do Primogênito. Retire aquilo e o Primogênito pertenceria mesmo a ele.

Rex se levantou. Sentia-se como uma pessoa diferente.

"Eu sou o rei agora", anunciou ele, virando-se devagar para olhar cada um deles. "Sou o rei e vocês vão fazer o que eu mandar. Meu primeiro comando é este: se algo acontecer comigo, se eu morrer, então todos vão *matar* o Primogênito. Entenderam?"

Muitas cabeças assentiram, mas não um número *suficiente* de cabeças. A boca de Rex se contorceu num esgar — com quem eles pensavam que estavam lidando?

"Eu perguntei se vocês entenderam. *Estão me ouvindo?*"

As palavras ecoaram nas paredes. Aquela era mesmo a voz dele? Será que poderia ser *assim* tão alta, tão poderosa, ou seria um truque do espaço confinado?

Agora as cabeças aquiesceram, aquiesceram e desviaram o olhar como se estivessem com medo de encontrar os olhos dele. Talvez devessem estar com medo, ao menos um pouco.

Rex olhou para Forte.

"Deixe que ele se levante."

Forte se levantou. O Primogênito também.

À esquerda de Rex, Hillary se dobrou sobre um joelho. Como peças vivas de dominó, os outros fizeram o mesmo, todos se ajoelhando até que apenas Rex, Astuto e o Primogênito permanecessem em pé.

Astuto olhou para o Primogênito, depois para Rex, então também se ajoelhou.

Algumas das pessoas ajoelhadas continuavam mais altas do que Rex, mas o Primogênito era ainda mais alto do que todos.

A enorme criatura se aproximou.

Rex deu um passo à frente para encontrá-lo. Para encarar o homem nos olhos, o garoto tinha que olhar quase diretamente para cima.

"Ajoelhe-se", mandou. "Sou o seu rei."

O Primogênito rosnou. Astuto começou a se levantar, assim como Pierre, mas Rex ergueu uma mão para impedi-los.

Aquilo era real, era o seu destino. Rex era o escolhido. Encarou o Primogênito nos olhos. Rex não temia ninguém. Todos iriam se submeter a ele. *Todos.*

O rosnado do Primogênito enfraqueceu. O focinho cinzento relaxou. Ele tentou manter contato visual, mas não conseguiu — e desviou o olhar.

E então, o Primogênito se ajoelhou.

"Meu rei", disse ele. "Bem-vindo ao lar."

Os gritos de comemoração ecoaram pelas paredes da caverna.

UM NOVO DIA

Bryan fechou a porta do Buick. Olhou para o número 1969 da California Street. Os Jessup teriam respostas, *tinham* que ter respostas. Se não tivessem... bem, então para o bem deles, Bryan esperava que conhecessem alguém que as tivesse.

Ele andou até o portão enferrujado. Tocou a campainha. Olhou para a porta da casa no topo da escada através das barras diagonais. Nada se mexia.

O ar frio soprava contra o seu rosto. Levantou a mão, tocou a barba curta e asseada nas bochechas e no queixo. Ele deixara Robin na cama, dormindo, mas aparara aquele emaranhado ridículo antes de sair. Deixara um bule de café fresco e um bilhete sobre a mesa da sala de jantar: TE AMO.

Tinham dormido a manhã toda e boa parte da tarde. Robin devia estar precisando muito de uma boa noite de sono, já que não acordou quando

Bryan saiu da cama. Isso era bom — ele precisava fazer aquilo sozinho. Sem Robin, sem Pookie. Aqueles dois poderiam tentar controlar a reações de Bryan, mas ele não queria ninguém controlando nada. A brincadeira chegara ao fim. Pookie já tinha deixado uma dúzia de mensagens de voz, cada uma mais engraçada do que a outra. Havia preocupação misturada ao humor, mas Bryan ainda não estava pronto para conversar com ele. John Smith também tinha ligado. Deixara uma mensagem longa pra caramba que esclarecia muitos pontos sobre a delegada Zou e Erickson.

Bryan tocou a campainha de novo. Passou os dedos pelas barras de 1,5 centímetro enferrujadas. A coisa aparentava poder aguentar o ataque de um rinoceronte. É, os Jessup conheciam os perigos que corriam pela cidade e se protegiam contra eles.

Alguns instantes depois, a porta interna foi aberta. Adam Jessup desceu correndo a escada. As joias prateadas e a roupa preta de roqueiro pareciam idênticas às da última vez, exceto que agora ele usava uma camiseta da banda BULLET FOR MY VALENTINE, em vez de KILLSWITCH ENGAGE.

"Você de novo não", disse ele com a cara fechada. "Não vai entrar desta vez sem um mandado, tira. Tem um mandado?"

Quem aquele *merdinha* achava que era?

Num movimento rápido, Bryan passou o braço pelas barras, agarrou a parte de trás do pescoço de Adam e o puxou para a frente, prendendo o rosto do rapaz com força contra o ferro enferrujado.

"Se por *mandado* você quer dizer que eu vou quebrar a porra do seu pescoço se não abrir o portão, então, sim, eu tenho um mandado."

Adam arranhou a mão de Bryan, então ele apertou com mais força. O rapaz fez uma careta, tentou dizer alguma coisa, mas não conseguiu emitir nenhuma palavra.

"Você devia abrir o portão agora", disse. "Aí talvez a dor pare."

As mãos de Adam tatearam a maçaneta interna do portão. Bryan ouviu um *clique* e a porta se abriu. Ele empurrou Adam — pareceu um empurrão fraco, mas o rapaz foi jogado para trás e se chocou com os degraus de pedra.

Bryan entrou e fechou o portão. Viu Adam ali deitado, gemendo, as mãos esfregando a garganta. A mente de Bryan pareceu clarear. Ele tinha feito aquilo com Adam? Sim, mas por quê?

Porque ele o deixou puto.

Bryan avançou e estendeu a mão para ajudar o homem mais jovem a se levantar quando o *whuff* de uma arma com silenciador soou ao mesmo tempo em que um ponto branco esfarelado aparecia no chão entre os seus pés.

Ele congelou, movendo-se apenas o suficiente para olhar para o topo da escada que levava à casa. No último degrau, encontrava-se Alder Jessup, que apontava a sua bengala para o peito de Bryan.

"Já basta", disse Alder.

Um fio de fumaça saía da ponta oca da bengala.

"Uma arma disfarçada de bengala?", perguntou Bryan. "Sério?"

Alder assentiu.

"Sente-se onde está. Tenho mais quatro disparos aqui. Faça um movimento e mato você."

Bryan analisou o velho. Alder se encostava na parede — sequer podia ficar em pé sem o auxílio da bengala. E ainda assim as mãos do homem pareciam estáveis como rochas, assim como o cano da arma.

Bryan se sentou.

Alder se abaixou até poder se sentar no degrau de cima. A arma disfarçada agora repousava sobre o joelho direito, o cano ainda apontado para Bryan.

"Por que está aqui?", perguntou. "Por que agrediu o meu neto?"

Adam segurava as costas com uma das mãos, o nariz sangrando com a outra.

Bryan deu de ombros.

"Sinto muito. Eu, hum, acho que fiquei um pouco irritado."

Alder assentiu.

"Então odiaria vê-lo perder o controle. Mais uma vez, por que está aqui?"

"Quero respostas", respondeu Bryan. "Quero *todas* as respostas. Quero saber como Jebediah Erickson consegue fazer o que faz mesmo estando nos seus 70 anos. Quero saber por que ele mata os Filhos de Marie. Quero saber por que ele tentou *me* matar."

Adam se levantou, fazendo uma careta por causa da dor.

"O tio Jeb não tentou matar você, seu merda. Ele não tentaria matar um tira."

"Então acho que ele atirou em mim só de brincadeira."

Os olhos de Alder se estreitaram.

"Ele atirou em você? Você devia estar com mais alguém. Quem estava com você quando isso aconteceu?"

"Outros policiais", respondeu Bryan. "Mas ele não tentou matar os outros. Ele queria *me* matar."

Alder e Adam trocaram um olhar nervoso.

O rapaz começou a subir as escadas devagar. Sua atitude arrogante sumira.

"Não acredito que o tio Jeb atirou em você. Me mostre onde foi atingido."

Bryan levantou a mão para abrir o zíper do moletom antes de se lembrar — o ferimento à bala já tinha se fechado. Tudo graças ao cromossomo Zeta, porque ele era um dos Filhos de Marie. Seu otimismo matinal, junto com a sensação boa de ter se aberto com Robin, o levara a manter aquele pequeno fato longe dos seus pensamentos. Deixou a mão cair no colo.

"Vô", disse Adam, "ele é um dos monstros. Mate ele agora."

Bryan não falou nada. Fixou o olhar na lasca no chão feita pela bala. Ele *era* um monstro. Perdera o controle com Adam, e quase sem motivo nenhum. Poderia ter quebrado o pescoço do rapaz. Uma parte dele *quisera* fazer exatamente isso.

Talvez a bala de Alder fosse o melhor para todos.

"Anda logo, vô", incitou o neto. "Puxe o gatilho."

Alder balançou a cabeça.

"Não vou fazer isso."

Adam foi até o avô.

"Então me dê a bengala. Eu atiro."

"Cale a boca", mandou Alder.

"Mas, vô, ele..."

"Adam, *cale a boca*!"

O rapaz recuou um passo e ficou quieto.

Alder abaixou a bengala. Levantou-se devagar. Pousou a ponta da bengala no degrau de cima e a deixou ali, usando-a como apoio para ficar de pé.

"Detetive Clauser, você disse que Erickson tentou matá-lo. Ele nunca falhou antes. Por que não terminou o serviço com você?"

Bryan voltou a olhar para a lasca no chão.

"Porque eu dei uma facada nele."

"Você deu uma facada nele", repetiu Alder. "Com o quê, exatamente, você fez isso?"

"Com a própria faca dele", respondeu Bryan. Olhou para cima. "Uma faca grande de prata."

Alder e Adam trocaram olhares mais uma vez. As expressões indicavam pânico.

"A faca dele?", perguntou Adam. "Ele está *morto*?"

"Não. Ainda não, em todo caso. Está no hospital."

Alder balançou a cabeça com tristeza.

"Isso é culpa minha. Eu sempre supus que Zou lidaria com isso. Ela sempre o fez antes. Como a delegada pôde deixar isso acontecer?"

"Não é culpa dela", disse Bryan, surpreso ao ouvir aquelas palavras escaparem da sua boca. "Ela tentou nos impedir. Nós não ouvimos. Não podíamos deixar um justiceiro à solta."

O rosto de Alder se franziu numa expressão de escárnio.

"Um *justiceiro*? Não acredito que alguém possa ser tão ingênuo. Você faz *alguma* ideia de com o que estamos lidando?"

Imagens de monstros empalhados relampejaram pelos pensamentos de Bryan. Ele assentiu.

"Vi o porão de Erickson."

"Ótimo", disse Alder. "Você parece ser bastante inteligente para acreditar no que os seus olhos lhe mostraram."

Desde o primeiro sonho, uma parte de Bryan soubera que tudo era real. O porão apenas confirmou tudo.

"Isso não teria acontecido se Zou e Erickson, e *você*, por sinal, não tivessem mantido segredo."

Alder suspirou e balançou a cabeça.

"Obviamente errei ao presumir que você fosse inteligente."

"As pessoas precisam saber", disse ele. "Estamos falando de *monstros* de verdade, porra."

Adam cuspiu sangue nos degraus.

"O tio Jeb tentou contar a verdade uma vez, depois de Zou ter perseguido o rabo dele no passado. Ele contou às pessoas tudo sobre os monstros. Sabe onde ele foi parar? No hospício."

"Mas existem provas", rebateu Bryan. "Todas aquelas criaturas empalhadas no porão dele."

Alder desceu a escada, novamente usando a bengala como apenas isso — uma bengala.

"Você está deixando passar o óbvio, detetive. Você nunca ouviu falar em *monstros* antes disso, porque esses seres não podem ser encontrados pela polícia. Eles são caçadores, tão habilidosos que ninguém sabe que existem, mesmo quando matam as suas vítimas ou levam as pessoas para qualquer que seja esse lugar. O único que pode encontrá-los, que pode *impedi-los*, é Erickson. E, agora, talvez você. Aquelas coisas horrendas que Erickson empalhou... talvez o público acredite que sejam reais, talvez não. No entanto, acreditando ou não, aquelas criaturas não são o maior problema. Você viu que alguns dos troféus de Erickson se parecem com pessoas normais?"

Bryan pensou no homem com a machadinha.

"Sim, havia alguns desse tipo."

Alder chegou ao último degrau.

"Levante-se."

Bryan obedeceu.

"O problema são aqueles que se parecem *conosco*", disse Alder. "Erickson se parece conosco. *Você* se parece conosco. Se mostrar os monstros ao mundo, e mostrar que alguns deles se parecem com pessoas normais, o que acha que vai acontecer?"

Bryan pensou em Robin, na maquininha que podia rastrear com rapidez e facilidade o cromossomo Zeta. Se as pessoas soubessem que alguns dos monstros são semelhantes a pessoas normais, haveria uma campanha para testar todo mundo. E se alguém que não fosse Robin testasse Bryan, descobrisse que ele era um deles...

"Talvez eles encontrassem um motivo para me prender", respondeu.

Alder anuiu.

"E se isso acontecer, detetive Clauser, quem restaria para encontrar os monstros que não podem ser encontrados? Quem vai impedir que eles matem à vontade?"

E se Alder tivesse razão? Será que alguém confiaria num homem com o cromossomo Zeta? Não, não se também descobrissem a respeito das criaturas. Tudo aquilo era perturbador demais. Ninguém confiaria na sua espécie, não sem campanhas de direitos civis, educação... coisas que levam anos, quando não décadas, para funcionar.

Erickson estivera preso uma vez. Por esse motivo, centenas de pessoas tinham morrido. Ele ainda estava no hospital — será que isso significava que Bryan era o único que poderia encontrar os monstros?

Talvez algum dia, num futuro próximo, Bryan contasse ao mundo. Robin poderia ajudar. Ela poderia obter o apoio da comunidade científica, tentar usar os fatos para amenizar a provável reação do público. Algum dia, mas não naquele dia.

"Ok", disse Bryan. "Você tem razão. Vamos manter segredo. Então, o que temos que fazer agora?"

Alder bateu a bengala no chão duas vezes, *clique-clique*.

"Temos que ir ao hospital. Se os Filhos de Marie descobrirem que o Salvador está ferido, podem ir atrás dele. Você precisa nos ajudar a proteger Erickson até ele se curar."

Bryan balançou a cabeça.

"Não posso ir ao hospital."

"Por que não?"

"Bem, eu meio que fui despedido."

Adam revirou os olhos.

"Caralho, isso é simplesmente fantástico. Que *bom* que temos você do nosso lado. Um grande acréscimo ao time."

Alder não pareceu nem um pouco abalado pela notícia. Olhou Bryan de cima a baixo, depois se virou para o neto.

"Adam, acho que chegou a hora de um novo Salvador."

O rapaz encarou o avô por alguns instantes, então caiu na risada.

"Um *tira*? Vô, você andou tomando remédios demais? De jeito nenhum a gente pode..."

"Adam! Não temos outra escolha! Tem que ser Bryan."

Tem que ser Bryan? Do que eles estavam falando? Alder não queria dizer que...

"Eu? Você quer que *eu* seja um Salvador?"

O idoso assentiu.

"Com exceção de Jebediah, todos os outros Salvadores estão mortos. Este é o seu destino."

"*Destino?* Dá um tempo, cara. Tenho uma genética bem bagunçada e uma família que mentiu para mim a vida toda. Isso é uma *tragédia*, não o *destino*. O que vem depois? Vai me dizer que *tudo acontece por uma razão*?"

Alder balançou a cabeça.

"Não. Vou lhe dizer que, se não nos ajudar, Erickson pode morrer e esta cidade vai se transformar num inferno."

Bryan pensou no homem com dentes de tubarão na mesa de embalsamamento. Ele *sentira* o medo dele num pesadelo, *sentira* o terror nas mãos implacáveis do Salvador.

"Erickson tentou me matar. Se eu o salvar, vou acabar empalhado naquele porão?"

Alder negou com a cabeça.

"Jebediah reagiu por instinto. Por muito tempo, ele foi o único a caçar os Filhos de Marie. Contudo, se você se juntar a nós, Bryan, teremos *dois* Salvadores. Vocês poderão caçar juntos."

Caçar juntos. Erickson era o meio-irmão dele. Assim como todas as outras monstruosidades, mas Erickson não era como elas; ele era um *protetor*, não um *assassino*. A dura realidade o atingiu — Jebediah Erickson poderia ser a única família de verdade que Bryan poderia ter.

Ele balançou a cabeça.

"Não sei. Tudo isso parece loucura. Só estou tentando descobrir o que fazer."

Alder assentiu.

"Isso é inteligente. Mas não quer pelo menos ver o que temos para oferecer? Entendo que o último porão que viu pode ter sido perturbador; porém, se você for um pouco parecido com Jebediah, vai achar o nosso porão mais do seu gosto."

Alder e Adam entraram na casa.

Bryan não sabia o que mais poderia fazer, então os seguiu.

O REINO

Tantos bebês.

O berçário foi a última parada da excursão de Rex pelo seu novo domínio. Hillary estivera tão ansiosa para lhe mostrar tudo. Astuto e Pierre foram junto, é claro.

Domínio. Aquela era uma palavra legal; ele lera sobre domínios em tantos romances de fantasia, jogara neles em videogames. Era uma palavra melhor do que *reino*. E aquele lugar não era bem um reino, em todo caso. A excursão mostrara aquilo para Rex.

Um *reino* era uma coisa enorme, espalhando-se até onde a vista podia alcançar. O Lar não era assim tão grande, era apenas o conjunto de duas cavernas grandes, duas outras menores, treze aglomerados de cavernas isoladas, e — é claro — túneis, túneis e mais túneis. Ele vira a biblioteca (com desumidificadores para manter os livros secos), a cozinha (completa com os restos de Alex, que tinha um sabor delicioso), o cinema (eles tinham uma antiga TV enorme e uma cópia de praticamente todos os filmes que Rex já ouvira falar) e o arsenal que abrigava todas as armas. *Muitas* armas. Hillary e Astuto contaram a ele que havia outras aglomerações de túneis em outros pontos da cidade, mas aqueles teriam que esperar. Ele vira as principais áreas do Lar, então terminaram no berçário.

Dúzias de berços antigos, carrinhos surrados e até tubos de metal forrados com cobertores estavam alinhados ao redor da salinha. Bebês de diferentes formas e cores repousavam na maioria daquelas coisas. Mulheres — tanto de aparências estranhas quanto normais — cuidavam dos bebês, os aninhavam, os confortavam quando choravam. *Tanto amor.* Brinquedos usados estavam espalhados pelo chão.

Criancinhas risonhas também corriam pela sala. Quando viram Rex, correram até ele. Ele reconheceu Gorila Baunilha, Bob Caranguejo e as outras crianças que tinham perseguido Alex e o feito em pedacinhos. Mãos se estendiam até Rex, puxavam as suas roupas — aquelas crianças queriam que ele as pegasse no colo e as abraçasse. Algumas eram grande demais para isso e, de qualquer modo, aquele não seria um comportamento apropriado para um rei.

"Astuto", disse ele, e era tudo que precisava dizer. Astuto emitiu rugidos de brincadeira e pegou as crianças, jogando-as de leve para longe. As crianças gritavam e riam, mas deram espaço para Rex.

Um lugar tão feliz, pelo menos aparentemente. Quanto mais Rex olhava em volta, mais notava as coisas ruins — muitos dos bebês ficavam apenas deitados. Alguns tossiam de leve, outros choravam e soluçavam. A maioria parecia *doente*.

"Hillary, o que há de errado com eles?"

A velha levou as mãos a um tubo de metal e levantou com delicadeza uma criança de pele amarelada que tinha apenas um olho grande e azul no meio do rosto. A pálpebra estava meio fechada e o olho parecia encarar o nada. Ela aninhou a criança nos braços.

"Mamãe está velha", respondeu. "Velha até mesmo para os nossos padrões."

"Quantos anos ela tem?"

Hillary deu de ombros.

"Eu nasci em 1864. Mamãe tinha pelo menos 50 anos quando me teve."

Hillary tinha 150 anos? Puta merda! Será que Rex viveria tanto tempo assim? Talvez mais do que isso, porque Mamãe já tinha *200* anos.

A idosa ergueu a criança e beijou a testa dela.

"Mamãe tem a mesma quantidade de bebês que costumava ter, mas quanto mais velha fica, mais deles nascem mortos. Aqueles que sobrevivem costumam ficar doentes. A maioria não passa do primeiro aniversário."

Rex voltou a olhar em volta da sala, fazendo uma contagem. Aqueles bebês eram os seus irmãos e as suas irmãs — quantos iriam simplesmente *morrer*? Era terrível e desolador; machucava só de pensar.

"E médicos? Não podemos levar todos ao hospital?"

Hillary deu de ombros enquanto embalava o bebê caolho com gentileza.

"Poderíamos levar este aqui para o hospital? Acho que não. Fazemos o possível, mas mesmo que tivéssemos remédios, não saberíamos quais ministrar. É por isso que trabalhamos tanto para trazer um novo rei, para que as pessoas pudessem se multiplicar. Se a nossa espécie for sobreviver, *precisamos* nos multiplicar."

Muitos daqueles bebês morreriam e, ainda assim, o Primogênito matava bebês que poderiam se tornar reis? Por que uma pessoa mataria crianças? Rex se perguntou se cometera um erro ao poupar a vida dele. Talvez, mas havia *algo* sobre aquele homem alto, algo incrível.

Devia haver um *motivo* para o Primogênito ter matado os bebês.

"Astuto, onde o Primogênito vive?"

"Num quarto no *Alamandralina*, o navio que você viu quando chegou aqui", respondeu. "Ele vive bem. O quarto dele é o lugar mais legal em todo o Lar."

"Me leve até lá", pediu Rex. "Se ele já não estiver lá, pegue Pierre e Forte e quem mais precisar e o *traga*. Ele não tem escolha."

EQUIPAMENTO

O porão dos Jessup tinha uma bancada de trabalho idêntica à de Erickson. Bryan inspecionou o equipamento — material para manutenção e conserto de arcos, um barril com hastes de flechas, um suporte para pontas de flechas polidas, um suporte de armas personalizado com quatro Fabrique Nationale e três espingardas USAS-12 semiautomáticas. Era óbvio que o lugar servia de base de operações reserva para Erickson, caso algo acontecesse à sua casa.

Os Jessup também tinham inúmeras máquinas de fabricações impecáveis: furadeiras, prensas, esmeris e mais outras coisas. Uma parede inteira tinha um suporte contendo gavetas cinzentas de plástico, cada uma rotulada com os nomes de várias peças ou componentes. Um lugar para cada coisa e cada coisa no seu irritante lugar.

No outro extremo do porão havia uma maca hospitalar completamente equipada. Uma cadeira de rodas ficava ao lado. Como tudo no porão, tanto a maca quanto a cadeira brilhavam pelo que aparentava ser uma limpeza diária. Também tinham um monitor cardíaco, um autoclave, um aparelho de raio X portátil, um suporte com material hospitalar e outros equipamentos que Bryan não reconheceu. Ele se perguntou se o refrigerador de aço inoxidável ao lado da maca continha uma provisão do sangue de Erickson.

"Vocês estão no negócio de assistência médica domiciliar?"

"É para Jebediah", explicou Alder. "Às vezes, ele se machuca quando enfrenta os Filhos de Marie."

Será que a coisa-urso no porão de Erickson o feriria a ponto de ele perder sangue? Talvez arrancado um naco de carne? Bryan se perguntou o que acontecia se Erickson/Salvador fosse machucado em campo. Quem iria ao seu auxílio?

"Vocês ajudam Erickson a ir atrás dos Filhos de Marie?"

Alder deu de ombros.

"Ocasionalmente ele pede a nossa assistência."

Bryan olhou para os Jessup e os viu pelo que eram: um velho que mal podia andar e um magricela irritante. Fez uma anotação mental de que se ele se tornasse mesmo um caçador de monstros — por mais ridículo que aquilo soasse — encontraria reforços mais confiáveis do que aqueles dois.

Alder pareceu perder um pouco a firmeza. Andou até uma cadeira e se sentou devagar.

Adam correu até ele.

"Vô, você está bem?"

O idoso assentiu.

"Sim, estou. Só preciso descansar um pouco. Adam, dê a Bryan o que ele precisa."

O rapaz anuiu. Sua atitude mal-humorada pareceu desaparecer enquanto pegava duas FN do suporte e as colocava sobre a bancada de trabalho. Bryan pegou uma, experimentando o peso. Ejetou o pente de vinte disparos e viu que as balas tinham pontas pretas — os projéteis eram ss190, do tipo que perfurava blindagem.

"Estas coisas são ilegais", disse Bryan.

"Ops", disse Adam. Ele estendeu os punhos. "É melhor me algemar, então. Ah, espere, você meio que foi demitido."

Ele andou até uma gaveta de plástico e pegou uma bandoleira de lona enrolada.

"Experimente isso", disse ele, jogando para Bryan.

Bryan desenrolou a bandoleira. Ela tinha dois coldres nas costas, três pentes carregados na alça do ombro esquerdo, outras três na do direito. Despiu o casaco de moletom e a colocou sobre a bancada, depois passou os braços pelas alças dos ombros e apertou o cinto em volta da cintura. Bryan pegou as FN, levou as mãos às costas e colocou as armas nos coldres. As pistolas encaixaram no lugar, os canos apontando para a sua bunda e as coronhas para os lados. Ele imaginou que as armas deviam estar parecendo um canivete borboleta lá trás.

Estendeu as mãos para a frente, então as levou depressa às costas, segurou as coronhas e sacou. As armas se soltaram suaves e desimpedidas. Repetiu o movimento três vezes — tão natural, tão intuitivo.

Voltou a colocá-las nos coldres.

"E uma faca? Como a que Erickson tinha?"

Adam pegou uma caixa de uma gaveta e a entregou. Bryan a abriu e encontrou uma faca Ka-Bar preta. A lâmina brilhava de tão afiada, mas a parte lisa do metal também tinha um brilho estranho. Bryan passou o dedo ao longo da lâmina, tirando um fio de gel.

"Não faça isso", disse Alder.

"Por quê?", perguntou Bryan, mas assim que fez a pergunta sentiu a ponta do dedo começar a queimar.

Alder suspirou.

"Porque isso é venenoso para você."

Adam entregou um trapo para Bryan.

Bryan retirou depressa o material ardente.

"Encontramos uma pasta na ponta da flecha de Erickson. Essa é a mesma substância? Como funciona?"

Adam assentiu.

"Caso não tenha percebido ainda, os Filhos de Marie se curam depressa. O tio Jeb diz que eles podem se curar de quase tudo, menos estripação e decapitação. A pasta prateada bloqueia essa habilidade, o que significa que um ferimento que seria fatal num homem normal também se torna fatal para eles."

Bryan prendeu a faca no cinto para que ficasse do lado esquerdo do quadril.

"Então por que as flechas e facas e tal? Por que não fazer balas com esse negócio aí?"

"Esse material específico não se solidifica", explicou Adam. "Como pasta, ela gruda ao tecido danificado. Em estado líquido ou até mesmo em pó, os sistemas dos monstros simplesmente a expulsam, e eles se curam. A pasta seria queimada quando a bala fosse disparada. As balas também têm o hábito irritante de atravessar um corpo e não se alojar num lugar. A melhor maneira de matar os desgraçados é espetá-los com algo coberto de pasta e se certificar de que a coisa *fique* espetada. É por isso que fazemos as pontas das flechas do que jeito que fazemos."

Bryan sacou a faca.

"Isso fica preso?"

"Sim, se você continuar segurando", respondeu Adam. "Enfie até o talo e deixe lá por um tempo, o que não é nenhuma sacanagem como parece."

Bryan devolveu a faca à bainha.

"Então por que Erickson ainda está no hospital?"

Alder se levantou, resmungando um pouco enquanto ficava de pé.

"Porque ele é como eu: *velho*. Não está se curando com a mesma rapidez de antes. Você deve ter acertado algum ponto vital. O corpo está se curando, mas a pasta atrasa o processo. Que isso lhe sirva de lição, detetive: se quiser matar um deles, é melhor esfaqueá-los no coração, não na barriga."

"Ou no cérebro", disse Adam. "Ou então corte as cabeças deles fora, isso funciona."

Bryan se deu conta de que teria que enterrar aquela lâmina no peito de uma coisa-urso ou talvez de uma garotinha segurando uma faca e um garfo.

"Como vocês fizeram a pasta?"

Alder riu.

"Ah, quanto a isso, somos apenas cozinheiros lendo uma receita. A fórmula teve origem na Europa muitos séculos atrás. Houve uma época em que havia uma grande abundância dessas criaturas. Alquimistas, e os químicos depois deles, tinham muitos indivíduos nos quais podiam fazer experimentos."

"Experimentos?"

Alder anuiu.

"Os monstros eram abertos bem devagar. Alquimistas experimentavam diversas misturas e iam as testando vagarosamente nos indivíduos. Às vezes, as criaturas permaneciam vivas por meses. Por fim, os pesquisadores encontraram um composto que funciona, e ele é usado desde então. Mas podemos conversar sobre isso outra hora. Adam, mostre a Bryan o melhor prêmio de todos."

Adam foi até uma maleta de metal encostada na parede. Pousou-a sobre a bancada, abriu-a e tirou de dentro um lindo arco feito de aço e madeira. Ofereceu o arco a Bryan.

Ele não o pegou. Olhou para a arma, depois para Adam.

"O que devo fazer com isso?"

"Atirar, imbecil."

"Não sei atirar com arco. Nunca usei um na vida."

Alder parecia aturdido.

Adam começou a rir. Devolveu o arco à maleta.

"O que você achava, vô, que ele seria um arqueiro talentoso?"

"Pensei que... bem, sim", respondeu Alder. "Nunca passou pela minha cabeça que ele não saberia usar um arco."

Bryan estendeu a mão e passou as pontas dos dedos ao longo do arco. Tinha que admitir que era uma arma bonita e elegante.

"Talvez eu me acostume com ele. Tem mais alguma coisa de longo alcance que eu poderia usar?"

Adam apontou para uma gaveta.

"Granadas de concussão?"

"Num hospital?", falou Bryan. "Acho que não."

Adam anuiu. Foi até outra gaveta e pegou uma engenhoca cheia de alças, fivelas e uma lâmina de aparência letal acondicionadas em cima de uma bobina de metal comprimida.

"Faca acionada por mola", disse ele enquanto a entregava. "Lâmina de titânio de quinze centímetros que chega ao alvo com um objetivo e uma atitude ruim. E antes de testar o fio, gênio, a resposta é *sim*, está envenenada."

Bryan a prendeu embaixo do antebraço esquerdo. Adam mostrou a ele o mecanismo — um giro rápido do punho dispararia a pesada lâmina.

Alder bateu duas vezes no chão com a bengala.

"E agora, a *pièce de résistance*." Ele foi até um armário. Com um gesto dramático, abriu-o e pegou uma capa verde. Segurou-a à frente, um sorriso orgulhoso brincando nos cantos da boca.

"Detetive Bryan Clauser, esta capa é a marca dos Salvadores. Estamos pedindo a você que abrace este papel, que se torne um de nós."

Bryan olhou para a capa.

"Estou indo para um hospital", disse ele. "Não acho que a floresta de Sherwood fica no caminho."

Adam começou a rir de novo. Cobriu o rosto com as mãos, como se dissesse: *ah, cara, você foi longe demais dessa vez.*

O rosto de Alder se fechou numa máscara de desprezo.

"Meia hora atrás, detetive, eu poderia ter atirado em você pensando que era um dos monstros. Agora você é um Salvador e não quer usar a capa? Quem *diabos* pensa que é?"

Bryan tentou não rir, mas cometeu o erro de olhar para Adam, que ainda tinha o rosto escondido pelas mãos e balançava a cabeça. Apesar do cromossomo mutante, dos sonhos cheios de matanças, de uma carreira arruinada e de uma trilha de cadáveres, Bryan não conseguiu esconder um sorriso quando o disparate da situação o atingiu — aquele velho não só queria vesti-lo como um super-herói como também não conseguia entender que Bryan não estava *tão entusiasmado* com a ideia.

Alder estendeu a capa de novo, como se Bryan não a tivesse visto direito da primeira vez.

"É à prova de balas."

Bryan tentou reprimir o riso, mas não conseguiu.

"Hum, não posso me curar rápido?"

"Sim", respondeu Alder. "Mas se curar rápido não vai recolocar o seu fígado de volta no lugar se eles o arrancarem a tiros."

Bryan parou de rir.

"Os monstros usam armas?"

"É *claro* que usam", respondeu Alder. "Armas funcionam. Eles são monstros, não idiotas."

Então eles podiam arranhá-lo, mordê-lo *e* acertá-lo com algumas balas também? Como Pookie diria, *maravilha*. Mesmo assim, a capa era chamativa demais.

"Até onde eu sei, a delegada Zou vai me jogar na prisão no momento em que me vir", disse Bryan. "Então vou ficar com as minhas roupas normais."

Adam pegou a capa do seu confuso avô e a pendurou de novo no armário.

"Se mudar de ideia, tenho outras coisas que você pode experimentar." O rapaz fechou a porta.

Alder bufou.

"Adam, ele não vai usar aquele conjunto ridículo que você criou. Temos *tradição*. O desrespeito da juventude de hoje em dia, juro por Deus." Voltou-se para Bryan. "E não se preocupe com Amy Zou. Eu cuido dela. É melhor irmos para o hospital."

O velho tinha razão. Se Bryan quisesse ajudar Erickson, não poderia fazê-lo no porão dos Jessup. Gostando ou não, Jebediah Erickson era o seu irmão. Era *família*, algo que Bryan queria desesperadamente.

"Ok", concordou Bryan. "Vamos lá. Eu vou dirigindo ou vocês têm um carro?"

Adam começou a rir outra vez.

REUNIÃO DE CONSELHO

Ao longo da excursão de Rex, ele observara que os habitantes do Lar se viravam com muito pouco. Alguns tinham eletricidade, mas a maioria não. A umidade permeava o ar. O orvalho cintilante cobria muitas paredes. Em alguns lugares, fiozinhos de água escorriam ao longo de regatos erodidos no chão dos túneis. Para a maioria, o Lar era o que quer que conseguissem escavar naquele aterro com séculos de idade.

Isso fazia com que o alojamento do Primogênito no *Alamandralina* se parecesse com um palácio.

Rex soube que o quarto não era original do navio, porque o piso era plano. A madeira ali era bonita — tábuas marrom-escuras lixadas até ficarem lisas, quaisquer buracos preenchidos há muito, verniz brilhante refletindo a luz do lustre elétrico pendurado no teto e as chamas dançantes de dúzias de velas em cada canto. Tapetes grossos cobriam o piso. Havia decorações penduradas nas paredes, a maioria entalhada em ossos e crânios humanos. Onde não havia ossos, Rex viu mapas: mapas de turismo, mapas do metrô, desenhos feitos à mão, um mapa da Área Nacional de Recreação Golden Gate, outro da ilha de Alcatraz — e todos eles mostravam sistemas de túneis desenhados à mão.

Os mapas ilustravam algo que Astuto dissera: havia muitos lugares para se esconder.

Rex sentou-se à cabeceira de uma mesa preta e comprida. Atrás dele e à esquerda estava Forte, Sir Voh enroscado no seu grosso pescoço. Atrás e à direita estava Pierre, que segurava uma espingarda com algum tipo de tambor de munição. Era uma arma grande, mas nas mãos dele se parecia com um brinquedo.

Astuto sentava-se do lado direito da mesa, Hillary à esquerda.

Primogênito estava na outra ponta — desarmado. Será que ainda era uma ameaça? Astuto achava que sim. Rex confiava em Astuto, mas tinha que resolver aquilo sozinho.

O homem de pelagem preta era o mais velho de todos, com exceção da Mamãe. Não era apenas a idade ou o focinho grisalho — ele tinha uma aura ao seu redor, um ar de importância. Ele de fato era como um cavaleiro, tirado de um filme e levado para o mundo moderno.

"Tem algumas coisas que quero saber", disse Rex. "Primeiro, o que está acontecendo comigo? Estou ficando mais forte, posso sentir. E consigo me curar, tipo, *muito* depressa. Eu não era assim antes. Por que sou agora?"

Hillary respondeu.

"Se tivesse crescido aqui, teria sido forte e veloz como as outras crianças. Isso acontece por causa dos cheiros. Aqui embaixo os cheiros estão por toda parte. Lá em cima, não existem cheiros, então você é como *eles*. Mas eu sabia onde você estava, meu rei. Esperei até que tivesse a idade certa para enviar Astuto lá para cima e espalhar os cheiros pela sua casa."

"Cheiros", repetiu Rex, a palavra evocando um punhado de lembranças de um odor estranho. "Espere um pouco. Antes de ficar muito doente, senti cheiro de mijo no meu quarto. Você está dizendo que eu mudei porque alguém *mijou* na minha casa?"

Astuto ficou de pé e fez uma reverência exagerada.

"Eu tive a honra, meu rei. Fico muito orgulhoso por saber que o meu cheiro o trouxe até nós."

"Mas isso é nojento!", exclamou Rex. "Muito nojento!"

Hillary riu.

"Os cheiros são apenas outro jeito de conversar. Os soldados marcam as suas vítimas, uma maneira de dizer a todos que foi ele quem fez aquilo."

Isso fez Rex se lembrar de Marco mijando em cima do tira morto. Pobre Marco.

O Primogênito encarou Astuto, balançando a cabeça devagar.

"Eu devia ter imaginado que foi você, Astuto." Olhou para Hillary. "Você mandou Astuto fazer isso?"

Ela assentiu. Hillary encarou o Primogênito cheia de desafio e raiva, mas também com um pouco de medo.

Ele estalou os nós dos dedos. Cada movimento seu atraía olhares tensos de Pierre, Sir Voh e Astuto.

"Você disse que ele não foi o primeiro, Hillary", falou o Primogênito. "Esteve mesmo fazendo isso há oitenta anos?"

O sorriso dela se alargou.

"Você acha que sabe de tudo, mas não sabe de *nada*. Onze reis eu tirei daqui, bem debaixo do seu nariz. Perdi o rastro de alguns. Talvez tenham sido levados embora pelas pessoas que os acolheram como sendo os seus próprios filhos. Alguns não consegui encontrar até ser tarde demais, até ter passado a época certa para eles se tornarem reis de verdade."

O Primogênito se inclinou para perto dela. Rex ouviu a espingarda tremer um pouco quando Pierre ajustou o aperto na arma.

"Mas *como*?", perguntou ele. "Como conseguiu tirá-los daqui? Como nunca fiquei sabendo disso?"

"Tenho os meus segredos", respondeu Hillary. "Segredos que vou manter. Não podemos ter novas rainhas sem novos reis. As pessoas sabem disso, Primogênito, e elas o odeiam por tentar impedir que isso aconteça."

O punho dele bateu na mesa preta.

"Você viu a morte que um rei traz com os seus próprios olhos. Não precisamos de novas rainhas. Estamos bem assim."

"Bem?", falou Hillary com desdém. Ela abriu os braços, o gesto abarcando o navio e as cavernas além. "A vida é muito mais do que *isso*. Mesmo se conseguirmos uma nova rainha, ela nunca vai se transformar se conseguir sentir o cheiro da Mamãe. Se a nossa espécie quiser se multiplicar, precisamos enviar reis e rainhas para outras cidades. Foi por *isso* que levei Rex embora. Foi por *isso* que mandei soldados vigiarem o crescimento dele." Olhou para Rex de novo. O sorriso caloroso estava de volta ao rosto. "Se tivéssemos esperado demais, você não teria o poder para chamar os outros até você, para *prendê-los* a você."

O poder de chamar os outros — Rex fizera isso antes da briga com Alex Panos.

"Meus sonhos. Meus sonhos faziam parte do processo de chamar os outros?"

Hillary assentiu.

"Sim. Um rei precisa ser exposto aos cheiros enquanto ainda é jovem. Se, aos 14 ou 15 anos, você não tiver mudado, a habilidade de chamar se perde para sempre."

Catorze ou 15 anos é tarde demais. Talvez tivesse alguma coisa a ver com a puberdade. Será que havia alguma ciência por trás disso ou seria algum tipo de mágica?

"Mas *como* funciona?", perguntou ele. "O que muda em mim? E como você sabe o que fazer para que essa mudança aconteça em uma pessoa como eu?"

Hillary cruzou as mãos à frente.

"Acontece porque é a vontade de Deus. Sempre foi assim. Sei como fazer alguém mudar porque a Mamãe me mostrou como fazer isso quando eu era pequena. Isso foi antes, quando as palavras dela ainda faziam sentido."

Deus fez aquilo? Rex vira muitas coisas maravilhosas, mas não tinha certeza se *a vontade de Deus* explicava tudo. Será que o seu povo não sabia *por que* era tão forte ou *como* mudava? Teria que se preocupar com o assunto depois — o que importava agora era descobrir se podiam confiar no Primogênito.

"Primogênito", disse Rex, "o que quis dizer quando falou *da morte que um rei traz*?"

Astuto reclinou-se para trás e cruzou os braços enormes, como se tivesse ouvido aquela história tantas vezes que ela o entediava. Hillary ficou quieta.

O Primogênito fechou os olhos.

"O rei Geoffrey nasceu depois que chegamos aos Estados Unidos. San Francisco era muito menor naquela época. Não tinha leis. Todos os dias, navios traziam mais pessoas. Eu era jovem; senti os sonhos de Geoffrey durante o sono, vi as visões dele quando estava desperto."

Seus ombros arquearam. Ele parecia tão triste.

"E os *meus* sonhos?", perguntou Rex. "Você recebeu as minhas visões?"

Ele balançou a cabeça devagar.

"Não. Talvez eu esteja velho demais. Talvez seja porque não vou à superfície o bastante. Mas conheço o poder da mente de um rei tocando a minha. Senti isso com Geoffrey. Caçávamos juntos. Fiquei ao lado dele, sempre, mas a morte veio quando o rei se tornou tão orgulhoso que abandonou as nossas regras."

Sir Voh escorregou pelo peito de Forte e pulou para cima da mesa ao lado de Rex.

"As *regras*", disse ele. "As regras nos transformam em covardes."

Rex olhou do homem atrofiado com a cabeçorra para o Primogênito.

"Quais são as regras?"

O Primogênito abriu os olhos. Encarou Rex com uma expressão que dizia: *ouça e realmente entenda.*

Levantou um dedo peludo.

"*Nunca* caçar aqueles cuja ausência possa ser notada: pegar apenas mendigos, imigrantes, pessoas sem lar e sem ninguém para relatar os seus desaparecimentos." Levantou um segundo dedo. "*Nunca* permitir que um soldado seja visto. Graças às câmeras e aos celulares, esse é um desafio muito maior hoje em dia do que era quando eu era jovem." Levantou um terceiro dedo. "Por último, *nunca* deixar que os humanos descubram a nossa existência. Somos mais fortes e rápidos, nós os caçamos, mas eles são muitos. Mamãe nos contou histórias do Velho Mundo, passadas de geração em geração, histórias de tempos em que o nosso povo se esqueceu das regras e de como a presa se revoltou e nos sobrepujou por estar em número maior. Nós sobrevivemos, meu rei, apenas porque eles não sabem que existimos."

O Primogênito desviou o rosto para um canto do cômodo. Fixou o olhar numa vela alta que queimava ali.

"Geoffrey era arrogante", continuou. "Ele ignorava as regras. Deixou o povo caçar livremente. Em vez de separar do rebanho os fracos e renegados, pegávamos quem quiséssemos. Alguns de nós foram vistos. A *polícia*", ele cuspiu a palavra como se fosse veneno, "nos encontrou. A polícia e os Salvadores. Eles nos atacaram, nos *massacraram*. Capturaram Geoffrey e dúzias mais, soldados, *ouvriers*... até as crianças. Eu os vi amarrados em postes, alguns com cordas, outros com grilhões e correntes. Vi o povo da cidade reunir madeira, observei-os acendendo fogueiras. Às vezes, quando estou dormindo, posso ouvir os gritos do nosso povo, e isso me faz querer arrancar as minhas orelhas."

Rex pensou em todas as pessoas que conhecera ali embaixo. Pensou em Astuto, Pierre e Hillary, nas crianças, nos *bebês*, todos amarrados em postes e queimados. Apenas animais fariam algo assim.

Era isso que os humanos eram... *animais*.

"Por que você não fez alguma coisa?", perguntou Rex. "Por que não os salvou?"

O Primogênito deixou a cabeça cair.

Hillary se levantou. Foi até o homem e o abraçou. Ele não levantou o olhar.

"Ele salvou a Mamãe", disse ela. "E me salvou. Eu era apenas uma garotinha. Ele foi tão *corajoso*. Matou tantos para nos tirar de lá. Salvou as rainhas para que a nossa espécie pudesse seguir em frente."

O Primogênito assentiu. Uma mão peluda e preta cobriu o seu rosto peludo.

"Mamãe era menor naquela época, mas, mesmo assim, foi difícil", falou. "Tivemos que recomeçar do zero." Olhou para cima. Rex viu a dor nos seus olhos, o medo que todo aquele trabalho tivesse sido inútil e o povo começasse a morrer. "A cidade estava mudando", continuou o Primogênito. "Os navios que trouxeram a nós e milhares de outros foram enterrados em aterros conforme a cidade expandia o litoral. Escavei até um desses navios e fiz uma toca na cabine do capitão. Trouxe Mamãe para cá e a fechei nela."

Rex se reclinou.

"Espere um pouco. O lugar em que ela está agora ainda é o mesmo navio?"

O outro aquiesceu.

"Ela não sai daquela sala há 150 anos. Eu trouxe novos noivos. Ela deu à luz *ouvriers*, clones e soldados. Hillary cuidou dos *ouvriers* até terem idade suficiente para trabalharem, enquanto eu ensinava aos soldados como caçar, ensinava aos clones como serem os nossos olhos na superfície. Nós sobrevivemos. Reconstruímos."

Rex olhou para o guerreiro de focinho grisalho com respeito renovado. Tudo naqueles túneis, todas as salas, todos os tijolos, todas as pessoas — tudo estava ali graças a *ele*. O Primogênito ajudara o povo a se recuperar do desastre.

"As regras nos mantêm seguros", disse o Primogênito. "Às vezes, a presa tem dinheiro. Os clones usam esse dinheiro para comprar o que podem, mas a maior parte da nossa comida vem do mesmo jeito de antes, através da caça."

Caça. A palavra fez um arrepio correr pela coluna dorsal de Rex, e o seu estômago roncou. Ele se lembrou da emoção de perseguir Alex até a casa de April. Rex *precisara* daquilo. A sensação passara com a morte de Alex, mas o desejo clamava por ele outra vez.

Astuto ficara em silêncio durante toda a história. Agora inclinou-se para a frente e pousou os cotovelos na mesa preta.

"Nossa história é importante", disse ele ao Primogênito. "Mas é só isso... *história*. Você está se esquecendo da parte em que governou como um tirano, em que não matou apenas bebês, mas também pessoas que caçavam sem a sua permissão."

"Não *podemos* ser descobertos", rebateu o Primogênito. "Foi isso o que motivou todas as decisões que tomei."

Astuto revirou os olhos.

"Tanto faz, velhote. Você é tão corajoso assim? Então, por que deixou o Salvador massacrar o nosso povo?" Astuto se virou para encarar Rex. "O Salvador não é nada além de um *valentão*, meu rei. E o Primogênito deixa o Salvador viver."

Valentões. Rex pensou em Alex, Issac, Jay e Oscar. Pensou em Roberta.

Os olhos do Primogênito se estreitaram.

"Você não sabe de nada. O meu jeito *funciona*. Você é jovem demais para entender."

Astuto se levantou e rosnou.

"Nós nos *acovardamos*. Somos mortos e você... não... faz... *nada*! Você nos proibiu de atacar o Salvador, de matar aquele pesadelo ambulante."

O Primogênito desviou o olhar e fez um gesto de desconsideração com uma das mãos.

"Todo mundo sabe que o Salvador mata qualquer um que tenta fazer isso. Atacá-lo é suicídio."

"*Mentira!*", Astuto bateu o punho contra o próprio peito. "Se eu morrer tentando matar o assassino do meu povo, será uma vida melhor gasta do que passá-la enterrado na terra como um verme." Voltou-se para olhar para Rex. "O Salvador está ferido, meu rei. Se conseguirmos encontrá-lo antes de ele se curar, poderemos pôr um fim nos assassinatos do monstro *para sempre*."

Rex sentia a raiva de Astuto, a sentia e a compartilhava. Talvez o Primogênito não soubesse como era ser maltratado. Ele era grande e forte. Estivera no comando por tanto tempo. Não era possível que entendesse como era viver com medo todos os dias.

"O Salvador é traiçoeiro", disse o Primogênito. "É provável que esteja tentando nos enganar, Astuto, tentando nos atrair para que possa nos seguir até aqui e matar a Mamãe."

Rex examinou o Primogênito com atenção. O homem estava mentindo sobre alguma coisa, ele podia perceber. O que o Primogênito dissera não fazia sentido — se matassem o Salvador, então o seu povo poderia caçar sem medo. O Primogênito tinha segredos. Para manter o povo em segurança, ele matara a própria espécie durante um século. O que mais fizera? O que mais permitira que acontecesse?

"Astuto tem razão", disse Rex. "Se quisesse *mesmo* proteger o povo, você teria matado o Salvador."

"Nós tentamos", retrucou ele. "O Salvador mata todos que o enfrentam."

Astuto cruzou os braços e balançou a cabeça. Estava com raiva, mas também entusiasmado — finalmente tinha a chance de falar o que queria.

"Não é assim, meu rei. Alguns foram atrás dele por conta própria e nunca voltaram. Porém, outros tentaram, falharam e voltaram ao Lar. Quando chegaram, o *Primogênito* os matou como um aviso para os outros."

O Primogênito fixou o olhar na mesa. Rex não precisou perguntar se a acusação era verdadeira — ficou claro que ele fizera o que Astuto dissera. Rex podia *sentir* as emoções dentro do Primogênito: raiva, vergonha, um terrível fardo de responsabilidade... *solidão*.

Rex ficou de pé e andou até a outra ponta da mesa. Hillary deu um passo para o lado. Rex pousou a mão no antebraço musculoso e peludo do Primogênito e deu um pequeno aperto.

"Diga-me por quê. Conte a verdade."

O Primogênito olhou para cima, os grandes olhos verdes severos a princípio, depois mais suaves. Havia desespero naqueles olhos, até mesmo *alívio* — ele era um vilão na visão do seu próprio povo e finalmente tinha uma chance de compartilhar o motivo.

"*Precisamos* de um Salvador", disse ele. "Às vezes, a ânsia da caçada se torna muito forte para alguns de nós. Quando isso acontece, os soldados caçam além da necessidade de comida. Caçam apenas para *matar*, repetidas vezes. Chamam atenção. Se a polícia encontrar esses soldados desgarrados, esses soldados *insanos*, então vai ficar muito mais perto de nos descobrir de novo, de nos *massacrar* de novo. Ao matar os soldados desgarrados, o Salvador mantém o nosso segredo em segurança sem saber."

Rex soltou o braço do Primogênito. *Aquele* era o motivo pelo qual ele deixava o Salvador matar? Para remover as pessoas que desobedeciam as ordens do Primogênito? Um líder de verdade — um *rei* de verdade — não deixaria ninguém ferir o seu povo.

Ele voltou para a sua cadeira.

"A polícia conhece o Salvador?"

"É claro", respondeu Astuto, as palavras cheias de desgosto. "A polícia o ajuda a matar os nossos irmãos."

A polícia e o Salvador, nada mais do que valentões que queriam ferir e matar o povo de Rex.

"Astuto, como sabe que o Salvador está ferido?"

"Mandei Mongo vigiar a casa dele."

O Primogênito se levantou.

"Eu dei ordens para *ninguém* se aproximar da casa do monstro!"

Rex apontou para ele.

"*Sente-se!* Suas ordens não contam mais a não ser que eu diga o contrário!"

O Primogênito repuxou os lábios, mostrando a ponta de um dente, mas se sentou.

Rex soltou a respiração devagar. As pessoas não deviam fazer coisas que o deixassem irritado daquele jeito.

"Sabemos onde o Salvador está?"

Sir Voh escorregou até o centro da mesa.

"A polícia deve saber", disse ele. "Mongo falou que viaturas foram até a casa e seguiram a ambulância que o levou embora."

Rex se recostou na cadeira.

"Todos os policiais sabem que existimos?"

"Nós achamos que apenas alguns", respondeu a criaturinha. "Se todos na polícia soubessem, a imprensa provavelmente iria falar sobre a gente, mas nunca fala. Quanto menos pessoas souberem, mais fácil é controlar as informações."

"Então quais deles sabem?"

Sir Voh encolheu os ombrinhos, uma expressão cômica levando em consideração o tamanho da cabeçorra.

"Não temos como saber."

"Claro que temos", disse Astuto. Os olhos amarelos se estreitaram junto com o sorriso. "Quando você quis saber os segredos dos Filhos de Marie, você perguntou ao Primogênito, perguntou ao nosso líder. Podemos fazer a mesma coisa com a polícia."

Aquilo fazia sentido. Se houvesse algum segredo no meio policial, um pacto ou algo assim, então alguém do alto escalão deveria saber. Por que não começar do topo?

"Não vou deixar a polícia nos intimidar", disse Rex. "Vamos forçar a líder deles a nos contar tudo o que sabe. Assim que escurecer, vamos visitar a chefe da polícia."

Hillary encarava Rex como se não conseguisse acreditar no que estava ouvindo.

"Não podemos fazer isso. Ir atrás da chefe da *polícia*? É loucura."

Então o Primogênito falou, baixo e devagar.

"Meu rei, isso pode fazer com que sejamos descobertos."

Eles queriam ficar a salvo, queriam deixar as coisas do jeito que sempre foram? *Não*. O Primogênito e Hillary tinham ficado velhos demais para fazer o que precisava ser feito. Talvez fosse isso que acontecia depois de tanto tempo sem um rei.

Agora que tinham um rei, o jeito que as coisas costumavam ser feitas já não eram boas o bastante. Naquela noite, as coisas mudariam.

AGGIE TEM UM PREÇO

Aggie James estava sozinho na masmorra branca. Se fosse um homem religioso, teria rezado, mas sabia que Deus não existia. Deus não teria deixado a sua esposa e a sua filha serem assassinadas bem na frente dele. Deus não teria permitido que aqueles monstros existissem. E se havia um Deus que deixasse aquelas coisas acontecerem, Aggie com certeza não iria adorá-lo.

No entanto, embora não *rezasse*, ele com toda a certeza *esperava* poder sair daquele lugar horrível.

A porta branca de prisão abriu devagar com um rangido. Hillary entrou, sozinha, carregando uma bolsa de crochê pesada e um cobertor que lhe parecia e lhe *cheirava* familiar. Mas havia outro cheiro... fraco, apenas uma fraca sensação no seu nariz. Era um cheiro gostoso.

Hillary andou até ele. Segurou a bolsa pelas alças, oferecendo-a a ele.

"Está pronto para me ajudar?"

"Se me deixar sair daqui, com toda a certeza." Aggie pegou a bolsa de crochê e a abriu. No interior dela... um bebê?

Um menininho adormecido com uma pele muito negra, mais negra do que a de Aggie, a pele de uma criança do sul da África. Estava enrolado num cobertor marcado com símbolos toscos. Um símbolo se parecia com um triângulo com um olho no meio, o outro parecia ser um círculo com um raio atravessando-o.

"Leve este menino", disse Hillary. "Achei que o rei endireitaria as coisas, mas ele vai fazer coisas perigosas. E o Primogênito, acho que ele vai tentar matar o rei. Se conseguir, depois virá atrás de mim. Preciso agir enquanto ainda posso, preciso tirar mais um bebê daqui."

Ela parou de falar. Apenas olhou para a criança, como se tivesse esquecido que Aggie estava ali.

"Hã, Hillary?"

Os olhos dela se abriram. Ela piscou, pareceu voltar ao presente.

"Vou esconder você e o bebê em algum lugar."

"Em algum lugar na superfície?"

"Não", respondeu ela. "Num esconderijo especial. Você vai ficar lá com o menino até eu ir buscar você para levá-lo lá para cima."

Aggie assentiu com entusiasmo mesmo sem compreender por completo.

"Tudo bem, vou fazer o que você pedir."

Ela abriu um sorriso cheio de poder.

"É claro que vai." Desdobrou o cobertor fedido e o enrolou em volta de Aggie. "Use isto e fique quieto, exatamente como fez ontem."

Ele concordou. Não sabia ao certo se a tinha visto pela última vez ontem, anteontem ou há apenas poucas horas.

Ela terminou de arrumar o cobertor, puxando e torcendo com o seu jeito maternal.

"Ótimo", disse ela. "Agora o segure perto de você. *Bem* perto."

Aggie puxou a bolsa com o bebê para perto do peito. O que quer que a criança fosse, era maligna. Aggie faria o joguinho, diria o que quer que tivesse que dizer, faria o que tivesse que fazer até sair de lá. Então poderia jogar o bebê na baía, ele pouco se importava.

Sentiu aquele cheiro gostoso de novo. Era o bebê... o cheiro vinha do bebê.

"Hora de ir", disse Hillary. "Venha comigo."

"Onde estamos indo?"

"Você conhece o lugar", respondeu ela. "Vamos voltar para a arena."

HISTÓRIA DA ORIGEM

Bryan dirigia o Buick de Pookie, seguindo a perua Dodge Magnum preta e modificada dos Jessup. As luzes dos postes pelos quais eles passavam lançavam reflexos na lataria polida do carro. Bryan nunca achou que uma perua poderia ser tão legal. O automóvel customizado, no entanto, deixaria qualquer aspirante a gângster verde de inveja. Rodava sobre rodas cromadas e pretas. Janelas escurecidas escondiam o interior. Gavetas apinhavam a área de carga, escondida da vista pela porta traseira. Bryan podia apenas imaginar que tipo de arsenal o time avô e neto tinha acondicionado na traseira daquele carro.

Adam, para a sua surpresa, dirigia como uma velhinha: devagar, obedecendo a todos os sinais, dando bastante espaço para as pessoas ultrapassarem se necessário. Bryan não entendia muito de carros, mas mesmo dirigindo atrás, ele podia ouvir o gorgolejar da potência não utilizada do motor da Magnum.

A perua foi para o sul pelas cinco faixas da Potrero Avenue. Sobrados e pequenas árvores passavam à direita de Bryan. Faltavam apenas alguns quarteirões. Tinha tempo para fazer uma ligação rápida. Discou. Ela atendeu quase de imediato.

"Alô?"

Como será que apenas o som da voz dela conseguia fazer com que Bryan se sentisse melhor?

"Oi."

"Bryan, você está bem?"

"Claro. Não viu o meu recado?"

Ela hesitou.

"Vi. Obrigada. Mas um bilhete gentil e um bule de café não querem dizer que você está bem."

"Estou bem." Ele não tinha certeza de que aquilo era verdade, mas era o que ela precisava ouvir. "Só queria ver como você estava."

Robin não respondeu. Ele esperou. À frente, viu o San Francisco General Hospital se aproximando à esquerda.

"Robin, preciso ir. Erickson pode ter problemas esta noite."

"Esqueça esse cara", disse ela. "Venha me pegar e vamos *fugir*."

"Do que está falando?"

"Todas essas mortes", respondeu ela. "Você e eu podemos ir embora, Bryan. Pegamos o meu carro, escolhemos um lugar e vamos. Juntos."

Ela temia por ele. Ou talvez temia o que ele pudesse fazer. O sentimento despedaçou o seu coração, mas a solução dela não era uma opção.

"Robin, não posso."

Ela suspirou.

"Eu sei. Espero que a gente não se arrependa." O tom de voz dela mudou de novo, de melancólico para profissional. "Ouça, estive tentando entender o que aconteceu com você. Quando você era criança, teve os cortes e arranhões normais, certo?"

"Claro", confirmou ele.

"E esse negócio de se curar depressa é novo?"

"É. Sempre me curei um pouco mais rápido do que a maioria das pessoas, mas nada como agora."

"É porque o seu cromossomo Zeta esteve *suprimido*", explicou ela. "Isso quer dizer que você tinha todas essas informações genéticas, mas estavam adormecidas, e o seu corpo não estava fazendo nada com elas. Basicamente, a sua informação Zeta estava desligada."

Aquilo parecia impossível. Como partes do seu corpo podiam ficar desligadas? Mesmo assim, Bryan não iria discutir com uma especialista.

"Então o que fez o cromossomo começar a funcionar?"

"Quando você foi me ver no necrotério, estava doente, certo? *Muito* doente, com dores no corpo, no peito e tudo o mais?"

Como ele tinha se sentido mal — a febre, as dores agudas, as dores nas juntas.

"É, foi bem ruim."

"Precisamos tirar alguns raios X. Aposto que vão mostrar aquele mesmo órgão estranho que encontramos no Barba Negra. Também aposto que os seus ossos mudaram, ou pelo menos estão começando a mudar. Você sofreu com a doença porque o seu corpo passou por uma *enorme* transformação física. A questão é, quando você *começou* a se sentir doente?"

Tantas coisas aconteceram nos últimos dias. Parecia uma eternidade a última vez em que ele *não* esteve lidando com Erickson, Rex Deprovdechuk, os garotos da BoyCo, o padre Maloney...

... foi isso. O telhado, onde ele sentiu o cheiro de algo que o deixou tonto.

"Comecei a ficar doente no mesmo dia em que vi o cadáver do padre Maloney."

"O corpo de Maloney tinha cheiro de urina?"

Ele assentiu.

"Sim. Urina e alguma outra coisa que não consegui identificar. Comecei a me sentir péssimo logo após disso."

"Bryan, sei o que aconteceu com você. Bem, a ideia geral, pelo menos. Temos certeza de que a morte do padre Maloney foi uma morte simbólica, assim como a de Oscar Woody. Sabemos que os assassinos de Woody tinham o cromossomo Zeta, então é lógico presumir que o assassino de Maloney também tinha. Tenho quase certeza de que existem hormônios na urina que ativaram os seus cromossomos Zeta, fizeram com que começassem a se *expressar*. Você tinha todo esse código adormecido dentro de você, esperando por um sinal. Quando esse sinal chegou, *boom*, o corpo começou a agir."

Aquilo era uma coisa digna de histórias em quadrinhos — ele tinha supercura e, pelo jeito, algum nível de superforça, e qual era a sua história de origem? *Eu senti cheiro de mijo*. Não era tão legal quanto ser picado por uma aranha radioativa.

"Mas por que o meu Zeta estaria adormecido?"

"Não faço ideia", respondeu Robin. "Com base em tudo que vimos, deve ser algum tipo de estratégia de proteção de espécies. Se alguém da sua espécie é..."

"Da minha *espécie*? Eu *não* sou um deles."

"Cientificamente falando, é. Não dê uma de chorão. Em todo caso, talvez dezenas de milhares de anos atrás, não, *centenas* de milhares... mas isso cria uma ramificação na árvore genealógica primata que..."

"Robin, estou quase chegando no hospital." Ele viu o complexo do SFGH se aproximando à esquerda. "Dá para ir direto ao ponto?"

"Desculpa. Meu palpite é que, naquela época, se alguém da sua espécie fosse isolado e os genes dele se *expressassem*, talvez as pessoas normais o matassem. Então pode ser que os genes suprimidos contribuíssem para a sobrevivência. Ou os genes tenham evoluído para se expressarem apenas se outros da mesma espécie estivessem por perto; um lance de segurança em grandes grupos. A natureza desencadeia genes suprimidos o tempo todo com hormônios e outros mecanismos de sinalização. Você começou suprimido, *normal*, até o seu corpo detectar outros como você, então os genes latentes foram ativados."

Ele não entendeu nem metade do que Robin disse. Não que aquilo importasse agora.

"Preciso ir", disse ele.

"Você ligou para Pookie?"

Merda. Ele se esquecera do parceiro e do fato de que estava com o carro dele por quase 24 horas.

"Não, eu não liguei. Você pode fazer isso e dizer para ele pegar o Buick no hospital?"

Ela hesitou.

"Bryan, Pookie esteve atrás de você o dia inteiro ontem. Ele me ligou hoje de manhã. Ficou bem puto porque você não o avisou que estava vivo."

E deve ter ficado mesmo. Bryan, no entanto, tinha muito com o que se preocupar naquele momento — não podia lidar com a decepção de Pookie junto com todo o resto.

"Olhe, Robin, só ligue para ele, ok?"

"Ok", disse ela. "Te amo, Bryan."

"Também te amo." Para a sua surpresa, aquelas palavras foram mais fáceis de dizer pela segunda vez. Ele desligou.

O San Francisco General Hospital tinha muitos prédios, mas o que ficava mais ao norte alojava a ala de tratamento mental — onde Erickson estava sendo mantido. Um muro de tijolos da altura de um homem corria ao longo da calçada, com uma cerca vermelha de três metros de altura elevando-se do topo. Bryan não tinha certeza se a cerca estava lá para manter as pessoas dentro ou fora.

Adam diminuiu a velocidade, então fez um retorno para estacionar numa vaga pouco antes da Twentieth Avenue. Bryan lutou para fazer a curva naquele ângulo e percebeu que, além de o Buick ser uma porcaria de carro, Adam era um motorista muito melhor. Bryan estacionou logo atrás. A porta traseira de passageiro da perua abriu. Alder se apoiou na bengala enquanto saía devagar. Bryan foi encontrá-lo.

"Espere aqui, detetive", disse Alder. "Vou encontrar a delegada Zou e acertar as coisas."

"Vocês são bons amigos?" Talvez Alder pudesse ajudá-lo a consertar as coisas, recuperar o emprego de Pookie.

"Não a vejo há 28 anos", respondeu Alder. "E estamos longe de ser amigos. Adam? Vamos."

A bengala de Alder clicava na calçada enquanto ele e o neto caminhavam na direção da abertura no muro que levava ao complexo do hospital.

NO LABIRINTO

As lâmpadas elétricas estavam apagadas. No topo do mastro de crânios, algumas tochas queimavam, lançando uma luz fraca que não conseguia penetrar nas valas da arena.

Não havia barulho algum exceto o triturar de terra sob os pés e um fraco rimbombar ecoante e regular que vinha do navio naufragado à esquerda atrás de Aggie. As paredes das valas se erguiam de ambos os lados. O mendigo não conseguia ver o teto da caverna lá no alto, estava escuro demais para isso. Continuou avançando, tentando não pensar no fato de que estava atravessando o labirinto — o mesmo lugar em que o adolescente fora morto e depois retalhado para virar comida.

"Por aqui", disse Hillary ao dobrar à direita.

Aggie a seguiu. Aquele barulho estranho e ecoante ficou mais intenso, e ele percebeu o que era — o ronco da Mamãe.

Hillary o tinha guiado a partir da masmorra branca, usando um caminho diferente do dia anterior. Daquela vez, em vez de sair na elevação, ele se viu deslizando através de uma passagem estreita e secreta e entrando no labirinto da arena. Aggie não soube o que esperar. Com certeza não esperava que o lugar estivesse vazio e nem teria imaginado que um lugar cheio de monstros, morte e terror pudesse ser ainda mais perturbador quando estava sem ninguém e escuro.

Um puxão no braço. Hillary abarcou tudo à sua volta, mostrando o lugar como uma proprietária orgulhosa.

"Hoje à noite, todos vão estar aqui para ver o rei se juntar à Mamãe e dar à nossa espécie um futuro. Será nesse momento que vou tirá-lo daqui. Até lá, tenho um lugar para você esperar. Venha."

Ela virou à esquerda. O homem se viu de frente à parede da caverna — sem saída. Hillary passou por uma rocha alta e entrou num lugar escondido. Sumiu de vista.

Aggie ajustou o aperto na bolsa de crochê com cuidado e então a seguiu.

UMA SURPRESA DO PASSADO DE ZOU

Foi como entrar num túnel do tempo.

Amy não via aquele homem há décadas. Tinha os mesmos olhos, a mesma boca e o mesmo rosto, embora as rugas tenham obscurecido e suavizado os traços. Porém, todo o tempo do mundo não poderia apagar a lembrança do último encontro deles.

"Alder Jessup", disse ela.

Ele sorriu e assentiu.

"Amy Zou. Já faz um bom tempo."

Ela olhou para o homem atrás de Alder. Mais uma vez aquela sensação de voltar ao passado. O homem se parecia com o Alder que ela se lembrava de tantos anos atrás, se aquele Alder tivesse sido um roqueiro hipster idiota.

"E aí, tira?", disse o jovem. "Encaradas estilo Gestapo podem funcionar com a molecada rica, mas eu já passei dessa fase."

O idoso fechou os olhos e suspirou.

"Delegada Amy Zou, este é o meu neto, Adam. Ele já estava indo tomar uma xícara de café."

O rapaz sorriu e assentiu.

"Prazer em conhecê-la, delegada. Se eu me deparar com uma horda enlouquecida de rosquinhas descontroladas, eu pego o meu arpão e trago o café da manhã para você."

O jovem raivoso se afastou, as correntes e joias tilintando a cada passo.

"Minhas desculpas", disse Alder. "Tudo o que posso dizer é que o talento dele vale o trabalho."

"Sr. Jessup, por que está aqui?"

"Vim cuidar de Jebediah. Suponho que esteja aqui pelo mesmo motivo. Se está, talvez devesse ir até o meu carro. Adam trouxe inúmeros itens que podem ser úteis caso os Filhos de Marie ataquem."

Aquelas palavras quase a fizeram se encolher. Ela olhou ao longo do corredor. Ninguém prestava atenção.

Amy se aproximou.

"Alder, está tudo sob controle. Tenho um pessoal aqui para protegê-lo. Acabei de sair do quarto de Erickson. Ele ainda não acordou, mas está melhorando."

Alder suspirou daquele jeito que os idosos conseguem suspirar e fazer com que você se sinta como uma criança, não importa quantos anos tenha.

"Todo esse tempo, minha querida, e você ainda não entende de fato."

Ela se lembrou dos pesadelos que vira no porão de Erickson. Alder tinha razão — não tinha compreendido de verdade o que estava à solta lá fora, *quantos* deles existiam.

Ele deu tapinhas no ombro dela.

"Não estou aqui apenas para proteger Jebediah", disse Alder. "Eu gostaria de ter uma palavrinha com você sobre um policial seu. Acho que precisamos conversar sobre Bryan Clauser."

ZOU CONVERSA COM BRYAN

Bryan estava parado na calçada da Potrero Avenue, observando Pookie inspecionar a janela da porta do motorista do Buick. As luzes dos postes cintilavam nas rachaduras no vidro, iluminavam a cerveja que se espalhara e secara no lugar.

"Maravilha", falou Pookie. "Sabe, às vezes, quando alguém pega o meu carro emprestado, eles o levam para lavar e me devolvem com um tanque cheio. Mas isso? Isso é muito melhor."

"Já pedi desculpas. Vou pagar pelo conserto."

"Com o quê, cupons de supermercado? Fomos demitidos, lembra?"

Bryan esfregou os olhos e balançou a cabeça.

"Sério, cara? Acho que temos coisas mais importantes com as quais nos preocupar do que a janela da porcaria do seu Buick."

Pookie deu de ombros.

"É, temos. Como os duzentos paus que você me deve pela minha ida até Oakland."

"Você achou que eu estava em Oakland?"

"Será que eu mencionei que *procurei você por toda parte*? Ora, sim, sim, acho que mencionei."

"Mas duzentos dólares?"

"Peguei um táxi", explicou Pookie. "Você sabe que eu odeio o transporte público. Essa foi meio que a razão de eu ter comprado um carro, entende?"

Pookie não ficava irritado com frequência, mas quando ficava, não parava de tagarelar a respeito. Ele queria — e merecia — um pedido de desculpa.

"Olhe, sinto muito não ter ligado, ok?"

Pookie assentiu.

"Desculpas aceitas, mas é uma pena você não estar falando com o seu pai. Eu iria fazer com que ele o colocasse de castigo por detonar o meu carro."

Pookie Chang, o único residente da *Terra Onde Nenhum Tópico é Evitado*.

"Aquele homem não é o meu pai."

"E eu não sou gordo", rebateu Pookie. "É incrível como a gente consegue simplesmente desejar que as coisas aconteçam, não?"

"Com tudo o que estou passando, você quer falar disso? *Agora?*"

Pookie deu de ombros.

"Você precisa superar esse assunto. Acho que já ultrapassou a cota de sentir pena de si mesmo."

"*Sentir pena de mim mesmo?* Seu babaca, eu sou a porcaria de um mutante ou sei lá o quê."

Pookie usou a manga da jaqueta para limpar a cerveja seca.

"Então você tem um cromossomo extra. Não é como se tivesse câncer, cara. As coisas são assim, então simplesmente aceite e siga em frente."

Talvez Bryan devesse ter feito aquilo sozinho, afinal de contas. Só mesmo Pookie para reduzir ser um mutante, descobrir que toda a sua infância foi uma mentira e rastrear assassinos em série que na verdade são seus meios-irmãos a um simples *deixe isso pra lá*.

Ele parou de esfregar a janela rachada. Voltou-se para Bryan.

"Está pensando que deveria me dispensar? Para a minha segurança, talvez?"

Bryan baixou o olhar para a calçada. Odiava quando o parceiro fazia aquilo.

Pookie jogou o cabelo para trás.

"Pode esquecer, meu Jovem Detetive Rebelde. Ninguém quer um seriado sobre um tira solitário. Já falei que estou com você até a troca de tiros. Você está preso a mim. Entendeu?"

Bryan olhou para cima. Antes que pudesse responder, Pookie apontou para um ponto na calçada pouco além de onde estavam.

"Oh-oh", disse ele. "Aí vem ela."

Bryan seguiu o olhar de Pookie e viu Amy Zou caminhando depressa na direção deles, uniforme azul sem rugas, quepe posicionado com perfeição na cabeça.

"Ela não parece feliz", comentou Pookie.

"E alguma vez ela pareceu?"

"Não", respondeu ele. "Vamos dar o fora daqui?"

"Tarde demais. E tem algumas coisas que quero ouvir dela."

Bryan cruzou os braços, se encostou na perua preta e tentou parecer desrespeitoso. Não sabia ao certo como fazer aquilo — talvez tivesse que ter algumas aulas com Adam.

Ela parou na frente deles.

"Clauser", disse ela. "Chang."

"Delegada", disse Bryan.

"*Milf* que me demitiu", provocou Pookie.

Zou ignorou o comentário.

"Clauser, precisamos conversar. Sozinhos."

Bryan olhou para Pookie, que balançou um pouco a cabeça. Mesmo que Bryan quisesse que o homem fosse embora, ele não iria a lugar algum.

"Pookie fica, delegada", disse Bryan. "O que tiver a dizer para mim pode falar na frente do meu parceiro."

"Parceiro para a *vida*", acrescentou Pookie. "Mas apenas para questões ligadas aos impostos. Ah, e no registro da Bed Bath & Beyond."

Zou focou o seu olhar mal-humorado em Pookie. Manteve-o até ele desviar o olhar. Ela se voltou para Bryan.

"Alder me contou que você é um deles."

Ela disse aquilo num tom de voz seco. Zou estava certa, assim como Robin; ele *era* um deles.

"Não entendo nada disso, delegada. Não faço ideia do que está acontecendo e isso está me deixando louco."

"Você veio ao hospital", falou ela. "Por quê?"

Bryan olhou para Pookie, que apenas encolheu os ombros.

Ele acenou para o prédio além do muro de tijolos.

"Colocamos Erickson ali. Alder disse que os Filhos de Marie poderiam vir atrás dele, então viemos para cá para protegê-lo, se pudermos."

"Tenho uma equipe inteira da SWAT dentro e em cima daquele prédio", informou ela. "Eles isolaram o andar de Erickson. Os Filhos de Marie são difíceis de encontrar, claro, mas será uma batalha diferente se tiverem que vir até nós."

Ela o encarou. Bryan devolveu o olhar. Ela parecia estar medindo-o. Ele não estava disposto a fazer aqueles joguinhos de poder que a delegada tanto gostava.

"Olhe", disse ele, "só estamos tentando fazer a coisa certa."

A dureza ao redor dos olhos dela desvaneceu. Foi Zou quem desviou o olhar daquela vez.

"Conheço esse sentimento. Desta vez, talvez consigamos consertar o estrago que vocês causaram antes da merda se espalhar pra valer." Ela encontrou o olhar dele de novo. "Pelo menos agora vocês entendem o que precisa ser feito."

"Sim e não", disse Pookie. "Você não pode manter isso em segredo para sempre. As pessoas precisam saber o que está acontecendo. As famílias das vítimas merecem saber o que aconteceu aos seus entes queridos."

"Os entes queridos delas *morreram*", retrucou Zou. "Saber o que os matou não os trará de volta. O que você quer, Chang? Quer contar ao mundo que San Francisco tem um culto assassino ou que tem monstros de verdade?"

"As *duas* coisas", respondeu Pookie. "As pessoas precisam saber que existe alguma coisa à solta que pode matá-las."

"Não, elas não precisam saber. Quando um assassino aparece, Erickson o elimina."

Pookie levantou as mãos em frustração.

"Você está louca? Se não revelarmos isso ao público, mais pessoas podem acabar morrendo."

"Pessoas morrem todos os dias", respondeu Zou. "Assim é a vida numa cidade grande. Estamos falando de dois, talvez três assassinatos por ano, em média."

"Em *média*? Mas são seres humanos!"

"Na San Francisco propriamente dita, oitocentas pessoas são atropeladas por ano", disse ela. "Vinte desses acidentes, mais ou menos, acabam em morte, e também temos os ferimentos que transformam as vidas das pessoas. Mas nós removemos as estradas e obrigamos as pessoas a só andar a pé porque o trânsito é *perigoso*?"

"Isso é ridículo", falou Pookie. "Não pode fazer esse tipo de comparação."

"É mesmo? Ora, posso comparar maçãs com maçãs? Ou devo dizer, assassinatos com assassinatos? Tivemos cinquenta assassinatos em San Francisco no ano passado, 45 no ano anterior e 94 há três anos. A maioria teve relações com gangues. Então sabemos que gangues matam mais pessoas do que os Filhos de Marie, mas, mesmo assim, não nos livramos delas."

A lógica de Zou tinha falhas, buracos. Bryan não conseguia entender o seu raciocínio.

"Delegada, estamos falando de assassinos em série. *Monstros*. Estamos falando do direito do público de saber. O público *sabe* sobre as mortes no trânsito e as pessoas ficam. Tudo bem. A mesma coisa sobre as atividades das gangues. Tudo bem também. Elas *não* sabem sobre os Filhos de Marie."

Zou balançou a cabeça como se Bryan e Pookie não conseguissem enxergar o óbvio.

"Claro, vamos contar ao público", disse ela. "E isso vai fazer com que os preços dos imóveis despenquem."

Preços dos imóveis? Por que ela diria algo assim? Por que um policial iria se importar com os preços dos imóveis? O que ela não estava contando a eles?

Bryan ouviu o celular da delegada tocar. Ela o tirou do bolso e observou a tela do aparelho.

Então, olhou para Bryan.

"Preciso cuidar de uma coisa. Não vá a lugar nenhum. Vamos conversar sobre isso depois."

Pookie levantou a mão como um aluno em sala de aula.

"Hum, delegada? Isso quer dizer que recuperamos os nossos empregos? Talvez com uns dois acessórios conhecidos como *distintivo* e *arma*?"

Ela olhou para Pookie, mas sem o característico olhar gelado daquela vez. Depois olhou para Bryan. Suspirou e balançou a cabeça como se já tivesse tomado uma decisão e soubesse que iria se arrepender. Ela encarou o céu que escurecia.

"Vou colocar vocês de volta no efetivo amanhã", respondeu ela. "Por enquanto, vou avisar o sargento em serviço que vocês podem entrar no hospital. E coloquem os carros no estacionamento; temos vagas reservadas aos veículos da polícia. Não precisam ficar aqui na rua a noite toda."

Ela se virou e se afastou, apertando o celular na mão direita.

Bryan suspirou aliviado. Conseguiu recuperar o emprego. Porém, mais importante do que isso, o amigo que parecia querer apoiá-lo a qualquer custo também conseguiu.

E a delegada Zou... com aquela lógica ridícula. Preços dos imóveis? Ele conversaria sobre isso com ela depois. O que importava naquele momento, no entanto, era que ele era um tira de novo, e a sua principal obrigação era proteger Jebediah Erickson de qualquer mal.

LIGAR PARA CASA

MARIDÃO: QUERIDA, PRECISO FALAR COM VOCÊ. URGENTE. VÁ PARA ALGUM LUGAR PRIVADO.

Amy Zou atravessou o estacionamento do hospital na direção do seu carro. Jack nunca mandava mensagens como aquela. Será que o pai dela tinha enfim falecido? Será que alguma coisa acontecera com as gêmeas?

Ela chegou ao carro e entrou. Fechou a porta, respirou fundo e então discou o número do celular do marido.

A ligação foi atendida no segundo toque, mas não foi o marido de Amy quem falou.

"Olá, sra. Zou."

Um garoto. Soava como um adolescente ou alguém prestes a entrar na adolescência.

"Quem está falando?"

"Quero conhecer você", disse ele. "Já conheci a sua família."

Amy fechou os olhos e respirou fundo. O estômago se apertou num nó de pavor. Ela sabia como era sentir medo por si mesma — mas temer pelas filhas era muito pior. Talvez não fosse nada; talvez Jack tivesse perdido o celular e algum garoto pensou que aquilo seria engraçado. Ela precisava permanecer calma.

"Como você se chama?"

"Rex."

Aquela sensação no estômago se espalhou para o peito e para a garganta.

"Rex... Deprovdechuk?"

"Você já me conhece", disse ele. "Que bom."

Rex, o garoto que estrangulara a própria mãe com um cinto. O garoto que estava envolvido de alguma maneira com os Filhos de Marie, envolvido de alguma maneira com as mortes de Oscar Woody, Jay Parlar e Bobby Pigeon.

O garoto que todo o efetivo da polícia não conseguira encontrar.

"Rex, preste atenção. Não sei o que você acha que está fazendo, mas precisa se entregar."

"Estou na sua casa", informou ele. "Minha família veio visitar a sua. Você tem uma casa muito bonita, sra. Zou."

Ele estava na casa dela? Ah, Deus, o que estava acontecendo? Amy tinha que manter o controle da situação, fazer com que o garoto entendesse que estava enfiado até o pescoço na merda.

"É *delegada* Zou", disse Amy. "Como em *delegada de polícia*."

"Sim, senhora. Por que mais eu iria querer conversar com você?"

"Ótimo", disse ela. "Então talvez saiba quanto poder eu tenho e o que sou capaz de fazer se fizer alguma coisa com a minha família."

Rex riu.

"Volte para casa agora mesmo, sra. Zou. Não peça reforços. Meu pessoal está vigiando a sua vizinhança. Se virmos viaturas, mesmo as à paisana, sua família vai estar em apuros."

Amy fechou os olhos com força. Ela se obrigou a abri-los.

"Me deixe falar com o meu marido."

"Claro", disse Rex. "Espere um pouco."

Amy aguardou, o coração disparado no peito, cada centímetro do corpo formigando e revirando. Como aquilo podia ter acontecido? Como?

"Amor", disse Jack.

"*Jack!* As meninas..."

"Estamos todos bem", falou ele. "Mas... eles vão machucar as gêmeas se você não fizer o que eles mandarem. Ah, meu Deus, Amy, essas *coisas*... não são humanas."

Imagens do homem com boca de tubarão relampejaram pela mente da delegada. Ela sentiu lágrimas escorrendo pelo rosto.

O menino falou de novo.

"Vinte minutos, sra. Zou. Depois disso, vamos começar a fatiar."

"Se você machucar..."

Um clique na linha interrompeu as suas ameaças.

Colocou o celular no banco do passageiro. Enfiou as chaves na ignição, deu partida e disparou para fora do estacionamento.

RELAXANDO COMO UM MALANDRO

Rex tentava descansar numa enorme poltrona reclinável. Astuto disse que era a poltrona mais parecida com um trono, então Rex deveria se sentar nela. Seus pés não alcançavam direito o apoio para pés — os calcanhares pendiam no espaço entre a almofada do assento e o apoio.

"Gosto desse filme", disse Astuto, rindo. "Já vi quinze vezes. Não, dezesseis."

Estavam assistindo a *Cães de Aluguel* na TV da delegada Amy Zou. Rex nunca assistira àquele filme antes. Roberta não gostava de filmes de gângsteres. O garoto estava tendo dificuldade em se concentrar no filme, mas ajudava a passar o tempo até a delegada Zou chegar.

Pierre estava no andar de cima com o pai e as meninas. Rex tinha se preocupado que Pierre pudesse matar alguém, matá-los cedo demais, mas Astuto assegurara que Pierre sabia seguir ordens.

"Queria que ela tivesse *O Senhor dos Anéis*", comentou Rex. "É o meu filme favorito."

Na TV, o sr. Blonde fez movimentos evasivos e lentos pela tela, uma navalha na mão, enquanto o tira ensanguentado e preso com fita adesiva respirava com dificuldade pelo nariz.

"Adoro essa parte", comentou Astuto. "O sr. Blonde vai cortar fora a orelha do policial."

"Ei, sem spoilers."
"Desculpe, meu rei."
"Tudo bem."

Rex assistia. Que casa bonita. Muito mais bonita do que aquela em que ele morara com Roberta. Muito, *muito* mais bonita do que o Lar. O Lar era bem legal, mas Rex se perguntava se a umidade e a terra tinham algum efeito em todos. Devia ter uma maneira de encontrar um lugar melhor para viver, e ainda assim mantê-los escondidos dos humanos que os queimariam e os matariam.

Astuto apontou para a tela.

"Está vendo o sr. Orange, meu rei? Ele me lembra do Primogênito."

"Quem é o sr. Orange?"

Astuto foi até a tela e colocou o dedo no ator deitado numa rampa, a camisa branca vermelha de sangue.

"Este aqui. Não dá para confiar no sr. Orange. Ele está cuidando de si mesmo. Não está cuidando da gangue."

Astuto não parava de falar do Primogênito. Ele era o melhor amigo de Rex, mas seu ódio pelo Primogênito estava começando a irritar. O Primogênito parecia ser um cara legal. Era muito complicado. O homem salvara o povo da extinção, salvara a *verdadeira* mãe de Rex, mas também tinha matado bebês, além de irmãos e irmãs adultos de Rex. Astuto não matara nenhum bebê. Astuto matara os inimigos de Rex, dera a ele uma vida nova.

E Astuto lutara com o Primogênito quando ele quisera matar Rex.

Era difícil compreender tudo aquilo.

"O Primogênito vai ficar bem", disse Rex. "Ele se ajoelhou. Me declarou como rei."

Astuto encolheu os enormes ombros e voltou ao sofá.

"Às vezes, as pessoas mentem, meu rei. Não se esqueça: se algo acontecer com você, ele vai voltar ao comando."

"Mas mandei as pessoas matarem o Primogênito caso algo aconteça comigo."

Astuto deu de ombros novamente.

"Ele governou por mais de um século. O governo dele é tudo o que conhecemos. A não ser que você nomeie um sucessor, ele poderá matar você e arriscar, ver se consegue retomar o controle na confusão."

Rex ficou em silêncio. Assistiu a mais um pouco do filme, viu a camisa branca do sr. Blonde arder no sol da tarde enquanto ele pegava uma lata de gasolina da traseira de um Cadillac branco.

Talvez Astuto tivesse razão. O Primogênito tinha liderado por... quanto tempo? Uns 150 anos? Talvez fosse difícil abrir mão. Rex precisava retirar aquela motivação.

"Astuto, e se eu realmente nomeasse um... qual é a palavra? A palavra para alguém que possa assumir o meu lugar quando eu morrer?"

"Um sucessor?"

"Isso", disse Rex. "Se eu nomeasse um sucessor e deixasse isso bem claro, você acha que o Primogênito iria me apoiar? Acha que daria certo?"

Os olhos de Astuto se estreitaram enquanto ele pensava.

"Talvez. Você teria que contar a todo mundo ao mesmo tempo, acho, para que não houvesse nenhum mal-entendido sobre quem o iria substituir. Se fizer isso, ele saberá que não poderá vencer." Astuto assentiu devagar. "É, então acho que ele o seguiria com certeza."

Na tela, o sr. Blonde dava um banho de gasolina no tira preso com fita adesiva.

"Você precisa de alguém em quem possa confiar", disse Astuto. "Caso contrário, essa pessoa pode tentar matá-lo também. Não quero que nada aconteça a você."

O sr. Blonde acendeu o isqueiro. Pouco antes de poder incendiar o policial, tiros foram ouvidos — o sr. Orange atirou no sr. Blonde diversas vezes. O sr. Blonde caiu morto.

Astuto disse que o Primogênito era igual ao sr. Orange.

Rex se virou na poltrona para olhar o homem com cara de cobra.

"Posso confiar em *você*, Astuto?"

Ele olhou para baixo. Rex não sabia se um homem de pele verde e escamosa podia corar, mas Astuto parecia sobrecarregado de emoções.

"É claro, meu rei. Sempre vou fazer o que ordenar. Se for nomear alguém como o seu sucessor, poderia fazer isso esta noite, quando todos estiverem reunidos para ver você entrar na cabine da Mamãe."

Rex ficou em silêncio. Hillary dissera que Rex tinha que ficar com Mamãe, começar a fazer novas rainhas assim que possível.

"Estou um pouco nervoso. E se eu não quiser fazer isso?"

Astuto sorriu.

"O que quiser fazer, eu estarei lá. Se não tiver vontade de ficar com Mamãe, ora, não vou deixar ninguém mexer com você. Eu mesmo o carrego para fora dos túneis."

Rex nunca tivera um amigo de verdade antes. Não como Astuto, em todo caso. Astuto faria qualquer coisa por ele.

Ouviram a porta da garagem abrir.

"Diga a Pierre para trazê-los aqui para baixo", disse Rex. "Vamos nos preparar para conhecer a delegada Zou."

UMA NOVA NECESSIDADE

Aggie James tinha os olhos fixos no berço.

Não, ele não poderia fazer aquilo. Não poderia se permitir sucumbir.

Aguente firme... você estará livre em breve.

Desviou o olhar. Não que houvesse muitos lugares *para* os quais olhar. A sala minúscula deveria ter feito parte do sistema de esgoto, na época em que as coisas eram construídas a partir de rochas escavadas. Pelo menos era quente. A sala tinha eletricidade — Hillary ligara um aquecedor surrado e um velho desumidificador assim que eles chegaram.

Usava as mesmas roupas do dia em que Astuto e Pierre o tinham levado para a masmorra branca. As roupas estiveram à sua espera ali. Hillary lavara a calça, a camisa e o casaco. Ela lhe dera um par de botas marrons que eram quase novas, se você não contasse a mancha de sangue impregnada na camurça.

Pela primeira vez em muito tempo, Aggie estava limpo, tanto por dentro quanto por fora.

E mesmo assim, naquele momento, sentia uma ânsia urgente... uma ânsia que o fazia se sentir *sujo*. Como poderia querer aquilo? Como *diabos* poderia querer *aquilo*?

Aggie se virou. Encarou o bebê. Tão pequeno. Tão indefeso. Mas o que se tornaria? Iria se transformar e ficar parecido com aquelas coisas que tinham perseguido o adolescente?

O bebê não machucara ninguém. Ele apenas *existia*.

Aggie andou até o berço e olhou para baixo. O bebê dormia tão profundamente. Tão quieto, todo enrolado naquele cobertor com os símbolos esquisitos. Aggie se lembrou do dia em que a sua filha tinha nascido, se lembrou dos dedinhos e do jeito com que os olhos dela se fecharam quando ela dormiu encostada no peito da sua esposa. Mas aquele menino não era como a filha perdida de Aggie. O menino fazia parte da espécie de Hillary, da espécie assassina.

Era uma criatura do mal.

Então por que Aggie queria pegar o bebê? Por que queria segurá-lo no colo? A ânsia o consumia. Era ainda mais intensa do que o inexplicável desejo que o dominara enquanto assistia a Mamãe na sua cabine.

Era mais forte do que apenas *querer*... era uma *necessidade*.

Ele *precisava* segurar o bebê, *precisava* protegê-lo.

Não conseguiu mais resistir. Levou as mãos ao berço e, com cuidado, levantou a forma minúscula e adormecida. Aggie segurou o bebê junto ao peito, uma das mãos sob a bundinha da criança, a outra na parte de trás da cabecinha.

O mendigo começou a balançar com movimentos suaves.

"Não se preocupe", disse ele. "Vai ficar tudo bem. Vai ficar tudo bem."

Era apenas um bebê, pelo amor de Deus. Aquela criança não era mais responsável pelo que a sua espécie tinha feito do que Aggie era pelas ações do imbecil do seu avô. O menino não precisava seguir os passos de Hillary — não precisava seguir os passos daquelas crianças no labirinto.

A porta de metal da salinha rangeu enquanto abria, a parte de baixo raspando no piso feito de blocos de concreto. Por instinto, Aggie se virou e afastou o bebê da porta, protegendo-o com o corpo. Olhou por sobre o ombro para ver quem tinha entrado.

Hillary.

Ela entrou e sorriu.

"Que lindo. Você está segurando o bebê."

Aggie assentiu.

Ela estendeu a mão enrugada e alisou o cobertor do neném. Aggie lutou contra o instinto de puxar a criança para longe dela. Tinha que manter a calma.

Ela voltou a olhar para o homem; os olhos alegres voltaram ao característico tom frio.

"Está pronto para descobrir o que deve fazer?"

Aggie assentiu outra vez.

"Você deve encontrar um bom lugar para este bebê", disse ela. "Tire-o daqui, encontre um bom lar, um lar amoroso, um lar *seguro*."

Ela o encarou, como se esperasse por uma resposta, uma confirmação.

Ele não fazia ideia do que devia dizer.

"Repita", mandou ela. "Um lar seguro e amoroso."

"Sim, senhora. Um lar seguro e amoroso. Mas... bem, como vou fazer isso?"

Hillary apontou um dedo para o teto.

"Você vive lá em cima. Encontre alguém que queira um bebê. Alguém que vai permanecer em San Francisco, entendeu? Eles precisam *ficar* aqui. Você *deve* encontrar alguém. Você conhece alguém?"

Aggie não fazia ideia de quem poderia acolher um bebê negro, mas assentiu mesmo assim.

"Sim, é claro. Conheço gente assim."

"Ótimo", disse ela. "Sabia que tinha feito a escolha certa quando escolhi você. Quando encontrar as pessoas que vão ficar com ele", enfiou a mão no bolso do suéter e pegou um envelope marrom bem cheio, "entregue isto a elas."

Dentro do envelope, Aggie viu uma pilha grossa de notas de cem.

"Agora preste atenção", disse Hillary. "Preste *bastante* atenção. Tenho gente lá em cima. Não importa onde vá, nós podemos encontrar você pelo *cheiro*. Faça o que eu mandar e estará livre. Não fez o que eu mandei? Então onde quer que esteja, eu o alcanço daqui, puxo você de volta e então o faço ser o noivo."

Aquela lesma gigante que era uma mulher, ser amarrado ao carrinho de transporte, ir para o labirinto, as crianças monstros... Aggie assentiu vigorosamente. Se aquele era o preço da liberdade, ele iria cumprir a missão.

"Sim, senhora, eu entendo, mas..." O restante da frase ficou no ar. Ele queria fazer uma pergunta; contudo, e se a resposta a fizesse mudar de ideia? Não, com todo o trabalho que teve, ela não iria pegar o bebê de volta. Ele *tinha* que perguntar. "Por que você não o leva?", questionou, enfim. "Quero dizer, vou fazer o que está mandando e obrigado por me deixar vivo, *obrigado*, mas por que você mesma não o tira daqui?"

Ela acariciou a bochecha do bebê adormecido.

"Não posso me afastar do Lar. Quando fico longe da Mamãe por muito tempo, começo a me transformar."

"Se transformar em quê?"

Ela não disse nada. Por alguns instantes, tudo ficou tão quieto que Aggie podia ouvir as pontas dos dedos dela deslizando pela bochecha do bebê.

Finalmente, Hillary olhou para cima.

"Você faz muitas perguntas. Não quer me ajudar?"

Ah, merda, será que ele tinha estragado tudo? Aggie assentiu com *veemência*.

"Sim! Quero fazer isso por você. Esqueça o que perguntei, me deixe levar o menino para cima, *por favor*." Ele iria encontrar um lar para o bebê. Esqueça as perguntas, aquilo foi burrice — tudo o que Aggie queria era fugir daquele lugar maluco e daquela velha louca.

Ela estendeu a mão de novo, mas dessa vez seus dedos acariciaram a bochecha de Aggie. O homem precisou de toda a força de vontade que tinha para não recuar de nojo.

"Vou deixar você ir agora", disse ela. "Estou lhe dando a vida. Em troca, você vai dar um futuro a este bebê."

Ele assentiu de novo, não conseguia parar de assentir.

"Obrigado, Hillary", disse Aggie de todo o coração. "Vou fazer isso."

"Me siga e fique bem quieto. Vou lhe mostrar a saída."

NINGUÉM VESTE MAIS PRETO

Com Bryan Clauser ao lado, Pookie Chang saiu do elevador no terceiro andar da ala de tratamento mental do SFGH. Pookie tinha conseguido fazer com que entrassem no prédio usando a lábia. A equipe estava tensa, mas o distintivo de Bryan ajudou a superar as objeções iniciais.

Pookie não via a hora de pegar o seu distintivo com Zou.

Avançaram pelo corredor da Ala 7A. Pookie notou as portas reforçadas com fechaduras eletrônicas. O SFGH era um dos poucos lugares com um "pronto-socorro psiquiátrico". O hospital aceitava pacientes com diversos problemas psiquiátricos e a qualquer hora do dia ou da noite. Era de se esperar que alguns desses pacientes fossem violentos e necessitassem de quartos seguros. Isso fazia com que a 7A fosse o lugar mais isolado e fácil de defender do hospital, o que era o provável motivo para Zou ter colocado Erickson ali.

Pookie e Bryan dobraram à esquerda num corredor. Não foi difícil localizar a porta que levava ao quarto de Erickson — os dois homens em uniformes completos da SWAT parados do lado de fora entregavam o jogo.

Eles usavam pesadas jaquetas pretas que ficavam ainda mais volumosas graças ao equipamento à prova de balas que os cobria. Os homens tinham luvas e protetores para joelhos à prova de bala, coturnos pretos e capacetes pretos com óculos de proteção prontos para serem abaixados. Rifles pretos de combate AR-15 pendiam dos pescoços, canos apontados para o chão.

"Eles parecem sérios", comentou Bryan.

"Você só está com inveja porque eles usam mais preto do que você", disse Pookie. Os homens realmente pareciam sérios, porém, e não estavam nem um pouco contentes por terem sido escolhidos para fazer o que parecia ser um serviço de guarda. "Eu conheço esses caras."

"Que surpresa", disse Bryan.

"O da esquerda é Jeremy Ellis. O outro é Matt Hickman. Vamos."

Pookie andou na direção deles. Bryan o seguiu.

Cabeças protegidas por capacetes giraram na direção dos homens. As mãos de Hickman apertaram a sua AR-15. Ellis levantou uma das mãos enluvadas, a palma para fora.

"Pare, Chang."

Pookie parou.

"Jeremy, meu camarada. Como anda o time de softball? Ainda está deixando o departamento orgulhoso com aquela média de três por quinze?"

Jeremy pareceu surpreso.

"Hum, três por dezessete."

"Uma sequência de rebatidas? Maravilha."

Jeremy sorriu, mas apenas um pouco antes do seu rosto de policial ah-tão-sério voltar.

"Aposto que quer entrar aqui, mas isso não vai acontecer."

Pookie pensou em mencionar o fato de que o filho de Hickman era o armador titular da Mission High, mas não parecia que conversa fiada iria levá-lo a algum lugar.

"Talvez você não tenha recebido o memorando", disse Pookie. "A delegada Zou nos reintegrou. Ela informou ao sargento em serviço."

Jeremy balançou a cabeça.

"Isso é novidade para mim. Pelo que sei, vocês não são mais tiras. Não posso deixar ninguém entrar neste quarto, *principalmente* você, Clauser."

Bryan olhou para a porta. Por alguns instantes, Pookie se perguntou se Bryan iria atacar. Hickman deve ter pensado a mesma coisa, pois levantou o cano da arma apenas um pouquinho.

Jeremy apontou um dedo enluvado para o corredor.

"Rapazes, nos façam um favor e deem o fora, ok?"

Bryan balançou a cabeça.

"Só queremos nos certificar de que Erickson está seguro."

"Está", disse Jeremy. "Temos três caras no telhado e mais quatro numa sala de descanso que prepararam para nós lá embaixo. Ninguém vai entrar aqui. Não vou pedir de novo. Deem o fora."

Pookie abriu o seu melhor sorriso.

"Tudo bem, senhores. Continuem com o excelente trabalho. Bryan, vamos."

Pookie começou a voltar pelo corredor. Bryan hesitou; as mãos se fecharam em punhos, depois seguiu o parceiro. Pookie ficou tenso até a porta do elevador se fechar e ele saber que Bryan não iria tentar voltar.

"Bri-Bri, a delegada cuidou de tudo."

Bryan não pareceu convencido.

"Não sei, cara. E se uma daquelas criaturas do porão atacar?"

"Então ela será destroçada. Zou planejou tudo para a gente, meu camarada. Não é como perseguir sombras num beco escuro. Os rapazes da SWAT são barra-pesada. Eles têm tudo sob controle."

Bryan mordeu o lábio inferior. Assentiu.

"Acho que sim. Mesmo assim, vou ficar aqui pelo hospital esta noite. Tudo bem por você?"

Pookie deu de ombros.

"Claro. Vou ficar por aqui também. Deve ter algum enredo hospitalar excêntrico para *Bolas Azuis* que eu possa escrever. E não é como se eu precisasse acordar cedo para ir trabalhar amanhã, já que, pelo jeito, ainda estamos desempregados. Me pergunto por que a delegada Zou não ligou para o sargento, como disse que faria."

Quando Amy Zou dizia que faria alguma coisa, podia-se apostar que iria mesmo. Qualquer que fosse o motivo que a forçara a adiar aquilo, devia ser algo importante.

LAR, DOCE LAR

A delegada Amy Zou estacionou na garagem. Saiu do carro com a Sig Sauer a postos, fazendo um arco de 360 graus por toda a garagem.

Nada.

Ninguém nunca tinha ameaçado a família dela. Nada de gângsteres furiosos tentando fazer com que ela recuasse, nada de promessas de vingança de traficantes, nem mesmo um malandro que recebeu uma sentença de no mínimo vinte anos olhando para ela e dizendo: *você vai pagar por isso*. Nada. Até aquele dia.

Ela não conseguia respirar direito. O peito parecia comprimido, contraído. Ao longo da sua carreira, ela fora baleada três vezes em serviço, ficara na mira de armas mais vezes do que isso, e ainda assim nunca se sentira tão aterrorizada.

A porta interna da garagem levava à cozinha. Ela ouviu um filme passando na sala de estar. Mantendo o máximo de silêncio enquanto se movia, sem saber ao certo por quê, esperando que Rex e as suas criaturas fossem burras o bastante para se sentirem confiantes demais. Talvez conseguisse se esgueirar até eles e acabar depressa com aquilo.

Ouviu outra coisa — sua filha Tabz, chorando baixinho.

Se machucarem você, querida, se encostarem um dedo em você, vou matar eles onde estiverem.

Amy Zou entrou na cozinha. Encontrando-a vazia, seguiu o som do choro até a sala, o cano da pistola guiando o caminho.

Seu marido estava ajoelhado, uma mordaça apertada em volta da cabeça e da boca, as mãos amarradas nas costas. À esquerda de Jack se encontrava uma Tabz amordaçada que chorava, o rosto marcado pelas lágrimas, os braços apertados com toda a força em volta de um ursinho de pelúcia. À direita se encontrava Mur, a cabeça inclinada na direção do chão, olhos encarando por baixo do cabelo preto e espesso. Mur também estava amordaçada, mas não parecia estar muito assustada — sua expressão irradiava raiva e ódio.

Parados atrás da família de Amy... *monstros*.

Dois deles. O primeiro tinha pelo curto e marrom e uma cara parecida com a de um cachorro. Era tão grande que a cabeça parecia chegar ao teto. A mandíbula era deslocada para a direita e a comprida língua rosada pendia do lado esquerdo. Usava uma bermuda com estampa florida e mais nada, exceto por um cobertor pesado e imundo jogado em volta dos ombros. Segurava uma espingarda automática sem coronha com um tambor de munição — uma Armsel Striker — na mão esquerda. Com todo aquele tamanho, a arma volumosa mais se parecia com uma pistola.

A espingarda estava apontada para a nuca de Tabz.

O outro monstro tinha uma cara de cobra e o corpo de um fisiculturista, a maior parte daquele físico escondida embaixo de outro cobertor puído. Usava jeans, botas pesadas e um moletom azul do San Jose Sharks que esticava nas costuras. Também tinha uma arma — uma automag .44, o cano dançando a poucos centímetros da têmpora de Mur.

Entre os dois enormes pesadelos, parado o mais calmo possível atrás do seu marido amarrado e amordaçado, encontrava-se Rex Deprovdechuk. Amy soube, de imediato, que aquele garoto estava no comando.

Ela apontou a Sig Sauer diretamente para o rosto dele.

"Eles vão abaixar as armas e *dar o fora* da minha casa. Diga a eles para fazerem isso agora, Rex, ou você vai morrer."

O menino sorriu. Era um sorriso agradável, tolerante, mas não muito condescendente, o tipo de sorriso que uma criança educada dá a um adulto que ela acha ser bacana, mas que ainda considera careta.

"Então suas duas filhas vão ter os miolos espalhados pelo carpete da sala", disse ele. "Abaixe a arma, sra. Zou."

Amy percebeu que as mãos dela estavam tremendo. Com um girar do punho e um puxar no gatilho, poderia matar o de pelagem marrom, e talvez conseguisse atirar no homem-cobra. Mas conseguiria fazer isso antes de algum deles atirar, matando suas filhas lindas? E será que a sua mira seria certeira quando mal podia manter as mãos imóveis?

Numa situação com reféns, você nunca, *jamais*, deve abrir mão da sua arma. Se ela fizesse isso, ficaria sem poder.

Rex suspirou. Ele parecia entediado.

"Sra. Zou, abaixe a arma."

O homem de cara de cachorro pressionou o cano da espingarda contra a nuca de Tabz. Ela chorou mais alto. Seu corpinho tremia com os soluços.

Ela é apenas um bebê, não machuque o meu bebê...

Amy abaixou a arma.

Rex apontou para um ponto na frente de Jack.

"Ali, por favor."

Não faça isso, não abra mão da arma, não faça isso.

Amy jogou a Sig Sauer. A arma caiu no carpete com um baque leve. Com calma, o garoto deu a volta por Tabz, pegou a pistola, depois voltou para trás da família dela, ficando mais uma vez entre os dois monstros.

Amy estava nua, indefesa.

"O que você quer?"

Rex sorriu e assentiu de leve, uma expressão que dizia: *eu quero muito ajudar você.*

"Me diga onde encontrar o Salvador", disse ele. "Então, quero os nomes de todos que sabem da existência dos Filhos de Marie. E por último, quero que você marque um encontro com essas pessoas."

Ela não podia contar ao garoto a localização do Salvador. Eles o atacariam, o matariam. E o que fariam com as outras pessoas que sabiam da existência dos Filhos de Marie? Rich Verde, Sean Robertson, Jesse Sharrow, o prefeito, Bryan e Pookie, o dr. Metz, Robin Hudson — Amy não podia colocar aquelas pessoas em perigo.

"Ninguém sabe, só eu", disse ela. Precisava ganhar tempo, avisar Bryan, talvez, ver se ele conseguiria levar Erickson para outro lugar. "E o Salvador recebeu alta do hospital hoje de manhã. Não sei para onde ele foi depois disso."

O sorriso do garoto desapareceu. Ele suspirou e balançou a cabeça. Um assassino adolescente exasperado e sobrecarregado podia decidir se a família dela viveria ou morreria.

"Escolha", mandou ele.

"Escolher o quê?"

O garoto abriu as mãos, o gesto abarcando as filhas e o marido de Zou.

"Escolha qual deles vai morrer."

A garganta de Amy se fechou. Ela tentou falar, mas nenhuma palavra saiu. Por que abrira mão da arma? *Por quê?*

"Sra. Zou, estamos perdendo tempo. Escolha."

"Eu... não. Por favor, não mate ninguém."

Rex balançou a cabeça.

"É tarde demais para isso. Você pode escolher um ou eu posso escolher dois."

Sua visão ficou obscurecida por um instante antes de uma lágrima morna escorrer pela bochecha, deixando uma sensação fria no rastro. Ela não viu nenhuma dúvida nos olhos de Rex.

"Não... não, *por favor*. Me mate no lugar deles. Solte todos."

Rex levantou uma das mãos, a palma na direção dela, os dedos apontando para o teto.

"Vou fazer uma contagem regressiva a partir de cinco", disse ele.

"San Francisco General." As palavras escaparam da sua boca. "O Salvador está lá. Sei em qual quarto."

O garoto anuiu.

"Isso é ótimo, sra. Zou. Mas você já me fez falar que iria matar alguém. Não posso voltar atrás na minha palavra. Escolha."

"Mas eu contei! Conheço os códigos de acesso do hospital!"

"Cinco..."

"Não! Espere, *espere*, posso conseguir aqueles nomes."

Ele dobrou o polegar.

"Quatro..."

Monstros armados fazendo contagem regressiva com a sua família, as suas filhas, o amor da sua vida...

Ele dobrou o mindinho, prendeu-o com o polegar.

"Três..."

Isso não pode estar acontecendo, isso não pode estar acontecendo, não mate os meus bebês, isso não pode estar acontecendo.

"Olhe", disse ela, "eu *juro* que posso dar o que você quer."

Ele dobrou o dedo anelar, também prendeu-o com o polegar.

"Dois..."

O olhar de Amy disparou entre os membros da sua família, Tabz, depois Jack, depois Mur, depois Jack, depois Tabz...

Ele dobrou o dedo médio, deixando apenas o indicador levantado.

"Um..."

Ah, Jesus Cristo, como isso pode estar acontecendo, minhas filhas não, *minhas filhas não.*

"Zer..."

"Jack!", gritou Amy.

Os olhos do marido se arregalaram de terror. Ou de raiva? Traição? Ele começou a gritar, mas ela não conseguia entendê-lo por causa da mordaça.

Rex levantou o braço e deu um tapinha no ombro do cara-de-cachorro.

"Pierre, faça o que a delegada disse. Delegada Zou, se fizer um movimento sequer, uma das suas filhas vai se juntar ao seu marido, então é melhor ficar bem quietinha."

O cara-de-cobra se abaixou e pegou Mur, prendendo os braços dela ao lado do corpo. Ela parecia uma bonequinha frágil. O monstro pressionou o cano da .44 sob o queixo dela, empurrando a cabeça um pouco para trás.

Agora a menina estava assustada; os olhos arregalados deixando transparecer um medo genuíno.

A mão direita de Pierre agarrou o marido de Zou pelo topo da cabeça, enormes dedos castanhos descendo até as bochechas de Jack. Sem grande esforço, o monstro o levantou do chão. Jack começou a chutar, mas os pés estavam amarrados, assim como as mãos. O corpo se contorceu enquanto ele lutava para se soltar. O garoto deu um passo para trás para evitar os calcanhares de Jack.

Em momento algum Pierre afastou a espingarda da nunca de Tabz. A menina tremia de tanto soluçar, mas não tentou fugir.

Pierre levantou Jack ainda mais. O monstro inclinou a cabeça de cachorro para a esquerda, para que a mandíbula enviesada abrisse no sentido horizontal em vez de vertical. Os longos dentes reluziram com os reflexos de plasma da tv. Devagar, Pierre mordeu o pescoço de Jack. Houve um breve momento enquanto os dentes penetravam na pele, então veio o sangue. Jatos e esguichos salpicaram o rosto da criatura, caíram em cima de Tabz, escorreram para o carpete.

O corpo de Jack se agitou descontrolado. Os joelhos disparavam para cima e então caíram, os pés amarrados chutavam para a frente e para trás, os ombros se contorciam enquanto os braços lutavam contra as cordas que não se rompiam.

Amy se ouviu gritando, ouviu palavras distorcidas pelo pânico, pela negação e pela angústia.

Pierre soltou a cabeça de Jack, mas o homem não caiu — o pescoço devastado permaneceu preso entre a mandíbula torta. Pierre balançou a cabeça como um cachorro com um brinquedo de morder. A mordaça abafou a maior parte dos gritos gorgolejantes de Jack.

Amy ouviu o som de algo se rompendo. Pierre parou e respirou fundo pelo nariz comprido. Enquanto o fazia, Jack olhou para ela, os olhos implorando ajuda. Então o monstro deu uma última sacudida forte.

A cabeça de Jack saiu voando pela sala.

Deixando um rastro de sangue, bateu uma vez na poltrona reclinável, então parou de lado, os olhos encarando Amy. As pupilas dilatadas, como se Jack a visse, a *reconhecesse*. As pálpebras se fecharam uma vez, então abriram devagar — olhos mortos, imóveis, encarando o vazio.

Os gritos das meninas trouxeram Amy de volta. Ela se viu deitada no carpete. Tinha desmaiado. Por um breve instante, se permitiu imaginar que tudo aquilo fora um sonho. Mas então viu Tabz, amordaçada e gritando, o sangue do pai empapando o cabelo e escorrendo pelo rosto. Amy viu o monstro segurando uma espingarda automática contra a cabeça da filha, um monstro encharcado com o mesmo sangue. Amy viu Mur enfiada sob o braço enorme do homem-cobra. Mur chutava e lutava, mas o homem-cobra a ignorava.

E no meio de tudo aquilo, a delegada viu um adolescente sorrindo.

"Pronto", disse Rex. "Acabou. Agora vou fazer mais perguntas. A não ser que queira que eu a obrigue a escolher de novo, você vai responder todas."

Amy anuiu, e continuou anuindo, de novo, e de novo, e de novo.

MÃO NA MASSA

Rich Verde já estava de saco cheio. Eram anos demais enfrentando aquela merda. Era hora de começar a pensar na aposentadoria. Algum lugar quente. Algum lugar cheio de divorciadas ricas e bebida suficiente para afogar quaisquer lembranças daquela merda de cidade. Boca Raton, talvez?

O vento açoitava a lona azul amarrada dentro de um aglomerado de árvores do chá retorcidas do parque Golden Gate. As árvores eram assustadoras o bastante sozinhas, mesmo sem os cadáveres que foram encontrados escondidos entre os troncos contorcidos e retorcidos.

Rich e inúmeros policiais uniformizados estavam do lado de fora da lona. Não queria estar ali, não com aqueles corpos. Já vira o bastante de assassinatos ligados aos símbolos; mais do que o suficiente para uma vida inteira. Baldwin Metz estava a caminho. O Águia Prateada iria tirar aquele corpo dali num piscar de olhos.

Esse era o processo. Era assim que as coisas eram. Ele apenas não queria mais fazer parte daquele processo.

Imaginou como iria contar isso a Amy. Como ela reagiria? Bem, isso não era problema dele. Ela poderia ir chorar nos ombros daquele marido de pau pequeno dela. Rich dedicara muito do seu tempo. *Trinta anos* da porra do seu tempo. Não devia porcaria nenhuma a ela.

Aquele último assassinato, porém, era um problema. A imprensa chegara antes aos corpos. Fotos dos dois cadáveres sem mãos estariam estampadas na primeira página do *Chronicle*. Diabos, era bem provável que já estivessem no site do jornal.

Quem quer que fosse o assassino, ele atacara duas vezes em dois dias. Na manhã anterior, o primeiro par de corpos surgira em Ocean Beach. E agora, menos de 24 horas depois, um segundo par. Todas as quatro vítimas mostravam sinais do mesmo *modus operandi* — pescoços quebrados, mãos desaparecidas e pés roídos. *Pés roídos*, pelo amor de Deus. E, é claro, alguém mijara nos corpos.

Não, Boca Raton não. O Taiti, talvez.

O símbolo fora encontrado em ambos os locais. Ele estava no jogo há bastante tempo para saber que o assassino era novo, não era o mesmo que tinha apagado Paul Maloney e os garotos da BoyCo. Ele simplesmente sabia a diferença. A única sorte foi que daquela vez o símbolo fora entalhado no tronco de uma árvore e a imprensa não o tinha visto.

Tudo aquilo, e Amy ainda não retornara a sua ligação. Aquilo não era do feitio dela. Robertson estava a caminho, no entanto. Sean poderia cuidar das coisas. Rich esperava que ele chegasse antes do restante da imprensa.

Um policial uniformizado desceu pelo caminho de terra, passou por baixo da fita amarela da polícia e se aproximou.

"Detetive Verde, mais membros da imprensa estão chegando", informou ele. "Temos a CBS-4 montando o equipamento agora, a van da KRON-TV acabou de chegar no parque e o helicóptero da ABC-7 está se aproximando."

"Mantenha todos afastados", disse Rich. "A última coisa que precisamos é de todos eles fazendo perguntas sobre a porra de um assassino em série."

"Pode ser tarde demais para isso, senhor. Acho que eles já têm um nome para ele. Eles me perguntaram se eu sabia alguma coisa sobre o *Mão na Massa*."

O Mão na Massa?

É, o Taiti. Seria uma boa ideia.

AGGIE CONSEGUE SAIR!

Aggie James não sabia ao certo quanto tempo estivera seguindo Hillary.

Ela o guiara da sala do berço até o labirinto da arena escura. Muitas curvas e voltas depois, a idosa começara a subir um conjunto de degraus estreitos cortados na parede áspera. Carregando o bebê, Aggie se movia com muito cuidado, mantendo o ombro esquerdo encostado na parede enquanto se certificava de que o pé direito não escorregasse nas beiradas irregulares.

Aqueles degraus subiam uns doze metros até a elevação dos espectadores. Ela o guiara através de um túnel estreito nos fundos da elevação, a poucos metros além do último degrau. Aggie se virara para dar uma última olhada lá embaixo antes de entrar. O navio estava à direita, a popa enterrada na parede da caverna, a proa apontando através da caverna retangular. Havia um pouco de movimento no convés do navio — o povo de Hillary se preparando para algum evento, talvez?

Estiveram seguindo pelo túnel por quinze minutos, talvez trinta, ele não tinha certeza. Daquela vez, pelo menos, Hillary tinha uma lanterna Coleman para iluminar o caminho. Ela parecia conhecer a localização de cada pedra, de cada curva, de cada afloramento acidentado de metal enferrujado ou madeira bolorenta. Ele soube disso porque aquelas coisas o machucavam, o cutucavam, o arranhavam, enquanto ela os evitava com um movimento sutil, um leve girar.

Ele aninhava a bolsa de crochê no braço direito. Dentro dela, o bebê dormia. Aggie sentiu o calorzinho da criança através do tecido. O menino não pesava quase nada. O homem podia carregá-lo para sempre se precisasse.

Finalmente, Hillary parou e se virou.

"Tome muito cuidado aqui", disse ela. "Pise só onde eu pisar."

Ela pousou a lanterna no chão e deu um passo para o lado, para que Aggie pudesse ver uma pequena floresta de pedra; mais ou menos quinze pilhas de pedras amontoadas se erguendo do chão ao teto. Não, pilhas não, *colunas*. As colunas suportavam grandes lajes de concreto, pedaços de uma antiga parede de tijolos e quadrados enegrecidos de madeira. Aquele teto estranho cobria os últimos cinco metros do túnel, até onde ele terminava numa enorme placa suja de compensado. Não era preciso ser um gênio para entender o plano — derrube qualquer coluna e a coisa toda desmorona, enchendo o túnel com toneladas de terra e pedra.

Hillary apontou para o teto.

"Entendeu?"

Aggie assentiu.

Ela deu a volta pela primeira coluna. Aggie a observou. Hillary se parecia com uma idosa, mas não se movia como uma. Sua agilidade e seu equilíbrio complementavam a força incrível que Aggie já sabia que ela tinha.

A cada passo ela esfregava o sapato na terra, deixando uma pegada bem visível para mostrar o caminho seguro.

Ela passou pela segunda coluna, então acenou para que ele a seguisse.

Segurando a bolsa com o bebê junto ao peito, Aggie seguiu as pegadas. Avançou com cuidado. Ela não pareceu se importar.

Conforme passava pela terceira coluna, ele sentiu algo... um tipo de ribombar sob os pés. Um terremoto? O barulho se intensificou. Com ele veio um rugido em eco. Como poderia haver um terremoto *agora*, quando tinha quase conseguido escapar? Aggie segurou o bebê mais perto, olhou para cima e esperou pela morte.

O ribombar diminuiu. O rugido desapareceu.

Hillary ria em silêncio, acenando para que ele voltasse a avançar.

Dois minutos depois, tinham passado por todas as colunas, exceto uma. A última coluna ficava a menos de sessenta centímetros do pedaço de compensado. Hillary segurou o compensado por dois puxadores de metal aparafusados na madeira, então o puxou para o lado devagar, revelando um buraco de mais ou menos noventa centímetros de diâmetro. O buraco levava a uma escuridão profunda.

Aggie sentiu o beijo carinhoso de algo que não sentia há dias... uma *brisa*. Ar fresco. Bem, não *fresco*. Estava com cheiro de metal e graxa, mas era muito mais fresco do que o ar parado que tinha respirado desde que acordara na masmorra branca. Sentiu o ribombar novamente — algo grande e mecânico estava se aproximando.

Hillary levantou a mão, a palma para fora. O gesto dizia: *fique aí, não se mexa*. Aggie aguardou. Ela desligou a lanterna, deixando uma escuridão que fazia as paredes se fecharem ao seu redor.

O som ficou mais alto. O túnel ribombou. De repente, houve um lampejo de luz e o rugido de rodas de metal contra trilhos de metal.

Um trem.

Ele estava no metrô de San Francisco.

Aggie tentou controlar a respiração. Não podia se permitir acreditar que tinha conseguido, que estava mesmo saindo daquele lugar.

O trem passou, o rugido se transformando em eco.

Hillary voltou a acender a lanterna. As colunas não tinham desmoronado.

"Agora você vai", disse ela. "Lembra-se do que eu falei?"

Aggie anuiu. Ela estava dando-lhe a vida. Ele honraria a promessa. De jeito nenhum iria acabar como um noivo. *De jeito nenhum*.

Ele se virou para lhe entregar o bebê, para que ele pudesse passar pelo buraco, então hesitou. Uma súbita pontada de ansiedade o trespassou: e se Hillary pegasse o bebê e fugisse?

Ela esperou.

"Vou colocar o bebê no chão", disse ele. "Você pode dar um passo para trás?"

Ela sorriu, assentiu e então recuou. Com cuidado, Aggie pousou a bolsa no chão, depois atravessou o buraco estreito e saiu da armadilha mortal que era o túnel. Viu-se numa saliência estreita que corria perpendicular aos trilhos. Curvou-se, enfiou a mão no buraco e segurou o bebê de novo.

Ele apertou a bolsa com força; a ansiedade desapareceu.

À direita do túnel, ao longe, ele viu a luz de uma estação.

Hillary empurrou o compensado até fechar. Os olhos de Aggie se ajustaram devagar à escuridão. O buraco pelo qual passara se fora — tudo o que conseguia ver eram os azulejos hexagonais das paredes do metrô. O compensado era um tampão coberto por azulejos que cabia com perfeição no buraco, encaixando como se fosse a peça de um quebra-cabeça. Se ele não tivesse acabado de sair por lá, jamais saberia da sua existência.

Mas isso não importava mais.

Ele *sobrevivera*.

Aggie manteve a mão direita nos azulejos da parede enquanto andava. Não sabia qual trilho era o "terceiro trilho", aquele que poderia eletrocutar ele e o menino. Devia ser o do meio, mas ele não ia se arriscar.

Aproximou-se da abertura da estação. Os trilhos deixavam a escuridão do túnel e corriam ao lado da plataforma. Ele viu algumas pessoas — os trens ainda estavam rodando, então não era madrugada.

Aggie, cauteloso, desceu da saliência e passou por cima dos trilhos, indo até o lado do túnel onde ficava a plataforma. Deslizou com as costas na parede. Sentiu uma insinuação do ribombar — outro trem estava a caminho. Ele tinha que se mexer depressa. As pessoas na plataforma o veriam, mas ele não tinha escolha.

Ainda estava encoberto pelo cobertor fedido. Era assim que ele passaria por aquelas pessoas: parecendo, agindo e cheirando como os mendigos que perambulavam pelas estações de metrô o tempo todo.

Alcançou o fim do túnel. A plataforma chegava à altura do seu peito. Ele ergueu a bolsa de crochê com o bebê dentro e cuidadosamente a colocou sobre a faixa amarela de advertência na plataforma. Aggie se arrastou para cima. As pessoas se viraram para olhar, viram o que ele era, então se afastaram de imediato. Ele pegou a bolsa. Segurou o bebê com um braço e com o outro apertou o cobertor em volta deles. O coração martelava no peito.

Tão perto, tão perto...

Aggie viu a placa marrom no teto branco, as letras brancas que soletravam CIVIC CENTER. Olhou o quadro digital que indicava quando o próximo trem passaria e viu que eram 23h15.

Ele se forçou a andar — não a *correr* — na direção da escada rolante que levava à superfície. Mendigos não corriam. Tudo o que tinha que fazer era manter a ilusão e todos o ignorariam. Ilusão? Que estranho pensar daquele jeito. Ele não era um mendigo, afinal de contas?
Não.
Não mais.
Aggie cumprira a sua pena na sarjeta. Perdera *anos* enlutado, sentindo pena de si mesmo, sentindo-se triste pelas suas perdas. Ele desistira e se desligara. Aquela vida tinha chegado ao fim.
Ele estava *vivo*. Sua esposa e filha tinham partido. Nada podia trazê-las de volta. Ele deveria ter morrido nos túneis, na sala branca, mas recebeu uma segunda chance e não iria estragar tudo. Tinha uma responsabilidade agora, uma responsabilidade de proteger a criança que segurava em seus braços. Jurara encontrar um lar para aquele menino.
Por que eu mesmo não fico com ele?
Percebeu que aquele pensamento secreto estivera à espreita no canto da sua mente desde que olhara dentro da bolsa e vira o bebezinho. *Você foi um pai uma vez. Um bom pai. Aquele roubo não foi culpa sua, não havia nada que pudesse ter feito.*
Uma segunda chance... uma segunda chance para acertar as coisas.
Aggie se sentiu cheio de esperança, cheio de um súbito e irresistível amor pela vida. Andou na direção da escada rolante que o levaria à superfície.
E, então, o bebê chorou.
Não um choro suave, não um abafado choro de *acabei de acordar*, mas um estridente grito de *não estou nem um pouco feliz*. Alto. Penetrante. Mais ou menos uma dúzia de pessoas na plataforma que tinham se afastado de Aggie para *não* terem que olhar para ele se viraram para encará-lo.
O bebê berrou de novo.
Era provável que a criança estivesse com fome. Era apenas um bebê agindo como um bebê, mas Aggie sabia com o que aquilo se parecia — um mendigo esfarrapado e fedido com uma criança gritando escondida embaixo de um cobertor imundo.
Aggie viu mãos indo a bolsos e bolsas e reaparecendo com celulares.
Ele se voltou para a escada rolante.
Uma mulher andou na direção dele.
"Pare!"
Aggie disparou, as botas seminovas martelando uma batida em *staccato* nos degraus de metal da escada rolante. Ouviu e sentiu batidas parecidas atrás dele — os passos pesados de homens.
A primeira escada o levou ao andar principal da estação. Mais uma escada rolante e ele estaria nas ruas. Havia mais pessoas ali em cima, indo para casa depois de saírem de bares ou de horas extras no trabalho.
"Saiam da frente!" Aggie corria, carregando o bebê nos braços. Sentiu as pernas fraquejarem. Já estava exausto.

"Segurem esse cara!", gritaram os homens atrás.

A maioria das pessoas na sua frente saía depressa do caminho, mas um jovem, um rapaz de não mais de 20 anos, deu um passo para bloquear a fuga.

Aggie diminuiu a velocidade, depois tentou desviar para a esquerda.

Seu pé pisou em cima do cobertor, fazendo com que o tecido deslizasse pelo piso polido, e Aggie escorregou. No segundo que levou para atingir o chão, seu único pensamento foi proteger o bebê.

A parte de trás da cabeça dele bateu no mármore e tudo ficou escuro.

NOITE DE ENCONTRO

Os sons fracos, porém agradáveis, de um piano estridente ecoavam de dentro da cabine da Mamãe. Não havia luz ali, apenas escuridão e música. O povo ocupava a elevação da arena, segurando tochas que cintilavam como grandes estrelas contra a escuridão da caverna.

Sozinho, Rex se encontrava no convés arruinado do navio. Tinha em mãos uma cesta de vime com um presente para a Mamãe. Naquela noite, ele se tornaria um homem.

Tudo estava acontecendo tão depressa. Ele, Pierre e Astuto levaram a delegada e as filhas dela para o Lar. A delegada revelara um monte de nomes. Eles até mesmo imprimiram fotos daqueles criminosos no computador de Zou, para que os soldados soubessem quem eram as pessoas certas.

O marido da delegada estava sendo cozido no ensopado. A maior parte dele, pelo menos. A cabeça estava na cesta. Mamãe gostava de cérebros.

Assim que Rex terminasse aquela cerimônia com a Mamãe, ele e Astuto iriam planejar como usar a delegada Zou para reunir os criminosos. O Primogênito permitira que os valentões vivessem, mas Rex não iria fazer isso. Assim que aqueles que soubessem da existência dos Filhos de Marie tivessem sido eliminados, o povo de Rex iria se tornar um segredo ainda maior.

Hillary queria que o povo se multiplicasse, e Rex era da mesma opinião. Ela disse que o único jeito de isso acontecer era criando mais rainhas. A única maneira de fazer uma *nova* rainha, segundo a idosa, era o rei acasalar com uma rainha *antiga*.

Rex era o rei, simples assim. Se era o rei, no entanto, ele não precisava de uma coroa? Talvez alguém pudesse fazer uma para ele — o povo construíra aqueles túneis incríveis, com certeza conseguiriam criar uma coroa incrível.

Sentia-se tão nervoso. Nunca fizera sexo antes. Será que faria as coisas direito?

Dois homens de mantos brancos saíram da cabine da Mamãe. Pararam um de cada lado da porta, aguardando. O da esquerda usava uma máscara de demônio. O da direita, uma máscara de um homem que se parecia com Osama bin Laden.

Os dois acenaram para que Rex se aproximasse.

Na elevação, todo o povo esperava para vê-lo entrar. Rex se virou devagar, olhando para cima, para os rostos iluminados pelas tochas. *Todos* estavam ali. Agora era hora de fazer com que o Primogênito entendesse que tudo aquilo pertencia a Rex, e apenas a Rex.

"Tomei uma decisão", gritou. Sua voz ecoou pelas paredes da arena. "Não vou me esconder nas cavernas e deixar outras pessoas lutarem. Vou lutar com elas. Vou liderar como um rei de verdade. Mas isso quer dizer que o Salvador pode me pegar, ou os tiras, ou qualquer outra pessoa. Decidi quem vai governar se alguma coisa acontecer comigo. Nomeio Astuto como o meu sucessor."

Rex ouviu aplausos. Não tantos quanto esperava, contudo. Será que nem todos gostavam de Astuto?

"Astuto também é um guerreiro", berrou Rex. "Se ele e eu formos mortos, então Hillary será a governante." Ele não vira Hillary por ali, mas ela devia estar em algum lugar na elevação.

Rex sabia que era uma boa decisão. O Primogênito odiava Astuto, então talvez tentasse matá-lo tanto quanto Rex. Todavia, o Primogênito salvara Hillary uma vez — será que a mataria também? Sua sede de poder seria tão grande assim?

O anúncio estava feito.

Isso significava que não podia mais adiar — Rex tinha que entrar na cabine e ficar com a Mamãe.

Um cheiro fez cócegas no nariz de Rex. Ele fungou um pouco, então mais fundo. O que *era* aquilo?

Virou-se na direção da cabine da Mamãe. Fungou mais um pouco. De repente, seu rosto ficou quente. Outro passo e ele tropeçou numa tábua solta. Conseguiu recuperar o equilíbrio antes que caísse — *aquilo* teria sido vergonhoso. Já imaginou cair na frente de todo mundo?

Rex parou. Olhou para baixo. O pau dele estava mais duro do que a madeira sob os seus pés. Uau, como o seu rosto estava *quente*.

E então uma voz profunda veio de dentro da cabine. A voz da Mamãe.

"Venez ah mwah mon rwah."

Ele não entendeu as palavras. Não se importava com o *que* ela dizia, não se importava com mais nada a não ser com aquele cheiro no nariz e o que esperava por ele dentro da escuridão.

Rex entrou na cabine.

BRYAN & POOKIE CONHECEM AGGIE JAMES

Eles ainda não estavam de volta ao efetivo de maneira oficial, mas uma pista era uma pista. Bryan não iria deixar um detalhe como ter sido demitido atrapalhar a investigação.

Eles ouviram a chamada. Um mendigo fora pego no Civic Center; um mendigo carregando um bebê. O homem tinha sido ferido. Os paramédicos levaram tanto o mendigo quanto o bebê para o SFGH. Quando o policial responsável pela prisão realizou a chamada, ele descreveu o cobertor do bebê como sendo cheio de *círculos e traços, tipo coisas de ocultismo.*

Um mendigo com um bebê. Exatamente como Mike Clauser descrevera.

A maioria dos policiais no SFGH estava preocupada com a segurança de Erickson. Isso — combinado com a agitação que tinha eclodido ao redor daquele tal de assassino Mão na Massa, e sem Zou por perto para direcionar as atividades — significava que Bryan e Pookie não estavam na lista de prioridades de ninguém.

Saíram do elevador no segundo andar do prédio principal do hospital, bem longe da ala de tratamento mental. O mendigo ferido estava naquele andar.

Bryan esquadrinhou o corredor. Não foi difícil localizar o quarto certo, porque um policial uniformizado estava sentado numa cadeira do lado de fora dele.

"Merda!", exclamou Bryan. "Acha que consegue passar por esse, Pooks, ou a Força já não é mais tão poderosa em você?"

Pookie bufou, desconsiderando o comentário.

"Mano, por favor. Não está reconhecendo? É Stuart Hood."

Bryan reconheceu: Hood foi o cara que interrogara Tiffany Hine depois da morte de Jay Parlar.

"Vamos", disse Pookie. "Vou tentar fazer a gente entrar. Vamos ver se o papai aqui perdeu mesmo a lábia ou se os rapazes da SWAT foram apenas um acaso."

Começaram a andar. Bryan não tinha avançado nem dez passos antes de desacelerar, e depois parar — um cheiro novo. Um odor leve, mas ainda assim marcante, misturado aos aromas comuns de remédio e desinfetante de um hospital.

Ele conhecia aquele cheiro... era muito parecido com o odor da casa de Rex Deprovdechuk. Parecido, mas mesmo assim sutilmente único. O bebê ou o mendigo — ou os dois — eram Zeta.

"Bryan", disse Pookie. "Tudo ok? Você está cambaleando um pouco."

Bryan piscou, balançou a cabeça.

"Sim, estou bem." Ele teria que aprender a controlar aquele negócio. E se ele se deparasse com um daqueles bichos do porão e eles soltassem algum cheiro que o fizesse perder o foco? Desconcentrar-se numa luta contra algo como aquela criatura-urso poderia ser fatal.

Pookie pousou a mão no ombro de Bryan.

"Tem certeza?"

Bryan respirou fundo, sacudiu a cabeça e os ombros.

"É, tudo bem."

Ele seguiu Pookie até o quarto.

"Stuart Hood!", exclamou Pookie. "É bom ver você."

Hood olhou para cima e abriu um largo sorriso.

"Detetive Chang."

"Diabos, me chame de Pookie. Ei, ficou sabendo que Zou nos reintegrou?"

O policial olhou de Pookie para Bryan, depois de volta para Pookie.

"Não, não fiquei sabendo. Mas são boas notícias, parabéns."

"*Gracias*", disse Pookie. "E estamos de novo no caso relacionado com o que Tiffany Hine viu. Lembra-se dela?"

"A senhora do lobisomem?"

Pookie estalou os dedos.

"Isso mesmo." Acenou com a cabeça na direção da porta. "Conseguiram identificar o mendigo que estava com o bebê?"

Hood anuiu.

"As impressões digitais já voltaram. O nome do cara é Aggie James. Algumas acusações de porte de entorpecentes, mas ele não parece ter nenhum antecedente de grande importância. Não tem endereço permanente. Testemunhas disseram que ele saiu do túnel do metrô. Ouvi os médicos dizerem que ele teve uma concussão, mas não parece ser nada grave."

"E o bebê?", disse Bryan. "É dele?"

Hood deu de ombros.

"Não faço ideia. Ainda não conseguiram identificá-lo. Ele está na maternidade."

Pookie pegou o bloquinho de anotações, rabiscou o símbolo do triângulo com o círculo do primeiro desenho de Bryan, depois o mostrou para Hood.

"Era este o símbolo no cobertor?"

Stuart olhou e depois assentiu.

"É. O cobertor está ali dentro com ele. A ambulância o trouxe para cá, então os pertences dele ainda não foram processados. Me disseram que pode ser um sequestro, então alguém tem que ficar de vigia."

"Precisamos entrar no quarto", disse Pookie. "Só por alguns minutos. Você se importa?"

Stuart balançou a cabeça, então se levantou e abriu a porta para deixar Bryan e Pookie entrarem. Lá dentro, um negro estava deitado na maca. Cobertores o cobriam até o peito. Ele tinha ataduras brancas enroladas na cabeça. Algemas prendiam a sua mão esquerda à maca.

Bryan esperou a sensação de palpitação no peito, mas nada aconteceu. O homem na maca era apenas isso — um homem.

Havia um carrinho encostado na parede. Pookie andou até ele e pegou um saco transparente de provas que continha um cobertor.

"Símbolos por toda parte", disse. "Dê uma olhada nisso." Jogou-o para Bryan.

Bryan o pegou. Mesmo envolto em plástico, o cheiro era quase esmagador. O aroma parecia preencher o cérebro. Assim como na casa de Rex, o odor o fez querer fazer alguma coisa — só que, dessa vez, a ânsia era cem vezes mais forte, talvez mil vezes mais. Bryan devolveu o cobertor a Pookie.

O cheiro não vinha só do cobertor. Bryan verificou o carrinho. Em cima dele havia sacolas com as roupas do mendigo e uma que tinha uma bolsa de crochê. Tudo tinha aquele odor poderoso.

Bryan andou até a maca e se inclinou sobre ela. O mendigo também tinha o cheiro, mas não era tão forte.

O homem pareceu perceber a presença deles. As pálpebras se abriram e ele virou a cabeça devagar para olhá-los.

"Vocês... são policiais?"

Pookie suspirou.

"Preciso me lembrar de desligar a placa de néon em cima da minha cabeça. Olá, sr. James. Sou o detetive Chang. Este é o detetive Clauser."

Bryan assentiu uma vez.

"Como está se sentindo, sr. James?"

O homem piscou devagar, como se mexer as pálpebras doesse.

"Estou vivo", respondeu ele. "Onde está o meu bebê?"

"Aqui no hospital", respondeu Pookie. "Ele está bem. Você afirma que o bebê é *seu*?"

Aggie encarou primeiro Pookie, depois Bryan.

"Ele é", confirmou Aggie. "Me tragam o menino ou vou processar vocês."

Pookie balançou a cabeça.

"A Assistência Social ainda precisa verificar a identidade da criança."

Aggie tentou se sentar. Pareceu surpreso ao descobrir que mal conseguia mexer a mão esquerda. Olhou para a algema prendendo-o no lugar, então se lançou para a frente tão de repente que a maca balançou.

"Não! Não me acorrentem, *não me acorrentem!*"

Não me acorrentem. Uma maneira estranha de se referir a uma algema.

Os olhos esbugalhados de Aggie se fixaram no pulso algemado.

"Me deixem ir", disse ele num sussurro fraco. "Me devolvam o menino e me deixem ir."

"Não podemos", disse Bryan. "Sr. James, me diga por que fez aqueles desenhos no cobertor."

"Não fui eu. Me deixem ir, não me acorrentem, *por favor*, me deixem ir antes que Hillary descubra que eu falhei."

Bryan olhou para Pookie, que encolheu os ombros.

"Hillary", repetiu Bryan. "É a mãe do bebê?"

Aggie balançou a cabeça desesperado. A respiração dele ficou cada vez mais irregular.

"Mamãe é um *monstro*."

Bryan foi acometido por uma sensação gélida no peito e no estômago. O bebê, o mendigo, *monstros* — estavam todos conectados, e tudo fazia parte do passado de Bryan.

"Um monstro", disse Bryan. "Foi por isso que fez esses desenhos no cobertor? Para salvar o bebê do monstro?"

"Já disse que não fui eu! Me deixem ir. Não deixem eles me levarem de volta para os túneis. *Me deixem ir, porra!*"

Pookie se aproximou.
"Túneis? Onde? Conte mais."
Aggie balançou a cabeça.
"Não lembro. Não me levem de volta para a sala branca. Me deixem ir. Me deixem ir."
A porta do quarto foi aberta. Stuart Hood colocou a cabeça para dentro.
"Pessoal, só queria avisar que estou indo embora. A central disse que Zou está retirando toda a segurança do hospital. Preciso sair daqui agora mesmo."
"Retirando a segurança?", perguntou Pookie. "Quem vai substituir você?"
Hood deu de ombros.
"Acho que alguém deve chegar logo. Não sei, cara, me mandaram sair daqui. A equipe da SWAT também está indo embora. Até mais."
Hood fechou a porta, deixando Bryan e Pookie sozinhos com Aggie James.
"Pookie, tem alguma coisa errada."
"Sério? Sua primeira pista foi Zou deixar um sequestrador de crianças sem escolta ou ela colocar a porcaria da equipe da SWAT em cima de Erickson e agora achar que ele pode se virar por conta própria?"
O celular de Pookie tocou. Ele olhou para a tela, depois estendeu o telefone para que Bryan pudesse ver o identificador de chamadas:

DELEGADA AMY ZOU

Bryan assentiu.
Pookie atendeu.
"Boa noite, delegada. O que manda?"
Pookie ouviu e assentiu.
"Certo." Ouviu mais um pouco. "Parece horrível. Não, na verdade não sei onde Bryan está, mas vou encontrá-lo e levá-lo. Sim, delegada. Pode deixar."
Ele voltou a guardar o celular.
"Zou disse que houve um *terceiro* assassinato do Mão na Massa. Dois corpos no túnel Fort Mason."
"Conheço o lugar", disse Bryan. Era um túnel de trem abandonado sob o Fort Mason. Estivera fechado e isolado por anos, mas as pessoas ainda entravam nele o tempo todo. Sem luzes, sem trânsito; o lugar perfeito para levar uma vítima e fazer o que bem entendesse. Um novo assassino em série, uma cena de crime que fazia sentido... e mesmo assim parecia errado. "Ela disse se fomos reiterados no efetivo?"
Pookie balançou a cabeça.
"Ela não mencionou nada disso."
Duas pessoas no complexo do SFGH envolvidos com os Filhos de Marie: Jebediah Erickson e Aggie James. De repente, Zou mandara que fossem deixados desprotegidos.
E estava escuro lá fora. Escuro, e ficando ainda mais escuro.

"Pooks, acho que Zou foi descoberta. Ou então ela esteve planejando isso o tempo todo."

"Acha que os Filhos de Marie estão vindo?"

Bryan anuiu.

"Sim, e depressa. Tem uma chave para algemas? Temos que tirar Aggie daqui."

Pookie assentiu, pegando uma chave do bolso. Bryan retirou a algema de Aggie da armação da maca. Os olhos do homem pareceram se acender, mas então se encheram de traição quando Bryan prendeu a outra argola no próprio pulso.

"Levante, sr. James", disse Bryan. "Venha comigo se quiser viver."

Pookie ajudou o homem a sair da maca.

"Para onde você vai levar ele?"

"Vou trancá-lo no carro dos Jessup por enquanto", respondeu Bryan. "Preciso pegar uma coisa nele. Você pode ir até o quarto de Erickson?"

Pookie anuiu.

"Só volte rápido. Acabei de tomar uma decisão executiva: você pode lidar com toda essa merda de monstros."

Bryan passou um braço pela cintura de Aggie e guiou o homem confuso e fraco até o corredor.

REUNINDO AS TROPAS

"Já era hora, delegada", disse Rich Verde ao telefone. "A imprensa está com o nariz enfiado até o fundo nisso. Por onde andou?"

"Eu... eu não sei."

A voz dela soava diferente, talvez um pouco rouca.

"Delegada, tudo bem? O que quer dizer com não sabe?"

"Espere um segundo."

Ele a ouviu fungar, pigarrear. Talvez tivesse pego o mesmo vírus que tinha derrubado Clauser alguns dias atrás.

Rich Verde continuava do lado de fora da lona. O Águia Prateada estava lá dentro, fazendo o seu trabalho com os corpos. Rich olhou para o negrume do céu noturno. Os pinheiros altos que cercavam a cena do crime do Mão na Massa eram um pouquinho mais claros do que o céu escuro acima deles, fazendo com que se sentisse como se estivesse enfiado na floresta. Às vezes, era difícil se lembrar de que o parque Golden Gate era uma área verde no meio de uma cidade grande — dali era impossível ver qualquer prédio, mal se podia ver as luzes, e os sons da civilização eram apenas um zumbido fraco e distante.

"Desculpe", disse Zou. "Houve outro assassinato do Mão na Massa. Foi bem violento."

Amy Zou, a rocha impenetrável, estava abalada pela terceira cena de crime do Mão na Massa? Rich só podia imaginar o banho de sangue que devia ter sido.

"Tão ruim assim?"

"É", disse ela. "Hum... o dr. Metz ainda está aí?"

"Sim. Está acabando. Mas Robertson não se incomodou em aparecer."

"Pedi a Sean para vir para cá", explicou ela. "E preciso de você e Metz aqui também. Túnel Fort Mason. Venham para cá o mais rápido possível."

Amy pigarreou mais uma vez. Ela parecia quase chorando. Até onde Rich sabia, Amy não chorava desde que tinham encontrado aqueles garotos devorados pela metade no parque Golden Gate quase três décadas atrás. Mas toda aquela merda... era demais. Rich fechou os olhos e viu a mesma coisa que via toda vez que o fazia: a lembrança repetitiva daquela machadinha atravessando o ombro e as costelas de Bobby Pigeon, a expressão de medo no rosto do parceiro mais jovem.

"Delegada, acho que vou deixar esse passar. Não posso mais lidar com isso."

Ela não disse nada. Rich se sentiu como um monte de merda. Ela sempre contara com ele. Ele sempre se mostrara disposto. Mas estava esgotado. Não conseguiria olhar para outro corpo massacrado.

"Rich, preciso de você aqui."

Ele olhou para o chão, balançou a cabeça. Ela teria que encontrar outra pessoa.

"Não posso, Amy. Não posso."

Ela tossiu. *Estava* chorando.

"Só mais um, Rich, prometo. Por favor. Só... só mais esse último favor."

Amy Zou dava ordens e as pessoas as seguiam. Ela raramente pedia. Ela devia estar chegando no limite tanto quanto ele.

"Ok", disse ele. "Estamos a caminho."

Ele desligou.

O dr. Metz saiu da tenda. Acenou para Rich.

"Acabamos aqui", informou Metz. "O mesmo de sempre. Vou levar esses dois para o necrotério e começar a trabalhar."

"Mudança de planos", disse Rich. "Vamos para o túnel Mason."

BALEADO

"Me deixe ir", pediu Aggie.

"Pela última vez, cale a porra dessa boca." Bryan tirou o homem do hospital e o guiou na direção do estacionamento. "Estou tentando manter você vivo."

"Mas eu preciso daquele bebê."

Aggie começou a se afastar, então Bryan apertou o cotovelo dele, apenas um pouco.

Os olhos de Aggie se arregalaram. Parecia ter notado algo a respeito de Bryan — algo aterrorizante e repugnante.

"Não me leve de volta", disse. "Juro por Deus que vou conseguir."

Bryan queria fazer um milhão de perguntas àquele cara, mas não havia tempo.

"Onde quer que *de volta* seja, não estou levando você pra lá. Mas pode apostar que vamos conversar sobre isso depois. Agora, cale a boca e ande."

Bryan viu a perua preta dos Jessup na outra extremidade do estacionamento. Adam e Alder estavam parados do lado de fora. Pareciam agitados. Adam viu Bryan e acenou para que andasse depressa.

Enquanto Bryan cruzava o estacionamento, ele pegou o celular e ligou para Robin. Eram duas horas da manhã — ele esperava que o telefone tocasse algumas vezes, mas ela atendeu na hora.

"Oi, bonitão."

"O que está fazendo acordada?"

"A delegada Zou ligou", respondeu. "Ela precisa que eu ajude o dr. Metz numa coleta."

Bryan parou de andar. O aperto no cotovelo de Aggie fez o homem parar de andar também.

"No túnel Fort Mason?"

"Isso", disse ela. "Só vou deixar Emma no apartamento de Max e já vou sair."

Adam não conseguia mais esperar. Ele correu até lá.

"Robin, espere um pouco", disse Bryan. Encostou o telefone no ombro e olhou para Adam. "*O quê?*"

"Alguém arrombou a nossa casa", respondeu o rapaz. Ele usava uma jaqueta cinza contra o frio da noite. "Temos alarmes automatizados que me enviam fotos." Mostrou o próprio telefone. A tela brilhante exibia uma imagem escura de um homem enorme com uma cabeça de formato estranho. Bryan não conseguiu ver muitos detalhes, mas era possível ver o bastante para saber que não era uma pessoa normal.

Os Filhos de Marie tinham descoberto o envolvimento dos Jessup e foram até a casa deles.

Zou retirara a equipe de segurança de Erickson.

Queria Robin no túnel Mason.

Bryan ergueu um dedo, pedindo que Adam ficasse quieto.

"Robin", disse Bryan ao telefone, "preciso que me ouça com atenção. *Não vá para o túnel Mason.* Zou é tão corrupta quanto pensávamos. Pior. Acho que ela vai matar todos que sabem da existência dos Filhos de Marie."

"O quê? Bryan, isso é loucura. Por que ela..."

"Não tenho tempo para explicar", interrompeu ele. "Acho que alguma merda está para acontecer. Se acontecer alguma coisa, *não* ligue para o serviço de emergência ou para nenhum policial. Não sabemos em quem podemos confiar."

"Ok", disse. Havia medo na voz dela, mas Robin não ia entrar em pânico. "Devo sair daqui?"

Bryan puxou Aggie até o carro enquanto tentava processar todas as variáveis. A casa dos Jessup já fora atacada. Será que Zou daria a Robin algum tempo para aparecer no túnel Mason antes de mandar alguém ir atrás dela? Os Filhos de Marie podiam atravessar ruas aos pulos. Podiam escalar edifícios. Pareciam confortáveis ao se esconderem nos telhados dos prédios. Poderia haver um deles em cima do prédio de Robin naquele exato momento, esperando para ver se ela iria sair, pronto para persegui-la assim como ele fora atrás de Jay Parlar no sonho. Se ela saísse do prédio, mas não fosse direto para o túnel Mason, será que seria atacada?

O vizinho de Robin, Max, era um cara grande, um leão de chácara. Sabia como cuidar de si mesmo. Não teria nenhuma chance contra um dos Filhos de Marie, mas Robin estaria mais segura com ele do que sozinha.

"Vá para o apartamento de Max", disse ele. "Fique lá. Fique quieta. Não ligue para ninguém. Eu vou até você."

Bryan parou atrás do automóvel. Adam abriu a porta traseira e começou a investigar as gavetas de equipamentos.

"Robin, preciso ir. Ligo de novo assim que possível."

"Te amo", disse ela. "Faça o que precisa fazer."

"Te amo também", respondeu ele e então desligou.

Ela poderia estar em perigo, mas Bryan não tinha certeza disso. Erickson *estava* em perigo, disso não havia dúvidas; Zou tinha retirado a equipe da SWAT para abrir caminho. Bryan queria entrar no carro e ir direto para o apartamento de Robin, mas não podia deixar Erickson desprotegido.

Ele precisava estar em dois lugares ao mesmo tempo. A solução era óbvia: juntar os dois lugares. Levaria apenas alguns minutos para tirar Erickson do hospital, então todos poderiam ir para o apartamento de Robin.

"Alder!"

O velho saiu do banco traseiro do lado do motorista.

"Estou aqui."

"Temos que tirar Erickson desse hospital agora mesmo. Você acha que ele está bem o suficiente para isso?"

Alder assentiu.

"Acho que sim. Em todo caso, vale a pena arriscar se você acha que estão vindo atrás dele."

"Acho", disse Bryan. Ele destrancou a algema em volta do pulso. O rosto de Aggie se iluminou, depois murchou quando Bryan fechou a algema em volta do pulso de Alder.

"Alder, Aggie, Aggie, Alder", apresentou Bryan. Entregou a chave a Alder. "Não me interessa o que você vai fazer, mas certifique-se de que Aggie não vá a lugar algum. Se tiver que convencê-lo de que isso é uma boa ideia, faça."

Bryan se voltou para Aggie.

"Sinto muito, sr. James, mas preciso saber o que você sabe. Se fugir, vou encontrá-lo. Ah, e mais uma coisa que deve saber. Aquilo", apontou para a bengala de Alder, "é uma arma que vai estourar os seus miolos. Entendeu?"

Um Aggie de olhos esbugalhados olhou para a bengala, depois para Alder, e então para Bryan. Ele assentiu.

Bryan bateu no ombro de Aggie, depois se virou para o Jessup mais novo.

"Adam, uma tempestade de merda está vindo depressa na nossa direção."

"Então vamos pegar o equipamento." Adam abriu uma gaveta de metal, depois lhe entregou um casaco preto. "Tire o seu moletom e coloque isso antes de começar a fazer um monte de perguntas."

Bryan tirou o moletom e vestiu o casaco rígido. Deu uma olhada no seu reflexo na janela escurecida e curva do carro. Também viu o reflexo de Alder atrás do seu ombro esquerdo, o rosto enrugado numa careta característica dos idosos.

"Isso é ridículo", disse Alder.

O reflexo do rosto do neto apareceu atrás do ombro direito de Bryan.

"Vô, esse negócio ficou louco. *Bem* louco. Faz tempo que quero experimentar esse troço."

Bryan deu um passo para trás, olhando-se de cima a baixo.

Mangas longas, preto. Duas fileiras de botões pretos e foscos descendo pelo peito. O colarinho largo estava achatado contra o casaco, mas se estivesse levantado envolveria a cabeça de Bryan de uma têmpora a outra. O tecido era pesado. Ele entendia por que Adam escolhera aquele estilo — os cabans da marinha *pareciam* rígidos e pesados para começo de conversa. Bryan poderia andar pela rua mais movimentada de San Francisco usando aquilo e ninguém prestaria atenção.

Alder usou a cabeça de lobo prateada da bengala para apontar para Bryan.

"*Isso* é melhor do que a tradição da capa?"

"Ei, tira", disse Adam. "Como você reconheceu o Salvador quando o viu?"

"Porque as pessoas não usam capas", respondeu Bryan. "Quero dizer, a não ser em convenções de quadrinhos ou na parada gay."

Alder sacudiu a bengala na cara do neto.

"Poderia ter dado a ele um sobretudo, pelo menos! Como Humphrey Bogart."

Adam revirou os olhos.

"Ei, policial, diga ao meu avô o que vocês, porcos, fazem quando veem um cara usando um sobretudo."

"Nós ficamos de olho", respondeu Bryan. "Um cara num sobretudo pode ser um pervertido, um aspirante a gângster ou um psicopata escondendo armas. Geralmente é apenas um executivo, mas um sobretudo sempre chama atenção." Alisou o tecido grosso. "Isso aqui é à prova de balas?"

"Ah, sim", disse Adam. "Acha que brinco em serviço, *mano*?"

Bryan se virou para ele.

"Olha, vidas estão em jogo aqui. Não tenho tempo para a sua atitude. Isto é *tecido*, ok? Me diga que você tem um colete à prova de balas em alguma dessas gavetas."

Os olhos de Adam se estreitaram e ele inclinou a cabeça para a direita.

"Ei, tira. Você se lembra de quando me deixou com o nariz sangrando?"

Adam jogou o braço para a frente. Uma pistola de cano longo deslizou para a mão dele. Antes que Bryan pudesse se mexer, três *puffs* silenciosos coincidiram com três marteladas no seu peito.

Bryan deu um passo para trás, piscando surpreso, então as suas mãos tatearam o peito, procurando sangue. Não havia nenhum. Não havia sequer buracos na jaqueta.

"Seu cuzão!", exclamou Bryan. "Mas que porra, cara. E se você tivesse acertado o meu rosto?"

"Sinto muito", disse Adam. "Eu, hum, acho que fiquei um pouco irritado."

As mesmas palavras que Bryan dissera depois de ter batido em Adam. Parecia que aquele rapaz não esquecia nada. As mãos de Bryan continuaram tateando o casaco, procurando algum sinal do impacto das balas, mas o tecido parecia normal.

"Do que diabos isso é feito?"

"O núcleo é uma camada de fluido de espessamento", explicou Adam. "Ele fica entre nanocompósitos e tem uma camada frontal de uma mistura de fibras de proteína de seda de aranha."

Nanocompósitos? *Seda de aranha?*

"Você é o quê? Um cientista maluco?"

"Ele não é maluco", disse Alder. "Mas é uma espécie de cientista. Três vezes. Meu neto tem doutorados em física, metalurgia e história medieval."

Adam empurrou a pistola de volta ao coldre secreto sob a manga.

"Tudo bem, porco. Tenho certeza de que o seu diploma de faculdade comunitária é bem impressionante também. Não canse a sua cabecinha se preocupando com o material da jaqueta, porque ele dá conta do recado. Existem aberturas secretas nas costas para que você possa sacar as armas."

Bryan levou as mãos às costas. Num movimento natural, as mãos deslizaram pelas aberturas. Ele sentiu as coronhas frias das FN. Sacou as armas, suaves como seda, depois as deslizou de volta — elas encaixaram nos coldres secretos.

Bryan se deu conta de que teria que reconsiderar a sua opinião a respeito de Adam. Aquele negócio era fantástico.

"Tem mais", disse o rapaz. "Dê uma olhada nessa abertura na frente do seu cotovelo."

Bryan deslizou a mão pela abertura e sentiu um cabo. Puxou e se viu segurando uma faca com uma lâmina estreita de quinze centímetros de comprimento.

"Isso é ótimo. Eu nem percebi que essa faca estava aqui. No outro braço também?"

"É claro."

"Me lembre de não usar este casaco num detector de metal."

"Você pode", disse Adam. "As facas são de cerâmica. As bainhas estão cheias com a pasta de prata. Toda vez que as colocar de volta, elas ganham uma dose nova."

Bryan devolveu a faca à abertura no cotovelo, onde ela encaixou na bainha.

"Legal. Existem mais brinquedos aqui?"

Adam apontou para os bolsos da frente.

"Uma touca e luvas do mesmo material. Dê uma olhada na touca, ela tem uma função extra."

Bryan encontrou a touca no bolso. Colocou-a na cabeça.

"Agora procure um botão de pressão na parte de trás", instruiu Adam. "Abra e o puxe para a frente."

O policial assim o fez. Uma aba do material espesso apareceu no topo. Ele a puxou para a frente. A aba cobriu todo o rosto, mas ele ainda podia enxergar, graças a aberturas para os olhos. Olhou para o seu reflexo na janela escurecida da Dodge. O pesado tecido preto descia até o seu pomo de adão. Nenhuma característica facial ficava à mostra — ele podia ser qualquer pessoa.

"Não fique confiante demais com isso", disse Adam. "A máscara o protege contra cortes de faca, talvez até de uma bala de pequeno calibre, mas a energia cinética ainda é transferida para a sua cabeça. Se alguém atirar na sua cabeça à queima-roupa com uma Magnum, seu cérebro vai saltar para todo lado dentro do seu crânio."

"Vou me lembrar disso." Bryan empurrou o tecido para longe do rosto e o enrolou para trás da cabeça. A aba encaixou no lugar. Mais uma vez, parecia não estar usando nada a não ser uma touca. "Dê uma arma para eu entregar a Pookie."

Adam foi até a traseira da Magnum, abriu uma caixa e entregou uma FN e três pentes. Bryan tentou imaginar que outros brinquedinhos os Jessup teriam na traseira daquele carro, mas isso precisaria ficar para outra hora. Ele colocou a arma e os pentes nos bolsos do casaco.

"Fiquem prontos para dar o fora daqui quando eu voltar", disse ele. "Abram espaço no carro para Erickson."

Adam remexeu em outra gaveta e lhe entregou uma caixinha preta com um botão vermelho.

"Se ficar encrencado, aperte este botão", explicou ele. "O vovô e eu não queremos nem chegar perto dos seus irmãozinhos mutantes, mas se precisar de ajuda, nós iremos."

Bryan assentiu. Talvez tivesse subestimado os Jessup. Colocou a caixinha no bolso do seu casaco novo, então se virou e correu na direção do hospital. Pegou o celular enquanto corria.

Bip-bop.

"Pookie, você está aí?"

Bryan esperou. O parceiro não respondeu.

Bip-bop.

"Pookie, tudo bem?"

Ainda sem resposta.

Bryan correu mais rápido.

ASSUMINDO O RISCO

A face norte da ala de tratamento mental do San Francisco General Hospital dá para uma pequena área arborizada. Essa área se inclina para o leste, levando às oito faixas da rodovia 101. As árvores naquela encosta são surpreendentemente grossas. Nessas árvores, escondidas pela escuridão noturna, se encontravam três figuras imóveis encobertas por cobertores opacos.

Rex não iria ser um daqueles reis covardes, se escondendo nos túneis seguros enquanto enviava os seus irmãos e as suas irmãs para a batalha. Era importante que ele também fizesse coisas. Ele tinha que fazer *parte* daquilo; tinha que levar, ele mesmo, o Salvador à justiça.

Astuto estava ao telefone. Falava em voz baixa, assentindo em certos momentos. Paciente, Rex aguardava as novas informações.

Pierre apenas olhava o edifício, a cabeça virando devagar de um lado para o outro. Rex aprendera duas coisas sobre Pierre. Primeiro, ele estava num nível superior aos outros quando o assunto era caçar. Pierre sabia para onde ir, como se mover e via coisas que outros deixavam passar. Segundo, não era muito divertido conversar com ele. Pierre era durão, mas era um durão burro.

Astuto enfiou o celular num bolso do cobertor, depois voltou o olhar para o prédio do mesmo jeito que Pierre.

"Então?", perguntou Rex.

"Sir Voh e Forte disseram que a casa dos Jessup está vazia", respondeu Astuto. "Bafo-de-Dragão e Dan Demônio já cuidaram do alvo deles, estão voltando para casa. Cabeçudo e Faísca estão esperando a médica sair. Todos os outros disseram que os seus criminosos estão indo para o túnel Mason."

Rex assentiu.

"Diga a Cabeçudo e Faísca para esperarem mais trinta minutos. É melhor os criminosos irem até a delegada Zou, mas, se a médica não sair, eles precisam ir pegá-la. Diga a eles para trazê-la viva, se puderem. Se não, paciência."

"Vou ligar para eles", disse Astuto. "Foi sábio da sua parte deixar o Primogênito para trás vigiando a delegada, meu rei."

O Primogênito estivera ansioso para ir atrás do Salvador, mas aquilo não teria sido inteligente. Rex não estava pronto para confiar nele. Ainda não. Além disso, o Primogênito tivera décadas para fazer a coisa certa, mas escolhera permanecer escondido sob a terra. Não *merecia* fazer parte daquilo.

Uma figura encoberta por um cobertor surgiu no telhado do edifício. Ela girou por cima da beirada, caiu numa varanda, pulou da varanda para o parapeito de uma janela, então desapareceu atrás das árvores escuras enquanto pulava para o chão. Instantes depois, um homem com um cobertor apareceu por entre as árvores, descendo devagar a encosta íngreme para se juntar a Rex e aos outros.

"Meu rei", disse Sugador. "O telhado está limpo. Testei o código de acesso e funcionou."

A delegada Zou fizera bem a sua parte.

"Bom trabalho, Sugador. Você viu Clauser e Chang?"

Sugador balançou a cabeça.

"Olhei do telhado, mas não os vi. Tem muitos prédios aqui; eles podem estar em qualquer um. Talvez já tenham ido para o túnel Mason."

"Talvez", concordou Rex. "Já deveriam estar lá. A sra. Zou disse que cuidaria deles se não aparecessem, mas podem estar aqui ainda."

A língua comprida de Pierre lambeu o seu narigão.

"*Eshtá* tudo bem. Se *elesh eshtiverem* aqui, eu mato *elesh*. *Eshtá* pronto?"

Pierre se ajoelhou. Rex precisava aprender a escalar os prédios como os outros, mas isso ficaria para depois. Subiu nas costas quentes e macias de Pierre.

Pierre se levantou. De repente, Rex ficou com 2,5 metros de altura.

Rex apertou o cobertor em volta dos ombros.

"Chegou a hora do valentão receber o que merece. Pierre, me leve até o telhado."

BRYAN LUTA CONTRA ASTUTO, REX, PIERRE

Bryan saiu do elevador no terceiro andar da ala de tratamento mental vazia. Às duas e quinze da manhã, não havia ninguém no corredor.

Apertou o botão de chamada bidirecional do celular.

Bip-bop.

"Pooks, você está aí?"

Não recebeu nenhuma resposta. E se os Filhos de Marie tivessem atacado enquanto Bryan estivera no carro?

O policial atravessou depressa o corredor. As mãos foram até as costas.

Se eles machucaram Pookie, juro que vou estripá-los vivos.

Bryan dobrou a esquina e congelou. A seis metros de distância, na frente da porta do quarto de Erickson, Pookie Chang estava de cara no chão, as mãos algemadas nas costas. Por cima dele, com fuzis AR-15 nas mãos, encontravam-se Jeremy Ellis e Matt Hickman com todos os equipamentos da SWAT.

Jeremy ergueu o cano do seu rifle até ficar apontado para um ponto entre ele e Bryan.

"Fique onde está, Clauser", ordenou ele. "Coloque as mãos onde eu possa vê-las."

As mãos de Bryan estavam atrás das costas, a apenas um movimento rápido das armas.

"Pooks, você está bem?"

Ele olhou para cima.

"Estou. Parece que a delegada Zou queria *mesmo* que a gente fosse até a cena do crime."

Hickman deu um leve chute no ombro de Pookie.

"Cale a boca, Chang."

A raiva de Bryan ferveu.

"Se chutar ele de novo, arranco o seu pé fora."

Jeremy deu um passo à direita, se movendo para o outro lado do corredor a fim de criar uma distância entre ele e Hickman.

"As mãos, Clauser." Jeremy ergueu o cano um pouco mais — agora estava apontando para os pés de Bryan. Será que Bryan conseguiria sacar as armas mais depressa do que Jeremy poderia apontar a AR-15 e atirar? Não, de jeito nenhum.

Ele levou as mãos para os lados.

"Muito bem", falou Jeremy. "Odeio fazer isso, mas recebemos ordens da delegada para prender vocês assim que os encontrássemos."

O que tinha acontecido? Aqueles caras nem deveriam estar ali.

"Nos prender por quê?"

"Ela não me ligou para pedir a minha opinião", disse Jeremy. "Ela falou que tínhamos que levá-los sob custódia se vocês voltassem. E é exatamente isso o que vou fazer."

Bryan avaliou a situação. Olhando pelo corredor, Jeremy estava no lado esquerdo, Hickman no direito. Pookie estava no chão à direita, bem na frente da porta do quarto de Erickson. Hickman deu dois passos para a frente, aumentando o espaço entre ele e o parceiro. Bryan conhecia a manobra. Era um posicionamento básico, mas parecia tão surreal — afinal das contas, era *Bryan* que fazia aquilo com as pessoas, as pessoas não faziam aquilo com *ele*.

"Clauser, por favor", pediu Jeremy. "Facilite as coisas e deite no chão. Você conhece o procedimento."

Bryan não podia deixar isso acontecer. Tinha que tirar Pookie do chão, preparar Hickman e Jeremy para lutar contra o que quer que estivesse a caminho.

"Jeremy, preste atenção. Zou é corrupta. Só me dê uma chance para explicar."

O agente da SWAT levantou a arma até ficar em posição; o cano apontava para o peito de Bryan.

"Deite no chão, Clauser. *Agora!*"

"Não posso."

Agora Hickman deu meio passo à frente, a arma também apontada para o peito de Bryan.

"Coloque as *mãos* atrás da *cabeça* e fique de *joelhos*!"

Era assim que o jogo funcionava: comece calma e educadamente, depois levante a voz de policial ao volume máximo até o meliante entender a situação.

Aqueles desgraçados queriam ameaçá-lo? Ameaçar *Pookie*? Bryan podia atacá-los, sacar as armas e *feri-los, matá-los,* ele...

Balançou a cabeça. Não podia perder o controle, não agora.

"Rapazes, parem de gritar. Nós..."

Aquele cheiro, aquele que sentira nas roupas do bebê, só que mais fraco... ele conhecia aquele cheiro *muito bem* — era o cheiro do quarto de Rex.

ba-da-bum-bummmm

Bryan deu um passo para trás. Aquele ardor no peito...

Ah, merda, agora não...

Quatro figuras apareceram no corredor atrás de Hickman e Ellis — quatro figuras envoltas por cobertores. Naquele meio segundo, Bryan viu os seus rostos e soube que os sonhos, os monstros no porão, os desenhos de Rex, *tudo* aquilo era real.

O homem-cobra (*Astuto*), o cara-de-cachorro (*Pierre*), o homenzinho com o narigão adunco (*aquele que Pookie viu no telhado*), todos avançando junto com o minúsculo Rex Deprovdechuk.

"Atrás de vocês!", Bryan começou a avançar na direção do quarto de Erickson, mas não conseguira completar nem um passo quando dois bramidos de policiais rugiram para ele.

"*Deita no chão, porra!*", gritou Jeremy no exato momento em que Hickman berrou:

"*Não se mexa, caralho!*"

Quatro cobertores se abriram. Quatro canos de armas foram erguidos.

Bryan levou as mãos às armas e correu para a porta do quarto de Erickson, sabendo naquele instante terrível e vagaroso que não podia fazer nada para salvar Ellis e Hickman.

O *estalo* de uma arma de calibre alto, o *rugido* de uma espingarda.

A cabeça de Jeremy foi jogada para a frente. Seu capacete saiu voando, a alça do queixo esvoaçando enquanto o capacete girava. Hickman estava movendo a AR-15 para equipará-la com a corrida de Bryan quando um disparo o acertou no queixo, retalhando carne e estilhaçando ossos e dentes. Ele caiu à direita de Bryan.

Bryan sentiu as coronhas das FN nas mãos. Sacou e disparou sem mirar enquanto abaixava o ombro e se lançava por cima de Pookie. Atravessou a porta e caiu sobre o ombro direito, enormes lascas de madeira chovendo ao seu redor.

ba-da-bum-bummmm

Mais daquela calidez no peito, dessa vez vindo de Erickson.

Bryan teve um vislumbre rápido dele: um velho numa maca de hospital, tubos enfiados nos braços e no nariz.

Bryan rolou até ficar de costas. Plantou os pés e empurrou, deslizando o ombro esquerdo para fora da porta. Balas penetraram no batente acima dele conforme ele deslizava para ficar entre Pookie e os monstros, os dedos ligeiros apertando os gatilhos das armas e enviando dez disparos corredor abaixo.

Os monstros se desviaram e giraram. Ele viu Rex cair para trás, rodando para a direita, viu Astuto cambalear para a frente. Pierre era um borrão, apanhando Rex e atravessando outra porta mais abaixo no corredor.

Bryan ficou em pé de um pulo e disparou mais duas vezes. Sentiu uma bala atingi-lo no ombro esquerdo enquanto plantava o pé direito na frente de Pookie, virava o parceiro para que a cabeça ficasse apontada para o quarto de Erickson e depois *empurrá-lo*; de barriga no chão e as mãos algemadas nas costas, Pookie escorregou para dentro do quarto. Bryan mergulhou atrás dele enquanto mais disparos perfuravam o batente devastado.

Ele puxou cada gatilho doze vezes, deixando oito projéteis em cada pistola. Pookie rolou para ficar de costas e se sentou.

"Bryan, tire essas coisas de mim!"

Estavam em desvantagem numérica de quatro para um por malditos monstros armados. Bryan não conseguiria tirar Erickson e Pookie pelo corredor — teriam que sair pela janela. Ficou de pé, mirou no vidro e puxou cada gatilho duas vezes. Quatro projéteis voaram em menos de um segundo. Grandes rachaduras irradiaram dos quatro buraquinhos, mas a janela não quebrou. Vidro de segurança. E como se isso não bastasse, havia *grades* do outro lado.

Bryan se esquecera de que estava na ala psiquiátrica.

"Bri-Bri, tire essas coisas de mim!"

Bryan passou a FN da mão esquerda pela abertura nas costas, encaixando-a no coldre. Tateou no bolso antes de se lembrar — tinha deixado a sua chave de algemas com Jessup.

Um borrão atravessou a porta. Bryan ergueu a mão direita para atirar, mas a coisa se desviou para baixo. Atingiu-o com força no peito, envolvendo-o e o derrubando de costas, onde os dois deslizaram pelo chão. A cabeça de Bryan bateu na parede embaixo da janela. Ele sentiu o agressor se esgueirar para cima, até montar sobre ele. Bryan tentou levantar a mão direita para atirar, mas o agressor agarrou a arma com ambas as mãos, arrancando-a com uma força surpreendente.

O ofensor jogou a cabeça para a frente. Bryan virou a cabeça para a direita. Uma dor excruciante se espalhou pela bochecha esquerda, queimando enquanto cortava a gengiva inferior.

A coisa recuou, desenhando um arco de sangue no ar. Bryan viu a arma — um bico duro e afiado coberto de sangue onde deveria haver um nariz. Num centésimo de segundo, Bryan lembrou-se do tórax de Susan Panos, o buraco escancarado, a falta de sangue. Aquela coisa tinha matado Susie.

O monstro recuou para jogar a cabeça para a frente de novo, mas antes que conseguisse, Pookie se chocou contra ele, derrubando-o para longe de Bryan. Pookie e a coisa bateram contra o pé da maca de Erickson.

Bryan se levantou depressa, a mão direita deslizando pela manga esquerda para pegar o cabo da arma ali embaixo.

O nariz-bicudo se levantou e se virou no instante em que Bryan dava um passo à frente. Ele enfiou a faca de cerâmica no peito da criatura com toda a força recém-descoberta, atravessando o esterno e perfurando o coração. Os olhos em cima do bico curvo e ensanguentado se arregalaram de surpresa. Bryan chutou baixo com o peito do pé direito, derrubando o monstro enquanto simultaneamente empurrava com força o cabo da faca, forçando o monstro a cair de costas.

"Pookie! Mantenha a faca enfiada!"

Com as mãos ainda algemadas nas costas, o parceiro de Bryan se jogou sobre o monstro aturdido. Sua barriga manteve a faca no lugar.

Bryan apanhou a FN do chão no exato instante em que o corpanzil de Astuto atravessava a soleira da porta. Os dois dispararam ao mesmo tempo, os *estalidos* dos tiros preenchendo o quarto pequeno. Bryan sentiu um projétil martelar o quadril direito, virando-o para o lado e fazendo com que errasse duas vezes, mas ele corrigiu a mira de imediato e acertou duas balas no meio do peito de Astuto.

O ferrolho da FN de Bryan travara no vazio — estava sem munição.

Tentou pegar a arma da mão esquerda. Antes que pudesse segurar a coronha, Astuto girou para longe da porta e voltou para o corredor.

Bryan ejetou o pente da arma da mão direita, enfiou a mão na abertura no peito para pegar um novo e recarregou a arma.

"*Monstro!*"

Bryan se virou. Jebediah Erickson estava acordado. Parecia meio bêbado e tão irado quanto um idoso conseguia ficar. Erickson esticou as duas mãos para a esquerda e agarrou uma mesa de rodinhas ao lado da maca. Jogou-a na direção dele. Bryan se desviou da mesinha, que se chocou contra a parede.

Agora teria que lutar contra o Salvador também?

"Pare com isso, velho!"

"*Monstro!* Vou matar você!"

"Bryan! Uma ajudinha aqui?"

Com as mãos ainda algemadas nas costas, Pookie tentava se manter em cima do nariz-bicudo, que se contorcia. O monstro lutava, mas não lhe restava muita força.

Bryan foi até lá e pisou no seu pescoço, apertando com força. A criatura tentou respirar. As mãos débeis puxavam a jaqueta de Pookie.

As mãos que tentavam agarrar foram perdendo força e finalmente caíram.

Alguma coisa grande atingiu a cabeça de Bryan. Ele cambaleou para trás. Erickson estava jogando tudo o que conseguia alcançar.

O temperamento de Bryan *explodiu*.

Devolveu a FN para o coldre enquanto avançava até o lado da maca. Erickson, ainda grogue, tentou agarrar a garganta de Bryan. Ele o acertou na boca com um curto de direita. O idoso caiu para trás.

"Desculpe", disse Bryan. "Espero que seja tão resistente quanto dizem, velhinho."

Bryan dobrou os joelhos. Enfiou as mãos embaixo da maca, segurou o maquinário pesado ali embaixo e *levantou*. Seus braços e suas pernas tremiam com o peso. Ele não sabia o quanto era forte, mas aquela não era hora para ter dúvidas — deu três passos cambaleantes até a janela e, em seguida, *arremessou*.

O pé da maca destruiu o vidro de segurança à prova de bala. O vidro reforçado com malha se dobrou como um cobertor enrijecido. A maca, com Erickson ainda sobre ela, saiu voando pelo céu noturno.

Bryan se virou para agarrar Pookie, mas antes que pudesse dar a volta completa, teve um vislumbre de um monte enorme de pelos marrons — e então um tanque se chocou contra ele.

Voou de costas janela afora.

ACABE COM ELE

Com o cobertor ainda jogado sobre os ombros, Rex Deprovdechuk amparava o braço que sangrava enquanto ia até a beirada da janela quebrada. Fora baleado de novo, só que daquela vez fora *muito* pior. Não conseguia mexer o braço direito e havia uma quantidade enorme de sangue.

Lá embaixo, a maca do Salvador era de um branco-acinzentado pavoroso contra a grama noturna. O outro homem, aquele de preto que matara o Sugador, caído de cara no chão e imóvel, estava no mesmo lugar onde aterrissara depois de Pierre tê-lo jogado pela janela.

"Dei um jeito nele", disse Pierre. "Dei uma *shurra* nele."

Rex se voltou para o quarto. Os ferimentos de Astuto eram graves, mas ele tinha um braço em volta do pescoço de um homem algemado encharcado com o sangue de Sugador. O homem parecia prestes a cagar nas calças. Rex não podia culpá-lo. O garoto usou a mão boa para pegar alguns papéis de um dos bolsos do cobertor. Colocou-os no chão e os desdobrou, a mão manchando as fotos de sangue. A terceira foto era compatível com o rosto do homem.

"Pookie Chang", disse Rex. "Astuto, esse é um deles."

O homem se debateu, mas Astuto o segurava com força.

"Sou um tira, porra!", exclamou o homem. "Me solta!"

Astuto apertou mais, o bíceps pressionado contra um lado do pescoço do homem, o antebraço apertando o outro. Os olhos de Chang se arregalaram, então se fecharam com força. As pernas chutaram, mas ele não conseguia se desvencilhar. Os chutes foram diminuindo e então o corpo ficou flácido.

Com uma só mão, Astuto jogou o homem sobre o ombro.

"Meu rei, temos que ir", disse Astuto. "Preciso levar você para um lugar seguro."

Astuto fora baleado também. O moletom azul do San Jose Sharks estava encharcado no ombro direito, além de em dois lugares no peito. Ele se movia com mais lentidão do que o normal.

Rex apontou para a janela.

"O Salvador está lá embaixo. Eu o *quero*."

"Deixe Pierre cuidar dele", disse Astuto. "Zou disse que a polícia com as metralhadoras não estaria mais aqui, mas estava. Pode haver mais deles. Preciso tirar você daqui." Astuto olhou para o irmão mais alto. "Pierre, pode acabar com o trabalho?"

Pierre assentiu depressa.

"Um cachorro lambe o próprio rabo? Vou dar uma *shurra* nele!"

Astuto ajeitou o cobertor para que encobrisse tanto ele quanto o policial sobre o seu ombro. Foi até a porta destroçada do quarto, se virou e aguardou.

"Meu rei, temos que ir *agora*."

Rex precisava confiar no seu melhor amigo. Puxou o cobertor por cima da cabeça, o braço gritando em protesto enquanto o fazia. Apertou o ferimento com a mão esquerda para tentar afastar a dor.

Pierre se debruçou sobre a janela quebrada.

"Ei, aquele cara que eu derrubei. Acho que *eshtá she* mexendo. E ele é um de *nósh*, eu *shenti*."

Rex olhou para baixo de novo. O homem de casaco preto estava lutando para ficar de joelhos. A delegada Zou dissera que Bryan Clauser era como o Salvador, que era na verdade um dos Filhos de Marie.

Se assim fosse, era um traidor.

"Pierre, me deixe orgulhoso", disse Rex. "Vá lá para baixo e acabe com ele. Depois, leve o Salvador para o Lar."

Pierre abriu o seu sorriso de cachorro feliz. A língua comprida pendeu para fora da boca e ficou pendurada no lado direito da mandíbula enviesada.

"*Shim*, meu rei."

Rex seguiu Astuto para fora do quarto.

☉ ☉

Levante, levante, levante.

Bryan se forçou a ficar de joelhos. Estava num gramado. Uma pequena clareira numa área arborizada. Ouviu o trânsito disperso do outro lado do muro de tijolos da altura de um homem perto dali. Seu braço esquerdo não respondia. Cada movimento enviava uma pontada de dor excruciante pela parte superior do peito. Clavícula quebrada. Só podia.

O que tinha acontecido? Pierre tinha acontecido. Bryan ignorou a dor enquanto se esforçava para ficar de pé. Olhou para o prédio de tratamento mental. Lembrou-se da troca de tiros, da força com a qual a criatura de pelagem marrom o atingira.

Movimento lá em cima. Da janela quebrada do terceiro andar, Pierre saltou para a noite, um cobertor comprido esvoaçando atrás dele, uma espingarda sem coronha com um tambor de munição presa na mão enorme.

Bryan olhou para onde Pierre iria cair — a cinco metros de distância repousava a maca amassada e retorcida, e a poucos metros dela um Jebediah Erickson inconsciente, coberto por uma camisola azul de hospital toda amarrotada.

O monstro aterrissou com muito mais graça do que Bryan. O homem de cara de cachorro andou na direção do Salvador.

Vieram disparos da esquerda e da direita de Bryan. À esquerda, a arma-bengala, disparada por um oscilante Alder Jessup. À direita, Adam, cortando o ar com curtas explosões de uma Uzi. Pierre protegeu o rosto com um braço e se afastou. Projéteis penetravam o cobertor, rasgando o tecido e espalhando sangue pela grama.

"Bryan!", gritou Alder. "Pegue a criatura, nós vamos resgatar o Salvador. *Vá!*"

O policial procurou depressa pela arma, mas era impossível encontrar a pistola preta na grama escura. Ele não pensou, apenas correu, disparando direto para Pierre, que tentava se proteger.

Os disparos da Uzi pararam — a arma de Adam ficou sem munição.

Pierre se virou e estendeu os braços para Erickson. Antes que as mãos enormes pudessem agarrar o velho, Bryan se aproximou com toda a rapidez — sua *nova* rapidez — e atingiu as costelas do monstro com o ombro direito.

A criatura foi lançada de costas e se chocou contra uma árvore.

Bryan usara o ombro direito, mas o esquerdo sofreu bastante com o impacto. Alguma coisa foi triturada dentro do braço, do peito e do ombro, um fogo líquido se espalhando pelo lado do corpo e do pescoço.

Pierre rolou até ficar ajoelhado. Abriu um sorriso de cachorro, a língua cor-de-rosa balançando no lado esquerdo da mandíbula torta — e levantou a espingarda.

Bryan se desviou assim que o rugido *bah-bah-bah* da arma automática rasgou o ar noturno. Explosões impactantes atingiram o seu ombro direito e as suas costas, levando-o ao chão.

Então, o estalido intermitente da Uzi explodiu de novo.

Bryan lutou contra a dor e se forçou a ficar de joelhos. Quando virou na direção da ameaça, viu o giro de um cobertor escuro, um pedaço de uma camisola hospitalar azul, e o rosado da bunda pelada de um velho desaparecer por cima do muro de tijolos que margeava a Potrero Avenue — Pierre, com um Erickson inconsciente sobre o ombro.

De um momento para o outro, tinham desaparecido de vista.

Bryan ouviu sirenes se aproximando. Onde estava o restante da equipe da SWAT? Teriam as mesmas ordens de Ellis? Tentariam prender Bryan ou será que a nova ordem de Zou era *atirar para matar*?

Sentiu a mão de alguém sobre o ombro bom, agarrando, puxando.

"Tira, *levanta*", disse Adam. "Ele pegou Erickson!"

Bryan se apoiou no rapaz enquanto lutava para ficar de pé.

"Preciso ir atrás dele."

"Não!" Era a voz de Alder. O velho se aproximava mancando, recarregando a bengala ao tirar uma bala do bolso, enfiando-a numa abertura secreta, depois girando a cabeça de lobo prateada com um clique. "Bryan, você precisa se curar. Pode haver outros deles."

"Mas os monstros vão matá-lo!"

Alder balançou a cabeça.

"Ele já está morto." Seus olhos mostravam que o velho estava conformado com a verdade inescapável. "Jebediah se foi. A única variável é se temos um Salvador morto ou dois."

Bryan começou a discutir, mas a dor de rolo compressor no pescoço e nos pulmões interrompeu as suas palavras. Ele sequer conseguiria perseguir alguém, quanto mais lutar.

"Ok, *merda*." Bryan deixou Adam ajudá-lo a ir até o muro. "Cadê Pookie?"

Adam hesitou.

Alder apontou a bengala para a janela quebrada do terceiro andar.

"Seu parceiro? Ele estava com você? Lá em cima?"

O policial olhou para cima. Alguns pedaços do vidro de segurança estavam pendurados como retalhos de um espesso tecido de cristal trincado.

"Ele não desceu?"

Alder balançou a cabeça.

"Ainda não. Bryan, *mexa-se*, temos que tirar você daqui."

Bryan olhava fixamente, esperando ver o rosto de Pookie aparecer na janela, esperando ouvi-lo gritar alguma obscenidade. O rosto do parceiro não apareceu. Ele tinha que estar nas escadas, a caminho da saída, ou talvez já estivesse no carro.

"Adam, no bolso das calças, meu celular."

Pela primeira vez, o rapaz não fez nenhum comentário engraçadinho. Pegou o celular no bolso. Bryan agarrou o aparelho. Com a mão direita, pressionou o botão de chamada bidirecional.

Bip-bop.

"Pookie! Está aí?"

Houve uma pausa, então uma resposta.

Bop-bip.

"Alô?"

A voz de um garoto.

O corpo de Bryan vibrou com emoções imediatas e esmagadoras de *raiva*, *medo*, ódio e *perda* — tinha que fazer alguma coisa, mas sabia que não havia nada que pudesse fazer.

"É Rex quem está falando?"

"Sim."

Bryan fechou os olhos. Sentiu como se estivesse naquele lugar e longe dali ao mesmo tempo.

"Meu parceiro está vivo?"

"Claro", respondeu o garoto. "Não quer saber se o Salvador está vivo também?"

"Estou pouco me fodendo com o Salvador", falou Bryan, nem um pouco surpreso com aquela honestidade espontânea. Se tivesse que escolher entre um irmão de sangue e um irmão de ação, não haveria dúvidas. "Fique com o Salvador. Só solte Pookie."

"Não", disse Rex. "O sr. Chang tem que pagar pelos crimes que cometeu."

Bryan sabia que o cheiro em Rex deveria fazer com que ele quisesse seguir o garoto, ajudá-lo. Sabia disso num nível básico, mas nem todas as fragrâncias do mundo poderiam sufocar a ânsia de encontrar Rex, envolver o seu pescocinho com as mãos, apertar até que a vida escapasse de dentro dele e o fizesse *implorar*.

"Solte Pookie", repetiu Bryan. "Se não fizer isso, vou encontrar você, Rex. Vou matar você. Mas antes de morrer, vou *machucá-lo* de verdade."

"Você não vai me encontrar", disse Rex. "Mas nós vamos encontrá-lo em breve. Você é um assassino, sr. Clauser. Matou Sugador. Vamos levá-lo à justiça como os outros. Adeus."

Rex desligou.

Bryan fechou os olhos. Seu melhor amigo se fora.

Pookie ficara do seu lado durante tudo aquilo. Pookie e Robin.

Robin.

Os olhos dele se abriram de repente.

"Adam, me leve até a Shotwell com a Twenty-First, agora."

Enquanto os três homens se arrastavam até o automóvel, Bryan enviou uma mensagem para a única pessoa em que esperava poder confiar. Precisava de reforços e não podia se dar ao luxo de ser exigente.

Mancaram até a perua dos Jessup e entraram nela no instante em que a primeira viatura encostava no estacionamento do hospital. Bryan e Alder entraram na traseira do carro, Adam pulou para o assento do motorista. Bryan viu que Alder tinha algemado Aggie à maçaneta interna da porta do passageiro. O mendigo olhou para Bryan, sua expressão temerosa e solene.

"Meu Deus, cara!", exclamou Aggie. "Quem fodeu com seu rosto?"

Bryan o ignorou, esperando para ver se teriam que abrir caminho à força para fora dali.

Adam saiu do estacionamento e entrou na Potrero enquanto uma segunda e uma terceira viatura chegavam.

Pelo menos Bryan não teria que machucar nenhum policial para ir até Robin — e ele os machucaria, até os mataria se necessário, porque *nada* o impediria de ir até Robin Hudson.

Bryan esticou o braço e apertou o ombro de Aggie. Ele fez uma careta, e Bryan relaxou o aperto — tinha que se lembrar da sua nova força.

"Eles pegaram o meu parceiro", disse. "Você sabe para onde podem levá-lo?"

Aggie assentiu.

"Provavelmente para o mesmo lugar que me levaram."

"O que vão fazer com ele?"

Aggie deu de ombros.

"Depende de com quanta fome eles estão, acho."

Bryan precisava salvar Pookie. E tinha que pegar Robin. Uma decisão impossível, mas, se pudesse levar a sua namorada para um lugar seguro, depois poderia focar todas as energias em salvar o parceiro.

"Comece a falar, sr. James", disse Bryan a Aggie. "Você tem dez minutos. Me conte o que aconteceu com você lá embaixo."

VOYEUR

Grande Max segurava uma taça de vinho na mão esquerda. A direita estava em concha na orelha e encostada na parede que separava os apartamentos.

"Max, pare com isso", pediu Robin. "Está me deixando nervosa."

Ele se inclinou na direção dela do jeito que as pessoas fazem quando sussurram.

"Pode ter alguém tentando matar você, mas eu tentando *ouvir* se tem uma pessoa no seu apartamento está deixando você nervosa?"

"Sim. Está me fazendo pensar no assunto, e não quero pensar nisso. Só quero ficar sentada aqui em silêncio."

Ficar sentada ali, no sofá, era tudo o que Robin podia fazer no momento — Emma estava de um lado, pressionando-a pela esquerda, enquanto que a cabeçorra e os ombros enormes de Billy a pressionavam pela direita. Ela sequer conseguia estender o braço e pousar a taça de vinho na mesa de centro. Em algum momento naquela noite, ela se transformara em mobília para setenta quilos de aconchego canino.

Max se afastou da parede e fez um gesto casual de descaso.

"Tudo bem, querida, vou deixar pra lá. Não que isso importe; posso ouvir quase tudo que acontece ali. Com certeza deu para ouvir o que aconteceu ontem à noite."

Robin sentiu o rosto corar.

"Você ouviu?"

Max sorriu e anuiu.

"Ouvi. Todas as quatro vezes."

Ela cobriu o rosto com a mão livre.

"Ai, meu Deus."

"É, ouvi isso também", comentou ele. "Preciso de um namorado como Bryan."

"Ok, Max, agora você está me deixando morta de vergonha."

Ele riu e se sentou ao lado dela. Apanhou Billy e arrastou o pit bull molenga para o colo dele. O rabo do cachorro se agitou duas vezes, depois o animal voltou a dormir.

"Bem, fico feliz por vocês terem resolvido as coisas", disse Max. "Foi só ex-sexo?"

"O que é isso?"

Max suspirou.

"E dizem que você é inteligente. *Ex-sexo* é sexo com o ex."

"Ah. Na verdade, acho que não somos mais *ex*."

Max levantou a taça de vinho.

"Ora, então um brinde ao amor verdadeiro."

Ela corou de novo. Encostou a sua taça na dele.

"E um brinde aos amigos. Eu estaria louca se não tivesse um homem forte e grande para me proteger agora."

Max riu baixinho.

"Tá certo. É você quem está armada."

Ela deu de ombros.

"Mesmo assim, estou surtando. Obrigada por nos deixar ficar aqui."

Ele fez outro gesto de descaso.

"Querida, por favor, você..."

Um *baque* metálico do lado de fora do prédio interrompeu as palavras de Max. Emma e Billy levantaram as cabeças. Os braços dos dois donos abraçaram os pescoços dos cães, segurando-os com força, enviando um sinal bem claro para que *ficassem parados e quietos*.

"Max", sussurrou Robin, "o que foi isso?"

Ele acenou com a cabeça na direção da janela coberta por uma cortina.

"Escada de emergência."

Robin se lembrou dos relatos de Pookie sobre pessoas pulando pelas ruas e escalando prédios.

Outro baque. Depois, silêncio.

"Robin, tem certeza de que não devemos ligar para a polícia?"

Ela balançou a cabeça.

"Não. Não podemos. Não sabemos se é seguro."

E então Robin Hudson percebeu como as paredes eram realmente finas, porque ouviu passos pesados vindo de dentro do seu apartamento.

PÉ NA TÁBUA

Adam já não estava mais dirigindo como uma vovó.

Parecia não estar nem aí para os outros carros, para a pintura da perua, para os sinais de trânsito ou mesmo para os pedestres. Alguns dias atrás, aquele tipo de direção teria feito com que Bryan jogasse Adam numa cela de cadeia. Agora, ele desejava que o rapaz pudesse ser ainda mais imprudente, fechasse mais carros, dirigisse só um pouco mais rápido.

Aggie ainda estava algemado à porta do passageiro. Ele passava a maior parte do tempo olhando para as algemas.

Adam acelerou a perua turbinada pela Twenty-First, mudando para a faixa da esquerda para ultrapassar sempre que aparecia uma oportunidade. O ronco do motor ecoava nos prédios de ambos os lados, abafando o grasnido do rádio da polícia acoplado ao painel.

O carro passou por um buraco na pista; Bryan fez uma careta quando sentiu uma pontada na gengiva.

"Bryan", disse Alder, "*fique parado!*"

"Estou tentando", retrucou, ou pelo menos *achou* que tinha falado aquilo; não sabia ao certo quais palavras tinham saído da boca escancarada. Alder estava sentado ao lado de Bryan no banco traseiro. Precisava dar pontos na gengiva cortada de Bryan antes que pudesse passar para a bochecha rasgada. Sangue cobria as luvas cirúrgicas do velho.

Poderia haver mais ação pela frente. Alder quisera parar para que pudesse tratar dos ferimentos de Bryan, mas ele dissera ao idoso para fazer o trabalho no caminho — todos os solavancos na rua, todas as curvas ou freadas bruscas traziam mais dor causada pela agulha. Bryan, porém, não se importava.

"Só mais um", disse Alder. Inclinou-se para a frente, então puxou a agulha para trás. "Pronto. Agora a bochecha, e então teremos que cuidar da clavícula. Ela vai começar a se recuperar nos próximos quinze minutos, mais ou menos. Se curar do jeito errado, vamos ter que quebrá-la de novo."

Alder abriu um kit acoplado à parte de trás do banco do passageiro. Pegou um aparelho que Bryan não reconheceu e começou a prepará-lo.

"Ei, tira", chamou Adam do banco da frente. "Más notícias. A faixa da polícia disse que existe um alerta de procura por você. Estão dizendo que você matou aqueles dois caras da SWAT."

Aquela *puta* corrupta. Zou queria tanto pegar Bryan que o culpou de imediato pelo assassinato daqueles dois homens. Todos os policiais da cidade estariam atrás dele. Ele tinha acreditado por um breve momento que Zou estava fazendo a coisa certa? Bryan fora um idiota e agora todos estavam sofrendo por isso.

Fechou os olhos, tentou dominar a dor que irradiava pelo seu corpo. O casaco o protegera dos projéteis da espingarda, mas como Adam o alertara, não impedia a energia cinética. As costas de Bryan latejavam. O braço direito doía quase tanto quanto o esquerdo. Tentou afastar a dor, arquivá-la — ele a devolveria com juros assim que colocasse as mãos em Rex Deprovdechuk.

O celular de Bryan tocou. Uma mensagem de texto que fez o seu peito se contrair.

> **ROBIN HUDSON:** TEM ALGUÉM NO MEU APARTAMENTO. ENTROU PELA SAÍDA DE EMERGÊNCIA. DEPRESSA, POR FAVOR.

Ele começou a discar o número dela, então hesitou. Ela mandara uma mensagem, não ligara, o que queria dizer que não queria fazer barulho. E se ligasse e ela não estivesse com o telefone no modo vibratório?

"Adam, quanto tempo?"

"Cinco minutos", respondeu o jovem Jessup.

Bryan digitou:

> AGUENTE FIRME, ESTOU QUASE AÍ.

Alder terminou a preparação. Agora Bryan reconheceu o aparelho: um grampeador elétrico.

Bryan virou a cabeça, oferecendo a bochecha rasgada, e deixou Alder fazer o trabalho.

RINHA DE CÃES

Robin sussurrou por entre os dentes.

"Max, *larga isso*."

Grande Max segurava um taco de beisebol de alumínio na sua enorme mão esquerda. Na direita, ele tinha uma guia ligada a uma coleira grossa em volta do pescoço forte do pit bull. Cada músculo do corpo rígido de Billy parecia vibrar — ele fora contagiado pela agitação do seu dono e estava pronto para seguir Max em qualquer briga.

Pelo menos os cachorros tinham ficado em silêncio.

"Robin, *por favor*", sussurrou o homem. "Você é uma policial, não pode deixar esses babacas arrombarem o seu apartamento."

"Sou só uma médica-legista. Esses caras não são só uns drogados. São pessoas muito perigosas."

Os músculos de Max se contraíram como os do seu cachorro. Ele queria arrumar uma briga das boas. Ficou tenso por alguns instantes, depois suspirou.

"Tudo bem. Você tem razão. Espero que Bryan chegue logo."

Robin assentiu. Ele chegaria a qualquer momento.

A mulher tinha um braço em volta de Emma, tentando manter a sua bebê no sofá. Sentiu a cadela ficar tensa de repente. Ela começou a rosnar. Emma encarava a porta da frente do apartamento, a que dava para o corredor. Uma crista de pelos se eriçou nas costas dela como uma barbatana preta e peluda.

Billy também começou a rosnar. Abaixou-se para perto do chão.

Então Robin sentiu o cheiro. Vindo da porta, do corredor, fraco, mas inconfundível...

... cheiro de urina.

Robin enfiou a mão dentro da bolsa e pegou a arma. Segurou a .380 sub-compacta na mão direita, a coleira de Emma na esquerda. Alguém estava lá fora. Um dos Filhos de Marie? As pessoas de cromossomo Zeta?

Max enrolou a guia de Billy numa cadeira de madeira pesada. Dois passos largos o levaram até a porta da frente.

Ela tentou dizer *Max!*, mas as palavras não queriam sair.

O homem segurava o taco de beisebol com ambas as mãos enquanto se inclinava para a frente a fim de espiar pelo olho mágico.

A porta explodiu para dentro, derrubando Max no chão.

Pela porta entrou um homem encoberto por um cobertor rançoso de listras azuis e verdes. Tinha uma cabeça enorme. Só a testa devia ter sessenta centímetros de largura e era deformada por uma pele protuberante e retorcida. Os olhinhos pretos estavam focados nela.

Ele é um deles, ele tem o cromossomo Zeta, ele vai me matar.

Cachorros latindo, o som de uma cadeira de madeira raspando o chão um centímetro por vez.

Na mão direita, o intruso segurava uma arma quadrada que tinha um pente comprido despontando da coronha. Ele lançou um olhar para a mão esquerda, com a qual segurava uma folha de papel. Olhou para a folha, depois para ela. Guardou o papel em algum lugar dentro do cobertor e sorriu.

Atire nele, atire nele, atire nele ecoava na sua cabeça, mas Robin não conseguia se mexer.

O cabeçudo entrou no apartamento, pisando em cima de Max, esticando os braços, agarrando, dedos fortes como ferro apertando os seus ombros.

Um lampejo branco e preto. Os dentes de Emma se fecharam na coxa grossa do homem. A cadela sacudiu a cabeça com selvageria, colocando todo o peso e o corpo no movimento, puxando mesmo enquanto sangue espirrava no focinho.

Os olhinhos do homem se arregalaram de surpresa e dor. Ele soltou Robin e girou a coronha com força contra a cara de Emma. A cadela saiu voando pela sala, ganindo.

Robin ergueu a pistola e disparou três vezes antes mesmo de perceber que tinha se movido. O cabeçudo se encolheu, protegendo o rosto com os braços.

Um lampejo de metal desenhou um arco no ar e emitiu um sonoro *bong*. O cabeçudo despencou, as mãos deixando o rosto e indo na direção da nuca. Atrás dele estava Max, o taco de beisebol nas mãos.

Billy continuava puxando a guia e latindo feito louco, tentando se soltar enquanto a cadeira que o prendia era arrastada um pouco mais para a frente.

Um tinido de metal, então o *estalido* de eletricidade. Max se contorceu com tanta força que a cabeça dele foi atirada para trás. O taco caiu das suas mãos. Ele caiu no chão.

Atrás dele se encontrava uma mulher de cabelos tão negros quanto as penas de um corvo — uma imagem deslumbrante, estranha. Ela segurava uma corrente em cada mão, um conjunto de elos no chão na frente dela, outro enroscado atrás. Robin registrou botas que subiam até os joelhos, calças de vinil e uma blusa de moletom cortada do Raiders que mostrava uma barriga lisa. Uma capa marrom — não, não uma *capa*, e sim outro cobertor imundo — pendurava-se em volta do seu pescoço. Billy se lançou para a frente de novo, arrastando a cadeira para mais perto.

Robin ergueu a arma para disparar, mas a mulher agitou um pulso. A médica não viu a corrente se mover, apenas sentiu uma *onda* de eletricidade na mão que a arremessou para trás e a jogou contra o sofá. A mão e o braço pareciam estar pegando fogo.

A arma se fora.

A mulher de cabelo preto sorriu e deu um passo adiante.

O cabeçudo se levantou, esfregando a nuca.

A mulher olhou para ele e riu.

"Ele pegou você de jeito."

"Cale a boca", disse o cabeçudo. "Vou dar um jeito nele."

Ele se abaixou e agarrou Max, que tinha se enrolado em posição fetal. Virou Max de costas, prendeu os pulsos dele e o manteve no chão. Max abriu os olhos e viu o que havia sobre ele. Lutou, mas logo ficou claro que a sua força não era nada comparada com a do monstro.

Billy rosnava como um demônio. A cadeira rangia contra o chão de madeira.

O grandalhão levantou a cabeçorra, se inclinando para trás até os músculos do pescoço despontarem como cabos cobertos de carne. Robin se lançou para a frente do sofá a fim de impedir o homem, mas a mulher de cabelo preto lhe acertou um chute — a bota esmagando a boca de Robin, jogando-a de volta ao sofá.

O mundo oscilou. O corpo de Robin parecia entorpecido e paralisado, mas ela ainda conseguia enxergar.

O homem desferiu um golpe com a cabeçorra num borrão letal. O rosto de Max desapareceu numa chuva vermelha e cinza, como se alguém tivesse acertado uma melancia com uma bola de boliche.

Robin sabia que estava gritando, mas não estava no controle, era outra pessoa, alguém que ainda estava ali, porque ela não estava mesmo lá, *não podia* estar lá, não podia ter acabado de ver Max morrer daquele jeito.

Um último arrastar de madeira acompanhou o barulho de uma cadeira atingindo o chão.

Billy, o pit bull, pulou, fechou a forte mandíbula na nuca do cabeçudo. O homem gritou feito uma menininha. Caiu de cara na mistura de sangue e cérebro de Max, agitando as mãos contra a nuca e o pescoço.

⊙ ⊙

John Smith estava mais amedrontado do que nunca. Achava que poderia vomitar a qualquer momento. Teve que se forçar a olhar para a rua à frente e não para as janelas dos prédios pelos quais passava.

Não há atiradores ali em cima. Não há atiradores.

E mesmo se houvesse, ele precisava ir de qualquer jeito. A mensagem tinha garantido isso.

BRYAN CLAUSER: OS FILHOS DE MARIE PEGARAM POOKS.
VÁ PARA A CASA DE ROBIN AGORA.

John viu o prédio dela se aproximando à direita. Puxou a embreagem e apertou o freio enquanto diminuía a marcha. Um súbito flamejar de faróis o cegou por um instante quando um carro cortou pela faixa da esquerda, os pneus cantando. John virou a Harley para a calçada, evitando por pouco a colisão. Endireitou a moto, pulou e abaixou o pé de apoio num único movimento fluido. Arrancou o capacete e sacou a Sig Sauer.

O carro era uma perua preta. A porta traseira do passageiro se abriu. Um homem se lançou para fora, claramente atrapalhado pela dor.

"Bryan?"

Clauser parecia outra pessoa. Não era apenas por causa do caban preto e da touca. Uma tipoia improvisada a partir de uma alça de rifle segurava o seu braço esquerdo junto ao corpo. Uma linha de grampos de metal cobria um ferimento irregular que descia da esquerda do lábio superior até a base da mandíbula. Ele segurava uma pistola preta na mão direita. Os olhos verdes queimavam com uma raiva focada que prometia coisas muito ruins a qualquer um que ficasse no seu caminho.

Um grito estridente veio de dentro do prédio de Robin.

Bryan correu para a porta de entrada do edifício, uma porta de vidro e de madeira com uma grade preta de ferro fundido na frente, o clássico estilo de San Francisco. Sem diminuir a velocidade, ele chutou com a sola do pé direito. A grade de ferro se dobrou, o vidro espatifou e a coisa toda saiu voando para dentro, as dobradiças se soltando da madeira antiga. A porta arruinada deslizou pelo chão de piso espanhol e cacos de vidro voaram para todo lado.

Bryan disparou para a escada e começou a subir de três em três degraus.

John foi atrás dele.

◉ ◉

Billy *puxava* e *sacudia*, atacando o pescoço retalhado do homem como se estivesse tentando arrancar a cabeça fora.

"Faísca", gritou o homem, "*me ajuda!*"

A mulher deu um passo à frente e chutou Billy nas costelas. O cachorro ganiu, as pernas traseiras se desviando para o lado, mas os dentes permaneceram presos na nuca do grandalhão.

A mulher estava rindo.

Os olhos de Robin dispararam para um ponto no chão — *a arma.*

Robin queria mergulhar até ela, mas as suas pernas vagarosas cederam quando ela saiu do sofá. A médica desabou no chão de madeira, depois incitou o corpo insensível a ir para a frente. Esticou a mão para pegar a pistola.

O cabeçudo se levantou, as mandíbulas de Billy ainda presas ao seu pescoço. As pernas traseiras do cão pendiam flácidas — ele emitiu um som triste e odioso que combinava um rosnado profundo e um ganido de dor.

Robin estendeu o braço. A mão alcançou a pistola. Enquanto começava a se sentar, o homem se virou de repente, gritando, girando, tentando mirar a semiautomática para trás — Robin reconheceu a arma: uma Mac-10.

A mulher de cabelo preto levantou a mão num gesto instintivo de alerta.

"Cabeçudo, não..."

A Mac-10 disparou.

Robin sentiu algo picar o lado esquerdo do pescoço e penetrar o peito e o ombro direito. Ela caiu para trás, aturdida.

◉ ◉

Quando chegou ao patamar do terceiro andar, Bryan ouviu os rosnados de um cachorro e os gritos de uma pessoa. Disparou pelo corredor na direção do apartamento de Robin e o som mudou — o rosnado se transformou num ganido de dar pena de um cão em choque e agonia.

Bryan sentiu o cheiro de urina.

Pouco antes de entrar no apartamento, ele sentiu o *ba-da-bum-bummmm* que denunciava um dos monstros.

Com as FN nas mãos, Bryan dobrou à esquerda e passou pela porta aberta do apartamento. Seus olhos registraram diversas coisas ao mesmo tempo: um homem com uma cabeça enorme disparando uma Mac-10 feito louco, tentando atingir um pit bull pendurado na sua nuca... um corpo grande que só podia ser Max deitado no chão, a cabeça esmagada como se fosse um ovo cozido pisado e ensanguentado... uma mulher de cabelo preto longo e espesso e um cobertor em volta dos ombros, a mão avançando para as costas... e à direita, *Robin*.

Robin, de costas, o peito e ombro vermelhos de sangue.

Bryan ouviu um *estalido* e sentiu um choque forte quando algo atingiu o seu braço. O corpo dele pulou por vontade própria. Ele caiu para trás sobre o quadril direito.

Mais disparos da Mac-10, um ganido curto e, então, os rosnados pararam.

Ele viu a mulher de cabelo preto se mexer, a viu açoitando com uma corrente. O metal tiniu enquanto disparava para a frente num borrão na direção do peito de Bryan. Ele se virou e desviou — a corrente atingiu o seu rosto, então houve um lampejo brilhante e um *estalido* quando uma dor entorpecente engolfou o corpo dele.

Bryan gritou, tentou rolar para longe, mas mãos fortes o agarraram pelos ombros e o jogaram de costas no piso duro com força suficiente para rachar a madeira. Aturdido, Bryan olhou para cima e viu um homem com uma testa de sessenta centímetros de largura, a pele retorcida manchada de sangue, pedaços de ossos e alguma coisa cinzenta que devia ser o cérebro de Max.

Os choques elétricos pareciam reverberar pelo seu corpo — os músculos não respondiam com rapidez suficiente.

O homem recuou e levantou a cabeça para o alto. Ele rosnou, ele...

Disparos vindo da direita de Bryan, um *pop-pop-pop-pop-pop-clique* rápido e contínuo que fez o cabeçudo se contorcer, recuar, cair no chão aos pés de Bryan.

Bryan olhou para a direita: Robin, deitada sobre o lado esquerdo, o braço direito estendido e arma na mão. Ela acabara de salvar a vida dele.

A corrente voou pelo apartamento e *estalou* contra a mão dela com uma faísca cintilante. A mão foi forçada para o lado, lançando a arma para longe.

"Ah, foda-se", disse a mulher de cabelo preto. Passou a segurar as duas correntes na mão esquerda. Levou a mão direita ao cobertor e sacou uma Glock que apontou para Robin.

O tempo se arrastou como se estivesse sendo puxado pelo asfalto quente. Bryan ergueu a mão esquerda, sentiu a tipoia feita de alça de rifle rasgar, sentiu a clavícula *quebrar* de novo. Já estava dobrando a mão para jogar a lâmina presa à parte inferior do antebraço, mas não estava agindo depressa o suficiente, não iria conseguir...

Disparos vindo de trás fizeram o mundo voltar a rodar em velocidade acelerada. Bryan viu um borrifo de sangue na bochecha direita da mulher de cabelo preto, outro no ombro direito, então ela virou, o cobertor rodopiando atrás dela, fazendo com que parecesse duas vezes maior. Ela correu até a parede e mergulhou pela janela, madeira quebrada e vidro estilhaçado seguindo-a noite adentro

Ela se fora.

"Bryan! Você está bem?"

John Smith, parado na entrada, deixando cair um pente vazio e recarregando a pistola.

Movimento à esquerda de Bryan. A criatura cabeçuda, já se recuperando, se levantando, apontando a Mac-10 na direção de John.

A mão esquerda estendida de Bryan estava suspensa no ar — era um simples movimento apontá-la para o homem e agitar a mão para cima.

Houve um *rangido* metálico quando a lâmina disparou. Quinze centímetros de titânio perfuraram o pescoço do homem, ficaram presos quando as farpas penetraram, mantendo a lâmina no lugar. Com os olhos arregalados, o homem cambaleou para a direita, mas o pé não suportou o peso. Despencou como um grande saco de ossos, o sangue bombeando para fora do pescoço, fazendo arcos no ar.

John avançou e apontou a arma para o peito do homem.

"*Fique no chão!* Não se *mexa*, porra!"

Bryan correu até Robin. Ela rolou de costas assim que ele se aproximou. Ele passou o braço direito embaixo do pescoço dela, levantando-a com delicadeza. Sangue esguichou do lado esquerdo do pescoço da mulher.

Ele pressionou a mão no ferimento. Uma mancha de sangue crescente se espalhava pelo peito. Ele passou a mão pelas costas dela e sentiu umidade. A bala tinha atravessado o pulmão direito.

"John, chame a porra de uma ambulância!"

A pressão direta no pescoço não estancou o sangramento — o ferimento continuava pulsando sangue por baixo da mão dele e por entre os seus dedos. Ele vira aquele tipo de ferimento antes. Uma ambulância levaria dez minutos ou mais para chegar lá — e Robin não tinha dez minutos.

Talvez eu esteja errado, por favor, que eu esteja errado.

"Bryan", disse ela, a voz baixa e conformada. Ela sabia. Os dois sabiam.

"Sinto muito", disse ele. "Sinto tanto."

Ela balançou a cabeça devagar, uma vez para a esquerda, uma vez para a direita.

"Não é... culpa sua. Onde está... a minha garota?"

"John! Pegue a cachorra!"

Bryan olhou para Robin. Por que demorara tanto para se dar conta do quanto ela significava para ele?

"Por favor, não morra."

Ela tossiu. Sangue esguichou da boca e escorreu pelo queixo. Os olhos se fecharam com força enquanto ondas de dor atravessavam o seu corpo, então ela voltou a abri-los.

"Bryan, eu te amo."

"Eu te amo", disse ele. "Sempre te amei. Sempre vou amar."

Seus lábios ensanguentados sorriram. De algum modo, aquilo piorou as coisas. Abriu comportas de emoções que estiveram bloqueadas pela adrenalina. Lágrimas encheram os seus olhos, embaçando um pouco a visão que ele tinha dela.

Robin levantou a mão e afastou as lágrimas.

"Lágrimas?", disse ela. "De você? Ótima hora, campeão. Conseguiu bem no último segundo."

John estava parado acima deles, aninhando Emma, que choramingava. O lado esquerdo do rosto da cadela estava coberto de sangue.

Apenas naquele instante Robin pareceu assustada.

"Ah, Deus, ela está..."

"Um corte na cabeça, só isso", interrompeu John, depressa. "Ela vai ficar bem." Ajoelhou-se e colocou a cadela ferida no colo de Robin.

Agora Robin sorria para John. Ela estendeu o braço e tocou a bochecha dele, os dedos traçando uma linha do próprio sangue na pele escura.

"Parece que você não tem mais medo de ser um policial."

John não disse nada. Lágrimas escorriam pelo rosto.

Robin voltou a sua atenção para Emma. A cachorra levantou a cabeça cortada e lambeu o rosto da dona. O sangue de Emma pingou no peito de Robin, indiscernível do próprio sangue dela.

"Está tudo bem, bebê", disse Robin. "Está tudo bem."

Mas não estava tudo bem.

Robin olhou para Bryan, a língua de Emma ainda dançando no seu rosto.

"Bryan, ela é tudo o que tenho. Fique com ela. Você a ama."

Bryan assentiu. Ele queria falar, mas não conseguia. Sua garganta estava fechada.

Ela levantou a mão de novo, as pontas dos dedos frios traçando o formato do olho dele.

"Promete?"

Bryan assentiu outra vez.

Robin desfaleceu nos seus braços. Os olhos não se fecharam, não como nos filmes, mas ele viu a vida deles se esvair, então desaparecer para sempre.

Ela se fora.

TODOS OS DENTES

Uma mão gentil encostou no seu ombro.

"Bryan, temos que ir."

Ele ignorou John. Puxou Robin para mais perto. Ele nunca devia tê-la deixado sozinha.

Não conseguia lidar com o redemoinho de emoções — fúria, ódio cego, uma sensação incapacitante de perda, o desejo de punir, de *matar*. Ela se fora... ele não conseguia se mexer, não conseguia fazer nada além de aninhar o corpo dela.

"Cara, sinto muito, mas *temos* que ir. Você está sendo procurado por assassinato. Levante-se!"

Bryan balançou a cabeça.

"Não quero ir. Quero ficar com ela."

Agora cada mão de John estava num ombro dele, levantando-o.

"Bryan, ela se foi. Todo mundo acha que você matou dois tiras. Vão atirar em você assim que o virem. *Levante-se!*"

Morta. Robin estava *morta*.

Ele os faria pagar por aquilo. Nada de olho por olho, de dente por dente — *todos* os olhos... *todos* os dentes.

Bryan se inclinou e beijou a testa de Robin pela última vez. Seus lábios se demoraram ali — afastar-se dela foi a coisa mais difícil que ele já tivera que fazer.

Deitou-a com delicadeza e então se levantou.

Olhou para os três outros corpos deitados no chão — Max, que não fizera nada de errado, o membro cabeçudo dos Filhos de Marie, e Billy, agredido e baleado enquanto tentava vingar a morte do dono.

Sangue continuava a escorrer pelo chão de madeira.

"John, pegue Emma."

"Bryan, não temos tempo para..."

"*Pegue a porra da cadela!*"

O homem recuou, um pouco assustado. Bryan estava cagando e andando. Ele não iria ignorar o último desejo de Robin.

John correu até a pia e pegou um pano de prato. Colocou-o no rosto retalhado de Emma e a pegou no colo. Ela soltou um ganido horrível, depois tentou se soltar, tentou pular na direção do corpo de Robin.

"Shhhhh", acalmou-a John. Apertou a cadela mais junto do corpo. "Bryan, estou indo. Anda logo."

John saiu correndo do apartamento.

Depois de toda a balbúrdia e do caos, agora havia apenas o silêncio.

Bryan olhou o amor da sua vida pela última vez.

"Todos os olhos", disse ele. "Todos os dentes."

Bryan saiu do apartamento.

O DESPERTAR VIOLENTO

Os olhos de Pookie se abriram devagar e se depararam com brancura em toda parte.
Não me levem de volta para a sala branca...
Fora o que Aggie James dissera. O aterrorizado e abalado Aggie.
Pookie piscou ao sentir a dor na garganta. Levou uma das mãos ao pescoço — ela encostou em metal.
Uma coleira.
"HUMMMM, ELE ACORDOU."
Pookie se sentou e olhou em volta. Estava numa sala branca circular. Em toda a sua volta havia pessoas com coleiras e correntes que saíam das coleiras e atravessavam aros de metal nas paredes brancas.
Rich Verde.
Jesse Sharrow.
Sean Robertson.
O Senhor Show-Biz.
Baldwin Metz.
Amy Zou, as gêmeas de cabelos pretos de cada lado, agarrando-se a ela.
Pookie se levantou. Olhou para cada um deles.
"O que diabo está acontecendo?"
Rich inclinou a cabeça na direção de Zou.
"Pergunte a ela", disse ele. "Ela nos vendeu."
Zou abaixou a cabeça, puxou as meninas para mais perto. Ela as apertou. Uma delas chorava desesperadamente, o corpo tremendo a cada soluço cansado. A outra encarava com olhos assassinos através do grosso cabelo preto emaranhado, como se estivesse procurando alguém para machucar.
Pookie se virou para Rich. Ele nunca parecera uma pessoa agradável, mas agora encarava a delegada Zou como se fosse abrir a cabeça dela com um machado na primeira chance que tivesse.
"Verde, o que quer dizer com ela nos vendeu?"
Rich cuspiu na direção dela.
"*Vagabunda* mentirosa!"
"Cale a boca", disse Robertson. "Ela teve que fazer isso. Eles mataram o marido dela. Pegaram as filhas. O assassinato no túnel Mason foi uma armadilha. Ela ligou para mim, para Jesse, Rich, Metz, nos levou ao túnel, e então... aquelas *coisas* nos pegaram."
Robertson não estava usando óculos, não que fossem servir por cima do olho direito terrivelmente inchado. De um corte na cabeça escorria um filete de sangue. Alguém tinha dado uma boa surra nele. Pookie imaginou qual seria a aparência dos seus agressores. Então percebeu que não queria saber — o incidente com o nariz-bicudo e a cobra humana já tinha sido demais.

Talvez Zou tivesse tido uma escolha, talvez não. Tudo o que Pookie sabia era que ela o tinha vendido, vendido Bryan, e se houvesse um machado ali perto, Pookie o teria afiado, polido, depois o teria entregado a Rich Poliéster com um floreio dramático.

Pookie examinou melhor a sala. Um piso de pedras pintadas de branco, paredes do mesmo material curvadas até formarem um teto abobadado e as barras brancas de uma porta de prisão.

"Então, onde diabos estamos?"

Robertson deu de ombros.

"Não sabemos. Debaixo da terra, achamos."

"*HUMMM, OS FILHOS DE MARIE NOS PEGARAM. ESTAMOS FODIDOS. VOCÊ DEVIA TER VISTO A COISA-MACACO QUE ME PEGOU. ESTAMOS BEM FODIDOS.*"

Pelo menos deixaram Biz ficar com a laringe eletrônica. Ele tinha que enfiá-la debaixo da coleira para falar.

Pookie tateou a coleira de novo: apertada, sólida, não parecia que conseguiria arrancá-la. Atrás da coleira, uma corrente pesada corria até a parede. Havia uma saída, *tinha* que ter — *não iria* morrer ali embaixo.

Ali embaixo... com os *canibais*.

"Delegada", disse ele, "o que vai acontecer agora?" Ele podia julgá-la depois. Sair vivo dali era a coisa mais importante no momento.

Ela puxou as filhas um pouco mais para perto, mas permaneceu quieta.

"Responda", disse Verde. Ele puxou a coleira, como se fosse a única coisa impedindo-o de atacá-la. "Sua vaca traidora, *responda*."

Ela levantou o olhar. Os *olhos* dela... Pookie não tinha certeza de que ela sabia onde estava. Amy Zou não estava mais lá.

Um som metálico ecoou através das paredes. Pookie foi puxado para trás pela coleira. Cambaleou, tentou ficar de pé — as costas se chocaram contra a parede. A coleira bateu em alguma coisa e ele parou de ser puxado. Pookie tentou se afastar, mas não conseguiu nenhuma folga.

Um rangido de metal chamou a atenção de todos para a porta da prisão que se abria. Uma senhora gorda entrou. Usava um vestido antiquado na altura dos joelhos, um suéter cinza e uma *babushka* — amarela com estampa de ameixas roxas.

"Todos vocês são criminosos", anunciou ela com um tom de voz tão agradável quanto era de se esperar de uma vovó enrugada. "Chegou a hora de enfrentarem os seus julgamentos."

Ela saiu da sala branca.

Um enxame de homens entrou, todos usando mantos brancos com capuzes e máscaras de borracha. Encheram a sala, grupos deles avançando para cada pessoa acorrentada. Como se aquilo não fosse surreal o suficiente, o primeiro a avançar na direção de Pookie se parecia com o rei do Burger King. Pookie deu um golpe com a mão direita que desequilibrou o rei, mas depois foi dominado depressa sob o peso dos outros.

MANTOS E ADAGAS

John Smith não sabia o que pensar.

A Harley roncava rua abaixo. Ele seguia a perua preta. Pela primeira vez em muito tempo, não temia nenhum atirador aleatório. Não havia lugar na mente dele para temê-los, não enquanto tentava processar o que acabara de ver. Aquela mulher usara choques elétricos através de chicotes de metal para atacar. Será que eram os chicotes que geravam os choques, ou era *ela* quem os gerava? Ah, e havia o pequeno detalhe de que ele a tinha baleado no *rosto*. Em vez de despencar no chão e se juntar ao Clube dos Cadáveres, ela pulara de uma janela do terceiro andar. A mulher deveria ter se transformado numa coisa toda quebrada e estatelada na calçada, mas quando ele desceu até a rua, ela não estava mais lá.

E não foi apenas a garota com as correntes. Qual era o lance daquele cabeçudo gigante? Robin atirara no cara quatro ou cinco vezes à queima-roupa e mesmo assim o homem continuara *de pé*.

Então, sim, talvez houvesse coisas piores para temer do que atiradores.

Robin, morta. Assassinada como um maldito traficante, baleada no próprio apartamento. E as suas últimas palavras para John: *parece que você não tem mais medo de ser um policial*. Bem, ela estava errada. Ele ainda se sentia aterrorizado, mas Bryan precisava de ajuda, e era isso.

Havia vidas em perigo. Era hora de levantar e fazer a coisa certa.

As luzes de freio da perua acenderam. O carro entrou no estacionamento de uma Walgreens fechada. A farmácia em si ficava num dos lados do estacionamento vazio. Prédios de dois andares ficavam na parte de trás e do outro lado, criando um espaço fechado visível apenas da rua. O automóvel foi até os fundos e estacionou. John encostou ao lado.

Bryan saiu do carro, uma pistola preta na mão direita. Uma máscara, da mesma cor do caban, cobria o seu rosto. Olhou em volta, então apontou a pistola para um canto do estacionamento e atirou. Uma câmera explodiu numa pequena nuvem de faíscas. Fez o mesmo com uma segunda câmera. Deu outra olhada ao redor para se certificar de que tinha destruído todas, então abriu a porta do passageiro, esticou a mão esquerda e puxou um negro pelo pescoço. Ele tinha uma algema no pulso direito; a outra argola pendia livre na corrente curta. John não reconheceu o cara.

Bryan puxou o homem para a frente do automóvel, depois empurrou até o homem se sentar no capô.

"Você saiu do túnel do metrô no Civic Center", disse Bryan. "Vai nos mostrar onde."

O homem balançou a cabeça, balançou com força.

"Não, senhor, não sei onde eu estava."

Ainda segurando o pescoço do homem, o Bryan mascarado se aproximou. "Aggie, você vai me mostrar."

O homem — Aggie, pelo jeito — balançou a cabeça com tanta força que os lábios pularam de um lado a outro.

"De jeito nenhum! Não vou voltar pra lá!"

A mão direita de Bryan subiu; o cano da arma pressionou a bochecha esquerda de Aggie.

A mão de John disparou para a coronha da sua arma dentro da jaqueta de motociclista.

"Bryan, pare com isso!"

"John", disse ele sem se virar, "ou você está comigo, ou é um obstáculo. Dá um tempo."

Bryan já tinha passado dos limites. Se John agisse rápido demais, se fizesse algo errado, o cérebro daquele pobre coitado poderia se espalhar pelo capô do automóvel. Bryan já tinha matado uma pessoa naquela noite e agia como se não fosse hesitar em matar outra.

"Vou dar um tempo", disse John. "Mas pega leve."

A porta do motorista abriu e um homem saiu devagar. John não conhecia o roqueiro cheio de piercings de 30 e poucos anos.

Bryan pressionou um pouco mais a arma, forçando a cabeça de Aggie para a direita. O homem apertou os olhos.

"Não conheço você", disse Bryan. "Não me importo com o que vai acontecer com você. Ou vai me levar até o túnel e me mostrar onde eles o prenderam, ou eu vou puxar o gatilho."

A respiração de Aggie saiu em explosões rápidas e curtas.

"O túnel é secreto", disse ele através de dentes cerrados. "Não sei onde fica exatamente."

Bryan balançou a cabeça mascarada.

"Não é bom o bastante."

O roqueiro levantou as mãos, as palmas para fora.

"Tira, preste atenção. Ele não pode nos ajudar. Erickson procurou a toca deles durante cinquenta anos. Nunca a encontrou."

"Não sou Erickson", rebateu Bryan.

John pensou de novo em pegar a arma, mas isso iria deixar Bryan ainda mais irritado. Qualquer tensão adicional poderia fazer com que puxasse o gatilho. *Vamos lá, Exterminador, deixa isso pra lá, ele é só um civil.*

Bryan se aproximou até os olhos ficarem a poucos centímetros dos de Aggie.

"Você vai me levar até lá embaixo, Aggie. Sei que isso lhe enche de pavor, mas não estou nem aí. O único jeito de você ver o nascer do sol outra vez é me mostrando o que quero ver."

Aggie abriu um olho. Levantou a sobrancelha numa expressão de um homem que tinha a esperança de fazer um acordo.

"O bebê?"

Bryan balançou a cabeça.

"Nem fodendo."

Aggie abriu o outro olho. Devolveu o olhar num desafio temeroso.

"Então pode atirar. Prefiro levar um tiro do que morrer do jeito deles."

Bryan hesitou. Aquiesceu.

"Ok. Você nos leva pra lá, e eu vejo o que posso fazer. Mas não prometo nada."

"Se prometesse, eu saberia que estava mentindo", disse Aggie. "Agora dá para soltar a minha garganta e tirar essa maldita arma da minha cara?"

Bryan recuou, puxou Aggie até ele ficar de pé. A mão de Bryan deslizou para as costas e para a abertura secreta no caban. Como um truque de mágica, *abracadabra*, a pistola desapareceu.

"Mais uma coisa", disse Aggie. "Não vou pra lá sem uma arma."

Bryan pareceu considerar isso.

"De jeito nenhum", falou John. "Bryan, ele é um civil. Você conhece esse cara?"

Bryan se virou. Olhos verdes olharam através das aberturas na máscara.

"Ele vai nos levar lá pra baixo. Ele quer uma arma? Então vai conseguir uma." Bryan se virou para o roqueiro. "Adam, vamos ver o que você tem."

Bryan começou a ir até a traseira da perua.

"Espere um pouco", disse John. "O que diabos está acontecendo? Vai nos levar lá pra baixo? Lá pra baixo de onde? E será que dá para tirar essa máscara idiota?"

Bryan levantou o tecido preto e o enfiou em algum lugar na parte de trás da touca. De repente, voltou a se parecer com o velho Bryan feito de pedra, sem demonstrar nenhuma emoção a não ser pelos olhos cheios de uma raiva que não oscilava.

"Os monstros pegaram Pookie", explicou ele. "Aggie disse que existe um complexo de túneis sob a cidade. Se Pookie está vivo, foi pra lá que Rex o levou. Vou para esse lugar pegar o meu parceiro e vingar Robin enquanto faço isso."

Para vingar Robin. Isso era um eufemismo óbvio para *vou matar qualquer coisa que se mover e quero que você me ajude com o massacre.*

"Você disse *Rex*? Está se referindo a Rex Deprovdechuk? O garotinho?"

Bryan assentiu.

"Ele é o líder dos monstros, os Filhos de Marie, as coisas com aquele cromossomo Zeta que Robin lhe falou, chame do jeito que quiser. Não tenho tempo para isso, John. Vou buscar Pookie. Lembra que contamos para você sobre umas coisas que vimos no porão de Erickson? Aggie diz que existem centenas daquelas coisas lá embaixo. É pra lá que eu vou. Você pode vir comigo ou pode ir embora."

Eles tinham pego Pookie. Robin não fizera nada a ninguém, e mesmo assim a tinham matado. Ela não foi a primeira pessoa morta pelos Filhos de Marie. O culto — ou monstros, ou o que quer que fossem — tinha um histórico de assassinatos que se estendia por séculos. Para piorar as coisas, o homem que salvara a vida de John estava pedindo ajuda.

John assentiu.

"Estou dentro."

Bryan lhe deu um tapinha no ombro.

"Grande homem. Vamos nos equipar. Adam?"

Bryan deu a volta até a traseira do automóvel e todos os outros o seguiram. Outro homem, muito mais velho, saiu do banco traseiro. Ele andava com a ajuda de uma bengala. Estendeu a mão para John.

"Alder Jessup", disse ele. "O jovem ali é o meu neto, Adam."

John apertou a mão do homem mais velho, um gesto normal que, de algum modo, pareceu bizarro levando em conta a situação.

"Sou John Smith."

"*Detetive* John Smith", corrigiu Bryan. "John é um tira."

Adam revirou os olhos enquanto abria a traseira do carro.

"Outro tira. Se eu fosse mais sortudo, mijaria arco-íris e cagaria potes de ouro."

O homem mais velho suspirou.

"Por favor, perdoe o meu neto. Ele não anda em bons termos com os agentes da lei."

Gavetas de metal apinhavam o bagageiro da perua. Em cima das gavetas, no espaço estreito por onde o motorista conseguia enxergar através do vidro traseiro, estava Emma. Alguém tinha enfaixado o rosto da cadela, usando gaze e fita que já estavam manchadas de sangue.

Adam olhou para Bryan. O roqueiro esfregou as mãos como se estivesse prestes a abrir uma pilha de presentes na manhã de Natal.

"Do que você precisa, tira?"

"Armadura", respondeu Bryan. "Qualquer coisa que tiver. E poder de fogo."

Adam começou a abrir gavetas enquanto Emma assistia do seu poleiro.

John olhou em volta, depois para as caixas cheias de armas e logo depois para Bryan Clauser. Algumas horas atrás, John estivera protegido no seu apartamento quente e aconchegante. E agora?

"Bryan, estamos mesmo parados no estacionamento de uma Walgreens distribuindo armas para que possamos encontrar um complexo subterrâneo e acabar com alguns monstros?"

Bryan anuiu.

"Isso mesmo."

"Tudo bem", disse John. "Só queria ter certeza."

Adam abriu uma gaveta e pegou o que parecia ser uma M-16 turbinada.

"Meu Deus!", exclamou John. "Isso aí é uma espingarda automática?"

Bryan apontou o polegar para John.

"Dê essa para ele."

Adam a entregou para John, então lhe passou seis pentes cheios.

"Isso é uma USAS-Twelve. Sabe como usar uma dessas, porco?"

"Eu aprendo", respondeu John.

"Facas", disse Bryan.

Adam abriu uma gaveta menor que revelou três bainhas para facas.

"Só tenho três e eu vou ficar com uma."

O velho estendeu o braço e bateu numa faca com a bengala.

"Eu também quero uma."

Adam levantou o olhar. Não parecia mais animado.

"Vô, você não poder ir."

O velho eriçou as costas numa posição orgulhosa.

"Durante toda a minha vida fiz parte desta história. Se existir uma chance de encontrarmos o covil dessas criaturas e acabarmos com elas, eu também vou."

"Mas, vô, você..."

Bryan estendeu a mão, pegou a faca e a entregou pelo cabo a Alder.

"Ele conhece os riscos. Não temos tempo para isso."

Adam ficou nervoso, mas não disse mais nada. Entregou a última faca a John. John tirou a Ka-Bar da bainha. A lâmina preta e fosca absorveu a fraca luz dos postes. Apenas o fio cintilava.

"Uma faca", comentou John. "Eles comem balas como se fossem doces, e você quer que eu os *esfaqueie*?"

Bryan assentiu.

"A faca está envenenada, assim como a lâmina que enfiei no pescoço do grandalhão. Acerte o coração e segure a faca no lugar até eles pararem de se mexer."

John esperava não ter que chegar tão perto para testar a lâmina. Devolveu a faca à bainha, em seguida prendeu a bainha ao cinto.

Adam abriu outra gaveta. Dentro dela, havia três pistolas iguais às de Bryan. Agora John as reconheceu: FN five-seven.

Bryan pegou uma, então a segurou na frente de Aggie.

"Só para autodefesa", disse Bryan. "Você *vai* nos mostrar o caminho, mas não quero que lute. E se apontar essa arma para mim ou para qualquer outra pessoa, mesmo que por acidente, vai estar morto antes de ter a chance de perceber como é burro. Entendeu?"

Um Aggie de olhos esbugalhados anuiu e pegou a arma.

Bryan entregou uma FN a Alder e outra a John. Adam distribuiu os pentes. John não tinha mais como segurar tudo aquilo, então fez uma pequena pilha aos seus pés.

Adam esfregou as mãos outra vez.

"Agora a parte boa."

Tirou uma caixa da traseira e a colocou no chão à sua frente. Abriu-a e virou-a de frente para os outros, como se fosse um mostruário de joias finas.

John olhou o interior da caixa e se perguntou se já era tarde demais para subir na Harley e ir para qualquer lugar longe dali.

Aggie se aproximou.

"Granadas?"

"É", disse Adam.

"Legal", disse Aggie. "Posso ficar com uma?"

Bryan balançou a cabeça.

"Claro que não."

Adam apontou para as doze granadas aninhadas na espuma preta em três fileiras de quatro.

"Quatro de termite, quatro de estilhaços, quatro de concussão."

Todos, exceto Aggie, pegaram uma de cada.

John examinou a sua pilha — USAS-12, FN five-seven, pentes para as duas armas, três granadas.

"Como diabos vou levar tudo isso?"

Adam sorriu.

"Essa é a melhor parte."

Abriu outra gaveta comprida, a maior de todas. De dentro dela, tirou um pacote de pano e o entregou. John o pegou, desenrolando-o.

Era uma capa verde-escura com um capuz.

"Você só pode estar de sacanagem", falou ele.

"Pode colocá-la", disse Bryan. "Quando tudo isso acabar, você ainda vai ser um tira. Precisa esconder o rosto. É toda à prova de balas, pode salvar a sua vida."

Adam entregou outra capa a Alder, que apoiou a bengala no carro e começou a vesti-la. Adam tirou mais uma coisa da gaveta — uma jaqueta como a de Bryan.

"Ei!", exclamou John, apontando para a jaqueta. "Não posso ficar com essa em vez desta aqui?"

Adam balançou a cabeça.

"Eu a fiz, então eu a uso." Ele a vestiu, depois olhou para John. "Coloca logo a porcaria da capa."

John o fez. Passou os braços pelas mangas. O zíper da frente era magnético, uma simples tira que se fechou quando ele a apertou. Dentro da capa encontrou inúmeros bolsos fundos. Apanhou os brinquedos e os guardou.

Bryan tirou a touca. Retirou a máscara e olhou para o tecido que balançava nas suas mãos.

"Adam, você tem um marcador? Alguma coisa com a qual eu possa desenhar nisto aqui?"

Ele olhou para Bryan com uma expressão de *por que você iria querer fazer isso?*, mas não falou nada. Em vez disso, abriu outra gaveta e lhe entregou uma caneta de tinta branca.

"O que vai fazer?"

John observou Bryan pegar a caneta, olhar para ela e sorrir. Não era um sorriso saudável.

"Está na hora", disse Bryan. "John, você vai no carro com a gente."

Bryan abriu a porta de trás.

"Aggie, no meio. Precisamos conversar no caminho."

O homem entrou, seguido por Bryan. Alder entrou pelo outro lado, deixando o assento do passageiro dianteiro para John. John olhou para a Harley e se perguntou mais uma vez se não deveria subir nela e dar o fora. Seu apartamento ficava a dez minutos dali. Ele passara seis anos com medo da própria sombra e agora Bryan queria que ele entrasse em túneis e atirasse em monstros?

John *queria* ir embora, mas não podia — não se eles tinham pego Pookie.

Entrou no carro e fechou a porta.

Bryan estava sentado atrás, mergulhado em sombras. Tirou a touca, destampou a caneta, então começou a desenhar na máscara.

"Aggie, enquanto não chegamos, você vai me contar tudo o que pode sobre o que aconteceu com você naqueles túneis, tudo o que viu. Adam, nos leve para a estação Civic Center, depressa."

O motor enorme da perua gorgolejou enquanto o carro saía do estacionamento da Walgreens.

A COROA

Vendado e amarrado, pendurado numa haste como um porco abatido, Pookie balançava no ritmo dos passos dos seus captores. Seus pulsos e tornozelos doíam graças às cordas amarradas com firmeza, ao seu próprio peso forçando os ossos. Ele perdera a noção do tempo enquanto eles o carregavam — *por quinze minutos? Trinta?* — através de túneis tão estreitos que Pookie sentia as paredes de terra raspando o lado esquerdo e direito do corpo ao mesmo tempo. Em certo momento, eles o tinham colocado no chão e o arrastado através de uma área tão apertada que o policial sentiu a terra pressionando o rosto e as costas também.

Afinal, o ruído ecoante de uma multidão e a sensação de lugar aberto lhe disseram que tinham entrado numa área muito maior. Seria ali que morreria? Seria rápido?

Mãos o forçaram a ficar de pé. Os nós nos pulsos e tornozelos foram cortados, mas aquelas mesmas mãos — mãos *fortes* — o prendiam com tanta firmeza que ele sequer podia tentar fugir. Cordas novas foram enroladas em volta do peito, da barriga e das pernas. As cordas o prenderam a um poste a suas costas, mas pelo menos estava de pé outra vez.

A venda foi tirada. Pookie piscou enquanto os olhos se ajustavam às luzes. Ele estava em uma ampla caverna. A quase dez metros de altura, uma elevação corria ao longo da parede como uma arquibancada em um estádio de futebol, uma elevação apinhada de...

Maria, mãe de Deus...

Pessoas e *monstros*, centenas deles, se encontravam ali, olhando para Pookie e os outros.

À esquerda, amarrados a postes verticais, ele viu Rich Verde, o Senhor Show-Biz, Sean Robertson e Baldwin Metz. À direita, Jesse Sharrow, a delegada Zou e suas duas filhinhas.

Pookie lutou contra as cordas, mas não conseguiu nenhuma folga. Estava em pé sobre o quê? Madeira quebrada? Virou o pescoço, tentando enxergar tudo. Parecia estar no convés de um navio naufragado. Estava de frente para a proa. Se aquilo fosse um navio antigo, o que era impossível, a cabine do timoneiro estaria em algum lugar atrás dele.

A apenas cinco metros de distância, um mastro despontava do convés — um mastro coberto de crânios humanos. Dez metros acima, uma viga de madeira cruzava aquele mastro, formando um grande T. E ali, ainda vestido com a camisola hospitalar, se encontrava um Jebediah Erickson crucificado. Pregos que atravessam a carne rasgada mantinham as mãos ensanguentadas presas à madeira, prendiam os pés ensanguentados ao mastro. O velho estava acordado — era óbvio que sentia muita dor, mas também parecia puto da vida. Tentou gritar alguma coisa, mas a mordaça na boca o impedia de formar as palavras. À esquerda e à direita dele, pendiam luzes em cada ponta do T — tochas flamejantes, assim como equipamentos elétricos que podiam ser vistos num canteiro de obras.

A multidão começou a comemorar. Alguém passou pela esquerda de Pookie, entre ele e Rich Verde. Era o garoto, Rex Deprovdechuk, usando uma capa de veludo vermelho... estava usando também uma *coroa*? Sim, uma coroa de ferro retorcido e aço polido.

Jesus, livrai-me do mal.

Rex olhou para a multidão na elevação. Abriu os braços como um ator num palco, virou para a esquerda, depois para a direita, para que todos pudessem vê-lo. A multidão gritou para ele — alguns gritos soaram humanos, outros não, mas todos retumbavam com uma raiva justificada.

Algo fungou no ouvido direito de Pookie. Ele tentou se afastar, mas mal conseguia se mexer. Virou-se... estava a poucos centímetros do olhar amarelado do cara-de-cobra.

"*Limpo*", disse a cobra em voz baixa. "Isso não acontece com muita frequência, mas as coisas estão mudando."

Na frente, Rex levantou bem as duas mãos, depois as deixou cair. Os espectadores ficaram em silêncio. Quando ele falou, sua voz de adolescente ecoou nas paredes e no teto da caverna.

"Ao longo de séculos, eles nos caçam", disse o garoto. "E este aqui", apontou para Erickson, "matou mais de nós do que qualquer outro. O Primogênito não conseguiu entregá-lo a vocês, mas eu sim!"

A multidão rugiu de novo. Centenas de criaturas monstruosas agitaram os punhos. Eles gritaram, alguns pulavam como numa sessão calorosa de um culto.

O garoto voltou a levantar e abaixar as mãos, interrompendo as comemorações, exigindo a atenção de todos. Seu tamanho diminuto não parecia importar; ele tinha uma aura ao seu redor, o carisma de um líder nato. Pookie não conseguia desviar o olhar.

"Em breve, vamos sentenciar o monstro", disse ele. "Mas primeiro, temos criminosos para julgar!"

Rex se virou para olhar Pookie e os outros e, pela primeira vez, o detetive viu insanidade nos olhos do garoto — ele estava psicótico, embriagado pelo poder, exibindo o sorriso de um louco. Se houvera um menino normal no corpo de Rex Deprovdechuk, aquele garoto se fora.

O adolescente apontou. Pookie estremeceu, pensando que estivesse apontando para *ele*, mas Rex estava apontando para a direita de Pookie.

Para Jesse Sharrow, com os seus cabelos grisalhos, o uniforme azul manchado de sujeira dos túneis.

"Traga-o adiante", mandou Rex. "Que o julgamento comece!"

CIVIC CENTER

Aggie mudara de ideia. *Havia* um Deus, afinal, e quem quer que esse Deus fosse, Ele *odiava* Aggie James.

A perua entrou no estacionamento da Trinity Place, na Market com a Eighth. O tira psicopata à sua esquerda terminou o desenho e largou a caneta no chão. Levantou a máscara preta, analisando o trabalho.

Aggie olhou para o desenho. *O que eu fiz para merecer isso?*

"Você não é um artista muito bom", comentou.

Clauser anuiu.

"Não estou procurando fãs."

A máscara já era perturbadora o bastante. Com a canetinha, o tira maluco acrescentara um sorriso de caveira infantil que tinha um brilho branco forte contra o tecido preto fosco.

E aquele homem, aquele Bryan Clauser assustador, iria forçar Aggie a voltar para os túneis.

Se voltar lá para baixo significava uma chance de Aggie recuperar o seu bebê, então era o que precisava fazer. Ele bolara um plano — era apenas uma questão de aguardar pelo momento certo, ter colhões pra caralho, e esperar que *finalmente* um pouco de sorte aparecesse no seu caminho.

O tira pousou a touca no colo.

"Todos vocês, prestem atenção", disse. "A entrada da estação do Civic Center fica bem atrás de nós, na calçada. A uma hora dessas, a estação vai estar fechada, então não vamos encontrar ninguém. Saímos do carro e vamos direto para lá. Existem câmeras por toda parte e não vamos conseguir destruir todas, então as ignorem e apenas desçam. Se houver algum vigia, eu lido com ele. Vamos agir depressa, estaremos lá embaixo em vinte segundos e dentro do túnel principal antes que alguém possa reagir. O metrô já parou de rodar a essa hora, então Aggie vai nos guiar direto da plataforma para o túnel. Certo, Aggie?"

Ele anuiu.

"Ótimo", disse Clauser. "Todos vão fazer o que eu mandar, quando eu mandar. Capuzes na cabeça, guardem as armas e vamos nessa."

"Espere", disse Aggie. "Preciso de mais uma coisa."

O policial o encarou com aqueles olhos frios. Colocou a touca preta na cabeça, depois abaixou a máscara. A caveira branca sorriu para ele.

"Você já me pediu *mais uma coisa*, Aggie. O que quer?"

Era hora de ter colhões; era agora ou nunca.

"Um distintivo", pediu Aggie. "Sei que vamos lutar contra monstros e tudo o mais, mas os tiras vão aparecer e eu já tenho dois *strikes*. Se todos vocês morrerem, vou precisar de uma boa desculpa para escapar."

A cabeça com o sorriso de caveira balançou.

"De jeito nenhum."

"Então não vou." Aggie cruzou os braços e lançou o seu melhor olhar severo. Nunca fora um jogador de pôquer muito bom, mas agora tudo estava em jogo.

Bryan Clauser devolveu o olhar. Olhos verdes irritados encaravam através das aberturas. A caveira sorria.

"Foda-se", falou ele. "Não é muito provável que eu vá precisar disso de novo."

Tateou no bolso e entregou o distintivo. Aggie o pegou, surpreso pelo blefe ter funcionado. Agora tudo o que tinha que fazer era permanecer vivo por mais algum tempo.

"Hora de ir", anunciou Clauser. "Todos me sigam. Se ficarem para trás, estarão por conta própria. Aggie, fique comigo e não tente nenhuma gracinha."

As portas foram abertas. De dentro da perua preta saíram dois homens com capas e capuzes, dois homens com cabans e máscaras pretos e um negro aterrorizado com uma arma e um distintivo. Atravessaram o estacionamento até a calçada de tijolos, depois seguiram para o muro de concreto em forma de U cercando as escadas rolantes que levavam à estação de metrô.

O medo tentou entrelaçar os pés de Aggie. Ele sentia como se a sua cabeça pudesse explodir, como se pudesse enlouquecer a qualquer momento.

Ele iria voltar lá para baixo... talvez já estivesse louco.

Aggie se manteve em movimento por uma razão e uma razão apenas: *pelo bebê.*

Clauser foi o primeiro a descer.

Todos os outros o seguiram.

INOCENTE ATÉ QUE SE PROVE O CONTRÁRIO

O maior homem que Pookie já vira segurava Jessie Sharrow com força, só que não era um homem, eram *dois*, um do tamanho de um lutador profissional com uma cabecinha, o outro com um corpo ressecado, uma cabeça enorme e uma cauda enrolada em volta do pescoço grosso do homem maior.

Um bando de monstros se encontrava na proa do navio naufragado. O cara-de-cobra; o cara-de-cachorro de Tiffany Hines, que usava o paletó de um smoking pequeno demais para ele e uma bermuda laranja; uma garota de cabelo preto com um par de açoites feitos de correntes enrolado no quadril; um homem de cara-de-gato alto e de pelagem preta que usava jeans e uma capa de pele preta; a idosa enrugada com a *babushka*; e um rapazinho com óculos de aro de arame e uma barriga tão distendida que chegava a ser obscena, que ficava brincando com um isqueiro Zippo de ouro. Essas criaturas, ao lado do dois homens em um, pareciam desfrutar de algum privilégio ao lado de Rex.

O garoto parou no ponto mais distante da proa, os braços outra vez erguidos para se dirigir aos espectadores.

"Vocês ouviram os argumentos. Agora, devemos anunciar o veredito."

Não houvera nenhum *argumento*, apenas um longa lista de acusações contra Sharrow — acusações como *auxiliar e instigar assassinos, conspirar para matar pessoas, ser um valentão* e *nos odiar como um idiota*. Eram as acusações de um adolescente deslocado que, de repente, tinha todo o poder do mundo nas mãos.

Rex ergueu o punho esquerdo, o polegar paralelo ao chão.

A multidão rugiu. *Culpado! Culpado!*

Meu Deus... o garoto achava que era um imperador romano ou algo assim, e aquele era o seu Coliseu. Rex virou devagar, deixando que todos vissem o seu punho, o seu polegar. Olhou para a sua gente, os olhos arregalados cheios de um desejo assassino, o lábio superior retraído e os dentes brilhando com as luzes do mastro encrustado de crânios.

Culpado! Culpado!

Rex ficou na ponta dos pés. Em seguida, apontou o polegar para baixo.

"Sir Voh", disse ele. "Prossiga com a execução."

Pookie balançou a cabeça num gesto de negação, forçou as cordas, rezou por um milagre.

O grandalhão levantou Sharrow e o deitou no convés. A mão direita aberta do tamanho do peito de Pookie pressionou a barriga de Sharrow, prendendo o capitão no lugar. O uniforme azul dele — que sempre estivera tão limpo e passado à perfeição — estava coberto de terra da longa viagem até o navio.

"Por favor", implorou Sharrow. "*Por favor!*"

O pequenino rastejou para cima até ficar sobre a cabeça do grandalhão. Com a cauda ainda enrolada em volta do pescoço, ele se levantou usando pernas emaciadas e esqueléticas. Olhou para Sharrow.

"Pelo rei. Forte, acabe com ele."

O grandalhão ergueu a mão esquerda para o céu e a fechou num punho.

Culpado! Culpado!

"Não!" Sharrow agarrou a mão sobre a barriga, esmurrou, arranhou, chegou até a levantar a cabeça para tentar morder, mas a boca não chegava até lá.

O punho acertou o tórax de Sharrow, esmagando-o como uma lâmpada cheia de fluidos. Sangue esguichou da boca, as gotículas desenhando um arco no ar antes de caírem no convés, na terra, no próprio Sharrow. As pernas e os braços convulsionaram um pouco, depois penderam, flácidos.

O monstro se levantou. O peito ensanguentado de Sharrow fora achatado. Ele não se mexeu, não se contorceu — simplesmente se foi.

Rex apontou para o cadáver.

"Remova o criminoso!"

Homens de mantos brancos saíram de algum lugar atrás de Pookie. Quatro deles ergueram o corpo estraçalhado, que se dobrou no meio como se o tórax fosse a lombada rasgada de um velho livro azul. Enquanto os mascarados carregavam o corpo para algum lugar atrás de Pookie, o detetive fechou os olhos.

Jesus, livrai-me desta insanidade.

"Ele!"

A voz de Rex de novo. Pookie não conseguia olhar — será que o menino estava apontando para ele? Será que seria o próximo a enfrentar o julgamento do garoto?

"Não, me deixem em paz!"

Era a voz do dr. Metz.

Pookie abriu os olhos para ver os homens de mantos brancos arrastando o legista de cabelos grisalhos até a proa. Rex observava, assentindo, com um sorriso largo de dentes cerrados.

"Traga esse valentão para cá", disse Rex. "Que o próximo julgamento comece!"

VOCÊ NÃO CONSEGUE SENTIR ESSE CHEIRO?

Eram quatro da manhã e a estação de metrô estava vazia. O único obstáculo fora a porta de enrolar que Bryan atacara com as mãos enluvadas, dobrando, torcendo e quebrando até ele e os outros conseguirem atravessar. Dali, tinham pulado catracas e descido escadas rolantes paradas. Até mesmo Alder avançara em bom ritmo, mancando depressa com sua bengala.

A plataforma do metrô se abriu diante deles, um espaço comprido, vazio e claro, com trilhos enegrecidos abaixo. De cada lado do local, trilhos levavam para dentro dos túneis mergulhados nas sombras. Aggie os guiou para fora da plataforma e por cima dos trilhos. Adam apontou para o terceiro trilho, disse a todos que tinha novecentos volts, 4 mil amperes, e que deviam ficar longe dele.

Bryan não sabia se Aggie conseguiria. O homem estava tremendo, literalmente. No caminho, ainda no carro, ele contara a sua história sobre uma masmorra branca, homens mascarados, um antigo navio naufragado enterrado fundo no subterrâneo e de um pesadelo inchado conhecido como *Mamãe*. Com tudo que Bryan vira e vivenciara nos últimos dias, não havia motivos para duvidar do relato de Aggie. Ele não duvidava que Aggie acreditava em cada palavra dita — não era possível fingir todo aquele medo.

Aquilo precisava funcionar. Ele tinha que encontrar aquelas coisas, encontrar a mulher com os chicotes de corrente, encontrar Pookie.

Avançaram pelo túnel, ao longo de uma saliência estreita que corria paralela aos trilhos. Lanternas iluminavam paredes de azulejos brancos encardidos e trilhos preenchidos com escória. Não tinham muito tempo até a estação reabrir para os trens matinais. Bryan ia na frente, seguido por Aggie e os outros. John Smith vinha na retaguarda.

Estavam no túnel fazia apenas cinco minutos quando Aggie bateu no ombro de Bryan.

Ele se virou.

"É aqui?"

As mãos de Aggie tremiam, fazendo o feixe da lanterna dançar nos azulejos brancos.

"Não sei, cara. Acho que andei mais ou menos essa distância. Não consigo lembrar direito."

"É melhor lembrar", disse Bryan, "e rápido."

Aggie olhou mais para dentro do túnel, para o outro lado. Olhou para as paredes, procurando alguma coisa.

Aquele cheiro...

Será que era apenas imaginação de Bryan? Ele respirou fundo pelo nariz... ali estava de novo, o cheiro que lhe dava vontade de fazer alguma coisa, lhe dava vontade de *proteger*.

Ele colocou a mão na parede de azulejos, então se abaixou sobre um joelho. Olhou para a esquerda, fungou, hesitou, olhou para a direita, fungou.

Era mais forte no lado direito.

Levantou-se e empurrou Aggie para trás dele com delicadeza e seguiu caminhando. *Sim, mais forte.*

Passos atrás dele.

"Ei, tira", chamou Adam. "O que foi?"

Bryan fungou mais fundo e continuou andando.

"Aggie trouxe um bebê por aqui ontem à noite. Acho que posso sentir o cheiro dele."

O odor ficava mais forte enquanto ele avançava. Aquele era o mesmo cheiro que o deixara tonto no hospital. Bryan sentiu seu entusiasmo de caçador ficar mais intenso. O aroma começou a desvanecer, apenas um pouco, mas ele podia notar que estava *mais fraco*. Virou e refez os passos. O odor voltou a ficar mais intenso — quando chegou ao auge, ele parou.

Ajoelhou-se... ficou ainda mais forte quando ele se abaixou. Bryan se apoiou sobre as mãos e os joelhos, abaixou a cabeça e fungou onde a parede de azulejos encontrava a saliência estreita.

Muito mais forte.

Ele olhou para Aggie.

"É aqui?"

"Talvez", respondeu Aggie. "Não sei mesmo."

Bryan se levantou. Ergueu um pé.

O homem agarrou o ombro dele.

"Espere! Existem uns tipos de pilares assassinos por trás disso. É uma armadilha pronta para desmoronar. Tome cuidado."

Bryan abaixou o pé. Bateu na parede de azulejos com os nós dos dedos. Parecia oca. Esticou a mão para a direita, bateu ali para testar o som — sólida, como uma parede de azulejos devia ser.

"Joguem um pouco de luz nesse lugar."

Feixes de lanternas dançaram, refletindo os sujos azulejos hexagonais. Bryan se inclinou. Bem ali... aquilo era uma linha mais escura de argamassa? Sacou a faca e deslizou a ponta ao longo da linha... a lâmina atravessou. Ele inclinou a lâmina para baixo e a forçou. Uma abertura estreita e escura recompensou os seus esforços.

"Iluminem aqui."

Adam apontou a lanterna para a abertura. Bryan viu partes de um túnel além. Deslizou os dedos pela abertura.

"Todos fiquem atentos", disse ele e, então, *puxou*. A parede falsa rachou ao meio, lascas de compensado e pedaços de azulejos chovendo sobre os trilhos.

Quatro lanternas dançaram pelo túnel estreito. Ali dentro, Bryan viu uma linha desordenada de pilares de tijolos e alvenaria avançando túnel adentro.

"É aqui", disse Aggie.

Bryan não precisava de confirmação porque podia *cheirar* que aquele era o lugar. Abaixou-se até o nariz encostar no chão. *Aqui.*

Aggie se aproximou.

"Foi neste ponto que coloquei ele no chão. Entre e você vai ver as pegadas na terra. Siga com muito cuidado."

Bryan se levantou. Pegou a lanterna de Adam, depois entrou no túnel. Iluminou o teto, as paredes, o chão. Viu as pegadas que Aggie descreveu.

Aggie agarrou a manga dele.

"Fiz minha parte, agora me deixe ir. Por favor, não me faça voltar lá para dentro, *por favor*."

Bryan se sentiu mal pelo homem, mas não *tão* mal assim. Aggie poderia ser a diferença entre encontrar Pookie vivo ou não encontrá-lo de jeito nenhum.

E custasse o que custasse, alguém teria que pagar pela morte de Robin.

Todos os olhos... todos os dentes.

"Você vem com a gente", disse Bryan. Virou-se e olhou para John. "Fique de olho em Aggie. Se ele tentar ir embora, atire na perna dele."

John anuiu.

"Pode deixar."

Ele não iria atirar em Aggie. Bryan sabia disso, mas ambos esperavam que Aggie não soubesse.

"Todos vocês, me sigam", disse Bryan, para logo depois pousar o pé esquerdo com cuidado na primeira pegada.

O ÁGUIA

O homem de cara-de-cobra levantou o dr. Metz bem alto, uma mão curvada embaixo da bunda do velho, a outra aninhando a nuca.
Culpado! Culpado!
Pookie não conseguia respirar. Parecia que não estava inalando ar algum. Fechou os olhos de novo — não conseguia assistir àquilo.
O polegar horizontal de Rex levantou, depois apontou para baixo.
"Astuto, execute a sentença!"
Metz gritou, mas foi um grito curto que terminou num *estalo* doentio.
A multidão berrou uma aprovação sedenta de sangue, um coro apaixonado que machucava os ouvidos de Pookie e sacudia o seu corpo.
Ele ouviu e sentiu os mascarados passando por ele para retirar o corpo de Metz, então os sentiu passar de novo quando voltaram para qualquer que fosse o lugar do qual tinham vindo.
"O próximo criminoso!" Cada palavra de Rex saía num grito rouco, cada sílaba cheia de insanidade e luxúria psicótica. "Ele! Tragam aquele!"
Abra os olhos, abra os olhos.
No entanto, Pookie não conseguia. Simplesmente não conseguia.
Mãos agarraram o seu corpo. Seus olhos abriram por vontade própria conforme o pânico o dominava, puxava o seu coração e chutava o seu estômago, e, quando olhou para a frente, viu apenas uma coisa.
Rex Deprovdechuk apontando na sua direção.

CÃO DE CAÇA

Bryan não conseguia *enxergar* o cheiro, mas o odor podia muito bem ser uma corda brilhante pendurada no ar parado. Não havia muita circulação ali embaixo — o que fora pouco perceptível no túnel do trem agora enchia o seu nariz e a sua mente. A fragrância o atraía a um nível básico, o fazia querer matar qualquer coisa que pudesse ferir a fonte. Era tão poderoso. Bryan esperava não encontrar aquela fonte em nenhum lugar ali embaixo — se encontrasse, não sabia o que poderia acontecer.
Depois de deixar para trás os pilares armados para desabar, eles avançaram mais depressa — o mais rápido que podiam através de um túnel estreito feito de terra e tijolos quebrados, lascas de concreto, partes enferrujadas de metal e madeira chamuscada.
Então, ruídos. Fracos, pouco mais do que sussurros a princípio, sussurros que se misturavam aos barulhos dos movimentos de Bryan. Ele parou, fez os outros ficarem imóveis. Ouviu com atenção e compreendeu: eram os ruídos de uma multidão, fracos e distantes por viajarem toda aquela distância ao longo dos túneis.

Aggie dissera que os túneis levavam à arena do navio naufragado.

Bryan se voltou para os outros.

"Estamos perto", disse ele. "Apaguem as lanternas. Fiquem perto da pessoa à frente. Andem com cuidado, mas *depressa*. E daqui em diante, nem uma palavra."

Apagou a lanterna e a colocou num bolso interno do caban. Uma depois da outra, as lanternas foram apagadas. A escuridão tomou conta do túnel.

Não estavam longe. Ele iria fazer os Filhos de Marie pagarem pelo que tinham feito a Robin, pelo que tinham feito a Pookie.

Monstro, humano, alienígena, anjo ou demônio — o que quer que estivesse ali embaixo, Bryan Clauser iria fazer com que pagasse.

ARENA DE PEDRA

Bryan viu uma luz — um arco iluminado distante e estreito a trinta metros de distância.

Formas se moviam na frente daquela luz.

Continuou avançando, os passos silenciosos e confiantes.

O som de uma única pessoa falando à distância, palavras indistintas devido aos ecos e ao murmúrio da multidão, até que a multidão rugiu em uníssono.

Culpado!

Mais perto. Quinze metros.

As formas à frente se tornaram reconhecíveis. Montículos que eram pessoas encobertas por cobertores, entrando umas na frente das outras como se tentassem enxergar algo distante.

Bryan parou e se virou. Adam estava logo atrás dele. Não aparentava tanta bravura naquele momento. A boca franzida, Adam se forçava a respirar devagar. Não, não parecia muito corajoso, mas ainda estava *ali*, pronto para lutar — e, na verdade, será que a coragem era muito mais do que isso?

Atrás de Adam estava Alder. Não sentia medo. Talvez tivesse tido décadas para aceitar a sua mortalidade. Todo mundo morre. Podemos partir fazendo alguma coisa ou cagando nas calças em alguma cama de hospital enquanto somos alimentados através de tubos.

E, na retaguarda, John Smith. Devia estar assustado, mas não aparentava. Talvez seis anos de covardia tivessem lhe ensinado a escondê-la. Ou talvez John estivesse pronto, porque uma coisa era certa — ninguém mais poderia chamá-lo de covarde.

Bryan se aproximou novamente. Sete metros.

ba-da-bum-bummmm

Ele hesitou. Fechou os olhos com força, voltou a abri-los. O cheiro do bebê, o *tamborilar* do seu povo martelando no seu peito. Aqueles atrás dele *não* eram o seu povo.

ba-da-bum-bummmm

Por que ele iria matar os Filhos de Marie? Por que iria matar os seus irmãos, as suas irmãs, a sua *verdadeira* família?

Fechou os olhos. Conjurou as imagens das duas pessoas que ficaram do seu lado durante tudo aquilo.

ba-da-bum-bummmm!

Por que iria matar os Filhos de Marie? Porque eles tinham pego Pookie. Porque tinham matado Robin.

Bryan abriu os olhos de novo e voltou a olhar pelo túnel. Estava a apenas cinco metros de distância, perto o bastante para ver os pés sob um dos cobertores. Pés azuis. Peludos. Os pés de um monstro.

ba-da-bum-bummmm! ba-da-bum-bummmm!

Espere um pouco... será que não tinha visto Aggie? Bryan olhou para trás e esquadrinhou os rostos: Adam, Alder e John, todos prontos para lutarem ao seu lado.

Porém, onde estava Aggie?

Bryan sinalizou para John, levantou as duas mãos num gesto de questionamento. John pareceu confuso, depois compreendeu. Olhou depressa para trás, não viu nada, depois se virou e encolheu os ombros num pedido de desculpas. Aggie tinha escapulido. Não importava. O homem fizera o seu trabalho. Bryan esperava que conseguisse sair vivo dali.

Dois metros. Tão perto que poderia esticar o braço e agarrar a pessoa de pés azuis na última fileira da elevação. Provavelmente, poderia agarrá-la tão depressa que as pessoas na frente nem mesmo perceberiam.

A voz ecoante soou outra vez, vindo de algum lugar ali perto, tão perto que Bryan conseguia entender as palavras, tão perto que Bryan reconheceu o locutor.

Rex.

"E pelo crime de odiar o nosso povo, como consideramos o réu?"

Culpado!

Uma outra voz:

"Me matar não vai mudar o fato de que você é um imbecil inútil, seu merdinha!"

Bryan hesitou. A voz de Pookie — *ele ainda estava vivo.* Bryan respirou devagar.

Rex começou a gritar mais uma vez, as palavras roucas ainda mais altas do que pareciam possíveis saindo de uma pessoa tão pequena.

"E pelo crime de garantir que todos nós morrêssemos, como vocês..."

"F-E-I-O-S", berrou Pookie, a voz ecoando como a de Rex. "Vocês não têm nenhum álibi. *S*ão feios pra caralho!"

"Pare com isso!", gritou Rex, tão alto que Bryan pôde ouvir as cordas vocais do garoto começarem a falhar. "Pare de me interromper ou vou cortar sua língua fora!"

Bryan sacou a faca.

Deu um passo adiante. Sua mão disparou para a frente, tapou uma boca peluda e puxou com força. O pé-azul caiu dentro do túnel. Bryan teve um vislumbre de olhos azuis chocados, sentiu um grito tentar escapar por baixo da sua mão, depois enfiou a faca sob o queixo e a empurrou na diagonal. A criatura começou a chutar. Bryan empurrou a lâmina mais fundo ainda e torceu.

Olhos de pálpebras azuis peludas olharam arregalados, piscaram, abriram e então perderam o foco.

Bryan soltou a faca e a devolveu à bainha. Tirou o cobertor fedido de baixo do cadáver, depois o enrolou em volta dos ombros.

Na caverna:

"E pelo crime de, hum, como era mesmo?... Ah, certo, pelo crime de garantir que nós morrêssemos, como consideram o réu?"

Bryan acenou para que John e os outros avançassem enquanto a multidão gritava: *Culpado!*

Os companheiros de Bryan se aproximaram. Olhavam para ele em choque, com medo — como se *ele* fosse o monstro, um assassino brutal. Ele era tudo aquilo e muito mais. Devolveu os olhares: John e Alder, os rostos escondidos nas sombras dos capuzes verde-escuros, e Adam, a aba da jaqueta preta em volta do pescoço, a touca abaixada até as sobrancelhas.

"Pookie está lá embaixo", sussurrou Bryan. "Vou encontrar um jeito de chegar até ele. Vou me misturar usando este cobertor; talvez eles não me percebam de imediato. Vou me aproximar o máximo que puder."

"E depois?", perguntou Adam.

Bryan tateou no bolso e tirou a caixa com o botão que Adam lhe dera no estacionamento do hospital.

"Isto vai funcionar aqui embaixo?"

Adam assentiu, pegou um aparelhinho do próprio bolso.

"Sim, se a caverna for aberta e você não entrar em outro túnel, vou receber o sinal bem aqui."

Bryan levantou a caixa com o botão.

"Quando eu pressionar isso, vocês começam a matar. Atirem nas cabeças e eles vão cair. Avancem até a elevação e *mantenham a posição*. Não conhecemos nenhuma outra saída. Causem o máximo de danos que conseguirem, vou tentar usar a confusão para salvar Pookie.

Não esperou por uma resposta. Levantou o colarinho do caban, ajustou a máscara, depois puxou o cobertor por cima da cabeça para esconder o rosto.

Todos os olhos... todos os dentes.

Bryan Clauser saiu para a elevação.

OS ÚLTIMOS MOMENTOS DE POOKIE CHANG

"Vocês ouviram os argumentos!", berrou Rex. "Agora, devemos anunciar o veredito."

Culpado! Culpado!

Pookie sempre soubera que morreria algum dia. Sempre esperara que acontecesse quando estivesse velho na cama com quatro mulheres, cada uma com um quarto da sua idade. Um *Chang Bang* quádruplo com um orgasmo final para o outro lado. Era assim que um pegador de verdade partia desta para a melhor.

Não daquele jeito.

Rex levantou o punho de imperador, o polegar apontando para si mesmo. O garoto psicótico já fizera aquele gesto duas vezes — era de se esperar que a multidão estivesse cansada daquilo. Pouco provável. Eles gritaram e rugiram, esperando uma decisão.

◉ ◉

Uma sensação crescente de *pertencimento* o dominou.

ba-da-bum-bummmm, ba-da-bum-bummmm, ba-da-bum-bummmm

A elevação tinha 1,5 metro de largura, dois metros em alguns lugares. Havia assentos na frente da elevação: cadeiras de jardim, cadeiras de metal, blocos de concreto, toras, refugos surrados da sociedade que serviam de assentos de primeira fila para uma execução. Em cada uma daquelas cadeiras, de pé atrás delas e no meio delas: os Filhos de Marie.

Bryan avançou pela direita, ao longo da parede irregular e esburacada. Por entre os corpos apinhados, ele viu um conjunto de degraus estreitos que levavam para baixo — como Aggie tinha dito. Ninguém parecia estar usando-os. Ele não poderia usar aquele caminho, com receio de chamar atenção.

Continuou pela direita, deslizando por entre a parede e os espectadores. A maioria dos monstros/pessoas nem se dava ao trabalho de virar e olhar para ele. E por que fariam isso? Bryan *emitia* a sensação certa e tinha o *cheiro* certo, porque era *um deles*.

Ele conseguia ver a caverna lá embaixo. Nada do que Aggie tinha dito pôde preparar Bryan para aquilo. *Era* uma arena, um domo oblongo e irregular grande o bastante para uma pista de hóquei. O piso, a quase dez metros dali, era coberto de valas serpenteantes que se cruzavam. Nos fundos do retângulo, à direita de Bryan, repousava um navio naufragado de séculos passados.

Na proa manchada de sangue se encontrava Rex Deprovdechuk, vestido com uma capa de veludo vermelho e uma coroa na cabeça. Monstros rodeavam Rex. Bryan reconheceu Astuto dos seus pesadelos, o cara-de-cachorro da luta no hospital. Soube, de imediato, que o alto com pelagem preta era o Primogênito.

O Primogênito, por sinal, segurava alguém à sua frente, uma pessoa com um paletó esporte que não servia direito — Pookie Chang, com as mãos e os pés amarrados, indefeso.

De imediato, Bryan deu um passo à frente, mas se controlou. Tinha apenas uma chance e não podia se dar ao luxo de errar.

Ao lado de Primogênito, havia um garoto nerd com uma barriga terrivelmente distendida brincando com um Zippo. Bryan não o reconheceu. O nerd se moveu e revelou uma mulher de cabelo preto como as asas de um corvo.

A assassina de Robin.

Um mastro branco quebrado despontava do centro do navio. Bem no alto daquele mastro, Bryan viu Jebediah Erickson, *crucificado*, as mãos pregadas à madeira de uma viga no topo.

Atrás do mastro havia uma linha de postes despontando do convés, uma pessoa amarrada a cada um deles: Zou, as filhas dela, o Senhor Show-Biz, Rich Verde e Sean Robertson. Três postes estavam vazios.

Além dos postes havia o que parecia ser uma cabine de capitão achatada. Algo se movia lá dentro, mas Bryan não conseguiu identificar o quê. A multidão gritou pedindo a decisão de Rex. O garoto estava empertigado. Levantou o punho bem alto, o polegar apontado para si mesmo, paralelo ao convés.

Bryan não podia esperar nem mais um segundo. Avançou mais ao longo da elevação, abrindo caminho por entre os membros da sua família e se aproximando do navio.

Levou a mão ao bolso e pegou a caixa com o botão.

◉ ◉

Pookie nem se dava mais ao trabalho de resistir. Ele tentara. O próprio diabo o segurava com um aperto esmagador. Com 2,15 metros de altura, a criatura esguia e musculosa de pelagem preta usava coturnos e jeans, e tinha duas MK23 em coldres em cada coxa. Pelos grisalhos salpicavam o seu rosto peludo.

Pookie não conseguia se mexer.

Um pensamento maluco — talvez Rex o declarasse inocente, talvez o polegar apontasse para *cima*.

O menino ficou na ponta dos pés. Ele olhou para Pookie e abriu um sorriso insano. Rex apontou o polegar para baixo e lançou o punho na direção do convés como um vocalista encerrando um *crescendo* num show de rock.

"Primogênito", disse ele. "Prossiga com a execução."

Daquela vez, Pookie não fecharia os olhos.

Ave Maria, cheia de graça...

Uma mão peluda se fechou na sua nuca. O Primogênito puxou Pookie para mais perto. Olhos verdes oblíquos cintilavam com entusiasmo perante aquela tarefa.

Livrai-nos do mal ainda que eu caminhe pelas sombras do vale da... pela morte sombria do vale...

Merda. Que hora para esquecer o Pai-Nosso.

A mão deslizou para a garganta, o levantou, começou a apertar...

Não quero morrer, ah merda, ah merda...

☉ ☉

A mãos de John Smith apertavam o volume reconfortante da espingarda automática. A capa o rodeava, o escondia, o fazia se sentir como se fosse uma pessoa diferente. A qualquer momento, seria chamado para fazer a sua parte, para avançar e começar a atirar. Será que todos aqueles monstros eram culpados? Será que iria atirar em indivíduos que não tinham relação alguma com os crimes cometidos por outros? Estaria matando com base em nada, a não ser na raça?

Era tarde demais para discutir moralidade — Bryan estava lá fora, exposto e sozinho. Pookie era um prisioneiro. Se John hesitasse, os dois com certeza morreriam.

John ouviu um zumbido quase imperceptível. Virou-se para olhar Adam, que segurava o receptor no alto — o aparelho piscava uma luz vermelha.

Bryan apertara o botão.

John se inclinou para perto de Alder e Adam.

"Atirem nas cabeças se puderem, mas, se ficarem cercados, atirem no meio do corpo", disse ele. "Limpem a elevação, depois comecem a jogar granadas para causar mais bagunça. Precisamos garantir que eles pensem que existem centenas de nós, para que saiam correndo em vez de atacar. Estão prontos?"

Alder e Adam anuíram.

John não estava pronto, não estava nem perto disso, mas a hora chegara.

Virou-se e avançou na direção da elevação.

☉ ☉

Mãos de pelagem preta o mantinham no alto como se ele não pesasse mais do que uma criança.

Ele não conseguia respirar.

Era o fim.

Vindo da esquerda, Pookie viu algo pequeno cortando o ar. Será que um espectador tinha jogado uma pedra? A coisa caiu em algum lugar atrás dele, batendo contra a madeira antiga.

Então, o detetive ouviu um sibilar, como uma centena de sinalizadores queimando ao mesmo tempo. Uma luz fulgurou atrás dele, uma luz *intensa*, lançando a sua sombra na proa e nas pessoas reunidas ali.

"Mamãe", disse a criatura, e então Pookie sentiu as suas costas começarem a esquentar.

As mãos esmagadoras o soltaram. Pookie caiu no convés, surpreso perante a súbita liberdade. O Primogênito passou por cima dele e correu na direção da popa do navio, assim como o cara-de-cobra, o cara-de-cachorro e a garota com os chicotes de metal. Pookie se virou para ver o que estava acontecendo, mas precisou se afastar e desviar o olhar da luz brilhante chamejando perto da cabine do navio. Voltou a olhar para Rex, que estava parado, piscando, imóvel, sombras tremeluzentes dançando no seu rosto.

Disparos ecoantes vindo de algum lugar na elevação à esquerda da proa. Pookie olhou naquela direção. Havia uma comoção lá em cima: lampejos de disparos de armas de fogo, pessoas se atropelando, corpos caindo pela beirada e despencando no chão abaixo.

E então, à esquerda do navio, ele viu algo fantástico — um homem pulando da elevação da caverna nove metros acima. Ele voou na direção do navio, subindo quase até o teto antes de começar a descer num arco, o cobertor ficando para trás. A pernas pedalaram no ar. Os braços remavam para a frente como se ele fosse um atleta de pulo em distância. Usava um caban preto.

Bryan?

Pookie focou na máscara preta, no sorriso branco da morte se aproximando cada vez mais.

Na metade do caminho, as mãos de Bryan dispararam para as costas e voltaram segurando duas pistolas.

Pookie teve um instante para pensar *isso é impressionante pra cacete, meu camarada*, antes que Bryan começasse a se inclinar para a frente, sem controle. Os braços agitaram e as pernas chutaram desajeitadas — ele se chocou contra as costas de Rex, derrubando o corpo do garoto e o empurrando de cara nas placas quebradas do convés. Bryan e Rex deslizaram pela madeira, espalhando lascas denteadas e pedaços de madeira, depois caíram do convés e desapareceram de vista.

BATTLE ROYALE

Bryan despencou pela escuridão, coisas atingindo o seu rosto, os seus braços e as suas mãos enquanto caía. Bateu a cabeça e o ombro com força no chão e escorregou até parar. *Aterrissar* — algo que teria que aprender a fazer.

Esforçou-se para ficar de pé. Ainda tinha uma FN na mão direita. A mão esquerda estava vazia. Perdera a arma e era fácil entender por quê — o mindinho e anelar pendiam num ângulo doentio, os dois quebrados perto das juntas.

Tábuas rachadas o rodeavam. Poeira antiga o sufocava. Ele atravessara o convés superior e, pelo jeito, o convés abaixo deste. Cinco metros acima, viu o buraco feito no navio e as luzes do mastro despontando acima dele. Tinha que voltar lá para cima, tinha que alcançar Pookie e os outros. Bryan teve dificuldade para ficar de pé sobre a pilha irregular de madeira. Conseguiu se equilibrar, então dobrou os joelhos e *pulou*. Alcançou 2,5 metros e aterrissou no segundo convés. Outro pulo rápido o levou para o convés principal.

Disparos e gritos ecoavam pela caverna. Na popa do navio, a parede e a porta da cabine fulguravam com chamas rastejantes. Algo lá dentro soltava um grito profundo. Monstros batiam nas chamas com movimentos frenéticos, tentando apagar o fogo. Bryan viu Pierre, Astuto, o Primogênito, a mulher do chicote que matara Robin, todos tentando controlar o incêndio, mas ele não podia atacá-los agora: tinha que salvar os reféns primeiro.

Ele olhou na direção dos postes que prendiam Verde, a delegada Zou e os outros. Bloqueando o caminho estava o garoto nerd com a barriga distendida. Ele usava óculos de aro de chifre e segurava um Zippo de ouro na mão direita.

Com um movimento advindo da prática, que teria deixado qualquer hipster fumante inveterado verde de inveja, ele levantou a mão esquerda, abrindo o Zippo e acendendo-o com o mesmo movimento.

As bochechas do garoto inflaram, como se ele estivesse prestes a vomitar. Sua barriga soltou um barulho gorgolejante que Bryan pôde ouvir mesmo com as chamas fulgurantes atrás. O garoto ergueu o Zippo e emitiu um barulho que era meio arroto, meio rugido.

Chamas pularam para a frente, uma bola de fogo crescente cortou o ar na direção do rosto de Bryan.

Bryan recuou um passo na direção do buraco no convés e despencou no instante em que a bola de fogo cortava o ar acima dele.

☉ ☉

Vindo da direita de John, um monstro insectoide cambaleou por cima do cadáver de um dos seus irmãos e atacou. John girou para enfrentá-lo, puxou o gatilho da espingarda duas vezes — o primeiro disparo atingiu o peito, o segundo, a cabeça. A coisa voou para trás, metade do seu obsceno rosto arrancado. Algo martelou o ombro esquerdo de John, empurrando-o contra a parede da caverna. Torrões de terra e pedra quebrada se soltaram ao redor — alguém estava atirando nele.

"Alder! Atirador!"

"Já vi", respondeu o idoso. Alder se ajoelhou, apontou a bengala para um atirador com um cobertor na elevação oposta.

Dedos arranharam o pé esquerdo de John. Ele olhou para baixo — uma garotinha ruiva, de não mais de 10 anos, vindo de baixo da elevação, os dedinhos tentando alcançar o seu pé. A expressão nos olhos dela: *morte, ódio, fome.*

John apontou o cano da espingarda para baixo, o segurou a um centímetro do rosto dela e puxou o gatilho. Numa nuvem de cérebro e osso, a garota caiu rodopiando até as valas lá embaixo.

A arma-bengala de Alder disparou; os tiros do atirador cessaram.

"Minha nossa, como eu sou bom nisso", disse o velho.

Mais monstros se aproximavam pela direita e também pela esquerda, de onde Adam atirava com sua FN.

John pegou as granadas.

◉ ◉

Com as mãos e os pés atados, Pookie lutou para se levantar. Ele tinha que agir. O garoto gordo — aquele que *cuspira fogo* em Bryan — estava a poucos metros de distância, olhando dentro do buraco no convés. Pookie tomou impulso com os dois pés e saltitou na direção do garoto.

Preciso manter o equilíbrio, juro que vou fazer esteira se sair dessa vivo...

O garoto ouviu a aproximação de Pookie; começou a se virar, mas tarde demais. Ele se jogou contra as pernas do garoto. O rapaz titubeou por alguns instantes, os braços girando, para finalmente cair dentro do buraco.

◉ ◉

Bryan viu o garoto cuspidor de fogo despencar através do buraco no convés. As últimas palavras de um adolescente coberto de queimaduras relampejaram pela sua mente: *demônio, dragão.*

Ele apontou a FN e disparou três vezes enquanto o assassino de Jay Parlar arrebentava a cara na madeira quebrada. Bryan deu outro salto para cima, desta vez pousando o pé direito no segundo convés e usando-o para pegar impulso, este pulo levando-o ao convés principal — ele subira cinco metros *em linha reta*, fácil assim.

Bryan se viu parado em cima de Pookie Chang.

"Me desamarra, puta que pariu!"

Bryan devolveu a arma ao coldre e sacou a faca Ka-Bar. Cortou as cordas que prendiam Pookie e ajudou o homem a ficar de pé.

Uma voz alta e ressonante gritou de dentro da cabine em chamas.

"Elle brûle... elle brûle!"

Explosões ecoavam na elevação, se juntando à cacofonia dos disparos, das chamas crepitantes e dos gritos de medo, dor e raiva.

Bryan sacou a FN, depois a entregou junto com a faca para Pookie.

"Solte os outros!"

Pookie assentiu e correu na direção da delegada Zou.

A outra pistola de Bryan tinha que estar ali em algum lugar, ou talvez ele a tivesse perdido lá embaixo, mas, de qualquer modo, não havia tempo para procurar. Olhou para Erickson crucificado a dez metros de altura — não podia deixar o homem lá em cima. Bryan correu até o mastro... feito de *crânios humanos?*

Todos os olhos... todos os dentes.

Ele pulou no mastro, os pés estilhaçando os crânios enquanto escalava. Estava tão forte agora, tão ágil; escalou o mastro como um chimpanzé disparando árvore acima. Os dedos quebrados da mão esquerda reclamavam da dor excruciante, mas não havia outra escolha.

Ele se viu cara a cara com o Salvador.

ba-da-bum-bummmm

Bryan encarou Jebediah Erickson. Jebediah Erickson o encarou de volta.

Aquele era o seu *irmão*.

Bryan passou o braço esquerdo por cima da viga. Com a mão direita, agarrou o prego que despontava da palma direita de Erickson.

Encontrou os olhos do idoso de novo.

"Está pronto?"

Os lábios rachados e ensanguentados de Erickson sorriram.

"Fico feliz por ter errado sobre você."

Pendurado dez metros acima do convés, Bryan arrancou o prego. Erickson rosnou, mas não gritou. Sangue esguichou nos crânios brancos e na madeira seca abaixo.

Bryan girou para trás do mastro e foi até o outro lado. Passou de novo o braço esquerdo por cima da viga, segurou o prego prendendo a mão esquerda de Erickson e o arrancou.

O velho passou a mão direita por trás do mastro, segurando-se enquanto dobrava os joelhos e esticava a mão esquerda até o prego que prendia os seus pés.

Outra explosão, mais gritos — John e os outros estavam lançando as granadas de termite, usando tudo o que tinham. O ar começou a se encher de fumaça. Bryan sentiu o calor do incêndio na cabine mesmo ali em cima do mastro.

"Bryan!" A voz de Pookie vindo de baixo, sendo seguida por disparos.

Bryan soltou o apoio e caiu. Dobrou as pernas enquanto aterrissava, absorvendo o impacto, mas cambaleou para a direita mesmo assim. O Senhor Show-Biz estava encolhido na base do mastro de crânios. Zou e as filhas correram até ele. Robertson estava com a faca e cortava as cordas que prendiam Verde. Pookie estava em pé, atirando contra a onda de homens de mantos brancos que avançava. Os mascarados caíam ou retrocediam, mas havia muitos para que conseguisse impedir todos.

As chamas se espalhavam subindo pelas placas de madeira seca do convés. Alguns dos homens de mantos brancos já estavam em chamas. Um calor de fornalha soprava, vindo da cabine do navio — naquelas chamas se moviam imagens difusas de criaturas em forma de homens, tentando entrar.

O ferrolho da FN de Pookie travou. Vazia. Bryan não lhe dera pentes extras.

Bryan segurou o mindinho e o anelar quebrados. Com um grunhido, colocou-os no lugar. Passou a mão direita pela abertura na manga esquerda e sacou da bainha a faca de cerâmica. Forçou-se a fazer o mesmo com a mão esquerda arruinada — cada punho segurava uma das delgadas lâminas assassinas.

Pookie recuou. Seu pé ficou preso numa tábua quebrada e ele caiu de bunda no chão. Os homens de mantos brancos com máscaras de Halloween avançaram para ele, mas Bryan disparou para a frente, cortando e esfaqueando. *Cortar-rasgar-cortar* — corpos caíram, o sangue vermelho escorreu em logos filetes úmidos pelo tecido branco. Ele chutou, a sola do pé esmagando um peito, fazendo um homem voar de volta às chamas. Em segundos, não restava nenhum mascarado em pé.

Uma onda de calor fez Bryan bater os pés por instinto — as barras da sua calça estavam pegando fogo. Ele se virou e correu de volta ao mastro de crânios. Show-Biz e Robertson estavam lá, ajudando Erickson a se levantar. Zou segurava uma das filhas, Verde segurava a outra. O calor do fogo parecia pressionar punhos invisíveis contra todos eles, forçando-os a recuar, a proteger os rostos. Piscavam como loucos, tossiam devido à fumaça espessa que enchia a caverna como um nevoeiro.

Ele os incitou na direção da ponta do navio.

"Para a proa, vão, *vão!*"

"Bryan!"

Pookie apontava para um ponto no convés.

A cinco metros dali, o garoto nerd rastejava para fora do buraco no convés. Sangue escorria pelo seu rosto. Os óculos tortos balançavam no seu nariz quebrado. Ficou de pé, com o Zippo dourado na mão. Atrás dele, Pierre saiu correndo de dentro da cabine incendiada, a boca enorme escancarada num rugido, a mandíbula enviesada rosnando, chamas dançando nas suas costas e bermudas.

Pierre e Bryan se encararam; o cara-de-cachorro estava correndo para ele.

Erickson apanhou a faca na mão esquerda de Bryan. O velho ensanguentando e seminu deu um passo à frente e a jogou.

A lâmina cortou o ar e perfurou a barriga distendida do nerd. O garoto se dobrou na cintura como se tivesse recebido um soco, choque e surpresa gravados por trás dos óculos. Um fino fio de vapor branco escapou pelo buraco na barriga.

Um Pierre em chamas passou correndo através daquela substância.

As chamas entraram em contato com o vapor e dispararam para dentro da barriga inchada do garoto como um lança-chamas invertido. A barriga explodiu numa bola de fogo que engoliu Pierre e lançou o monstro adiante. Engolfado pelas chamas, ele se chocou contra as pessoas apinhadas na proa, derrubando Erickson e Show-Biz no convés e caindo em cima de Amy Zou, prendendo-a sob o corpo incendiado.

Bryan largou a faca e agarrou os tornozelos de Pierre. O fogo queimou as mãos dele, mas o homem ignorou a dor o tempo necessário para arrancar o monstro de cima de Zou e jogá-lo de volta ao centro do convés. A criatura enorme parecia flácida, fraca. A pele das mãos de Bryan chiou. Ele fez menção de abaixar para apagar o fogo nas roupas de Amy, mas Sean Robertson e Rich Verde já estavam ali, rolando a delegada para abafar as chamas.

Uma voz de menina:

"Você matou o meu papai."

Bryan se virou na direção da voz. A pequena Mur segurava a faca que ele largara. Estava parada ao lado do homem-cão em brasas. Pierre levantou uma das mãos para impedi-la, mas estava fraco e lento demais. Antes que Bryan pudesse alcançar a criança, ela segurou a faca com ambas as mãos, apontou-a para baixo e enfiou a lâmina no olho direito da criatura.

Pierre se agitou e se contorceu descontroladamente. Mur desfaleceu. Bryan correu e a apanhou, afastando-a. Com o cabo da faca ainda despontando do olho, Pierre se apoiou sobre as mãos e os joelhos. Tentou se levantar, mas os braços trêmulos não o aguentaram. Tombou para a direita e não se mexeu mais.

As chamas tinham engolfado a maior parte do navio, forçando todos para a ponta da proa. Com Mur segura nos braços, Bryan se deu conta de um som sibilante, um assobio baixo e tênue. Olhou para a esquerda, esquadrinhando a elevação — ali, um homem com uma capa verde-escura, outro com um caban preto, corpos empilhados na elevação em volta deles.

John e os outros tinham mantido a posição.

E um pouco à esquerda da posição de John, quase invisível através da fumaça espessa, Bryan viu a estreita faixa de degraus íngremes subindo do piso da caverna até a elevação. Ele e os outros teriam que cruzar o labirinto de valas para alcançá-los. As paredes do labirinto se erguiam para formar ilhotas achatadas de terra, como pequenas planícies que definiam e separavam as valas. Bryan podia pular de planície em planície, mas as valas eram largas demais para que os outros conseguissem fazer isso e ele não podia carregar todos. Eles teriam que atravessar o labirinto enquanto ele ficava sobre as paredes, dando direções.

Colocou as mãos em concha na frente da boca, gritou para ser ouvido acima do rugido das chamas.

"Saiam do navio e sigam pelas valas. Fiquem juntos, temos que andar rápido. Erickson, me ajude a levar todos para baixo."

Bryan e Erickson apanharam uma pessoa por vez e pularam do convés para o chão da vala. Assim que Bryan aterrissava, ele pulava de volta pela lateral do navio naufragado para pegar a pessoa seguinte.

Em questão de segundos, todos estavam lá embaixo. Um vento crescente soprava terra, poeira e fumaça pelas valas, alimentando o incêndio faminto com oxigênio. Os sobreviventes se reuniram para a fuga até a liberdade. Verde e Show-Biz estavam com Zou entre eles, ajudando a mulher com graves queimaduras a caminhar. Bolhas pontilhavam o seu rosto vermelho. A maior parte do cabelo tinha sido queimada. Robertson devolveu a faca Ka-Bar para Bryan, depois pegou Tabz no colo. Erickson ficou com Mur.

Bryan guardou a faca na bainha do cinto, então pulou para a parede da vala cinco metros acima, ficando na mesma altura do navio moribundo. A embarcação queimava como um navio em chamas no mar. Bryan virou para esquadrinhar as valas, procurando pelo melhor caminho através do labirinto.

Olhou para as pessoas embaixo e apontou.

"Por ali! Primeira à direita, depois primeira à esquerda, andem!"

O amontoado de pessoas corria depressa. Bryan pulou por cima de duas valas, aterrissando sobre uma nova planície. Estavam tão perto agora, tão perto.

Olhou para baixo para dar-lhes a próxima direção quando um tiro ressoou — a testa de Rich Verde explodiu numa nuvem de vermelho e rosa. Ele e Zou caíram com um baque. Bryan mergulhou na vala, usando o corpo como escudo para os outros.

A arma disparou mais três vezes, dois projéteis o atingindo nas costas — as balas penetraram o casaco como se fossem uma marreta com uma pequena agulha na ponta.

Deviam ser projéteis que perfuravam blindagem.

Ele olhou por cima do ombro esquerdo.

Rex Deprovdechuk estava parado na proa do navio incendiado. Uma das mãos segurava a amurada quebrada em brasas, a outra segurava a FN desaparecida num aperto firme como rocha. O lado esquerdo do rosto do garoto pendia numa aba carnuda do lábio inferior até o queixo, expondo os dentes e parte do malar. Um olho sangrento e sem pálpebra o encarava. O maxilar pendia solto, como se ele não conseguisse fechá-lo. Rex parecia ignorar a fumaça, o calor, até mesmo as chamas que já começavam a subir pelo seu longo manto vermelho.

A mão de alguém tocou no ombro de Bryan, uma boca no seu ouvido.

"Tire todos daqui."

Erickson.

O velho jogou uma garotinha para Bryan. Ele reagiu com movimentos automáticos para apanhá-la, e enquanto o fazia, o velho arrebatou a Ka-Bar da bainha no seu cinto. Erickson disparou pela vala na direção do navio naufragado. Ele corria mais rápido com pés feridos do que um homem normal conseguiria com pés em perfeitas condições.

O irmão de Bryan se afastou depressa para lutar contra o inimigo. Bryan queria ir com ele, lutar ao seu lado, mas a garotinha não tinha feito nada de errado, não tinha feito nenhuma escolha que a levara àquele lugar terrível. Ele olhou para os outros: Pookie, ajudando Zou a se levantar; Robertson, o rosto sangrando outra vez, segurando a outra menininha; e Show-Biz, tossindo e encolhido, olhando para a esquerda e para a direita à procura da próxima ameaça. Estavam todos agachados, afastando a fumaça com as mãos e esperando que Bryan os guiasse para longe dali.

Disparos vindo do navio. Bryan olhou para lá e viu Erickson, os braços protegendo o rosto, pulando para a amurada, Rex atirando com a FN enquanto o velho se aproximava.

Boa sorte, irmão.

Bryan deu as costas ao navio e correu pela vala.

☉ ☉

Rex tentou gritar *pode vir*, mas o seu maxilar não se mexia. O monstro aterrissou no convés em chamas, a faca erguida, o rosto velho rosnando com maldade. Rex puxou o gatilho mais duas vezes, acertou outras duas balas no peito dele e, então, o monstro atacou. Ambos tombaram nas chamas.

Aqueles demônios tinham invadido o seu mundo, o seu *reino*.

Mate, mate todos, matematemate.

Rex se levantou com grande esforço. Arrancou a capa queimada, tentou, mas não conseguiu encontrar um lugar que não estivesse incendiado. Erickson erguia-se sobre pés feridos já chamuscados. A pele formava bolhas, o fragmento de roupa que usava se desintegrando em pedacinhos esvoaçantes. Rex se abaixou para apanhar um pedaço de madeira flamejante, então penetrou mais fundo nas chamas para atacar o Salvador.

Rex iria massacrar aquele monstro para, em seguida, reunir o seu povo e recomeçar.

⊙ ⊙

"Virem à direita!"

Bryan segurava a menina com força enquanto pulava de uma vala para a planície seguinte. Suor encharcava a camisa sob o casaco à prova de balas. Abaixo e à esquerda, os outros corriam pelas valas o mais rápido que podiam. Pookie ia na frente, carregando Zou nos braços. Robertson, Show-Biz, as meninas; todos davam tosses pesadas — Bryan não tinha muito tempo antes que as pessoas começassem a desmaiar.

Estavam quase chegando à parede da caverna. Ele olhou para as valas, traçou o caminho na direção da escada que levaria todos para a elevação. *Tão perto!* A fumaça queimava os seus olhos, forçava caminho pela sua garganta para causticar os pulmões. O vento açoitava através da caverna, espalhando poeira, soprando a fumaça em turbilhões como uma visão do inferno.

"Virem a próxima à direita!", gritou ele.

Pookie ajeitou Zou nos braços e, então, os guiou adiante. O grupo saiu daquela vala e parou na base da escada. Bryan pulou para se juntar a eles. Os pés bateram no chão, mas as pernas cederam e ele caiu, virando para proteger a menina.

Uma tosse carregada sacudiu o seu peito. Mãos o ajudaram a ficar de pé. Ele olhou para Pookie, viu que o homem estava exausto. Bryan colocou a menina no chão, depois tirou Zou dos braços do parceiro. Jogou a mulher sobre um ombro, da mesma forma que os bombeiros carregam as vítimas.

"Estamos quase lá", disse ele entre cada tosse. "É só subirmos a escada."

Bryan tossiu mais uma vez e depois começou a subir. Manteve Zou sobre o ombro direito para que a mão esquerda — com a pele coberta de bolhas e os dedos quebrados — pudesse tatear a parede. A cinco metros de altura, ele já podia olhar à direita, por cima do labirinto até o outro lado do navio incendiado.

As chamas estavam tão altas que beijavam o teto da arena quase quinze metros acima. Pedaços velhos de madeira ao longo do teto tinham pegado fogo — queimavam como pequenos sóis flamejantes num céu feito de terra, tijolo e rocha coberto de fumaça. Pedaços do teto se soltavam, esmagando o convés do navio em chamas ou despencando sobre os platôs e as valas do labirinto.

Bryan continuou subindo.

A três degraus da elevação, um *craque* e um *whuff* chamaram a sua atenção de volta ao navio enquanto a cabine do capitão vergava e depois desmoronava numa lufada de chamas rodopiantes. Bryan viu algo impossível: o Primogênito, completamente em chamas, lutando para puxar um carrinho incendiado para fora da cabine.

Sobre aquele carrinho, mesmo através do calor tremeluzente, Bryan viu a coisa que Aggie descrevera — *Mamãe*.

Sua mãe.

Inchada além da compreensão. Bracinhos agitados. Perninhas chutando. E dentro daquela enorme barriga distendida, Bryan viu coisas se mexendo, se *contorcendo*, bolhas se formarem, se juntarem, estourarem.

O fluido dentro daquela barriga enorme estava *fervendo*, fervendo e *dilatando*.

O estômago dela se partiu — um jato fino de vapor foi expelido, mas a barriga continuou inchando como um balão de ar. Outro jato de vapor apareceu, então ela *estourou*, explodindo num turbilhão de pedaços incendiados de carne chamuscada.

Bryan galgou os últimos três degraus na direção da elevação, na direção de John, Adam e Alder.

☉ ☉

Rex tombou pela amurada e caiu com um baque no chão da vala. O monstro era forte demais! O menino olhou para a proa e viu o seu inimigo — o velho estava parado na amurada, nu e empolado, sangue e fuligem cobrindo a pele. Mais do que nunca, o Salvador se parecia com um monstro.

Tinha uma faca na mão e loucura nos olhos.

O velho segurou o cabo da faca com ambas as mãos, dobrou os joelhos, e então saltou.

Rex levantou os braços bem a tempo de segurar os pulsos do monstro. Caiu de costas, lutando para evitar que a ponta da faca penetrasse no seu olho.

☉ ☉

Olhos lacrimejantes, a visão um borrão tremeluzente, Bryan caiu sobre um joelho. Não iria conseguir. Ouviu gritos — a voz de Adam — berrando acima do vento que açoitava, incitando-o e aos outros, dizendo-lhes que se apressassem. Ele olhou para cima e viu John Smith segurando a menina de cabelos pretos com força, o capuz verde emoldurando um rosto que pingava suor.

"Levante, Clauser", disse John, depois levou a menina para dentro do túnel. Os outros passaram correndo por Bryan, uma massa de pernas e braços que seguiram John.

Como Amy Zou podia ser tão pesada?

Bryan sentiu mãos nos ombros, arrastando-o pelo casaco.

"Bri-Bri", disse Pookie, depois tossiu com tanta força que pingos de sangue voaram da sua boca. "Agora *não* é hora de tirar uma soneca. *Anda.*"

Bryan se levantou, arrumou Zou sobre o ombro, então seguiu Pookie até a entrada do túnel. Cambalearam por cima de cadáveres espalhados por toda a elevação — John e os outros estiveram ocupados. Antes de entrar no túnel, Bryan olhou para a caverna uma última vez.

As chamas já estavam morrendo. O navio brilhava como carvão em brasa, ondas de uma luz laranja encobriam a embarcação que começava a vergar. O mastro queimava como uma tocha; uma chuva contínua de crânios caía sobre as brasas. Enquanto observava, o mastro entortou, então caiu, atravessando o convés numa chuva de faíscas e cinzas rodopiantes.

Os espectadores tinham fugido da arena. O lugar estava vazio.

Quase vazio — numa vala na frente do navio, Bryan viu Rex caído de costas, Erickson em cima dele tentando enfiar uma faca na garganta do garoto. Rex lutava, o rosto dilacerado retorcido numa horrível máscara de raiva, as mãos trêmulas segurando os pulsos de Erickson. Fumaça rodopiava pela vala ao redor deles, fazendo Bryan se lembrar da espessa névoa que rolava pelas ruas de San Francisco durante a madrugada.

A faca se aproximou mais.

Então, um borrão chamuscado escuro atingiu Erickson e o jogou contra a parede. A faca Ka-Bar girou e caiu no chão.

☉ ☉

Rex se levantou devagar. Tanta dor. Seu cavaleiro o salvara. O Primogênito tinha uma aparência horrível — a pelagem se fora, a pele coberta de bolhas soltava fumaça em alguns lugares e exsudava uma umidade brilhante em outros. Tinha queimaduras dos pés à cabeça, mas, ainda assim, lutara pelo seu rei.

O menino afastou a dor. Abaixou-se e pegou a faca.

☉ ☉

"Bryan, vamos!" Era a voz de Pookie.

Bryan levou Amy Zou até a entrada do túnel, sem tirar os olhos da cena lá embaixo. O vento soprava vindo do túnel, sendo sugado de fora para alimentar o fogo faminto. No meio da caverna, um pedaço grande do teto cedeu, despencando sobre as valas como um asteroide atingindo um planeta. O lugar estava desmoronando.

☉ ☉

Rex observou.

E aguardou.

O fim de uma era, o começo de outra.

Os músculos das costas do Primogênito flexionavam e ondulavam. Tinha as mãos em volta do pescoço de Erickson. O monstro levantou as unhas para arranhar o rosto do Primogênito, mas o velho já estava ficando muito fraco.

Um movimento à direita de Rex. Ele se virou para olhar — o seu coração se encheu de alegria.

"Meu rei", disse Astuto.

Rex tentou falar, tentou dizer *você está vivo!*, mas fez uma careta quando a dor se espalhou pela boca.

"Não fale", disse Astuto. "Estou aqui." Abriu o seu sorriso largo cheio de dentes pontudos e amor. Tinha algumas marcas de queimadura nas roupas, mas parecia praticamente ileso.

Astuto estendeu a mão, a palma para cima.

"Posso matar o monstro?"

Rex olhou para o Primogênito. O excelente cavaleiro ainda tinha as mãos em volta do pescoço do velho. As mãos do monstro se moviam devagar — não lhe restava muito tempo.

Rex anuiu, então colocou o cabo da faca na palma do amigo.

A mão de pele esverdeada de Astuto se fechou em volta do cabo.

"Obrigado, meu rei", disse ele, e então enfiou a faca profundamente no peito de Rex.

O garoto encarou o rosto sorridente de Astuto. O que estava acontecendo? Rex olhou para baixo. O cabo da faca despontava do peito. Ele não conseguia ver a lâmina. Aquilo machucava. Queimava.

Astuto passou o braço em volta de Rex e o puxou para perto.

"Obrigado por me nomear o seu sucessor", disse ele em voz baixa.

Ele segurou o cabo da lâmina, a tirou, a virou, depois voltou a enfiá-la no ferimento. Rex sentiu o cabo bater no seu esterno, sentiu a ponta atravessar até as costas.

Aquilo *queimava*.

Astuto mentira. Ele era como os outros. O único amigo verdadeiro que Rex teve o machucara, como todas as outras pessoas na sua vida.

Rex caiu de joelhos.

Astuto se ajoelhou com ele.

"Eu nunca poderia ter tomado o poder sozinho. O Primogênito era forte demais. Agora, vou contar a todos que *ele* matou você. Adeus, Rex."

Astuto soltou. Saiu correndo pela vala, desaparecendo dentro da fumaça.

O menino fechou os olhos e tombou de lado.

☉ ☉

Bryan viu o Primogênito soltar Erickson. O velho não se mexia. A criatura chamuscada se virou.

O Primogênito olhou para a faca despontando do peito de Rex.

Estava tudo acabado.

Bryan andou de encontro ao vento que soprava pelo túnel. Estavam todos ali, esperando por ele — todos exceto Alder Jessup. O velho estava deitado no chão, imóvel, um buraco negro na bochecha ensanguentada. Bryan olhou para Adam, teve que gritar para se fazer ouvir.

"Sinto muito."

Lágrimas escorriam pelo rosto de Adam. Ele balançou a cabeça.

"Era o que vovô queria. Não podemos ajudá-lo. Deixe-o aqui."

Bryan começou a contestar, mas Adam tinha razão — não conseguiriam carregar um cadáver através das armadilhas de colunas.

Ouviu outro pedaço do teto ceder em algum lugar atrás dele. O chão tremeu sob os seus pés, apenas um pouco.

As colunas.

"Vamos, temos que andar depressa!"

Ele segurou a delegada Zou com força e correu para dentro do túnel.

⊙ ⊙

O feixe da lanterna de Bryan dançou sobre uma coluna empilhada e irregular. Ele parou derrapando antes que a atingisse, os pés espalhando terra pela mixórdia de alvenaria. *As pessoas atrás dele* — ele plantou os pés no chão no exato momento em que alguém se chocou contra as suas costas.

"Todo mundo *pare*!"

O som de respirações irregulares e tosses encheram o ar. Estavam quase lá...

Ele pousou Zou sobre os próprios pés, dando-lhe uma sacudida.

"Delegada, acorde", disse ele. "Vai ter que andar sozinha."

Ela piscou para ele, um olhar vidrado no rosto. Tantas bolhas, tanta carne queimada; ela fora bonita antes, mas nunca mais voltaria a ser.

"Pise onde eu pisar, delegada. Se tropeçar, se cair, você vai morrer e as suas filhas também."

Aquilo pareceu despertá-la. Zou ficou ereta, conseguindo invocar alguma reserva de força interior. Ela fez que sim com a cabeça.

Bryan olhou para as menininhas. Aquela não era a hora de ser legal.

"Vocês não podem errar. Pisem onde a pessoa na frente pisar. Se cometerem algum erro, vocês morrem e todos os outros também. Entenderam?"

Os olhos das duas ficaram arregalados, os rostinhos riscados de suor e fumaça. Elas assentiram como a mãe.

Ele olhou para os outros: Adam, Robertson, Show-Biz e Pookie assentiram também. Todos conheciam os riscos.

Bryan respirou fundo. O ar era mais fresco ali, vindo do túnel do metrô que ficava além. Ele esquadrinhou os espaços estreitos entre as colunas e a parede.

"Ei, Pooks", chamou ele.

"Sim, meu Exterminador?"

"É melhor encolher essa barriga."

Pookie o fez, tentou mantê-la encolhida, mas estava exausto e o ar saiu numa forte lufada.

"Acho que vou por último", disse ele.

Bryan aquiesceu, depois apontou o feixe da lanterna para o chão e começou a avançar pelo caminho.

Ele saiu e aguardou. Zou veio em seguida, depois Tabz, seguida por Mur, a menina que matara Pierre. Show-Biz apareceu, depois Adam. Enquanto Sean Robertson rastejava para fora do buraco, o chão tremeu de novo.

Bryan se abaixou. Pookie estava a meio caminho entre as colunas.

"Pooks, *anda logo*!"

Um seixo se soltou do teto e atingiu Bryan na cabeça. Os dois homens olharam para cima — o teto acima de Bryan era um único pedaço amplo de concreto lascado.

Mais seixos caíram das beiradas, sendo seguidos por pequenas nuvens de poeira.

Pookie respirou bem fundo, então andou mais depressa.

Faltavam duas colunas.

"Pooks, vá com calma."

"Vá com calma *você*."

Ele estava entrando em pânico. Estava avançando rápido demais. Seu cotovelo bateu na penúltima coluna.

Bryan atravessou o buraco e esticou o braço. Agarrou o braço de Pookie e o puxou para a frente. Bryan pegou o amigo cambaleante nos braços, em seguida se jogou para trás, para fora do buraco no momento em que o túnel desmoronava. Uma nuvem espessa de terra e poeira os engolfou.

Conforme a poeira assentava, oito pessoas sentavam-se na passarela estreita do túnel do metrô, tossindo e ofegando.

Tinham conseguido sair dali vivos.

GRANDE PEGADOR

QUATRO DIAS DEPOIS

Pookie Chang subiu mancando os degraus do número 2007 da Franklin Street. A varanda fora limpa dos detritos. Uma fita amarela de alerta estava amarrada entre as colunas, indicando o perigo da balaustrada quebrada pela qual Bryan empurrara Erickson há alguns dias.

Pookie olhou para o Buick atrás dele. A noite estava caindo. As luzes dos postes começavam a acender. John Smith se apoiava na porta do passageiro, tomando goles de café. Ele sorriu e fez sinal de tudo bem com o polegar erguido.

Quanto mais as coisas mudavam, mais permaneciam iguais.

Pookie prendeu a pasta parda embaixo do braço. Alguém tinha substituído a porta de madeira da frente. A nova porta era de bom gosto, com detalhes requintados e feita de aço sólido.

Pookie tocou a campainha.

Ele ainda sentia dores. Tinha sido espancado como o diabo. Seu corpo iria se recuperar, mas será que a mente se recuperaria? Aquela merda fora demais para qualquer um vivenciar, quanto mais para um modesto garoto de Chicago temente a Deus.

A porta foi aberta. Bryan Clauser se encontrava ali dentro. Ele parecia bem. Alguns dias antes, ele tivera bolhas causadas por queimaduras, dedos quebrados e uma linha de grampos na bochecha dilacerada. Agora a única coisa que marcava aquele rosto era uma barba vermelho-escura bem aparada.

Pelo menos o rosto estava bem. Os olhos? Encaravam com uma expressão que não costumava estar ali. Bryan vira coisas demais, rápido demais.

"Bri-Bri", disse ele. "Como andam as coisas?"

Bryan balançou a cabeça.

"Desculpe, meu camarada, o nome agora é Jebediah, embora esteja pensando em atender por *Jeb*."

"Isso soa bastante como *Os Gatões*, mas prefiro não ver você usando shorts curtos."

"Nesse caso, pode me chamar de *sr. Erickson*."

Pookie riu.

"Ah, claro, vou chamá-lo assim. Vai me convidar para entrar ou não?"

Bryan anuiu depressa e deu um passo para o lado. Pookie entrou. Como antes, os ornamentos antigos da casa o maravilharam. Só que agora o lugar não pertencia a um velho maluco... pertencia ao maluco do seu melhor amigo.

Pookie seguiu Bryan até a sala de estar, outra vez admirando a madeira de lei, o mármore, o bronze polido e as pinturas em molduras elegantes. Emma estava enrolada numa linda poltrona com detalhes douradas da Era Vitoriana. A cadela tinha um curativo branco enrolado na cabeça. Viu Pookie e começou a balançar o rabo, apesar de não ter feito esforço algum para se levantar.

Pookie apontou para Emma.

"Bri-Bri, sei que você tem o mesmo nível cultural de uma cerveja choca espalhada pelas arquibancadas de uma competição de tratores, mas seria melhor não deixar a cachorra sentar numa cadeira que custa mais do que o meu Buick custava quando era novo."

"Emma pode ficar onde quiser", disse Bryan em voz baixa. "Ela mora aqui."

Pookie sentiu o tom da voz dele. A cadela era a sua última ligação com Robin. Ela tinha passe livre pela casa, para dizer o mínimo.

Pookie foi até Emma e torceu a sua orelha com cuidado. Os olhos se estreitaram num sorriso silencioso de cachorro. Ele deu tapinhas no traseiro dela, depois se voltou para Bryan.

"Então tudo isso é seu agora?"

"Mais ou menos."

"O que quer dizer com *mais ou menos*?"

"Bem, Erickson ainda é o dono", respondeu Bryan. "É só que, basicamente, eu sou Erickson."

"Você está com uma aparência muito boa para um homem de 70 anos."

Bryan assentiu.

"É, bem, o prefeito vai cuidar disso. Ele conhece algumas pessoas."

"Que tipo de pessoas?"

"Não sei bem", disse Bryan. "Pessoas poderosas. Tudo o que sei é que agora eu sou o Salvador. Estou disposto a fazer parte do joguinho, por enquanto."

"Então você *não* vai anunciar essa insanidade ao público? Vai de repente aceitar toda aquela besteira que Zou disse sobre o valor dos imóveis e como as pessoas não precisam saber?"

Bryan mordeu o lábio inferior, depois balançou a cabeça.

"Isso não me importa no momento. Acho que Astuto fugiu. O Primogênito também, talvez. Havia centenas daquelas coisas, mas não vimos centenas de corpos. O túnel pelo qual saímos não existe mais. Preciso descobrir para onde o restante dos Filhos de Marie foi. E se a assassina de Robin estiver à solta, preciso encontrá-la. Caçar vai ocupar as minhas noites, Pooks. Não estou nem aí para quem vai ficar com a conta."

Pookie assentiu. A urgência moral de levar um justiceiro aos tribunais já não era mais a mesma desde que o tal justiceiro salvara a sua vida. Duas vezes. E depois das coisas que Pookie vira, como chegara perto da morte... talvez aquele jeito fosse melhor, afinal.

"Ei, você já fez uma limpeza naquele porão da loucura? Imagino que conseguiria montar uma bela venda de garagem."

Bryan balançou a cabeça.

"Diabos, não. Uma sala de troféus é para guardar troféus."

Uma sala de troféus?

"Hum, Bri-Bri, você não vai começar a mexer com taxidermia, vai?"

Bryan deu de ombros, sem dizer nada.

Pookie podia apenas rezar para que o seu ex-parceiro mantivesse pelo menos um *fiapo* de sanidade e não seguisse pelo mesmo caminho que Erickson seguira.

"Tenho boas notícias", disse Pookie. "Existe um boato na sede dizendo que o *delegado* Robertson vai retirar as suas acusações pelo assassinato de Jeremy Ellis e Matt Hickman."

Bryan anuiu.

"O prefeito disse que iria garantir que isso acontecesse. Robertson o levou ao hospital ontem para conversar com Amy."

A *delegada Amy Zou* agora era apenas *Amy*?

"É verdade que ela vai ficar aqui?"

"Quando sair da unidade de tratamento de queimaduras, sim", respondeu Bryan. "Ela está acabada, Pooks; física e mentalmente. Não fala mais nada. Ela não está inteiramente lá, sabe? Não sei se vai conseguir se recuperar do que fez. Vou arrumar ajuda para ela, a melhor que o dinheiro pode comprar. As meninas vão ficar aqui até ela sair."

Bryan Clauser, ex-tira solteirão, agora babá de duas garotinhas.

"Você sabe alguma coisa sobre cuidar de crianças?"

Ele balançou a cabeça.

"Não. Até alguns dias atrás, eu não sabia nada sobre matar monstros. Pode imaginar qual dos dois parece mais complicado. E Aggie James? Alguém o pegou?"

"É, essas são as notícias não tão boas, Bri-Bri. Parece que houve muita confusão no hospital depois do tiroteio. Por volta das seis horas da manhã, um tal de policial Johnson entrou na maternidade."

Bryan balançou a cabeça, depois riu cheio de admiração.

"Você está brincando."

"Nem um pouco. A parte engraçada de se ter um distintivo e uma arma é que a maioria das pessoas não verifica a sua identidade. Assim que entrou na maternidade, Aggie pegou o bebê e correu. Estamos procurando, mas até agora nem sinal dele e nem do bebê."

"Meu Deus!", exclamou Bryan. "Aquele bebê, ele é como Rex. Temos que encontrá-lo."

Pookie assentiu, mas se perguntou o que Bryan faria se encontrasse a criança. Matar um monstro era uma coisa — matar um bebê era outra bem diferente.

"Então, Bryan, se Sua Alteza, o prefeito, limpou o seu nome, por que não volta a ser o meu bom e velho companheiro Bryan Clauser?"

Bryan hesitou. Olhou para Emma.

"Porque Bryan Clauser nunca existiu de verdade. E depois de tudo o que aconteceu... bem, ele apenas se *foi*, Pooks. Deixa isso pra lá."

Pookie deixaria, mas apenas por enquanto. A delegada Zou não era a única pessoa que ficara abalada com tudo aquilo — Mike Clauser também ficara. Custasse o que custasse, Pookie iria consertar as coisas entre pai e filho.

Bryan olhou para a pasta nas mãos de Pookie.

"Isso é para mim?"

O detetive a entregou.

"O Mão na Massa atacou de novo ontem à noite."

Bryan abriu a pasta e deu uma olhada nas fotos da cena do crime.

"Vítimas cinco e seis", disse ele. "E de novo com o lance de cortar as mãos."

"Não temos nada, Bri-Bri. Ele deixa os símbolos, mas só isso. Você e eu sabemos que a polícia nunca vai encontrar esse cara. O negócio é com você, ou ele vai continuar matando."

Bryan assentiu. Fechou a pasta.

"Parece que as coisas vão ser assim. Pooks, está escurecendo. Quer caçar comigo?"

Pookie soubera que aquela pergunta viria, mesmo assim todas as suas respostas ensaiadas e espertinhas tinham sumido. Bryan fora feito para aquilo — Pookie Chang não.

Ele balançou a cabeça enquanto andava até a porta da frente.

"Não posso. Eu e o meu novo parceiro temos que investigar um assassinato em Japantown."

Bryan pareceu confuso a princípio, então abriu a porta da frente e olhou para a rua, para o Buick de Pookie. John Smith acenou.

"O Senhor Burns Negro é o seu... o seu *parceiro*?"

"Juro por tudo que é mais sagrado."

Bryan o encarou, depois assentiu.

"É, isso é bom. John se mostrou de grande valia, Pooks. Você poderia ter se dado muito pior."

Pookie queria dizer *eu poderia ter me dado muito melhor, se ao menos fosse homem o bastante para caçar com você*, mas ficou de boca calada.

Bryan forçou um sorriso.

"Se não se importa, preciso me preparar para o trabalho."

"Não precisa dizer mais nada, meu amigo."

Bryan estendeu a mão.

"Obrigado, cara."

Pookie a apertou.

"Você está *me* agradecendo? Você salvou a minha vida pela segunda vez."

Bryan olhou para o chão.

"É, bem... não sei o que teria feito se você não tivesse ficado do meu lado. Agora que Robin se foi, você... bem, você é tudo o que eu tenho."

Pookie o puxou para um abraço.

"Vem aqui e me dá um abraço, coração de pedra. Fico feliz por você ter demonstrado uma pitada de emoção antes de voltar a ser todo reservado, resignado e tudo o mais."

Pookie bateu nas costas de Bryan, depois o soltou.

"Boa caçada, meu amigo", disse ele. Em seguida, se afastou da mansão de Bryan.

Ele se sentia como um idiota por não se juntar à caçada de Bryan, mas aquilo era demais para ele. Todas aquelas mortes — Robin, Baldwin Metz, Jesse Sharrow, Rich Verde, todos mortos por coisas que Pookie ainda não conseguia acreditar completamente como sendo *reais*. Além do que tinha visto naquela caverna e de como chegara perto de perder a própria vida.

Por enquanto, pelo menos, Bryan Clauser estava sozinho.

DE MÃOS DADAS

Beijando.

Duas garotas se beijando, mãos passando pelas costas, com suavidade e ternura, escondidas nas sombras do parque Lafayette, de mãos dadas.

Camaleão sentiu aquela raiva gélida se debatendo dentro do peito. Por que *elas* podiam beijar? Por que *elas* podiam ficar juntas, quando ele não tinha ninguém?

Ninguém podia impedi-lo agora. Astuto disse que o Salvador estava morto. A polícia isolara Ocean Beach e o parque Golden Gate, os locais de matança favoritos de Camaleão, mas os policiais eram apenas humanos. Um par de detetives tinha caminhado a um metro de onde ele estava. Não o notaram porque Camaleão se parecia com a árvore atrás da qual se escondia. Não tinha matado ninguém naquela noite, mas matara na seguinte.

Não era difícil esperar. Ele aguardava como uma aranha. Se ficasse parado e quieto pelo tempo necessário, um casal acabaria passando por ele.

Então era só pegar as pessoas.

Camaleão estava na base da pequena árvore, o peito e a bochecha esquerda encostados no tronco da árvore, os braços envolvendo toda a circunferência do tronco. Era assim que se escondia. Era só abraçar a árvore e depois fazer com que a pele tivesse a mesma textura e aparência da árvore. As sombras cuidavam do resto.

As garotas se aproximaram. Ele não teria percebido que uma delas era uma garota só de olhar. Tinha cabelo curto e usava camisa e calça de homem. No entanto, ele conhecia o cheiro das mulheres. Não importava o que estivesse usando, ela era uma garota.

Uma garota que logo estaria morta.

Camaleão achava engraçado matar no parque Lafayette, tão perto da antiga casa do Salvador, a casa que Astuto pedira que vigiasse por tanto tempo. O Salvador se fora, porém. Astuto estava no comando agora, e ele respeitava Camaleão. Se Camaleão queria caçar, tudo bem por ele.

Talvez daquela vez Camaleão cortasse uma cabeça e a levasse para casa, para a Nova Mamãe. Ela estava mudando, mudando depressa, mas ainda não estava pronta para ter bebês. Talvez a Antiga Mamãe conseguia ter bebês porque comia cérebros. Talvez a Nova Mamãe precisasse do mesmo tipo de comida.

Mais perto ainda. Apenas dez metros agora. Caminhando, de mãos dadas, sorrindo, *se beijando*. A raiva gélida aflorou. A luxúria pela matança rodopiou pela sua mente.

Um barulho à esquerda. Ele não podia virar para olhar, porque as árvores não se viravam para olhar. O movimento poderia assustar a presa.

Mais barulho. O cheiro de um cachorro.

Camaleão não se preocupou. O cachorro seguiria em frente como todos os outros.

Ele observava as garotas. Apenas mais dez segundos, mais ou menos, e ele as agarraria, as puxaria para dentro das sombras sob as árvores. Astuto gostava mais dos fígados dos garotos, mas era provável que não fosse se importar muito já que eram duas garotas.

O cheiro de cachorro ficou mais forte, se aproximou mais.

Um rosnado — baixo, profundo e agressivo, do tipo que faria o cabelo na nuca de alguém ficar em pé, se a nuca dessa pessoa não tivesse o aspecto de casca de árvore. Um rosnado tão baixo que as garotas nem ouviram.

Será que o cão estava rosnando para *ele*?

Camaleão tinha que olhar. Virou a cabeça devagar, ouviu a pele dura estalar como um galho dobrado.

A apenas três metros de distância, um cachorro preto e branco com algo enrolado na cabeça o encarava. Os lábios repuxados, mostrando dentes longos que emitiam um brilho fraco na luz pálida da lua.

Vá embora, cachorro, Camaleão pensou. *Vá embora.*

Mas o animal ficou ali.

Por alguma razão, o animal deixava Camaleão assustado. Cães não eram muito perigosos, mas havia alguma coisa nos olhos daquele. Não era fome, era ódio.

O cão se aproximou um pouco. Os lábios mais repuxados. Um fio de baba escorreu pelo lábio inferior do cachorro. A mandíbula aberta — o rosnado grave, perturbador.

Os passos das garotas pararam.

Cachorro idiota.

Camaleão começou a se afastar da árvore devagar. Teria que pular em cima daquele cachorro e matá-lo depressa, então talvez perseguisse as garotas. Estava tudo estragado!

Um sibilar.

Algo o atingiu nas costas, pressionando o seu peito contra a árvore. Camaleão tentou se mexer, mas descobriu que não conseguia — estava preso.

Então a dor o atingiu.

Aquilo *queimava*!

Ele apertou a árvore, como se, ao abraçá-la, a dor fosse diminuir.

Os passos das garotas ficaram mais rápidos, sumindo ao longe — elas tinham fugido.

Ele abriu os olhos para observar o cachorro outra vez. Agora o animal estava sentado sobre as patas traseiras. O rosnado parou, mas a sua cabeça continuou abaixada, os olhos fixos em Camaleão.

Mais passos, passos mais pesados...

ba-da-bum-bummmm

Família! Ele estava a salvo!

"Me ajude!", sussurrou Camaleão. Ele não conseguia ver quem era. "Eu... eu não consigo me mover e aquele cachorro está me incomodando. Meu peito está doendo muito. Não estou me sentindo muito bem."

Os passos se aproximaram, de trás e da esquerda. Camaleão se virou para olhar — um homem de preto, o rosto coberto por uma máscara de tecido pintada com um sorriso branco de caveira. Ele viu olhos verdes através de aberturas na máscara.

"Você andou ocupado", disse o homem de preto. O sorriso de caveira não se mexeu quando ele falou. Aquilo era estranho.

Camaleão sentiu frio. Ficou sonolento.

"Merda", disse o homem. "Emma, acho que acertei o coração dele. Preciso mesmo praticar esse negócio de arco e flecha."

Era ali que Camaleão sentia a queimação, no peito.

"Você acertou o meu coração? Mas eu vou melhorar, certo?"

O sorriso de caveira balançou a cabeça.

"Dessa vez, não. Você vai morrer, aqui e agora."

"Morrer? Como... como as *presas* morrem? Não, *por favor*, eu não quero morrer!"

"*Por favor?* Que educado. Será que algum dos seus casais apaixonados implorou para que você os deixasse viver?"

O homem se aproximou mais um passo. Camaleão esticou a mão direita, esperando agarrar a sua garganta, mas ele deu um passo para trás sem grandes esforços. A luz da lua refletiu em metal. Camaleão sentiu algo atingir a mão direita dele, um pouco abaixo do pulso.

Então sentiu uma dor nova e ouviu algo cair no chão.

Camaleão olhou para baixo e viu uma mão na grama, uma mão com pele que se parecia *muito* com casca de árvore. Levantou o pulso, agora um toco que esguichava sangue. Camaleão olhou fixamente para o toco, sem acreditar — aquilo não podia ser real, não podia estar acontecendo.

O homem balançou algo perto do rosto de Camaleão.

Era uma corda com doze mãos decepadas, seis pares das vítimas de Camaleão atados juntos, todos amarrados numa longa corrente. As mãos na parte de baixo estavam enegrecidas, enrugadas, cobertas de vermes. As do meio estavam quase tão ruins. As no topo ainda eram frescas — ele conseguira aquelas na noite anterior.

"Encontrei a sua coleção", disse o homem de preto. "Você matou seis pessoas."

"Me ajude, por favor! Não eram pessoas, eram presas! Você sabe disso, irmão!"

O homem de sorriso de caveira assentiu. O metal brilhou de novo. Camaleão sentiu uma pontada de queimação no pulso esquerdo. O homem se abaixou para pegar alguma coisa.

Então o homem de preto segurou as mãos decepadas de Camaleão para que ele pudesse vê-las.

As *mãos* de Camaleão.

"Ah, não." Seus olhos se fecharam devagar. Estava com tanto frio. Com tanto sono.

Outro lampejo de dor, dessa vez na bochecha direita.

"Fique comigo", disse o homem. "Não pode apagar ainda."

Aquele homem, ele era da *família*. Família era tudo!

"Quem é você? Por que não vai me salvar?"

"Pense em mim como o tio chato que você não convidou para passar o Natal em família."

Homem de preto. Camaleão pensou na noite em que o Salvador fora ferido. Um homem de preto fizera aquilo. No entanto, aquele homem não tinha usado uma máscara, então não podia ser a mesma pessoa.

Alguma coisa fez cócegas no rosto de Camaleão. Ele despertou — será que tinha adormecido? Viu o que estava fazendo cócegas no seu rosto: os dedos mortos e frios das suas lembrancinhas tocando a sua pele áspera. Era como se as mãos das suas vítimas estivessem saindo do inferno, agarrando-o, puxando-o para baixo. Alguns vermes se soltaram, bateram no rosto de Camaleão e caíram no chão.

"Eu ia torturar você, descobrir outra entrada para os túneis", explicou o homem de preto. "Ou talvez vocês tenham um novo lar, não sei. Acredito que você tenha uns quinze segundos, mais ou menos. Alguma chance de me contar onde Astuto mora?"

Camaleão teve que se concentrar, mas balançou a cabeça. Quando o fez, os dedos mortos acariciaram ainda mais as suas bochechas. Camaleão pensou em Hillary. A Linda Nova Mamãe Hillary, em segurança na sua câmara, o corpo crescendo cada vez mais com o passar dos dias.

"Não vou contar."

Um suspiro pesado saiu de trás da máscara.

"Imaginei que não. Bem, parece que a sua hora chegou. Antes de partir, porém, saiba de uma coisa: vou encontrar o seu lar. Vou encontrar a sua família. Vou matar todos eles, um por um. Todos os olhos, todos os dentes. Mas você pode ficar com as mãos."

Camaleão estava com mais frio do que nunca. Fechou os olhos.

A última coisa que sentiu foram os dedos mortos das suas vítimas acariciando o seu rosto.

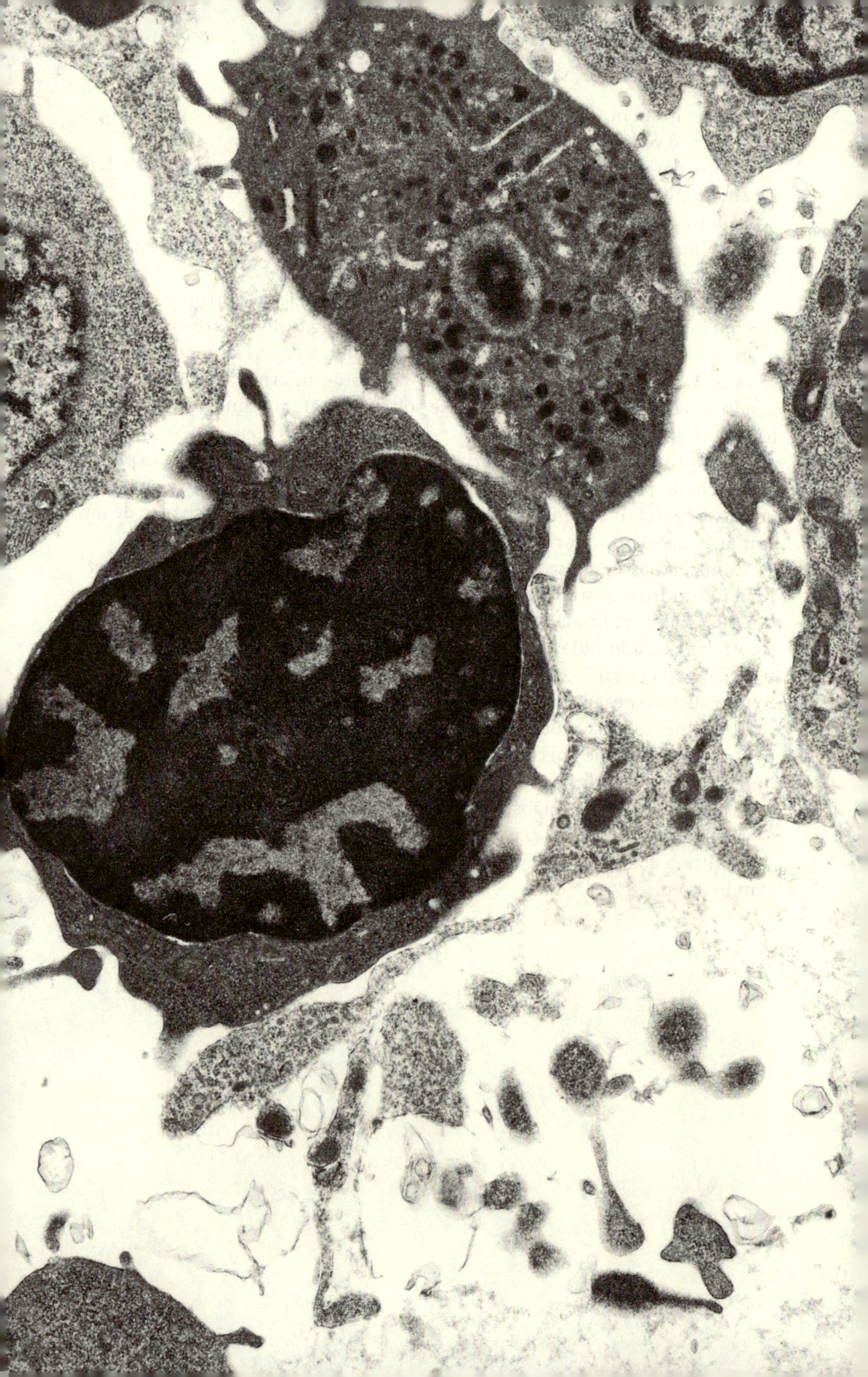

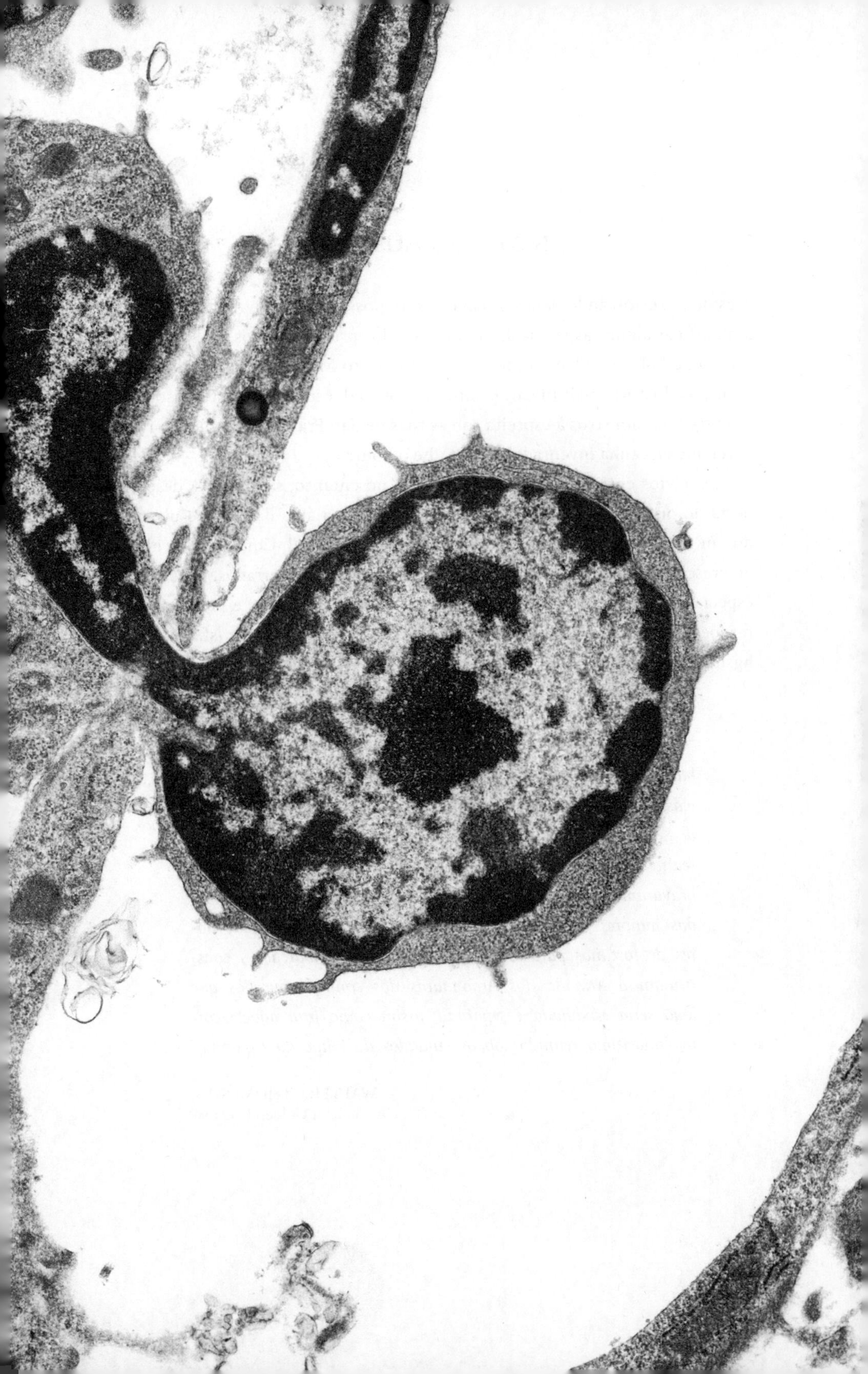

NOTA DO AUTOR

Mesmo me esforçando para ser o mais exato possível neste livro, fui forçado a modificar alguns aspectos das políticas e dos procedimentos do Departamento de Polícia de San Francisco e do Instituto Médico Legal para poder criar uma história mais linear. Lembre-se, pessoal: esta é uma história sobre uma raça de monstros à espreita sob as ruas de San Francisco — é bem provável que eu tenha inventado um detalhe ou outro.

Os navios enterrados de San Francisco, no entanto, são reais. A descoberta do ouro em 1848 gerou uma migração para a área da baía, resultando em mais de seiscentos navios abandonados no local. Conforme a cidade crescia, muitos desses navios abandonados foram enterrados. Agradeço especialmente Ron Fillion pelo mapa dos navios enterrados e pelas informações históricas disponíveis em: http://www.sfgenealogy.com/sf/history/hgshp1.htm [conteúdo em inglês].

> *"Certamente, não há nenhuma poeira do império enterrada embaixo, nem há qualquer poeira semelhante no lodo sob aquelas vias nascidas na baía. Contudo, sabemos, ou qualquer cidadão de San Francisco devia saber, que esse lodo é a cobertura serpenteante de inúmeras embarcações destemidas que certa vez desbravaram os ventos fortes do mar aberto e que formaram uma das maiores frotas de embarcações que trouxeram os caçadores de fortunas para Golden Gate — essas embarcações constituíam a Armada dos Argonautas dos sonhos dourados que logo seria espalhada e separada, assim como fora aquele cortejo marítimo reunido sob os cuidados de Filipe da Espanha."*
>
> — WALTER J. THOMPSON,
> "The Armada of Golden Dreams"

LIVROS QUE INFLUENCIARAM ESTE ROMANCE

CARROLL, SEAN B.: Endless Forms Most Beautiful. Norton, 2005.
[Ed. bras. *Infinitas Formas de Grande Beleza*. Zahar, 2006. Trad. Diego Alfaro.]

DAWKINS, RICHARD. The Selfish Gene. Oxford University Press, 1976.
[Ed. bras. *O Gene Egoísta*. Companhia das Letras, 2007. Trad. Rejane Rubino.]

GOULD, STEPHEN JAY. *Ontongeny and Phylogeny* [Ontogenia e Filogenia]. Belknap/Harvard, 1977.

HÖLLDOBLER, BERT, e WILSON, E.O. *The Super Organism* [O Superorganismo]. Norton, 2009.

OAKLEY, BARBARA. *Evil Genes* [Genes do Mal]. Prometheus Books, 2007.

TINBERGEN, NIKO. *The Study of Instinct* [O Estudo do Instinto]. Claredon Press, 1951.

TURNER, SCOTT J. *The Tinkerer's Accomplice* [O Cúmplice do Restaurador]. Harvard University Press, 2007.

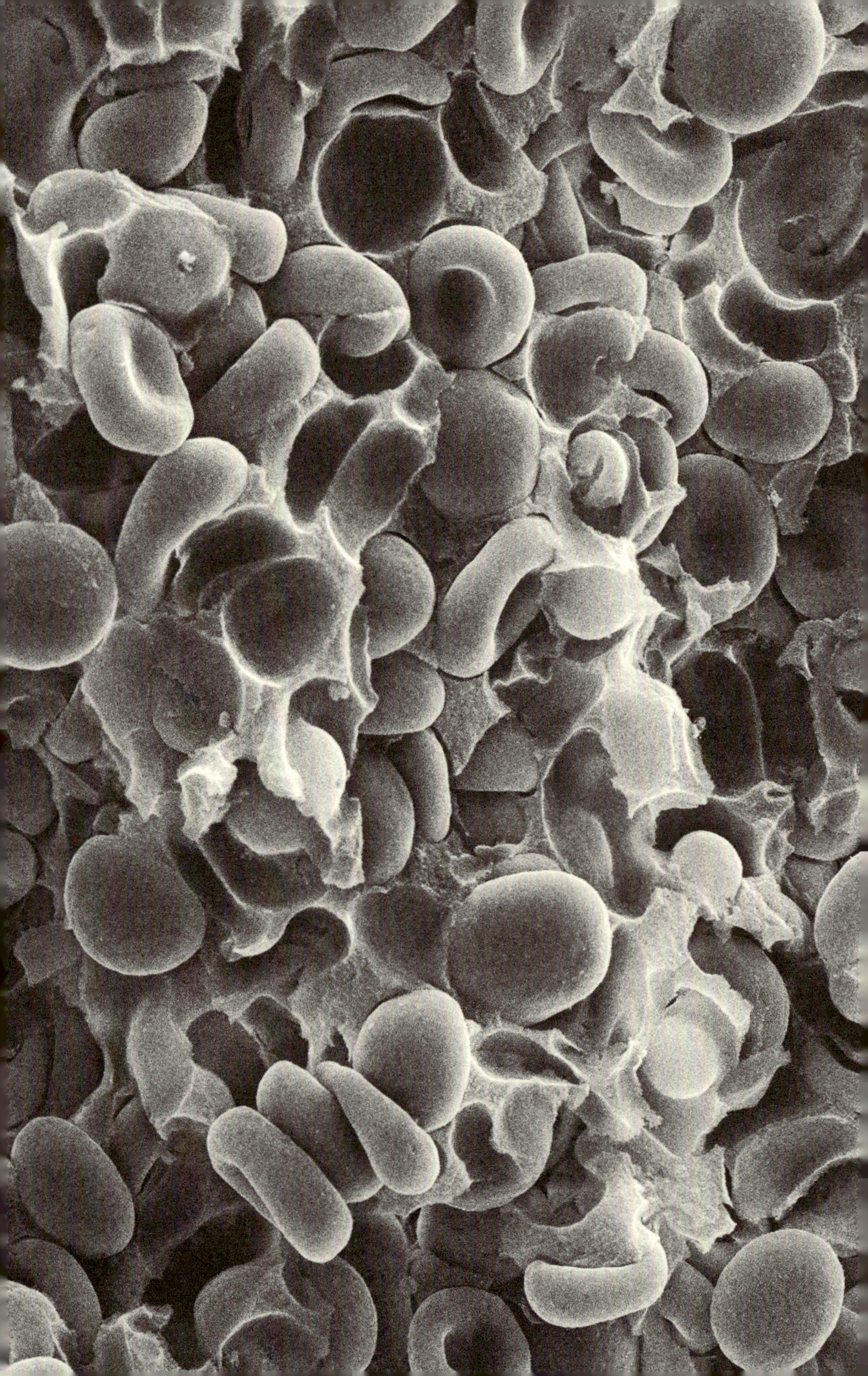

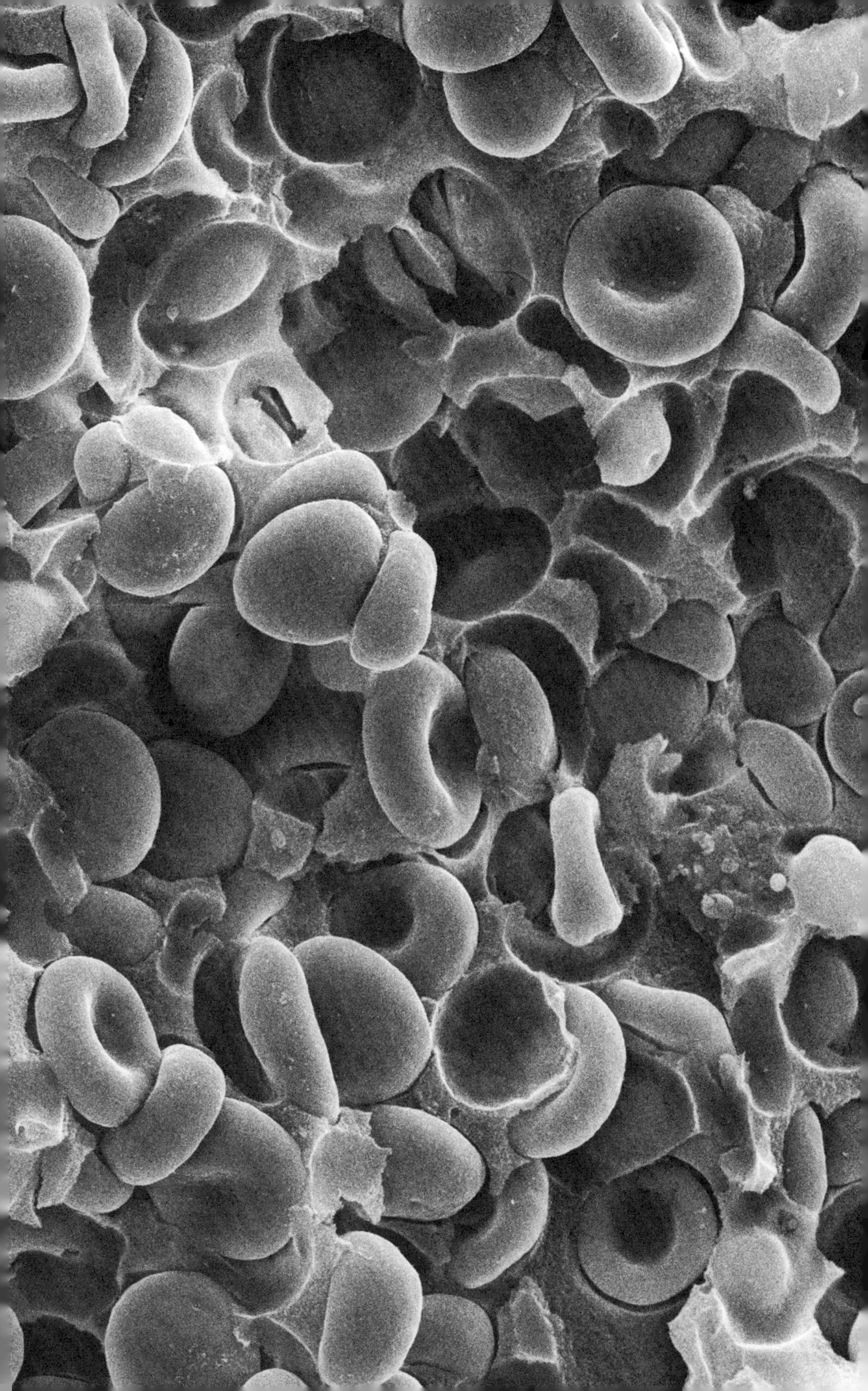

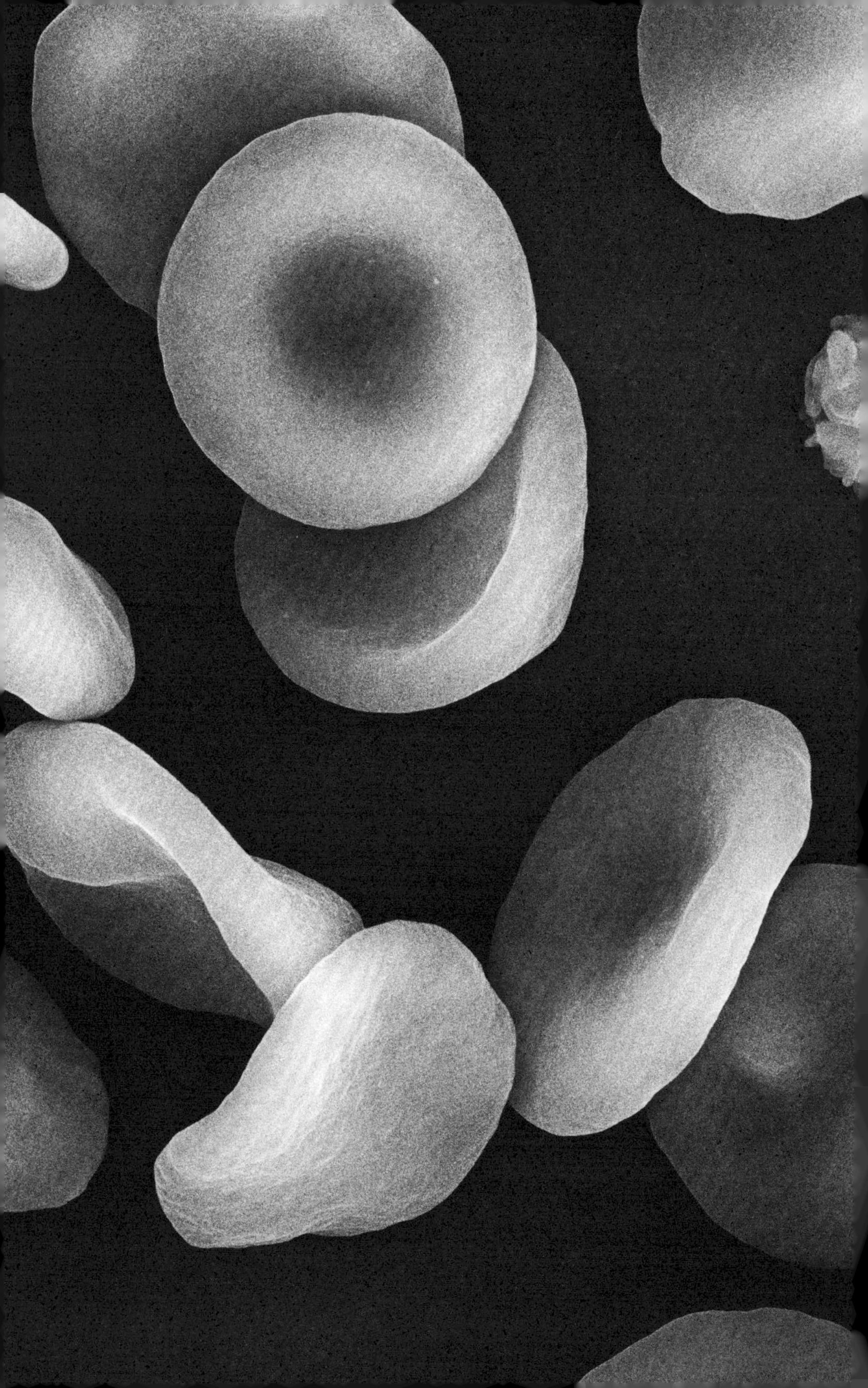

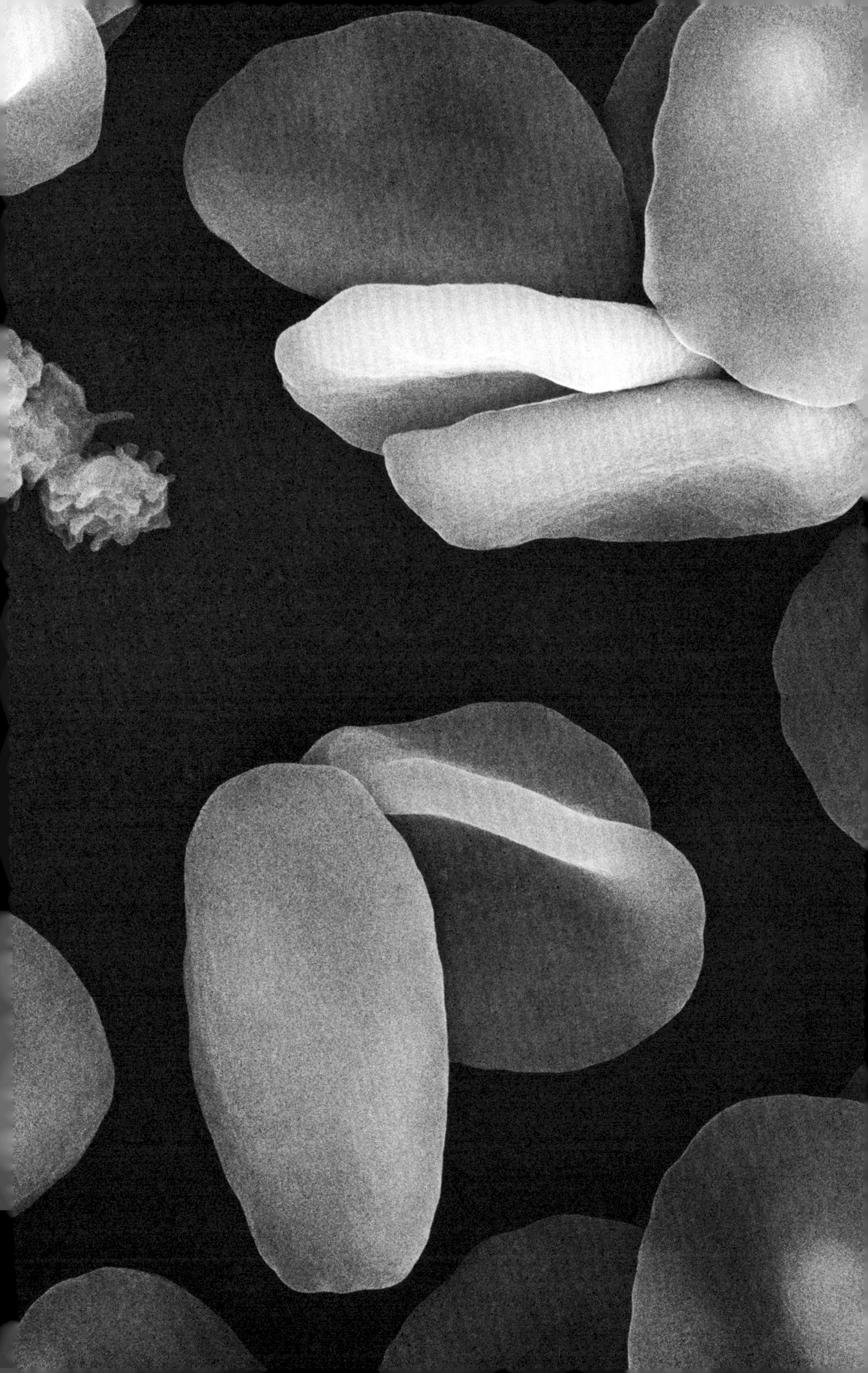

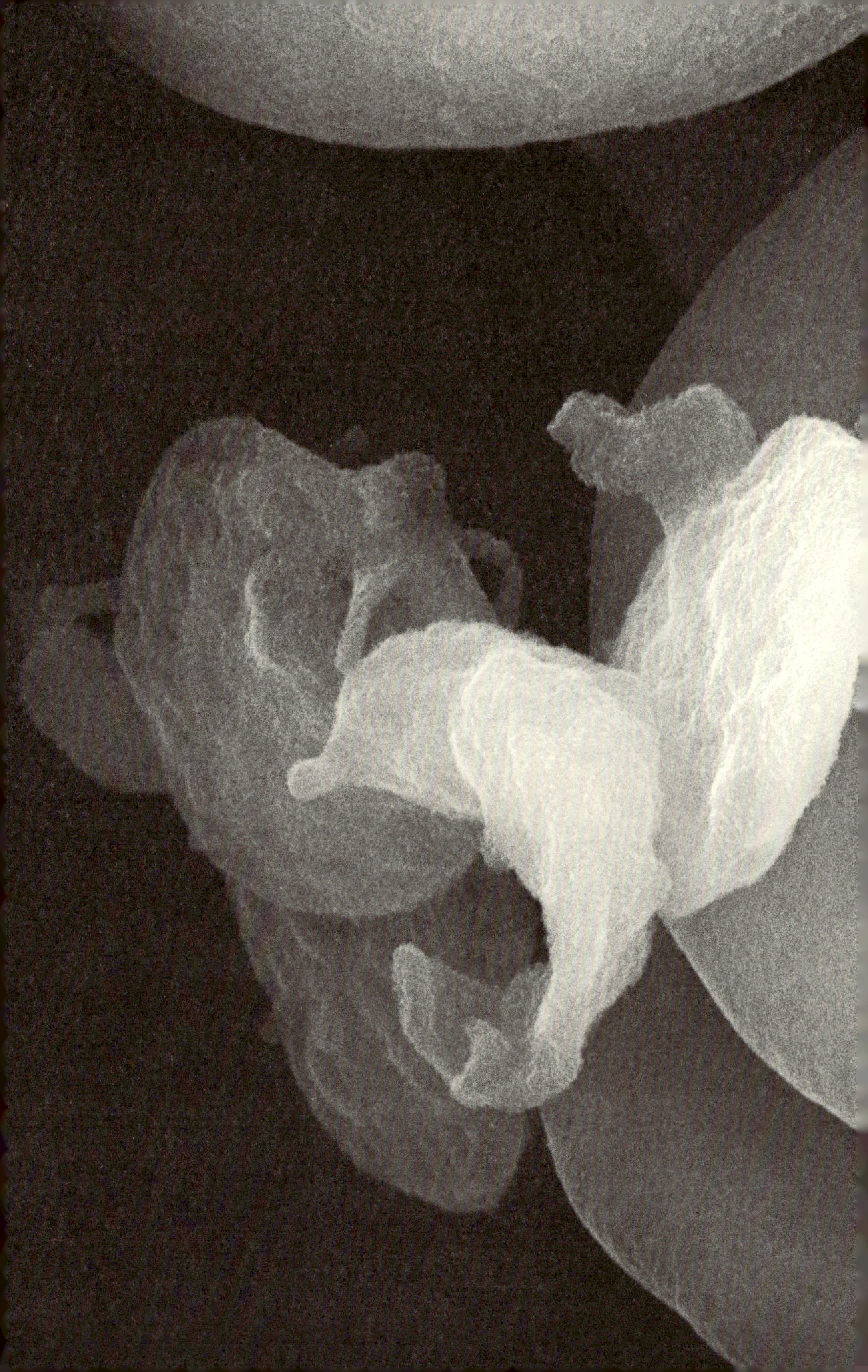

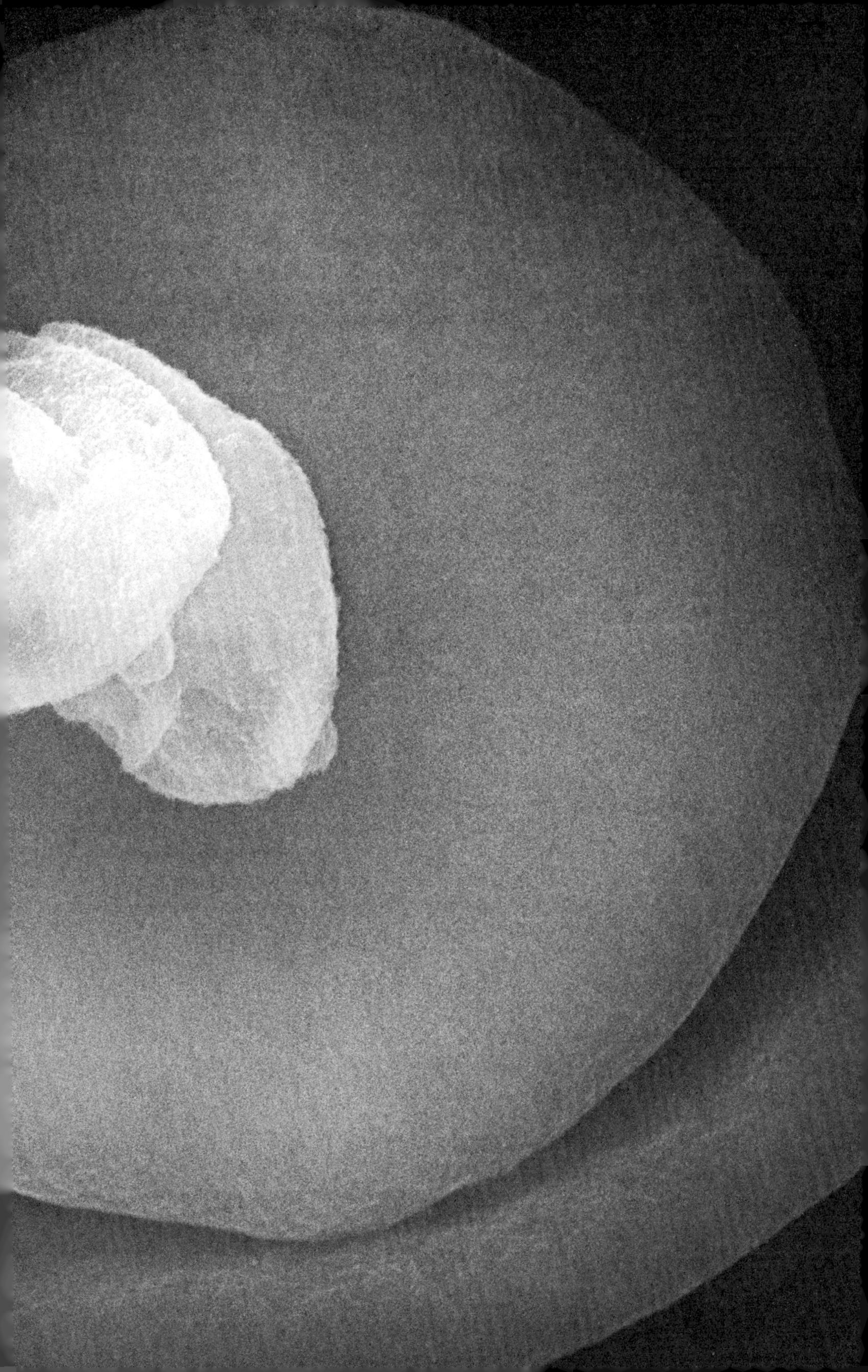

AGRADECIMENTOS San Francisco Architectural Heritage pela ajuda ao pesquisarem a Haas-Lilienthal House em San Francisco. É, é lá que o Salvador mora, e você pode visitá-la. Acesse www.sfheritage.org [conteúdo em inglês]. Richard Vetterli, do Instituto Médico Legal de San Francisco, pelas informações fantásticas sobre como o pessoal do IML lida com os mortos da cidade. Policial Dwayne Tully, pelas informações sobre os procedimentos da Polícia de San Francisco. A equipe de SFDP Community Relations, por ajudar com as pesquisas adicionais e a verificação dos fatos. Aos agentes forenses secretos: o dr. Joseph A. Albietz III, Jeremy Ellis, Ph.D.; e Tom Merritt, Ph.D. Chris Gral, Master Sergeant, A 3/20 SFG (A), Florida National Guard. Detetive Richard Verde, Departamento de Polícia de Nova York (aposentado). Dan "Fã do Raiders" Garcia, pela ajuda com o espanhol. Glenn Howell, delegado assistente aposentado, Jefferson County SO, Golden, Colorado.

Scott Sigler, autor best-seller do *New York Times*, já escreveu quinze livros, doze novelas e dúzias de contos. Além disso, é autor de um famoso podcast disponível semanalmente todo domingo em scottsigler.com. Ele vive em San Diego com o seu cachorro, Reesie. Ambos são torcedores doentes do Detroit Lions.

Noturno.

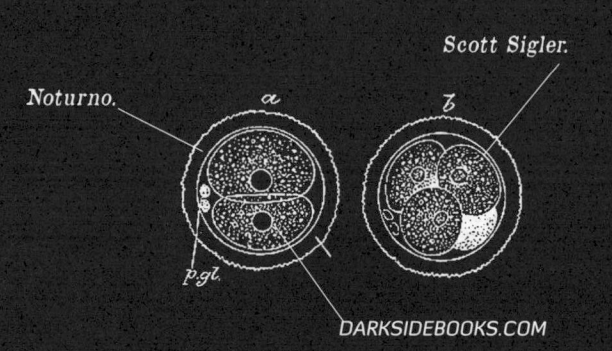

Scott Sigler.

p.gl.

DARKSIDEBOOKS.COM

...g, north-east corner ...
...it, rooms 2 and 3; Clerk,
... Attorney, 7: Marshall

...llector, Naval Officer and
... Washington and Battery;
...rner Jackson and Battery;
...d Davis.
...alifornia, 224 Kearny St.
...afornia; Collector, 415 Cal-
...ervisor, south-east corner

... 506 Jackson Street.
...reet.
... Washington Street.
... corner Washington and
...ustom House Place.
...ine Street.
...ery Street.

...FICES.

...reet.
..., 320 California Street.
... Block.
...omery Street.
...California Street.
...reet
...treet.
...rest corner California and

...s' Exchange.
...g, and 34 Merchants' Ex-

...nction, 740 Montgomery

...ery Street.

... Rusa House, S. H. Seymore & Co., Montgomery Street from Pine to Bush.
What Cheer House, 527 Sacramento Street.
Morton House, 117 Post Street.

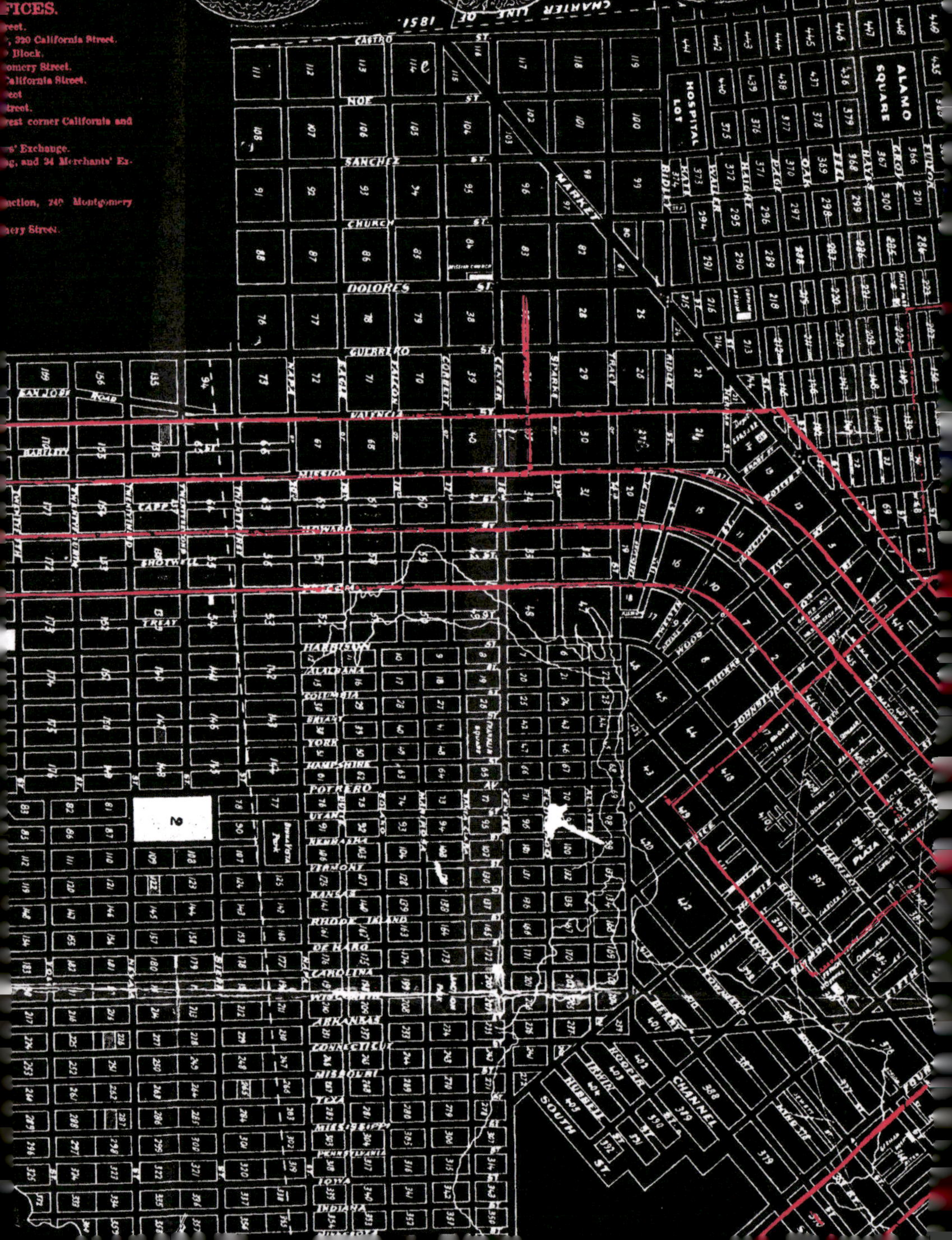